BASTEI
LÜBBE

Von Jean-Michel Thibaux ist bei
BASTEI-LÜBBE erschienen:

11 750 Das Gold des Teufels

JEAN-MICHEL THIBAUX

DIE BRENNENDEN SEELEN

Aus dem Französischen von Yla Margrit von Dach

BASTEI LÜBBE

BASTEI-LÜBBE-TASCHENBUCH
Band 11969

Titel der französischen Originalausgabe:
Les Ames Brulantes
Erschienen bei Olivier Orban, Paris

Lizenzausgabe: Gustav Lübbe Verlag GmbH,
Bergisch Gladbach
Printed in Germany Juli 1993
Einbandgestaltung: Bayer Eynck, Berlin
Titelfoto: Arch. für Kunst & Geschichte, Berlin
Satz: hanseatenSatz-bremen, Bremen
Druck und Bindung: Ebner Ulm
ISBN 3-404-11969-x

Sie hatten die Meere, Gebirge, die ungeheuren Wälder durchquert,
Sie kamen von so weit her – furchterregend vor Ferne,
Und mit ihren Wappen verbanden die Ritter, schwertbewehrt,
die ganze Unermeßlichkeit düsterer Horizonte ohne Sterne.

Victor Hugo
La Légende des siècles

Vorspiel

Persien

Tutusch ist wund bis auf die Knochen. Soeben hat ihm ein Krummschwert ein Stück der linken Wange weggerissen: der geschickt geführte, letzte Schlag eines Eunuchen, den er mit seinem Speer durchbohrte. Zum zweiten Mal stürzt sein kräftig gebautes Pferd, aber er zwingt es verbissen wieder hoch und schreit seinem Oberleutnant Akbar-Sul, der ihm voranprescht, unaufhörlich zu:

»Truppe zusammenschließen!«

Die überanstrengten Pferde gehorchen ihren Reitern jedoch überhaupt nicht mehr, und Akbar brüllt seine Befehle ins Leere.

Ein Pfeilregen streckt an die zehn Wachen nieder, Akbar bleibt wie angenagelt im Sattel sitzen: Ein Pfeil hat sich durch seinen Oberschenkel bis ins Fleisch des Fuchses gebohrt.

Staub, Getöse, ab und zu erhascht Tutusch einen Blick auf die verschneiten Gipfel des Elburs in der Ferne, die reine Krone Persiens . . . Er unterdrückt seinen rasenden Schmerz und stürzt sich wieder ins Getümmel.

Ein Mann aus Abadan, der seine Eingeweide verliert, klammert sich mit vorwurfsvollem Gestammel an seinen Mantel, mit einem kräftigen Hieb trennt Tutusch ihm die Kehle durch. Das ändert nichts mehr am Verlauf der Schlacht. Tutusch ist verloren, er weiß es. Die Truppen von Homs haben sich aufgelöst; diejenigen von Tripolis ergeben sich zu Hunderten; die Stämme des Dschebel Aswad laufen zum Feind über. Von allen Seiten wird er verraten. Nun denn! So wird er seine Haut teuer verkaufen. Ein Häufchen Getreuer folgt ihm in seiner Tollheit; er hat beschlossen, auf Barkyaruk loszugehen, auf diesen jungen, inmitten seiner Günstlinge und Sängerinnen verweichlichten Hund. Oh, wie er ihm die Augen ausstechen, ihm das Herz aus dem Leibe reißen möchte!

Es sind ihrer zwei- oder dreihundert im Kielwasser des Sultans, die rot-grüne Standarte mit den schwarzen Halbmonden, der sie folgen, weist ihnen den Weg in den Tod. In einem wahnwitzigen Wirbel, aus dem es Blut und Köpfe regnet, prellen sie vor, mit der Kraft der Verzweiflung greifen sie an.

Tutusch kämpft bereits mit seiner inneren Nacht. Er kann wenig oder nichts mehr unterscheiden, spürt wenig oder kaum mehr etwas, der Schmerz ist wie weggefegt. Wollige, rote Linien tanzen träge vor seinen Augen: die Elitereiter von Barkyaruk. Der letzte Zusammenstoß mit dem Feind! Blindlings stürzt er sich in die Schlacht, er wird nicht als Feigling in die Geschichte eingehen. Gewoge, Waffengeklirr, eisiger Atem der Klingen, die hautnah am Körper vorbeizischen, von allen Seiten vernimmt man nur mehr Gebrüll, Geröchel, Gebete. Bis zur Besessenheit aufgepeitscht, setzen die Männer des Sultans ihren Vorstoß fort, aber die Gegner sind zu zahlreich, nach und nach werden sie zerstückelt, brechen unter den Schlägen zusammen. Tutusch ist jäh zum Stillstand gekommen: Ein dünner Wurfspeer steckt ihm in der Brust. Langsam kippt sein Körper weg. Das schwarze Fell des Streitrosses, der graue, von roten Sternen übersäte Boden, der blaue Himmel, Tutuschs glasiger Blick klammert sich noch ans Leben, als wolle er dessen Geheimnis entschlüsseln. Die Nacht ... die Nacht ... Er versinkt in unergründliche Tiefen.

Der schwache und gutmütige Barkyaruk wird zum Herrscher im Iran. Er nützt jedoch seinen Sieg nicht aus, anerkennt im Gegenteil Tutuschs Söhne als Könige: Ridwan in Aleppo und Dukak in Damaskus; die Krone Khorassans und Transoxans überläßt er seinem jüngsten Bruder Sandschar, seinen Feind Kilidsch Arslan schickt er in die kleinasiatischen Besitzungen, und gegen die Emire von Danischmand, die sich die allgemeine Verwirrung zunutze gemacht haben, um in Kappadokien ihre Unabhängigkeit zu erklären, unternimmt er nichts.

Ein mit seinen Lustbarkeiten vollbeschäftigter Sultan, fünf unabhängige Königreiche, eine ganzc Menge kleiner, in wirtschaftlicher Autarkie lebender Emirate — die seldschukische Macht, das Schwert des Islams, ist gebrochen. Den Kreuzfahrern wird sich nur mehr eine zersplitterte Streitmacht entgegenstellen.

Im gegebenen Augenblick werden sie zudem den zwischen Griechen, Armeniern und jakobitischen Syrern schwelenden Haß zu ihren Gunsten auszunützen wissen.

Kurz vor Beginn der Kreuzzüge herrschen im christlichen Orient also Verhältnisse, welche für die Gründung der fränkischen Staaten in Syrien denkbar günstige Voraussetzungen schaffen.

Im Frühjahr 1096 sind sie bereit.

Sie: die Fürsten mit ihren regulären Armeen, ihrem Aufgebot an Männern, ihrem Sammelsurium von ruinierten Rittern, die den ganzen Winter lang Anleihen aufgenommen, Verkäufe getätigt, Rückstände eingetrieben haben. Bis zum letzten Heller haben sie ihre Barschaften zusammengekratzt, um sich und ihre Männer auszurüsten. Nicht daß die großen Feudalherren glaubten, sie könnten auf diese Weise die Wiederkunft Christi beschleunigen, nein; sie sind Krieger. Der Papst hat ihnen den Feind gezeigt, den es zu schlagen, die Gebiete, die es zu erobern gilt, und so brechen sie auf. Dem Troß der Soldaten folgt die Schar naiver Pilger mit einem vor Inbrunst überströmenden Glauben.

Eine erste Gruppe setzt sich aus Männern aus dem Norden zusammen. Ihr Befehlshaber: der Herzog von Niederlothringen, Gottfried von Bouillon.

Der größte Teil der Freiwilligen seiner Armee, mehr als drei Viertel, stammen aus dem Gebiet der Ardennen, aus dem Hennegau, dem Haspengau, aus dem Lande Lüttich, aus Toxandrien, aus Breda, Tilburg, Dongen, aus der Gegend von Aachen und von dem rechten Rheinufer bei Köln.

Zu Gottfried gesellen sich seine beiden Brüder – der jüngere Balduin und der Graf von Boulogne, Eustach III. –, außerdem sein Cousin Balduin von Bourg, der Graf von Hennegau, Balduin II., Werner von Greis, der Graf Reinhold von Toul, Peter von Stenay, Dudo von Konz-Saarbrücken, Baldewin von Stablo, Heinrich von Esch, Gottfried von Esch, Andreas von Vaudemont, Arnulf der Lothringer, Gerhard von Avesnes, Radulf von Mouzon, Bischof Gerhard und Robert von Caen, um nur die bekanntesten zu nennen.

Ihr Weg führt sie über Ungarn – Tulln, Semlin – Bulgarien – Belgrad, Nisch, Sofia, Philippopel – nach Konstantinopel.

Die zweite Gruppe wird in aller Eile zusammengetrommelt: Kaum hat Boemund, Fürst von Tarent und Bari, die Nachricht erhalten, verläßt er seinen Sitz in Amalfi und macht sich mit seinen Normannen nach Jerusalem auf.

Mit ihm nehmen auch sein Neffe Tankred, sein Cousin Richard von Salerno, Robert von Ansa, Hermann von Cannae, Robert von Sourdeval, Boel von Chartres, Albered von Cagnano, Humfried von Monte Scabioso und zahlreiche andere das Kreuz.

Sie befahren zunächst die Straße von Otranto im Adriatischen Meer und gehen dann zwischen Dyrrachium und Avlona an Land; danach überqueren sie den Gebirgskamm von Pindos, feiern in Kastoria Weihnachten und marschieren schließlich via Ptolemäis, Veroia, Thessalonike und Alexandropolis Konstantinopel entgegen.

Der provenzalische Kreuzzug, der unter der Befehlsgewalt des mächtigen Raimund von Saint-Gilles, Graf von Toulouse und Marquis der Provence, steht, hat auch einen geistigen Führer: den vom Papst ernannten Legaten Adhémar von Monteil.

Dieser reichste unter den Kreuzzügen zählt berühmte Männer in seinen Reihen: Rambald, den Grafen von Orange, zum Beispiel, Gaston von Béarn, Gerhard von Roussillon, Wilhelm von Montpellier, Raimund von Forez, Wilhelm-Hugo von Beaux, Isoard von Gap, Raimund von Aguilers sowie die Bischöfe Peter von Narbonne und Aimin von Toulon.

Die Provenzalen rücken über Norditalien, Dalmatien und Albanien vor und schlagen dann die antike Via Egnatia ein.

Schließlich ist da noch eine vierte Gruppe: Franzosen

unter der Führung von Robert Courteheuse, Graf der Normandie, und seinem Schwager Stephan, Graf von Blois und Chartres.

Sie gehen in Durazzo an Land und folgen dann ebenfalls der Via Egnatia: Elbassan, Ochrida, Bitolia, Ostrovo, Vodena, Thessalonike, dann biegen sie ab nach Christopolis, Makre, Rodosto und Selymbria. In ihren Reihen finden sich Edelleute wie Wilhelm von Grandmesnil, Hugo von Vermandois, Hugo von Lusignan, Gottfried von Vendôme.

Diese vier Heere also ziehen aus, das Königreich Jerusalem zu erobern. Vier verschiedene Schicksale warten ihnen, vier verschiedene Hoheitsgebiete werden sie gründen.

Aber welcher ihrer erlauchten Führer wird einst zum König der Heiligen Stadt gekrönt?

Erster Teil
(Mai 1095 – 20. Oktober 1097)

Das Abendland erwacht

1. Kapitel

Bérengère

Einmal mehr ist Bérengère dem Schloß entflohen. Aber sie möchte vor allem diesem Jahrhundert entfliehen, in dem die Mächtigen die Schwachen unterdrücken, in dem die Menschen sind wie ein Haufen Fische im Meer, die sich gegenseitig auffressen.

Um ihre Wut zu besänftigen, ist sie lange durch die Garrigue gelaufen, hat Gelübde abgelegt, gebetet, ist bis an die Grenze ihres Landbezirks gelangt. Ihr Vater wird sie suchen lassen, man wird sie bestrafen, schlagen vielleicht? Was soll's! Sie ist für ein paar Stunden frei, frei, sich dem Wind auszusetzen und der Sonne ebenbürtig gegenüberzutreten.

Unmerklich haben ihre Schritte sie zum Drosselteich geführt, zu diesem Schattenloch, das verloren unter einem hohen weißen Felsplateau liegt. Unter ihren Füßen scheint die Erde zu fehlen, hier ist alles geheimnisvoll, sie kniet am Rand dieses makellosen Spiegels nieder und betrachtet melancholisch ihr allzuschönes Bild. Ihre langen schwarzen Haare streifen kaum spürbar die dunkle Oberfläche, in der ein Gesicht von großer Schönheit erscheint ... ihr Gesicht! Dieses Porzellanoval, diese Saphiraugen, dieser allzu sinnliche Mund. Nein! Nein, sagt sie zu sich selbst und fährt wütend mit den Fingern ins Wasser, um das blasse Spiegelbild auszulöschen. Auslöschen! Ihre Weiblichkeit auslöschen, ihre Schwäche. In ihr rollt die Brandung ihrer zweiten Natur: das Knabenhafte. Vor kaum vier Jahren noch spielte sie die Spiele der Jungen; ihr Cousin hatte ihr sogar ein Holzschwert gemacht, und sie war glücklich. Aber wozu so leidenschaftlich den Erinnerungen nachhängen? Sie ist eine Frau! Und schon dreimal hat ihr Vater sie an irgendeinen Rüpel verschachern wollen, alles Ritter aus dem Hinterland, die besser dazu taugten, ihre Schafe zu bespringen, als ihr das Haar zu küssen. Dreimal! Dreimal wurde sie abgewiesen: Ihre Mitgift war nicht groß genug.

In der Ferne bläst ein Jäger den Olifant. Der hat's gut, ihm ist wohl in seiner Haut, mit seinem Jagdspieß in der Faust, mit seinem Bart im Wind, wie er den Blick auf die Büsche gerichtet hält, aus denen das Wildschwein hervorbrechen wird. Sie stellt sich den Unbekannten vor – Guigo vielleicht? –, wie er in vollen Zügen die Luft einsaugt und stolz ist auf sein Geschlecht, stolz auf seine Muskeln, stolz auf seine Rechte. Verstört springt sie auf und flüchtet unter die Olivenbäume, umgetrieben von einer Stimme, die ihr sagt: Du entrinnst dir nicht! Du bist Bérengère von Méounes, Tochter adligen Geblüts, Tochter mit Mitgift, Weib. Mit schweißüberströmten Schläfen läuft sie über die Wildsalatstauden, die aus den rissigen Felsen sprießen, und verliert sich in die Ginsterbüsche hinein. »Guigo! Wo bist du? Ich brauche dich!« Guigo, der einzige vielleicht, der sie versteht. Aber es antwortet ihr niemand, nur der Mistral: ein dumpfes Brausen, eine wilde Jagd von Staub und Gerüchen, etwas Gewaltiges, vor dem sich ihr jeder Nerv zum Zerreißen spannt. Der Wind spricht zu ihr von Krieg und Liebe, von Gott und dem Teufel; aus seinem Mund kommen schicksalhafte Worte, er karrt das Elend aller Zeiten mit sich, das Elend der Anfänge und alles künftige. Bérengère stellt sich ihm entgegen, bis er ihr das Kleid zwischen die Beine klatscht, bis sie ihn auf den Brüsten spürt, bis ihr das Haar fliegt, weit hinten. Dieser hochfahrende Kerl bringt sie dazu, die Augen zusammenzukneifen. Er ist stark. Mistral! Mistral! Wo ist mein Geliebter, sag? Aber der Wind will ihr nichts mehr sagen. Seine Stöße werden immer heftiger, er erzählt sich selbst. Ein Egoist, viel zu sehr damit beschäftigt, seine Lust an den gewölbten Bergrücken auszuleben und den Kindern Angst einzujagen, die den Müttern in die Röcke schlüpfen. Bérengère hat es satt. Sie kehrt ihm achselzuckend den Rücken und steigt wieder zu den schiefen Felsen hinauf, wo sie ihre Dohnen zu stellen pflegt. Sie weiß, daß sie keine Drosseln mehr erwischen wird, der Frühling ist da, und es ist nicht gut, die Tiere während der Paarungszeit in Fallen zu locken. Mit behenden Füßen setzt sie über die schneidenden Steine hinweg, läuft den Berg hinan; in der Ferne ritzt die Sainte-Baume den klaren Himmel an. Plötzlich läßt Pferdegetrampel Bérengère aufhorchen, sie kann sich gerade noch hinter das Dornengestrüpp verkriechen, das den Wegrand säumt.

Es sind ihrer fünf. Vier Männer aus Signes, die einen fünften mit sich führen, der auf sein Reittier gefesselt ist. Bérengère beißt sich auf die Lippen. Sie hat den Anführer erkannt: Herbert der Totschläger, Bernhard von Signes schreckliche rechte Hand, eine große Bestie, vor deren Streichen sämtliche Landbezirke erzittern. Der Olifant ertönt wieder.

»Ihre Jäger sind nicht weit«, brummt einer der Männer.

»Hm, hm«, macht Herbert und zuckt die Schultern. Er hat ihn gleich erkannt: Es ist Guigo, der sich da die Lungen ausbläst, dieser junge Narr, der seit zwei Monaten die Hügel abklopft, um einen alten Einsiedlerwolf zu erlegen. Er fährt fort: »Laß die Jäger, Ribes, es sind die Unseren, im übrigen, ich kann dir sogar sagen, wer: unser junger Herr, Guigo.«

»Aber wir sind auf dem Gebiet unseres Erzfeinds, Arnaud von Méounes!«

»Stimmt«, sagt Herbert ruhig, »hier müssen wir unsere Mission erfüllen. Heute abend übernachten wir in Signes, an der Wärme und mit vollem Bauch. Na ja: wir vier, meine ich. Nicht dieser Schwarzrock da hinten, der uns in Arnauds Auftrag den ganzen Winter ausspionierte.«

Er zeigt auf den sich etwas abseits haltenden Reiter, den Gefesselten: ein Mönch in einem mottenzerfressenen Pelz, aus dem die Wergbüschel hervorlugen, die er sich um den Körper gewickelt hat.

Bérengère reißt die Augen auf: Dieser struppige Bruder, das ist doch Hézelon, ihres Vaters Cousin. Plötzlich versteht sie alles: Er ist nicht nach Aix gegangen, wie er gesagt hatte, nein, er hat sich schlichtweg als Spion im Schlößchen Signes einquartiert. Das schien ganz einfach, niemand kannte ihn dort, da er aus dem Kloster Chanac kam. Bérengère kennt diese Art List. So geht ihr Vater Arnaud zu Werke: mit der Arglist der Schlange. Aber für einmal scheint man dahintergekommen zu sein, Hézelon ist in höchst unguter Lage. Die Pferde haben ganz in ihrer Nähe angehalten, am Ufer des kleinen Baches, der vom Mouré d'Agnis herunterfließt.

»Da ist deine Reise zu Ende«, wirft Herbert dem Mönch zu.

Der fährt hoch und beginnt die Flanken seines Reittiers zu bearbeiten. Selbst gefesselt hat er Aussicht davonzukommen, das weiß er. Er muß bloß so schnell wie möglich die Kirche von Montrieux erreichen, sie ist weniger als eine Meile entfernt. Aber Herbert errät seine Absichten, und der Mönch kann dem Schwert nicht ausweichen, dessen Klingenfläche schwer auf seine Stirn prallt. Bérengère schließt die Augen; er ist ganz nah zu ihr herangerollt, zwischen ihnen liegen nicht mehr als sieben Fuß Dornengestrüpp. Sie macht sich ganz klein und schielt weiterhin mit einem Auge zwischen den Dornen durch.

Kälteschauer, die Höcker der Steine unter dem Gras, der Ruf einer Drossel, der Antwortschrei eines Raben, die Ohrfeige des Windes, ein wilder Hund, der jault, all das drängt sich wirr an seinen schmerzenden Schädel heran. Er macht ein Auge auf, das gute, das andere ist geschwollen und blutüberströmt.

»Er kommt wieder zu sich«, flüstert eine Stimme.

»Endlich.«

Vor dem milchigen Horizont zeichnet sich eine gewaltige Silhouette ab.

»Na, Mönch«, sagt Herbert säuselnd, »du wolltest uns also verlassen?«

»Nein . . .«

»Mund halten! Du hast schon zu viele Lügen erzählt.«

»Aber ich hab euch alles gesagt! Mein Cousin Arnaud wird euch ein gutes Lösegeld zahlen. Laßt mich frei.«

»Arnaud! Der und ein gutes Lösegeld zahlen! Für dein Gerippe! Ha! Ha! Ha! Daß ich nicht lache. Der würde nicht mal seine eigene Tochter loskaufen, dieser Geizhals.«

Bérengère erblaßt. Und obendrein sagt dieser Kerl die Wahrheit. Der Geiz ihres Vaters ist legendär.

»Wartet!« schreit Hézelon. »Ich gebe euch ein Sendschreiben mit für den Superior von Chanac.«

»Chanac! Komm mir nicht mit diesem Kloster vom Ende der Welt. Im übrigen kann ich nicht lesen. Könnt ihr lesen, ihr?«

Die drei anderen Haudegen schütteln verneinend die Köpfe, ein abfälliges Grinsen streift ihre hageren Gesichter. Der Mönch rollt die Augen vor Schrecken. Er weiß, daß er diesen Dämon nicht wird überzeugen können, diese Bestie, diesen Drecksproß aus den verlausten Dörfern, wo Töten Gewohnheitssache ist. Bérengère überläuft es kalt, sie preßt sich die Faust auf den Mund: nur nicht schreien.

Der Ritter hat einen Schritt vorwärts getan und seinen Waffengürtel ausgehakt, an dem drei kupferne Amulette baumeln. Mit unbeholfenen Kriechbewegungen rollt sich sein Opfer kläglich von ihm weg unter die Dornen. Bérengère macht sich noch kleiner, sie hört Hézelons keuchenden Atem und sieht nichts mehr. Ein heftiger Schmerz drückt ihr auf die Brust, sie hat Angst. Herberts Schritte nähern sich. Der Mönch betet. Sein Kopf ist genau da, wo die Dornenranken von Spinnennetzen überwoben sind, die jetzt unter einem magischen Sonnenstrahl in tausend Farben blitzen. Er meint, er sehe den Brennenden Busch und spürt das Leder, das sich ihm langsam um den Hals schlingt, gar nicht mehr.

Herbert läßt ein höhnisches Lachen hören, er nimmt sich Zeit.

»Na sag schon, Kuttenträger, wo wirst du jetzt spionieren gehn?«

Er zieht das Leder ein bißchen an, gerade so stark, daß es sich in die Haut drückt.

»Hast du Arnauds Hirten nicht jeden Tag unter dem spitzen Adlerfelsen deine Nachrichten überbracht? Armer Tölpel! Wir haben dir schon von der ersten Woche an unsere Männer nachgeschickt. Du hattest die Partie zum vornherein verloren.«

Seine Gesichtsmuskeln haben sich etwas gespannt. Jemanden zu erwürgen ist keine leichte Sache, mit einem so breiten Leder schon gar nicht. Seine Wangen bekommen etwas Farbe vor Anstrengung, auch vor Lust. Er sp[illegible]t, wie sie ihre Wellen aussendet, das Ganze wird zu einem sinnlichen Akt. Er zieht straffer an, zieht zu. Und schreit:

»Deinen nächsten Rechenschaftsbericht kannst du dem Satan ablegen, deinem Herrn!«

Bérengère rührt sich nicht; unter ihren schwarzen Wimpern rollen die Tränen hervor, etwas Gräßliches fließt durch ihre Adern. Ihre Angst wächst. Wenn bloß Guigo da wäre. Der Mönch ist jetzt dunkelrot. Sein Blick verdreht sich, und die Arme zucken in einem kümmerlichen Verteidigungsversuch. Er versinkt.

Herbert bleibt noch einen Augenblick über den zuckenden Körper gebeugt, dann richtet er sich auf, schweißnaß und keuchend. Ein vages Gefühl des Abscheus steigt in ihm hoch. Vielleicht hätte er ein paar auf ein Pergament gekritzelte Worte annehmen sollen? Er löst seinen Blick von den blauen Augenhöhlen Hézelons, hebt den Kopf und schluckt angestrengt. Seine Männer stehen noch immer reglos. Hart und kalt haben sie das Ritual der Rache respektiert und warten jetzt auf die Befehle ihres Anführers.

»Los«, sagt der, »nehmt diesen Hund und bindet ihn am höchsten der schiefen Felsen fest. Arnauds Kundschafter sollen ihn so rasch wie möglich finden.«

Die Männer laden den Leichnam aufs Pferd und setzen dann ihren Aufstieg fort.

Lange folgt Bérengères Blick dieser sterblichen Hülle, über die jetzt die Sonne streicht. Das also können sie, die Krieger aus der Provence: Töten! Töten! Töten! Ein Mann hängt da, Trophäe eines Bruderkriegs zwischen den Leuten von Méounes und denen von Signes. Was das junge Mädchen jedoch nicht weiß, ist, daß es hier einem Mord beigewohnt hat, wie er sich im ganzen Abendland tausendfach wiederholt. Europa liegt im Sterben. Privatkriege wüten verheerend in der Christenheit. Aber was weiß man schon, mit sechzehn Jahren und als Frau?

»Dreckige kleine Hure! Hast dich also wieder an der Grenze herumgetrieben, um dich mit diesem Guigo zu treffen.«

Arnaud versetzt ihr eine Ohrfeige. Bérengère unterdrückt einen Schrei und klammert sich an eine Truhe, um nicht hinzufallen. Ihr Vater hat getrunken: nicht verwunderlich. Er schlägt sie: normal, ein Vater hat seinen Kindern gegenüber jedes Recht. Was sie nicht duldet, ist das Gelächter der Konkubinen. Seit dem Tod ihrer Mutter, vor sieben Jahren, gibt es im Schloß nichts mehr als Orgien und Demütigungen. Seltsamerweise hat Arnaud trotz der zahlreichen Mätressen, mit denen er sich umgibt, kein uneheliches Kind gehabt; Bérengère ist froh darüber. Sie ertrüge es nicht, hier, in den Mauern ihrer Kindheit, eine Brut aus verdorbenen Liebschaften herumkrabbeln zu sehen. Ihr Körper schmerzt, ihr Mund blutet, die Wange ist geschwollen, auf zitternden Beinen geht sie durch den großen Saal auf die Ecke zu, in der ihr Schemel steht. Ihr Vater fällt jetzt über Hézelons Leichnam her, den seine Männer auf einen der Tische gelegt haben.

»Und was dich betrifft, schöner Cousin, was sag ich dir? . . .«

Arnaud schüttelt dem Toten gewaltsam den Kopf. Diesen aschfahlen Kopf, mit dem immer noch weit aufgerissenen Mund und der angeschwollenen Zunge darin – es ist, als möchte er etwas sagen.

»Daß du gerade dazu taugst, die Würmer zu füttern, die du im Leibe hast, und weiter nichts. Da! Ich bin gut zu dir, trink!«

Er schüttet ihm aus einem großen Humpen Wein ein, bis er überläuft und dem Toten übers Gesicht fließt.

»Nanu! Du willst meinen Wein nicht trinken!? Wirklich, du taugst nicht mehr als deine Nichte Bérengère, diese Hündin, die sich dem Sohn meines ärgsten Feindes hingibt. Pah! Was rede ich mit dir; du warst ein schlechter Verwandter, ein schlechter Spion, und ein schlechter Toter bist du auch. Du hättest besser getan, in deinem Kloster weiterzubeten. Weg mit dem Aas, werft ihn vor die Hunde! Und wenn die Hunde nichts davon wissen wollen, haben ihn die Raben zum Fraß! Ich, Arnaud, Herr von Méounes, ich habe gesprochen! . . . Wartet!«

Er beugt sich nochmals über Hézelon, fährt ihm mit den Fingernägeln in die Zunge, um daran den Kopf hochzureißen.

»Ein letzter Rat! Wenn du erst einmal in der Hölle bist, sieh zu, daß du meinen Feind korrumpieren kannst, diesen Bernhard von Signes, der dich ins Jenseits schickte.«

Arnaud läßt seinen toten Cousin fahren und wendet sich Anéa zu, seiner Lieblingsfrau, einem dunkelhaarigen Bettelweib, das sich darauf versteht, die Schwänze hochzubringen.

»Anéa, tanz!«

Arnaud geht langsam auf seine Strohmatte zu, die mit Wolfs- und Marderfellen – eine Rarität – bedeckt ist. Sein dicker Bauch, der sich über den kurzen Beinen spannt, schaukelt hin und her.

Anéa hat ihr Tamburin ergriffen, zwei Schatten haben sich an eine alte Radleier und ein Rebec herangemacht, und Alix, eine andere Konkubine, hat sich die mit einem Ziegenfell bespannte Trommel zwischen die Schenkel geklemmt. Arnaud trinkt. Sein Herz klopft bereits heftig. Sein Zorn schwindet und verwandelt sich in Begierde. Mit einer kurzen Handbewegung verlangt er Befriedigung. Anéa schiebt ein Bein vor, dann das andere, sie spreizt sie ein bißchen und wölbt ihr Kreuz, und die ersten Takte erklingen. Die wenigen Getreuen Arnauds blicken gebannt auf die Tänzerin. Anéa ist schön, von einer eigenartig behexenden Schönheit, ihre langen schwarzen Locken geißeln die Luft, ihre kupferne Haut glüht lebendig unter den Fackeln, und die karmingefärbten Fingernägel haschen scharf nach dem Rauch. Arnaud ist völlig hypnotisiert von der Frau; seine linke Hand ist unter dem Rock verschwunden, er bebt. Eine Zaubernadel fährt ihm über den Bauch; und in seinem Kopf wimmelt es von wahnwitzigen Bildern: nackte Leiber, Rundungen, Gerüche. Bérengère schließt die Augen. Sie haßt dieses Weibsstück, das an die Stelle ihrer Mutter getreten ist, und sie haßt ihren Vater, der sie jedesmal zwingt, ihren Lustbarkeiten beizuwohnen. Sieben Jahre dauert das nun schon.

Anéa windet sich auf den Fliesen, ihre Hände zeichnen Arabesken in die Luft, legen sich schwer auf ihren Bauch, pressen ihre Brüste und strecken sich ab und zu Arnaud entgegen, der mit rotem, allzurotem Gesicht die Zähne zusammenbeißt. Anéa ist näher herangekommen, gerade so nah, daß sie ihn leicht streift. Halbgeöffnete Lippen, blitzende Augen unter den halbgeschlossenen Lidern – der Herr von Méounes will sie packen, aber es ist, als haschte er nach dem Wind; mit einem Sprung ist sie ihm entwischt, die besitzgierige Hand greift ins Leere. Anéa kniet nieder und läßt sich nach hinten fallen, ihre Haarfülle breitet sich auf dem Boden aus. Langsam schiebt sie den Stoff ihres Kleides zurück, ihre Knie kommen zum Vorschein, die sehnigen Oberschenkel und dann ihr Schattengeschlecht.

Arnaud ist verrückt, die Lust will platzen in seinem Schoß, seine Schweinsäuglein lechzen nach Vergewaltigung, er geifert. Seine Männer haben sich über die Mägde hergemacht. Anéa weckt heißhungrige Fleischeslüste in ihnen. Arnaud richtet sich auf, sein schwerer Körper ist nichts mehr als Feuer und Flamme. Er will sie augenblicklich, hier. Anéa hat gewonnen, sie weiß es. Triumphierend wölbt sie ihren Leib und bietet sich dem Meister an, der ein letztes Mal befiehlt:

»Bérengère! Reiß die Augen auf, damit du lernst, wie man's macht, um den Männern zu gefallen. Augen auf, sag ich! Sonst kriegst du die Peitsche.«

2. Kapitel

Der Wolf

Lange hat der Olifant vibriert, sein Gebrüll hat das Wild unruhig gemacht, die Hasen aufgeschreckt, Füchse, Wildschweine, das ganze Völkchen, das im Wald und in den Gehölzen lebt. Dann sind auf dem Wanst des Berges wie ein Schmutzfleck zwei kleine graue Staubwirbel aufgetaucht, zwei Männer, die Hals über Kopf den Hang herunterrennen und sich manchmal über die Schutthalden gleiten lassen.

Offensichtlich verfolgen sie etwas, oder sie werden verfolgt. In einem irrwitzigen Wettlauf stürzen sie rücksichtslos durch die angriffigen Dornranken hindurch, setzen in großen Sprüngen über Felsen und Felsspalten hinweg. Sie laufen über den von blühenden Büschen farbig übersäten Grat.

»Laß uns anhalten!« schreit einer der beiden. »Meine Beine tragen mich nicht mehr.«

Auf diesen Ruf hin bleibt sein Gefährte stehen und blickt ihn mit einem brüderlichen Lächeln an.

»Schon gut, ruhen wir ein bißchen aus«, sagt er.

Der andere ist erleichtert. Sein Atem geht stoßweise, er kauert am Rand der kleinen Felswand nieder und fährt sich mit dem Handrücken über Stirn und Lider, denn der Schweiß brennt ihn ätzend in den Augen. Er ist am Ende seiner Kräfte und krümmt sich zusammen, um sein zänkisch schlagendes Herz zu beruhigen. Ein absurdes Sausen ist in seinem Kopf, ein stechender Schmerz wirft ihn hinunter auf das linke Knie, ein verheerendes Feuer lodert in seiner Brust. »Ich werde nie ein Ritter sein«, denkt er und beneidet den andern da neben ihm, der gar nicht erschöpft zu sein scheint. Nach und nach kommt er wieder zu Sinnen und beginnt, die Tiefe seiner breiten Nasenflügel auszuloten. Ancelin ist glücklich, er riecht ihn wieder, den duftenden Thymian, den Majoran. Wunderbare, von den Matronen zubereitete Gerichte füllen ihm den Kopf, er richtet sich in seiner ganzen kleinen Größe auf, stellt sich dem Wind entgegen und sagt:

»He, Guigo! Er ist uns wieder entwischt. Ich rieche ihn nicht mehr.«

Der junge Mann dreht sich um, wendet seine breiten Schultern zur Talebene hin und wirft sich mit einer schroffen Bewegung die braune Haarsträhne zurück, die ihm über das linke Auge fällt. Er hat sehr gute Augen; vielleicht erspäht er ihn noch, diesen verdammten Wolf.

Unvermittelt legt sich der festliche Wind, nichts regt sich mehr, auch die beiden Männer halten den Atem an, um mit dieser Provence, die sie lieben, ganz und gar eins zu sein.

Eine schräg herabstechende Bartgrasmücke, die unter einem Rutenbüschel verschwindet, reißt sie aus ihrer Versunkenheit. Um sich vielleicht ein Gefühl der Sicherheit zu geben, beginnt Guigo ein lustiges Liedchen zu pfeifen und forscht abwägend die undurchdringlichen Züge der Stechpalmen aus, die den Bach verbergen. Er kennt diese Landschaft in- und auswendig, seit zwanzig Jahren durchstreift er sie kreuz und quer. Mittendrin steht das Schlößchen von Signes, von wo aus sein Vater, Bernhard der Harte, Getreuer der Vicomtes und der Bischöfe von Marseille, mit eiserner Hand über den Landbezirk regiert, der sich über vier Afterlehen erstreckt: die Lauzière, Meynarguettes, Beaupré und die Jaconniaire.

Ein friedliches Hoheitsgebiet, besonders seit die feindlichen Einfälle der Sarazener seltener geworden sind. Die Eroberung der unberührten Erde hat sich jahrhundertelang verzögert, aber nun, da die ewige Dreieinigkeit beschlossen hat, das christliche Volk aus der Unterdrückung der Heiden zu befreien, wird das Flachland nach und nach von einem Netz ebenmäßiger Vierecke überzogen, einem Teppich von Feldern in lichten Farben.

Der junge Ritter betrachtet die Tiefebene, zählt die Landstreifen mit Gerste, Weizen und schätzt ab, wie sich das Mengkorn zusammensetzen wird. »Ja«, denkt er, »dieses Jahr werden die Leute von Signes ein besseres Brot essen, weniger schwer, leichter verdaulich.« Ein befriedigtes Lächeln erhellt seine Züge: Sie werden nicht nur Getreide an Toulon und Marseille verkaufen können, das Glück will es, daß der Überschuß an Weizen obendrein die Weißbrotlaibe des Schlosses aufgehen lassen wird, während das Übermaß an Gerste den Ärmsten eine nahrhafte Polenta beschert. Liebkosend läßt er den Blick über die Weinberge des Gapeautales schweifen. Das Wasser läuft ihm im Munde zusammen, wenn er an die Zechgelage der künftigen langen Winterabende denkt. Ein Windstoß schreckt ihn aus seinen Gedanken auf.

»Ancelin, kehren wir zu den Pferden zurück. Wir gehen zum Pilon hinauf.«

Es ist der 1. Juni 1095. Warme Luftschwaden gleiten über der dösenden Garrigue dahin. Gegen den Horizont hin zittert und wogt alles am Boden und trübt den beiden Reitern die Sicht. Durch ihre halbgeschlossenen Augen filtert blendend das Lichtband des steinigen Wegs, der sich zwischen zwei Reihen silberglänzenden Buschwerks vor ihnen hinschlängelt. Die Bilder sprühen Funken und prägen sich träge in ihre Köpfe ein: Lust auf Trägheit, Eidechsengelüste, in der Glut erstarren und warten . . . warten. Eine angenehme Benommenheit schleicht sich zwischen ihren Schultern ein, der schaukelnde Schritt der Pferde trägt das seine dazu bei, aber auch die Düfte, das kaum hörbare Gesumme der Insekten und ein Glockengeläut in der Ferne: Alles lädt zur Mittagsruhe ein. Und so reden sie, um nicht einzuschlafen, das Tier lauert ihnen vielleicht auf. Sie reden von Frauen, was soviel heißt wie von etwas Banalem, was in der Hierarchie der irdischen Güter nach Schwert, Streitroß, Grund und Boden und dem Krieg kommt.

»Ancelin, wen hast du lieber, die Große Mireille oder die Dunkle Marie?«

»Beim Arsch des Teufels! Keine von beiden. Die Große hat Augen wie eine Muttersau; alles schwabbelt an ihr, und sie stinkt hundert Klafter weit. Wohingegen die Dunkle, das ist ein Sack voll Knochen! Wenn ich mit ihr ins Bett gegangen bin, hab ich noch eine Woche lang Rippenschmerzen.«

»Mir scheint, du übertreibst«, antwortet Guigo lachend, »wenn ich auf der Kurtine bin und sie unten im Fluß ein Bad nehmen, sehen sie nicht wie zwei häßliche Dirnen aus.«

»Jaja!«

»Was, jaja!?«

»Jaja! Von weitem, von der Kurtine aus.«

»Ach was! Ich versteh ja, daß du den Wählerischen spielst, wenn wir nach Marseille gehen, wo es so viele Frauen gibt; aber in unsern Dörfern sind sie halt, was sie sind: Weibsstücke, denen man zwischen zwei Türen oder im Gras die Röcke hochschlägt.«

»Du hast gut reden, kleiner Herr, wo du doch nur dieser Adeligen von Méounes nachrennst. Wie heißt sie schon? Ach ja! Bérengère.«

Ins Mark getroffen, läuft der Ritter blutrot an.

»Herrgottnochmal!«

Aber Ancelin, der diesen Hahn und seine Reaktionen kennt, hat schon drei Längen Vorsprung. Guigo schimpft sein Reittier aus und prescht seinerseits voran. Er kann es nicht ausstehen, wenn man ihm mit der Tochter von Méounes kommt. Sein Vater liegt mit den Leuten von dort unten im Streit. Sie haben sich mit der Sippe von der Roque verbündet, um den Mouré-d'Agnis-Turm in ihren Besitz zu bringen. Er würde noch so gern all diesen Mäulern im Dorf die Zungen abschneiden, diese vergifteten Schweinezungen, die bloß alles zu besudeln suchen.

Er verjagt seine Gedanken im Augenblick, da er in die von den Frühlingsregenfällen durchfurchte Bergflanke vordringt. Die Hufe geraten auf den Steinen des Steilhangs ins Rutschen. Ein paar hundert Klafter weit treiben die beiden Reiter ihre Tiere an, dann sind sie es müde; die kleine Anstrengung, zusammen mit der Hitze, hat gereicht. So treffen sie etwas mürrisch bei den Ausläufern des Pilons von Sainte-Baume ein, wo ein fast unbekanntes, von unentwirrbarem Dickicht bewachsenes Gebiet beginnt. Ein Puffer von dornigem Geranke umschließt einen dichten Korkeichenwald.

Ancelin unterdrückt einen Schrei: der Wolf. Der Schrei verwandelt sich in klägliches Jammern:

»Heilige Mutter Gottes, bete für uns! Er ist es, Beelzebub, erbarme dich!«

Ihm klappern die Zähne.

»Nun schweig doch!«

Aber der kleine Knappe will kein Gehör haben und fährt erst recht fort:

»Hast du schon so ein Tier gesehen? In der richtigen Jahreszeit obendrein? Gewöhnlich kommen sie doch im Winter, mit der Kälte und dem Schnee. Aber nein, der hier liebt die Hitze, die Flammen, das ist der leibhaftige Satan! Uns wartet die Verdammnis. Ich will nicht zur Jagd des Grafen Castillon gehören. Hilfe! Zu Hilfe!« heult er und schlägt die Arme über dem Kopf zusammen.

»Weg mit dir! Geh! Du jagst mir noch Angst ein.«

Es braucht kein Wort mehr. Ancelin prescht in einem wilden Galopp Richtung Signes auf und davon.

Der Wolf hat sich nicht geregt. Guigo kann ihn in aller Muße beäugen; hundert Pfund Nerven und Muskeln, ein langer Raubtierkörper mit graubraun gesprenkeltem Fell, ein bedrohliches Maul, in dem sich Todesdünste sammeln.

Langsam steigt Guigo vom Pferd, faßt den schweren, eisenbeschlagenen Spieß fest in seine rechte Hand und tastet linkerhand nach dem Säbel. Auf das Tier zugehen, ohne zu zittern, und ein paar Schritte vor ihm ruhig stehenbleiben. Das hat ihn Ortan gelehrt, der Bär von Belgentier, ein Wachtmeister, der so stark behaart ist, daß man kein Stückchen Haut von seinem Körper sieht. Guigo setzt Fuß vor Fuß.

Der Wolf bewegt sich nicht.

»Noch zehn Schritte, dann stehe ich still«, denkt der Mann und beobachtet seinen Feind. Zehn Schritte. Zwanzig Sekunden, die sich wie Jahrhunderte folgen. Eine andere Zeit. Ein kalter Tropfen perlt auf seiner Stirn. Nein! Man darf nicht Angst haben. Im nachhinein vielleicht. Ja, im nachhinein wird er zittern, das weiß er. Zehn Schritte, er bleibt stehen, blickt unverwandt voraus, während tief in ihm eiskalte Wirbel aufsteigen und wieder versinken. Das Warten zerrüttet ihm die Nerven. Er spürt seine Muskeln nicht mehr. Er ist bereit.

Die beiden Gegner stehen einander gegenüber, vier Klafter voneinander entfernt; zwei Willenskräfte, die sich messen, aufeinanderprallen, zwei Energien, deren Kraft im Ursprung der Zeiten entspringt. Der Wolf hat beschlossen, das Schweigen zu brechen. Mit schräg gesenkter Schnauze und starr auf den Mann gerichtetem Blick weicht er mit seinem kraftvollen Körper zurück.

Guigo spürt, wie es ihm den Magen zusammenschnürt. Er weiß, daß das Tier ihm an die Kehle springen wird, und bereits sieht er den Augenblick kommen, da er mit dem einen Knie wird zu Boden gehen müssen, um dem Tier die Spitze seiner Waffe auf die Brust zu richten. In statuenhafter Unbeweglichkeit schärft Guigo seinen mörderischen Trieb. Er wischt alles weg: seine Dienerschaft, die Kirche, die Liebe. Nach und nach wird er wieder wild.

Dem Wolf sträubt sich das Fell: Er greift an. In einer aufwirbelnden Staubwolke stürzt das Tier nach vorn. Scharlachrote Augen, gelb gebleckte Reißzähne. Der übelriechende Atem des geifernden Mauls, der Gestank nach trockenem Urin kommen nicht dazu, Guigos Ekel zu erregen. An den Schaft seiner Waffe geklammert, spannt er all seine Muskeln und rammt dem Tier den Pfahl zwischen die Rippen. Er spürt die Todeskrämpfe, die den aufgespießten Körper befallen.

Zitternd richtet Guigo sich auf und betrachtet mit grenzenloser Trauer diesen Wolf, der drei Jahre lang die Krieger aller Hausgenossenschaften in Trab gehalten hat.

»Kinder, fürchtet euch nicht mehr, geht, hütet die

Schafe auf dem Feld, ein tapferer Ritter hat das Teufelstier besiegt.« Das werden die Mütter zu ihren Kleinen sagen, denkt er und erstickt sein Bedauern.

Während er an dem klaren Wasser des Figaret entlanggeht, begegnet er den Bauern des Bezirks, die eben ihr Tagwerk beenden. Über eine ganze Meile hin verteilt, sind kleine Menschengrüppchen dabei, den Boden umzuwühlen und sich Erde zwischen die Beine zu häufen. Die einen handhaben die Hacke mit dem krummen Stiel und bearbeiten den Lehm mit der gezahnten Klinge, die andern schlagen ihre zweizinkigen Spaten in die Schollen und reißen die alles überwuchernde Färberröte aus. Guigo ermuntert sie mit einem Zuruf; sie blicken auf und brechen beim Anblick des Tieres, das auf seinem Pferd liegt, in lautes Freudengeschrei aus. Da schürzt er seine Lippen, und in einem bleckenden Lächeln kommen seine weißen Zähne zum Vorschein. Er ist stolz, den Wolf erlegt zu haben. Stolz, ein Ritter zu sein. Stolz auf diese Männer, die Seinen, die um ihr Leben kämpfen, das Unkraut ausreißen, Speicher bauen für den Weizen und Dorngestrüpp und Nesseln abbrennen. In der Ebene arbeitet man hart, und es ist eine Freude für ihn, sie so ertragreich zu sehen. Er lacht. Vorbei der Hunger, vorbei das Leiden, die Täler leben im Rhythmus der singenden Olivenbaumbeschneider, die mit geschickten Fingern ihren »poudadouiro« gebrauchen. Er lacht. Das Lehen häutet sich, es verliert seine Ableger und die Stümpfe aus totem Holz. Das Lehen zieht seine Macht aus der Erde. Es lebt auf, seitdem der heilige Mayeul, Abt von Cluny, zum Kreuzzug gegen die Sarazenen des Fraxinet aufgerufen hat. In drei Feldzügen haben die Freiwilligen das Übel der Berber in der Provence ausgerottet. Die Dörfer haben sich wieder bevölkert, auch die Stadt Toulon, die seit 1021 in den Rang eines Bistums erhoben ist.

Aber Städte und Dörfer bleiben arm. Signes, zu dem er nun hinaufreitet, ist arm. Er schließt die Augen. Eben hat man zur Vesper geläutet. Guigo stellt sich die Frauen und Kinder vor, wie sie ihre dreckigen Behausungen verlassen, um zur Kirche zu gehen. Die gebrechlichen Greise bleiben allein in dem Wirrwarr von Balken, trockenen Steinen und Strohlehm zurück, diesen Mauern, die kläglich zum Himmel ragen. Man hat zur Vesper geläutet: Er wird keinen triumphalen Einzug halten, denn jedermann wird in der Messe sein.

3. Kapitel

Ich, Arnaud, Herr von Méounes

Seit Hézelons Tod ist der Herr von Méounes in mürrischer Laune. Nicht daß er diesen schlechten Verwandten geliebt hätte, o nein, der alte Bock in der Mönchskutte ist genau da, wo er hingehört. Was ihn so kratzbürstig macht, sind alte Erinnerungen, die seit jenem Todesfall in ihm wieder lebendig geworden sind. Seitdem gleicht er einem ruhelosen Raubtier im Käfig, und seine griesgrämige Miene jagt all seine Mätressen in die Flucht; alle bis auf eine: Anéa, seine Lieblingsfrau. Sie ist wie diese wilden Blumen, die auf steinigem Boden sprießen. Sie ist der Keim, der ihn verrückt macht. Aber sie schenkt ihm kein Kind! Keinen Jungen! Anéa mag ihn wohl zu der köstlichsten aller Sünden verführen, sie ist wie alle andern: steril. Davon, daß er selbst nicht zeugungsfähig sei, will er nichts wissen. Im übrigen ist da ja Bérengère, die das Gegenteil beweist. Bérengère, dieser Bastard von Tochter! Er wird rasend, er erinnert sich, als wäre es gestern gewesen. Siebzehn Jahre ist es her, siebzehn! Bei Gott! Wie schnell die Zeit vergeht. Und die Bilder sind noch so gegenwärtig in seinem Schädel, so greifbar.

Wie sie einander gegenüberstanden, er selbst hoch aufgerichtet, der andere auf den Knien, bereit, seine verschränkten Hände in die seinen zu legen. Dann sagte er: »Ich, Arnaud, Herr von Méounes, erkenne Richard von Périgord als Ritter unseres Hauses an.« Und Richard erwies ihm die Ehre und leistete den Treueschwur, dann küßten sie sich auf den Mund. Ein Treueschwur! Dieser Hund! Zwei Monate darauf überraschte er ihn im Bett seiner Frau. Im ersten Augenblick hätte er sie beinahe beide umgebracht, beinahe! Denn Richard aus der Nacht, der Mann, der einen schwarzen linken Arm im Wappen trug – der Mann mit dem Schwarzen Linkarm, wie man ihn hieß –, war ungleich stärker als er und schlug ihn nieder, bevor er die Flucht ergreifen konnte. Neun Monate später kam das Kind zur Welt, seine weibliche Nachkommenschaft: Bérengère.

Der Mann mit dem Schwarzen Linkarm! Arnaud schaudert noch heute. Wie konnte seine Frau Huldera bloß mit diesem Dämon herumhuren. Schön war er, ja, aber das war die Schönheit des Teufels! Und Bérengère, dieser Sproß ihrer schuldigen Liebe, betreibt sie nicht auch Hexerei, wie er, der über und über mit Talismanen behängt war und mit den Sternen sprach? Richard! Von Pilgern, die aus dem Puy zurückkamen, hat Arnaud erfahren, daß er sich in den Dienst eines gewissen Adhémar von Monteil gestellt hat, in den Dienst eines Bischofs! Schöne Verbindung: Finsternis und Licht, davor muß ja der Himmel erzittern. Arnaud preßt sich die Hände auf die Schläfen. So viel er auch trinken mag: Er kann nicht vergessen. Er schließt und öffnet abwechselnd die Augen: Richard steht vor ihm, mit seinen achtzehn Jahren, seiner schwarzen Mähne, seinen Karfunkelsteinen von Augen und dieser großen Axt, die so gefährlich ist in seinen von bizarren Zeichen übersäten Händen.

Die Vision trifft Arnaud so stark, daß ihn ein Krampf befällt; mit verzerrtem Gesicht schreit er auf, als hätten ihn Nadeln in den Magen gestochen. Mit trockenen Lippen wirft er sich nach vorn. Er will den Mann mit dem

Schwarzen Linkarm an der Gurgel packen, aber seine Hände greifen ins Leere. Und wieder brüllt Arnaud auf, so laut diesmal, daß Anéa die Augen aufmacht und sich besorgt erkundigt:

»Was ist, mein guter Herr?«

»Nichts ... nichts«, brummt Arnaud und tastet seinen Bauch ab, den ein übler Schweiß näßt. Er wendet sich ab, um sich zu massieren. Aber nichts entgeht den pechschwarzen Augen seiner Mätresse, die errät, was ihn innerlich zermürbt. Sie streckt sich, katzenhaft bis in die Fingerspitzen, und fragt in wohldurchdachtem Tonfall:

»Quält dich dieser schwarze Ritter wieder? Dieser Richard, von dem man nur flüstern hört, der sich um deine liebe Frau gekümmert hat, während du jagen gingst?«

»Schweig!« schreit er. »Schweig!«

Anéas Worte vernichten ihn, sie reißen seine Wunden auf und zerfressen seine Eingeweide. Er sagt nichts, seine gedrungenen, warmen Finger liegen weiterhin auf seinem Bauch, der ihn immer noch schmerzt. Er schaut sie an, sie schmiegt sich an ihn, er riecht sie: ein Duft nach Honig und Geißblatt. Anéas Fingernägel streifen leicht seine Wange, eine zarte Liebkosung, die ihn erschauern läßt. Anéas Augen lösen Leidenschaften aus. Anéas Zunge ist ein Köder, dem er nicht widerstehen kann, er vergißt den Schwarzen Linkarm, seine Zähne bohren sich in die zarte Haut einer Schulter, die Erinnerungen ziehen sich zurück, und er gibt sich ungeteilt der Gegenwart hin.

Bérengère weiß nicht mehr, wie sie den Haß zügeln soll, der in ihr aufsteigt. Würde ihnen doch bei lebendigem Leibe die Haut abgezogen! Sie ballt die Fäuste und murmelt: »Asmodi, Würgengel, im Namen des höchsten Vaters, des Schöpfers von Himmel und Erde, des Schöpfers der vier Elemente und der Geister, ich beschwöre dich, laß sie von dieser Erde verschwinden!« Nach diesen Worten beißt sie sich auf die Lippen, sie ist zu weit gegangen, sie weiß es, aber sie würde alles tun, nur um sie nicht mehr sehen zu müssen. Ihren Vater, dieses Schwein, das alles beschmutzt, was es berührt, und Anéa, diese unzüchtige Wölfin, die in diesem Augenblick ihre Lust herausschreit. Zutiefst verletzt beginnt Bérengère zu weinen und stammelt: »Mutter, Vater, Guigo, ihr fehlt mir so sehr!«

4. Kapitel

Pilgerfahrt

Richard ist Adhémars Ruf gefolgt und hat die Garnison von Montélimar verlassen. Zum Glück – es hielt ihn nicht länger dort. Wie alle Ritter seiner Zeit träumt er von Kämpfen, von Abenteuern, und es macht ihn rasend, zusehen zu müssen, wie seine Kräfte in Spelunken oder in armseligen Scharmützeln zwischen Söldnern irgendwelcher Afterlehen verkümmern.

Es ist nicht mehr als vier Tage her, da hat er mit seiner Axt zwei Männer erschlagen. Zwei Lumpen, die, sagte er, hinter seinem Rücken hämisch grinsten.

Er ist ein bißchen verrückt, das hat er von seiner Mutter, einer Hexe, die ihn in die Geheimnisse der Gifte und Talismane einweihte. Seinen Vater kennt er nicht, aber von einem Mönch hat er sich sagen lassen, es sei einer der Bastarde des Grafen von Valentinois. Seitdem fragt er sich, welches wohl seine verwandtschaftlichen Bande mit Adhémar von Monteil sein mögen, diesem Bischof, der ihn vor drei Jahren in seinen Dienst genommen hat. Vorher hatte er mit einer Horde von tatendurstigen Rittern – mehr Räuber als Recken – den schwarzen Périgord unsicher gemacht. Spanien hätte ihn gelockt, aber ein Flame, der von dort zurückkam, hatte ihm erklärt, die hohe Zeit der Wiedereroberung sei vorbei, und von wegen Ruhm, da sei außer Flöhen und Krankheiten nichts mehr einzuheimsen. Jetzt wartet er wie Tausende,

Zehntausende seinesgleichen auf einen ihm angemessenen Krieg.

Zehn Tage lang hat er die Arbeiten in der Kathedrale überwacht. Kurios, diese Idee Adhémars! Eine neue Tür aufbrechen lassen. Jetzt, da er fertig ist, muß man den neuen Eingang bewachen und dafür sorgen, daß niemand in die Nähe kommt. Gewiß keine leichte Sache.

Die Kirche Unserer Lieben Frau von Le Puy wimmelt von Pilgern. Das Kloster und seine drei Nebenkirchen überquellen von Menschen, sämtliche Gebäudetrakte sind voll besetzt. Zu Tausenden drängen sie sich Tag für Tag durch das Portal der geweihten Stätte, zu Tausenden warten sie auf ein Wunder, barfüßig, mit Weihekerzen in der Hand, im Büßerhemd bisweilen und immer krähen sie *Salve regina* aus vollem Hals. Man befindet sich allerdings an einem dem mystischen Feuer zuträglichen Ort: diese vulkanische Landschaft, die geheimnisvollen, tief eingeschnittenen Täler ringsum, die von wilden Tieren bewohnten Wälder und darüber der Himmel mit den dunklen Flecken der Bussarde und Raben darin. Das Volk kommt von weit, von sehr weit her, von der Angst vor der Hölle angetrieben, von den unsichtbaren Kräften des Jenseits hergeschleust. Die Prälaten brauchen ihre Schäfchen nicht einmal anzuspornen. Endlos sieht man die Menschenschlangen auf den Wegen herunterkommen, heruntergleiten. Huren und Mönche sind von der gleichen Inbrunst beseelt; der Narr und der Geistliche haben dieselben Gebete im Mund; Adlige und Leibeigene schöpfen aus demselben Glauben Kraft. Vor der Heiligen Jungfrau sind sie alle gleich, so ist es, sie sind alle nichts als arme Sünder, die um Gnade flehen.

Richard und seine zwölf Männer haben alle Hände voll zu tun, um die Horden von Fanatikern abzuwehren, die sich vor dem Hauptportal drücken und, koste es, was es wolle, durch die neue, purpurrot verhängte Tür in die Kirche einzudringen suchen. Diese Tür wird allein Papst Urban II. durchschreiten, niemand sonst, nachher soll die Öffnung wieder zugemauert werden; so hat es Adhémar beschlossen, der dem Statthalter Christi eine grenzenlose Bewunderung entgegenbringt.

Mit Speerstößen werden sie empfangen, diese Gelähmten, diese Krüppel, dieses ganze Strandgut von Elendsgestalten, die sich anmaßen, ihre Not in eine Vorrangstellung umzumünzen, als ob nicht alle Geschöpfe Gottes die gleichen Rechte hätten!

Richard schimpft auf diesen französischen Papst, diesen Eudes aus Châtillon in der Champagne, der auf die Karte der Popularität zu setzen sucht, um seinen wakkelnden Thron zu konsolidieren.

Er kämpft gegen Kaiser Heinrich IV und die Deutschen, gegen seinen Feind Guibert, der als Gegenpapst unter dem Namen Klemens III. mit Unterstützung der Kaiserlichen und der englischen Normannen in Ravenna regiert.

Nach der feierlichen Messe vom 15. August sind sie nach Clermont aufgebrochen. Richard hat es satt. All diese religiösen Feierlichkeiten machen ihn krank. Er hat sich mit Gebeten und Kreuzen den Magen verdorben und ist davon umso streitsüchtiger geworden. Er kocht vor Wut!

Das Konzil ist ein Erfolg. Mehr als zweihund tfünfzig Krummstäbe beteiligen sich an der Prozession und am Gesang des *Veni creator.* Eine illustre Versammlung. Da sind der Bischof von Arras, Lambert, der Bischof von Metz, Pappo, der Abt von Saint-Denis, Martin, der große Gerhard von Thérouanne, Gervin von Amiens, der alte Pibo von Toul, der Bischof Johannes von Orleans, der hitzige Hugo, Bischof von Senlis, der Bruder Wilhelms des Eroberers, Eudes von Conteville, der Bischof Serlon von Siez, Gilbert, Bischof von Evreux, Gontard, der Abt von Jumièges, der Bischof von Tarragona, Bérenger von Rosanes, Peter von Audouque, der Bischof von Pamplona, der Erzbischof von Toledo, Berhard von Sédirac, Dalmatius, Bischof von Compostella, Aimin, Bischof von Toulon, die Bischöfe von Marseille und diejenigen der Auvergne, die Bischöfe von Aquitanien und diejenigen des Languedoc.

Melancholisch hat Richard all den feierlichen Urteilsverkündungen zugehört. Es ging um die Festlegung der Quatember, das Schenkenverbot für die Geistlichen, die Erneuerung des Asylrechts, dann um eine Neuheit: Wer sich an ein Wegkreuz klammerte, wurde unantastbar; anschließend das Kampfverbot: es galt während der Fastenzeit, für den ganzen Advent bis zur Oktav von Epiphanias (Dreikönigen) und an sämtlichen Festtagen Unseres Herrn, der Heiligen Jungfrau sowie der Apostel, ferner jederzeit von Mittwochabend bis Montag früh. Richard hätte beinah sein Schwert zerschlagen, als er das hörte. Das spektakulärste der verkündeten Urteile, das heißt, dasjenige, welches am meisten zu reden gab, war allerdings die feierliche Exkommunizierung des Königs von Frankreich: Philipp I. hat sich in der Tat öffentlich des Ehebruchs schuldig gemacht, er hat seine Frau verlassen und die Frau des Grafen von Anjou, Fulko von Réchin, eines seiner Vasallen, entführt. Der Papst hat ihn aufgefordert, nach Clermont zu kommen, aber Philipp hat sich taub gestellt, er ist rasend in die sinnliche Bertrade von Montfort verliebt.

So vergehen die Stunden; den langen Palavern der einen

antworten die Schmähreden der Hitzköpfe, den Bitten der Schwächsten wird mit ein paar hingeworfenen Brosamen stattgegeben, aber alles geschieht streng nach Recht und Billigkeit, denn Urban wacht über den guten Verlauf des Konzils. Er muß dafür sorgen, daß man auf jeder Ebene Ausgeglichenheit und Gerechtigkeit, eine klare Verhaltensrichtlinie wahrt, die Vorbedingung nämlich zum letzten Akt, den er bisher geheimgehalten hat.

Abend für Abend galoppiert Richard zum Plateau von Gergovia hinauf; da facht er ein Feuer an, zeichnet drei Kreise, zieht das Schwert aus der Scheide und gibt sich einem Singsang von Beschwörungsformeln hin: Er will herausfinden, was der Papst für ein außerordentliches Geheimnis hat. Fumarolewellen schweben durch den feuchten Himmel, ein wiegendes Gewoge, dann verlieren sie sich in unbekannte Welten. Seine Kraft reicht nicht aus, um die Bilder der Vorväter heranzurufen, seine Kraft reicht nicht aus . . . noch nicht. Undeutliche Gesichte wollen ihn an einen Krieg glauben machen, an einen Papst, der sämtliche Kräfte der Christenheit kanalisierte, in eine Richtung schleuste, der die von Hungersnot und Arbeitslosigkeit heimgesuchten nordischen Völker entwurzelte, der die herumziehenden Banden und Ritter auffinge, die nach der Waffenruhe aus Spanien zurückgekehrt sind – ein Krieg, ja, aber gegen wen?

5. Kapitel

Alraunwurzeln

Einmal mehr schickt Guigo sich an zu lesen, was auf dem Pergament geschrieben steht, das ihm Verkaufhannes ausgehändigt hat. Über den Händler führt er Briefwechsel mit Bérengère: Alle zwanzig Tage kommt er auf seiner gewohnheitsmäßigen Tournee im Schloß vorbei. Sie beginnt in Marseille und führt ihn dann über Aubagne, La Cadière, Le Castelet, Evenos, Le Revest, Toulon, La Garde durch das Gapeautal nach Méounes und Signes und von da wieder in die Stadt der Phokäer zurück, wo er sich bei den Pisanern und den Genuesern mit Ware eindeckt.

Guigo ist ganz durcheinander. Die feine Schrift tanzt vor seinen Augen. Verrückte Worte, von denen sein Körper zu lodern beginnt:

»Bereits ist ein Monat vergangen seit unserer letzten Begegnung. Ein Monat: tausendfaches Leid und der Tod, der mir droht. Eines Tages bringen sie mich um. Da seine Konkubinen unfruchtbar bleiben – aber das kommt ja vielleicht von ihm –, hat mein Vater sich in den Kopf gesetzt, mich zu schwängern, aber Anéas Eifersucht verhindert zum Glück diesen entsetzlichen Akt. Dafür läßt er mich schlagen. Sie bringen mich noch um! Schau, diese braunen Flecke da, das ist mein Blut! Ich bitte Dich darum, im Namen unserer Liebe, sie von dieser Erde zu tilgen. Arnaud, Anéa, Alix, Bertrade und Honoria werden in der nächsten Vollmondnacht Alraunwurzeln und Zauberkräuter pflücken gehen. Sie werden von Solut, dem Hexer, und von vier Wachtmeistern begleitet sein. Du wirst sie am Fuß des Caume finden. Vielleicht schreibe ich Dir heute zum letztenmal. Adieu, mein Guigo, ich liebe Dich. Bérengère.«

Guigo zerknüllt das Pergament. Sein Herz schlägt zum Zerspringen. Arnaud, dieser Hund! Sich über seine Tochter hermachen, verflucht sei er. Guigo erinnert sich an ihre erste Begegnung vor drei Jahren. Sie war ... Sie war so rein ... Es war am Revest-Fest ... Er hatte sie geküßt. Dieses Dreckschwein von Arnaud, er wird ihm die Eingeweide herausreißen, das sei geschworen!

»Ich mache ihn kaputt!« sagt er laut.

Bei diesen Worten wenden sich Köpfe nach ihm um, andere schauen auf, und er bereut, seine Gefühle so lauthals verraten zu haben. Fragende Blicke heften sich auf ihn, seine Mutter stößt schon leise Drohungen aus.

»Wen?« fragt sein Vater.

Bernhard faßt seinen Sohn ins Auge. Dieser Hitzkopf, der ihm so zu schaffen macht. Wann wird er endlich aufhören, sich wie ein Verrückter zu gebärden? Gottfried zumindest ist ein vernünftiger Bursche, er geht zur Messe, er kann Rechnung führen und weiß das Land zu roden, wenn es nötig ist. Wohingegen Guigo! Der kann nichts oder so wenig: Vor der herannahenden Gefahr beginnt er zu beten, und rechnen tut er bloß beim Würfelspiel.

»Wen?« fragt Bernhard nochmals und schlägt ihm kräftig auf die Schulter.

Der Stoß bringt Guigo ins Wanken, er läuft glutrot an. Es fehlte nicht viel und er schlüge zurück. Jeder Schlag seines Vaters fällt ihm wie eine Brandfackel in die Brust. Was hat er für eine Zukunft, in seinem Jahrhundert: Er ist nicht einmal der Älteste. Ein armseliges Stückchen Land wird sein Los sein, ein Leben, das zwischen dem Regen, der nicht fallen will, und den sintflutartigen Gewittern hin- und hergerissen wird. Seine Augen sprühen Funken, er hat das Pergament in seine Faust geknüllt.

»Arnaud von Méounes!« stößt er hervor.

»Für einmal bin ich mit dir einig. Natürlich, ich wußte, daß du ihn nicht magst, wie wir alle nicht – aber über diesen so unvermittelten Haß kann ich mich nun doch nur wundern; es sei denn, daß . . . Bérengère . . . Ist es das? Gib es zu!«

Guigo bricht auf einen Schlag zusammen. Er nickt und wirft seinem Vater das Pergamentknäuel vor die Füße. Bernhard hat es nicht eilig. Er blickt abwechselnd auf die rätselhafte Botschaft und wieder auf seinen Sohn, dann bückt er sich, als wäre das ganz natürlich, hebt das Knäuel auf und streicht es sorgfältig glatt. Zuletzt huscht ein siegesbewußtes Lächeln über sein Gesicht.

»Endlich!« brüllt er. »Nach so vielen Jahren, endlich hab ich ihn. Das ist der schönste Tag meines Lebens. Ich werde dir helfen, mein Sohn, und du rettest die Kleine, das verspreche ich dir.«

Das Auge des Mondes wirft sein Licht auf das dürre Land des Caume. Hier ist alles Schwere, nachts: Felsen, Felsen und nochmals Felsen, kaum ein Baum, nichts als die Sippschaften der Büsche mit ihrem Gekräusel, soweit das Auge reicht. Guigo ist angespannt, sie reiten auf einem abfallenden Weg, kaum sichtbar leuchten kleine weiße Steine auf dem dunklen Boden. Seit mehr als einer Stunde sind sie nun schon in dieser herben Landschaft unterwegs. Immer wieder ist sie von unergründlichen Schluchten durchzogen, deren Ränder von gewaltigen zerfurchten Felsen starren. Felsen, die den heftigen Luftströmungen der Gegend, den Wirbeln des Mistrals, den Hieben des Ostwinds zu widerstehen vermögen. Guigo schaudert, seine Einbildungskraft hat ihm einen Streich gespielt, ihm schien, er habe eben ein kristallklares Lachen gehört. Er bekreuzigt sich. In der Ferne glitzern die Lichter von Toulon. Sie sind ihrer zwölf, Bernhard führt sie an, und Bréhat zeigt ihnen den Weg; er ist der einzige, der weiß, wo die Alraunwurzeln zu finden sind. Eine sternklare Nacht, in der die Dame des Himmels throhnt, die den Gesichtern die fahle Blässe von Toten verleiht. Guigo ist zusammengezuckt, als Bréhat ihn am Arm berührte, um ihm zuzuflüstern, sie müßten den Weg jetzt zu Fuß fortsetzen. Sie sind beinah am Ziel, tausend Schritte trennen sie noch von einer breiten Felsspalte, die dem Schlößchen Revest gegenüberliegt. Der schmale, ungangbare Pfad ist beidseits von Dorngestrüpp gesäumt, so kommen sie nur langsam voran. Dann und wann schlägt ein herabrollender Stein mit einem dumpfen Knall in die drückende Stille. Bréhat hält an.

»Hier ist es«, sagt er.

»Verteilt euch«, befiehlt Bernhard.

Mit trockenen Kehlen und schweißnassen Schläfen schwärmen die Männer zwischen den Felsen aus. Ein paar Klafter weiter entdecken sie die feindlichen Pferde, die an die tiefhängenden Äste von fünf kleinen, krummen Kiefern gebunden sind. Die nahe Entscheidung versetzt Bernhard, der sein Schwert fest am Griff faßt, in einen Rausch: Wäre der Moment ein anderer, er würde laut herauslachen. Guigo spürt ein Grollen, das in ihm aufsteigt, heftig pochen ihm die Schläfen. Ein zartes Summen dringt an ihre Ohren, ein sonderbarer Gesang, in dem unaufhörlich der Name Gabriel wiederkehrt. Guigo hält inne und bleibt reglos stehen: Vier weiße Körper tanzen auf einer kleinen Erdaufschüttung vor dunkel aufgerissenen Höhleneingängen, vier nackte Frauen. Er kann den Blick nicht von diesem seltsamen Ballett abwenden, es sind vier beinah unwirkliche Wesen, die sich da händeklatschend im Kreise drehen, die Köpfe in den Nacken werfen und unverständliche Worte psalmodieren. In ihrer Mitte kniet in einem schwarzen Meßgewand der Hexer und reißt Alraunwurzeln aus. Etwas abseits sieht der dicke Arnaud aus, als ob er betete, aber zu wem, zu Gott oder zum Teufel? Guigo gibt sich einen Ruck, er blickt zu seinem Vater hinüber, der eben zum Ruf ansetzt.

Der Ruf hat als Echo widerhallt, dann sind zehn wilde Schatten über die Lichtung hergefallen. Die vier Wachtmänner Arnauds konnten sich nicht verteidigen, sie liegen bereits in den Thymianbüschen. Solut ist reglos in sich zusammengeschrumpft, er hat einen kleinen Pflanzenleib in der Hand und starrt mit weitaufgerissenen Augen dem heranstürmenden Bernhard und diesem großen Schwert entgegen, das so weiß ist unter dem Mond, diesem großen Schwert, das ihm den Schädel spaltet. Arnaud ist aufgesprungen und versucht zu seinem Pferd zu laufen. Guigo versperrt ihm den Weg. Er erinnert sich an sein Versprechen: Seine Klinge bohrt sich dem Herrn von Méounes in den weichen Bauch. Was die vier vor Angst erstarrten Frauen betrifft . . .

Als man ihr den Leichnam ihres Vaters und seiner vier Konkubinen nach Hause brachte, sagte sich Bérengère, endlich sei sie frei, endlich könne sie mit den Drosseln reden, die sich auf die Brunnenränder setzen, könne die Halskette tragen, die ihr die Mutter vor ihrem Tod geschenkt, endlich könne sie ein- und ausgehen wie ein freier Mensch, endlich habe sie die Freiheit, Guigo zu lieben! Gott sei gelobt für soviel Gerechtigkeit!

6. Kapitel

Gott will es

Verloren sitzt der Basileus in seinem gewaltigen Palast. Ihn beschäftigt die Zukunft seines Reichs. Plötzlich klatscht er in die Hände, auf der Stelle erscheinen an die zehn Sklaven und ein Kammerherr. Der Basileus zeigt auf die Urnen und haucht: »Ausleeren!« Die Männer, allen voran der Kammerherr, gehorchen und drehen die Bronzegefäße um, die ein Reigen ineinanderverschlungener Tänzerinnen ziert. Sogleich ergießen sich Hunderte von klingelnden Geldstücken auf den Marmorboden. »Mehr!« befiehlt der Basileus, und es werden weitere Urnen ausgeleert. Solidus, Mark, Denier und Taler singen das Lied der Macht und kollern dem Halbgott vor die scharlachroten Füße. »Genug!« ruft er, »ich muß nachdenken.« Unter der Führung des Kammerherrn treten die Sklaven den Rückzug an. Sie machen kleine Schritte, blicken dabei den Meister nicht an. Mit siebenundvierzig Jahren will dieser dem Schicksal noch einmal ein Schnippchen schlagen. Weshalb muß alles so kompliziert sein, wo es doch in den Heiligen Schriften so klar zu sein scheint? Alexios, den das blitzende Gold getröstet hat, läßt seine Gedanken schweifen:

»Die normannische Gefahr ist abgewendet, jedenfalls im Rückgang begriffen, im Nordwesten können meine Truppen verschnaufen. Bloß in meinen Balkanprovinzen richten ein paar verfluchte Petschenegen noch Schäden an; aber das dauert nun schon mehr als ein Jahrhundert, das Reich kann sich sehr wohl noch ein bißchen länger damit abfinden. Die Nachkommen des großen Malik-Schah streiten sich um das Erbe Kleinasiens. Da muß ich mehr denn je eine Politik der Zwietracht unterstützen, die sie schwächt – wenn sich dieser römische Renegat Diogenes bei Mantzikert bloß nicht hätte niederschlagen lassen ... Nun ja, das ist vorbei! Ich kann es nicht bei diesen zurückeroberten Flecken bleiben lassen, Inseln, Land- und Felsparzellen, Lesbos, Chios, Rhodos, Kysikos, Klazomenai ... Meine Armeen treten an Ort, dabei lügen die astrologischen Zeichen nicht: Es kündet sich eine Zeit großer Wiedereroberungen an.«

Alexios macht es sich auf dem weichen Fußboden etwas bequemer und sieht dabei mit Jammer, daß sein rotes, golddurchwirktes Pallium leicht zerknittert ist. Ein Windhauch bewegt kaum merklich die bläulichen Vorhänge, der Raum ist fast unwirklich mit den unsichtbaren Wänden, die mit kunstvoll verteilten Stoffbahnen so verhängt sind, daß verschiedene Ebenen einerseits verschleiert, anderseits hervorgehoben werden. Ganz hinten, zwischen den Jaspis- und Porphyrsäulen fliegen Vögel seltenster Gattungen herum, ihr fernes, zauberhaftes Gezwitscher verliert sich unter der Wandverkleidung kleiner silberner Kapellen. Ein Lächeln liegt auf den Lippen des Basileus. Er träumt. Im Schatten dreht ein Sklave die Wasseruhr: Für wen arbeitet die Zeit?

Tausend Meilen von da entfernt geht an diesem 27. November 1095 das Konzil von Clermont zu Ende. Es ist an der Zeit, Richard kommt vor Kälte um, er hätte nichts dagegen, mal kurz in der Hölle vorbeizuschauen, um sich aufzuheizen.

Eine gewaltige, buntscheckige Menge hat das Hermfeld überflutet, in dessen Mitte man ein großes Podium errichtet hat. Da drängt sich der große Haufen heran: warm eingemummte Reiche, von Kälteschauern bedeckte Arme. Der Winter läßt sich streng an. Die Lederhändler haben bereits alles verkauft, was sie besaßen. Wehe dem, der sich nicht glücklich in die molligen Falten eines federgefüllten Kleidungsstücks verkriechen kann!

Unter dem reglos verhangenen Himmel spielt ein trockener, scharfer Wind eine Totenklage auf den Stricken, welche die zahlreichen Zelte spannen, die zwischen den Häusern des Marktfleckens aufgeschlagen sind, unerbittlich blasend härtet er die Suhle, die aus dem Lager fließt, und verliert sich schluchzend in die Berge hinein. Die schönen Röcke der Priester und die kleinen, weißen Soutanen der Chorknaben flattern unter seinen Watschen, und den hohen Herren und Prälaten, die in der ersten Reihe sitzen und dem Papst zuhören, preßt er die farbigen Gewänder an den Leib. Dem Oberhaupt der Kirche stehen zu diesem Anlaß die Bischöfe Pibo von Toul, Pappo von Metz und Hugo von Senlis zur Seite.

Urban schlägt seine Zuhörer in Bann.

Hingerissen hängen sie an den Lippen des heiligen Mannes, der seine lange Predigt beschließt: »Ihr, die ihr bislang die Gewohnheit hattet, böse miteinander zu kämpfen, in Privatkriegen euch gegen Gläubige schlugt, schlagt euch gegen die Ungläubigen fortan und führt so einen Krieg zum siegreichen Ende, der schon längst hätte geführt werden müssen. Ihr, die ihr bisher als Räuber durch die Lande zogt, werdet Soldaten; ihr, die ihr einst mit euren Brüdern und Verwandten im Streite lagt, kämpft nun gegen die Barbaren, wie es sich gehört; ihr, die ihr einst Söldnerdienste geleistet, zu schmutzigem Lohn, jetzt könnt ihr den ewigen Lohn gewinnen; wer sich bis anhin zum Nachteil von Leib und Seele verausgabt hat, wird für seine Anstrengung jetzt doppelt belohnt. Was will ich noch sagen? Auf der einen Seite werden die Elenden, auf der andern die Reichen sein; hie die Feinde Gottes, hie seine Freunde. Engagiert euch, zögert nicht; regelt eure Geschäfte, Krieger, und deckt euch mit allem ein, was ihr für eure täglichen Bedürfnisse braucht; wenn der Winter aus ist und der Frühling einzieht, macht euch frohgemut auf, unter der Führung des Herrn.«

Auf diese Worte hin senden die Bischöfe Dalmatius von Compostella und Bérenger von Rosanes aus Tarragona unverzüglich Boten in ihre Provinzen ab. Adhémar von Monteil erhebt sich mit strahlendem Gesicht und bittet darum, das Kreuz entgegennehmen zu dürfen. Ein Ritter und ein Geistlicher bringen ein Stück Tuch, aus dem man Stoffkreuze auszuschneiden beginnt, welche der Papst eines nach dem andern segnet, bevor man sie verteilt.

Alle wollen das Kreuz nehmen. Alle stürzen sich begeistert aufs Podium, es ist ein Gedränge und Geschubse im Ansturm, niemand will sich sein Stückchen Paradies entgehen lassen.

Richard ist außer sich vor Freude, zärtlich hegt er sein kleines Kreuz, diesen Passierschein, der ihm die zeitliche Straffreiheit garantiert. Ah! Die werden ja sehen, diese Türkenhunde, wozu ein christlicher Ritter imstande ist!

Ja, Urban hat ins Schwarze getroffen, aber er ahnt nicht, in welchem Maß seine Hoffnungen noch übertroffen werden sollen.

GOTT WILL ES!

Diese drei Worte entflammen bereits ganz Europa.

7. Kapitel

Der Mönchsanteil und der Anteil der Wölfe

Ein Mönch hat sich Papst Urbans Aufruf zu eigen gemacht: Peter der Eremit. Er wartet nicht darauf, daß die Fürsten ihre Hebel in Bewegung setzen, vielmehr beschließt er, zu seinem eigenen Kreuzzug aufzurufen. Es heißt, ihm sei, als er zum Heiligen Grab gepilgert, Christus im Traum erschienen und habe ihn aufgefordert, zum Papst zu gehen, damit dieser den Kreuzzug predige. Er soll dem Pontifex maximus einen Brief überbracht haben, der himmlischer Herkunft war.

Wenn man den Mönch von Amiens reden hört, hört man einen Engel reden. In kürzester Zeit ist Peter so bekannt wie der König von Frankreich; man vergißt sogar, daß die Idee des Kreuzzuges vom Papst ausgegangen ist, Peter erntet den ganzen Ruhm.

In eine einfache wollene Kutte gehüllt, die seine Magerkeit nur schlecht verbirgt, reitet er auf seinem Esel von Stadt zu Stadt. Wenn er auf einem Jahrmarktsanger, einem Platz oder in einer Straße auftaucht, sammelt sich sogleich eine Menschenmenge um ihn herum. Dieser Mann mit seinem durchscheinenden, bleichen Gesicht ist ein Heiliger, man verehrt, man vergöttert ihn.

Peter bringt es fertig, auf seine Weise, Tag für Tag, wie es gerade kommt, eine Armee aufzubieten. Er betet, mahnt und ermuntert, er rekrutiert in allen Marktflecken und Städten des Königreichs Frankreich, im Herzogtum der Normandie und in den Ländern des Kaiserreichs. Kein Tag vergeht, daß er nicht einfache, arme Leute dazu bewegt, sich ihm anzuschließen, keine Stunde, daß nicht ein Räuber oder Bettler zu ihm kommt. Spreu und Weizen vermischen sich, aber Peter will sie nicht voneinander trennen; setzt er sich nicht für die Sache Jesu Christi ein, für den Herrn? Geht es nicht darum, das Heilige Grab zu verteidigen? Warum also die Wölfe von den Schafen zu sondern suchen, da sie doch alle für die heilige Sache gewonnen sind?

In der guten Stadt Rouen drängt man sich derart zahlreich um ihn herum, daß Peter auf einen Brunnenrand steigen muß. Und seine Stimme trägt, trägt . . .

»Herr, du bist groß, und dein Volk ist demütig. Du bist die Wahrheit, wir sind die Unkenntnis. Dein Ruhm erstrahlt in den Himmeln, und wir . . . wir Armen hoffen auf einen Schimmer deines Lichts. Aber heute wendest du deinen Blick von uns ab; du erleuchtest den Weg zur ewigen Glückseligkeit nicht mehr; die ganze Welt wird von den Flammen der Hölle bedroht, seitdem die Heiligen Stätten, da wo dein Sohn geboren, gestorben und wiederauferstanden ist, seitdem diese Stätten von den Dämonen überfallen worden sind! O Herr! Dein Zorn ist gerecht! Die Ungläubigen haben Jerusalem beschmutzt. Herr, deine Kinder sind mit Blindheit geschlagen!«

Zwei Lastträger und ein Tuchhändler bekreuzigen sich; ein ganzes Trüppchen Bettler, alle von Ungeziefer zerfressen, fällt einhellig auf die Knie; ein paar Wegbereiter und Abbrucharbeiter, die unter einem breiten Torbogen beschäftigt sind, brechen in verzweifeltes Seufzen aus und lassen ihre Pickel auf die Steinhaufen gleiten. Aufs höchste erregt, schreit die Menge ihre Ohnmacht heraus, die Männer schlagen sich an die Stirn, die Frauen ringen angstvoll die Hände, und die Kinder beißen sich auf die Lippen angesichts der verwirrten Erwachsenenwelt.

Ein Schwefelgeruch zieht über die Stadt. Tausend Augen blicken zum Himmel auf, Tausende beten, er möge nicht in Schwarz umschlagen. Auf allem scheint ein entsetzliches Gewicht zu lasten, das Übel ist greifbar herangerückt, die Verzweiflung breitet ihre ledernen Flügel aus. Alle glauben sie Eisengerassel zu hören, vor Grauen triefende Chöre. Schritte nähern sich, und der da auf sie zukommt, schleppt die Fesseln der Menschheit hinter sich her.

Peters Stimme wird lauter, sie donnert durch den Äther:

»Fluchbeladen sind wir! Bald werden wir allesamt bei den Verdammten im Reiche der Finsternis sein; bald lodern unsere Eingeweide im Feuer Luzifers, und unsere Herzen machen den Fraß der Dämonen fett! Sie erwarten uns schon in ihren stinkenden Höhlen. Wir werden die entsetzlichsten Qualen auf uns nehmen müssen, für alle Ewigkeit, machen wir uns gefaßt . . .«

Männer und Frauen schluchzen vor Verzweiflung. Von Hysterie gepackt, töten sie ihre Sinnenlust ab, in der Hoffnung, der himmlischen Strafe zu entgehen. Wogen von Geschrei und tödliche Stille wechseln miteinander ab, die Worte des Mönchs brausen ihnen durch die Köpfe, ihre Kräfte schwinden dahin. Bald werden sie weiter nichts mehr sein als ein todkranker Haufen im peitschenden Sturm.

Und Peter spricht weiter:

»Aber der Herr, in seiner unendlichen Barmherzigkeit, will seine Kinder nicht in den höllischen Flammen verderben lassen . . .«

Die noch tränennassen Augen beginnen zu strahlen, rotverstriemte Vollmondgesichter bekommen menschliche Züge, alle Hälse recken sich dem kleinen Mann entgegen. Die Schmächtigen, die Bedrückten, die Verzweifelten, diejenigen, die in den letzten Zügen liegen, die Verurteilten, Gottverlassenen richten sich auf und spitzen die Ohren.

»Diejenigen, die Christi Grab aus den Händen der Heiden befreien, die nach Jerusalem ziehen, um den Schmutz der Ungläubigen herunterzuwaschen von den Heiligen Stätten, diejenigen, die an meiner Seite zum Ruhme Jesu zu Felde ziehen – ihnen werden ihre Sünden vergeben sein. Ich sage euch, Brüder, ich sage euch, Schwestern: Am Ende des Weges wartet der ewige Friede auf euch!«

Peter verschränkt seine Hände über der Brust und verharrt in Ekstase.

»Kommt mit mir! Folget mir nach!«

Gerettet! Sie sind gerettet! Die Kinder werfen Händevoll Erde in die Luft, die ihnen in Staubkaskaden auf die Köpfe fällt. Die Älteren lachen, beglückwünschen sich gegenseitig, was sie mit kräftigen Klapsen auf den Rükken unterstreichen, und niemand achtet auf die Beutelschneider, die inzwischen reiche Ernte halten. »Ja! Ja! Ja! Folgen wir Peter nach!« schreien die Kühnsten im Volk. Schließlich reißt man dem heiligen Esel die Haare aus, um daraus Reliquien zu machen.

Peters biblische Worte haben all die kleinen Leute von der panischen Angst vor der Hölle befreit. Jetzt werden fröhlich Tische und Böcke aufgestellt für das improvisierte Fest, an dem die Getreuen des Mönchs sich werden sattessen können.

An diesem Abend stehlen drei Gestalten sich rasch aus

dem behelfsmäßig errichteten Lager davon. Bald haben sie eine geheime Ausfalltür erreicht. Peter und zwei Getreue, die einen Wachtmeister als Helfershelfer haben gewinnen können, dringen ins Festungsinnere ein und eilen unauffällig dem Judenviertel entgegen.

Kurz nach der Frühmette kehrt das Grüppchen ins Lager zurück und verschwindet lautlos zwischen ein paar Bündeln Stroh.

Als sie vor indiskreten Blicken geschützt sind und sich vergewissert haben, daß ihnen niemand zuhört, vertraut Peter Mordred zwei Säcke Kupfermünzen und einen kleinen Beutel mit Goldstücken an und flüstert ihm zu:

»Damit können wir es einen Monat lang machen.«

»Aber warum bloß haben die Juden dir ein solches Geschenk gemacht?« fragt Simeon.

»Weil sie bei unserem Vormarsch alles zu gewinnen haben«, antwortet der Mönch. »Sie glauben an unser gutes Recht, und Jerusalem gehört ein bißchen ihnen . . .«

Immer wieder durchbricht ein Räuspern, Husten, Gurgeln die Nacht. Peter späht in die dunkle Umgebung hinaus, prüft mit forschendem Blick die verschwommenen Gestalten in unmittelbarer Nähe, horcht aufmerksam auf die Geräusche, die sie machen in ihrem scheinbaren Schlaf. Viele haben sich ihm heute angeschlossen, er hegt ein gewisses Mißtrauen. Aber dann fährt er beruhigt fort:

»Vielleicht wollen sie ganz einfach nicht, daß wir uns von unserem Ziel ablenken lassen, um uns gegen sie zu wenden, vielleicht fühlen sie sich am Tod des Heilands ein bißchen schuldig? So erleichtern sie uns die Aufgabe . . . Ich frage mich; tatsächlich weiß ich es selber nicht. Aber wie auch immer, sie verdienen unsere Freundschaft, und ich werde nicht dulden, daß man sie etwa erpreßt; sie bezahlen uns großzügig, ganz im Gegensatz zu den Fürsten. Der Großrabbiner hat mir ein Empfehlungsschreiben für seine Brüder in Mainz mitgegeben. So werden wir unsere Armen von Stadt zu Stadt ernähren können, bis zu den Grenzen des Kaiserreichs.«

Ein Lächeln huscht über die ausgezehrten, müden Gesichter seiner Gefährten. Er hat ihnen nichts mehr zu sagen, und einmütig kehren sie jeder auf seinen Strohsack zurück.

Auf seiner alten Wollkutte ausgestreckt, träumt der kleine Mönch mit offenen Augen: Er steht, von einem Glorienschein übergossen, am Fuße von Golgotha.

Aber auch die Wölfe haben ihre Schlupfwinkel verlassen.

Graf Emich von Leiningen, Raubritter vom Rhein, hat seinen Kreuzzug damit begonnen, daß er unter den Juden der Rheinstädte ein Blutbad anrichtete, um ihnen ihr Hab und Gut zu rauben.

Das Massaker nahm am 3. Mai in Speyer seinen Anfang und wurde dann in Mainz, Köln, Trier und Worms fortgesetzt. In Mainz erlebte der Graf eine Enttäuschung: Er konnte bloß dem Hauslehrer der Gemeinschaft, Rabbi Samuel Ben Cohen, und zweiundzwanzig seiner Kommilitonen das Fell abziehen. In Speyer gelang es dem Bischof Johannes, die Juden in seinem Palast in Schutz zu nehmen. Einige Mörder wurden verhaftet, und man schlug ihnen die Hände ab. In Trier konnten Emichs Mordgesellen nicht ins bischöfliche Schloß eindringen, in dem mehrere hundert Semiten Zuflucht gesucht hatten. In Mainz hingegen wurde das Bischofspalais von den mörderischen Banden gestürmt, und die jüdische Gemeinschaft, die sich in den Schutz der Kirche gestellt hatte, wurde niedergemetzelt. Bischof Rothard hatte sich gerade noch rechtzeitig absetzen können! So ging es auch in Worms.

Vergeblich protestierte Rabbi Kalonimos, das Oberhaupt der jüdischen Gemeinschaft in Mainz – er wurde am 29. Mai getötet –, vergeblich protestierten Kaiser Heinrich Iv und Gottfried von Bouillon gegen die antisemitische Welle: Es hatten sich bereits andere Mörderbanden gebildet.

Volkmar, der Metzger, kocht vor Wut. Er hat nicht soviel Glück wie der dicke Emich von Leiningen. Zahlreiche Städte haben ihre Tore geschlossen, als er mit seiner Truppe daherkam. Seine Bande von Halsabschneidern macht Eindruck, stimmt: Es sind ihrer zwölftausend. Vorgestern hätte er beinahe den Befehl gegeben, diese verfluchte Stadt Usti am Fuße des Erzgebirges im Elbetal zu stürmen. Dann hat er darauf verzichtet. Soll das jüdische Ungeziefer – gar nicht so zahlreich, im übrigen – doch die Christen der Stadt verseuchen. Und, wird man sie einlassen, ja oder nein? Sie werden nicht die ganze Nacht da vor Prag stehenbleiben und warten, bis die Premysliden geruhen . . .

Volkmar ist höchst aufgebracht, vier Stunden bereits ist es her, daß eine Delegation die Moldau überschritten hat, um die Erlaubnis zum Betreten der Stadt einzuholen. Was treiben sie bloß? Er hat ihnen alles versprochen, was sie wollten: keine Plünderungen, kein Judenmassaker, keine Diebstähle. Er hat sogar geschworen, er werde mit seinen Hauptleuten in der Basilika des heiligen Georg die Beichte ablegen!

Da stehen sie vor dem Fluß aufgepflanzt, hinter ihnen das Abendglühen: Volkmar, lässig auf den Stiel seiner Axt gestützt, starrt den Mond an, dessen erster Schimmer auf die Wellen fällt; Licor mit den Raubtieraugen, des Metzgers rechte Hand, eine Blutspur anstelle der Seele und anstelle des Rosenkranzes ein Würgestrick; Robert Brahe von Regensburg, Zweifinger genannt, wegen seiner zur Hälfte amputierten linken Hand (er ist noch jung, hat aber schon eine beträchtliche Sammlung von Leichen); Mesguoen, mit seinem mit Perlmutterscherben gespickten Zopf, Mesguoen der Gewinner, der sich beständig im Kreise dreht und seine Schwertklinge liebkost. Er flucht auf gälisch, mit einem vom Wahnsinn zerrissenen Blick. Sie warten. Zwölftausend Barbaren, zwölftausend Köpfe voller Feuersbrünste, voller Bilder von gevierteilten Frauen und erstochenen Männern, Köpfe, in denen ganze Gefolge verworrener Träume umgehen, in denen Plünderung als ein Dogma erscheint, in denen Verstümmelungen zum Ritual gehören. Die Nacht geht vorbei.

Das rote Auge der Sonne hat das fabelhafte Durcheinander dieser seltsamen Armee mit seinem Blick gestreift. Die Vögel haben gesungen, die Nacht hat sich im Westen zum Sterben hingelegt, und Prags Tore sind aufgegangen.

Volkmar hat sein Pferd zum großen, von zwei gewaltigen Backsteintürmen flankierten Tor hinübergelenkt, die Meute folgt brav. Niemand empfängt sie, bloß drei untergeordnete Offiziere und etwa fünfzig Bogenschützen sind da. Mesguoen und Zweifinger überrennen diese mehr als störende Wachmannschaft und verschwinden mit zweihundert Mann in einer Nebenstraße. Licor verzieht sich mit seinen Würgern. Aber es brennt im Judenviertel! Aber man hört Schreie! Volkmar hetzt seine Banden an. Er brüllt, um die Totschläger aufzureizen, er selbst fällt mit Fußtritten über eine Schwangere her.

»Nanu, Hündin, kannst nicht ein bißchen lauter

schreien. Ach so! Willst es behalten, was? Das Schlangengewächs in deinem Bauch . . .«

Der Metzger geifert. Er bückt sich und bohrt seinem Opfer die Fingernägel ins Geschlecht. Die Frau windet sich vor Schmerzen. Er wird es ihr doch wohl noch herausreißen können, das kleine Ungeheuer, das sich in der dreckigen Höhle versteckt. Mesguoen und Zweifinger haben den Rabbiner gefunden. Er hatte sich beim Bischof verkrochen; als erstes haben sie ihm Augen und Hoden ausgerissen und sie mit Gewalt einem jungen Mädchen verfüttert, über das ein Rudel Wüstlinge herfiel, dann haben sie den Rabbiner auf einen Pfahl gespießt.

Das Grauen geht zwischen den Häusern um. Banden Betrunkener fallen über keuchende Gestalten her, raubtierhafte Geschöpfe reißen mit scharfen Pranken Unschuldigen das Fleisch von den Knochen, Todcskandidaten schlittern in Scheiterhaufen hinein, die sie anzünden. Das Massaker dauert drei Tage.

Aber alles hat ein Ende. Volkmar wird mit seinen Männern durch den König von Ungarn im Juli 1096 seinerseits niedergemacht. Das gleiche Schicksal trifft eine andere Bande von Deutschen, fünfzehntausend Räuber mit ihrem Anführer, einem Abenteurer namens Gottschalk. Was Emich betrifft, so ist seine Armee vor kurzem bei Wieselburg aufgerieben worden, dem Grafen selbst ist die Flucht geglückt. Die Kreuzzüge der Raubritter sind aber endgültig vorbei.

8. Kapitel

Mitten im Winter

8. Februar 1096. Seit vierzehn Tagen liegt eine gefrorene Schneeschicht auf dem Land von Signes, und die Wölfe schleichen um die Dörfer herum. Erstarrt und halb von den Raben zerfressen, stellt der Gehängte von Briancâon – ein Viehräuber – triumphierend seine rauhreifbedeckten Überreste zur Schau; ein König im Hermelinpelz, könnte man meinen, mit einem bis auf die Knochen abgezehrten Gesicht, das ewig seinen Höflingen zulächelt, den Wölfen, die darauf warten, daß der Strick reißt.

Nachts hört man sie heulen. Jedermann verbarrikadiert sich in seiner Hütte.

Im Schloß langweilt man sich nicht. Vor zwei Tagen sind mit dem Nordwind fünf Reiter aus Avignon hier eingetroffen, die nach Rom unterwegs sind. Im Winter sind Besucher rar, und die Schloßbewohner haben sie sogleich eifrig umhegt, sie brennen darauf, neue Geschichten zuhören.

Ein Baumstrunk wimmert in dem riesigen Kamin. Die Rindenstücke flackern auf, krachen, bersten, das Holz, an dem die Flammen lecken, zischt unheilvoll.

Die Mahlzeit hat sich lange hingezogen, Frauen und Männer haben das Maul voll genommen im Hin und Her von Rede und Antwort, mit weintriefenden Lippen, fettglänzenden Bärten, mit vom schweren Roten dumpfen Köpfen, mit angriffigen Fäusten, lüsternen Fingerspitzen. Dann hat sich der Aufruhr gelegt, Bernhard, Johanna, die Ritter und ihre Gemahlinnen beschließen, Raimund Grau-Nase aus Châteaurenard zuzuhören. Ein dreifacher Kreis von Zuhörern, die in ihre mit Werg gestopften Schaffelle eingemummt sind, ein lebhaft gestikulierender, zungenfertiger Mann in ihrer Mitte – der Abend verspricht interessant zu werden.

Von Zeit zu Zeit spuckt der Ritter zum Kamin hinüber, streicht sich über den Bart und fährt dann mit seiner Rede fort.

»So ist es! Die großen fränkischen Fürsten, die Flamen, Normannen und Provenzalen haben sich entschlossen, das Kreuz zu nehmen und die Ungläubigen aus der Heiligen Stadt zu vertreiben.«

Während des Sprechens kratzt sich Raimund dauernd am Kopf – eine Manie – und versucht dann der Fettröllchen unter seinen Fingernägeln habhaft zu werden.

»Der Papst hat diesen großen Tanz organisiert.«

Einen nach dem andern führt er seine dreckigen Fingernägel an seine Schneidezähne, kratzt mit einer Drehung des Handgelenks das weißliche Gemisch heraus und läßt es sich auf der Zunge zergehen.

»Es heißt, ein ganzer Troß armer Leute sei bereits unterwegs, ein Eremit führe sie an, selbst der Kaiser des Orients hat sich eingemischt; wie nennt man ihn schon ... Basilikum ... nein ... Basilian ... Ach, tut ja schließlich nichts zur Sache, er ist das Oberhaupt der Griechen!«

Der Talg ist allzu fad, er spuckt einen langen, grünlichen Speichelstrahl ins Feuer, das darob vor Entrüstung zischt.

»Und was geht das uns an?« fragt der Herr des Hauses, der noch an einem Hühnerknochen nagt.

»Es geht um einen Platz im Paradies, wahrhaftig!« gibt Grau-Nase zurück.

Reinhold von Beaupré läßt ein zustimmendes Pfeifen hören.

»Nicht schlecht, nicht schlecht!«

Johanna schluckt leer, soll er doch krepieren, dieser Reinhold, und sein Weib mit ihm! Für alles, was heilig ist, scheinen sie dauernd nur Spott übrig zu haben.

»Und, meine Herrschaften, nicht zu vergessen: Die Barbaren strotzen vor Reichtum«, fährt jetzt Richard fort.

Gottfrieds Augen blitzen begehrlich.

»Ah!« schreit er. »Das tönt schon besser!«

Er sieht den Schlag nicht kommen, Johanna verfehlt ihn nicht: mitten in die Nase! Daß dieser Lump von Reinhold sich seine bissigen Bemerkungen gestattet, mag ja noch hingehen, ihrem Sohn hingegen läßt sie solches nicht durch.

Da taucht im dunklen Hintergrund des Raumes auf einmal ein bleiches Gesicht mit hohen, blaugeäderten Wangenknochen auf und kommt auf die derbe Versammlung zu. Bald wirft das Feuer eine künstliche Röte auf die kalten Züge, Leben kommt in den lippenlosen Mund.

»Lästert nicht, Brüder! Ihr dürft die Sache Jesu Christi nicht mit euren Schatztruhen durcheinanderbringen.«

Eine beruhigende Stimme. Ohne sich zu überstürzen, fließen die Worte über die Lippen. Guigo kann ein Murmeln nicht unterdrücken:

»Was hat denn der da dreinzureden? Gräßlicher Vogel ...«

Der Störenfried heißt Jouxte und ist ein Angehöriger der Sankt-Viktor-Abtei in Marseille. Er wirft dem unverschämten jungen Kerl einen kalten Blick zu und fährt dann fort:

»Bruder Rémi, der Kartäuser von Alt-Montrieux, der aus Lyon zurückkam, hat uns bereits über die weissagenden Worte des Papstes ins Bild gesetzt.«

Jouxte hebt die Hand und zeigt zur gewölbten Decke hinauf; der Ärmel seiner Soutane gleitet langsam nach hinten, ein langer, knochiger Arm kommt zum Vorschein. Dann spreizt sich die durchscheinende Hand und schließt sich langsam wieder, um den Siegeswillen zu bekunden.

»Diese Sache betrifft die ganze Christenheit. Jedermann in den Königreichen des Abendlands muß für Christus kämpfen.«

Die Stimme wird lauter, sie hallt durch den Raum; im wechselnden Tonfall, der von schrillem Zirpen bis zu behaglichem Schnurren reicht, werden dic Worte lebendig.

Eine Stunde ist vergangen. Jeder sieht den andern durch einen Schleier hindurch, so sehr ist der Raum verraucht. Alle scheinen in einen endlosen Traum versunken zu sein. Unverwandt starren sie auf ihre Hände, die sich im Rhythmus der Rede falten und wieder entfalten.

»Nehmt euch, ihr Sünder, vor Gottes Zorn in acht! Zittert vor ihm!«

Der gespensterhafte Redner rollt ununterbrochen seine Sätze ab, und sein Blick bleibt verloren im magischen Labyrinth der vier Elemente hängen. Die Herrschaften nehmen Gestalten aus dem Jenseits wahr, die durch die rauhen Steinmauern sickern. Die altüberlieferte Angst vor dem Teufel regt sich in jedermanns Bauch, unter dem Gewicht der Offenbarungen neigen sich die Köpfe. Beim Lanzenstechen oder vor einem leibhaftig anrückenden Feind fürchten sie sich nicht. Aber dieser nur zu ahnende, nicht zu fassende Feind ist zu stark, viel zu stark.

»Die Feiglinge werden die Flammen der Hölle kennenlernen.«

Ein eisiger Hauch überläuft die Wirbelsäulen. Irgendwo in der Finsternis heult ein Wolf. Die Haare sträuben sich, Zähne klappern.

»Hört ihr die Wölfe? Sie künden das Kommen eures zukünftigen Herrn, sie künden Satan an!«

Der Höhepunkt ist erreicht, die Hand fällt auf den Rosenkranz herab. Das ist die Befreiung. Der Schatten nimmt wieder eine menschliche Stimme an:

»Laßt uns beten, Brüder.«

Grau-Nase fällt in die Knie und bekreuzigt sich.

Auch Bérengère hat sich bekreuzigt, bevor sie unter die Pelze kroch. Es ist kalt, trotz der Filzdecken, mit denen die Bogenscharten verhängt sind, und trotz des Feuers im Kamin, das die Mägde schüren. Es ist kalt, und sie ist allein. Ihr Onkel aus Brignoles hat ihr – vorläufig – verboten, den Mörder ihres Vaters wiederzusehen, damit die bösen Zungen nichts zu reden haben, vor allem, und damit man sich nicht den Tadel der Prälaten zuzieht. Ihr guter Onkel Vormund ist indessen nicht allzu streng: Bis zum Frühjahr wird sie die Trauerzeit einhalten müssen, danach kann sie mit ihrer Haut anfangen, was sie will – nicht mit den Gütern allerdings. Unterdessen läßt er sie von einem seiner getreuen Ritter überwachen und beschützen: Pons, der in eine Decke eingerollt quer vor der Türe liegt und schnarcht wie zwei. Pons, der Vielfraß, der seine gefüllte Ente verdaut und dabei von anderen Leckerbissen träumt. Pons ist ein dicker, guter Junge, sie mag ihn. Bérengère fröstelt, es wird immer kälter, der

Wind und die Wölfe heulen um die Wette, die Mägde sind eingeschlafen und haben das Feuer vergessen, da ist nur noch Glut. Bérengère schließt die Augen und sieht ihr Land vor sich. Eine Schneedecke unter sternlosem Himmel, das Brachland mit den krummen, gefrorenen Bäumen darauf, die runden, weißen Hügelrücken, die steinernen Kuppeln der »Borries«, die im Sommer den Hirten und im Winter den Raubtieren als Unterschlupf dienen, und, näher beim Schloß, das eisige Grab mit dem Wappen ihres Vaters darauf: ein Roßkastanienblatt in einem dreifachen Kreis. Ihr Vater! Er ist es nie gewesen. Sie hat es schon immer gewußt. Ihre Mutter hat ihr alles gesagt, bevor sie starb. Nie hatte die sanfte Huldera ihre entsetzliche Sünde bereut, jedermann wußte davon. Bérengère erinnert sich an ihre Worte. Ihr wirklicher Vater heißt Richard von Périgord. Ein Abenteurer, ein Raubritter, ein Hexer soll er sein. Er trägt einen Schild mit einem schwarzen linken Arm darauf und schwingt die schwere normannische Axt. Ihr Vater! Wie oft hat sie ihn sich schon vorgestellt, ohne sich wirklich ein Bild von ihm machen zu können? Weiß nicht wie oft. Seltsamerweise flößt er ihr Angst ein, und zugleich ist sie stolz auf ihn. Ihre Mutter hatte ihr bloß gesagt, er sei schön wie das Böse und ein fabelhafter Krieger, trotz seiner erst achtzehn Jahre. Bérengère konzentriert sich und sucht ganz zuinnerst in sich selbst nach dieser dunklen Silhouette auf einem schwarzen Pferd, einer Silhouette, in der zwei Augen glühen. »Vater«, denkt sie heftig, »wo du auch sein magst, ich werde dich finden!«

Ihm hingegen, Richard, ist nicht kalt, dabei ist in Le Puy Stein und Bein gefroren. Richard brennt. Feuer fließt durch seine Adern. Das Feuer hindert ihn am Schlafen. Der Schlaf ist für die anderen, nicht für ihn! Die Nacht ist eine Freundin. Die Nacht ist seine Helfershelferin. Die Nacht ist eine Geliebte, die er ungern enttäuscht. Hingekauert sitzt er da und schickt sich an, eine Bleiplatte zu gravieren. Tag und Stunde sind günstig, es wird einen sehr wirksamen Talisman geben. Seine langen Hände, die beringten Finger, auf denen seltsame Steine funkeln, handhaben die Nadel mit dem goldenen Griff. Er zeichnet zunächst einen alten Mann, der eine Sichel in den Händen hält, darüber einen fünfzackigen Stern, dann eine Reihe von Tatzenkreuzen und Dreiecken im Goldenen Schnitt. Schließlich dreht er die Platte um und zeichnet ein Viereck, drei Schleifen und zuletzt einen doppelten Pfeil. In diesem Augenblick dringt ein fremder Gedanke in ihn ein. Der Gedanke einer Frau. Sie sucht ihn. Er schließt die Augen. Da erscheint ihm Huldera, die Herrin seines Lebens, die alleinige, einzige, aber Huldera ist tot, das weiß er. Wer also denkt jetzt mit solcher Eindringlichkeit an ihn?

9. Kapitel

Das Salzgebet

Jedes Jahr, wenn Licht und Leben wiederkehren, wenn der Frühling Funken sprüht, ist die Freude der Menschen im Einklang mit der wiederauflebenden Natur. Der erdverbundene Mensch freut sich. Glücksfalten erscheinen auf seinem gewöhnlich so rauhen, so verschlossenen Gesicht, das von einer Arbeit entstellt ist, die ihn frühzeitig erschöpft: Seine Lebenserwartung beträgt nicht mehr als dreißig bis fünfunddreißig Jahre.

Heute sind die zerrissenen Kleider geflickt, man holt die fadenscheinigen Lumpen wieder hervor, salbt das Leder ein, bürstet Hüte, heute wird Hanswurst gespielt, was ganz schwarz war, ist nur noch *mezzotinto.*

Guigo, Gottfried und ihre Kumpane haben ihre schönsten Röcke angezogen, jedem hängt eine bronzene oder kupferne Halskette auf der Brust, um die Stirn haben sie sich einen eisernen, mit funkelnden Glasperlen besetzten Ring gelegt. Bérengère ist mit Erlaubnis ihres Onkels aus Brignoles, inzwischen ihr rechtmäßiger Vormund, im Schloß Signes eingetroffen. Auch sie – ganz in Rot gekleidet und mit einem Amethyst auf der Stirn – ist zum Fest bereit. Nächstens wird es beginnen. Seit Sonnenaufgang hat immer wieder ein Grüppchen Leute das Schloß verlassen; jetzt reiten auch Guigo und Bérengère mit: Zärtlich umschlungen auf demselben bändergeschmückten Pferd schlagen sie den Weg nach der Talebene ein. Auf den Eichen flattern Schwärme von Vögeln, es ist ein Gepiepse und Gezwitscher, die Wellen des Figaret glucksen fröhlich zwischen den moosigen Stämmen, und die langhaarigen Hunde kläffen den Hirten um die Beine. Letztere haben sich Farn- und Efeukronen aufgesetzt. Sind sie nicht die Könige der Berge? Der Himmel ist perlmutterfarben im Osten wie im Westen, der Norden erstrahlt in einem schönen Blau und der Süden in lauterem Gold. Die beiden Liebenden küssen sich lange, ihre Hände kreuzen sich auf den Zügeln, und fiebrig ineinander verschlungen drücken ihre Finger das aus, was die Lippen nicht zu sagen vermögen. Zu Rebecund Flötenklängen mimen alle Bauern und Bäuerinnen des Lehens die Feldarbeit. Von der Aussaat bis zur Ernte wird alles vorgeführt: Man hackt und sät, und schließlich wird mit schwingenden Sicheln der Weizen geschnitten. Bérengère und Guigo mischen sich unter die Leute, jetzt tanzen sie alle, damit es eine schöne Ernte gibt. Die Kinder, die mit groben Wollhemden bekleidet sind, an die man Glöckchen aufgenäht hat, schwingen unterdessen unzählige Schellen und hopsen nach Kräften auf und ab: So sollen Weizen und Gerste in die Höhe schießen.

Plötzlich ertönt ein lauter Schrei – ein Willkommensgruß an diejenigen, die man erwartet.

»Sie kommen! Sie kommen!«

Bérengère nimmt ihren Ritter bei der Hand und zieht ihn mit sich zum Gapeau hinunter.

»Schnell! Schnell!« ruft sie. »Komm!«

Und sie laufen, daß ihnen der Atem ausgeht. In der Ferne wirbelt ein bunter, von Trommeln begleiteter Zug eine Staubwolke auf. Die beiden Turteltäubchen erreichen den großen Weg eben in dem Augenblick, als die Dreierkolonne von Männern und Frauen vorbeikommt.

Besessene, könnte man meinen. Sie zappeln und verrenken sich in alle Richtungen. Geschlenker, Luftsprünge, die Körper scheinen jeder Kontrolle entzogen, sie werfen sich einer gegen den andern, und jeder betet, ihr Unternehmen möge gelingen: Sie wollen die Erde von ihren bösen Geistern befreien. Bérengère läßt Guigo stehen und mischt sich unter die »Dreher«, die Tag und Nacht in die Kirchen hineinzwirnen und dabei achtgeben, nicht umzufallen, um sich vor der »Fallsucht« zu bewahren; dann schließt sie sich der Gruppe der »Hüpfer« an, klatscht in die Hände und wiederholt wie sie immer wieder dieselben Gesten, die den Geist der Krankheit bekämpfen. Guigo ist begeistert, er feuert sie mit Rufen an, aber Bérengère hört bereits nichts mehr. Die ganze Bewohnerschaft des Lehens ist inzwischen hier zusammengeströmt, und die lange Prozession bewegt sich nordwärts. Je näher sie dem Dorf kommen, desto toller geht es, Schlagzithern und Trommeln markieren einen immer schnelleren Takt.

Unter den Teilnehmern gibt es welche, die gehören nicht mehr zu dieser Welt. Geifernd, besessen krümmen sie sich zwei-, dreimal und fallen ohnmächtig zu Boden. Guigo muß Bérengère dem Zauber des Tanzes entreißen, das junge Mädchen hat bereits ganz glasige Augen; er zieht sie an sich und flieht mit ihr weg aus der Menge, dann bringt er sie mit Liebkosungen und zärtlichen Worten wieder ins Leben zurück.

Die »Dreher« und »Hüpfer« sind zum nächsten Dorf weitergezogen. Alle bereiten sich jetzt auf den Rundtanz und den Rigaudon vor. Auf dem Kirchenvorplatz und im Schloßhof hat man für die Musikanten ein Podium aufgestellt. Sie warten bloß auf ein Zeichen des Schloßherrn. Bernhard und Johanna, in großem Gepränge, halten sich um die Hüften. Sie sind von einer johlenden, zeternden Gesellschaft umringt. Bernhard stampft auf, ein Rebec antwortet ihm, mag der Rundtanz beginnen! Sogleich setzen sich Tänzer und Tänzerinnen in Bewegung, sie kreisen und hüpfen, drehen Pirouetten und wirbeln Staubwolken auf. Bérengère und Guigo lachen einander an und lassen sich nicht aus den Augen, ihnen ist, als flögen sie. Alles andere ist weggewischt, der Winter in weiter Ferne, die bösen Erinnerungen krächzen sich heiser. Um sie herum spucken die Instrumente ihre dumpfen oder piepsigen Töne aus: Trommelschläge hämmern auf die Brust, spitze Triller legen die Nerven bloß. Die Flöten und die Rebecs versuchen einander gegenseitig zu übertreffen, die Schlagzithern eifern den Trommeln nach. Nichts ist melodisch, alles ist sinnlich. Die nicht tanzen, werfen mit Speiseresten herum, um sich zu nekken, während die Bravsten in den Weindämpfen schwadronieren. Und die Stunden vergehen. Bérengère wirbelt herum, ihr Kopf schwindelt, ihre Brust ist hart, ihr Schoß ein Feuer, und unter der Haut durchzucken sie lustvolle Schauer. Ancelin, Gottfried und Christian, die temperamentvollsten Jünglinge im Schloß, halten ihrerseits schlanke junge Mädchen umschlungen, drei Schwestern aus der Jaconniaire, Jungfrauen, heißt es! Rund um den Hof herum, abseits des großen Gedränges, tanzen alte Weiber unter sich, etwas Affenähnliches haftet ihnen an, manchmal verbeugen sie sich voreinander und zupfen an ihrem Serge der heiligen Tage, in ihre weißen Mähnen haben sie blaue und goldene Bänder gesteckt. Johanna und Bernhard sind etwas außer Atem gekommen und haben sich in ihre Faltstühle gesetzt. Neben ihnen sind aufgedunsene Schlemmer dabei, Wildschweinkeulen zu verzehren. Hinten, unter der von wildem Wein überwachsenen Gartenlaube, sitzen die Wachtmeister und die Mägde, die ihre Schleckmäuler in die sämigen Saucen des Wildbrets tauchen und sich, wenn die Hitze sie übermannt, schwankend in große Wasserbottiche fallen lassen. Jetzt hat Bernhard mit der Faust auf die Bretter geschlagen, und sogleich tun es ihm etwa dreißig andere gleich. Der Abend naht, sie verlangen nach dem Rigaudon. Die Musik wird leiser, verstummt nach und nach, eines ums andere kommen die aufgelösten Paare ins Stocken, man zündet die Fackeln an. Der Rigaudon! Der Rigaudon! Das Wort geht wie ein Lauffeuer von Mund zu Mund. Guigo und Bérengère lächeln einander zu. Das bildschöne Gesicht des jungen Mädchens strahlt von tausend Versprechen, mit feurigen Wangen schicken die beiden sich an, in ihren Bewegungen das Leben nachzuahmen. Wiegend treten die Paare von einem Fuß auf den andern und suchen ihre Schritte dem Zweitakt des einsetzenden Musikstücks anzupassen; ein langsames Hämmern, unter dem die Erde zu wimmern beginnt. Männer und Frauen nähern sich einander an und entfernen sich wieder, sie mimen die Anziehungskraft der Liebe, schütteln die Köpfe, um welche die Haarfülle schlägt. Ein wilder Ruf setzt die Körper in Brand. Ohne Zimperlichkeit beginnen sie sich zu streifen, liebkosen mit kühnen Händen Hüften, die so voll und breitgeschwungen wie Segelschiffrümpfe sind, oder verweilen unter dem Hemd. Bemalte Münder pressen sich auf heiße Lippen, und in den feurigen Blicken erwacht eine tierische Lust. Die ersten nackten Schultern, die ersten Schauer. Schatten fliehen und fallen unter den Bäumen ins Gras. Dann vernimmt man die erstickten Schreie der Lust, und Liebeslaute steigen zu den Sternen hinauf. Der Rigaudon ist vorbei, man liebt sich ein bißchen überall, man liebt sich . . .

Morgen wird jedermann müde sein, alles kommt wieder in seine geordnete Bahn. Nachdem die Ruhe wiedereingekehrt ist, werden die Prälaten ihre unschuldigen

Augen aufmachen, sie haben nichts gesehen, nichts gehört, und das gute Volk mit ihrem Segen in die Kirche zurückführen, wo es eilig wieder zu beten beginnt. Morgen.

Sie haben die Feste vergessen, anderes ist ihnen zu Ohren gekommen.

»Wie! Du weißt nichts!« sagt der Wachtmeister.

»Was zum Teufel soll ich wissen!« brüllt Guigo.

»Es haben schon verschiedene edle Herren und Ritter das Kreuz genommen. Die Truppen, die sich der Armee des Grafen von Toulouse anschließen wollen, werden von Aimin von Toulon befehligt.«

Mehr will Guigo nicht hören. Mit einem Satz verschwindet er Richtung Burgfried und stürmt in den niederen Raum hinein, in dem man die Ackerbaugeräte aufbewahrt. Verstört flattert das Federvieh auf, und die Schafe ergreifen in wildem Durcheinander die Flucht. Eine glitschige, nach Urin stinkende, von Mist bedeckte Treppe führt wie durch ein Wunder aus dieser Rumpelkammer hinaus. Guigo stürmt in großen Sprüngen hinauf und steht unversehens seinem Vater gegenüber.

»Was suchst du hier?« fragt Bernhard mit belegter, dumpfer Stimme.

Allein schon am Tonfall merkt Guigo, daß sein Vater die Auseinandersetzung sucht. Langsam, mit zusammengebissenen Zähnen, wendet er sich ihm zu. Bernhard stemmt hochmütig die Hände in die Hüften. Er weiß, er wird keine Antwort erhalten, aber genau das will er. »Ich wiederhole«, fährt er im selben dumpfen Tonfall fort, »was suchst du hier?«

Guigo bleibt stumm. Dieser alte Bär wird ihm nicht seinen Willen aufzwingen. Er weicht zurück und beginnt mit seinem kupfernen Armreif zu spielen, fährt mit dem

Finger über die Blätter, die darauf eingraviert sind. Bernhard kneift die Augen zusammen: Sein grindiger Sohn hat wie üblich die Sprache verloren; aber man wird ja sehen. Schwerfällig macht er einen Schritt auf ihn zu, mit dem Alter ist er dicker geworden, aber sein Oberkörper ist immer noch kräftig und sein von fünf Narben durchzogenes Gesicht eindrucksvoll. Ein Doggenkopf, ein kahler Schädel, den ein langer, lockiger Haarkranz umrahmt, in dem drei mit Eisenstückchen gespickte Zöpfe hängen. Bernhard, Arganus' Sohn, hat nie einen Meister gekannt, da soll nicht dieser Kümmerling meinen ... Seine Faust saust nach vorn, aber sie schlägt ins Leere, Guigo ist ihm ausgewichen.

»Behende! Ja, behende bist du«, säuselt Bernhard. »Ein guter Krieger.«

»Und darum nehme ich auch das Kreuz.«

Bernhard erstarrt. Sein räudiger Hund von Sohn will das Kreuz nehmen! So viel hätte er nicht zu hoffen gewagt. Er macht zwei Schritte zurück, blickt ihn abschätzend an und lächelt. Guigo zittert innerlich. Seines Vaters Worte lassen ihn sprachlos vor Staunen:

»Einverstanden. Geh auf die Ungläubigen los. Geht und kämpft gegen den Halbmond, du und dein Bruder ...«

»Gottfried auch?«

»Er hat mich gestern um die Erlaubnis gebeten, ins Morgenland ziehen zu dürfen. Geh, verschwinde. Bring die gute Nachricht deiner Mutter!«

Nach seiner Mutter braucht er nicht lange zu suchen, sie ist zwei Stockwerke über ihm: Ihre Schreie dringen durch die ledernen Wandbehänge hindurch. Guigo bleibt stehen und seufzt. Sie ändert sich nicht, im Gegenteil, mit dem Alter werden ihre Zornesausbrüche nur heftiger.

Die Schloßherrin, wie jede Adelsfrau, die etwas auf sich hält, hat die Gewohnheit, eine ihrer Mägde halb zu Tode zu prügeln, eine, die als Prügelknabe herhalten muß, eine, die an allem schuld ist. Es ist die dritte, die derartige Mißhandlungen ertragen muß, ihre beiden Vorgängerinnen sind gestorben. Glücklicherweise drückt der Beichtvater bei solchen Praktiken beide Augen zu. Das Verbrechen ist im übrigen nicht einmal strafbar: Die Mägde haben den Rang von Leibeigenen, das heißt, sie sind soviel wie Tiere.

Guigo schiebt die Wandbehänge auseinander. Da ist sie, eine Furie. Mit fester Hand schwingt sie den blutbefleckten Eichenknüppel. »Ha!« Keuchend wie ein Holzfäller hämmert sie auf eine arme Gestalt ein, die sich wie ein Fötus zusammenrollt, um den Schlägen auszuweichen.

Guigo zuckt die Schultern. Das ist Frauensache. Er hatte die Magd bereits gewarnt, als sie ihre erste Bastonade erhielt, nachdem sie ein Stoffhand gestohlen hatte; jetzt ist es zu spät. Ein kurzes, scharfes Knacken scheint die Dame zu beruhigen; ein gebrochener Arm vielleicht? Jedenfalls sickert unter dem Schweiß der mütterlichen Maske die Befriedigung getaner Pflicht hervor. Sie fährt sich mit der Zunge zwischen die Zahnstummel, wendet sich um und bemerkt erst jetzt ihren Sohn, der sie kalten Auges betrachtet.

»Mutter, vor allem, sag nichts. Ich nehme das Kreuz«, sagt er in barschem Ton zu ihr. Dann tritt er auf sie zu, küßt ihr die Stirn und stößt sie auf ihre Felle zurück, wo bereits vier verängstigte Mädchen sitzen: seine Schwestern. Aber sie kann nicht anders, diesen Judaskuß akzeptiert sie nicht:

»Nein, Guigo, bleib bei uns! Ich muß mich bereits um deinen Bruder ängstigen. Die ganze Nacht habe ich zur

Heiligen Jungfrau gebetet, damit er sich doch anders besinne. Du bist noch zu jung, um in den Krieg zu ziehen.«

Guigo platzt der Kragen:

»Seit drei Jahren bin ich Ritter, und seit fünf Jahren schon schlage ich mich gegen unsere schlechten Nachbarn, Christen wie wir! Mutter, es geht darum, die Heilige Stadt zu befreien. Und wenn es nach dir ginge, bliebe ich hier sitzen, während andere sich die Pforten des Paradieses aufschließen und sich mit Ehre und Ruhm überhäufen. Es kümmert mich nicht zu sterben, wenn es nur für Christus ist.«

Johanna ist blaß. Mit spitz nach vorn schnellenden Fingernägeln versucht sie, ihm eins auszuwischen, und faucht ihn wütend an:

»Genug, Hund! Genug!«

Dann wendet sie sich ihren Töchtern zu und verfällt in einen rührseligen Ton:

»Warum nur muß ich zum Warten, zur Trübsal verurteilt sein? Warum bin ich als Frau geboren? Als unreines Geschöpf ohne Zukunft auf dieser gewalttätigen Welt. Warum? Ach, meine Töchter, fürchtet den Tag, da ein Mann euch verführen wird. Beweint euer zukünftiges Los als Frau, als Gattin, Mutter und Sklavin.«

Guigo weicht Schritt für Schritt zurück und verschwindet in den Tiefen des Burgfrieds. Soll sich seine Mutter alleine grämen. Heutzutage beweint man sich selbst, nie die andern, schon gar nicht seine Nachkommenschaft, gewöhnt wie man ist, daß der Tod sie einem vor dem zweiten Jahr wieder entreißt, und wenn nicht, daß sie mit fünf Jahren unabhängig, mit zehn eigennützig und mit fünfzehn imstande ist, einen umzubringen.

Später, nach langem Zögern, hat Guigo sich Bérengère anvertraut; und Tag für Tag haben sie sich daraufhin geliebt, immer leidenschaftlicher geliebt. Sie sind in den Wald gegangen, und der Wald war schön. Am Bach haben sie sich geliebt, in den warmen Düften des Hochwalds, in den von Felsbrocken übersäten Hügeln, mitten im Mistral, der ihre Schreie verweht, unter dem Himmel, der allzu blau ist für ihre Leidenschaft.

Am letzten Tag, als sie einander in den Armen liegen, als sie sich rasend umschlingen, als sie hingerissen zu ihm sagt:

»Dich berühren, dich sehen, dich spüren . . . Alle Tage denke ich nur an diesen Augenblick. Ich liebe dich. Ich liebe dich. Ich liebe dich. Ich will mich ganz durchtränken mit dir. Laß mir mehr als dein Bild. Es bleiben mir bloß noch ein paar Stunden zu leben, und ich will sie auskosten, ganz und gar. Später einmal wirst du meine Nächte bevölkern, und ich werde mich nicht in der Einsamkeit verzehren, Guigo, küsse mich!«

Als sie sich küssen, wird Guigo klar, was er mit seinem Weggang alles verliert: die Provence, die er liebt, und diese angebetete Frau. Aber er weiß, er kann nicht anders, das Schicksal der Menschen ist von Gottes Hand bestimmt. Vor ein paar Tagen hat Bérengère zu ihm gesagt: »Du quälst dich, du wühlst mit dem Messer in der Wunde herum. Das Kreuz oder ich? Ich, was bin ich schon! Wenn deine Ehre, dein Glaube und dein Gewissen dir gebieten, dich für die Sache Jesu Christi einzusetzen, mußt du gehen. Selbst wenn wir darunter leiden müssen.«

Jetzt rollen ihr große Tränen über das schöne Gesicht, und ihre Saphiraugen werden tintenschwarz. Er sagt nichts. Ihre Herzen klopfen heftig. Er nimmt ihre Hand und küßt sie zart. Ein Schauer überläuft sie, sie wirft den Kopf nach hinten, und die schwarze Mähne fällt ihr aufgelöst bis ins Kreuz. Dann läßt sie sich nach hinten sinken und zieht ihn mit sich ins Gras. Sie liegen Schulter an Schulter, dann Atem an Atem, dann Zähne an Zähnen, ihre Zungen schlingen sich ineinander, ihre Hände fassen nacheinander und lösen sich wieder. Sie streicheln einander, sie tanzen mit ihren Händen die Figuren der Lust und lassen sie zum Bauch hinuntergleiten, verweilen mit den Fingern auf dem Geschlecht, bevor sie Fleisch und Blut erobern. Dann liegen sie aufeinander, ineinander, und ein Feuerpfeil schießt in ihnen hoch . . .

Man hat schon lange zur Vesper geläutet.

Guigo schweigt und kaut an einem Kleeblatt. Er schaut sie an. Sie hat ihre ganze Anmut bewahrt. Sie ist noch schöner jetzt, mit diesem von der Lust ausgezehrten Gesicht, noch schöner in dieser Abendröte. Auch Bérengère schweigt. Sie horcht auf ihre eigene Musik und schaut an ihrem feuchten Körper hinunter. Insgeheim bereitet sie sich auf die Nacht vor, die herannaht, diese Nacht, die Monate, vielleicht Jahre dauern wird, bis er vom Kreuzzug zurückkehrt.

Eine verspätete Drossel setzt sich auf eine bläuliche Dornenranke. »Im September wird sie wiederkommen und hier an den Brombeeren picken, dann bin ich schon weit weg von hier«, flüstert der junge Mann ganz leise, »und du wirst sein wie sie: Die Früchte werden dich lokken, und die Dornen sind nah.«

Bérengère richtet sich in dem purpurnen Saum des Abendrots auf, eine schmale Silhouette vor einem blutrot schimmernden Himmel.

»Nein, Guigo! Weder Frucht noch Verlockung, noch Dornen, noch Schmerz – ich werde auf dich warten, wie die Frauen hierzulande zu warten verstehen.«

Guigo weiß, daß sie die Wahrheit sagt, aber er kann nicht anders, er blickt sie an, als möchte er sie auf die

Probe stellen. Und sie, mit ihren beschatteten Augen, durchschaut den Ritter da vor ihr und greift nach einem kleinen Stoffbeutel, den sie sich um den Hals gehängt hat.

Die rauschenden Eichen, reglose Zeugen, sind verstummt, die Eulen, die vor allem Verhängnis schützen, stocken in ihrem Flug; eine von ihnen beschreibt einen Kreis, und dreimal ertönt ihr Schrei. Auf der aufs äußerste bedrängten Erde streckt die junge Frau ihr Säckchen in die Höhe und beginnt das Salzgebet:

»Weißes, wogendes, bitteres Salz,
Salz wie Meeresgischt,
ich greife zu dir, ich beschwöre dich, Salz,
vor allem Makel bewahre mich;
Salz der Weisheit,
ich glaube an dich
mit des Kreuzes Macht,
Salz des Heils und Salz der Taufe,
gar mit Gottes Macht.«

Der beschwörende Singsang steigt hallend in die Finsternis hinauf; die Worte, denen die Sinnlichkeit der Stimme Flügel verleiht, dringen in magische Bereiche ein.

»Wölfe, gehorcht dem Kreuz;
Schlangen, flieht vor dem Kreuz;
Wichte, Faune und Kobolde,
Höllenlöwen, Erlengeister,
Abenddämonen, Dämonen des Lärms,
Mondscheinspinnerinnen, fahle,
Wäscherinnen schwarzer Nacht,
Unglückshirten alle,

gehorcht dem geweihten Salz
durch Adonaïs Macht.«

Bérengère hat ihr Schicksal unlöslich mit demjenigen Guigos verbunden, sie wird auf seine Rückkehr warten, was auch immer geschehen mag. Ein letztes Mal streifen ihre Lippen den Mund des Geliebten, flüchtig, dann verschwindet sie. Der Galopp des Zelters reißt den jungen Mann aus diesem Traum heraus, ein Traum, ein Geräusch, das in der Nacht verklingt.

In den Dörfern, im Licht der Öllampen, nähen die Frauen Stoffkreuze auf die Kleider derer, die bald losziehen werden.

10. Kapitel

Eine Reise ans Ende der Welt

Hat man einmal den Kreuzeseid geleistet, kann man nicht mehr zurück. Von nun an gilt es, an seine Ausrüstung zu denken, an Schutz und Wahrung der Güter, die man im Lande zurückläßt; sodann stellt man sich ganz der Allmacht der Kirche anheim.

Die Männer der südöstlichen Provence wollen ungefähr um Mariä Himmelfahrt zu ihrem Kreuzzug aufbrechen. Von Arles bis Castellane, von Gap bis Hyères fiebern Hunderte von Rittern und Soldaten dem Ende dieses nicht enden wollenden Sommers entgegen.

In Signes haben die Kreuzfahrer ungeduldig den 15. August erwartet, sie haben sich im Frühjahr auf dieses Datum festgelegt. Das Warten dauerte ewig, so kam es ihnen vor, sie sind schon längst bereit.

Jetzt blicken Gottfried, Guigo, Herbert und ihre Knappen ein letztes Mal auf das Schloß zurück, bevor ihr Weg dem Flußlauf des Figaret folgt. Es bietet einen festlichen Anblick mit seinen bunten Tüchern, die überall von den Zinnen flattern, mit all den Leuten, die winken, mit dem Hörnerschall, mit all den errötenden kleinen Mädchen, die ihnen Blumen zugeworfen haben, mit . . . Aber es liegt schon weit hinter ihnen, es ist bereits Erinnerung; alles verblaßt, erlischt, Lärm, Lachen und Weinen, die Bewohner des Landbezirks. Die Ritter dringen in den Wald ein.

Ihr Ziel: Lyon; ihr Wunsch: sich der Armee des Grafen von Toulouse, Raimund von Saint-Gilles, anzuschließen.

An der äußersten Grenze des Lehens haben sie ein Grüppchen zerlumpter Leute angetroffen, die nach Aix unterwegs waren. Gottfried warf ihnen eine Handvoll Münzen zu und rief, sie sollten für die Befreiung Jerusalems beten; da fielen diese Männer augenblicklich auf die Knie, um den Soldaten Gottes zu danken. Soldaten Gottes! Wie ihnen diese Worte in den Ohren klingen. Sie sind mit einer göttlichen Mission betraut! Jetzt wird es ihnen erst ganz bewußt.

Guigo ist niedergeschlagen. Sie ist nicht gekommen. Es drängt ihn unwiderstehlich, nach Méounes zurückzulaufen, um sie ein letztes Mal zu umarmen. Er hat nicht einmal ein Andenken an sie, kein Band, das er an seine Lanze binden, keine Haarsträhne, die er auf dem Herzen tragen könnte. Aber vielleicht ist es besser so? Ihm ist, als würde er fliehen. Er schließt die Augen und läßt sich ganz von den Thymiandüften durchdringen, von diesem Duft der Provence, den er liebt, von diesem Wind, der ihm um die Ohren pfeift, von allem, was ihn an sie erinnern wird, an die Frau, Bérengère. Er träumt von diesem Heim, das sie sich vorgestellt hatte, von den Kindern, die sie vielleicht niemals haben werden. GOTT WILL ES. Der Ausruf eines Papstes, drei Worte, und sie sind voneinander getrennt. Tausende von Frauen bereiten sich in diesem Augenblick darauf vor, ihre Jugend der heiligen Sache zu opfern. Tag und Nacht werden sie für ihre Ehemänner, ihre Verlobten und für die Befreiung des Heiligen Grabes beten. Bérengère ist eine von ihnen, und Guigo macht sich Vorwürfe: vielleicht hätte er sie mitnehmen sollen? Und er schwört sich, wiederzukommen und sie nie mehr zu verlassen.

Seine Waffenbrüder neben ihm haben ein ruhiges Gewissen, keine teuflischen Gedanken, kein abstruses Abkommen mit Gott, nicht die Spur eines Zweifels, nicht der leiseste Seufzer, nein, bloß etwas Warmes im Bauch, das keine Sünde ist: die Lust, sich gegen die Ungläubigen zu schlagen.

Natürlich hat man sich zu diesem Zweck die Gunst der Gottheit verschaffen müssen, sie haben den Mönchen von Sankt Viktor deshalb ein großes Landgut vermacht. Außerdem wurde, unter der Aufsicht von Maître Jacopin aus Marseille, mit denselben Mönchen ein Abkommen getroffen: Die guten Brüder haben das Recht, eine Fläche von zweihundertfünfzig Hufen zu roden; der Abt wird jedes Jahr ein Paar Wildschweine, ein Paar Hasen, ein Paar Schafe und eine Ziege einziehen; als Gegenleistung sollen sie jeden Tag eine Messe zelebrieren, bis sie die Nachricht von der Eroberung Jerusalems erreicht.

Marseille, die Sankt-Viktor-Abtei, das Rhonetal ... Von Bischof Aimin von Toulon angeführt, haben sie am 1. September Lyon erreicht. Nach dem Dauphiné begann das große Abenteuer. Sie durchquerten zunächst Norditalien, zogen ungerührt durch die geschäftigen Städte, die an ihrem Weg lagen, würdigten die alten Steinhaufen keines Blickes, die da und dort einen toten Stadtkern umgrenzten. Ein Land, das sich seit dem Zusammenbruch des Römischen Reiches am Rand des Abgrunds befindet, ein dem deutschen Kaiserreich angegliedertes Territorium mit ein paar blühenden Handelsstädten, Triest zum Beispiel, auf das sie nun zusteuern.

Guigo kommt aus dem Staunen nicht heraus. In den

ersten Tagen bereits hat er den Anführer der Provenzalen gesehen, diesen Raimund von Saint-Gilles: ein Mann im unglaublichen Alter von fünfundfünfzig Jahren, ein tapferer Ritter indessen. Adhémar von Monteil dagegen, welch merkwürdige Figur! In der Messe kann er stundenlang palavern und einen beinah blutrünstigen Willen beweisen, und zu Pferd sieht er wie ein scheinheiliger Schleicher aus.

Aber was seine Phantasie am meisten beschäftigt, ist die Armee. Dieses breite Band von Kreuzesträgern, das sich über nahezu fünf Meilen hinzieht.

Tausend Ritter, dreitausend berittene Wachtmeister, elftausend Mann Fußvolk und eine gewaltige Menge von Pilgern, die der gute Graf Raimund unter seine Obhut genommen hat, marschieren trunken von frischer Luft und Gelächter über diesen neuen Boden der Welt. Mit wallendem Haar, das ihnen auf die stählernen Schultern fällt, mit von Rotz und Erde verklebten Bärten, mit einigen grob gefertigten Schmuckstücken auf den Lederbrünnen und an den Handgelenken, kommen allen voran die großen Fürsten mit den langen Houppelandes; hinter ihnen bewegt sich ein ganzer Wald von Lanzen, und dahinter wimmelt es von Tausenden von kleinen, bunten Punkten: die dreieckigen, halbkreisförmigen oder dreispitzigen Wimpel flattern im Wind.

In ihrer Eigenschaft als Kundschafter haben Guigo und Gottfried Zeit, die ganze Marschkolonne bis in die letzten Einzelheiten kennenzulernen. Während sie gegen den Strom bis zur Nachhut zurückreiten, bewundern sie diesen langen Zug, diesen Wirrwarr von Farben mit metallischen Glanzsplittern darin. Zunächst defiliert die ganze provenzalische Ritterschaft mit ihren Schilden an ihnen vorbei – Rundschilder, Wappenschilder, Tartschen, die mit fabelhaften Köpfen, Drachen, allegorischen Figuren, Pflanzen, stilisierten Zeichen bemalt sind. Dann kommt das Fußvolk. Voran ein Trupp schlecht disziplinierter Freiwilliger mit eisenbeschlagenen Gabeln, Legionen von Leibeigenen und Freigelassenen, die in Harnisch geraten sind und sich vom Abenteuerwind treiben lassen. Ihnen brausen die Ohren von unbekannten Genüssen, und sie sind hitzig darauf aus, Christus zu rächen. Ihnen folgen die Bogenschützen der südfranzösischen Gemeinden mit doppelt geschwungenen Bogen quer über die Brust, Bogen aus Eibenholz, die an den Enden mit Hornspitzen versehen sind. Dann kommen die stets heiteren Wurfschützen, die ihre aus Holz und Leder verfertigten Waffen, stolz »Galgen« genannt, an sich drücken; und dahinter andere, weniger starke, aber dafür wendigere Krieger, die sich mit der kleinen Schleuder und einem Sack voll runder Kiesel zufriedengeben. Zu beiden Seiten paradieren die Wachtmeister mit den eisernen Topfhelmen, lassen die Soldaten nicht aus den Augen und sind jederzeit bereit, Krach zu schlagen.

Den Truppen folgen die Wagenführer und die Geschützmeister, die bei einer Belagerung unentbehrlich sind; ihnen angeschlossen die Holzfäller, Zimmerleute, Totengräber, Minengräber – eine ganze Welt voller Geknarre, Geknalle, Gekratz und Gebrumm, die Gesellenlieder singt.

Endlich erscheinen die Zivilen. Eine flimmernde Masse, ein Lichtermeer von Augen, ein unversieglicher Strom, der Tausende von Pilgern mit sich führt, einer so verschieden wie der andere. Sie wachsen zu einem labyrinthischen Körper zusammen, der zwischen den Fuhrwerken geboren wird und in den Viehherden erstirbt. Hier gibt es nur noch wirre, von Gebeten unterbrochene Gespräche, glucksendes, von Schreien zerhacktes Lachen, derben Spott als Antwort auf Schelte, Singen und

Weinen, Sammelsurien von Schönheit und Häßlichkeit; vor allem aber ist da ein lebenslustiges Volk, das unverdrossen die Hindernisse überwindet und Opfer nicht scheut; ein großes Freudewesen, das sein Elend trägt, als wär's eine Blume.

In einem Abstand von zwei Meilen folgt auf die Truppen die Nachhut. Ein einziger Mann reitet dem Zug noch weiter hinten nach, eine Art düsterer Angeber, der auf seinem Schild einen schwarzen linken Arm als Wahrzeichen trägt. Er reitet ein rabenschwarzes Streitroß und hat eine kuriose Axt auf den Rücken geschnallt. Ein Dämon, bestimmt! Man braucht bloß seine glühenden Kohlen von Augen anzuschauen, seinen Mund, seine häßliche, über und über von Narben durchzogene Fratze, sein zu Zöpfen geflochtenes, mit Amuletten behängtes Haar. Ein schauderhafter Anblick! Man nennt den Gesellen Teufelsritter, aber sein wirklicher Name ist Richard von Périgord. In Lyon hat er vier etwas beduselte Eisenschmiede erschlagen, die ihm ein Schwert verkaufen wollten. Adhémar von Monteil hat ihn vor dem Henkerstrick bewahrt. Es ist einer der Seinen!

Sobald sie diesem Mördergesicht begegnen, machen die beiden Reiter kehrt und reiten im Trab wieder an der langen Menschenschlange vorbei. Nachdem sie Aimin kurz Bericht erstattet haben, reihen sie sich wieder hinter den Leuten aus dem Castelet ein, den Männern mit den Fuchsschwänzen, welche die bösen Geister bannen.

Richard hat den beiden jungen Rittern, die von weitem zu ihm herüberschielten, bevor sie kehrtmachten und wieder diesem Heer aus Staub, Eisen und Lumpen nachritten, keine Beachtung geschenkt. Er hält sich lieber im Kielwasser der Gottessoldaten, hinter dem Abschaum der Zivilen, hinter dem Vieh, folgt ihnen unter diesem wunderbar stillen, allzu weißen, allzu matten Himmel, diesem Himmel für Raben. Es fehlte nicht viel, und Richard ließe sich von der Melancholie der Landschaft anstecken. Aber etwas hindert ihn, in solche Träume zu versinken, etwas Gefährliches, ein paar Pfeilwurfweiten hinter ihm. Sie sind ihrer drei, Richard weiß es, mehr als zwei Stunden sind sie nun schon hinter ihm her, deutsche Raubritter, Überbleibsel einer Heereseinheit des heiligen Kaisers Heinrich IV, der vor drei Jahren bei Canossa geschlagen worden ist. Wie zahlreiche ihrer Artgenossen machen sie Norditalien, die Schweiz und Österreich unsicher, indem sie verirrte oder schlecht eskortierte Reisende erpressen. Er ist allein, sie sind zu dritt, na und! Er ist nicht einmal angespannt, seine Hände sind trocken, höchstens ein lustvolles Prickeln läuft ihm über die Haut, ein Zucken der Ungeduld. Es reicht! Er greift nach seinem Mars-Talisman unter dem Harnisch und fährt sein Reittier an: »Los! Los! Primost!« Das schwarze Streitroß fliegt dahin wie der Wind und läßt die Verfolger weit hinter sich, bis sie es aus den Augen verloren haben. Richard frohlockt: Die Vorsehung beschert ihm einen Maulbeerbaum, hinter dem er sich verstecken kann. Er verschwindet. Seine Nasenflügel beben, er kneift die Augen zusammen. Die anderen nähern sich im Galopp. Ein großer Schatten fällt zwischen die Furchen des Wegs, dann erscheint eine Lanzenspitze, ein graues Streitroß und darauf ein kräftiger Mann mit knorrigen Armen, ganz mit Merinoschaffellen bedeckt, die er sicher den Arabern abgenommen hat. Richard faßt dieses Kreideprofil ins Auge, das vom schwarzen Metall des Naseneisens absticht, sein Arm mit der großen Axt fliegt ihm waagrecht entgegen. Das Kreidegesicht wird rot: Die Klinge hat dem Deutschen auf Mundhöhe Unter- und Oberkiefer entzweigespalten. Der Mann wankt, stürzt und rollt in den Staub. Mit einem süßen Geschmack von Befriedigung in der Kehle tritt Richard aus dem Schutz des Maulbeerbaums heraus den zwei andern Verfolgern entgegen: eine Art blonder Gote der eine, der hinter einem Schild mit einem vierköpfigen Adler in Deckung geht, und ein Krieger mit kahlgeschorenem Schädel, der eine Halskette aus getrockneten Menschenohren umgehängt hat. Ein flüchtiges Lächeln, und Richard prescht vor. Er schwingt seine Axt. Dem Goten saust ein metallischer Wind um die Ohren, er schreit auf, seine Schulter ist zerfetzt. Der Mann mit dem kahlen Schädel zieht schnaubend sein langes, mit Einlegearbeiten verziertes Schwert, der metallische Wind zischt an seinen Lippen vorbei, er brüllt nicht einmal, als seine Brust aufbricht. Richard will nicht wissen, ob sie lebendig sind oder tot, für ihn gibt es sie nicht mehr. Sein schwarzes Pferd voltiert unter dem wunderbar stillen, weißen Himmel, in dem bereits die Raben kreisen.

Nach Triest kommen sie nur noch mühsam vorwärts. Die zerklüftete Landschaft macht den bereits durch die Anwesenheit der Nichtkämpfer behinderten Vormarsch noch schwieriger.

Durazzo, Serbien: Es beginnt an Lebensmitteln zu mangeln. Seit dreißig Tagen marschieren sie durch dikken Nebel.

Die Angst begleitet sie, seit ein Bote Gottfrieds ihnen die Nachricht brachte, daß die Truppen Peters des Eremiten bei Drakon von den Türken niedergemetzelt worden sind, sechzigtausend Pilger, getötet oder gefangengenommen, Unzählige, die man nun auf den Sklavenmärkten von Nizäa, Damaskus, Mossul und Bagdad feilhalten wird. Peter selbst ist wohlbehalten und wartet in Konstantinopel auf die Ankunft der Fürsten.

Ungreifbar gleiten die dicken Wolkenschwaden über sie hin, fließen über die Waffen, streicheln die Gesichter, dringen durch alles hindurch. Ein lächerliches Heer sind sie, Gespensterbataillone auf dem Weg ins Nichts – furchtsam schließen die Soldaten sich zusammen. Die Felsen scheinen sich zu bewegen, die Bäume haben Drachentatzen, ein Graben wird zum Abgrund, in den Bächen rieselt obskures Leben, die Wirklichkeit verschwimmt unter trügerischen Spitzenschleiern. Sie haben Hunger.

Fest in seine Steigbügel verkeilt, den Oberkörper hoch aufgerichtet, die eine Hand beruhigend auf Pharamonds Hals gelegt, verjagt Guigo diese Halluzinationen. Er geht dem Bösen nicht in die Falle, er denkt an Bérengère, an den Duft ihrer Haut, an ihre langen, feinen Hände, an die wilde Fülle ihres Haars, an ihre drallen Lippen, ihre vollen Hüften, an ihre Augen, die so tief sind wie das Meer, an Küsse, Augenblicke. Er seufzt geräuschvoll. Aller Entfernung, aller Berge, Bäche, Meere zum Trotz gibt ihm Bérengère immer noch Mut. Er nimmt sein Schicksal an, als Ritter, als Mensch, als Christ. Er sagt sich von der Lotterwirtschaft seiner Jugend los, um die Aufgabe eines Vermögensverwalters Christi zu erfüllen. Bérengère! Was tut sie wohl gerade jetzt? Ist auf Signes bereits der erste Schnee gefallen? Wird sie Fallen stellen, um Drosseln zu fangen? Wenn sie bloß nicht unbegleitet geht! Bestimmt sind wieder Wölfe im Land. Er ängstigt sich um diese Frau, die er am andern Ende der Welt zurückgelassen hat.

Ein paar Tage lang haben sie weiterhin menschenleere Gegenden durchquert. Hunger, Hunger noch und noch. Bodin, der serbische Prinz von Skutari, hat sie nicht mit Lebensmitteln versorgen können. Raimund hätte ihm zwar welche abkaufen wollen, aber zu kaufen gab es nichts: Die Serben litten noch mehr unter der Hungersnot als die Provenzalen.

Thessalonike, Russa, Rodosto – die kaiserliche Straße ist eine Wüste. Da gibt es nichts zu holen, die Männer von Saint-Gilles müssen sich mit einer wäßrigen Brühe und schwarzem, verschimmeltem Brot begnügen.

Endlich, am 27. April 1097, stehen sie vor Konstantinopel und können die blutleeren, nur von Wölfen und Raubvögeln bevölkerten Gegenden vergessen, diese Länder, die von ihren Vorgängern, den Normannen und Flamen, ausgeräumt worden sind.

Kaum sind sie vor den Stadtmauern von Byzanz angelangt, läßt der Kaiser Lebensmittel unter sie verteilen: welch gesegneter Abend!

Im Lager herrscht ein reges Leben; man hat die Schragen, die Tische aufgestellt, hat fröhlich Weinfässer angestochen, die Bratspieße drehen sich auf ihren Dreifüßen, und mit ihnen dreht sich das Fleisch: Rinderviertel brutzeln in ihrem Fett, die garenden Schafe erfüllen die Ebene mit Wohlgeruch, und die knusprige Haut der Schweine beginnt goldbraun zu glänzen.

Köstliche, in schwimmendem Fett gebratene, mit Olivenöl übergossene Sardinen. Aimins Leute aus dem Var haben beinahe vergessen, wie das schmeckt! Fleisch, Wein und Fisch, mehr braucht es nicht, um sie zum Rülpsen zu bringen, bald sind sie in glückselig zufriedener Trägheit versunken. Es ist schon spät, sie sind auf der Suche nach Stille, ihre Lider sind schwer, die Gesten langsam, der Geist benebelt und die Seele . . . Die Seele!? In diesem Augenblick haben sie keine! Aber lange dauert dieser Seelenfrieden nicht, da kommt, völlig außer Atem, Lotomus dahergerannt und keucht:

»Kommt, schnell! Mir nach!«

In einem Satz fahren alle hoch und laufen ihm nach. Jetzt bemerken sie auch eine Unruhe, weit vorn, ein Geschrei. Instinktiv beschleunigen sie ihre Schritte.

»Es ist wegen einer Frau«, versucht Lotomus zu erklären.

»Eine Frau!« ruft Guigo, »na und?!«

»Na und! Du wirst ja sehen!«

Sie haben bald eine Gruppe von etwa fünfzig Männern erreicht, die ein Duell anzufeuern scheinen. Im Lichtkreis eines großen Holzfeuers blubbern rote Vollmondgesichter obszöne Worte vor sich hin, und andere, kupferfarben glühende, beschimpfen brüllend zwei Männer, die sich im Kreise drehen; der kleinere der beiden sucht offensichtlich zu entwischen – und mit Grund! Der andere ist ein blonder Riese, eine Art Ungeheuer mit einer Augenbinde über dem linken Auge.

»Ancelin! Lauf! Los!« schreit Guigo, der vorprellt und sich zwischen die beiden Streithähne stellt.

»Sieh mal an! Noch so ein Bastard«, konstatiert der Riese. »Der paßt mir besser als das schmächtige Kerlchen.«

Das schmächtige Kerlchen ergreift die Gelegenheit und verdrückt sich zwischen die Beine der Umstehenden, was ringsum lautes Gelächter auslöst, und steckt im Vorbeigehen einige zünftige Schläge ein.

»Bei Herkules-Eiche-Millauds Ehre! Du magst sein, wer du willst, ich breche dir das Kreuz«, fährt der Große mit seiner Grabesstimme fort. »Na komm schon, so knick ich dir die Knochen!«

Breitbeinig steht Guigo da und starrt der zyklopischen Bestie ins Gesicht. Dieses blutverstriemte Auge läßt nichts Gutes ahnen. Der Mann aus Signes braucht seinen Gegner nicht besonders eingehend zu mustern, um zu merken, daß er in einer denkbar üblen Lage ist: Der weit ausgeschnittene Rock aus brauner Leinwand gibt den Blick auf gewaltige Brustmuskeln frei; die überaus langen Arme, an denen die Venen dick hervortreten, enden in zwei Pranken, die ein Wildschwein zu erwürgen imstande wären, Pranken mit krallenbewehrten Fingern.

Guigo spürt, daß ihn jede Sekunde mehr lähmt. »Ich muß den Bann brechen«, sagt er sich. Und das tut er, indem er den einen Fuß vom Boden abhebt, dann den andern, indem er sich unwiderstehlich vorwärtsbewegt und seine Angst in die Tiefe seines Bauches zurückdrängt. »Sei nicht allzu unbeholfen«, denkt er und spürt, wie er wieder ins Feuer kommt. Er täuscht einen Seitenschlag vor und stürzt nach vorn.

Die andern halten den Atem an. Das Schauspiel beginnt vielversprechend, es riecht nach Blut.

Kopfvoran rammt Guigo sein ganzes Gewicht in diesen Granitmagen hinein, Herkules-Eiche krümmt sich kaum merklich, ungerührt fegt seine dicke Hand durch die Luft und trifft Guigo flach auf den Nacken.

Unter dem Schlag dieser sagenhaften Schaufel aus Fleisch und Blut verliert der Ritter das Gleichgewicht, rollt zwei Klafter weit und kommt nicht einmal dazu, sich wieder aufzurichten: Zweihundertzwanzig Pfund Muskeln stürzen auf ihn ein, zweihundertzwanzig Pfund, die mit ihm bis an den Rand der Feuersglut rollen.

Die beiden ineinander verwickelten Männer suchen sich mit schäumenden Lippen, verzerrten Gesichtern, Dreck an Dreck und Zähne an Zähnen gegenseitig zu packen. Der Mann aus dem Tarn ist schneller, seine Pranken haben den Hals seines Gegners im Griff. Guigo bekommt keine Luft mehr, brennende Stiche zucken ihm durch die Brust, rote Blitze vor den Augen, langsam wächst eine Leere in ihm. Die knorrigen Handgelenke haben in seinem Fleisch anscheinend Wurzeln geschlagen, er bringt sie nicht weg. Da fährt er dem Einäugigen mit zwei Fingern in die gesunde Augenhöhle und stößt kräftig zu. Die Umklammerung löst sich abrupt, der Mann hängt zu sehr an seinem einzigen Auge. Der von Signes ergreift die Gelegenheit, um sich zu befreien, ein stechender Schmerz zerreißt ihm die Lunge, die Luft dringt ihm am ausgekugelten Adamsapfel vorbei brodelnd durch die Kehle, so heftig, daß seine Schläfen pochen wie wild; unterdessen reibt sich Eiche-Millaud kniend das Augenlid, in seinem Schädel brandet wie eine verheerende Grundsee die Rache hoch, die ihm zuschreit: »Töte ihn! Töte ihn!«

Sie springen beinahe gleichzeitig auf, beide schweißüberströmt. Und der große Blonde flucht:

»Bei der Heiligen Jungfrau! Dem Hurenkind! Dieser Schweinehund hat mich zum Blinden machen wollen. Er hat es gewagt! Habt ihr gesehen, ihr da?«

»Halt's Maul! Mach ihn fertig!« schreien die Haudegen ringsum.

»Beim heiligen Johannes! Du wirst zu deinen Vorfahren in die Hölle fahren!« brüllt der riesenhafte Unmensch und wendet sich wieder Guigo zu.

Und er stürzt auf ihn los. Der Ritter sieht diesen gewaltigen Körper auf sich zukommen, diese bedrohliche Fratze mit dem in einem lautlosen Schrei aufgerissenen Mund. Zu beiden Seiten der dämonischen Beute sausen die Hände wie Äxte durch die Luft. Das stechende Echo der Angst zuckt wieder durch Guigos Brust. Mit dem Rücken am Rand der Flammen befiehlt er seine Seele in Gottes Hand. Unglaublich schnell schießt sein Bein hoch und mit dem Fuß nach vorn. Heftig schlägt die Fersenspitze auf dem Nasenbein seines Feindes auf.

Der Kreis der fahlroten Raubtiere ringsum rührt sich nicht mehr.

Ein scharfes Knacken geht dem Sturz des Zyklopen voraus, gleich wird er den Staub lecken, er regt sich nicht mehr; bloß ein kurzer, stoßweiser Atem zeigt an, daß er noch lebt.

Guigo steht keuchend da, mit verwüstetem Gesicht, blutüberströmten Wangen, geballten Fäusten und hartem Blick, der bedeutet:

»Und, wer kommt jetzt dran?«

Aber die Menschenkrone ringsum ist wie durch ein Wunder still geworden. Die Spreu hat unvermittelt zur Weisheit zurückgefunden. Sie sind alle sprachlos, alle ein bißchen betrübt. Die Funken der Mordlust in ihren Augen sind erloschen, der überraschende Ausgang des Kampfes läßt sie wie gelähmt zurück. Guigo bahnt sich einen Weg durch diese Statuen und macht sich auf die Suche nach Ancelin, der verschwunden ist; ihm wird klar, daß er ihn so bald nicht wiederfinden wird. Sein Knappe hat sich beschämt versteckt. Guigo läßt sich neben einem Olivenbaumstrunk zu Boden fallen. Jetzt hat er Angst. Jetzt denkt er an Bérengère. Der Tod ist so hautnah um ihn herumgeschlichen, daß er sich jetzt in den Armen seiner Geliebten verlieren möchte. Es ist ein unerklärliches Gefühl, das ihn mit diesem jungen Mädchen verbindet, er weigert sich, von »Liebe« zu reden. Ein Ritter kann nur Christus lieben. Er streichelt den Baumstrunk und bittet den Himmel wortlos darum, einst, nach der Befreiung Jerusalems, in die Provence zurückkehren zu dürfen. Er betet zu den Engeln und zur Jungfrau Maria. Er betet darum, Bérengère einst wiederzufinden. Im heraufziehenden Morgengrauen erscheint schattenhaft die Kuppel der Hagia Sophia.

Nach und nach strömen die Pilger zusammen, um dem Sonnenaufgang beizuwohnen. Und Guigo gesellt sich zu ihnen. Er will sehen, wie die größte Stadt der

Christenheit aus der Nacht auftaucht. Er will lachen und singen mit diesem glücklich versammelten Volk. Er will mit den Kindern entzückt diese abertausend Häuser bestaunen, diese unzähligen Kirchen, herrlichen Paläste. Er will sich auf dem Bosporus verlieren, auf dem es von Hunderten kleiner Boote wimmelt, und zum Marmarameer hinüberblicken, über das Frachtschiffe und Galeeren fahren.

Ein schwächliches Kind schaut ihn aus großen, fiebrigen Augen an. Er legt ihm den Arm um die Schultern und sagt:

»Schau, kleiner Spatz, wie schön sie ist, diese Stadt. Schau, wie sie glänzt. Schau, dort drüben: das Goldene Horn. Aber vergiß nie, es gibt eine noch viel wunderbarere Stadt: Jerusalem.«

Wie zuvor Gottfried von Bouillon und Boemund von Tarent werden auch Raimund von Saint-Gilles und Adhémar von Monteil gleich nach ihrer Ankunft vom Kaiser empfangen. Alle provenzalischen Edelleute sind ebenfalls zu dieser ersten Audienz geladen. Guigo, Marcus Hispanicus der Große und Rate von Senergue haben die Ehre, Bischof Aimin zu eskortieren.

Byzanz ist nichts als ein gewaltiger Traum von Geräuschen und Farben. Verglichen mit dieser Großstadt erscheinen die abendländischen Städte wie vorstädtische Wohnviertel von Gelähmten. Den Provenzalen bleibt der Mund offen vor Staunen; Straßen und Plätze sind schwarz von Menschen, fast wagen sie sich nicht in das Getümmel hinein.

Jetzt nähern sie sich dem gewaltigen Gebäude, in dem die Komnenen residieren, und trauen ihren Augen nicht: Nach dem reichen Überfluß der Stadt stehen sie jetzt diesem gigantischen Palast gegenüber. Der Gebäudekomplex übertrifft an Größe jede fränkische Festung. Innerhalb der Umfassungsmauern allein fänden gewiß ganze Städte wie Toulouse oder Marseille Platz!

Der große Bau aus Marmor und Granit gleicht mit seinem Gewimmel von Öffnungen, Säulenreihen, Kiel-, Lanzett- oder Rundbogenarkaden und seinen bunten Wachen, die wie Borten die Brüstungen säumen, einem gewaltigen Bienenstock. Schließlich ist der Himmel ganz hinter den Mauern verschwunden, die Männer von Saint-Gilles dringen zur Mitte des Kaiserreichs vor. Nach der letzten Zippusreihe steht eine bewaffnete Gruppe vor ihnen; es ist Johannes Komnenos, Neffe des Kaisers und Gouverneur von Durazzo, in Begleitung des großen Generals Tatikios und seiner Soldaten, die sie vor dem ehernen Tor erwarten. Alle steigen vom Pferd, allein der Basileus darf dieses Tor im Sattel durchschreiten.

Ein mit bläulichen Marmorplatten belegter Weg führt sie nun dem Herzen der Welt entgegen; ihre Schritte hallen unter den hochfahrenden Gewölben; zu beiden Seiten sind sie von spanartig gebogenen Riesen flankiert, Angehörigen der Elitewache, die sich auf große Doppeläxte stützen. Unbeweglich, undurchdringlich, gleichen diese Söldner den antiken Statuen in den Pärken.

Die Augen der Provenzalen blitzen vor Begehrlichkeit, hier trieft alles von Gold! Überall wurden nur edle Materialien verwendet, der Stein preist den Byzantinismus. Die Franken sind voller Bewunderung und voller Verachtung zugleich, einerseits empfänglich für den Wert der Dinge, anderseits dem griechischen Kanon klassischer Schönheit gegenüber völlig kalt. Raimund von Saint-Gilles ist wohl der einzige, der diese Welt zu würdigen weiß. Guigo traut seinen Augen kaum. Diese Aberhunderte von Beamten und Sklaven, die hier in den

Gängen herumspuken, wozu mögen sie bloß da sein? Die Luft vibriert von Gongschlägen, soweit die Ohren reichen, Guigo hat schon ganz überreizte Nerven davon; desgleichen von den Gesängen der verzückten Mönche, denen sie da und dort begegnen. Die einen halten die »Neumen« in der Hand und singen den »Kanon«, einen Text aus neun miteinander verbundenen Oden, deren jede aus vier oder sechs Strophen besteht, die andern summen den ein- oder zweistimmigen Bordun – die byzantinische Kirche verbietet es, den Gesang mit Instrumenten zu begleiten; es sind seltsame Gesänge, die immer mit einem Satz aus dem Alten Testament beginnen.

Schwere, prachtvoll verzierte Wandteppiche werden hochgehoben; geräuschlos öffnen sich Bronzetüren; goldene Gitter rücken zur Seite. Die Provenzalen verbergen ihre Verwirrung unter stolzgeschwellten Brüsten, auf denen die schimärischen Figuren ihrer Embleme aufgestickt sind. Das Ziel scheint nicht mehr weit zu sein, die Wachen flankieren sie jetzt in dreifachen Reihen.

Guigo kann es nicht erwarten, endlich diesen Kaiser und seinen Hofstaat zu Gesicht zu bekommen. Letzterer soll auf eine achtzehnstufige Rangordnung verteilt sein. Bevor ihre Abordnung zum Kaiserpalast aufbrach, haben ein paar Lothringer aus Gottfried von Bouillons Lager sie vorgewarnt und ihnen die unglaublichen Regeln zu erklären versucht, die es am kaiserlichen Hof einzuhalten gilt. Guigo bebte innerlich, als von der Proskynese die Rede war, dem jedem Besucher auferlegten Kniefall vor Seiner Majestät. Er, ein christlicher Ritter, hat sich geschworen, sich dieser Regel nicht zu unterziehen. Aber so weit, daß er den Kaiser beleidigt, wie einer der Ritter aus Balduin von Boulognes Schar, der sich vor einem Monat auf den kaiserlichen Thron zu setzen wagte, wird er seine Arroganz nicht treiben.

Plötzlich erschallen Trompetenklänge. Zwei riesige, mit Silberplatten beschlagene Türflügel gleiten langsam auseinander.

Guigo ist sprachlos: Der Saal hat eine Länge von vierzig und eine Breite von zwanzig Klaftern und prangt in einem architektonischen Reichtum sondergleichen. Von schwarzen Kapitellen gekrönte Säulen tragen eine Mosaikdecke, auf der das Leben Jesu Christi dargestellt ist; der Fußboden setzt sich aus allen erdenklichen Arten von Marmor zu einem Muster zusammen, das spiralförmig auf die Mitte zuläuft. Es herrscht eine große Stille hier, ganz schwach ist noch das Rauschen der Jaspisbrunnen zu vernehmen, deren gedrillte Fontänen anmutigen steinernen Najaden über die weißen Brüste rieseln. Hier stehen andere, lebende Statuen in extravaganten, leuchtend farbigen Gewändern, das sind die Höflinge.

Guigo hat Augen nur für die Schmuckstücke, die unter den Lichtern funkeln. So viele Edelleute auch hier versammelt sind, man vernimmt kein Geräusch, kein Wort, es gibt keine Bewegung, keine neugierigen Blicke, die Körper scheinen leblos zu sein; es ist, als zerknitterten die Barbaren bei ihrer Ankunft mit schweren Schritten das glatte Bild eines erstarrten Traums.

Draußen haben Glocken zu läuten begonnen, Trompeten blasen, Trommeln wirbeln. Die Kreuzfahrer schreiten weiter voran, sachte, ohne zu murren, ohne zu witzeln, ohne zu rülpsen, ohne zu furzen, ohne zu spukken, einige putzen sich den Rotz weg, andere streichen den Bart glatt, aber wie sie sich auch bemühen, nie werden sie den Umstehenden ähnlich sein. Hinten im Saal und zu beiden Seiten bis zum Fuß der Pyramide, welcher die Spitze des Primus inter pares fehlt, sitzen die höchsten Würdenträger des Kaiserreichs. Diese charismatischen Wesen tragen schillernde, mit regelmäßigen Mustern verzierte Roben, die ihnen bis zum Kinn hinaufreichen und mit goldenen Knöpfen oder großen Perlen zugeknöpft sind. Ihre Gesichter, auf denen die Heuchelei durchschlägt, sind von einer großen Haube aus amarantener Seide überragt. Beim Anblick dieser künstlichen, herablassenden Gestalten befällt die Kreuzfahrer eine tiefe Abneigung. In nächster Nähe des Throns, nach den Generälen, den hohen Beamten und der kaiserlichen Familie, haben sich die Eparchen in den molligen Kissen ihrer Faltstühle niedergelassen: Sechs Vertreter der Ostkirche mit langen, säuberlich gekämmten, weißen Bärten blicken den Neuankömmlingen entgegen. Diese würdigen Prälaten drücken sich das Buch der Sakramente auf die Brust, das in den Ecken mit einem Rubinflechtwerk besetzt ist und in der Mitte mit einem Smaragd. Um den Hals haben die heiligen Männer eine lange weiße Schärpe gehängt, die ihnen über beide Schultern bis zu den Füßen hinunterreicht. Zwei schwarze Kreuze verleihen ihr die spirituelle Note. Schwere goldene Armbänder mit Lothringerkreuzen umschließen ihre zarten Handgelenke, da ist ihre Macht: Weltliche Arme, an denen der Reichtum hängt, haben immer Gesetzeskraft! Das denken die Franken, während sie die Kirchenfürsten von oben bis unten betrachten, aber sie täuschen sich. Tatsächlich sitzen da die entmannten Tischgenossen des Patriarchen von Konstantinopel, eine überflüssige, dem Rat des göttlichen Kaisers angeschlossene Maschinerie, von den Händlern gedungener und fett gemachter Zierat.

Bruchstücke eines *Confiteor*, das einzige, was Guigo wahrzunehmen vermag, steigen aus den unteren Schichten des Palastes empor; ein Wachtraum, der die geheimnisvollen Tiefen verläßt, um sich zwischen den goldenen Riffen der Höflinge zu verlieren.

Endlich hat sich jemand bewegt. Als hätte ihn eine rasche Strömung erfaßt, hat eine befremdliche Gestalt die Reihen des versammelten Adels verlassen, um luftig leichten Schrittes die Stufen zum Thron hinaufzusteigen und sich neben das kaiserliche Piedestal zu stellen; das ist der große Zeremonienmeister, der den vielbegehrten Titel Erzkämmerer trägt. Nun steht er still, glänzende Schlange in diesem prunkvollen Himmel, der düstere Fächer seiner Fingernägel spreizt sich auf seiner Brust. Das weiße Gesicht mit dem langen, geölten Schnauz, kleine, zu unablässiger Bewegung verurteilte Augen und genau was es braucht an Fett und Falten, an Weichheit und Prägnanz, sind bezeichnend für dieses Individuum und was ihm eigentümlich ist: das Kriechen.

Das *Confiteor* ist soeben verklungen.

In diesem unwandelbaren Universum wiegt jede Sekunde, die dem wunderbaren Augenblick einer fast göttlichen Erscheinung vorangeht, schwer. Die »Kelten« (so nannten die Byzantiner die Kreuzfahrer) reißen die Augen auf: Strahlend und unwirklich, hieratisch, sitzt der Basileus auf seinem Thron, die leinene Chlamys fällt ihm über das von Edelsteinen blitzende Pallium, in der einen Hand hält er die goldene Kugel, in der andern das elfenbeinerne Kreuz.

Der Ewige wartet auf das Ende des Rituals.

Die Griechen haben ihre Gesichter verschleiert, ihre Augen sind geschlossen. Hinter dem Kaiser bewegen goldene Olivenbäume mit Jadefrüchten ihre Äste, mechanische Vögel haben zu singen begonnen; zu seinen Füßen stoßen zwei metallene Löwen ein Gebrüll aus und erheben sich dazu auf die Hinterbeine. Räuchergefäße verbreiten einen süßen Geruch, und ein Sänger schwingt sich zu einigen lateinischen Trillern auf; die Luft scheint mit farbigen Nebelstreifen beschuht; eine Reihe junger

Mädchen und Pagen gleitet zur Seite und gibt so den Blick auf die kaiserlichen Kinder frei. Mit offenem Mund läßt Guigo sich von dem Schauspiel bezwingen. Wenn man bedenkt, daß er in Signes mit Schweinen und Federvieh zusammenlebt.

Die protokollarische Zeremonie erreicht nächstens ihren Höhepunkt. Den Kreuzfahrern schnürt sich die Kehle zusammen. Alles steht still: Die Fontänen der Brunnen fließen nicht mehr; die Großen des Reichs, die Höflinge und Günstlinge halten den Atem an; selbst die Glocken der Hagia Sophia, diejenigen von Sankt Irene und Sankt Theodosia, die seit der Ankunft der Provenzalen geläutet haben, sind verstummt.

Menschen, Tiere und Dinge verflüssigen sich; dieses Sonnenteilchen, dieser vielleicht mächtigste »Mann« der Christenheit, wird das Wort ergreifen.

Tropfenweise, mit kalter Stimme, beginnt er, seine Sätze von sich zu geben: »Ich begrüße dich, Gesandter des Papstes, sei willkommen, Graf von Toulouse. Möge euer Aufenthalt in unserer heiligen Hauptstadt ein Gewinn für euch sein. Der himmlische Vater möge euch beschützen.«

Die Lippen öffnen sich nur spaltweise, um die Worte durchzulassen. Die langen, perlenbesetzten Bänder, die des Kaisers Gesicht umrahmen, zittern nicht einmal, die Kalotte mit den schmalen Goldriemen neigt sich nicht, keine Welle trübt die spiegelglatte Oberfläche dieses Übermenschen, abgesehen davon – aber das geschah so rasch –, daß er den Blick senkte, um die Barbaren ins Auge zu fassen.

Raimund, an die Festlichkeiten des Hofes von Toulouse gewöhnt, antwortet, ohne mit der Wimper zu zukken:

»Wir verbeugen uns demütig vor dir, Basileus, von

dessen Weisheit und Heldenmut bis ins Abendland ruhmvolle Kunde gedrungen ist.«

Diese Worte werden mit zustimmendem Gemurmel aufgenommen; zum ersten Mal gewinnt ein Kreuzfahrer die Wertschätzung des kaiserlichen Hofes. Die ersten beiden, Gottfried und Boemund, waren nichts weiter als machtverblendete Kleinkrämer, peinliche Schreihälse.

Saint-Gilles bleibt ernst, er weiß, daß seine beiden Vorgänger dem Kaiser Huld und Treue geschworen haben, und um keinen Preis wird er sich dazu hergeben. Raimund weiß, unter welchen Bedingungen die Lothringer und die Normannen sich unterworfen haben, das ist das erste, was er sich hat erzählen lassen.

Gottfried von Bouillon hat sich in Begleitung der wichtigsten lothringischen Fürsten in den Blachernenpalast begeben, um Alexios Komnenos seine Huldigung darzubringen. Auf den Knien hat er sich verpflichtet, des Kaisers Vasall zu sein und alle Städte und Ländereien, die er auf dem Weg nach Jerusalem erobern sollte, dem Kaiserreich zurückzugeben. Nachdem er seinen Eid geleistet hatte, beugte sich der Basileus zu ihm nieder, küßte den Herzog und erklärte, er adoptiere ihn als seinen Sohn.

Mit diesem entscheidenden Akt hat Gottfried den Kreuzzug in den Dienst des Basileus gestellt: Sämtliche seit kurzem von den Seldschuken besetzten Gebiete, das heißt alle Ländereien, die vor dem Debakel von 1081 zu Byzanz gehört hatten, sollten dem Kaiserreich zurückerstattet werden. Gottfried von Bouillon als Alexios' Vasall – Saint-Gilles findet das Ganze amüsant, aber wenn er die Sache juristisch betrachtet, wird ihm übel. Wie kann man sich als abendländischer Fürst bloß mit Gold und Silber, Reliquien, kostbaren Stoffen, Pferden und Maultieren kaufen lassen?

Was den durchtriebenen Boemund betrifft, hat dieser von Alexios verlangt, er solle ihn zum Groß-Domestikos des Ostens, zu einer Art Vizekönig von Asien machen. Eine so machtvolle Stellung, daß der Basileus es vorzog, nicht auf Boemunds Ansinnen einzugehen – um so weniger, als er den Ruf der Normannen kannte. Boemund hat daraufhin einen neuen Wunsch angemeldet: er begehre ein großes Lehensgut jenseits von Antiochia. Schließlich hat der Kaiser den Normannen ein Gebiet von fünfzehn Tagesmärschen Länge und acht Tagesmärschen Breite als Niederlassung zugestanden. Mit dieser Vereinbarung in Händen hat Boemund dasselbe versprochen wie Gottfried vor ihm.

Nein, Saint-Gilles wird sich nicht verkaufen. Ein langer Dialog entspinnt sich zwischen den beiden Männern. Argumente und Gegenargumente folgen sich, der eine verlangt den Treueschwur, der andere beruft sich auf Gott; der Kaiser spricht in kurzen, knappen Sätzen, die seine militärische Herkunft verraten, der Graf von Toulouse verwendet auf seine Antworten die gedankliche Strenge eines gebildeten Geistlichen. Zwei Willenskräfte, zwei Kulturen, zwei Geistesgrößen widersetzen sich einander in aller Höflichkeit bis zur Abenddämmerung. Adhémar kommt nicht dazu, ein Wort zu sagen, er hat gerade noch Gelegenheit, einen Brief des Papstes zu überreichen.

Im Gedächtnis der Leute von Signes sind Marseille und Lyon nur mehr zwei Dörfer.

Bis zu den Zähnen bewaffnet, mit Leder und Eisen gepanzert, mit Schuppen und primitiven Schmuckstükken bedeckt, bahnen sie sich schweren Schrittes einen Weg durch die Menge, die sie mißtrauisch beschnuppert. Mit allen Sinnen hingerissen, entdecken sie Byzanz: seine Farbenwirbel, seine Geräuschkaskaden, die unendliche Vielfalt der Gerüche. Um sie herum ziehen gierig, arglistig, fieberhaft geschäftig die Völker aller Welt vorbei. Männer und Frauen drängen sich um Verkaufsbuden, überrennen die ungeschützten Marktstände und schreien einander über das Gekreische und Getöse hinweg etwas zu. Da preist einer seine Ware an, da sucht ein anderer den kleinen Fehler oder das Argument, um den Preis herunterzufeilschen. Diesem Radau gegenüber bleiben Guigo und seine Freunde eiskalt. Lautlos gehen sie durch die Menge und passen auf, daß sie sich in der Vielfalt der Rassen nicht verlieren: Da sind kuriose Leute mit Schlitzaugen, dann wieder brandschwarze Ungeheuer, hier ein Zwerg mit dunkelbraunem Teint, da ein Riese mit beinah weißem Haar. Wie kann Gott in einer christlichen Stadt bloß so viele Heiden und Ungläubige dulden? Guigo horcht auf diese heiseren, näselnden, singenden Stimmen und versucht diese Sprachen, die unbekannten Worte zu verstehen, aber er kann nur Flüche erraten. Wenn wenigstens Bérengère da wäre, sie könnte ihm helfen, diese Gemütsbewegung, diese Angst zu überwinden, die er in sich aufsteigen fühlt: Byzanz ist schrecklich.

In dem rasenden Menschengewimmel sind sie auf dem Weg zum Stadtkern, hoch aufgereckt, die eine Hand am Schwertgriff, die andere bereit, eine allzunahe Berührung mit den Griechen und Muselmanen zu verhindern. Bei jeder Kreuzung erinnern gewaltige Statuen von nackten Göttinnen oder Göttern an vergangene Zeiten; hoch über dem Menschenstrudel stellt der mineralische Mann sein Perlmuttergeschlecht zur Schau, und die marmorne Frau reckt ihren von den Jahrhunderten polierten Busen; und bei den Franken weckt dieser Prunk nur Verachtung. Foren, Tempel,

Hippodrome – sie wissen nicht, wozu diese Monumente da sind. Auf diese Konfrontation sind sie nicht vorbereitet, abgesehen von den Warnungen der Mönche im Heer, und so machen sie finstere Gesichter, barbarischer denn je. Sie bekreuzigen sich mehrfach vor den unzüchtigen Marmorstatuen, und dann spucken sie aus, aber ihre Arme werden müde und ihre Münder trocken: Es hat zu viele dieser hieratischen Götter. Ihr gebändigter Zorn, ihr ingrimmiger Haß hingegen halten sich unvermindert, seit sie durch das Rhesiontor ins Innere der Mauer von Theodosius gelangt sind, seit sie hautnah mit den Turban- und Tschalmaträgern verkehren, mit diesen Ungläubigen, die hier völlig ungestraft herumspazieren, diesen türkischen und sarazenischen Schweinehunden, Ratten mit ihrem Mondsichellächeln, die sie argwöhnisch zu beäugen scheinen, bereit, ihnen gleich die Kehle durchzuschneiden, die Provenzalen zweifeln nicht daran. Guigo kocht innerlich. Er, der es kaum erwarten kann, gegen den Halbmond ins Feld zu ziehen, schubst arabische Händler zur Seite, reibt sich an irgendwelchen dicken Türken und würde sie am liebsten alle umbringen, um Christi Wiederkunft zu beschleunigen.

Nachdem sie ziellos im hektischen Treiben des Hafenquartiers herumgelaufen sind und dann, wie es gerade kam, durch diese oder jene Gasse, erreichen sie jetzt das Stadtzentrum und damit den Geschäftsmarkt. Eine wahre Lepra, der lockende Gewinn, er macht die Männer aschfahl, die Frauen runzlig, ihre Finger sind in Solidus, in Mark und Bisants verliebt und verstehen sämtliche Münzen der Welt zu streicheln, zu reiben, abzuwägen; der Zeigefinger allein kann schon fast alles: er sortiert, kratzt zusammen, schiebt weg, klopft auf den Tisch, bringt die Preise zum Steigen und zum

Sinken, spricht die Sprache der Zahlen und dient obendrein dazu, Nase und Ohren zu putzen.

Der Handelsmarkt ist vor allem die Domäne der Finger, in der Mese hingegen ist das anders. Diese lange, beidseits von gewaltigen, zweistöckigen Säulenhallen gesäumte Haupt- und Triumphstraße beginnt beim Forum Augustus und endet beim Goldenen Tor, genau in der Mitte zwischen dem Großen Palast und dem Forum Konstantins, dem Goldmarkt gegenüber. Bei dessen Anblick erstarren die Franken. Guigo reibt sich die Augen und trocknet sich die Stirn, Gottfried läuft der Speichel aus dem Mund, und er drückt sich die Fingernägel ins Fleisch, Herbert greift sich ans Herz, und die drei andern rollen fassungslos die weitaufgerissenen Augen.

Vor ihnen stehen Hunderte von Tischen in einer Reihe, und darauf blitzt und funkelt haufenweise lauteres Gold. Männer, nein, nicht Männer! Geldwechsler tauchen ihre Hände in kostbare Fluten. Sie hantieren, wägen, zählen, machen Pakete, schichten Stapel, Pyramiden aus Goldmünzen auf; manchmal huscht ihnen ein raubgieriges Lächeln übers Gesicht, manchmal lachen sie wie Hyänen, weinen eine Krokodilsträne bisweilen, immer aber haben sie den harten, eisigen, gierigen Blick, einen Blick, den ein metallischer Hunger verzehrt.

Die sechs Gefährten bewegen sich vorsichtig der Seite der Goldschmiede entlang und entdecken die raffinierten Techniken, welche die Stärke des byzantinischen Kunsthandwerks ausmachen: Einlegearbeiten, Niello, Einfassungen, Filigran, Email. In den Verkaufsbuden häufen sich alte oder neue Gegenstände, einer wertvoller als der andere; ornamentgeschmückte, silberne Platten und Teller für den kirchlichen Gebrauch glänzen inmitten weltlicher Schatullen; in der Tischmitte stehen die Reliquienschreine, am Rand liegen geweihte Gegenstände aus Silber oder Gold; fast überall findet man Vasen aus Kristall, Alabaster oder Rauchglas in edelsteingeschmückten Fassungen aus Edelmetall; da und dort liegen Kreuze aufgestapelt, Manuskriptumschläge, in der Technik des Cloisonné gefertigte Stücke, Bucheinbände, Medaillons, Halsketten, Ringe, Armreifen, Schnallen, Waffen, Hostienteller, Kelche. Den Kreuzfahrern ist es, als wären an diesem Ort alle Schätze und Reichtümer der Erde auf Strand gelaufen; ihre Habgier wird auf eine harte Probe gestellt, und sie müssen sich zurückhalten, um nicht über dieses in Reichweite daliegende Gold herzufallen.

»Der Teufel versucht uns«, murmelt Guigo und beobachtet seine Gefährten; sie gleichen Raubvögeln, im Augenblick bevor sie sich auf ihre Beute stürzen. »Laßt uns fliehen!« flüstert er.

Laufen wenn nötig, davonrennen und vergessen, daß es diesen Ort gibt, wo das Straßenpflaster funkelt. Sie laufen und verlieren sich im Bukoleon, fünfmal umkreisen sie die Zisterne von Binbirdirek. Auf dem Stoffmarkt breiten die Asiaten Seidenstoffe vor ihnen aus, und ein Dolmetscher gibt ihnen zu verstehen, daß die asiatischen Kaiser und mongolischen Khans ihre Konkubinen ebenfalls damit beschenken. Eben wollen sie gehen, da zieht Gottfried plötzlich seinen Dolch. Er ist bereit, zuzuschlagen. Guigo und Herbert machen einen Satz rückwärts; die Knappen verschwinden zuhinterst in einem Gang. Aus einer Querstraße ist soeben ein gräßliches, buckliges Ungeheuer aufgetaucht.

»Was ist, meine Herren? Sind Sie vielleicht an diesem prachtvollen Kamel interessiert?«

»Kamel?« schluckt Gottfried.

»Ja, schöner Prinz, für die Wüste das ideale Reittier.«

Der Mann ist klein, seine Stimme tief und samtig; er

versteckt seine Hände in den weiten Ärmeln eines langen, dunklen Kleidungsstücks, auf das mit Goldfaden geometrische Ornamente aufgestickt sind. Ein merkwürdiges Schmuckstück aus Mondstein hängt auf seiner Brust, es sieht aus wie ein Skorpion, der sich im Leib einer Schlange verliert. Ein schwarzes Käppchen auf dem Scheitel, langes, krauses Haar, ein schelmischer Blick unter buschigen Brauen, eine lange Adlernase, die fast bis auf die wulstigen Lippen hinunterreicht, das Ganze umrahmt von kräftigen Kinnbacken und einem langen, schwarzen, in zwei Spitzen auslaufenden Bart – das ist ein Jude, sagt sich Guigo. Und verzieht gegen seinen Willen das Gesicht. Der Jude faßt sie einen nach dem andern ins Auge.

»Moses Ben Choolam, Ihnen zu Diensten«, erklärt er liebenswürdig.

»Uns zu Diensten! sagst du?« antwortet Guigo, der näher getreten ist, um den Gesellen ein bißchen eingehender zu betrachten.

Und er stellt fest, daß zwischen dieser Gestalt und den Israeliten, die er in Marseille gekannt hat, kein großer Unterschied besteht. Da wird er brüsk von Herbert unterbrochen.

»Genug! Starrt ihn nicht so an. Ich glaube, man kann ihm trauen.«

»Na schön. Also, Moses, weißt du uns einen Ort, wo es zu essen gibt und Frauen?« fragt Guigo.

Draußen hat sich der dahinsiechende Schatten zum Sterben ausgestreckt, Dunkelheit erfüllt die Straßen, in jedem Viertel macht das Geschrei nach und nach dem Geplauder Platz, die Menschenmenge hat sich aufgerieben, alte Kupplerinnen pfeifen durch die Finger und überwachen das Kommen und Gehen der unterworfenen Geschöpfe: Männer, Frauen und Kinder. Diese verwünschten Schatten, die allen Vorübergehenden zulächeln, haben kein Geschlecht. Byzanz ist wie jede andere Stadt: Tugend und Laster, Gutes und Böses sind wollüstig ineinander verschlungen, unmöglich zu wissen, wo das eine endet und wo das andere beginnt.

In dem dunklen, niedrigen Raum herrscht ein abscheulicher Geruch, ein zusammengesunkenes Feuer rötet die Gesichter, da und dort verhaspelt sich ein Trunkenbold in einer beginnenden Rede, wo es um Huren-Frauen, Kaiser-Schwäche, Verkaufte-Kirche, Korrupte-Höflinge-Beamte geht. Die Leute von Signes haben sich an Wachteln, gefüllten Hühnchen, Oliven und Wildbret gütlich getan, satt entblößen sie ihre straff gespannten Bäuche, Saucenflecken auf der Brust; Gaumen und Zunge brennen noch so höllisch von den genossenen Gewürzen, daß sie sie unablässig mit diesem guten korinthischen Wein begießen, der die Gemüter so rasch in Wallung bringt.

Ancelin beißt in Marzipanleckereien und streichelt mit seiner freien Hand lässig das Geschlecht einer petschenegischen Dirne. Auf Guigo sitzt eine blonde Sächsin, die träge ihren Hintern schwenkt; sie ist fett, mit diesem etwas ungesunden Speck gepolstert, der rasch unförmig wird, eine Fettleibigkeit, welche die Frauen übergangslos von der Jugend ins Alter befördert; verzweifelt wackeln ihre schweren Brüste im Takt, blöde fährt sie fort, im gewohnten Trott. Lotomus beschäftigt sich mit einer Germanin, die andern schmusen mit ihren arabischen Gefährtinnen herum, Weibsbilder, so braun wie Datteln, mit langen, sehnigen Muskeln, zwölfjährige Dirnen. Sie brauchen diese erweichende Atmosphäre, diesen Saus und Braus, diese Vorstellung von der Frau als dämonisch laszivem Nachtmahr; sie tragen die Sünde des Fleisches in sich wie den unerläßlichen Leitfaden für eine um so bitterere Reue.

Wie weit sind sie vom Kreuz, wie weit von jedem Gedanken an Gott entfernt! Und nur die gigantische Reiterstatue Konstantins des Großen wacht über sie, wie sie den Hunger ihrer Sinne stillen, und über das träumende Byzanz. Heute nacht geben sie sich dem Laster hin, morgen werden sie sich heilighalten. Um Mitternacht Sex, mittags die Hostie.

Guigo lebt seine Lust aus und wird es satt. Immer wieder taucht Bérengères Bild vor ihm auf, und er versucht sich mit vagen Entschuldigungen herauszureden. Mehr und mehr verkrampft er sich in seinem inneren Widerspruch, am liebsten schlüge er auf dieses Weib ein, das es nicht einmal genießt auf seinen Schenkeln. Beim Anblick seiner Freunde verzieht er das Gesicht: diese stolzen, in ihren Weinlachen und Erbrochenem gestrandeten Ritter Christi sind nicht einmal mehr des Ungeziefers würdig, das ihnen durch die Bärte kriecht. Wortlos, mit brennendem Herzen, brennender Seele, brennenden Wangen stößt er seine Gefährtin von sich, steht auf, zerbricht einen Krug, schnauzt Ancelin an und kauert sich dann in eine Ecke, um zu vergessen. Er versinkt in die nahe Vergangenheit und damit in eine wehmütige Sehnsucht. Diese Tage im Frühling, als sie sich beim Gapeau trafen; Bérengère lag im Gras, und er schaute sie an, ohne ein Wort, während um sie herum die Schmetterlinge gaukelten, zu ihren Füßen der Bach rauschte, während hoch über ihren Köpfen weiße Wolken dahinzogen. Alles war so rein damals, unverdorben. Sie konnten einander in den Armen liegen und mit den Vögeln reden, mit den Blumen, den Bäumen, dem Wind.

Nach und nach senken sich die Lider mit ihren Wimpernvorhängen, die trägen Körper sinken in eine schwere Benommenheit, mit dumpfen Träumen rollt das Blut durch die Adern; sie schlafen auf ihren Eintagesweibern ein.

Mehrmals ist Guigo wieder mit Moses zusammengetroffen; stets liebenswürdig, stets lächelnd, hat dieser ihm schon dreimal geraten, doch die Hagia Sophia zu besuchen. Aber Guigo hatte ein schlechtes Gewissen und versagte sich das Betreten einer heiligen Stätte.

Allmählich aber tat der wortgewaltige Zauber des Israeliten seine Wirkung, Guigo ließ sich von den begeisterten Schilderungen bezwingen und schließlich in den sagenhaften Tempel hineinführen.

Draußen vor dem Gebäude erklärte ihm der kleine Jude zunächst, daß die Byzantiner in dieser Kirche die Einheit wiederfänden, daß sie sich selbst in ihr bewunderten, daß sie zum Symbol des großen Schismas geworden sei, daß ihr Glanz und ihre Ausstrahlung den Glauben der morgenländischen Christen preise, erhöhe ... Wortwirbel, Zaubersätze, Girlanden von Erklärungen mit einem schmeichelnden Saum von Anspielungen. Aber Moses, der auch ein Gelehrter ist, ließ ihn auch wissen, daß Kaiser Justinian seinerzeit den Bau in einem Anflug von großem Ehrgeiz habe errichten lassen. Der Herrscher habe die beiden größten Architekten seiner Epoche, Anthemios von Tralles und Isidor von Milet, mit der Aufgabe betraut; sie hätten dieses Wunderwerk zustande gebracht.

Die gewaltigen Kuppeln und Halbkuppeln nahmen sogleich Guigos Blick gefangen: da hätte das ganze Schloß Signes darunter Platz. Dann blieb er an den Mosaiken hängen: von überall her beleuchtet, schienen sie wie in der Luft zu schweben. Sie stellten Szenen aus der Biblischen Geschichte dar. In der Mitte thronte eine strahlende Christusfigur, welche die Bilderstürmer von einst vor Entsetzen hätte erbleichen lassen; im Halbrund die Heilige Jungfrau; auf den Gewölbezwickeln die vier Evangelisten; die oberen Hälften der Wände zeigten Szenen aus dem Neuen Testament, die unteren Kirchenväter, Heilige und Märtyrer. Auch die mit Schätzen überhäuften Altäre, die im Licht der Öllampen schimmerten, entgingen Guigo nicht. Eine merkwürdige Kirche, das! Wenn es ein Mysterium gab, mußte man es hinter dem Reichtum entdecken. Aber Guigo fühlte sich verloren, ihm fehlte die Düsterkeit des Chors, in der die kleine Flamme flackert, fehlte der schattige Raum der untersetzten Kirchenschiffe, wo der Sünder allein vor Gott hintritt und Buße tut. Vergeblich suchte er hier nach einem Ort der Andacht, um zu beten, einem schmucklosen Winkel, wo er sich hätte sammeln können, der überbordende Luxus machte sein Bedürfnis nach einem Gebet immer wieder zunichte.

»Nein!« schrie er laut in diesen unzüchtigen Überfluß hinein. Und verließ fluchtartig diese Kirche, drückte die Augen zu, wollte Byzanz vergessen. Reglos, hoch aufgerichtet schaute Ben Choolam ihm nach: »Einer ohne Falsch«, dachte er, »ich glaube, er könnte uns helfen.«

Und Guigo schloß sich in seinem Zelt ein. Mehr denn je spürte er, wie sehr Bérengère ihm fehlte, sie war weit, so weit weg . . .

11. Kapitel

Glück

Einen Monat ist es her, seit er abgereist ist, dabei scheint ihr, es sei erst gestern gewesen. Bérengère schließt die Augen, sie träumt. Sie ist mit ihrem Kreuzfahrer auf der Reise, entdeckt Städte, silbern glitzernde Bäche, tiefe, von seltsamen Tieren bevölkerte Wälder mit Blumen darin, Blumen, Blumen.

»Bérengère! Was hast du?«

»Nichts, nichts . . .«

Sie faßt mit ihren durch Schilfstücke geschützten Fingern wieder zu, hält das Kornbündel fest und beginnt mit der gezahnten Hippe zu sägen.

»Sega! Sega! Sega! Sega!«

»Säge nicht zu weit unten, es muß noch Stroh bleiben fürs Feuer. Die Erde braucht Nahrung.«

»Ich weiß, ich weiß. Sega! Sega! Sega!« trällert Bérengère weiter. Belustigt schaut ihre Kusine Aimerude ihr zu. Das junge Mädchen, dreizehn Jahre alt und Waise wie sie, wohnt jetzt mit ihr auf Méounes. Bérengère ist froh, diese sanftmütige Gefährtin um sich zu haben, ein zierliches Kind mit blonden Locken und goldbraunen Augen, einer kleinen, spitzen Stupsnase, einer Sommersprosse da und dort und einem winzigen, rosigen Mund, dem nichts als Liebesworte und Liebeslieder über die Lippen kommen. Aber im Augenblick erledigt das Kusinchen ganz gewissenhaft seine Arbeit als Schnitterin und zählt die Garben. Es ist ein gesegnetes Jahr, sie haben zweimal ernten können.

»Noch zwölf Garben, dann gehen wir in die Tenne, die andern sind schon dort. Nun mach schon, Verliebte, beeil dich.«

Aber die Verliebte ist anderswo, auf Pharamonds Kruppe, sie drückt ihre Wange an Guigos ledernen Rücken, hat die Arme um seinen kräftigen Oberkörper geschlungen.

Aimerude hält inne, stützt sich die Hände in die Hüften und ruft mit heller Stimme:

»Heilige Jungfrau Maria! Das ist mir eine Bäuerin, die sich beim Tagwerk versäumt. Wenn alle wären wie du, was würden wir wohl diesen Winter zu essen bekommen, kannst du mir das sagen?«

»Sega! Sega! Sega! Liebe! Liebe! Liebe!«

»Ach, ich wär ja so gern an deiner Stelle! Wie hast du ihn kennengelernt, sag?«

»An einem Fest! Ich wünschte mir gleich, er möchte mich entführen, aber er hatte Augen nur für die Tochter des Ritters von Meynarguette.«

»Und dann?«

»Dann hab ich ihn durch die Sonne gebunden.«

»Du hast ihn gebunden?«

Aimerude sperrt den Mund und kugelrunde Augen auf. Die Hexerei macht ihr angst. Sie weiß, es gibt Frauen, die nicht davor zurückschrecken, sich jeden Abend die Schläfen mit dem Blut eines Wiedehopfs einzureiben und beim Einschlafen einen Pappelzweig an sich zu drücken, um die Liebe der Männer auf sich zu ziehen, andere nehmen sich an einem Freitag Blut und vermischen es mit den Hoden eines Hasen und der Leber einer Taube, wonach sie das Ganze, zu Pulver zerrieben, der begehrten Person zu schlucken geben; aber Bérengère – sie traut ihren Ohren nicht.

»Hast du Eisenkraut getragen?« stammelt sie fragend.

»Ja. Aber das Eisenkraut hat nicht ausgereicht. Da mußte ich aus Lehm einen nackten Mann formen, der ihm ähnlich sah, und jeden Sonntag, wenn die Sonne am höchsten stand, habe ich der kleinen Figur von einem Absud aus Heckenrosenrinde, -saft und -blüten einen Tropfen auf Kopf, Herz und Geschlecht gegossen und dazu ganz stark gedacht: Er soll an mich denken, er soll mich lieben, er soll mich begehren, er soll an mich denken, er soll mich lieben, er soll mich begehren.«

Aimerude kommt nicht dazu, den Beweggründen nachzugehen, die ihre Kusine dazu getrieben haben, auf diese Weise, um eines Mannes, eines simplen Menschen willen, ihre Seele in Gefahr zu bringen. Sie wirft sich auf Bérengère und fällt ihr in den Arm.

»Unselige! Säge nicht weiter! Denk an das, was du tust, es ist die letzte Garbe, die letzte Zuflucht für den Geist des Korns. He, ihr dort drüben! Holt den Hahn!«

Sie müssen den Hahn opfern, um den Geist zu besänftigen und der Erde ihre Fruchtbarkeit wiederzugeben.

Aimerude nimmt ihre gedankenverlorene Kusine bei der Hand und zieht sie vom Feld weg. Unterdessen kommt ein großer, magerer Junge dahergelaufen. Durch die Löcher seines groben braunen Leinwandhemds ist eine graue Haut zu sehen, unter der die Knochen hervortreten. In seinen spindeldürren Fingern zuckt ein schwarzer Hahn.

Mit Knüppeln und Stecken bewehrt, sind jetzt alle in der Tenne versammelt. Schweigend bilden sie zwei Kreise. Die Erwachsenen innen, die Kinder außen. Den schlaksigen Jungen schüttelt immer wieder ein wieherndes Gelächter, er bleckt sein Pferdegebiß mit langen, gelben, weit auseinanderstehenden Zähnen. Seine irren Augen glänzen vor Freude; er dreht sich im Kreis, streckt seinen knochigen Arm mit dem zappelnden Federvieh in der Hand weit von sich und reizt die Versammlung auf.

»Na mach schon, Lou Fru! Läßt du ihn endlich los, diesen Hahn?«

Lou Fru fällt auf die Knie, streichelt das Tier und läßt es frei. Sogleich beginnt der Kreis sich langsam, unerbittlich zu schließen. Es braucht ein Opfer für den Geist des Korns, um Gewitter, Frost und Dürre, um die Katastrophen abzuhalten. Bérengère starrt auf den Hahn, der die Gefahr spürt und sich auf seinen Sporen reckt. Schritt für Schritt, geduckt wie eine sprungbereite Wölfin, geht sie auf ihn zu. Eine Frau führt den ersten Schlag. Und jetzt hagelt es. Bérengère schlägt auf diese Wolke aus Staub und fliegenden Federn ein, schlägt zu, schlägt zu . . .

»Genug!« schreit einer der Alten. »Der Geist ist besänftigt. Jetzt geht's ans Dreschen, macht euch bereit.«

Eine alte Frau ergreift das leblose Tier, das man für das gemeinsame Abendbrot zubereiten wird. Und jedermann mißt seine Entfernung zu den geernteten Garben, auf die man jetzt aus voller Kraft wird einschlagen müssen, um die Spreu vom Weizen zu sondern.

Schweißüberströmt greifen Bérengère und Aimerude nach den Dreschflegeln und schicken sich ebenfalls an, das Getreide zu dreschen. Sie atmen tief ein und machen einen Schritt zurück. Mit Leib und Seele sind sie beide Menschen vom Land, sie kämpfen um ihr Dasein. Viele Männer haben das Kreuz genommen. Viele von ihnen werden nicht zurückkehren. Die Frauen müssen weiterleben, von Generation zu Generation wird es weiter so sein: die Männer in den Krieg, die Frauen aufs Land – in wessen Hand liegt das Schicksal?

Jäh wirft Bérengère ihren Arm nach vorn und gibt dieser Bewegung die nötige Kraft, damit ihr Werkzeug seine Wirkung entfalten kann. Der bewegliche Teil des Dreschflegels fliegt hoch, schlägt einen Bogen und prallt auf die goldenen Ähren auf. Kaum spürt sie die Erschütterung in ihren Händen, wird ihr schwindlig, und ein saurer Geschmack füllt ihr den Mund. Lautlos sinkt sie auf den Garben zusammen.

»Mein Gott! Mein Gott!« stammelt Aimerude und stürzt zu ihrer Kusine hin. Unbeholfen richtet sie ihr den Kopf ein bißchen auf und tätschelt die ungewöhnlich bleichen Wangen. Dann irren ihre großen Augen fassungslos von einer Seite zur andern, und sie ruft um Hilfe. Die andern, ganz von ihrer harten Arbeit in Anspruch genommen, haben von allem nichts gemerkt.

»Kommt schnell! Schnell! Bérengère ist ohnmächtig geworden.«

Sofort lassen alle Frauen ihre Geräte fallen und drängen zu den beiden jungen Mädchen heran, beugen sich vor, machen steife Gesichter, greifen sich mit der Hand an den Hals und überbieten sich gegenseitig im Spekulieren über die Ursache dieses Unwohlseins.

»Das muß die Sonne sein.«

»Ein Schlangenbiß vielleicht?«

»Oder ein böser Zauber?«

»Schweigt!« schreit Aimerude böse. »Geschwätzige Weiber! Die stärksten unter euch sollen sie lieber ins Dorf hinaufbringen. Das geht auch euch an, schlechte Hunde«, sagt sie und wendet sich den Jugendlichen und den Alten zu, die etwas abseits darauf warten, daß etwas entschieden wird.

»Ja, wir müssen sie zu Honorine bringen, zur Heilerin!«

»Nein, zum Priester! Im Gotteshaus reinigt sich ihr Leib.«

»Bostruc ist der einzige, der da etwas vermag, bringen wir sie zum Hexer.«

»Nun gut«, seufzt Aimerude, »wir bringen sie aufs Schloß, und Lou Fru geht und holt sie alle drei.«

»Was ist geschehen?« murmelt Bérengère, die wieder zu sich kommt und erstaunt feststellt, daß die dicke Honorine ihr am Körper herumtastet, daß Pater Daniel ihr mit geweihtem Öl die Schläfen einreibt und Bostruc einen Aufguß aus Wein und Engelwurz zubereitet, der sie von einer möglichen innerlichen Geschwürbildung heilen soll.

»Du hast die Besinnung verloren«, antwortet Aimerude sanft und streichelt ihr die Hand.

»Ach so . . . und dann?«

Das gelbe, hagere Gesicht Pater Daniels neigt sich zu ihrem Ohr herunter, sie weiß zum voraus, was er ihr sagen wird.

»Das ist eine Warnung von oben«, flüstert er ihr zu, laut genug allerdings, daß jedermann es hören kann. »Du mußt eine schwere Sünde auf dem Herzen tragen, mein Kind. Beichte, dann wirst du wieder geheilt. Dann läßt der Teufel dich fahren; und sogleich wird dein guter Engel herannahen und dir dienen.«

Ein Schellengebimmel bringt den beruhigenden Redefluß aus Pater Daniels lippenlosem Mund zum Versiegen. Mit einem Satz, mit wehenden Wolfsfellen, Hasenfellen, Spitzmausfellen‘ mit denen er seinen schmutzigen Körper bedeckt hat, ist Bostruc an Bérengères Lager gelandet. In einem lauten Geklingel von Fläschchen, Talismanen und Glöckchen beginnt er zwischen dem Priester und Honorine zu tanzen. Unter dem Wolfskopf, der ihm als Kopfbedeckung dient und den er tief auf die Stirn heruntergezogen hat, blitzen seine kleinen, schwarzen Augen in einem übernatürlichen Glanz. Man kann seine Zahnstummel und seine weiche, farblose Zunge sehen, er bläst Pater Daniel seinen stinkenden Atem ins Gesicht, so daß der den Atem anhält, und kreischt:

»Wer spricht da von Sünde? Hi! Hi! Hi! Wer spricht vom Teufel? Wer von Engeln? Weder die weißen noch die schwarzen Kräfte sind es, wahrhaftig. Hi! Hi! Hi! Nichts als ein böser Blick. Sie wird die Engelswurz trinken, so werden die Säfte besiegt, dann will ich den Zauber verjagen.«

»Warum gibst du ihr nicht Beifuß, wenn du schon da bist?« brummt Honorine.

»Beifuß! Hi! Hi! Hi! Beifuß! Den braucht man doch, um die Frucht des Weibes abzutreiben.«

»Richtig!« antwortet Honorine, die sich aufrichtet und die Hände in die Hüften stützt. Sie wirft dem Priester und dem Hexer einen verächtlichen Blick entgegen und ruft mit dröhnender Stimme: »Das sind mir zwei fabelhafte Gesellen! Zwei Lumpen, die Lügen auftischen, um so ihre Geldbeutel zu füllen. Von Frauen versteht ihr nichts, das sieht man. Sie ist im zweiten Monat schwanger, im Frühjahr bringt sie ein Kind zur Welt.«

»Ich bin . . .«, stammelt Bérengère.

»Ja, freue dich, du trägst das Leben in deinem Schoß. Du bist nicht wie diese beiden da, dieses Geschmeiß, das dereinst von der Erde verschwindet und keine Nachkommen hinterläßt.«

Bérengère spürt, wie eine große Wärme in ihr aufsteigt: ein Kind, die Frucht ihrer Liebe, Band, Stamm, Zukunft . . . Sie lächelt Aimerude zu, die überwältigt die Hände faltet, um der Heiligen Jungfrau zu danken.

Das Getreide ist unter Dach, das Stroh aufgeteilt: hier die langen Halme für die Strohsäcke, da die kurzen als Viehfutter für den Winter. Alles ist in Ordnung, jetzt darf es regnen, bloß nicht allzu viel, die Reben sind schwer von Trauben, es gibt eine gute Ernte. Es wird nicht regnen, sie ist überzeugt, es ist ein gutes Jahr. Bérengère verliert sich in der blauen Unendlichkeit des Himmels, sie streicht Aimerude über die blonden Lokken. Die beiden hören den Vögeln zu, die zwitschern, dem Gesumm der Insekten, dem Säuseln des Windes, irgendwo kläfft ein Hund, Hirten pfeifen, Schafe blöken, sie hören Kinder schreien, und weiter unten, am Bach, wiegt eine Frau ein Neugeborenes und singt ihm ein Lied.

»Bald werde ich auch sanfte Lieder singen.«

»Nur noch sieben Monate«, sagt Aimerude. »Hast du dir schon einen Namen ausgedacht?«

Bérengère antwortet ohne zu zögern:

»Huldera – wie meine Mutter hieß –, wenn es ein Mädchen ist; und Richard, nach dem Namen meines Vaters, den ich nicht kenne, wenn es ein Junge ist.«

»Und was möchtest du lieber?«

»Einen Jungen natürlich! Diese Welt ist für Männer gemacht!«

»Warum? Bist du denn nicht glücklich?«

»Doch, doch. Aber manchmal habe ich es satt zu warten, mich dem Willen des Stärkeren zu fügen, selbst wenn ich mir sage, Guigo ist nicht wie die andern Männer, weniger brutal. Ich fürchte, ich könnte eine dieser Frauen werden, die zwischen Kochkessel und Spinnrokken ein böses Alter haben. Ich fürchte, man könnte mir eines Tages ein junges Ding vorziehen. Ich fürchte mich in meinem Frauenkörper. Dabei bin ich glücklich, jetzt. Ich trage das Leben in mir; die Männer können machen, was sie wollen, sie werden uns immer nötig haben, sage ich mir. Diese Frucht in meinem Leib, das ist meine Stärke. Das ist mein Glück. Das ist unser aller Glück.«

12. Kapitel

Geist und Erde

Nie wird Guigo seinen Besuch in der Hagia Sophia vergessen, beim bloßen Gedanken daran befällt ihn Übelkeit. Er sieht sich noch, wie er aus dieser goldenen Höhle hinauslief, lächerlich winzige Silhouette unter der Kuppel. Eine Woche bereits ist es her, vielleicht werden die Bilder mit der Zeit verblassen? In dieser Woche haben Guigo und Moses sich näher kennen- und schätzen gelernt. Die Gespräche mit Moses sind für den Ritter eine Bereicherung, mehr noch: er ist von diesem Menschen mit seinem universellen Wissen fasziniert. Moses spricht an die zehn Sprachen, kennt die Mathematik, weiß die himmlischen Zeichen zu lesen, unterhält sich mit den Tieren und hat die Rechte und Religionen aller Völker studiert. Von Beruf ist Moses ein reicher Kaufmann, ein aus Athen gebürtiger Stoffhändler. Ein sanftmütiger Mensch, der in Studien und Betrachtungen seinen Trost gefunden hat. Er lebt allein in Konstantinopel und grämt sich darüber, daß der Rest seiner Familie zwischen Thessalonike, Toulouse, Korfu und Jerusalem verzettelt ist. Er friste ein kümmerliches Leben zwischen Gott und Geschäft, sagt er, nehme mit kleinen Freuden vorlieb, weissage andern und vergesse sich selbst und beklage es, so vergessen zu sein. Was das Abenteuer einer Ehe angehe, das habe ihn nie gereizt.

Guigo geht vorbei und sieht niemanden, weder die

geschminkten Frauen, die ihn streifen und ihm zulächeln, noch die unerschöpflich schnatternden Händler, die ihn anrufen und ihm ihre Schätze entgegenstrecken, noch die Landstreicher, noch die Bettler, noch seine Waffenbrüder, nicht einmal die Ungläubigen.

Wie er sich auch Vernunft einzureden sucht, das Gefühl ist da, unerbittlich, hart wie ein Diamant. Was hilft es, zwischen sich und Moses Mauern aufrichten zu wollen? Wozu? Er ist zum voraus besiegt.

Er geht durch das Xylokerkos-Tor in der Mauer von Theodosius, dann läßt er die Mauer Konstantins hinter sich, dann diejenige von Severus Septimius und schlägt den Weg nach dem Manganes-Palast ein. Moses wohnt gleich untendran. Guigos Herz pocht heftig, wie jedesmal, wenn er den Juden aufsucht. »Ich, ein Christ! Mich mit einem Juden einlassen! Ich gehe meinem Verderben entgegen, man wird mich exkommunizieren!« Aber seine Beine laufen zehn Jahrhunderten Überlieferung zuwider, er geht schneller und schneller. Marmorstatuen alter Götter stehen hoch aufgerichtet beim Hippodrom; zum ersten Mal schaut Guigo sie genauer an und entdeckt die Harmonie ihrer Form. Er lächelt Mars und Venus und diesen bartlosen Kaisern zu, und sein barbarischer Geist verliert die Spitze . . . verstehen lernen, diese Freude . . . und laufend erreicht er die bronzeüberladene Tür mit den zwei Sternen zu beiden Seiten: demjenigen Davids und demjenigen Salomos.

Er klopft kräftig, damit das Tor zu dieser anderen Welt möglichst schnell aufgeht. »Wenn er bloß da ist«, sagt er sich. Eine Magd, die nach Zimt und Lorbeer riecht, schmucklos in ihrem einfachen, schwarzen Kleid, lädt ihn ein, ihr zu folgen. Der Meister ist im Garten, sie geleitet den Gast bis auf die Schwelle zu diesem Paradies, in dem die Nachtigallen singen. Im Schatten eines

Orangenbaums sitzt Moses auf einer kleinen, steinernen Bank und scheint ganz ins Studium einer heiligen Schriftrolle versunken. Es geht eine solche Kraft und Weisheit von ihm aus, daß Guigo verdutzt stehenbleibt: Darf man einen Menschen stören, der die Stufen der Erkenntnis erklimmt? Er möchte sich ebenfalls in das große Abenteuer des Wissens stürzen, die Steine, die Pflanzen, die Sterne verstehen lernen ... und Gott selbst vielleicht? Sein Blick ist so glühend, daß Moses aufschaut.

»Du, mein Freund! Und ich wußte gar nichts davon! Komm schnell, komm her.«

Der Ritter stürzt hinzu und umarmt den kleinen Mann.

Moses zittert vor Rührung: »Ja, die Freundschaft ist schöner als das Wissen! Seraphim, reinigt meine Liebe für diesen Sohn, im Namen Elvohs, Malachim, beschützt ihn in Ieves Namen.«

»Setzen wir uns«, sagt er mit bewegter Stimme.

Guigo läßt es mit sich geschehen, Moses hat ihn für sich gewonnen, er würde gegen Drachen ins Feld ziehen für diesen Mann.

»Ich bin froh, daß du da bist«, fährt Moses fort.

»Es ist stärker als ich! Kann der Bach dem Fluß entrinnen?«

»Und der Fluß, kann er leben ohne den Bach?« antwortet Moses lächelnd. Forschend blickt er den Ritter an, und wie immer findet er diesen brennenden Durst in ihm, in dem sich Zartheit mit Gewaltsamkeit, Naivität mit Ehrgeiz vermischt. »Es steckt ein Kleinod unter dieser Schale«, sagt er zu sich selbst, und dann laut: »Ich weiß, du leidest unter unserer Beziehung. Das, was dich mir entgegendrängt, wird von dem ›was man sagt‹, vom Gerede vieler Generationen von Menschen gehemmt, diesem Gerede, das aus uns ›die Juden‹ gemacht hat, ein verfluchtes Volk. Ich könnte dich trösten und sagen, du und ich, wir seien die beiden ersten Glieder der zukünftigen Menschheit, der Menschheit im Zeitalter des Wassermanns, aber das alles ist noch so weit, soweit weg. Was werden wir in tausend Jahren sein ... Der Wind weht, wo er will, du hörst ihn, aber du weißt nicht, woher er kommt, wohin er geht, und so ist es mit allem, was aus dem Geist geboren ist.«

Guigo schwindelt der Kopf: Moses entführt ihn bereits in eine andere Welt. Moses, der seinen Bart glattstreicht und Guigo nicht aus Augen läßt. Moses, der ihm, eine nach der andern, geheime Türen aufschließt.

»Moses, halt ein! Ich zweifle an mir selbst.«

»Nein, mein Sohn, du zweifelst nicht. Ich habe dir bloß die Stimme der Thora gezeigt, das Haus der Weisheit, die hörbare Stimme Jakobs, die aus der unhörbaren kommt. Ich habe dich für einen Augenblick der brutalen Welt, in der du lebst, entrissen, und du wirst von nun an nie mehr ganz dorthin zurückkehren. Du bist nicht mehr derselbe, tief in dir drin keimt der Baum der Erkenntnis, der Baum der Erkenntnis von Gut und Böse. Dein Weg wird ein doppelter sein, deine Prüfungen doppelt, dein Christus doppelt: Kirche und Tempel.«

Guigo schlägt sich die Hände vors Gesicht. Die Worte kriechen seinem Herzen entgegen. Die Worte ersticken ihn. Da, wo nichts war als ein bißchen Vergangenheit und sehr viel Gegenwart, liegt nun plötzlich die Zukunft, liegt Unendliches vor ihm. Da, wo es nichts gab außer dem Kreuz, befindet sich jetzt auch der Stern. Moses hat in seiner Seele Zuflucht gefunden. Moses, mehr als ein Freund, mehr als ein Bruder, mehr als ein Vater, Moses, der Nächste, der ihm den Weg zur Freiheit weist.

»Wie soll ich dir danken, Moses?«

»Wer spricht von Dank?«

»Ich habe dir nichts gegeben!«

»O doch! Viel! Ein bißchen menschliche Wärme.«

»Das ist nicht genug! Betraue mich mit einem Auftrag, ich werde dein Bote sein, ich werde deine Karawanen aus dem Orient eskortieren.«

»Alles zu seiner Zeit, sei weniger hitzig, lerne dich zu beherrschen, dein Wille muß still, deine Bürde leicht sein. Du willst eine Aufgabe. Ich werde eine finden, die dir angemessen ist. Vorerst essen wir einmal, wir müssen auch die Bedürfnisse unserer leiblichen Organe befriedigen.«

Auf der Galeere, die sie nach der kleinasiatischen Küste hinüberschifft, ruft Guigo sich diese ungewöhnlichen Augenblicke in Erinnerung, den letzten Abend vor seiner Abreise vor allem. Der kleine Jude hatte ihn mit ernster Miene empfangen.

»Guigo, mein Sohn, ich muß dir noch ein Geheimnis anvertrauen.«

»Ja . . . sag nur«, hatte er gestammelt.

»Weißt du, daß wir Juden die Symbole deuten?«

»Wie bei uns die Hexer?«

Einmal mehr war seine Neugier erwacht.

»Nicht unbedingt, na ja . . . wenn du willst.«

Und dann hatte Moses die Stimme gesenkt.

»Das gehört zu unserer Mystik. Die meisten von uns bedienen sich des Alten Testaments für diese Operationen.« Er versank in nachdenkliches Schweigen, atmete tief aus und fuhr dann fort: »In vorchristlicher Zeit zirkulierten unter den Mitgliedern der jüdischen Gemeinschaft verschiedene esoterische Traditionen, die mit zwei Mysterien verbunden waren: dem Ma'asse Bereschit und dem Ma'asse Merkawa.«

»Ja, und?« Für den Mann aus Signes bedeuteten diese Worte nichts.

»Alle unsere großen Gelehrten haben seitdem versucht, die Geheimnisse des Universums zu ergründen; es gibt welche, die nennen das Kabbala. Ich selbst gehöre einem Kreis von Gelehrten an, der die Symbole und Zeichen der heiligen Schriften auslegt; um unser Ziel zu erreichen, fehlt uns aber ein unerläßliches, ein sagenhaftes Dokument.«

Guigo war zu allem bereit. Die Nacht hatte die abendliche Klarheit hinweggefegt, hatte mit ihren schwarzen Fangzähnen alles verschlungen, eine Schicht nach der andern, ein Haus, einen Palast nach dem andern. Unter dem Licht der Lampen hatten ihre Gesichter sich aufgelöst; ihre Profile warfen riesige Schatten an die weißgetünchten Mauern. Fünf verschiedene Pentagramme isolierten und schützten sie vor den andern Welten. Eine unerklärliche, mineralische Stille lag schwer auf dem Raum, sie waren dem Unbekannten nahe, sehr nahe.

»Man muß sich vor indiskreten Ohren schützen«, sagte Moses und rückte näher zu dem Provenzalen heran, und dann war seine Stimme nur noch ein Murmeln. »Wir wissen, meine Kollegen und ich, nach den Schriften Philons von Alexandria, nach denen von Josephus Flavius und Plinius dem Älteren und mehr noch aus unseren eigenen, mit Hilfe unserer vertrauten Dämonen betriebenen Nachforschungen ...«

Guigo bekreuzigte sich: »Mein Gott, beschütze mich!«

»Nein, nein, fürchte dich nicht, eines Tages erkläre ich dir das alles. Deine Seele ist nicht in Gefahr. Beruhige dich, bitte, du kannst mir vertrauen.«

Bei diesen besänftigenden Worten legte sich Guigos Angst.

»Wie ich dir sagte, haben wir auf verschiedenen Wegen herausgefunden, daß im Jahrhundert vor Christi Geburt eine sehr alte, geheimnisvolle jüdische Sekte, die Essener, in Palästina und an den Ufern des Toten Meeres gelebt hat. Diese Menschen haben zu ihrer Zeit grundlegende Schriftrollen verfaßt, die uns in unserer Arbeit weiterhelfen würden. Zwei dieser Texte sind übrigens bereits in unserer Hand.«

Guigo hing an Moses' Lippen; selbst wenn diese Geschichte nach Schwefel roch, sein leidenschaftlicher Entdeckungsdrang war stärker als seine Furcht.

»Und nun wissen wir, wo diese Rollen sind.«

»Wo?«

»Du wirst sie holen gehen, wenn du einverstanden bist. Nein, sag nichts. Ich muß dir noch mitteilen, daß ich dir dafür das schönste Geschenk machen will, das sich ein Kreuzfahrer erträumen kann.«

»Und wäre es auch nur um unserer Freundschaft willen, ich bin einverstanden!«

Der Israelit seufzte erleichtert auf.

»Ich wußte, daß ich auf dich zählen kann. Nun hör gut zu: du wirst bis zu den Grotten von Chirbet Qumran gehen. Da, in der zweiten Höhle, unter einem großen, okkerfarbenen Felsen im Innern, zehn Schritte rechterhand, befindet sich eine Spalte im Gestein. Da schlüpfst du durch. So gelangst du in eine zweite Höhle zu einem Felsen, auf dem fünf Dreiecke eingeritzt sind. Den drehst du um seine Achse. Und da liegt ein kleines, versiegeltes Tongefäß. Das bringst du mir mit.«

»Aber wo sind diese Grotten?«

»Am westlichen Ufer des Toten Meers.«

»Das Tote Meer! Ich weiß doch nicht einmal, ob ich überhaupt nach Jerusalem komme.«

»Beruhige dich. Ich kann dir versichern – die Sterne

lügen nicht –, ihr werdet die Heilige Stadt erobern, und du kommst mit dem Leben davon.«

»Nun ja, nehmen wir an, es stimmt, was du sagst. Aber wie soll ich ihn denn finden, diesen Ort?«

»Wenn du erst einmal in Jerusalem angekommen bist, gehst du zur Sterngasse und klopfst dort neunmal auf das eiserne Guckfenster einer Tür, auf der ein Rad und das Wort *Hahiuhiah* eingraviert sind – was bedeutet: *Der durch sich selbst gute Gott.* Rufe ihn an, wenn jemand dir nach dem Leben trachtet, rufe ihn in diesem Namen an, und sage den achtzehnten Vers des 32. Psalmes auf: *Ecce oculi Domini super metuentes deum – et in eis, qui sperant in misericordia ejus.* In diesem Haus wohnt mein Bruder.«

»Aber er kennt mich doch gar nicht.«

»Du brauchst ihm bloß diesen Ring vorzuweisen.«

Moses zeigte ihm einen Ring, einen Katzenkopf mit smaragdenen Augen, und steckte ihn ihm an den Mittelfinger der linken Hand.

»Dieser Talisman stammt aus der Zeit der Flucht nach Ägypten. Mit ihm wirst du jede Hilfe erhalten, die du wünschst. Und jetzt geh, leb wohl, mein Freund!«

»Auf bald, Moses«, antwortete Guigo und drückte den kleinen Mann heftig an sich.

Dann stürzte er sich ins Gassengewirr des Bukoleon, ein schwacher Geruch nach Iod und Moder heftete sich ihm an die Fersen, dicke Nebelschwaden trieben über das Goldene Horn, zwischen den Häusern floß eine Schattenflut; ein paar Bettler lungerten noch herum, stützten sich auf ihre Gliederstümpfe, streckten dem Vorübergehenden eine abstoßende Hand entgegen, aber wer kümmerte sich um sie? Byzanz träumte.

Irgendwo auf dem flachen Dach eines Hauses beendete eine schmale Silhouette ihr Gebet:

»Du bist es, Gott, du hast die Weite des Himmels erschaffen, den Kreis der Meere, die Becken der Flüsse, die Klüfte der Abgründe, die tierischen Geschöpfe und die geflügelten Wesen, die Gestalt des Menschen und die seinem Samen entsprungenen Generationen, die Verwirrung der Zungen und die Zersplitterung der Völker, die heiligen Bauten und die Jahreskreisläufe, und die ewigen Zeiten ...«

Ben Choolam rezitierte die letzten Sätze aus dem Krieg der Söhne des Lichts gegen die Söhne der Finsternis. Die Zeit stand still. In seinen Händen hielt er ein magisches Quadrat: Auf der einen Seite war Guigos Name eingraviert, daneben die Worte MELABBED, ELINALSE, LINAKILB, ANAKAKAB und ihre Umkehrungen, auf der andern Seite erschien in komplizierten Kombinationen von Zahlen und hebräischen Buchstaben ein rätselhaftes Bild.

Guigo denkt, als er über den Bosporus fährt, an das alles zurück. Ein seltsamer Auftrag, er hätte es sich überlegen sollen, bevor er zusagte, aber kann man dem Menschen etwas abschlagen, der einem zur Geburt verholfen hat?

13. Kapitel

Die Olivenpflückerinnen

Fest auf ihren »cavalets« aufgepflanzt, auf diesen großen, dreibeinigen Leitern, die sie jedes Jahr wieder hervorholen, greifen die Olivenpflückerinnen nach den kleinen, runzligen, braunen Früchten, die sich so zart anfühlen. Sie halten mit zerknitterten Gesichtern, zusammengekniffenen Lippen ihre Weidekörbe unter den Arm geklemmt und versuchen, eine Hand im gräulichen Blattwerk, nicht an die Kälte zu denken, die ihnen ins Fleisch schneidet, an diesen Mistral, der ihnen eisig unter die Röcke fährt und sie in die nackten Beine sticht, nicht an diese Wölfe, die in der Ferne unter dem Saum der Morgenröte heulen. Der November ist streng dieses Jahr; die großen Henkelkörbe, die sie mit Oliven füllen müssen, stehen einer neben dem andern auf einer feinen, harten Schneeschicht.

Ohne zu murren, hängt Bérengère sich an die Äste und greift mit klammen Fingern nach den Früchten. Das Blut mag wohl in ihren Venen pulsieren, sie kann die Kälteschauer nicht verjagen, die ihr Rücken, Brust und alle Glieder überlaufen. Sie bemüht sich, ihrer Kusine zuzulächeln, die auf dem gegenüberliegenden Baum am Pflücken ist. Aber Aimerude macht ein verdrießliches Gesicht und seufzt: sie sieht es nicht gern, daß eine schwangerc Frau sich derart bei der Arbeit aufreibt.

»Du solltest dich ausruhen.«

»Weshalb?«

»Für das Kind.«

»Wenn ich es verliere, ist es nicht stark genug fürs Leben. Die Welt faßt die Schwachen nicht mit sanften Händen an. Schau doch, wie es die Tiere machen. Frau Natur wird entscheiden.«

»Die Tiere! Die Natur! Aber du bist ja eine wahre Heidin. Daß du zu dir selbst hart bist, kann ich ja noch begreifen, aber daß du das Leben deines Kindes aufs Spiel setzest, nein! Vergiß nicht: Es gehört nicht mehr dir. Es ist ein Geschöpf Gottes.«

»Dann ist es an Gott, über die Zukunft seines Geschöpfes zu entscheiden. Ich will ein starkes Kind, eines, das gegen Krankheiten widerstandsfähig ist, ein Kind, das zu kämpfen und zu siegen weiß.«

Wie soll man diesem halsstarrigen Wesen Nachgiebigkeit beibringen? Aimerude weiß es nicht, die Worte ersticken ihr in der Kehle, die Gedankengerüste brechen zusammen, kaum sind sie aufgestellt; ganz unrecht hat ihre Kusine nicht: Allein ein starkes Geschöpf kann in diesen verwirrten Zeiten überleben, lieben und geliebt werden und dazu beitragen, die Art zu erhalten bis zum Jüngsten Gericht.

Die Olivenpflückerinnen beginnen zu singen, und ihre schönen, leidenden Stimmen steigen von den Terrassen zwischen den Steinmäuerchen auf. Die Melodien wirbeln und verklingen im Wind. Die klaren Stimmen werden heiser in der Kälte. Die Olivenpflückerinnen machen sich Mut, sie lachen. Bald wird am Ausgang des weißen Tales der Bogenschütze auftauchen, der sie vor den wilden Tieren und den Räubern beschützt. Dann haben sie nichts mehr zu fürchten. So werden die Tage, die Wochen vergehen, bis alle Äste leergepflückt sind.

Im großen Saal der Mühle haben sich etwa zehn Frauen, ein paar Männer und ein Schwarm von Kindern zur Ölgewinnung zusammengefunden.

»So viele Oliven habe ich überhaupt noch nie beisammen gesehen«, sagt Aimerude fröhlich.

»Wir haben hier auch mehr Olivenbäume als in Brignoles, Kleine«, antwortet eine Frau.

»Eine so schöne Ernte!« fährt das junge Mädchen fort. »Zusammen‘ mit dem Mehl und dem Wein sind wir jetzt für ganze zwei Winter versorgt.«

Kniend sortieren Aimerude, Bérengère und Honorine die Oliven, die auf langen Matten ausgebreitet sind. Sie schichten Haufen auf, andere tragen sie wieder ab und füllen die Bottiche. Sobald diese voll sind, tragen die Kinder sie zum runden Trog hinüber.

»Gut, es reicht! Der Trog ist fast voll. Lou Fru, Ferrade, an den Stößel.«

Lou Fru und Ferrade, der Beinmagere und der Stotterer, fassen nach der Stange, die mit der Achse in der Mitte des Trogs verbunden ist, und beginnen mit der ganzen Kraft ihrer Haxen zu stoßen. Belustigt schauen die Frauen ihnen zu. Ein fast unhörbares Geräusch, dem ein Knacken folgt, und der senkrechte Mühlstein beginnt sich zu drehen. Die Kinder schreien und feuern die beiden jungen Burschen an. Der Stein dreht sich und zermalmt die Oliven. Lou Fru und Ferrade keuchen und schwitzen, ihre Muskeln ballen sich, ihre Adern schwellen. Sie sind stolz, den Frauen ihre Kraft vorführen zu können. Verbissen, mit geschürzten Lippen, geben sie sich völlig an dieser Maschine aus, welche die Oliven zu einer fruchtigen Masse zerquetscht. Hohl und dumpf dröhnt der Mühlstein, Boden und Wände erzittern, die Olivenkerne krachen, die Frauen haben sich wieder ans Sortieren gemacht und füllen die Bottiche, die Mühle gleicht einem Bienenstock. Endlich verstummt der Mühlstein. Erschöpft, aber hocherfreut leeren Lou Fru und Ferrade einen Krug Wein, während die Frauen das Mus herausschöpfen.

Aimerude, die noch nie Öl gemacht hat, ist ganz erstaunt, daß es so viele Arbeitsgänge braucht. Aufmerksam folgt sie den Ratschlägen Bérengères, für die das Ganze kein Geheimnis mehr birgt.

»Du nimmst eine Basttasche und füllst sie mit Fruchtmus, aber nicht zu voll, so daß du sie noch zusammenlegen kannst. Dann trägst du sie zur Presse hinüber. Die Taschen werden auf dem Stein sorgfältig bis auf die Höhe des Preßtellers aufeinandergeschichtet, dann zieht man die Schraube an.«

Jetzt sind wieder Lou Fru und Ferrade dran. Die Schraube ist härter als der Mühlstein, dafür dauert es weniger lang. Sie stemmen sich gegen den Hebelarm der Maschine und beginnen die Taschen zu pressen. Langsam nähert der Preßteller sich dem Stein. Bérengère und Aimerude lassen die Basttaschen nicht aus den Augen. Sie erschauern: ein dunkler Saft rinnt über den Marmor. Das Öl. Das Öl, das jede ihrer Mahlzeiten begleiten wird, das heilige Öl, das seit Generationen so sehr zu ihrer Alltagsgegenwart gehört, daß sie es nicht von Brot und Wein wegdenken können.

»Verkaufhannes kommt.«

Beim Namen Verkaufhannes heben sich die Köpfe, die Augen beginnen zu glänzen, die Gesichter zu strahlen, plötzlich ist jedermanns Müdigkeit verflogen. Verkaufhannes ist im Bezirk. Verkaufhannes kommt aus Marseille. Verkaufhannes – das heißt Nachrichten, Botschaften, Pergamente von fernen Verwandten, das heißt die Verbindung zur Welt, das heißt Bänder, Stoffe, Kupferarmreifen, Metalle, eiserne Töpfe, Salz, Gewürze,

Trockenfisch, Süßholz, Zimt. Das heißt ein zweitägiges Freudenfest im Dorf.

Ohne sich miteinander abgesprochen zu haben, trocknen Bérengère und Aimerude sich die öligen Hände, schütteln ihre Mähnen, schlagen sich ein Schaffell über die Schultern und verlassen die Mühle, um dem fahrenden Händler entgegenzulaufen. Sie sind nicht allein, nach ihnen machen die andern Frauen sich ebenso eilig auf den Weg. Zunächst ist da nichts als ein fernes Eisengeklirr, dann taucht ein verschwommener Schatten im Nebel auf, und schließlich kommt der von einem alten Klepper gezogene Planwagen zum Vorschein. An den Rüstleitern baumeln allerhand Gerätschaften, die klappernd gegeneinanderstoßen, der Deichselbaum ist mit Seilen, Stricken, Körben behängt, jeder Zoll hat seine Funktion, selbst das Pferd muß nebst dem Ziehen der Last noch zusätzlich seinen Beitrag leisten: Sperrig reiben drei große Binsenbündel ihm vom Hals bis zur Kruppe das Fell. Bleiben der Mann und sein Hund. Ersterer ist klein, rot gekleidet, mit roter Haut, zwei Narben schmücken den kahlen Schädel, seine Augen liegen so weit auseinander, daß er gewiß seitwärts sehen kann, und in seinem großen Mund steckt eine unerschöpflich redselige Zunge. Letzterer, schwarzhaarig, wild und blutdürstig wie ein Wolf, ist nur dazu da, die Ware zu bewachen und Diebe zu verjagen, an denen es nicht fehlt in den Wäldern ringsum.

»Ah, Schönste der Schönen«, schreit Verkaufhannes den Frauen entgegen. »Es erfreut mir das Herz, in Méounes anzukommen. Keine Matronen mehr, keine Klatschweiber, keine häßlichen Entlein, nein, bildschöne Frauen mit zarter Haut, würdig, sich mit den Kostbarkeiten zu schmücken, welche die tapferen Kapitäne im Orient für sie holen gegangen sind, würdig, ihre herrlichen Körper in flämische Stoffe zu hüllen, auf den edlen Zitronen der südlichen Länder ihre Lippen zu röten und anderes mehr. Da ist kein Wunsch, den ich nicht erfüllen könnte. Ich habe Kreuze für die Frommen, Parfum für die Luder, Kämme, Nadeln, Binsen, um Matten zu flechten, Muscheln, in denen man das Meer rauschen hört, und nächstens bringe ich euch Fläschchen mit, die ein wenig heilige Erde enthalten: Die Genueser werden mir welche verschaffen, sobald Jerusalem gefallen ist. Ich sehe es euren betretenen Mienen an: ich habe noch nicht genug gesagt.«

Tatsächlich hören sie diesem Teufel von Mann in platter Verwunderung andächtig zu. Seine harte Stimme hat an Sanftheit eben gerade, was es braucht, um sie in Atem zu halten. Hoch aufgerichtet steht er vor dem trüben Himmel, sein großer roter Umhang flattert über der roten, mit roten Schnüren zusammengehaltenen Hose, bald legen seine Hände sich wie Blütenkelche auf sein Herz, bald zeigen sie auf den Karren, bald auf die Wolken, ruhelos, und er fährt mit seinem Geplapper fort:

»Vielleicht möchtet ihr lieber, daß ich euch die Vorzüge der Salben rühme, der duftenden Wachse, des Zinnoberpulvers, der Mastixsträucher von Chios, der Kockelskörner, diejenigen von Moschus, Myrrhe, zerriebenem Achat und jene der Schwarzmohnsamen, der Weidenrinde, welche die bösen Geister fernhält, der Schlüsselblume, die euch die schwermütigen Gedanken verjagt. Ach ja, ihr Schönen, ich sehe, eure Augen glänzen. Oder soll ich vom Odermennig erzählen, der schützt, von der Seerose, die euren Geliebten Kraft verleiht, vom Stechapfel, der Hexereien abhält, vom Wacholdersamen zum Schutz gegen Schlangenbiß, vom Basilikumsaft zum Behexen, von der Dornigen Hauhechel, welche die Kriegsgefahr bannt, von der die Wollust fördernden

Nessel ... Gegen eine kleine Kupfermünze schon habt ihr das Säckchen eurer Wahl, das euer Glück machen wird. Mir fehlen die Worte, um euch all die Wunderdinge zu beschreiben, die ich unter Gefährdung meines Lebens mit mir führe, ihr müßt aber wissen, daß sich darunter auch Radleiern für eure Feste finden, Rebecs, Zithern, Flöten, Lyren für eure Elfenbeinfinger und Zimbeln, kleine, große, und Kastagnetten und Rasseln, Schellen, Trommeln und Schellenräder ... Aber da kommen ja unsere Hirten daher. Ihr schönen Prinzen, ach, ein guter Stern hat eure Schritte hierher zu eurem ergebenen Diener gelenkt. Was meint ihr zu einer Schalmei, um die Spinnerinnen der Nacht zu betören, oder zu schönen Glocken, damit ihr eure Tiere hört in den Hügeln, oder zu diesen Schafscheren da? Aber wie ich sehe, seid ihr nicht die einzigen, die sich durch meine Schätze haben anlocken lassen, da sind ja auch meine guten Bauern und die Wachtmeister vom Schloß. Leute, Leute! Soviel Volk, nur um einen armen Hungerleider zu empfangen, ich bin ja tief gerührt, die Worte ersticken mir in der Kehle. Ich habe Durst. Ich bin hungrig. Morgen ist für unsern Handel auch noch ein Tag.«

»Komm doch mit uns die Öltorte essen«, sagt Bérengère zu ihm. »Du bist willkommen. Du wirst uns erzählen, was du in der großen Stadt gesehen und gehört hast.«

»Ich kann die Gastfreundschaft der Hausherrin nicht abschlagen«, sagt Verkaufhannes, und dann ganz leise: »Ich weiß schon, was du wissen willst, Bérengère. Ich habe Neuigkeiten für dich.«

Bérengère lächelt ihm zu. Eine tiefe Freundschaft verbindet sie mit Verkaufhannes. Er war einst der Mitwisser ihrer Liebe zu Guigo. Heute verkörpert er Traum, Flucht aus dem Alltag, er ist der einzige, der ihr vom Kreuzzug erzählen kann. Er verhandelt mit Seeleuten aus Pisa, Genua, Venedig, Griechenland, er weiß mehr als die Boten des Bischofs von Marseille.

Die Öltorte ist auf der Glut des Olivenpreßkuchens am Garen. Eng aneinandergerückt kauen Frauen, Männer und Kinder bedächtig und widmen dem Geschmack der Speisen, die ihnen im Munde zergehen, ihre ganze Aufmerksamkeit. Für diese einfachen Menschen ist Essen der erste Genuß. Sie leiden so oft Hunger in Mangeljahren, daß sich ihnen jede gute Mahlzeit unauslöschlich ins Gedächtnis einprägt.

Die Hirten haben ein geräuchertes Schaf gebracht, ein stark gesalzenes Fleisch, das man unter reichlicher Zuhilfenahme von tüchtigen Schlucken Wein hinunterspülen muß. Honorine hat Kichererbsen zubereitet, hat Wildsalat und rohe Sellerieherzen daruntergemischt, das Ganze mit Olivenöl und zerstoßenem Knoblauch übergossen. Es gibt auch Röhrenpilze, die Bostruc, der Hexer, mit einem Birnbaumsprößling hat kochen lassen, damit sie alle Schädlichkeit verloren; man muß sie aushöhlen, mit Öl und Salz füllen und erst dann kosten. All das ist so gut, daß Verkaufhannes sich den Genuß nicht versagt; mit glänzenden Lippen, einem Pilz in der einen, einem Stück Schaffleisch in der andern Hand und einem Salatblatt zwischen den Zähnen, ein Auge scharf auf der Torte, die so unsäglich zu duften beginnt, daß ihm die Nasenflügel erbeben, und mit einer großen Kanne Wein zu seinen Füßen, füllt er sich den Bauch.

»Und?« fragt Bérengère.

Verkaufhannes verschlingt eilig, was er in den Händen hält und was er gerade noch erhaschen kann, gießt einen kräftigen Schluck Wein hintennach, einen so langen, daß sein Adamsapfel an die zwanzig Mal auf und ab hüpft, dann rülpst er geräuschvoll, putzt sich Mund, Zähne und Zahnfleisch und antwortet schließlich:

»Sie sind im Oktober von einer großen Stadt im Norden aufgebrochen. An ihrer Spitze befand sich der mächtige Graf von Toulouse, Raimund von Saint-Gilles, und mit ihm der päpstliche Legat Adhémar von Monteil. Sie haben Norditalien durchquert und sind vor zwanzig Tagen im Hafen von Triest eingetroffen. Die Seeleute des Genueserschiffes, das vor zwei Tagen eingelaufen ist, haben die Neuigkeit gebracht. Es sei eine großartige Armee: Tausende und Abertausende von Männern, sagen sie. Aber sie sind nicht allein nach dem Morgenland unterwegs. Die Normannen und die Lothringer sind ihnen bereits vorausgegangen. Das ist alles, was ich dir sagen kann. Sei beruhigt, dein Verlobter ist nicht allein.«

Mehr will sie nicht wissen: Sie sind Tausende und Abertausende; das genügt, um sie zu beruhigen. Sie ist glücklich. Sie läßt Verkaufhannes, wo er ist, verläßt die Mühle und geht zum Wald hinauf, der sich bis zu den Bergen hinaufzieht. Sie legt sich ins Gras und überläßt sich ihren Gedanken, spürt, wie die Kälte der Erde in ihren Körper eindringt. Ihr Blick verliert sich in der dunkelgrünen Blätterkuppel einer Eiche. Es ist, als würde die Farbe sich vertiefen, bevor sie in der hereinbrechenden Nacht versinkt.

Sie erhebt sich in dieser von der Dämmerung bedrohten, lichten Blässe und preßt sich an den rauhen Baumstamm, breitet Arme und Beine auf seiner Rinde aus, bis sie eine leicht sinnliche Lust verspürt. Sie denkt an Guigo, weit weg, an diesen feinen, kräftigen Männerkörper, an seine samtbraunen Augen, an seine warmen, sehnigen Hände. Sie denkt an ihr Leben, das verfließt, und an das Leben in ihrem Schoß, sie hält den Atem an und hat das Gefühl, etwas Wunderbares oder Schreckliches stehe bevor. Ihr ist, der verhangen lichte, gelbe Himmel wolle sie erdrücken. Sie ahnt ein Unglück, aber Aimerudes zarte Stimme verjagt dieses ungute Gefühl:

»Bérengère! Aber was machst du denn da oben am Waldrand? Komm schon, Pater Daniel segnet eben die Torte ein.«

Bérengère löst sich vom Baum und befreit sich von der schleichenden Angst, die ihre Sinne zu erobern sucht. Unten in der Mühle bricht ein Gelächter aus. Honorine schneidet gewiß die Torte an. Alles ist gut. Alles ist einfach. Aimerude lächelt ihr zu und nimmt sie um die Taille. Wovor sollte sie sich fürchten?

14. Kapitel

Von Nizäa nach Doryläum

Nachdem sie an die kleinasiatische Küste hinübergeschifft worden sind, haben sich die Heere der Kreuzfahrer um Nikomedia herum versammelt.

Peter der Eremit hat sich mit den Überresten seiner Volksarmee Gottfried von Bouillon angeschlossen. Es handelt sich um etwa hundert notdürftig bewaffnete Reiter, daneben bleibt nichts als ein Häufchen verängstigter Geschöpfe. Nachdem sie die Schmähungen der neuen Kreuzfahrer über sich haben ergehen lassen müssen, haben die Überlebenden der Schlacht bei Drakon dafür gesorgt, daß man sie erst einmal vergaß: sie haben sich als Freiwillige für die Vorhut zur Verfügung gestellt, die Gottfried zusammen mit dreitausend seiner Männer – alle mit Äxten bewehrt – aussandte, um den Weg zwischen Nikomedia und Nizäa, einen Pfad, der die Gebirgskette des Uzun Tschair überquert, freizulegen und zu verbreitern.

Unterdessen hat sich Boemund mit Alexios Komnenos in Pelecanum, im Süden von Chalcedon beim Golf von Nikomedia, niedergelassen; daselbst kümmert sich der Normanne um den Nachschub und den Transport der Belagerungsmaschinen.

6. Mai 1097 – sie stehen vor Nizäa.

Am 14. Mai in der Frühe wird zum erstenmal zum

Angriff geblasen, ein Probeangriff bloß, um dem Feind auf den Zahn zu fühlen, denn die Umzingelung der Stadt ist noch nicht abgeschlossen, das südliche Ausfalltor der Stadtmauer ist noch frei. Der Graf von Toulouse und der päpstliche Legat, die den südlichen Sektor abriegeln sollen, treffen am 15. Mai vor Nizäa ein. Kaum sind sie an Ort und Stelle, müssen sie eine Attacke von außen abwehren: Kilidsch Arslan schickt türkische Verstärkung.

Als dieses türkische Verstärkungskorps auf der Straße von Dervend den Berg herunterkommt, stößt es auf die provenzalische Kavallerie, die es prompt in die Flucht schlägt. Zweihundert Köpfe von Besiegten werden mit Wurfmaschinen nach Nizäa hineingeschleudert. Raimund von Saint-Gilles versucht seinen Erfolg zu nutzen, indem er einen vor seinen Schützengräben befindlichen Verteidigungsturm untergräbt. Es gelingt seinen Sappeuren, den Turm während der Nacht zum Einsturz zu bringen, die Provenzalen kämpfen wie Löwen, aber am Morgen haben die Türken die Bresche wieder geflickt.

Trotz der Alexios Komnenos gegebenen Versprechen wollen die Anführer der Kreuzfahrer die Stadt Nizäa für sich selbst erobern, und zwar aus zwei Gründen: einerseits ist sie eine Festung erster Güte, und anderseits verspricht sie reiche Beute.

Die Fürsten zaudern nicht länger. Sie sind sich einig in ihren Beweggründen und geben sich dem Basileus gegenüber keine Blöße. Alle haben die Autorität des päpstlichen Legaten anerkannt, was keine leichte Sache war, denn wenn der Geistliche für sein Priesteramt auch der Zuständigkeit des Papstes untersteht, so ist er doch in erster Linie von seinem Freund und Herrscher, dem Grafen von Toulouse, abhängig. Als geschickter Politiker nützt Saint-Gilles die Verhältnisse zu seinen Gunsten aus, indem er direkt auf die weltliche Macht des Bischofs Einfluß nimmt und mehr oder weniger den Anspruch erhebt, die andern zu beherrschen. König von Jerusalem! An diese höchste Auszeichnung denkt Saint-Gilles jeden Tag. Um sie zu erlangen, wird er nicht zaudern, die Gelüste seiner Vasallen zu befriedigen; wenn nötig, wird er die andern Fürsten zu kaufen wissen, sie haben immer einen ungeheuren Geldbedarf. Davon träumt der Graf von Toulouse: mächtiger zu werden als der Papst, indem er den Thron der Heiligen Stadt besteigt.

Ob sie es wollen oder nicht, die Schwierigkeiten der Belagerung zwingen Latiner und Griechen zur Zusammenarbeit; die einen überbieten sich in Feuereifer, die andern in technischer Geschicklichkeit. Und das braucht es auch: Diese Türkenhunde scheinen ihre Tore nicht öffnen zu wollen.

26. Juni. Die Kreuzfahrer, verärgert über die ihnen von Alexios auferlegte Wartefrist, bereiten sich zum endgültigen Ansturm vor. Sämtliche fränkischen Streitkräfte werden sich vereint auf die Stadtmauern werfen. Es drängt sie so sehr, anzugreifen, alles in Fetzen zu schlagen, Bäuche aufzuschlitzen, daß nichts mehr sie aufhalten wird.

Von Rundschildern umgeben, rücken die Speerwerfer, die Bogenschützen und die Wurfschützen im Schutze der Wandeltürme mit den Leitern vor, auf den Belagerungstürmen rüsten sich Ritter und Knappen zum Kampf, die Pioniere beschleunigen ihre Untergrabungsarbeiten, während mit Reisigbündeln beladene Männer einer nach dem andern unter den Sturmschirmen verschwinden. Um seine Mittel reichlich abzumessen, hat Boemund vier Windarmbrüste aufstellen lassen, bereits hat man zwölf große, brennende Wurfspieße abgeschossen. Boemund hat sich auch um den Schutz all seines Kriegsgeräts und der Türme gekümmert, man hat das Holz mit nassem Filz abgedeckt, seine Schmiedegesellen und Grasstecher (die die hölzernen Kriegsmaschinen mit Grasmatten abdecken) haben die ganze Nacht durchgearbeitet.

An solche Pfeilregen, an die sausenden Widerhaken sind die Männer gewöhnt, sie krümmen sich unter ihre großen Schilde und riskieren von Zeit zu Zeit einen Blick hinaus, um zu sehen, wieviel Weg sie noch vor sich haben. Sie denken nicht an den Tod, man braucht ihnen bloß zuzuhören. Ihr Kriegsgeschrei tönt nach Leben, und sie schneiden Grimassen zum Himmel hinauf, der Asche schwitzt und weint. Unter den Befestigungsmauern, auf denen es von Verteidigern wimmelt, kriecht die Meute der Rotkreuze die Böschung hinan. Bereits stürzt sich die erste Gruppe von Soldaten, mit hochgereckten Rundschilden und einer *falx muralis*, auf die Zinnen, ein Steinhagel bringt die Hälfte von ihnen zu Fall. Die ersten Verwundeten finden das Alleinsein einen Augenblick erholsam, ihre Gefährten sind geflohen, dann kommen die Schmerzen, da wo sie getroffen worden sind, wo die Knochen herausragen, dann kommen Angst und Verzweiflung angesichts der Verlassenheit, und dann kommt manchmal der Tod.

Glühend vor Erregung unter ihrer großen Breschesschildkröte sind zwanzig Flamen an den Auslegern am Werk, eine ungeheure, entsetzliche Anstrengung, die einen schweren Sturmbock immer wieder zu donnernden Stößen vorantreibt, zwanzig schwitzende, spuckende Männer begleiten die Schläge des langen Baumstamms mit der bronzenen Stirn mit dröhnendem Haa, Haa, Haa. Unter dem wiederholten gewaltigen Aufprall zittert und ächzt das mit Nägeln beschlagene Tor der Barbakane, aber das Holz widersteht hartnäckig, und die Stoßwelle pflanzt sich über die Bruchsteine bis in die Beine der türkischen Bogenschützen fort. Völlig entfesselt lassen diese unaufhörliche Pfeilschauer auf die Christen niederprasseln.

Peter der Eremit, Frumold und zweihundert Getreue haben einen Kreis gebildet und beten inbrünstig um eine siegreiche Schlacht. Bischof Adhémar stachelt den Mut der Soldaten an und schreit: »Tod den Heiden! Gott will es!« Hörner und Trompeten treiben die Nachzügler voran, ununterbrochene Trommelwirbel stärken den Schwächsten den Mut. Auf seinem Pferd mit den weißgefleckten Füßen hält Raimund von Saint-Gilles sich etwas abseits und schaut seinen Provenzalen zu, wie sie die Leitern erklettern.

Adhémar erhebt sein Schwert, um die Reservetruppen zum Sturmangriff anzuführen. Aber barmherziger Himmel! Wer bläst denn da zum Rückzug? Völlig ungeordnet fluten die Griechen zurück und reißen ganze Bataillonsteile von Kreuzrittern in ihren Sog. Den Befehl haben General Tatikios, der Mann mit der goldenen Nase, und sein Stellvertreter Petrus von Alpibus, Herr von Aups, ergehen lassen. Guigo begreift nichts. Die Türken haben zu schießen aufgehört. Die Provenzalen rücken nicht mehr vor, einige haben gar kehrtgemacht. In den Gruppen, die an ihm vorbeidrängen, sind lebhafte Gespräche im Gang.

»Was ist los?« fragt er einen Wurfschützen aus Narbonne.

»Wir sind auf dem Rückzug, siehst du nicht?«

»Auf dem Rückzug . . . Aber . . .«

»Zum Teufel mit dir!« entgegnet ihm der Mann.

Und Guigo tritt ebenfalls in die Fußstapfen derer, die sich zurückziehen. Er klettert zum äußeren Rand des

Grabens hinauf und geht zwischen den Oriflammen der fränkischen Anführer hindurch. Er begreift noch weniger als vorhin; die Fürsten scheinen erbost zu sein, und der päpstliche Legat ist nicht der Mann, sie zu beruhigen. Adhémar verschluckt sich, er schäumt vor Wut. Neben ihm steht der Mann mit dem Schwarzen Linkarm – geblähte Nasenflügel, finsterer Blick – und wacht darüber, daß niemand näher kommt. Guigo dringt nicht darauf, im übrigen hat ihm ein Schrei Aufklärung gebracht: »Verrat! Die Griechen haben mit dem Feind verhandelt!« Die Griechen haben Verrat begangen, Guigo macht die Fäuste, unflätige Litaneien tanzen ihm durch den Schädel, aber kein Ton kommt aus seiner Kehle. Er meidet Tankred, der nach Blut schreit, Balduin, der ohrenbetäubend brüllt und seinen Helm auf einem Felsen zerschlägt. Überall macht man seiner Wut gewalttätig Luft, und es ertönt zorniges Geschrei: die türkischen Standarten senken sich und machen griechischen Platz. Die Griechen haben insgeheim die Übergabe der Stadt ausgehandelt. Vermittler war der verschlagene, gefährliche Gesandte des Kaisers, Manuel Butumites. Guigo hat dieses weiche Gesicht nur einmal gesehen, diesen ausweichenden Blick, in dem eine gemeine, abscheuliche Bosheit durchbricht. So werden die Griechen also Herren der Stadt! Es wird keine Plünderung geben. Dieser 26. Juni 1097 ist ein Tag der Ernüchterung für die Kreuzfahrer, die ihre Eroberungen von nun an für sich selbst machen wollen. Aber es ist auch der erste Tag des Hasses, eines Hasses zwischen Latinern und Griechen, der mehr als zweihundert Jahre lang andauern wird.

Es wird bereits Nacht, als Guigo, den der Zufall in die Nähe von Tankreds Zelt geführt hat, Zeuge eines Gebrülls wird, das ihn erbeben läßt. Boemunds Neffe wettert auf die Hinterlist der Griechen. Daß die andern Fürsten sich erniedrigten, sei ihre Sache, er selbst gedenke sich nicht zum Getreuen eines ehrlosen Kaisers zu machen: er werde den Treueschwur an Alexios nicht erneuern.

»Dieser aufgeblasene Hund! Basileus, die Schlange, die sich herausnimmt, mit den Ungläubigen zu verhandeln, ohne uns darüber zu unterrichten. Sei verflucht, Teufelsgrieche! Dein Gerippe soll in der Hölle vermodern! Beim Arsch aller Heiligen! Wie habe ich ihm bloß glauben können, was er sagte? Er hat uns geschmeichelt, um uns umso besser verraten zu können. Da! Schau, was ich mit deinem Geschenk anfange.«

Er greift nach einer Axt und beginnt die mit Elfenbeinintarsien verzierte Truhe, die der Kaiser ihm geschenkt hat, zu zertrümmern. Als der kostbare Gegenstand in tausend Stücken liegt, dreht sich der furchterregende Normanne, davon noch keineswegs besänftigt, brüllend um sich selbst. Wild peitscht er die Luft mit seiner langen, blonden Mähne. Dann zieht er wieder über die Fürsten her, die er für den Verlust von Nizäa verantwortlich macht:

»Sie haben sich alle kaufen lassen: Bouillon, Vendôme, der Feigling, Saint-Gilles, der gemeine Kerl, und Balduin, das Schwein! Ah! Könnte ich sie doch unter meinem Roß herumschleifen und ihr Aas den Raben hinwerfen! Nun schau sie doch an, Herrgott, sind das die würdigen Verteidiger dessen, was der wahre Glaube ist?«

Die Getreuen des Normannen halten sich abseits, weitab vom Zelt, und hören das Gezeter ihres Anführers an, ohne sich einzumischen. Seine Wutanfälle sind ihnen allzu wohlbekannt, und sie wollen am Leben bleiben. Lieber noch nackt an die verfaulten Hände eines Leprakranken gefesselt sein, als mitsamt seinen Waffen an den

Neffen Boemunds, er hätte einem Schild und Kettenpanzer mit seinem Schwert bis aufs Herz durchbohrt, bevor man zu seiner Verteidigung auch nur einen Finger rühren könnte.

»Mein Gott! Gib mir deine Legionen. Laß mich diese Länder den Ungläubigen entreißen, ich errichte auf dieser Welt dein Königreich. Nimm diesen Schandfleck der Anbeter des Antichristen nicht länger hin.«

Tankred hört nur auf das Echo seines Geschreis, die ungestüme Brandung in seinem Bauch oder die Flammen seines Herzens. Die paar Kännchen Wein, die er hinuntergeschüttet hat, vermögen das in ihm lauernde Tier nicht zu betäuben.

Guigo hat ganz zittrige Beine. Er möchte weglaufen, aber das ist aussichtslos; ringsum herrscht Stille. Die Dunkelheit schützt ihn. Es brauchte nur jemand zu schreien: ein Spion!, und es wäre um ihn geschehen. Tankred ruft nach einem seiner Männer:

»Stephen! Komm her.«

Eine untersetzte Gestalt gleitet an Guigo, der seinen Atem anhält, vorbei. Mit langsamen, schweren Schritten betritt Stephen das Zelt. Er ist ein kräftiger Mann aus einem alten, skandinavischen Piratengeschlecht, ein argloser Brummer. Ein wahrer Federviehkopf mit harten, eng beieinanderliegenden roten Augen, rotem Kraushaar, das ihn wie eine Art Heiligenschein umgibt; Grütze: wenig, alles ist auf vier Personen und zwei Ideen beschränkt: Vater, Sohn und Heiliger Geist, den er mit dem Erzengel Michael gleichsetzt, die Heilige Jungfrau; die Ungläubigen umbringen – das heißt: alles, was nicht normannisch ist – und Jerusalem sehen. Tatsächlich kennt er nur seinen Herrn und Meister Tankred. Er ist ein an Zucht gewöhntes, treues, mordbegabtes Tier. Die schmeichelnden Weindünste und die beruhigende Gegenwart Stephens tun ihre Wirkung, Tankred nickt ein. Träumt er wohl, er sei der König von Jerusalem? Oder sieht er schwarze Wirbel, in denen totenbleiche Fürsten verschwinden?

Wer totenbleich dasteht, ist Guigo. Auf den Zehenspitzen stiehlt er sich aus dem normannischen Lager weg und macht einen Umweg durch den Wald. Der Mond gleitet zwischen den großen Föhren dahin, aschfahl und stumm, und fällt ein strenges Urteil über die Menschen. Irgendwo heulen Hunde; Guigo überläuft es kalt. Sobald alle Soldaten schlafen, fallen die Tiere in den Gräben über die Leichen her. Das Hundegeheul ist verstummt, aber jetzt vernimmt er ein anderes Geräusch: Pferdetrott. Das beruhigt ihn; er hatte schon vor einer eingebildeten Gefahr zu zittern begonnen. Das Pferd ist nicht weit.

»Ein Streitroß!« sagt er sich und lächelt. »Ein kräftiges Streitroß. Mal sehen, wer der einsame Reiter ist.«

Voller Schwung geht er dem Unbekannten entgegen. Zuerst sieht er nur einen weiten, wehenden Mantel und einen gehörnten Helm.

»Sei gegrüßt!« ruft er. »Der Herr beschütze dich.«

Und dann sträuben sich ihm die Haare. Mit der einen Hand greift er sich ans Herz, um dessen wildes Klopfen zu bändigen, mit der andern fährt er an seinen Schwertgriff. Der Mann mit dem Schwarzen Linkarm, Richard aus der Nacht! Ein Gefühl des Abscheus mischt sich in die Angst, die dieser Ritter ihm einflößt. Guigo geht auf Abstand. Richard läßt ihn nicht aus den Augen. Ein scharfer, glühender Blick durchdringt den Mann aus Signes.

»Unsere Wege kreuzen sich zum zweiten Mal«, sagt der Mann mit dem Schwarzen Linkarm mit einer entsetzlichen Stimme. »Wie heißt du?«

»Guigo von Signes«, stammelt der junge Mann.

»Daran werde ich mich zu erinnern wissen«, sagt der andere, und dann zu seinem Pferd: »Los, Primost!«

»Zum Teufel mit dir!« denkt Guigo, ohne den Blick von dieser schattenhaften Gestalt zu lösen, die in der Dunkelheit verschwindet. »Geh zum Teufel.«

Das Heer rückt in zwei parallelen Einheiten vor. Die eine schlägt eine Route südwestlich von Doryläum ein, die andere folgt dem linken Flußufer des Pursat. Diese Aufteilung erleichtert die Lebensmittelversorgung, und man kommt rascher voran.

Sie marschieren durch den Schmelzofen einer bis zur Weißglut erhitzten Landschaft: Bithynien und Phrygien. Ringsum erstreckt sich eine trockene, zerfurchte Schönheit. Durch den blanken, furchtbaren Himmel wehen glühende Winde, die an den dürren Ästen toter Bäume rütteln. Manchmal, wenn sie durch ein eisenhaltiges Tal kommen, haben die Männer den Eindruck, durch Safran zu stampfen, über dicke, offene Adern zu laufen, durch die ein trockenes Blut fließt. Und da sind nur die Kiefern von Aleppo, leichte, zart verästelte, krumme Silhouetten, um Anatolien zu bewachen. Die Bewohner sind verschwunden, die Türken haben sie verjagt.

Sie dösen. Ausgetrocknete Münder und Keime von Frische zuhinterst in einem Gedächtniswinkel; nichts scheint ihre immerwährende Mittagsruhe stören zu können, nicht einmal der Marsch. Und doch, dieser Galopp, dieser allzu schnelle Galopp ist dazu angetan, sie aus ihren welken Träumen herauszureißen; ihre halbgeschlossenen Augen gehen auf und richten sich auf den rasch sich vergrößernden Punkt, der herannaht, einen Reiter, der nicht aussieht, als wäre er auf ein Liebesabenteuer aus. Diejenigen, die am wenigsten in ihrer Trägheit versunken sind, richten sich in den Steigbügeln auf, um genauer zu sehen, wer da kommt: ein Normanne, ohne Zweifel. Die Geschwindigkeit des Boten läßt die Wachsten unter ihnen eine wichtige Botschaft erahnen.

Der Bote dringt zur Spitze der Marschkolonne vor. Kurz darauf sehen diejenigen, die am nächsten dabei stehen, Raoul von Mouzon, Andreas von Vaudemont und ihre Ritter im Galopp einen Hügel erklimmen. Sie greifen zu ihren Hörnern. Lange widerhallt es im Tal, Tiere und Menschen erwachen.

Schreie, Tumult, Trommeln, die Wachtmeister brüllen dem Fußvolk Befehle zu und versuchen, mit Schlägen und Stößen die Menschenflut auf eine Seite zu kanalisieren.

»Macht den Weg frei! Na los, Faulenzer. Schweinebande!«

Die Reiter stürzen voran, wer nicht rasch genug zur Seite springt, wird umgeworfen. Auf den Streitrossen rückt sich da einer den Helm zurecht, andere lassen die Waffen klirren, und alle kauderwelschen irgendwelche heiligen oder höllischen Sätze vor sich hin. Erschütterungen, Schläge, Gewieher, Galopp, Befehle, Gegenbefehle gehen auf allen Seiten los. Nach und nach, Lanze auf Lanze, Kontingent auf Kontingent ergießt sich der Strom des Kreuzfahrerheers. Tausende von Pferden setzen sich auf den Hängen in Bewegung und fallen in kleine Schluchten ein. Diejenigen, die als erste aufgebrochen sind, wirbeln langgezogene Staubfahnen auf, die bei der Oriflamme zusammenlaufen. Kaum sind sie bei Adhémar angelangt, machen sie rechtsumkehrt, um die Befehle weiterzugeben. Und die Nachricht geht von Mund zu Mund: Das von Boemund befehligte Heer ist von sechzigtausend Türken eingekreist worden.

Nach dem Fall seiner Hauptstadt hat Kilidsch Arslan

sich mit seinem Feind vom Vortag verbündet. Die Barbaren aus dem Abendland sind zu einer Macht geworden, die man nicht mehr außer acht lassen darf, und die Seldschuken Anatoliens sind entschlossen, sie zuschanden zu machen.

Die Leute von Signes, in Begleitung Rostangs und seiner Soldaten von Ollioules, treffen als erste ein. Sie glauben zu träumen: Auf allen Hügelrücken tummeln sich türkische Reiter, in jeder Verwerfung pfercht sich ein Trupp buntgekleideter türkischer Krieger zusammen, und mittendrin, in vier Teile aufgeteilt, leisten Boemunds Kreuzfahrer und die Griechen unter General Tatikios Widerstand. In dem riesigen, natürlichen Trichter wimmelt es von Tausenden von Feinden.

Gottfried schreit: »Schaut!«

Die Glaubenskrieger aus dem Pontosmassiv, die schwarzen Ghazis in ihren dunkelroten Mänteln, die im Wind der Attacken flattern, durchkämmen die Hänge der Anhöhe, auf die sich Boemund mit seinen Truppen zurückgezogen hat.

»Aber was tun sie denn?« fragt Guigo.

»Diese Hunde haben eine ganz einfache Taktik«, antwortet ihm Rostang. »Wenn sie ihre Reittiere anhalten, lassen sie die Zügel fahren, schießen ihre Pfeile ab und machen rechtsum kehrt. Da kommen die nächsten, schau!«

»Aber wir müssen etwas tun, die Unseren werden sonst niedergemetzelt«, schreit Gottfried.

»Schweig und wart ab. Wir sind noch nicht zahlreich genug, um anzugreifen.«

»Beim Arsch des Dämons! Ich hab eine Wunde zu rächen!«

»Wir haben alle die Wunden zu rächen, die man Jesus zugefügt hat. Alle! Verstanden?«

Gottfried schweigt; Rostang hat recht, die menschliche Rache ist nichts, sie sind dazu bestimmt, Gottes Schwert zu sein.

Boemund hat die größte Mühe, seine Ritter zum Gegenangriff zu versammeln. Er will auf keinen Fall als glorreicher Märtyrer enden. Der Lärm stört ihn nicht, er weiß sich zu konzentrieren und in der inneren Stille seines Wesens Kraft zu schöpfen. Die Lage ist klar: katastrophal. Zahlenmäßig sind die Türken ihnen zehnfach überlegen. Tatikios und Petrus von Alpibus haben am östlichen Talende zwei Karrees mit einer Miliz von Bogenschützen gebildet; Tankred und Robert der Alte haben sich mit der Nachhut zwischen den von Dornengestrüpp umrankten Felsen verschanzt; aufs Ganze gesehen werden seine Leute schätzungsweise sieben, acht Stunden Widerstand leisten können.

Nach und nach nimmt so etwas wie eine Organisation Gestalt an, Boemund wacht darüber und spornt seine Männer an. Die Wachtmeister binden die Zugtiere fest und pferchen die Haustiere ein; die Mönche gehen mit dem guten Beispiel voran, sie haben zu beten begonnen; die Zivilisten ziehen sich in den Wagenkreis zurück. Unter einer Schilderhecke laufen Frauen und Kinder zu den Leinwandplanen hinüber, verkriechen sich hinter den Radnaben und stecken den Kopf zwischen die Knie, um nichts mehr sehen zu müssen. Die Mütter, mit ihren Neugeborenen auf dem Schoß, starren auf ihre Füße und sind dem entfesselten Schlachtenlärm gegenüber taub. Wenn es sein muß, bleiben sie während Tagen reglos so sitzen, bis zum Augenblick, da sich ihnen unerwartet ein Dolch in den Rücken bohrt.

Die Provenzalen halten ihre Schilde mit eiserner Faust. Ein scharfer Geschmack erfüllt ihren Mund, sie bekommen hohle Wangen, sie zappeln in ihren Sätteln, so ungeduldig warten sie darauf, endlich auf die Ungläubigen losgehen zu können. Die Herzen schlagen rascher. Feucht und zitternd empfinden die Krieger diese Mischung aus Angst und Freude, die dem Angriff vorausgeht.

Marcus Hispanicus der Große und Bischof Aimin machen den Nachzüglern Beine. Es sind immer mehr Provenzalen versammelt. Der päpstliche Legat hat sein weißes Pferd neben demjenigen des Grafen von Toulouse angehalten. Zu ihrer Linken, zweihundert Klafter entfernt, hält Gottfried allein, steif aufgereckt, nach seinen fünftausend Reitern Ausschau; wie er auch hinter sich, rechts und links das Gelände absuchen mag, er kann bloß einige verzettelte Haufen entdecken, die mehrheitlich nicht zu seiner Truppe gehören. Vor seinen Augen macht die »Rasse der Exkommunizierten« seine Verbündeten verrückt.

»Pfui!« spuckt er aus.

Eine Grimasse des Abscheus verzerrt sein Gesicht; aber das feindliche Gewimmel beeindruckt ihn nicht, »sie wie Vipern zertreten, ganz einfach«, das ist die einzige Lösung, die er ins Auge faßt. »Wo bleiben bloß meine Männer?« fragt er sich, ohne sich aufzuregen.

Zu seiner Rechten erblickt er jetzt Gottfried von Esch, der etwa fünfzig Ritter um sich versammelt hat, und etwas weiter weg kommt Arnulf der Lothringer mit einem Standartenträger herangaloppiert.

»Brevold!« schreit er.

»Ja, gnädiger Herr?«

»Blas ins Horn!«

Der Ritter bläst sich vergeblich die Lungen aus, es macht jeder, was er will.

Viel weiter drüben, hinter ein paar Baumgruppen, will

Robert von der Normandie nicht länger zuwarten. Er weiß nicht einmal, wo sich die Truppen der andern Fürsten befinden. Mit seinen achthundert Reitern prellt er zur linken Flanke des Feindes vor; sein Schatten, Robert von Flandern, folgt ihm mit weiteren dreihundert Mann. Ein verrücktes Manöver, aber dank des Überraschungseffekts kann es gelingen. Die mittelalterliche Kavallerie bricht als eine wahre Todesmaschine über ein türkisches Armeekorps herein. Die Reihen der Seldschuken, denen man in den Rücken gefallen ist, weichen zurück und zerreißen ohne Widerstand.

Stumm und voller Besorgnis verfolgen Provenzalen und Lothringer immer zahlreicher den Vormarsch der beiden Robert. Jetzt greifen neue Hitzköpfe an. Raimund von Forez, Isoard von Gap und Rambald, Graf von Orange, haben – aus Furcht, schließlich nicht zu den Günstlingen des Schicksals zu zählen, – nicht Saint-Gilles Zustimmung abgewartet. Unter diesem neuen feindlichen Anprall brechen die Türken massenhaft zusammen, rote Mäntel und grüne Tuniken fallen wirbelnd ins Geknister der Schlacht; was sind das für Feinde, die da in ihrem Rücken auftauchen?

Aimin jubelt: »Schaut, sie wissen nicht mehr, woran sie sind.«

Die Soldaten des Sultans verlieren die Köpfe, das Gespenst der Niederlage hat sie gestreift; die Emire und ihre Offiziere erbleichen, dem einen oder andern kommen Worte über die Lippen, durch die beunruhigend der Gedanke an Flucht durchscheint, andere fragen sich, wie man diesen Block aus Eisen und Leder bloß aufhalten könnte, der ihnen da hinterrücks in die Flanken fällt.

Bereits zweihundert Klafter weit sind sie in die feindlichen Linien eingedrungen? Robert von Flandern kann es nicht fassen.

»Tod den Ungläubigen!« brüllt er.

Und er stürzt sich geifernd mitten unter die Feinde, einer mehr dieser blutrünstigen Kreuzfahrer mit ihrem Phosphorblick, die mit Axthieben Geschichte machen.

Die Emire begreifen immer weniger. Mit welcher Leichtigkeit haben sie doch die Christen vor einem Jahr noch bei Drakon besiegt.

Die Seldschuken sind derart unschlüssig, daß Tankred die Gelegenheit ergreift und ebenfalls zum Angriff übergeht.

Die Normannen treiben ihre zweihundert Pferde voran und wickeln die paphlagonischen Kontingente ein. Die lange Spirale mit den gesträubten Stacheln der Lanzen greift Rums Kohorten an. Tankred jubelt, eben hat er mit seinem Schwert einem Emir den Kopf abgeschlagen. Jocelin, schwarzer Ritter hinter einem Schild mit zwei Drachen, zielt nur auf die Augen; er macht sich eine hämische Lust daraus, zuzusehen, wie die feine Lanzenspitze sich ins zarte Gehirn hineinbohrt. Ganélon von Syrakus ist allzuweit vorgeprescht, isoliert steht er im türkischen Labyrinth und wird von allen Seiten bedrängt; im nächsten Augenblick haben die Asiaten seinen Kopf zu ihrem Spielball gemacht, den Kreuzfahrern zum Hohn.

Wütend lenkt Tankred sein Streitroß aus dem Getümmel hinaus, wie ein Mann folgen ihm seine Getreuen, ein Anführer ein Korps, dazu hat eine lange Gewohnheit sie zusammengeschmiedet. Und die sizilianischen Verbündeten verdoppeln ihren Kampfeseifer und zerschlagen die Soldaten Allahs, die zu schwach sind, um ihnen Widerstand zu leisten. Wer überhaupt vermöchte diesen eisengepanzerten Ungeheuern zu trotzen? Die Anatolier versuchen, den gewaltigen Schlägen, dem Ingrimm dieser Abendländer zu entgehen, deren phänomenale Kraft sie völlig aus der Fassung bringt. Und blitzartig durchzuckt sie der rettende Gedanke: Flucht. Die Türken machen rechtsumkehrt.

Boemund spendet seinem Neffen Applaus, dann breitet er die Arme aus, streckt den roten Schild mit der gelben Schlange und das Schwert »Véraliane« seinen Männern entgegen.

»Auf die Ungläubigen – los!« schreit er ihnen zu.

Sarkis von Mesopotamien schwingt das Banner und schließt sich dem Grafen von Tarent an, Ritter und Fußvolk umringen die beiden, unbändige Revanchegefühle funkeln in ihren Augen, die Gischt gewalttätiger Leidenschaften schäumt zwischen zusammengebissenen Zähnen, alle brennen darauf, das Verderben einzudämmen, und gebrauchen ihre Ellenbogen, um ihre Waffen besser handhaben zu können.

Trotz dieser beiden neuen, überraschenden Attacken ist die enorme Masse der türkischen Bataillone in ihrer Mitte noch intakt. Der Ausgang der Schlacht ist weiterhin unklar. Da gelingt es den Reitern Gottfrieds von Vendôme und Roberts des Alten, Kilidschs Elitegarde zu umgehen. Mehr braucht es nicht, damit Adhémar von Monteil sich entscheidet:

»Für Christus, unsern König! Mir nach!« brüllt er.

Und dann stürmt er geradewegs auf die feindliche Mitte los, wo sich Kilidsch Arslan befindet. Die Muselmanen sehen den nahenden Sturm nicht kommen: Die zehntausend Ghazikrieger sind allzusehr damit beschäftigt, den Vormarsch der Normannen und Flamen abzuwehren; und Kilidschs Getreue schlagen sich mit Dornen herum, die sich ihnen an die Flanken heften, lothringischen, provenzalischen und französischen Dornen, die ihnen immer tiefer ins Fleisch eindringen.

Der päpstliche Legat rückt seinen Wurfspieß zurecht und knirscht mit den Zähnen. »*Fama volat* (das Ansehen verfliegt)«, denkt er, und dann ein letztes Mal »*Macte animo Adhémar* (Mach's gut Adhémar)!« Zwei Vögte mit runden Buckelschilden flankieren schützend den Bischof und stürzen sich ihrerseits in die Schlacht; hinter ihnen grinst der Mann mit dem Schwarzen Linkarm wie ein Wahnsinniger, er hat den Mund weit aufgerissen und spaltet die Luft mit seiner blitzenden Axt. Aus den Strudeln seines Bauches heraus schreit ein Ungeheuer ihm zu: »Töte! Töte! Töte! Am Ende deiner Verbrechen wartet der Friede. Töte! Töte! Töte! Denk an das Versprechen von Sermeot . . .«*

Ein anderer Verrückter prescht brüllend an ihnen vorbei: Es ist der Riese Balduin von Boulogne, der sein Pferd bearbeitet, um das Gros der Kavallerie zu überholen. Ihm auf den Fersen folgen die Leute von Signes, Herbert der Totschläger führt sie an.

Das große, vibrierende Dreieck rast den Hügel hinunter, überspringt Buckel, reißt der Erde ihr verkohltes Grashaar aus. Der nahe Horizont versinkt in einem Ozean aus Staub, in dem die Waffen blitzen, aus den wogenden Fluten schießt ein gewaltiger Schrei empor, Pulverzeichen schreiben sich in den Himmel ein, und die Erde scheint zu bluten.

Die Kettenhemdenträger setzen ihre Lanzen an, jeder will einen Ungläubigen ums Leben bringen. An Gründen fehlt es nicht: Jesu Kreuzestod; die befleckte Heilige Stadt; die auf dem Weg nach Jerusalem hingemordeten Pilger; der Tod des Bischofs von Bamberg; Tausende von hingemachten Gläubigen; die Getreuen Peters des

* Sermeot: dienender Geist Aritons, Unterfürst der Hölle

Eremiten; die Aussicht auf eine Vergebung der Sünden . . . und die anschließende Plünderung!

Nun sind sie in ebenem Gelände angelangt, sie verwüsten die Flanken ihrer Reittiere, ein dumpfes Grollen geht ihnen voraus. Suleimans Sohn und seine Emire erstarren. Sie können den Blick nicht mehr von dieser Horde abwenden, die ihnen da schwer entgegenstürmt; ihre totenblassen Gesichter sprechen eine deutliche Sprache: »Allah verläßt uns!« Der Sultan, der feststellen muß, daß die Truppen eines danischmandidischen Verbündeten ebenfalls überfordert sind, befiehlt die Flucht und verschwindet selbst mit seinen Eunuchen.

Endlich geht's in den Kampf! Die Provenzalen und die Lothringer schütteln alle Fesseln ab:

»Für Christus!«

»Schlage dich, Provence!«

»Töte, töte, lothringischer Wolf!«

»Zur Hölle mit den Heiden!«

»Nieder mit euch!«

Der Aufprall ist schrecklich. Eine gellende Ovation erschüttert den Himmel, zehntausend Münder schießen ihre Kriegsschreie ab. Jetzt bricht der Haß alle Dämme.

Alle Schläge sind lustvoll, sogar diejenigen, die man selbst einsteckt, sie vervielfachen die eigene Kraft; die Kämpfenden spüren nichts, empfinden nichts, das körperliche Leiden existiert nicht mehr, abgeschnittene Daumen, Schnittwunden, Schürfungen, ausgestochene Augen, was soll's, der Schmerz meldet sich erst am Ende der Schlacht. Guigo ist ganz berauscht, diese Augenblikke prägen sich ihm unauslöschlich ins Gedächtnis ein. Rings um ihn gibt es nur Gesten der Kühnheit und Heldentaten, von denen er als alter Mann einst abends am Kaminfeuer wird erzählen können. Er spornt sein Reittier an und schließt sich Thoror von Jœuf, einem lothringischen Ritter, an, der sich munter schlägt und tüchtig auf den Türken einhaut. Seite an Seite, so nah, daß sie einander streifen, sind sie in einem gefährlich brodelnden Umkreis gefangen, ihr einziger Schutz ist der große, mandelförmige Schild. Sie wehren massenhaft dünne Wurfspeere ab, mit denen man ihnen aufs Gesicht zielt, und belauern die Täuschungsmanöver der roten Wachen eines danischmandidischen Aghas. Und prellen weiter vor . . . zu weit! Von allen Seiten schlagen die Krummschwerter zu. Thoror lacht nicht mehr, sein fiebriger Blick errät die Gefahr; bei jedem Schlag, den er führt, wird er hochrot, wortlos bewegen sich seine Lippen. Ein charakteristisches Zischen, der Krummsäbel eines Ungläubigen schlägt eine Scharte in seinen Schild mit den Olivenbaumblättern; Guigo pustet, tief auf Pharamond geduckt, prescht er vor. Seine Lanze dringt dem Seldschuken gleich unter dem Gürtel ins Fleisch; ein blutiges Spitzenmuster besprenkelt die Seide, der Mann reißt maßlos die Augen auf, die letzte Lebensflamme, die darin flackert, erlischt.

Überall herrscht Tod, überall. Thoror fällt, ein Wurfspeer steckt ihm in der Leber. Einen Augenblick klammert er sich noch am Steigbügelriemen fest, dann rollt er weg unter die Hufe; niemand achtet auf ihn; keuchend starren die Soldaten nur auf den schmalen Stahl der Waffen, diesen Stahl, der so geschickt zwischen den Knochen im Fleisch zu lavieren weiß. Der Agha erbricht Rotes und brüllt irgend etwas in dieser schrillen Sprache, die den Christen so sehr Eindruck macht, ein reißender Wachtmeister hat sich auf ihn geworfen und bohrt ihm sein Messer in die Lunge, rasend wie Tiere eilen ihm fünf Seldschuken zu Hilfe. Ancelin schlägt drei von ihnen zurück; sein Blick trifft denjenigen Guigos, und beide lachen laut heraus; der Agha röchelt, aber er hält stand, sein Angreifer liegt ihm immer noch am Rücken. Jetzt schließt sich Aimin ihnen an, seine Keule trieft von Blut, aber der Bischof scheint noch nicht genug zu haben, er spaltet dem Agha den Schädel.

»Einer mehr!« schreit er, »das ist wohl eine Novene wert, nicht, Guigo?«

»Ja, Euer Gnaden! Vier Messen sogar!«

Eine brüllende Woge unterbricht ihren Dialog, auf ihrem Kamm müht sich Gilbert aus dem Castelet ab; sie bricht über das heidnische Magma herein, man bohrt den Flüchtenden die Lanzen bis zum Wimpel in den Rücken. Rollende Brandung, an allen Waffen kleben Wollflaum, Fleischfetzen ... Die Kreuzfahrer, in ihrer besessenen Raserei, haben ihrem Feind das Rückgrat gebrochen.

Innert zwei Stunden sind sie auf dem Schlachtfeld Herren der Lage, in einer eintägigen Verfolgungsjagd machen sie das feindliche Heer fast vollends zunichte.

Kilidschs Niederlage ist vollkommen; nach der Eroberung von Nizäa kündigt die Schlacht von Doryläum der Welt einen neuen militärischen Faktor an, mit dem zu rechnen ist: Die fränkische Streitmacht hat das geschwächte Byzanz abgelöst und schickt sich an, ihrerseits über die Türken die Oberhand zu gewinnen.

Der Emir Usama Ibn Munkidh sagt über die Franken:

»Wer auch immer über die Franken seine Erkundigungen eingezogen hat, sah in ihnen Tiere, die in der Schlacht, in Mut und Kampfeseifer, überlegen waren, jedoch nirgends sonst, genau wie die Tiere uns in Kraft und Angriffslust überlegen sind.«*

Erste Freuden, erste Kompensationen, das verlassene

* Autobiographie Usamas, übersetzt von Derenbourg in der *Revue de l'Orient* latin, 1894

muselmanische Lager strotzt vor Reichtum . . . Lothringer, Franzosen, Germanen, Italiener, Flamen, Normannen und Provenzalen sind stolz und voller Vertrauen, der Mythos des unbesiegbaren fränkischen Heeres ist geboren, von nun an wacht Gott über sie, davon sind sie überzeugt, Jerusalem kann ihnen nicht mehr entgehen.

15. Kapitel

Die drei Mönche

Geschmeidig, schwebenden Schrittes geht sie auf die goldene Helle zu, von der die Mitte der Lichtung überflutet ist. Seit dem siebten Monat ihrer Schwangerschaft läßt Aimerude sie keinen Augenblick allein. Auch jetzt ist sie an ihrer Seite. Ab und zu bückt sich Bérengère, greift nach einer kleinen Federkugel, die in einer Falle sitzt, und steckt sie in ihre leinene Umhängetasche.

»Du solltest dich nicht mehr bücken«, sagt Aimerude vorwurfsvoll. »Du brauchst mir bloß zu sagen, wo die Fallen sind. Du strengst dich unnötig an. Denk an das, was du in dir trägst.«

Bérengère lacht nur: »Eine schwangere Frau ist keine Gebrechliche«, antwortet sie ihrer sanften Kusine jeweils, wenn diese allzusehr murrt.

»Schau, die Sonne, wie sie strahlt«, sagt sie jetzt, als hätte sie nichts gehört.

»Bei dieser Hitze«, schimpft Aimerude, »ist es nicht verwunderlich, daß man fast nichts mehr fängt. Es zieht nichts vorbei, und ich finde es gräßlich, kleine Vögel zu essen, selbst wenn sie mit Fenchel umwickelt sind.«

»Dann bist du aber keine echte Provenzalin. Nächstes Jahr bringe ich dir bei, wie man Vögel fängt. Du wirst sehen, wie sie sich auf den Leimruten erwischen lassen. Setzen wir uns einen Augenblick, ich bin etwas müde.«

Ein alter, entwurzelter Baum lädt sie zum Sitzen ein.

Bérengère macht es sich zwischen den Wurzeln bequem, an denen noch die rote Erde hängt, sie schlägt sich die Röcke hoch und läßt sich die Beine und den runden Bauch von der Sonne liebkosen. Sie genießt diese zarte Wärme, die sie durchdringt, sie nimmt die Empfindungen ihres Körpers überscharf wahr. Mit zurückgeworfenem Kopf horcht sie auf ihr Herz, wie es pocht, auf das Kind, das sich in ihr regt.

»Es bewegt sich, ich spüre es.«

Aimerude streicht sich die blonden Strähnen zurück und legt ein Ohr auf die köstliche Frische dieser weißen, seidigen Haut, hält den Atem an und lauscht. Sie schauen sich in die Augen, es ist eine geheime Vertrautheit zwischen ihnen, etwas ungreifbar Feines, Starkes, wie nur Frauen es empfinden können.

»Ich beneide dich«, murmelt Aimerude.

Bérengère antwortet nicht. Die Luft ist so mild. In der Ferne, auf der Wölbung eines Feldes, sind Männer mit ihren Hacken bei der Feldarbeit. Junge Blätter sprießen an den Bäumen. Überall bricht die Erde auf und läßt die Tiere frei, die von neuem die Pflanzen, die Düfte, den Wind, den Regen, das Blitzen und Funkeln des Himmels entdecken. Überall keimt neues Leben, und sie, glücklich erfüllte Frau, nimmt daran teil.

»Ich an deiner Stelle nähme es Guigo übel, mich so verlassen zu haben.«

»Er weiß von nichts. Er hat sich für Christus und für das Kreuz entschieden. Das nehme ich ihm nicht übel. Ich wünsche mir bloß, daß er bald wiederkommt und uns beide noch lebend antrifft, mich und das Kind.«

»Du solltest Bostruc nach der Zukunft befragen.«

Ein roter Schleier fällt ihr vor die Augen, Bérengère beginnt zu schreien:

»Nein! Nein!«

Sie stößt Aimerude weg. Jäh ist ihre alte Angst wieder da, so brutal, sie zittert an allen Gliedern.

»Bérengère, was hast du?«

»Ich weiß nicht ... Ich weiß nicht. Es ist, als würde mir ein großes Unglück zustoßen. Blut! Blut! Ich kann mir diese Unruhe nicht erklären, die mich so plötzlich befällt.«

Aimerude bekreuzigt sich und beginnt zu schluchzen.

»Es ist meine Schuld«, sagt sie. »Es ist meine Schuld.«

»Aber nein, kleines Dummerchen. Aber ...«

Bérengère hält inne. Am Horizont ist ein Punkt erschienen, der auf die Lichtung zusteuert, auf der sie haltgemacht haben. Sie hält sich eine Hand vor die Augen und versucht herauszufinden, was für ein Reiter da mit der Geschwindigkeit des Mistrals auf sie zufliegt. Kein Provenzale, bestimmt nicht. Er reitet ein kräftiges Schlachtroß mit breiter Brust, mit dunkel glänzendem Fell und einer schweren Mähne, die im Wind flattert. Langsam bekräftigt sich die undeutliche, verschwommene Furcht, die sie empfindet, und sie faßt Aimerude bei der Hand:

»Schnell! Verstecken wir uns hinter den Wurzeln.«

Aber es ist zu spät. Der Reiter hat sie gesehen, sein Streitroß schwenkt leicht in ihre Richtung ein. Wie von unerklärlichem Entsetzen gepackt, drängen sie sich eng aneinander und erstarren in der Haltung jungfräulicher Märtyrerinnen.

Fünfzehn Schritte von ihnen entfernt hat der Reiter sein Pferd in Trab fallen lassen. Unter dem Helm mit den zwei kleinen Hörnern und dem Naseneisen glänzen die zwei schräg zu den Schläfen hinaufgezogenen Schlitze seiner blauen Augen gefährlich. Er trägt einen großen, roten Schild mit drei Adlern darauf, eine lange, schwere

Lanze, an der Menschenknochen baumeln, ein weitmaschiges Panzerhemd, das auf eine Otterfellhose herunterfällt. Bérengères erster Gedanke bestätigt sich: »Das muß ein Mann aus dem Norden sein«, sagt sie zu sich selbst. »Gott schütze uns.«

Das kräftige Pferd trottet jetzt um den entwurzelten Baum herum und hält vor den beiden jungen Mädchen an. Sie fühlen sich wie Tiere abgeschätzt und abgewogen. Der Mann aus dem Norden hebt mit seiner Lanzenspitze Aimerudes Röcke hoch und straft die Schwangere mit Verachtung. Und plötzlich, wider alles Erwarten, gibt er seinem Pferd die Sporen und brüllt mit kehliger Stimme:

»Ich komme wieder!«

Bald ist er weiter nichts mehr als ein Staubwirbel, der im Osten verfliegt. Aimerude bricht die lange Stille, die seit der furchtbaren Erscheinung zwischen ihnen geherrscht hat, und fragt ängstlich:

»Wer war das?«

»Ein Germane«, antwortet Bérengère dumpf. »Einer von Kaiser Heinrichs Kriegern. Einer dieser blutrünstigen Hunde, die seit der Regierungszeit eines gewissen Otton mit Feuer und Schwert Italien verheeren. Manchmal dringen ihre Banden auch in die Provence ein, und dann . . .«

Bérengère schließt die Augen, sie sieht das Feuer in den Flanken der Berge, sieht die verwüsteten Weinberge vor sich, die Schatten der Teutonen in den Dorfruinen. Dann blinzelt sie und staunt, daß alles noch da ist, die Bäume, die Büsche und dort unten auf der Wölbung des Feldes die beiden Männer noch immer bei der Feldarbeit.

Aimerude hat ihre Arglosigkeit wiedergefunden, der Schrecken ist vorbei, in ihren großen Rehaugen nicht die geringste Erschütterung, in ihren Lippen keine Blässe mehr: sie hat endlich zur Sorglosigkeit ihrer dreizehn Jahre zurückgefunden. Bérengère lächelt ihr zu, sie nehmen sich beide um die Taille und gehen zum nahen Bach hinüber, um von dem frischen Wasser zu trinken. Dann tanzen sie zwischen den Brombeerbüschen und dem wilden Wein, lautlos, ohne ein Wort, um ihre innere Musik nicht zu stören.

Als sie ins Dorf zurückkommen, merken sie, daß etwas Ungewöhnliches im Gange ist. In schweigenden Gruppen stehen die Leute vor der Kirche, da sind sogar die Wachtmeister und die drei alten Ritter aus dem Schloß. Bérengère bahnt sich ihren Weg mit solcher Entschiedenheit, daß Männer und Frauen von selbst zurückweichen. Unter dem grauen Steinportal liegen drei blut- und dreckverschmierte Mönche. Jeder von ihnen erhält seine besondere Pflege: Pater Daniel nimmt dem einen, der im Sterben liegt, die Beichte ab, dem zweiten legt Honorine ein Nesselpflaster auf die Wunden, und dem dritten flößt Bostruc einen Aufguß aus Lindenblüten, Olivenbaumblättern und Misteln ein, der ihn beruhigen soll.

»Was ist geschehen?« fragt Bérengère.

Der Mönch, den Bostruc in Pflege hat, wirft sich hoch und faßt nach ihrer Hand.

»Maria, schütze mich! Schütze mich!«

»Er hält dich für die Jungfrau Maria«, grinst Bostruc und läßt seine Glöckchen bimmeln.

Bérengère wirft ihm einen finsteren Blick zu und beugt sich wieder zu dem armen Mönch hinunter, der ihr die Hand küßt. Mit sanfterer Stimme wiederholt sie nochmals ihre Frage. Der Mönch, mit verdrehten Augen und einem rötlichen Schaum in den Mundwinkeln, stammelt zusammenhanglos:

»Satan... Das war der Satan... Lohengrin der

Bauchaufschlitzer ... Die abgehauenen Köpfe ... Satan ... Maria, Schütze mich.«

»Wie kommen sie hierher?«

»Wir haben sie auf der Straße von Hyères gefunden«, sagt ein Holzfäller und zeigt auf seine Gefährten. »Wir haben sie auf unsere Maultiere geladen und ...«

»Genug!« fällt sie ihm ins Wort. »Ich habe verstanden.«

Sie wendet sich ihren alten Rittern und den Wachtmeistern zu und sagt:

»Vor einer Stunde haben Aimerude und ich einen Germanen gesehen.«

Einen Germanen! Alle starren sie mit verstörten Gesichtern an; die Münder gehen auf, die Zahnstummel kommen zum Vorschein; die einen erblassen, andere werden rot.

»Ja, ihr habt recht gehört: ein Germane! Ein Ritter aus dem kalten Norden, der um uns herumgeritten und dann ostwärts verschwunden ist. Ein Wachtmeister soll sofort nach Signes aufbrechen und Herrn Bernhard benachrichtigen. Von nun an überwachen die Hirten die Straße nach Aix Tag und Nacht. Wenn auch nur die geringste Gefahr droht, soll jedermann im Schloß Zuflucht suchen. Und jetzt geht ihr nach Hause; bringt die drei Unglücklichen da in den Burgfried.«

»Die beiden«, korrigiert Pater Daniel. »Der meine hat sich nach milderen Himmelsstrichen aufgemacht.«

Bérengère kann ihre waffenführenden Männer zählen, wie sie will, sie kommt nicht auf mehr als zwölf. Und acht von ihnen sind mehr als achtundvierzig Jahre alt, Greise, die besser mit Karst und Hacke umzugehen wissen als mit dem Schwert. Sie schaut auf die Axt und die drei Lanzen Arnauds über der Feuerstelle. Mit ihm hat

Méounes in dieser entsetzlichen Nacht der Alraunwurzeln auch seine besten Verteidiger verloren, aber sie bereut nichts; wenn sie nochmals von vorn beginnen müßte, würde sie keinen Augenblick zögern: Das Wissen, daß er in seinem Grab vermodert, ist ihr lieber als der Gedanke, er könnte inmitten seiner Mätressen noch am Leben sein.

»Woran denkst du?« fragt Aimerude, die auf den Wolfsfellen zu ihren Füßen liegt, leise.

»An den Schutz unseres Lebens«, antwortet sie nur.

»Wir sollten nach Signes gehen, oder zu unserem Onkel nach Brignoles.«

»Ich habe nicht das Recht, meine Leute zu verlassen. Sie ernähren mich, ich beschütze sie, so ist es Brauch. Wenn man dagegen verstößt, verstößt man gegen die Ehre. Ich bin bloß eine Frau, gewiß, aber in der Gefahr tauge ich soviel wie mancher Mann. Ich bleibe.«

»Dann bleibe ich auch!« sagt Aimerude warm und küßt ihre Kusine auf beide Wangen.

Ihre ineinander verschlungenen Schatten verlieren sich in der Höhe, da wo die Knoblauchzöpfe und die Jagdtrophäen an den Wänden hängen. Bérengère streichelt diesen blonden Nacken, dieses Kind, das lauter Liebe ist. Aimerude kuschelt sich ein bißchen näher an die große Schwester heran, die mit ihren zärtlichen Gesten so gut ihre Angst zu überlisten weiß. Die Angst – das ist dieser Germane, der ihr die Beine entblößte; sie hat diesen eisigen Blick nicht vergessen, der auf ihren weißen Körper fiel, und sie zittert noch beim Gedanken, wie er von ihr Besitz nahm. Die Männer kommen ihr so ruchlos, so verachtenswert vor, so sehr den wilden Tieren verwandt. Die Männer fügen den Frauen so viel Leid zu, ihre Gesetze sind so hart für die Schwachen, ihre Spiele so grausam, ihre Bedürfnisse so groß und ihre Selbstsucht so maßlos, daß sie sich mit dem Gedanken trägt, eines Tages das Gelübde abzulegen. Und doch beneidet sie Bérengère, die bald einem kleinen Geschöpf das Leben schenken wird. Auf diese Art das Leben weitergeben wird sie nicht können, wenn sie ins Kloster eintritt. Wer sich ins Haus Gottes einschließt, muß die Blumen ausschlagen, die Vögel, die Fische, die Klarheit des Himmels, Regen und Gewitter, damit ist ein Schritt ins Jenseits getan, man gibt seine Zustimmung zu einer Art Tod. So viele widersprüchliche Gedanken prallen in ihrem jungen Kopf gegeneinander, daß sie nicht mehr weiß, welchen Weg sie einschlagen will. Sie bohrt Bérengère ihre Fingernägel in den Arm und rollt sich auf der Rundung dieses warmen Bauches ein bißchen zusammen, als möchte sie da hineinschlüpfen: im Dunkeln sein, nichts mehr sehen, nichts mehr hören . . . Wie ein Schiffbrüchiger an sein Brett klammert sie sich an die junge Frau.

»Sag, wirst du mich immer beschützen?«

Bérengère antwortet nicht. Sie küßt ihr bloß die Stirn. Dieses einfache Zeichen der Zuneigung genügt, um Aimerude zu beruhigen. Bald liegt sie in tiefem Schlaf. Bérengère bleibt wach in der nächtlichen Stille, allein mit diesen beiden unschuldigen Geschöpfen, allein mit ihren Ängsten, mit den Phantomen ihrer Erinnerung, allein mit dem Bild eines Ritters irgendwo auf staubiger Straße.

16. Kapitel

Endlose Hölle

Der Marsch durch Phrygien ist schrecklich, die Türken haben diese Provinz in eine Wüste verwandelt, haben alles zerstört, was auf der Route des christlichen Heeres liegt, haben die Ernten verbrannt, die Brunnen verschmutzt, die Wasserstellen vergiftet. Das Vieh irrt entweder verstreut im Gebirge herum oder ist hingeschlachtet worden und verfault auf den Wegen. Kilidsch Arslans Razzien jagen die Bauern aus dem Land, entleeren es aller Lebensmittel und hinterlassen weitgezogene Kreise der Öde.

Merkwürdige Ausdünstungen erinnern an Galgengerüche, viermal schon sind sie an toten Tieren vorbeigekommen.

Auf verkohlten Graslagern bieten die Tierleichen ihre Überreste Aasgeiern und dem Ungeziefer dar; die schlaffen Eingeweide wimmeln von Würmern, eine ganze ekelhafte Fauna macht sich das Verrotten der Gerippe streitig. Am schlimmsten aber ist der Gestank, diese abscheuliche Ausdünstung, von der es einem Magen und Gedärme umdreht; so durchdringend ist er, daß er in den Nasenflügeln klebt und sich in den Poren einnistet.

Leben! Guigo ist zu jedem Kampf bereit: gegen den Durst, gegen die Sonne, gegen die Ungläubigen – seine Knochen werden nicht in der Wüste dieser versteinerten Hügel, dieser leblosen Täler verbleichen. Er wird nicht aufgeben, das hat er bei den heiligen Evangelien geschworen, bis zum Letzten seiner Kräfte wird er sich schlagen, er wird Bérengère und die Provence wiedersehen. Dabei haben die Franken die eigentliche Wüste kaum erst betreten. Lykaonien ist ein wahres Vorzimmer der Hölle. Guigo bleibt teilnahmslos. Männer und Tiere krepieren zu Dutzenden, Frauen kommen mit Frühgeburten nieder, und die meisten Neugeborenen sterben an Wasserverlust. Man muß geradeaus vorwärtslaufen und sein Herz allem gegenüber verschließen, was da ächzt und stöhnt. Guigo erfindet sich Geschichten, in denen es kein Elend, kein Ungeziefer, keine Teilnahmslosigkeit gibt. Er braucht nur die Augen zu schließen, und schon sieht er Bérengère vor sich, den zarten Schnee ihres Körpers, die schwarze Haarkaskade, das dunkle Gewässer ihrer Augen, ihre frischen Lippen ... Leben! Er möchte Pharamond dic Sporen geben, um diese Geschöpfe ringsum nicht länger mehr weinen zu hören. Und er beginnt zu beten.

Obwohl sie zahlreiche Streifzüge unternehmen, haben die Kundschafter den Quartiermeistern wenig oder nichts zu berichten: Kilidsch verwüstet weiterhin das Land. Bei ihren Beratungen begnügen sich die Fürsten mit Zähneknirschen und schieben sich gegenseitig die Schuld zu. Guigo nimmt an den Danksagungen und den gemeinsamen Gebeten teil, die Priester hoffen, der Himmel werde sich gnädig erweisen: »Herr, laß es regnen, damit dein armes Volk weiterbestehen kann ...« Aber der Himmel bewölkt sich nicht, und den wolkenlosen Tagen folgen kristallklare Nächte. Am Morgen gibt es ein mühseliges Erwachen, man gerät um ein paar Tropfen Wasser in Streit, der manchmal in regelrechte Handgemenge ausartet. Guigo fragt sich, ob die Türken nicht genau darauf warten, daß sie vollständig erschöpft sind, um sie anzugreifen. Raimund von Saint-Gilles hat es gesagt:

»Wenn uns Kilidsch bis jetzt verschont hat, so zweifellos deshalb, weil er den entscheidenden Augenblick abwartet, um uns vollständig zu vernichten.«

Guigo denkt unablässig daran: der entscheidende Augenblick! Solange sie Pferde haben, riskieren sie nichts, aber selbst die Pferde – ist es der Durst, der Hunger oder sonst etwas? – scheinen vom Koller erfaßt; nicht allein sie, im übrigen, viele Tiere vollführen auf irr gewordenen Beinen einen Tanz, bevor sie zusammenbrechen und liegenbleiben; die Wachtmeister haben denn auch Befehl, die Packsättel abzuladen und nur das Allernötigste oder wirklich kostbare Güter zu behalten. Die Türken sind immer noch unsichtbar. Es regnet weiterhin nicht. Guigos Gesicht schält sich unter der Sonne, seine Augen spielen ihm Streiche, seine Glieder sind schlapp, und mehr denn je juckt ihn das Ungeziefer. Wo ist der Ritter geblieben, der mit Bérengère die Volte tanzte? Und sein Geschmack an Raub und Gewaltsamkeit, wohin ist der verflogen? Und dieses erhebende Gefühl der Unbesiegbarkeit, das sie nach der Schlacht von Doryläum erfüllte, war das ein Traum? Am Abend, wenn der Horizont verschwunden ist, läßt er sich hinsinken, wo es gerade ist, nimmt sich nicht einmal die Mühe, seine Leute aus Toulouse zu suchen, dieses verlorene Grüppchen irgendwo in den meilenweit sich hinziehenden Kolonnen. Am Abend ermißt er, wie zermürbt das Heer bereits ist. Niemand lacht mehr zwischen den Zelten. Er hört nur Soldaten, die sich an die Brust schlagen, die Streitlustigsten suchen nicht einmal gute Gründe, um sich gegenseitig anzupöbeln, und verfluchen unaufhörlich ihre Vorgesetzten. Neidisch und mitleidig horcht er auf jene, die noch die Kraft finden, sich auszupeitschen, die Reinen, die Fanatiker mit bläulicher Haut und fieberverzehrten Augen. Bis in den Schlaf hinein verfolgen ihn Stimmen; die einen machen sich Vorwürfe, andere bereuen, andere jammern oder wehklagen, und dann sind da noch die Totengräber, denen die Zwangsarbeiter Befehle erteilen. Schwitzend, mit Tränen in den Augen, hat Guigo jeden Abend nur eine Bitte: daß man Wasser und Lebensmittel finden möge für Frauen und Kinder! Aber die Tage vergehen, und Wasser gibt es nicht! Sobald der rote, quälende Saum der Morgenröte erscheint, schließt er die Augen, um diese Horde nicht mit ansehen zu müssen, diese Sippschaften erdverkrusteter Männer, die Eiter und Ungeziefer, Angst und Tod mit sich karren. So macht er es sich zur Gewohnheit, mit Marcus Hispanicus ganz oben über die Hügelkämme zu reiten, dort, wohin kein Laut mehr dringt.

Von da aus kann er diese flimmernde, bebende Landschaft betrachten, etwas, was kocht und verdorrt. Es schnürt ihm die Kehle zu. Eine Stille aus Mulden und Buckeln, die der Wind völlig leergefegt hat. Nur diese weißen Felsen sind noch da, welche die rissige Erde sprengen. Er schließt sich den Spähern an, die mit stumpfen Augen diese von einem strahlenden, wolkenlosen Himmel kahlgeleckten Berge absuchen. Kein Glitzern, nichts verrät die Gegenwart der Türken, bloß ein Geier dreht mit schwarzen Flügeln träge seine Runden. Guigo läßt die Hand wieder fallen, mit der er sich die Augen beschattet hat. »Es geschieht nichts«, denkt er, »nichts. Sterben, einfach um zu sterben, ich käme lieber im Kampf gegen die Ungläubigen um, aber wo sind sie bloß?« Auf einmal weckt etwas anderes seine Aufmerksamkeit: Ein Häufchen Zivile, etwas weiter unten, ist in Aufruhr geraten.

»Haltet den Dieb! Haltet den Dieb!« hört man schreien.

Der Mann läuft, was seine Beine halten, er wird sich noch das Rückgrat brechen. Guigo sieht nur seine vorspringende springende Schnauze, die zu einer häßlichen Grimasse verzogen ist; hinter ihm quieken und schwitzen vier Frauen, die ihn einzuholen suchen.

»Beim Teufel!« kräht die älteste von ihnen, ein Bettelweib mit gelber, verrunzelter Haut, »haltet ihn! Er entwischt uns noch.«

Der andere läuft davon. Die vier Furien stehen eine, zwei, fünf Sekunden reglos, so lange wie es braucht, um die spöttisch grinsenden Soldaten mit Blicken zu vernichten; dann beginnt die dickste von ihnen, die häßlichste auch, mit ihrer eingedrückten Nase und diesem Rosenkranz eiternder Pickel auf der Wange, Gift und Galle zu spucken.

»Verfluchte Feiglinge! Ihr laßt einen Mistkerl laufen, einen elenden Hund: er hat Lienhard, den Gelähmten, ausgeraubt!«

»Schweig, beim Heiligen Kreuz!« antwortet ihr ein Wachtmeister. »Ich kümmere mich schon darum.«

In langen, geschmeidigen Sprüngen setzt er dem Flüchtling nach und bekommt ihn innert Kürze am Kittel zu packen. Der Verfolgte dreht sich um, es blitzt, und der Wachtmeister stürzt rücklings zu Boden. Ein schmaler Holzspieß steckt ihm in der Brust.

»Aaah!« brüllt die Dicke. »Damit hat er Lienhard getötet.«

Merkwürdigerweise steht die Menge ringsum bloß abwartend, mit hängenden Armen und zusammengebissenen Lippen da. Der Mörder-Inkubus hat seine Flucht fortgesetzt, eine große Wunde bleckt in seinen zerschlissenen Kleidern, eine zerfetzte, schmutzige Fahne, die das Elend herausschreit. »Eine schöne Zielscheibe«, denkt ein langer, schlaksiger Kerl mit hängendem Schnurrbart und spannt seinen Bogen. Der Pfeil zischt durch die Weißglut der Luft und bohrt sich in einen Oberschenkel, schon liegt der Dieb im Staub.

»Na, Hund, hast du nichts mehr zu deiner Verteidigung vorzubringen?«

»Erbarmen, Herr Bischof! Erbarmen, gnädiger Herr!«

»Ich habe Erbarmen, mein Sohn«, antwortet Bischof Gerhard, »aber du hast schwer gesündigt, und jetzt mußt du im Leiden Buße tun.«

»Aber ich werde sterben!«

»Siehst du nicht, welches Glück du hast? Ich habe dir die Beichte abgenommen, habe dich von allem Makel reingewaschen. Vergiß nicht: du bist auch ein Kreuzfahrer. Bald wird dir eine unermeßliche Seligkeit zuteil: du wirst einen Blick ins Paradies werfen können.«

Das Paradies! Der Mann schaut den Bischof mit großen Augen an: ihm war es wohl auf Erden, hier ein Diebstahl, da ein Diebstahl, dann und wann ein Weib zum Bespringen; mehr verlangte er nicht.

»Nun komm, mein Sohn, sei tapfer und füge dich Gottes Gesetz, da du dich demjenigen der Menschen nicht hast fügen wollen.«

»Haltet ihn!« befiehlt Aubré von Cagnano.

»Erbarmen! Erbarmen!« heult der arme Kerl.

»Nichts von Erbarmen! Du wirst den Hungerleidern deiner Gattung als Exempel dienen. Mach vorwärts, Zani, geh ans Werk.«

Hunderte von Hälsen strecken sich dem Gemarterten entgegen. Zani streicht mit den Fingern über die Schneide seiner Axt, dann faßt er den Stiel fest in die Hand.

Ein langgezogenes Brüllen begleitet den ersten Schlag: Das Handgelenk ist glatt abgetrennt.

»Donnerwetter! Sie singt gut, die Drossel, man hört sie gewiß bis ins Paradies«, grinst Aubré, dann befiehlt er in schärferem Ton: »Weiter, Henker!«

Zani gehorcht. Beim zweiten Schlag wird das klagende Brüllen zu einem langen Geheul, beim dritten löst sich der Fuß vom Bein, und beim letzten Glied setzt Zani viermal neu an.

»Du bist aus der Übung gekommen, mein lieber Zani«, stellt der normannische Edelmann fest; »wirst wohl ein bißchen an unseren türkischen Gefangenen trainieren müssen. Ach ja, und vergiß nicht, meinen Hunden die Reste zu bringen, sie sind eher ausgehungert im Moment.«

Auf dem von düsteren Gebirgsketten gesäumten Geröll windet sich elend ein armseliges Ding, eine Larve, der ein unhörbar schrilles Zischen entfährt. Niemand eilt ihr zu Hilfe. Sie wird da liegenbleiben, als warnendes Beispiel für die Diebe zunächst, dann als Köder für die Tiere der Nacht, die sie verschlungen haben werden, lange bevor der Morgen graut.

Guigo bekreuzigt sich, als er an dem zu Tode Gemarterten vorbeikommt; wann endlich wird das Leben den Tod besiegen? Mehr denn je denkt er an Bérengère.

17. Kapitel

Huldera

Ihre Brust ist wie zerschlagen, Bérengère zittert. Seit ein paar Tagen hängt sie in Gedanken immer wieder der Erinnerung an ihr verflossenes Glück nach. Sie hat Guigo noch so lebendig vor Augen; sie stellt ihn sich vor, wie er in einer dieser orientalischen Städte – voller Düfte und rosafarben sollen sie sein – mit Freunden zusammensitzt und plaudert. Wenn er bloß wüßte! Dann würde er vielleicht wenigstens auf sich achtgeben und sähe die Zukunft mit neuen Augen. Sie fürchtet so sehr, er könnte sich unnötig einer Gefahr aussetzen, besonders jetzt. Sie legt sich die Hand auf ihren runden Bauch. Ja, besonders jetzt, da das Kind zur Welt kommen wird!

Der leichte Ostwind schiebt regenschwere Wolken vor sich her und erfrischt ihr die glühende Stirn. Bérengère wartet. Gibt es auf dieser Welt für eine Frau etwas anderes als Warten und Leiden? Plötzlich neigt sie den Kopf und preßt ihren Bauch zusammen. Ein entsetzlicher Schmerz ist wie ein Blitz durch sie hindurchgefahren.

»Es ist Zeit, Herrin!« sagt eine schüchterne Stimme hinter ihr.

Wankend dreht sie sich um und blickt auf die drei Frauen, die da stehen: ihre Kusine Aimerude, Honorine, die Geburtshelferin, und Agnes, die Magd. Letztere fährt jetzt im selben unbeholfenen Tonfall fort:

»Ich habe das Wasser zum Kochen aufgesetzt; die

Scharpie ist bereit. Ich habe auch das Bild der heiligen Margarete hervorgeholt. Da!«

»Gut hast du das gemacht«, sagt Bérengère und greift nach dem Stück Eichenholz, auf dem die Gestalt der Heiligen eingraviert ist. Sie schaut wieder auf die Hügelzüge hinaus, die sich kaum von dem schwarz verhangenen Himmel abheben. An ihrem Fuß sind lächerlich kleine Silhouetten, die Bauern, am Werk. Sie liebt dieses Verwachsensein der Menschen mit der Natur, diesen ewigen Kampf, in dem es nie einen Sieger gibt. Ihren Körper schüttelt der Schmerz, sie muß sich festhalten, um nicht hinzufallen. Es regt sich heftig in ihrem Schoß, das Kind will hinaus. Sie wendet sich wieder den Frauen zu und stellt Honorine eine stumme Frage. Die Geburtshelferin, die sich auf die simple Ausübung ihres Handwerks beschränkt, greift der jungen Frau mit ihren Fingern in die Scheide und sagt:

»Es ist soweit, komm.«

Und dann fügt sie aus langer Erfahrung hinzu:

»Ist der Bauch so spitz, hat das Kind 'nen Schlitz!«

Draußen haben dicke Regentropfen zu fallen begonnen. Eine neue Schmerzwelle treibt Bérengère die Tränen in die Augen.

»Nun komm schon, leg dich in die Fesseln. Helft ihr, ihr beiden«, befiehlt Honorine.

»Nein! Laßt mich«, wehrt Bérengère ab. »Ich muß es selber können.«

Sie wischt sich die Tränen ab und schlüpft mit den Händen in die schweren Ringe am Ende der beiden Ketten, die Agnes an einem Deckenbalken festgebunden hat. Breitbeinig steht sie da und wartet auf Honorines Anweisungen. Diese trifft ihre letzten Vorbereitungen, entblößt Bérengère bis auf die Brust und gibt ihr eine Mixtur zu trinken.

»Da«, sagt sie, »Melissentee mit grünem Anis und Minze, das schützt vor Übelkeit und Erbrechen.«

»Ich weiß, ich kenne mich mit den Pflanzen aus.«

»Trink und schweig! Und ihr beiden da, macht euch nützlich! Die eine soll den Priester holen. Je schneller das Kind getauft ist, desto schneller ist es vor den Dämonen sicher.«

»Ich gehe!« antwortet Aimerude.

Bérengère spürt, wie ihr Schoß sich dehnt. Honorine, die sie aufmerksam beobachtet, fordert sie auf:

»Los, presse!«

Bérengère krampft sich zusammen und preßt, bis ein gewaltiges Dröhnen ihren Kopf erfüllt.

Eine Stunde lang dieser entsetzliche Schmerz und immer wieder diese unmenschliche Stimme, die ihr sagt:

»Presse!«

Ihr Kopf schlägt von einer Seite auf die andere. Sie stöhnt, hohlwangig, mit weitaufgerissenen, tränenüberströmten Augen.

»Presse!«

In ihr wogt eine aufgewühlte See, der Schmerz brandet hoch und fällt wieder zurück wie die Wogen von Ebbe und Flut auf einem sandigen Strand. Sie schreit auf, glaubt ihre letzte Stunde gekommen. An ihrem Hals treten die Adern und Sehnen hervor, der Schweiß rinnt ihr in Bächen über die Beine.

»Presse!«

Eine unsichtbare Hand schiebt ihre Scheide auseinander und dringt in sie ein. Sie nimmt all ihre Kraft zusammen. Sie empfindet seltsam die Feuchtigkeit außerhalb, draußen hat es in Strömen zu regnen begonnen. Am meisten verfolgt sie dieser Gedanke an den Tod. Der Tod! Im Augenblick, da sie einem Kind das Leben schenkt, eigenartig ist das. Ein neuer Schmerzanfall, stechender denn je, entreißt ihr einen Schrei. Das ist nicht möglich! Ihr fährt ein Schwingpflug durch den Bauch. Honorine arbeitet rasch, wirft die blutbefleckten Kompressen weg; ihre geschickten Finger haben den klebrigen Kopf des Kindes zu fassen gekriegt. Jetzt kommt er durch. Bérengère geht der Atem aus. Sie gibt es auf, nach der Ursache dieses Schmerzes zu suchen: mein Gott, diese Qual, diese Qual! Sie stampft mit den Fersen auf den Boden und brüllt:

»Guigo, zu mir!«

»Presse!«

Es zerreißt sie vollends, dann schreit ein Kind, und plötzlich schlägt alles um, ihre Muskeln entspannen sich, gallertige Empfindungen folgen auf den Schmerz, ein unendliches Wohlbefinden.

»Das Kind hat einen Schlitz!« trompetet Honorine. »Ich hatte recht.«

Ein klebriges, rotes Ding zappelt in ihren Händen, die Frucht von Bérengères und Guigos Liebe: Huldera.

Bérengère, die auf den Fliesen zusammengesunken ist, verlangt nach ihr: »Gib sie mir! Ich will sie an mich drücken.«

Honorine streckt sie ihr widerwillig entgegen, das gehört sich nicht, so etwas. Sie muß das Neugeborene für die Taufe bereitmachen, muß es wickeln, an die Wärme bringen. Bérengère tastet mit ihren Händen den kleinen Körper ab.

»Oh, wenn dein Vater dich sehen könnte«, sagt sie glücklich.

»Sein Vater! Sein Vater, der ist am andern Ende der Welt«, brummt Honorine bitter. »Nun mach schon, gib mir das Kleine, sonst wird er es in der andern Welt wiedersehn!«

In der andern Welt! Bérengère beißt sich auf die Lippen. Wenn nur Guigo selbst nicht schon drüben ist. Es hat zu regnen aufgehört, ein gewaltiger Regenbogen zieht sich durchs Fensterviereck. Ein Zeichen der Hoffnung! »Er lebt! Er lebt!« sagt sich Bérengère. »Er kommt wieder zu uns zurück.«

Zweiter Teil
(21. Oktober 1097 – 16. Januar 1099)

Antiochia

1. Kapitel

Die Belagerung

Die Vorhut des Kreuzfahrerheers ist am 20. Oktober in der Morgenfrühe in Maras aufgebrochen und hat den Dschisr al-Hadid, die Eiserne Brücke im Osten Antiochias, erreicht. Die Brücke ist mit zwei gewaltigen Türmen befestigt, in denen sich etwa fünfzig Bogenschützen befinden; die Kreuzfahrer bringen sie erst nach hartem Ringen in ihre Gewalt. Jetzt trennt sie nur noch ein Tagesmarsch von Antiochia.

Boemund erreicht es als erster. Ein Omen! Die andern folgen und schlagen vor dem westlichen Teil der Umfassungsmauer ebenfalls ihre Lager auf.

Guigo kann der Versuchung nicht widerstehen, gleich nach seiner Ankunft um die Stadt herumzureiten. Er verläßt seine unschlüssig in Auflösung begriffene Kolonne und stürmt davon, auf die Brücke zu, die den Orontes überquert. Er ist nicht allein, vor ihm sind andere Reiter bereits in derselben Richtung unterwegs. Einer von ihnen, sieht Guigo, ist der Mann mit dem Schwarzen Linkarm auf seinem fabelhaften Streitroß Primost. Guigo unterdrückt ein Schaudern, treibt Pharamond mit der Peitsche an und schlägt die entgegengesetzte Richtung ein. Diesem Paar da vorn, das ihm das Blut in den Adern erstarren läßt, will er nicht über den Weg laufen. Vor ihm schlägt sich Wilhelm-Hugo von Beaux mit den Schmähungen herum, die von der Stadtmauer, auf der es von weißen oder blauen Gewändern und goldenen Helmen wimmelt, auf sie herabregnen. Grobschlächtig gibt er zurück:

»Schweinebande! Hurensöhne! Kommt und meßt euch mal mit mir!«

Guigo überholt ihn, durchquert in raschem Tempo die niedere Strömung des Onopnikles und jagt nachher in ungestümem Galopp davon. Er will als erster von oben auf die Stadt hinunterblicken können. Von der ersten Anhöhe aus läßt sich bereits unschwer erkennen, daß die Stadt riesige Ausmaße hat. Die Umfassungsmauer ist gewiß zweieinhalb Meilen lang. Und da sind Türme, Türme, er zählt an die vierhundert in allen Größen und Formen. Die zinnenbewehrte Mauer ist mit Kriegsmaschinen bestückt, die schwachen Stellen hat man geschickt verstärkt: Alles läßt darauf schließen, daß die Türken sie schon lange erwarteten. Guigo malt sich in Gedanken bereits ihre künftigen Attacken aus, da zeichnet sich nach einer Wegbiegung unversehens die dunkle Silhouette des Mannes mit dem Schwarzen Linkarm vor dem Himmel ab. Richard steht auf einer kleinen Anhöhe und betrachtet aufmerksam die Umgebung. »Den hat gewiß Adhémar geschickt«, denkt Guigo und blickt der düsteren Gestalt entgegen. Das von roten Hiebwunden durchzogene Gesicht des Ritters wird von den schräg einfallenden Sonnenstrahlen nur schwach erhellt.

»Diese Stadt wird nicht leicht einzunehmen sein, was, Guigo von Signes?«

Guigo schluckt leer. Der Dämon hat also seinen Namen nicht vergessen.

»Ja . . .«

»Aber wir nehmen sie ein. Alle Zeichen stimmen darin überein. Die Türken verlassen sich vollständig auf ihre Befestigungsmauern und auf die Männer, die sie verteidigen, das ist ihre Schwäche, das ist ihr Untergang.«

»Ja ...«

»Tod dem Kriecher!«

Richard schleudert seine Axt auf Guigo. Der ist so verdutzt, daß er sich nicht einmal mit dem Schild zu schützen versucht. Er rührt sich keinen Zollbreit. Die Waffe zischt an seinem Ohr vorbei und bleibt in etwas Weichem hinter ihm stecken. Ein gellender Schrei hinter seinem Rücken läßt Guigo erbleichen, entsetzt dreht er sich um. Da liegt ein schlitzäugiger Türke auf den Knien und versucht das Eisen herauszuziehen, das ihm in die Brust gedrungen ist. Zu seinen Füßen blitzt ein Dolch. Der Mann mit dem Schwarzen Linkarm hat ihm das Leben gerettet. Ohne Guigo eines Blickes zu würdigen, bemächtigt Richard sich wieder seiner Waffe und spaltet dem Türken den Schädel.

»Nimm seine Waffen, wenn du willst, ich brauche sie nicht«, sagt er.

Dann steigt er wieder in den Sattel und ruft:

»Los, Primost, vorwärts.«

Guigo möchte ihm danken, aber er ist bereits über alle Berge, hinter ihm wirbelt eine Staubwolke hoch, die in erlöschenden Wogen auf die Büsche niedergeht. Der Reiter verschwindet wie in einem Traum. Guigo bedrückt diese Ehrenschuld, er kann sich nicht vorstellen, wie er sich ihrer entledigen könnte. Dem andern seine Freundschaft anbieten? Ganz gewiß nicht! Er ist der Teufel in Person. Ihm seinen Teil der Beute überlassen, wenn die Stadt einmal in ihre Hände gefallen ist? Unmöglich! Er gehört nicht zu denen, die Gold und Edelsteine annehmen.

»Warum mußte ich ihm bloß begegnen?« ärgert sich Guigo. »Jetzt bin ich an ihn gebunden! Los, Pharamond, wir kehren ins Lager zurück!«

Wieder im Lager angelangt, erstatten Guigo und die andern Ritter Bericht über das, was sie ausgekundschaftet haben. Aber der Mann aus Signes verschweigt sein Abenteuer mit dem Ritter aus der Nacht. Um ihre Aussagen mit Tatsachen untermauern zu können, schickt man zwei Geschütz- und drei Geländemeister aus, welche die Verteidigungsanlagen aus nächster Nähe untersuchen sollen. Sie kehren betreten zurück: keine Hourdis, sondern ein regelmäßiges, aus mittelgroßen bis groben Steinen gefügtes Mauerwerk. Diese Entdeckung verunsichert die Pioniere sehr. Sie hatten etwas Brüchigeres erwartet.

Wie soll man angreifen? Tote Winkel gibt es sozusagen keine, außerdem kommt man fast gar nicht an die Befestigungsanlagen heran, da sie von Bogen- und Armbrustschützen nur so strotzen, und schließlich lassen das unebene Gelände und der nahe Orontes den Einsatz beweglicher Türme nicht zu.

Raimund von Saint-Gilles will auf den Überraschungseffekt setzen und sofort angreifen. Aber diesem Vorschlag widersetzt sich Boemund aufs heftigste. Bei einer allzu raschen Eroberung würde die Stadt nur in die Hände der Griechen übergehen, schützt er vor. Die anderen Fürsten schließen sich dem normannischen Standpunkt an, Raimund muß auf sein Vorhaben verzichten. So nimmt eine der längsten Belagerungen der Geschichte ihren Anfang.

»Es gibt über dem himmlischen Feuer eine unveränderlich leuchtende Flamme, einen Funken, der ewig sprüht: den Lebensborn, Urbrunnen aller Wesen, Urquell der Dinge. Alles ist von dieser Flamme erschaffen, und nichts vergeht, was sie nicht verzehrt: sie offenbart sich selbst; ihr Feuer kann nirgendwo enthalten sein; körperlos, stofflos ist es, und alles Feuer von Sonne, Mond und Sternen wird von ihm bewirkt. Versuche nicht, gegen eine Macht anzukämpfen, der du nicht gewachsen bist. *Immortali, invisibili, soli Deo honor et gloria* (dem König der Zeiten, dem

Unsterblichen, Unsichtbaren, Gott allein auf ewig Ehre und Ruhm).«

Das hatte Adhémar von Monteil gesagt, bevor sie zum Kreuzzug aufbrachen. Der Mann mit dem Schwarzen Linkarm zieht die verpestete Luft durch die Nase: Wo ist dieser göttliche Funke, der Christi Armee beschützen soll? Ein eisiger Regen schlägt ihm ins Gesicht, seit vierzehn Tagen schüttet es ununterbrochen. Schon mehr als zwei Monate stehen sie jetzt vor Antiochia.

Richard geht die Leichengrube entlang, die den Keim der Epidemie in sich trägt. Mit langsamen Schritten stampft er durch den schwärzlichen Morast. Er kommt an Handlangern vorbei, die Leichen transportieren, an betenden Rittern, an verrückten Hunden, die sich auf Kadavern balgen. Und Richard wirft den Kopf in den Nacken, um Gott zu verfluchen. Er breitet die Arme aus, eine feurige Glut schlägt aus seinen Augen, und er schreit: »Du Urquell aller Dinge, nimm mir das Leben, wage es doch!« Aber einzig Wind und Regen schlagen ihm weiterhin ins Gesicht. Stumm schneidet er dem Himmel eine Grimasse und verfällt mitten im Massengrab in ein mattes Schmachten. »Richard! Richard! Ich liebe dich«, flüsterte ihm einst Huldera von Méounes ins Ohr. »Richard, streichle mich.« Und er streichelte sie. Und sie schaute ihn durch ihre schwarzen Wimpernvorhänge hindurch an. »Richard, liebe mich.« Und er verlor sich in ihrem Frauenleib. Und wurde in ihrer feuchten Wärme neu geboren. »Sie hat ein Kind zur Welt gebracht«, hatte ihm ein Mönch gesagt. Und beinahe wäre er in diese Provence zurückgekehrt, um sie zu entführen. Früher einmal, in einem andern Leben ... Er unterdrückt einen Schrei und verjagt die Gespenster seiner Erinnerung. Ein Dieb, der sich in den Gräbern herumgetrieben hat, stellt sich tot. Der Mann mit dem Schwarzen Linkarm befindet sich gleich über ihm, eine düstere Wolke, eine schwarze, unheilschwangere Gestalt. Der Dieb zittert und drückt das Kupferhalsband an sich, das er soeben einer lippen-, nasen- und ohrenlosen Dirne weggerissen hat, die da rattenzerfressen unter ihm liegt. Der Mann mit dem Schwarzen Linkarm spürt diese Anwesenheit zu seinen Füßen. Langsam bindet er die Axt los, die er sich quer über den Rücken geschnürt hat, dann streicht er mit den Fingern über das gehörnte Alpha und das Wort ALCIBENE, die auf der Klinge eingraviert sind, und wartet. Etwas Unwiderrufliches ist in seinem Blick. Der Regen prasselt auf die Axt herunter, die gefährlich schimmert. Der Dieb regt sich nicht. Fest drückt er seinen Mund auf die Zähne des grünlichen Gesichts unter ihm, und Richard gefällt dieser schmutzige Kuß. Die ganze Flamme seines Blicks konzentriert sich in seiner Pupille, hoch schwebt seine Waffe, Tochter der Nacht, über dem schwarzen Helm, und fiebrig schießt sie zu Boden. Der Mann schreit nicht einmal auf, und sein Blut überströmt den geplünderten Leib derjenigen, die ihn zu einer letzten Umarmung empfangen hat.

Der Mann mit dem Schwarzen Linkarm wünschte sich fast, ein Blitz möchte ihn treffen oder eine aus dem Nichts auftauchende Hand ihn erwürgen. Einen Herzschlag lang möchte er Gottes unaussprechlichen Blick verwirren; aber nur der Regen trommelt auf seinen Helm, und nichts geschieht. Er ist müde. Er verläßt die Leichengruben und geht zu Adhémars Zelt zurück. Dem Prälaten ist kalt, er hustet. In Ziegenfelle eingehüllt, versucht er, sich an einem Feuer aufzuwärmen, das mehr Rauch als Flammen ist. Richard setzt sich ihm gegenüber.

Sie messen sich gegenseitig mit den Blicken, der päpstliche Legat und der Ritter der Finsternis. Eine Ewigkeit vergeht, dann fragt Adhémar:

»Wo bist du gewesen?«

Der Mann mit dem Schwarzen Linkarm lächelt merkwürdig und streicht sich über die nassen Zöpfe, dann legt er seine feuchte Hand auf ein rotglühendes Scheit. Seine Hand knistert ein bißchen, dann zieht er sie zurück und hält sie dem Bischof hin.

»Ich bin in den Leichengruben beten gegangen.«

Adhémar schaudert es. Er greift sich an den eisernen Ring, der seine langen, weißen Haare zusammenhält. Er fühlt sich alt, müde. Er mag nicht mehr kämpfen. Er will Richards Seele nicht mehr retten. Jahrelang hat er sich darum bemüht, jahrelang hat er gegen Kräfte anzugehen versucht, die stärker waren als er, jahrelang hat er gebetet, die Augen dieses Mannes möchten von einem wahren Licht erleuchtet werden und nicht von den Flammen der Hölle. Er hat ihn dazu veranlaßt, das Kreuz zu nehmen, zur Vergebung der Sünden. »*O quam mirabilia, sunt opera* Dei – Des Herren Werke sind überraschend und wunderbar«, pflegte er ihm zu sagen. Und der Mann mit dem Schwarzen Linkarm antwortete darauf: »Es werde Licht!« Adhémar verstand den verborgenen Sinn dieser Antwort. Auch er kannte das gnostische Evangelium.

Der Mann mit dem Schwarzen Linkarm liebt die Freiheit über alles, das weiß Adhémar. »Er will die Intelligenz«, sagt er sich, »und schließt sich den Kräften der Finsternis an. Ich kann nichts mehr für ihn.« In diesem Augenblick blickt Richard mit seinen unheimlichen Augen auf und errät des Bischofs Gedanken. Er bricht in ein heiseres Lachen aus:

»Ja, ich bin frei.«

»Aber um welchen Preis?«

»Um den, euch für das Unmögliche, das Unerschaffene leiden zu sehen, für ein himmlisches Jerusalem, das ihr doch nie zu Gesicht bekommt!«

»Wir werden das Heilige Grab befreien.«

Richard rückt ganz nah an Adhémar heran und wirft ihm seine Worte entgegen wie Flammen:

»SIE werden Jerusalem befreien. Du selber wirst zu diesem Zeitpunkt nichts weiter mehr sein als ein moderndes Gerippe. Der syrische Sommer wird dir zum Verhängnis werden. Und dann machen sie ohne dich weiter. Stürzen sich ohne dich in ihre Massaker; und ich mit ihnen, schrecklicher als sie, ich treibe sie noch in die Sünde hinein. Und in der Heiligen Stadt lodern die Brände, und mit dem Schrei ›Tod den Ungläubigen‹ richtet man unter Unschuldigen ein gewaltiges Blutbad an ...«

Adhémar ist entsetzt; er weiß, Richards Visionen haben ihn nie getäuscht. So wird er diese Welt also bald verlassen.

»Wann sterbe ich?« stammelt er.

»Dieses Jahr, am 1. August.«

Auf diesen Urteilsspruch hin verläßt Richard das Zelt und überläßt den Prälaten seinen Gedanken. Etwas weiter drüben zieht ein Trupp Männer dem Orontes entlang. Er erkennt Guigo von Signes an seinem Schild mit den Olivenbaumblättern. Sie sind auf dem Weg ins Landesinnere, um Lebensmittel zu beschaffen.

Unwillkürlich spricht er ein Gebet zum Schutz des jungen Ritters aus Signes.

Sie haben sich die Dunkelheit vor der Frühmesse zunutze gemacht und sind aufgebrochen: hundert Reiter und vierhundert Mann Fußvolk, um die kräftigen Lastpferde herum geschart, welche die leeren Wagen ziehen. Guigo kann das Gespenst nicht verjagen, das in ihm umgeht: Der Mann mit dem Schwarzen Linkarm hat ihn einmal mehr mit seinem Blick verfolgt, als sie das Lager verließen. Er möchte wissen, was das bedeutet, was er bei seinem Anblick empfindet. Gewiß ist da Angst, aber das ist nicht alles. Da ist auch dieser Eindruck des Déjà-vu; es ist, als kennte er ihn schon lange. Auf einmal schiebt sich Bérengères Bild über dasjenige Richards. Und er begreift: Es gibt zwischen diesen beiden Menschen eine gewisse Ähnlichkeit. Da lächelt er und schimpft sich einen Dummkopf: Die schönste Frau der Provence kann mit diesem gräßlichen Schwarzen Linkarm gar nichts gemeinsam haben. Er gibt Pharamond die Sporen und sticht in die eisige Nacht hinein. Der Regen plärrt auf seinem Schild und drangsaliert den Weg, den er auswäscht, die Wagen versinken bis zu den Achsen, und immer wieder hilft er den Soldaten, sie aus dem Morast zu befreien. Die Provenzalen, mit zwei Lanzenträgerformationen zu je acht Mann sowie fünfzig Mann Fußvolk, bilden die Spitze des Zugs. Das Kommando führt Wilhelm-Hugo von Beaux. Die Nachhut, unter dem Oberbefehl von Hugo von Chaumont und Aimeri von Curron, stellen die Franzosen: eine Lanzenträgerformation und dreißig Bogenschützen. Der Rest, das Gros der Truppen, Lothringer und Deutsche, befindet sich in der Mitte, und mit ihnen reitet auch der Chef der Expedition: Dudo von Konz-Saarbrücken.

Dudo befiehlt der Truppe, anzuhalten. Er will abwarten, bis sein armenischer Führer aus dem Tal zurückkommt, das sie sich zu plündern anschicken. Endlich taucht er auf, und Dudo gibt das Zeichen zu einem lautlosen Weitermarsch. Die Schar verläßt das rauhe Dornengestrüpp, und um jeder Überraschung begegnen zu können, halten die Bogenschützen einen ihrer Pfeile schußbereit auf der gefetteten Sehne.

Es hört zu regnen auf. Die Reihen der Krieger tauchen im Astwerk unter und schlagen sich durch Stechpalmengewächs und glitzerndes Dickicht querfeldein. Guigo und Ancelin haben sich einem Wachtmeister angeschlossen. Bonifaz von Ollioules, der seinen byzantinischen Dreizack aus den Büschen aufragen läßt; eine schreckliche Waffe, an der sich eine Schlange hochringelt, auf der geschrieben steht: *Ubi conditus antro Martius angius erat* (Da, in der Verborgenheit der Höhle, war die Schlange des Mars).

Ein Rascheln, ein Kriechen, ein Huschen in geschmeidigen Sprüngen – die Wölfe nähern sich dem Dorf, auf das nun der Schimmer des Mondes fällt, dessen verschlagenes Profil zwischen den Wolken erscheint.

Die Provenzalen haben den Auftrag, die kleine aleppische Garnison unschädlich zu machen, die das Tal abriegelt. Bonifaz zählt dreißig Pferde innerhalb der Umzäunung. Er winkt Wilhelm-Hugo von Beaux und Guigo zu sich und zeigt auf die Tür des Gebäudes, in dem die Seldschuken schlafen müssen. Da stehen zwei Wachen auf ihre Waffen gestützt und schwatzen miteinander.

Mit ein paar Gebärden macht Wilhelm deutlich, daß er sie mit Guigos Hilfe beseitigen will. Und sie verschwinden Richtung Einfriedung. Schneller als zwei Schafe gestochen, sind von einem Ohr zum andern die Kehlen durchtrennt und Wilhelm und Guigo zu beiden Seiten des Eingangs versteckt.

In diesem Augenblick ertönt ein gewaltiges Geschrei. Dudo von Konz-Saarbrücken läßt seine Truppen Sturm laufen. Guigo stürzt aus seinem Versteck hervor. Zwei Kolosse werfen sich auf die Tür und brechen sie auf. Wilhelm brüllt, und die Kreuzfahrer dringen in den Schlafsaal ein. Haßerfüllte Schreie kommen aus ihren Kehlen. Die Flinksten sind mit einem Satz auf den Lagern und nageln die Seldschuken darauf fest, die völlig verblüfft nicht einmal zu einer Geste der Verteidigung ansetzen. Da und dort spritzt Blut, Gelenke knacken, Knochen brechen. Und als der letzte Muselmane tot zusammenbricht, ziehen die Christen sich ungeordnet zurück, sie sind glücklich, denn nur wenige von ihnen haben in diesem Blutbad den Tod gefunden.

Guigo hört Schreien: Die Dorfbewohner müssen den

Schrecken des Krieges über sich ergehen lassen. Lautes Hufgetrappel nähert sich: Das ist Hugo von Chaumont, der mit den Franzosen die Pferde anführt, die sich bis jetzt im Hintergrund gehalten haben. Aus einigen Häusern lohen die Flammen hoch. Wilhelm flucht:

»Herrgottnochmal! Diese Narren. Das Feuer wird in einem Umkreis von zehn Meilen zu sehen sein!«

»Schnell! Fliehen wir!« schreit Gilbert aus dem Castelet.

Kopflos rennen die Männer zu den Pferden. Dudos Soldaten denken nicht mehr daran, die Leichen zu plündern oder die Lebenden festzubinden; mit Windeseile setzen sie sich ab.

Guigo springt in den Sattel, er will eben losgaloppieren, da schreit er:

»Ancelin!«

Sein Knappe ist verschwunden. Sein Pferd steht verlassen da. Sogleich dringt Guigo, gefolgt von Bonifaz, nochmals in den Schlafsaal ein und beginnt zu suchen. Er dreht die leblosen Körper um, hebt Köpfe hoch. Und auf einmal entdeckt er ihn. Der Knappe, halb unter der Leiche eines türkischen Offiziers verborgen, liegt auf dem Rücken, seine weitaufgerissenen, starren Augen haben nichts mehr von dem schalkhaften Glanz, der ihren Charme ausmachte, man hat ihm das linke Ohr abgetrennt, und sein Hals ist nichts mehr als eine rote, klaffende Wunde.

»Es ist zu Ende mit ihm«, sagt Bonifaz und legt Guigo die Hand auf die Schulter.

Aber Guigo kann es nicht glauben. Da, vor seinen Augen, liegt sein steter Gefährte, sein Jugendfreund. Mit ihm verliert er ein Stück dieser Provence, die er so liebt. Und die Zeit vergeht. Da schüttelt der Wachtmeister Guigo am Arm.

»Gnädiger Herr, bleiben wir nicht hier. Wir sind in Gefahr. Die Unseren sind bereits weg.«

Kaum hat er das letzte Wort gesagt, vernehmen sie das schwere Hämmern nahender Pferdehufe. Der Wachtmeister faßt seinen Dreizack fest in die Hand und springt zur Tür; Guigo zieht das Schwert und stürzt ihm nach. Aber weder der Dreizack noch das Schwert können neue Opfer finden: Kaum draußen, werden die beiden Provenzalen auch schon niedergeschlagen.

Der Schmerz preßt ihm noch den Kopf zusammen. Er hört wieder das Blut in seinen Adern pulsieren. Guigo rutscht über schmierige Felle, er zittert wie ein Baum in stürmischem Nordwind. Seine Glieder sind eiskalt erstarrt, nur sein Herz klopft schwer, eine Art rollendes Gerinnsel mischt sich in Knackgeräusche, in den Wind, der böig heult.

»Wo bin ich?« stammelt er.

Ein eisiger Lufthauch macht ihn noch etwas wacher. Eine Ahnung von Grasgerüchen steigt ihm in die Nase, nasse Salzlake. Dann beginnen klarere Gedanken irgendwo aus seinem Gedächtnis zu rinnen: der Angriff auf das Dorf; Ancelins Leiche; der Schlag auf den Kopf ... Endlich blinzelt er und reißt die Augen auf. Zehn Zoll vor seinem Gesicht sieht er ein paar Beinkleider, darüber eine Wand. Da spürt er den Strick, der ihm die Handgelenke auf den Rücken fesselt. Er rollt sich um sich selbst und wirft einen Blick in die Runde. Eine kleine Lukarne, aus der ein spärliches Licht hereinfällt, gekalkte Mauern, ein dicker Balken, der sich in der Düsternis verliert, eine grobgezimmerte Tür und ... Bonifaz, der schnarcht. Über des Wachtmeisters Stirn zieht sich eine trockene Blutspur zum Kinn hinunter und verschwindet unter dem Lederzeug.

»He! Bonifaz! He! Beim Schwanz des Teufels, wach auf!«

»Wie . . . was . . . was ist?«

»Wir sind Gefangene der . . .«

Er kann seinen Satz nicht beenden. Wild wird die Tür aufgestoßen. Vier Türken stürzen sich auf sie, reißen sie hoch und schleppen sie hinaus. Man trägt sie bis zu einer Erdaufschüttung.

»Da sind die beiden Ungläubigen, Arkmad«, sagt einer der Türken. Ein lächelnder Fettberg bewegt sich auf die Provenzalen zu. Die Specksäulen, die ihm als Beine dienen, schieben sich langsam eine vor die andere; bei jedem Schritt zittert die glänzende Fülle seines Gesichts. Keuchend und spuckend schiebt dieses Ding, das ein Mensch sein muß, seinen Bauch voran, den ein leuchtendrotes Satingewand bedeckt. Am höchsten Punkt dieser Rundheit hängen die fünf glänzenden Spitzen eines schwarzen Bartes herunter. Jetzt steht dieser Dickhäuter im Rohentwurf still und wirft einen Blick über seine vorragende Lebensfülle hinaus. Eine zarte, verweiblichte Stimme kommt über die fleischigen Lippen:

»Das also sind zwei dieser barbarischen Dämonen. Bei Allah! So schrecklich sehen sie nicht aus.«

Die beiden Gefangenen haben nichts verstanden. Allein die offensichtlich spöttische Haltung der Figur fordert sie zum Reden heraus, und sie machen sich mit Unflätigkeiten Luft.

»Ich verstehe Latein und noch manch andere Sprache«, flötet Arkmad. »Das nützte mir schon . . .« Er schaut zum Himmel hinauf, als wollte er seine Erinnerungen herbeiordern, »ich habe meinen Meister lange mit Sklaven versorgt, ich ging sie bis nach Tunis holen.«

Unvermittelt versetzt er dem jungen Mann vor sich einen Fußtritt in den Bauch. Der Schlag ist nicht heftig, aber der Druck von dreihundert Pfund reicht aus, um den Ritter aus dem Gleichgewicht zu bringen. Ringsum lachen sie alle aus vollem Hals. Einer nützt die Gelegenheit, um dem Daliegenden aufs Gesicht zu spucken. Etwas Schlimmeres gibt es für Bonifaz nicht. Ein solcher Schmutzfleck auf einem christlichen Ritter darf nicht ungestraft bleiben. Er springt auf und läßt sich nach vorn fallen. Eine Tracht Prügel mit der flachen Klinge der Krummschwerter zwingt ihn wieder zu Boden. Die Stimme des Eunuchen tönt schriller denn je:

»Diese Hundesöhne sind gefährlicher, als ich dachte. Zuletzt glaube ich doch noch, was die bithynischen Boten erzählten.«

Er setzt Guigo seinen Fuß auf die Brust. Dann dreht er ihn auf der Ferse um die Achse und drückt nach Kräften zu. Er möchte die Rippen auseinanderkeilen, die Knochen brechen hören. Die Türken feuern ihr Oberhaupt an und klatschen in die Hände. Und der fette Eunuche stampft wie ein Schiff, sein Bauch schwenkt von rechts nach links, aber Guigo zuckt nicht mit der Wimper, mit einem spöttischen Lächeln erträgt er die Last.

»Das Lächeln wird dir vergehen, wenn ich dich erst einmal in den Wanst eines krepierten Pferdes eingenäht habe. Ach! Diese Art von Raffinesse scheint dir nicht bekannt zu sein«, sagt Arkmad und sieht aus, als schätzte er bereits ab, wie lange der künftige Todeskampf des Ritters wohl dauern werde. »Sei beruhigt, du wirst Gelegenheit haben, die Gesellschaft der Würmer schätzenzulernen, während sie dich ganz langsam verzehren. Und was deinen Freund betrifft, so wirst du gleich sehen, was ich ihm vorbehalten habe. Gläwan! Zeig uns, was du kannst.«

Ein kleiner Mann mit weichlichem Gesicht und Schlitzaugen kauert bei Bonifaz nieder.

Der Mann aus Ollioules schaut ihm beunruhigt entgegen. Der Muselmane lächelt ihm zu, wobei zwei schöne Reihen schwarzer Zahnstummel zum Vorschein kommen. Er fährt sich mit der von Aphten belegten Zunge über die Lippen und zieht andächtig ein kleines Etui aus der Innenseite seines Gürtels heraus. Ein kleines Etui aus Rosenholz, das er behutsam aufmacht, um schließlich eine feine, kurze, spitze Klinge daraus hervorzuholen.

Ein nervöser Tick durchzuckt Bonifaz' Wange; er runzelt die Stirn, der Schweiß beginnt darauf zu perlen. Drei Männer drücken ihn energisch zu Boden.

Der kleine Türke schnürt das Lederzeug des Wachtmeisters auf und zerschneidet geschickt sein Hemd aus dickem braunem Tuch. Ein Lächeln fliegt über sein schmales, pokkennarbiges Gesicht und erlischt sogleich wieder. Am meisten Angst flößen indessen seine Augen ein, glasige, feuchte, fast sanfte Augen, Augen eines kranken Kindes.

Alle starren auf den fröstelnden Oberkörper. Bonifaz ist totenbleich. Er zittert. Die spitze Klinge ist ihm eben unter die Haut gedrungen, nicht tiefer, und zeichnet einen roten Strich darauf ein. Künstlerhandwerk.

Der Folterknecht kommt nicht dazu, die Haut umzustülpen und wegzuziehen. Er hält unvermittelt inne und bricht über dem Wachtmeister zusammen. Ein Pfeil steckt ihm in einem Auge. Zwei andere Pfeile treffen den dicken Arkmad, der erste verschwindet bis zur Fiederung in seinem Bauch, der andere dringt ihm durch die Wade, blutrot, mit Fleischfetzen behangen tritt der Widerhaken auf der andern Seite wieder aus.

Jetzt erscheint Gilbert aus dem Castelet hinter seinem weißen, mit Eidechsenköpfen bemalten Schild und schwingt sein Schwert. Etwa dreißig tapfere Getreue begleiten ihn. Alle stürzen auf die Gefangenen zu. Für den fetten Türken setzt es im Vorbeigehen einen Axthieb ab. Zwei seiner Männer, die dem in die Schulter Getroffenen zu Hilfe eilen, werden von Wurfspießen durchbohrt. Ein anderer platzt unter den Hufen der Pferde.

Gilbert schneidet den beiden Gefangenen die Fesseln durch.

»Danke«, sagt Guigo zu ihm. »Ich schulde dir das Leben.«

»Du schuldest mir gar nichts. Ich hatte deinem Vater versprochen, über dich und deinen Bruder zu wachen. Ein Wort ist heilig, man verpflichtet sich auf seine Ehre.«

Guigo und Bonifaz holen ihre Waffen und schwingen sich auf ihre Pferde. Dann kommt der Ritter nochmals zu Arkmad zurück, der sich stöhnend am Boden wälzt. Mit einer bösartigen Lust sticht er ihm ein Auge aus, bevor er ihm die Halsschlagader durchschneidet.

Sie galoppieren westwärts, dem Fluß mit den schlammigen Fluten entgegen. Man könnte sie für Gespenster halten, so durchscheinend winzig sehen sie jedenfalls aus. Gespenster, die auf schäumenden Pferden fliehen. Mitten in dieser Reiterschar verspricht ein Wachtmeister seinen Schutzheiligen Opfergaben, und ein Ritter denkt an seinen Knappen zurück. Es regnet wieder. Sie galoppieren. Die Erinnerungen verblassen schon, bereits schwelen künftige Leidenschaften in ihnen.

2. Kapitel

Die Felena (Das Patenkind)

In Bernhards großen Händen erscheint Huldera noch kleiner. Vierzehn Tage ist es her, daß sie ihren ersten Schrei ausgestoßen hat. Vierzehn Tage, daß diese Perle in den Kreislauf des Lebens eingetreten ist. Bernhard läßt sie hoch über seinem Kopf schweben und versucht, sie mit ein paar Grimassen zum Lächeln zu bringen. Wie alle Menschen seiner Zeit weiß er indessen nicht, daß das Neugeborene ihn nicht sieht. Huldera beginnt zu weinen; und Bernhard, ganz verlegen, gedemütigt sicherlich, sucht mit flatternden Wimpern Hilfe. Aber sein Blick trifft nur auf das herbe Gesicht seiner Ehefrau und ihre vorwurfsvollen Augen.

»Eine mehr, die du zum Weinen bringst. Deine Mätressen, die Mägde, deine Töchter und ich selbst sind dir also noch nicht genug? Du hast sie zu hart angefaßt und ihr angst gemacht mit deinen Grimassen. Das hatte es wirklich nicht nötig, das arme Ding: Du bist schon häßlich genug, brauchst dich nicht zusätzlich zu bemühen. Warum bloß hast du nicht am Kreuzzug teilgenommen, ach? Na mach schon, gib sie mir. Blas ihr nicht deine Weindünste auf das zarte Gesichtchen, so unschuldig, so zerbrechlich wie sie ist. Ja, mein guter Herr, das ist etwas Zartes. Kostbares. Das ist kein Bettelweib aus dem Bordell, kein Schwert, auch nicht ein Schlachtroß.«

Mit herablassender Miene entreißt ihm Johanna das

Kleine und kehrt ihm den Rücken, während er noch ganz verdattert neben der Wiege kniet.

»Mein Liebling, mein Vögelchen, weine nicht mehr, jetzt hat dich Großmutter im Arm. Der Böse ist weg. Ich habe ihn weggejagt.«

Huldera schreit nur noch lauter. Johanna läuft knallrot an. Gewiß grinst jetzt das dicke Schwein hinter ihr. Unter Bérengères belustigtem Blick versucht sie das Kleine zu wiegen, zu trösten, verspricht ihm goldene Berge, fleht die Jungfrau Maria und die Heiligen um Hilfe an. Schließlich gibt sie es auf und streckt das Kind wieder seiner Mutter hin. Bérengère schnürt das Oberteil ihres Kleides auf und reicht dem gierigen Mündchen die Brust. Sogleich verstummt das Geschrei. Huldera trinkt, eine Träne glitzert noch auf ihrer rosigen Wange. Überwältigt schauen die Großeltern zu. Huldera ist so allerliebst in dem weißen Taufkleidchen, der Gabe Johannas, daß diese ihre Bewunderung nicht verhehlen kann:

»Das ist ein Geschenk des Himmels. Ich habe noch nie ein so schönes Kind gesehen. Ach, wenn bloß mein Guigo da wäre!«

»Alles in allem«, brummt Bernhard, »hättest du am liebsten, wenn ich an seiner Stelle wäre: der Alte in Jerusalem, der Junge bei dir . . .«

»Da machte ich einen guten Tausch . . . und Bérengère und Huldera einen noch besseren. So wäre jemand da, sie zu beschützen. Ein Mann, der für seine Familie sein Leben aufs Spiel setzen würde, ohne zu zögern! Bérengère, warum kommst du mit Huldera und Aimerude nicht nach Signes? Da wärt ihr in Sicherheit!«

»Ja, Johanna hat recht«, pflichtet Bernhard bei. »Die Teutonen treiben sich immer noch zwischen Aix und Gap herum. Sie können jederzeit einen Ausfall zum Meer hinunter machen und alles niederbrennen, was ihnen in die Quere kommt. Sie greifen nur die schwachen Stellen an, und Méounes . . .«

»Ich weiß«, antwortet Bérengère kalt, »Méounes hat nur ein Skelett von einer Garnison, ein halbverfallenes Schloß und zweihundert Bewohner, die sich beim leisesten Eulenschrei verkriechen. Aber ich bin die Schloßherrin dieses Fleckens, ich werde sie niemals verlassen.«

Bernhard bewegt seinen Doggenkopf hin und her. Er weiß, daß er sich dem Willen seiner Schwiegertochter nicht entgegenstellen kann, sie ist die Herrin ihres Lehens. Aber er unternimmt doch noch einen Versuch:

»Übergib uns das Kind, bis die Teutonen wieder nach Deutschland oder Italien zurückgekehrt sind.«

»Niemals! Wenn ihr um ihr Leben fürchtet, so bietet doch zusammen mit dem Herrn von Tarascon, dem von Aubagne und dem Erzbischof von Marseille ein paar Truppen auf und jagt diese elenden Gesellen aus dem Land. Aber ihr kapselt euch lieber auf euren Ländereien ab und seht zu, wie der Nachbar sich schlägt, während ihr die Heiligen anfleht, der Feind möge eure Herden, eure Ernten und eure Untertanen verschonen.«

»Ich hoffe, du wirst deinen Entschluß nicht bereuen«, seufzt Bernhard.

Aimerudes blonder Schopf erscheint zwischen den Wandteppichen. Sie schenkt Bernhard ein strahlendes Lächeln und sagt:

»Gnädiger Herr, man schickt mich, euch zur Zeremonie zu holen.«

Mit schweren Schritten geht Bernhard zu Bérengère hinüber, beugt sich über Huldera und sagt so sanft, wie ihm das möglich ist:

»Nun denn, kleines Jüngferchen, hast du deine Milch fertig getrunken? Es ist Zeit, dich zur Taufe zu bringen, bevor dein Leib den Dämonen zum Opfer fällt.«

Sie gehen in den Waffensaal, wo die Taufe stattfinden soll, denn vor dem ersten Kirchgang der Wöchnerin darf das Kind das Haus nicht verlassen. Und bis zum ersten Kirchgang dauert es noch eine ganze Weile. Dann wird Bérengère mit einer Weihekerze von Mariä Lichtmeß in der Kirche Gott danken gehen. An welchem Tag das geschehen soll, bestimmt Pater Daniel, aber es wird weder ein Freitag noch der dreizehnte eines Monats sein.

Im Geviert des großen, rauchigen Saals erwarten sie am Ende des mit köstlichen Gerichten beladenen Tisches neben Johannas Töchtern und einigen Rittern aus Signes und Méounes die drei Gevatter Daniel, Bostruc und Honorine. Letztere hält ein Fläschchen mit Weihwasser in der Hand, das sie vorsorglich hat aufwärmen lassen. Bérengère trägt Huldera zum Tisch und legt sie zwischen drei weißen, kugelrunden Broten, drei leeren Humpen und drei Weinkrügen nieder – so will es die Überlieferung. Und jetzt schreitet Pater Daniel zur Taufe und tröpfelt dem Kind das Weihwasser auf den Kopf. Dann ruft Bernhard: »Lang lebe Huldera!« und küßt sein Patenkind. Er ist Pate, Großvater und Beschützer des Kindes, solange Guigo abwesend ist, und muß dem Dorf den Kinderzehnten bezahlen, damit der Neuankömmling in die Gemeinschaft aufgenommen wird.

Nachdem das Brot gebrochen ist, strecken die knotigen Hände sich den Leckerbissen entgegen. Die Weinkrüge leeren sich, nach und nach kommt Gelächter auf. Aber Bérengère schielt aus dem Augenwinkel immer wieder zu der einzigen Person hinüber, die nicht an dem Fest teilnimmt: Bostruc. Der Hexer begnügt sich damit, da und dort ein Brotränftchen oder ein Stückchen Fleisch aufzulesen, die den kauenden Kinnbacken seiner Tischgenossen entwischen, und den vollen Humpen, der ihm vor der Nase steht, rührt er nicht an. Er scheint besorgt zu sein, tiefe Furchen ziehen sich über seine schmutzige Stirn, er vermeidet es, seinen Blick über den Horizont seiner Arme hinaus schweifen zu lassen. »Er verheimlicht etwas«, sagt sich Bérengère. Sie vertraut Huldera Aimerude an, huscht zu Bostruc hinüber und berührt ihn an der Schulter.

Bostruc fährt auf.

»Was willst du von mir?« wirft er ihr sichtlich ungehalten entgegen.

»Ich habe dich seit Beginn der Mahlzeit beobachtet . . .«

»Na und?«

»Du erweist meinem Wein durchaus keine Ehre.«

»Ich hab keinen Durst.«

»Ach, komm schon, Hexer. Laß mich wissen, was du wirklich denkst. Du weißt, auch ich betreibe die Kunst.«

»Dann müßtest du wissen . . .«

»Was wissen?« wundert sie sich.

»Daß das große Unglück vor der Tür steht. Laß mich, mehr kann ich dir nicht sagen.«

Überstürzt verläßt Bostruc den Tisch. Bérengère kann ihn nicht zurückhalten. Sie schaut ihm nach, wie er eilig verschwindet, alle Glöckchen, die an seinen Gliedern und auf den Wolfsfellen hängen, bimmeln hellauf, was die halb betrunkene Tischgesellschaft mit großem Gelächter quittiert. Aus Bérengères Wangen ist alle Farbe gewichen. Ihr Blick trifft auf denjenigen ihrer Kusine. Eine unsichtbare Verbindung stellt sich zwischen ihnen her, und beider Augen schlagen sich in derselben Bestürzung nieder.

Später, als Frauen und Männer schnarchend zusammengesunken sind und der fahle Mond hoch am Himmel steht, treffen die beiden Kusinen sich auf dem Wehrgang wieder. Es herrscht eine solche Stille, daß sie nicht zu reden wagen. Es ist, als könnten die Elemente beim leisesten Wort außer Rand und Band geraten. Bérengère geht die Prophezeiung des Hexers nicht aus dem Sinn, sie versucht nicht einmal mehr, die Gedanken daran zu verscheuchen. Die Stille ist derart unerträglich, daß Aimerude vor Beklemmung keucht. Da bricht Bérengère die Spannung und sagt ruhig:

»Es geht schon alles gut, was Bostruc auch sagen mag. Komm ganz nah zu mir, Mädelchen.«

Und Aimerude sinkt ihrer Beschützerin in die Arme. Die Stunden vergehen. Der Mond zieht seine Bahn. Die Hügel bekommen weiße Rücken. Der Hahn kräht. Der Leibeigene verläßt seine Hütte. Die Krähen und die Rebhühner fliegen wieder. Mit dem aufkommenden Tag verschwindet die Angst. Sie lächeln sich zu, und im blauen Schatten ihrer Augen schimmert endlich Hoffnung auf. Nichts ist geschehen. Nichts wird geschehen. Bostruc hat sich getäuscht. Es beginnt nichts anderes als ein schöner Frühlingstag.

»Laß uns Blumen pflücken gehen«, sagt Bérengère und lacht.

»Herrin, deine Tochter hat Hunger . . .«

Agnes, die Magd, schaut sie so voller Verwunderung an, daß sie nicht an sich halten können und losprusten.

»Meine Tochter will nicht, daß ich den heraufkommenden Morgen genieße. Siehst du, Aimerude, sie hat schon mehr Macht als die Sonne.«

Der Magd verschlägt es die Sprache. Noch nie hat sie eine so leichtfertige Mutter gesehen. Bérengère nimmt sie um die Taille, dreht sich zwei, drei Mal mit ihr im Kreis und lacht:

»Großer Tropf, der du bist, ich vergesse sie nicht, meine Tochter. Sie wird mehr bekommen, als sie braucht. Meine Brust ist voll. Meine Milch wird nicht sauer. Der Frühling ist da. Ich bin glücklich. Geh, Agnes, steh nicht da wie angewurzelt, geh, mach uns warmen Honigwein bereit und Speck und Weißbrot . . . alles, was du willst.«

Bernhard, noch schlaftrunken, steht wankend bei der Wiege.

»Soso, ist niemand da, sich um meine Felena zu kümmern«, schimpft er mit seiner belegten Stimme. »Wo ist diese unwürdige Mutter, die vor dem ersten Kirchgang das Haus verläßt?«

»Da bin ich, mein sanftmütiger Herr.«

Im Tonfall liegt eisiger Spott. Bérengère hat nicht die Absicht, ihren Schwiegervater zu schonen. Sie verabscheut die grobschlächtigen Männer, die weinseligen Rüpel. Sie hat Guigo gewählt, weil er anders war als die andern. Auf die Schwiegereltern und den Rest der Familie dehnt sich ihre Liebe nicht aus.

Bernhard streckt ihr seinen Zeigefinger entgegen, wie möchte er sie doch mit Schimpfreden und Drohungen überschütten, aber ach, er kann nur immer wieder sagen:

»Du . . . du . . . du . . . du . . .«

»Hinaus mit dir!« befiehlt sie. »Zurück in die Suhle, du und deinesgleichen.«

Gebändigt weicht der Herr von Signes bis zu den Wandteppichen zurück und schleudert ihr entgegen:

»Du wirst mich nicht hindern können, sie zusehen! Ich bin Pate und Großvater. Ich komme alle zwei Tage her.«

»Sehr gut, sehr gut! So halten die Teutonen sich wenigstens von meinem Lehen fern!«

Endlich kann sie sich um Huldera kümmern. Die Kleine ist ganz naß von Tränen. Die Familienstreitigkeiten gehen sie nichts an, sie will ihre Milch, sonst nichts.

3. Kapitel

Roxane

Richard kommt vom Schwarzen Berg zurück. Dort oben lebt eine Gemeinschaft von Mönchen, von Weisen. Dort oben sagt ein Stein in einer alten Sprache, daß alles Unglück der Welt auf der nördlichen Seite des Himmels geschrieben steht, im Norden, wo das Tier darauf wartet, daß seine Stunde schlägt. Und der Greis mit den bleiernen Augen hat ihm gezeigt, in welchem Winkel des Himmels es lauert, das siegessichere Tier. Da ist er vor dem Siebengestirn auf die Knie gefallen, um sich an dem unheilbringenden Stern zu laben.

Primost wiehert. Der widerliche Geruch Antiochias ist ihm in die Nüstern gestiegen. Die Christen krepieren zu Hunderten. Sie haben Hunger, gleichen einer ausgehungerten Ziegenherde. Der Mann mit dem Schwarzen Linkarm durchquert den muselmanischen Friedhof und begegnet einheimischen Christen, die eben Weizen weiterverkauft haben, sehr teuer, zehnmal mehr, als was man in Byzanz dafür bezahlt.

Richard blickt sie mit seinen schrecklichen Augen abschätzend an. Und die Syrer ergreifen die Flucht und bekreuzigen sich nach dem Ritual der griechischen Kirche, überzeugt, hier einen Dämon vor sich zu haben.

»Schau, wie sie zittern«, sagt Richard zu Primost.

Er vergißt diese armen Teufel, die sich heute mit ihren Wucherpreisen auf Kosten der Franken bereichern und morgen schon ihre Opfer sind.

»Los, Primost!«

Das schwarze Streitroß betritt das Kreuzfahrerlager. Es hat sich einiges verändert, seit er weggeritten ist. Richard bemerkt eine gewisse »Ordnung«. Ein Geistlicher klärt ihn darüber auf, daß die fränkischen Anführer Disziplinarmaßnahmen ergriffen haben. So ist zum Beispiel angeordnet worden, daß »alle liederlichen Frauenzimmer aus dem Heer ausgeschlossen werden sollen. Daß jedes beim Geschlechtsverkehr ertappte Paar mit dem Tode bestraft werden soll. Daß Trinkgelage und Würfelspiele fortan verboten sind.« All das entlockt Richard nur ein verächtliches Lächeln. Der Einfluß der Prälaten ist unverkennbar. Er stößt einen betenden Mönch um.

»Der Teufel soll dich holen!« schreit dieser ihm nach.

Aber Richard reitet weiter, ohne ihn noch eines Blikkes zu würdigen, ein langanhaltendes Gelächter ist seine einzige Antwort. Primost bahnt sich seinen Weg durch die barfüßigen, struppigen, schmutzigen, von Flöhen und Pickeln bedeckten Pilger hindurch.

»Schau, mein Primost. Schau, diese Menschen. Schau, die Soldaten Christi. Sie waten in ihrem eigenen Dreck. Sie treten Sterbende mit Füßen. Sie ernähren sich zu einem Teil von Brot und zu vier Teilen von Ungeziefer und daneben von einer Menge Gebeten. Aber jedermann weiß hier ganz genau, daß, wer Gold besitzt, sich sehr wohl den Bauch vollschlagen kann.«

Und er wirft zwei Solidus in den Dreck. Der Ansturm! Mit vorgereckten Krallen wirft die Meute sich aufs Gold. Der Mann mit dem Schwarzen Linkarm stützt sich auf Primosts Hals und schaut und hört diesen Hoffnungslosen, die sich da gegenseitig zerfleischen, eine ganze Weile zu. Einem Kind gelingt es, sich zwischen den Gliedern, den Rümpfen und Köpfen hindurchzuschlängeln, dann rennt es zu dem Sammelsurium der Zelte und Hütten hinüber. In seinen Patschhänden hält es ein Goldstück. Ein Behinderter, der sich im Brackwasser zusammengekauert hatte, schlägt ihm mit seiner Krücke an die Stirn. Der Kleine verwirft die Arme und bricht zusammen. Und der Solidus verschwindet im Quersack des Krüppels. Nicht lange. Richards Axt trennt ihm das zweite Bein vom Rumpf. Der Mann mit dem Schwarzen Linkarm holt sein Geldstück wieder hervor und streckt es dem Kind entgegen, das ihn ängstlich anblickt.

»Hab keine Angst! Ich gebe es dir, wenn du auf das Kreuz spuckst, das ich auf der Schulter trage.«

Das Kind weicht erschreckt zurück. Richard lockt:

»Denk an das, was du verlierst. Du wirst deine Familie eine ganze Woche lang ernähren können. Na, komm schon! Spuck aus!«

Das Kind gehorcht. Da stößt Richard es mit einem Fußtritt zurück, steckt den Solidus wieder in seinen Geldbeutel und beginnt zu brüllen:

»Hört auf, euch herumzubalgen. Bringt mir das zweite Geldstück her.«

Sogleich halten Männer, Frauen und Kinder mit ihrem Gerangel ein, und ein schlaksiger Kerl streckt Richard den Solidus entgegen.

»Wenn ihr hungrig seid«, schreit der Mann mit dem Schwarzen Linkarm, »so freßt meinetwegen die Hunde, die Katzen, die Ratten und Leichen auf. Los, Primost, vorwärts, lassen wir diese widerlichen Kreaturen!«

Und sie verschwinden Richtung Orontes.

Rate von Senergue löffelt sein Hammelhodengericht aus. Zwischen jedem Mundvoll schnalzt er mit der Zunge und schleckt sich mit geschlossenen Augen den Mund.

»O du sanftes Geschöpf, du zarte Normannin, warum

bist du nicht da und schenkst mir zu trinken ein, warum tanzt du nicht mir allein zum Gefallen!«

Guigo und Bonifaz beobachten ihn verstohlen und lachen sich insgeheim krumm über das Mienenspiel, das der Toulouser zum besten gibt.

»O sanfte Roxane, o Maid mit goldenem Haar, warum bist du nicht da und laust mich und küßt meinen Mund, warum?«

»Ich hätte gern Bérengère solche Reden gehalten«, sagt Guigo zu ihm, »aber mit dem Lausen, scheint mir, gehst du zu weit.«

Rate gießt sich einen kräftigen Schluck Wein hintennach, rülpst geräuschvoll und antwortet in höchst herablassendem Ton:

»Das Lausen ist eine überaus feine Liebkosung, Mann aus Signes. In euren Bergen oben lebt ihr wie Klausner, ihr habt keine Ahnung, welche Wohltat die scharfen Fingernägel eines nackten Weibsbilds bedeuten, das euch den Kopf zwischen die Schenkel klemmt. Da läuft einem der Schauer zunächst den ganzen Rücken hinauf, dann . . .«

»Erspar uns die Einzelheiten. Erzähl lieber noch etwas über diese schöne Roxane, die du so beredt besingst.«

Rate macht sich die Stimme klar, indem er Zug auf Zug drei Humpen Wein hinunterleert, dann faltet er unter seinem dreifachen Kinn die Hände und haucht ekstatisch:

»Dieses köstliche Geschöpf ist vor ein paar Tagen auf einem normannischen Schiff hier eingetroffen und im Hafen von Sankt Simeon ausgestiegen. Seitdem wohnt sie im Zelt von La Ferté-Fresnel.«

»Ist das ihr Mann?«

»Nein! Ihr Vater. Aber was interessiert dich das? Du

hast deine Bérengère, die – so heißt es – eine der schönsten Frauen der Provence sein soll.«

Bérengère ist so sanft, so zart, so sehr Frau.

Guigo beißt sich auf die Lippen. Was sie wohl jetzt gerade tut? Er sieht sie vor sich in ihrem langen, roten Kleid, wie sie querfeldein läuft, ihr wehendes Haar zu beiden Seiten des bildschönen Gesichts, und er wird ganz schwach vor Sehnsucht. Bérengère läßt sich mit keiner anderen Frau vergleichen, davon ist er überzeugt. Er muß unter einem guten Stern geboren sein, daß sie ihn liebt. Wenn der Heilige Krieg einmal vorbei ist, wird er sie wiederfinden, wie er sie verlassen hat; die Winde werden ihre Haut nicht angegriffen, der Regen ihr Haar nicht matt gewaschen haben, und ihre Augen werden immer noch blitzen wie Edelsteine auf Reliquienschreinen. Bérengère ... Bérengère ... Ich kehre wieder zu dir zurück.

»Bei ihrem Vater wohnt sie«, fährt Rate fort, »dem hochnäsigen Freiherrn von La Ferté-Fresnel, der lauthals verkündet, daß der Kerl, der ihn dazu bringen könnte, ins Gras zu beißen, noch nicht geboren sei. Seine Tochter reitet zu Pferd und kann mit der Axt umgehen. Sie schleudert den Wurfspeer und den Dolch. Ihre Augen sind zwei harte, unheilschwangere Smaragde. Sie ist eine Raubkatze, es vergeht kein Tag, ohne daß sie bei der Palisade der abgehauenen Köpfe mit ihrem Bogen einen Türken erlegt. Sie ist die Unerreichbare, die Frau, von der wir alle träumen.«

»Eine Frau mit Soldatengebaren kann nicht begehrenswert sein«, erwidert Guigo.

»Deine Zweifel und deine Ungläubigkeit können mir nur Mitleid einflößen; denn leider Gottes übertrifft Roxane an Schönheit alles, was du dir vorstellen kannst. Die noblen Griechen von Byzanz sind nichts als ein schwacher Abglanz neben dieser Kriegerin. Und ich wage zu bezweifeln, daß deine Bérengère mit ihr rivalisieren kann. Wenn du mir nicht glaubst, kannst du dich ja mit eigenen Augen davon überzeugen.«

Guigo schweigt amüsiert. Er blinzelt Bonifaz zu und spöttelt:

»Gut, gut, ich werde mir diesen Schatz einmal ansehen. Aber wehe dir, wenn sie nicht hält, was du versprichst.«

Seit fünf Tagen begibt sich Guigo regelmäßig zur Palisade der abgehauenen Köpfe. Boemund hat hier etwa hundert türkische Gefangene aus der Garnison von Harim köpfen lassen. Da, vor dem Sankt-Paulus-Tor, das die Türken Bab-Bulus nennen, fliegen unablässig Schmähreden und Pfeile zwischen Christen und Muselmanen hin und her.

Antiochia ist nah, eine höhnische Herausforderung. Es braucht sehr viel Kühnheit, sich den Türken auf diese Weise auszusetzen. Guigo denkt nicht mehr an diese Roxane, sondern an den Ungläubigen im Seidenkaftan, dessen langer, schwarzer Bart manchmal zwischen den Zinnen sichtbar wird. Ein Offizier, der für den Sektor verantwortlich sein muß. Guigo kniet in der Nähe der Schießscharte und liegt wie ein Jäger auf der Lauer. Er wartet auf ihn. Der Regen hat ausgesetzt, vom Orontesufer steigt in schweren, milchigen Spiralen der Nebel auf. Auf der Straße nach Aleppo schlagen Elendsgestalten auf Gefangene ein, andere zerlegen gelbe Hunde, deren Fleisch sie auf der Stelle roh verschlingen. Bei Malregard drüben sind der Mann mit dem Schwarzen Linkarm und Gerhard von Roussillon unterwegs. Sie scheinen zum Berg Silpius hinaufreiten zu wollen. Hinter ihm peitschen sich einige Mönche starren Blickes aus. Eine eingebildete Feuersbrunst im Leib, die legendäre Sünde Adams im Kopf. Guigo wartet. Ein paar Türken gaukeln auf der Kurtine herum und schreien ihm zu: »Allah akbar!« Ein Pfeil bohrt sich haarscharf an ihm vorbei in den Morast. Plötzlich fährt er zusammen: der Offizier! Er hat ihn an seinem leuchtend gelbgrünen Gewand sofort erkannt.

Der Wind hat sich gelegt. Die Bänder an seinem Bogen hängen schlaff herunter. Er greift nach seinem besten Pfeil, faßt die lächerliche Silhouette des Seldschuken ins Auge, der zwischen den Zinnen auftaucht und wieder verschwindet, spannt die Sehne und beginnt zu zählen. Zwischen seinen zusammengekniffenen Augen fliegt ein heller Funke, die ganze Energie seiner selbst, auf Antiochia zu. Er läßt den Pfeil abschnellen und hält, in der Haltung einer Giftschlange erstarrt, den Atem an. Der Offizier plaudert von diesem und jenem, von Frauen, von Vollblütern, von den Rachat Lokums, die seine Sklaven für ihn bereitstellen, von Köstlichkeiten aller Art, oder vielleicht rezitiert er einfach ein paar Verse aus dem Koran. Der Pfeil schießt ihm quer durch die Kehle, er verwirft die Arme und bricht auf der Brüstung zusammen. Guigo entspannt sich und dankt dem heiligen Johannes, dem er dieses Opfer weiht.

»Prächtig! Ein großartiger Schuß, ich weiß, wovon ich rede.«

Guigo fährt herum. Wer spricht ihn da an? Verwundert entdeckt er eine Frau, die wie ein Bogenschütze aufgemacht ist und sich nachlässig ihren blonden Zopf auf die eisen- und ledergepanzerte Brust hervorholt. Ihre grünen Augen, zwei Smaragdsplitter, sprühen vor Spottlust; ihr voller Mund ist wie eine Einladung zum Küssen, trotz des Kinns, das so energisch wirkt, mit dieser bitteren Falte, daß man argwöhnisch werden muß; sie hat hohe Backenknochen, eine kleine, rosige Narbe auf der rechten Wange verleiht ihrem angriffigen Charme noch einen zusätzlichen Reiz. Eine normannische Barbarin, sagt sich Guigo. Sie verwirrt ihn zutiefst. Bereits spürt er, wie ein gemeines Begehren in ihm hochschießt, bleischwer fallen seine Lider einen Augenblick zu, als möchte er die erwachende Lust auskosten. Bérengère schreit ihm zu »verlasse mich nicht«, aber er ist taub der Vergangenheit gegenüber, sein Blut schwemmt bereits neue Leidenschaften mit. »Ich muß sie haben! Ich will sie!« sagt er sich.

»Na und, Ritter, hat man die Sprache verloren?«

Er lächelt ihr zu. Eine tödliche Falle hat über ihm zugeschnappt: Eine normannische Walküre aus Sizilien kann man nicht begehren, selbst wenn diese Barbarin Smaragdaugen hat. Er hält sich zurück und macht auf seinem Bogen die Fäuste; an einem andern Ort hätte er sich bereits auf sie gestürzt.

Die Barbarin verzieht das Gesicht. Für einen Provenzalen ist er gar nicht geschwätzig, findet sie. Sie verschränkt die Arme, und zwischen den Bronzeschlangen, die sich ihr auf der Haut ringeln, treten ihre Muskeln hervor. Ärgerlich meint sie:

»Dir hat meine Aufmachung die Sprache verschlagen. Ich bin ein armes, junges Mädchen, weiter nichts. Aber ich muß mich doch verteidigen.«

Da er weiterhin nicht antwortet, tritt sie näher und flüstert:

»Die Normanninnen sind Geschöpfe des Teufels. Sie sind grausam und verbringen den Großteil ihrer Zeit damit, die Gefangenen zu foltern, die ihre Väter, Ehemänner oder Brüder nach Hause bringen. Sie geben sich lüstern den blutrünstigen Kriegern hin und lieben die Sodomie mehr als jede andere

Art von Sinnenlust. Das erzählt man doch, oder nicht?«

Guigo kann den Blick nicht von diesem Gesicht abwenden, das von erstaunlicher Schönheit ist. Sie kann es mit Sigelgaita, Robert Guiscards Frau, aufnehmen, welche die normannischen Truppen in die Schlacht führte.

»Seid ihr denn alle Sigelgaitas in Sizilien?« sagt er zu ihr.

»Du ehrst mich, aber ich bin nicht so stark wie sie, und wir tragen nicht alle Waffen. Viele sind nicht dazu berufen.«

»Ich mag Frauen nicht, die schwere Waffen tragen; das ist ein den Männern vorbehaltenes Recht.«

Er hat geantwortet, ohne zu überlegen, hat tausendmal gehörte, von seinem Vater und seinen Onkeln tausendmal wiederholte Worte nachgeplappert: »Eine Frau darf kein Schwert tragen. Eine Frau darf keine Lanze tragen. Eine Frau darf keinen Helm tragen. Mit ihrer Schwäche beeinträchtigt die Frau die Ehre des Waffenhandwerks.«

Sie faßt ihn von allen Seiten ins Auge und gesteht ihm eine wilde Schönheit zu. Merkwürdige Gedanken bedrängen sie. »Dieser Narr wird mich zu verführen suchen«, denkt sie und beißt sich auf die Lippen. Und beschließt, zum Angriff überzugehen, bevor er die alte Liebesleier anstimmen kann.

»Die Frauen sind unvollendete Männer, so wollen es die Prälaten mit ihrer schönen Theorie. Glaubt ihr, wir seien nicht mehr als ein Pferd, drei Ochsen und ein paar Schafe wert? Ach ja! Wir sind mehr wert, natürlich, ich hab das Gold und die Ländereien vergessen. Na und, Ritter, was meinst du? Soviel sind wir doch wert, an unserem Hochzeitstag, was? Und ihr, was gebt ihr uns als Gegenleistung?«

Guigo, gekränkt, will schon heftig zurückgeben, aber sie läßt ihn nicht zu Wort kommen.

»Schweig, lieber Ritter! Ich sag dir gleich, was.«

Der liebe Ritter ist sprachlos vor diesem Weib, das sich über das Recht des Stärkeren hinwegsetzt.

»Ihr gebt uns die Trunksucht, eure Mätressen, Lügen und Streitereien, nicht zu reden von der Verstoßung, wenn wir, zu unserem Unglück, euch keine Kinder gebären können.«

Sie schlägt sich auf den Bauch.

»Und darüber hinaus sollten wir euch erst noch männliche Nachkommen bescheren! Ihr seid Feiglinge, ihr Männer, sonst nichts.«

Das geht zu weit. Er stürzt sich auf sie, packt sie an den Schultern und schreit:

»Ich bin Guigo von Signes, Ritter des Hauses der Gezeichneten Länder, Sohn des Lehnsherrn Bernhard von Signes, Herr von . . .«

»Paß auf, Ritter, der Dünkel nimmt überhand. Das ist nicht die Art, sich mit einer Jungfrau bekannt zu machen.«

»Du hast recht, Roxane, ja.«

»Na sieh mal an. Er weiß sogar, wie ich heiße!«

»Das ist kein Kunststück.«

»Ich bin die Tochter . . .«

» . . . des dünkelhaften Freiherrn von La Ferté-Fresnel!«

»Wie kannst du es wagen!«

»Ich kann es wagen, mit so einer kleinen, normannischen Gans.«

»Eine Gans!« schreit sie.

»Genau!«

»Mein Vater würde dich aufhängen für das, was du da gesagt hast.«

»Er soll sich erst einmal um die Erziehung seiner Tochter kümmern.«

»Verfluchter Provenzale!«

Sie zieht ihren Dolch und wirft sich auf ihn. Guigo springt geschmeidig zur Seite, schlägt die Waffe weg und verdreht ihr mit einem Griff das Handgelenk.

»Schlimmer noch als der Vater.«

»Au, du tust mir weh.«

»Nur mit der Ruhe, liebes Fräulein. Wenn ich dich loslasse, versprichst du mir, daß du ruhig bleibst?«

»Versprochen!« antwortet sie.

Endlich lockert er seinen Griff, und sie richtet sich auf, hält aber den Kopf weiterhin gesenkt. Sie scheint ganz durcheinander zu sein und völlig damit beschäftigt, sich das Handgelenk zu massieren. Guigo tritt zu ihr hin und sucht nach Worten, um sich für seine Grobheit zu entschuldigen. Arglos, überzeugt, sie in seiner Gewalt zu haben, nimmt er sie um die Hüften und schaut sie mit Augen an, deren Glanz die wahre Natur seines Begehrens nicht mehr verbirgt. Nach und nach unterwandern seine Finger das Lederzeug, ein Raubtierlächeln liegt auf seinem gebräunten Gesicht. »Sie gehört mir«, sagt er zu sich. Da versetzt sie ihm einen heftigen Kniestoß zwischen die Beine.

»Barbarisches Luder!« brüllt er und krümmt sich zusammen. Er drückt sich die Hände auf den Bauch und blickt sie giftig an.

Sie lacht laut heraus, schneidet ihm eine Grimasse und rennt Richtung normannische Zelte auf und davon. Mit einer fürchterlichen Kraftanstrengung gelingt es Guigo, seinen Schmerz zurückzudrängen, er richtet sich auf und nimmt die Verfolgung des kristallinen Lachens auf. Die Bettler, welche die Hunde zerlegen, verspotten ihn, und die beißende Scham vervielfacht seine Kräfte.

Er rennt wie ein Verrückter, wirft Ritter zu Seite, unter drohendem Gebrüll ziehen diese das Schwert, aber das hört er gar nicht. Er hört bloß dieses Lachen, das wie ein Hexenzauber wirkt. Sie entwischt ihm. Wie rasend läuft er aufs Geratewohl in den Wald aus Hütten und Zelten hinein. Heftig pocht das Blut an seinen Schläfen. »Ich schlage sie zusammen wie eine Hündin. Durch den Dreck rollen werde ich sie! Die soll mir das Gift nur ausspeien, das ihr durch die Adern fließt! Dreckiges Ding von einer Barbarin!« sagt er zu sich selbst. Plötzlich hält er inne. Er befindet sich unter Boemunds Oriflamme, das heißt in Todesgefahr. Sie ist zehn Schritte vor ihm und weist verächtlich drei blonde Riesen mit blitzenden Äxten auf ihn hin. Ein übler Schweiß näßt ihm die Stirn: Sein Leben hängt davon ab, wie schnell er seine provenzalischen Brüder wird erreichen können. Die Barbarin spornt seine Feinde an, langsam bewegen sie sich auf ihn zu. Da nimmt er beide Beine unter die Arme und flieht; ein letztes Mal erklingt das kristalline Lachen hinter ihm.

Als er das blaugoldene Banner von Aimins Toulousern erblickt, dreht er sich um: Sie sind ihm nicht gefolgt. Aber er weiß, die Normannen werden ihn nicht vergessen. La Ferté-Fresnel wird ihn niemals in Frieden lassen, daran können hunderttausend Vaterunser und die besten Talismane nichts ändern.

Am gleichen Abend noch, im Kreis der Männer aus dem Var, erzählt er sein mißliches Abenteuer, wobei er absichtlich ein paar Einzelheiten verschweigt, um nicht zum Gespött der Ritter zu werden. Aufmerksam hört man ihm zu. Und auf den Gesichtern ringsum kann er ablesen, daß er einen Fehler begangen hat. Indem er eine Frau angriff, die zu einem andern Clan gehört, hat er eine persönliche Fehde ausgelöst. Er wird sie allein ausfechten müssen, bis das erste Blut fließt. Erst dann wird er mit der Hilfe seines Bruders und seiner Gefährten aus Signes rechnen dürfen.

»Ein Glück immerhin, daß La Ferté-Fresnel bei Raimund von Saint-Gilles nicht schon deinen Kopf verlangt hat. Er ist dermaßen wild, ich müßte mich wundern, wenn er sich nicht zu rächen suchte«, sagt Aimin. »Der Mann ist gefährlich. Er ist ein Normanne. Eine Bestie unter den Bestien; ganz gleich, ob sie aus dem Norden oder aus Sizilien kommen, sie haben alle dieselben unvorhersehbaren und immer gewalttätigen Reaktionen. Barbaren, Plünderer, Mörder, das sind sie. Um eine ihrer Frauen herumscharwenzeln, eine Kriegerin überdies! Ist dir bewußt, welche Verrücktheit du da begangen hast? Mein Sohn, schlag dir diese Frau aus dem Sinn. Der Dämon hat dich verführen wollen. Halte dich bis zur Befreiung des Heiligen Grabes rein. Deine Seele soll lauter wie das Wasser der Berge sein. Bleib standhaft, ich helfe dir; und damit du diesem Sukkubus nicht nochmals in seine zarten Fänge gehst, wirst du als erstes von morgen an gleich deinen Wachdienst an der Eisernen Brücke absolvieren. Das ist deine Buße, sie ist leicht, so bist du vor der fleischlichen Sünde und vor der Wut der Normannen geschützt. Gott behüte dich. Und denk an deine Bérengère.«

Bérengère! Das trifft ihn wie ein Dolchstoß. Betroffen merkt er, daß er sie zum ersten Mal, seit sie aus der Provence aufgebrochen sind, verraten hat. Die paar italienischen oder byzantinischen Huren zählen nicht; die sind ihm nur zwischen den Beinen durchgegangen und bleiben ohne Gesicht. Mit Roxane ist das anders. Er spürt eine warme Lust in sich aufsteigen, wenn er daran denkt, daß er sie in seinen Armen gehalten hat. Mehr als Lust sogar: es ist bereits eine geheime Leidenschaft. Und doch haßt er sich für diesen Augenblick der Schwäche.

Er ist voller Bitterkeit dieser Frau gegenüber, die sein Herz verführte, diese grünäugige Barbarin. Wo er doch derjenigen treu bleiben will, die ihm alles gegeben, die sich geopfert hat, die er immer schon liebte: Bérengère.

4. Kapitel

Verzweiflung

Bérengère und Aimerude haben sich ins Dornengestrüpp verkrochen. Um ein Haar wären auch sie massakriert worden, wie alle andern. Im letzten Augenblick hat sich ein Wachtmeister für sie geopfert und sich den beiden Schuften in die Quere gestellt, die sie vergewaltigen wollten; so konnten sie durchs Ausfalltor fliehen.

Brandgeruch schlägt zu ihnen herüber; dort unten, zwischen den Eichen und Kastanienbäumen, stehen Dorf und Schloß in Brand, ein schwarzer Qualm verdunkelt den Himmel. Bérengère legt Huldera die Hand auf den Mund: sie darf nicht weinen, nur das nicht! Aber das Kind bleibt ruhig, für es geht das Leben weiter, Dornen, Geschrei und Rauch gehören nicht zu seiner Welt. Plötzlich ertönt ein entsetzliches Gebrüll ganz in der Nähe ihres Verstecks. Die Teutonen tauchen auf und schwingen ihre blutigen Waffen. Sie sind zwei Frauen auf den Fersen. Bérengère unterdrückt einen Schrei, als sie die eine von ihnen erkennt; es ist ihre junge Magd, Agnes. Aimerude ist völlig aufgelöst, Tränen strömen ihr über die totenbleichen Wangen. Ein kräftiger, blonder Krieger packt Agnes um die Hüften und wirft sie zu Boden. Das junge Mädchen wehrt sich und zerkratzt der Bestie, die ihr die Röcke hochschlägt, das Gesicht. Die andern Krieger stehen still und lassen Agnes' Gefährtin laufen. Agnes schreit um Hilfe, ihr Blick fleht um Erbarmen, mit ihren kleinen Händen versucht sie den Rohling zurückzustoßen, der noch nicht an sein Ziel gelangt ist. Bérengère bohrt sich die Fingernägel ins Fleisch.

»Diese Bande von Verfluchten!« murmelt sie. »Das sind sie also, die glorreichen Soldaten des heiligen Kaisers Heinrich IV. Sollen sie krepieren. Sollen sie alle krepieren!«

Ein weiterer Trupp findet sich auf der Lichtung ein.

»Wo ist die andere?« brüllt eine Art Mißgeburt mit einem langen roten Schnurrbart, dessen Zipfel ihm auf die Brust herunterfallen.

»Sie ist verschwunden«, antwortet ein hochaufgeschossener, zahnloser Kerl. Die Mißgeburt zuckt die Achseln.

»Macht nichts, wir haben schon drei, mit der hier geht die Rechnung auf. Wir sind schließlich keine Böcke! Laß sie mir, sie ist frischer als die andern; ich möcht sogar schwören, sie ist noch Jungfrau. Scher dich weg.«

»Nein!« donnert der Blonde.

»Widersprichst du meinen Befehlen, neuerdings?«

»Ach Quatsch! Nimm sie«, macht der andere und zieht sich widerwillig zurück.

Mit einer raschen Bewegung entledigt sich die Mißgeburt ihrer Hose und fällt über Agnes her. Brutal dringt er in sie ein. Sie schreit. Er bringt sie mit einem Faustschlag zum Schweigen. Kaum ist er fertig, stürzt sich der Blonde auf sie. Agnes liegt da wie tot. Bérengère und Aimerude weinen lautlos und beten, man möge sie nicht entdecken. Andere Soldaten kommen und warten darauf, auch an die Reihe zu kommen. Die Vergewaltigung geht weiter. Um dem Ganzen zusätzliche Würze zu geben, schneidet die Mißgeburt dem Opfer eine Brustspitze weg. Agnes heult auf wie ein in die Falle gegangenes Tier.

»Wirst du schweigen, was! Da tut man dir einen Gefallen, und du beklagst dich noch! So was gibt's wirklich nur in der Provence, solche Weiber«, sagt er und steckt sich das Stück abgeschnittene Brust in den Mund.

Agnes heult immer noch. Er hämmert ihr mit beiden Fäusten auf dem Gesicht herum, die Nasenknorpel krachen, die Lippen platzen.

Bérengère und Aimerude sind vor Schrecken wie gelähmt, sie vermögen den Blick nicht von der grauenhaften Szene abzuwenden.

»Wer will die andere?« fragt die Mißgeburt.

»Ich!« antwortet ein Haudegen.

»Da!«

Und mit einem scharfen Schnitt trennt er die andere Brustspitze ab.

»Erbarmen für sie«, murmelt Bérengère.

Der letzte der Männer verrichtet sein Geschäft. Die Unglückliche liegt reglos da und wimmert kaum hörbar.

»Hat sich's?« fragt die Mißgeburt.

Da niemand antwortet, beugt er sich über Agnes, stößt ihr den Dolch ins wunde Geschlecht und schlitzt ihr grinsend den Bauch auf.

»Nein!« schreit Bérengère auf.

»Was? Ist da noch so 'ne Schnatterliese im Unterholz«, staunt die Mißgeburt. »Los, sucht sie. Bringt sie her.«

Bérengère begreift, daß sie sich eben zum Tod verurteilt hat.

Sie faßt Aimerude bei der Hand, drückt Huldera an sich und flieht dem Wald entgegen.

»Schnell! Versuchen wir das Schloß Signes zu erreichen. Das Dorngestrüpp wird sie einen Augenblick aufhalten.«

Die beiden Frauen ducken sich instinktiv und laufen

zwischen den Bäumen durch hangaufwärts, hinter sich die heiseren Stimmen der Teutonen. Die Angst setzt solche Kräfte in ihnen frei, daß sie ihre Verfolger sogar abschütteln können.

»Zu den Pferden!« brüllt die Mißgeburt.

Bérengère schaut zurück. Die Männer haben rechtsumkehrt gemacht, um ihre Pferde zu holen. Sie sind verloren.

»Zum Gapeau hinunter, komm!«

Ihr Lauf führt sie über die Grenze des Lehensbezirks hinaus. Der Gapeau ist nicht weit, er glitzert zwischen den Bäumen. Sie laufen, daß ihnen der Atem ausgeht. Auf einmal taucht das teutonische Kommando zwischen dem Blattwerk auf und stürzt sich auf die beiden Frauen. Ein Reiter mit einer Schaffellmütze schwingt seinen Holzhammer und prescht an ihnen vorbei. Sein Pferd streift sie, der Boden zittert unter ihren Füßen. Bérengère fühlt, wie ihre Kräfte sie verlassen. Ihr Schicksal scheint so unausweichlich zu sein, daß sie nicht einmal daran denkt, sich zu verteidigen. Der Mann zieht die Zügel an und stellt sein Reittier quer über den Weg. Es ist ein Bulgare, bösartig droht er: »Keinen Schritt weiter, oder ich spalte euch den Schädel!«

Die Mißgeburt, der Blonde und vier andere Gesellen treffen ebenfalls ein und umzingeln die beiden verzweifelt aneinandergeklammerten Opfer.

»Soso, wollte man Lohengrin also entwischen?« säuselt die Mißgeburt.

Lohengrin, der Bauchaufschlitzer! Der Name läßt die beiden Frauen erschauern.

»Nimm dich in acht!« wirft ihm Bérengère mutig entgegen, »du bist weit von Germanien entfernt, und sehr zahlreich sind deine Krieger nicht. Der Tag ist nicht weit, bald werden eure Gerippe am Galgen verfaulen. Selbst euer Kaiser verfolgt so elende Hunde wie euch, die nichts anderes können als plündern, stehlen, vergewaltigen und töten. Das ist euer ganzer Ruhm!«

»Paß auf! An deiner Stelle würde ich nicht so die Stimme erheben. Und überhaupt, was hältst du da so sorgsam im Arm? Zeig mir mal brav diese Kostbarkeit.«

»Nein!«

»Dann ist es deine Schuld!«

Lohengrin, die Mißgeburt, steigt vom Pferd, ohrfeigt das junge Mädchen und bemächtigt sich mit Gewalt Hulderas. Die lächelt und rührt mit ihren Patschhändchen durch die Luft.

»Na, ist das aber ein hübsches Kleines«, sagt Lohengrin honigsüß. »So rosig, so unschuldig, so allerliebst.«

»NEIN!« schreit Bérengère und stürzt sich auf ihn.

Mit einem Fußtritt in den Bauch stößt er sie zurück. Ein grauenhaftes Lächeln verzerrt sein Gesicht, und sein grausamer Blick geht zwischen Kind und Mutter hin und her.

»Es ist wirklich ein schönes Kind.«

Bérengère beginnt zu schluchzen.

»Nein . . . nein . . . nein . . .«

»Warum weinst du? Meinst du, ich werde einem Neugeborenen ein Leid antun? Bauchaufschlitzer bin ich. Kindermörder, nein! Frag doch meine Männer, du kannst ihnen glauben.«

Bérengère beginnt zu hoffen: Vielleicht stimmt es, was er sagt?

Dann soll er ihren Körper nehmen, aber um der Heiligen Jungfrau Maria willen nicht Huldera. Schmeichelnd streichelt die Mißgeburt dem Säugling die Wangen und die Stirn. Dann, unvermittelt, faßt er das Kind an den Füßen und schleudert es drei Schritte von sich weg. Das kleine Köpfchen schlägt mit einem harten, stumpfen, unerträglichen Knall auf einem Felsen auf. Aimerude verliert die Besinnung. Bérengère fällt wie versteinert auf die Knie, kein Ton kommt aus ihrem weit offenen Mund, ein grauenhafter Schmerz preßt ihr die Schläfen zusammen. Und da ist dieses Gelächter, Lohengrins Hohngelächter, das sie noch wahnsinnig macht. Das muß ein Alptraum sein; sie wird erwachen und ihre kleine Huldera wiederfinden. Ein Blutnebel fällt vor ihren Augen nieder, die grinsenden Fratzen der Teutonen verschwinden, sie hört kaum noch, wie Lohengrin sagt:

»Diese beiden behalten wir ein paar Tage.«

Sie versinkt in dem Augenblick, als zwei rauhe Hände ihr die Oberschenkel spreizen.

Bérengère schlägt die Augen auf, und ihr Blick fällt auf einen großen Eichenbalken, an dem ein Dutzend Wolfsköpfe hängen und daneben lange, mit Lavendel besteckte Knoblauchzöpfe.

»Wo bin ich?« fragt sie sich.

Links von ihr steht auf einem Zypressenholzsockel ein großer Weidenrutenkäfig, in dem drei Schwarzdrosseln sitzen, zwei Männchen und ein Weibchen, die sie pfeifend mit ihren schwarzen Pupillen beäugen. Aus dem entlegensten Winkel ihres Gedächtnisses dämmert eine Erinnerung herauf:

»Johannas Drosseln, ich bin auf Schloß Signes!«

Sie begreift nicht: Warum ist sie hier? Wie kommt sie hierher? Nur mit großer Anstrengung kann sie die schwarze Wand durchbrechen, die ihr die Sicht verstellt. Sie kneift die Augen zusammen und macht die Fäuste, sie will es wissen. Und plötzlich hat sie ein grauenhaftes Bild vor Augen, sie schreit auf:

»HULDERA!«

Lohengrins Gelächter, der abscheuliche Teutone zerschmettert ihr Kind . . . und lacht und lacht . . .

»HULDERA! NEIN!«

Draußen ertönen Schritte, dann geht die Tür auf, eine magere, schwarzgekleidete Frau mit gelber, faltiger Haut erscheint.

»Johanna«, stammelt Bérengère.

Guigos Mutter bleibt einen Augenblick reglos stehen und betrachtet sie voller Zärtlichkeit und Mitgefühl. Bérengère wird von Krämpfen geschüttelt, ihre verzerrten Züge sind ein schmerzhafter Anblick.

»Armes Kleines«, murmelt Johanna und tritt näher.

»HULDERA! Mein Kind . . . wo ist sie?«

»Beruhige dich.«

»Ich muß sie sehen, laß mich zu ihr, sie friert doch, so allein!«

»Ich bitte dich, Bérengère, hör mir zu. Deine Tochter ist tot! Hörst du! Wir haben sie im Grab unserer Ahnen beigesetzt. Jetzt müssen wir beten und um Vergebung und göttliches Erbarmen bitten; wir müssen für das Heil dieser kleinen Seele und dasjenige aller Sünder beten. Welcher Lebensweg ist nicht schon vorgezeichnet? Der ihre war kurz: Einen Monat hat sie gelebt, solange gerade, wie ein Same zum Keimen braucht. Gott ist gerecht! Gott ist gütig! Sei glücklich, sie ist bei ihm. Mein Liebes, du mußt stark sein, denk an die Zukunft, an Guigo!«

Bérengère schüttelt den Kopf und versucht mit erschütternder Beharrlichkeit die Wahrheit von sich zu weisen. Dicke Tränen rollen ihr über die Wangen. Sie möchte wieder im Nebel des Schlafes versinken, aber das ist ein feiger Gedanke, und sie verzieht darüber das Gesicht. Ein langgezogenes Sausen erfüllt den Turm, Bérengères Lider flattern, das ist der Mistral, der weht, die ledernen Wandbehänge bauschen sich schwer.

»O Wind«, denkt sie heftig, »erzähl mir von meinem Kind, sag mir, daß es lebt, daß es bald kommt, um mir an der Brust zu trinken.«

Aber der Wind legt sich, der Wind, ihr Freund, flieht, und mit ihm flieht die Hoffnung.

»Sie ist tot«, fährt die Schloßherrin in entschiedenem Tonfall fort.

Leben, Tod – die beiden Gedanken stehen einander gegenüber, und schließlich setzt sich der zweite durch. Bérengère bricht in ein so entsetzliches Schluchzen aus, daß es sie schüttelt wie ein rasendes Gelächter: Huldera ist tot! Tot! TOT!

Johanna nimmt sie in ihre Arme und hätschelt sie, dann küßt sie sie auf die Stirn, streicht ihr übers Haar und sagt ganz leise:

»Ich mache dir weh, aber glaubst du denn, ich leide nicht auch, allem Anschein zum Trotz? Es war mein Enkelkind. Auch ich tue mir Gewalt an, wenn ich die Wahrheit herausschreie, aber nur so kann man gegen die Verzweiflung ankämpfen. Weine nur, weine, schütte dein Herz, dein Leiden aus, nachher geht schon alles besser. Von nun an darfst du nur noch an dich denken und leben. Eines Tages kommt Guigo zurück, und dann wirst du andere Kinder bekommen.«

»Wenn er noch lange ausbleibt«, schluchzt Bérengère, »dann mache ich mich auf und gehe zu ihm.«

»Mögen der heilige Antonius und Johannes der Täufer beim Herrn des Himmels für dich einstehen, damit Er dir diese Gunst gewährt.«

»Guigo! Wo bist du?«

Ihre Augen, ihre Lippen schreien danach, ihn wiederzusehen. Sie braucht ihn, braucht seine Kraft, seinen Schutz, beim bloßen Gedanken daran durchstrahlt eine Wärme ihre Brust. Ja, sie muß leben. Johanna hat recht.

Was zählt, ist das Glück, sie wird hartnäckig ihren Anspruch geltend machen. Und mit großer Vitalität richtet sie sich auf und sagt entschieden:

»Bringe mich zum Grab. Wir wollen beten gehen für das Kind und für das Heil der Welt.«

»Wir haben sie gestellt, als sie sich eben anschickten ...«

»Uns zu vergewaltigen!« sagt Bérengère schroff. »Sag's nur! Warum tust du so gezwungen. Das Recht des Stärkeren, das kennst du! Mach mir nicht das Gegenteil vor, Ritter, was!«

Pons schaut sie mit kugelrunden Augen an: Sie wird ihm doch wohl nicht die Schuld aller Soldaten der Welt auf den Buckel laden wollen! Sie hat zwar recht, stimmt, aber was kann er dafür? Im Gegenteil, wenn sie und ihre Kusine heute wohlbehalten am Leben sind, so ist das ihm zu verdanken: er ist nach Signes geritten und hat Verstärkung geholt.

Bérengère errät Pons' Gedanken und bereut ihre Schroffheit:

»Verzeih, ich sehe, meine Worte haben dich verwirrt. Vergiß es. Letzten Endes fallen wir Frauen so wenig ins Gewicht wie die toten Blätter, die der Herbstwind vor sich herfegt. So ist es, da kann man nichts machen.«

Pons fühlt sich besser. Er greift sich mit seiner molligen Hand in die gelbe Gischt seines Haars, das ihm weit auf die Schultern hinunterfällt.

»Du mußt sagen, welche Strafe diese räudigen Hunde erleiden sollen!« sagt er.

Bérengère schweigt nachdenklich: Soll man sie hängen, köpfen, pfählen, verbrennen, lebendig in Stücke schneiden ... Wird ihr das Huldera wiederbringen? Ganz gewiß nicht! Soll sie sich der Rache hingeben und sich an den Qualen ihrer Opfer weiden? »Ich pfeife auf diese Männer«, sagt sie. »Gott hat bereits ganz genau ermessen, wie groß ihre Verfehlungen sind, sie sind auf ewig verloren. Bernhard soll mit ihren Gerippen anfangen, was er will, er wird es schon recht machen.«

5. Kapitel

Firus und sein Turm

Kaum ist die Dunkelheit hereingebrochen, sind sie da. Zehn Nächte lang dauert das schon: Unablässig lächeln die beiden Frauen ihm zu. Guigo kann nicht schlafen, kann sie nicht aus seinen Träumen verjagen. Sie lassen ihm keine Ruhe. So verschieden sie auch sein mögen, Körper, Gesicht, innere und äußere Haltung, sie leben beide da: in seinem Herzen, in seinem Kopf, und auch da: in seinem Bauch.

Verschwitzt, verspannt verläßt er sein Lager und geht mit raschen Schritten zwischen den Zelten durch, ungerührt durch die Klagelaute der Kranken, unberührt vom Liebesgestöhn.

Bettler klammern sich an seine Beine und strecken ihm ihre dreckigen Hände entgegen, er beachtet sie nicht, bleibt ihren Verwünschungen gegenüber taub. Kann er die eine der beiden vergessen und für die andere neu geboren werden? Flegelhaft schubst er mehrere Mönche zur Seite, die da knien und beten. Wozu sich etwas vormachen wollen? Roxanes männliche Kraft berauscht seine Sinne; sie ist Normannin, Tochter eines Freiherrn, und sie ist schön. Er geht an den Schmiedewerkstätten entlang, in denen sich die Handwerksgesellen ablösen, um Pfeilspitzen zu schmieden, aber das metallische Hämmern hört er nicht. Er fühlt sich feige. Brutal stößt er eine Dirne weg, die sich an ihn wirft. Er ist nichts als ein Mann, der den Kräften seiner Muskeln und seiner Triebe gehorcht, der sich vor dem Tod fürchtet und in vollen Zügen das Leben einsaugt. Das Tier hat die Herrschaft. Der Augenblick entscheidet. Bérengère ist am andern Ende der Welt. Roxane in Reichweite. Weshalb die Augen verschließen vor dem, was offensichtlich ist? Tag für Tag kommen tapfere Recken um, vielleicht kehrt er niemals in die Provence zurück.

Er nähert sich den Palisaden. Auf den Wassern des Orontes tanzen die Lichter Antiochias, und Guigo lauscht in sich hinein auf die dunklen Worte seiner Seele.

»Morgen bin vielleicht ich dran«, sagt er sich. Er will den schwindenden Augenblick auskosten, voll und ganz, trotz der Gewissensbisse, die ihn quälen. Morgen wird er versuchen, am Leben zu bleiben. Bérengère ist in diesem Moment aus seinem Gedächtnis verschwunden, der Leidenschaft, die ihn übermannt hat, kommt einzig seine Liebe zu Christus gleich.

Sie sind ihrer siebenhundert an diesem 9. Februar 1098, als sie das aleppische Heer überfallen, das Antiochia zu Hilfe eilen will. Siebenhundert, die beim schmalen Durchgang zwischen El-Amch, dem See von Antiochia, und dem Orontes Sturm laufen. Ihr Schicksal beflügelt sie, sie sind ein furchterregender Anblick; auf ihren Gesichtern blitzt der Haß, sie bellen wie tollwütige Hunde.

Guigo hat eben den Mann mit dem Schwarzen Linkarm eingeholt, der unbewegten Blickes die unförmige Masse der Türken ins Auge faßt. Sie sind noch zweihundert Schritte von ihnen entfernt. Mit der ganzen Kraft ihrer Muskeln laufen Pharamond und Primost inmitten der anderen Pferde um die Wette. Im fiebrigen Hin und Her ihrer Linien zittern die Türken furchtsam. Eine Weltuntergangsangst spiegelt sich in den glasigen Blikken. Die fränkische Woge bricht über sie herein. Ein großer Schrei widerhallt, lagenweise überrennen die Pferde die Männer, lagenweise werden sie von den Hufen zu Boden getrampelt, dann sprechen die Waffen. Richard fügt seinen Feinden nur tödliche Wunden zu. Unablässig fliegt seine Axt in die Höhe, saust nieder, spaltet Brustkörbe und Schädel. Mit diesem haarsträubend tüchtigen Gehilfen dringt Guigo rasch bis hinter die feindlichen Linien vor. Aber Richard macht sogleich rechtsumkehrt und gibt Primost die Sporen, um sich erneut in die Schlacht zu stürzen und seinen blutgierigen Durst zu stillen. In weniger als drei Stunden erringen die Kreuzfahrer den Sieg. Aber was nützt ein Sieg, wenn die Stadt nicht fallen will? Allen Blockierungsmaßnahmen zum Trotz gelingt es den Türken immer wieder, Nachschub und Lebensmittel einzuschleusen. Die hölzernen Festungen, die Belagerungstürme, die Palisaden und Gräben dehnen sich von Norden nach Westen aus. Die Franken vervielfachen die Patrouillengänge, aber das bleibt wirkungslos; es ist unmöglich, die Stadtfeste ganz von der Umwelt abzuriegeln. Nacht für Nacht gelingt es kleinen, türkischen Kolonnen, die aus den Bergen herunterkommen, sich an der christlichen Bewachung vorbei in die Stadt hineinzustehlen.

An der Ratsversammlung vom 5. März 1098 beschließen die Fürsten deshalb, auf dem Hügel des muselmanischen Friedhofs ein Kastell zu errichten. Damit wollen sie die Garnison von Antiochia daran hindern, durch das Tor der Steinernen Brücke auf das rechte Orontesufer hinüberzugelangen.

Yaghi Siyan, der Kommandant von Antiochia, hat die Verteidigung seiner Hauptstadt seinerseits neu organisiert. Da er vor ein paar Monaten für Dukak, seinen Bruder und Rivalen, Partei ergriffen hat, weiß er, daß er nicht mit der Hilfe Ridwans, des Königs von Aleppo, rechnen kann. Hingegen haben seine beiden Söhne – er hat den einen nach Mossul und den andern nach Damaskus ausgesandt – von Kerboga, dem Atabeg von Mossul, und von König Dukak die Zusicherung erhalten, man würde Antiochia bedeutende Verstärkung zukommen lassen. Yaghi braucht nur noch zuzuwarten. Solange die Christen nicht die Steinerne Brücke und die Wege zum Berg Silpius absperren, wird er die Stadt halten können. Seine Reiter werden einige Ausfälle machen, damit der Feind in Panik gerät. Unablässig wird er die Versorgungstruppen der Christen attackieren. So können diese Hunde in ihren Zelten vermodern ... Und es werden ihnen keine gottlosen Gebete mehr über die Lippen kommen. Yaghi blickt vertrauensvoll in die Zukunft. Wenn er die Franken betrachtet, sieht er nur wurmübersäte Kadaver.

Die Tage vergehen. Guigo brennt vor Ungeduld. Der Frühling rieselt durch seine Adern. Stundenlang schaut Guigo den Milanen und den Möwen zu, die zwischen schneeigen Fransen durch große blaue Himmelsalleen segeln. Als wären sie völlig lässig und ungeniert, fliegen die Vögel auf die äußersten Grenzen zu und streifen dann wieder haarscharf über die Eiserne Brücke hinweg, und dem Ritter gefällt diese Freiheit. Der Frühling! Das Herz hüpft und tanzt ihm im Leibe, es bricht alles auf in ihm. Um ihn herum legt der zerstäubende Reif blühende Dickichte frei. Der Berg Silpius in der Ferne schüttelt die Winterschlacken von seinem Faunsgesicht und zeigt seine unzerbrechliche Felsenstirn. Unter dem Berg liegt die Stadt, und in der Stadt ist Roxane. Kaum hat er in Gedanken diesen Namen erwähnt, bricht eine nicht zu bändigende Leidenschaft in ihm aus. Roxane! Es verheert ihn körperlich. Er möchte sich in die von den Wildwassern der Gebirge angeschwollenen Wogen des Orontes stürzen und hinunterreiten, zu ihr. Dort unten ist sie, all diesen Soldaten, all diesen Kerlen mit ihren schmutzigen Gedanken ausgesetzt! In Guigo schwelt eine bittere Eifersucht. Dort unten ist sie! Dort unten ...

Auch dort unten sieht man glücklich den Winter schwinden, sieht, wie er sich rückwärts davonschleicht, dem Siebengestirn entgegen. Es hat ein Ende mit den Nebelbänken, mit dem Wasser des Himmels, mit den höllisch pfeifenden Winden. Neue Kräfte entspringen dem Schoß der Erde. Und dieses wiedererwachende Leben verjagt für eine Weile das Gespenst, das über dem Kreuzzug schwebt. Zum ersten Mal seit langem beginnt da und dort wieder – ach, einige wenige sind's! – jemand zu spötteln, zu singen. Zum ersten Mal vergessen die Kinder die türkischen Fallen und gehen im muselmanischen Friedhof spielen. Hell erklingt ihr Lachen zwischen den Gräbern, und wer es hört, vergißt einen Augenblick den Krieg.

Guigo kommt am 5. März ins Lager zurück. Seine Freunde sind alle mit Graf Raimund von Toulouse nach Sankt Simeon aufgebrochen, um englische Arbeiter und Handlanger abzuholen.

Am nächsten Tag begibt er sich zur Messe, die im Freien abgehalten wird. Dem Altar gegenüber, auf der gelb bemalten Estrade, ragt die kräftige Silhouette Bischof Adhémars von Monteil im roten Meßgewand zum klaren Himmel auf. Wie alle andern ist auch Guigo auf die Knie gefallen. Mit gesenktem Kopf hat er seinen Geist einem unvorstellbaren Anderswo zugewandt. Er sucht Trost und Kraft im Gebet. Und sieht nichts mehr um sich her. Dabei herrscht auf den feindlichen Befestigungsmauern im Osten ein merkwürdig reges Treiben. Unter den schlaffen Standarten der Türme flattern die Muselmanen aufgeregt hin und her und stören mit ihrem Geschrei den Verlauf der Messe.

Beim Feind braut sich etwas zusammen, aber Guigo sieht nichts. In fiebriger Hast spricht der päpstliche Legat die heiligen Worte. Seine Eingebung sagt ihm, daß er die Messe nicht wird zu Ende führen können. Ach! Wäre doch wenigstens Toulouse da, so würde er sich besser fühlen. Nein, er wird diese Messe bestimmt nicht beenden können! Wo er es doch so liebt, die Sätze einschlagen zu lassen, mit Anspielungen um sich zu werfen, absichtlich ins Paradoxe zu verfallen und mit Wortgewalt um Gläubige zu werben. Nicht einmal zur Lektüre der Evangelien wird er es heute bringen. Er wirft einen besorgten Blick nach Osten hinüber. Die Zinnenkrone ist ein einziges Funkeln und Blitzen. »Ich komme nicht bis zur Kommunion«, denkt er. In diesem Augenblick bricht ein dumpfes Getöse los. Der eindringliche Rhythmus der Messe fällt auseinander. Die Priester machen saure Mienen. Zwei blutüberströmte Reiter haben vor der Estrade angehalten.

»Was ist los?« fragt Adhémar.

»Die Türken greifen die Truppen an, die von Sankt Simeon zurückkommen. Es ist eine Katastrophe! Die Unsern fallen zu Dutzenden.«

»Zu den Waffen! Für Christus. Eilen wir unsern Brüdern zu Hilfe.«

Die gebeugten Nacken haben sich zurückgeworfen. Eine bebende Woge erfaßt das kniende Volk. Die Nachricht macht schnell die Runde. Bereits heißt es, der Konvoi sei niedergemetzelt worden; zu Hunderten lägen die Männer mit aufgeschlitzten Bäuchen herum. Panik flakkert auf in den Reihen. Aber Gottfried ergreift das Wort:

»Edle Herren! Wenn das die Wahrheit ist, so laßt uns hingehen und mit ihnen sterben. So empfangen wir vom Allerhöchsten gewiß den gerechten Lohn. Dienen wir Jesus Christus bis in den Tod, und rächen wir unsere Brüder. Bei meiner Seele, ich will auf der Stelle tot umfallen, wenn sie nicht gerächt werden sollen.«

Ein Kanonikus schwingt die Oriflamme. Schlagartig beginnt die Menge zu schlingern. Wirbel bilden sich. Grüppchen lösen sich heraus und stürzen dem Lager entgegen. Soldaten stoßen brutal Zivile zurück und laufen zu den Pferden hinüber. Fratzen brüllen Befehle, Rüpel bellen Gegenbefehle, Wachtmeister kläffen, die Knappen erteilen all jenen eine Abfuhr, die keine Waffen tragen, haßerfüllte Ritter stoßen aberhundert Gotteslästerungen aus. Der Ingrimm wächst. Nur Blut kann ihn noch stillen. Alle sind abmarschbereit. Da marschiert, unter dem Befehl von Yaghi Siyan höchstpersönlich, die Garnison von Antiochia ihrerseits durchs Brükkentor hinaus und greift das Lager an. Die Ausgeburten Mohammeds fallen ihnen in den Rücken. Es kommt nicht mehr in Frage, Raimund und Boemund beizustehen. Gottfried und Adhémar machen rechtsumkehrt und stürmen den schwachen südwestlichen Befestigungsanlagen entgegen. Guigo zittert.

»Bande von Verfluchten!« sagt er zu sich selbst. »Das werden sie teuer bezahlen. Mein Gott, mach, daß Roxane nichts geschieht.«

Er dringt bis zur Palisade vor und schließt sich einer Gruppe wilder Recken an, die er nicht kennt. Ihrem Akzent nach zu schließen, sind es Lothringer. Wutschnaubend füllen vier Ritter eine Wurfmaschine, Guigo hilft mit. Alle sind vom Siegeswillen beflügelt, glücklich, an vorderster Front mitzukämpfen. Als sie die Drahtseile lösen, sind die Türken bereits weniger als zehn Klafter von ihnen entfernt; die Felsbrocken schlagen viel zu weit hinten ein und treffen nur mehr mittelmäßige Soldaten, syrisches und armenisches Fußvolk, das gewaltsam aufgeboten wurde und dem Feind als Reserve dient.

»Verdammter Mist!« wettert einer aus der Mannschaft.

Die ersten Wurfspeere sirren ihnen über die Köpfe hinweg. Die Türken veranstalten ein ohrenbetäubendes Gebrüll. In ihren Mündern blitzt das entsetzliche Weiß der Zähne. Das Holz der Palisade ächzt. Ein Axthiebregen geht darauf nieder. Äxte aus schwarzem Metall in glühenden Händen, Äxte wie Raubvögel, die sich auf ihre Beute stürzen.

»Wie haben sie es bloß fertiggebracht, so schnell zu sein, diese Hunde?« brüllt ein Lothringer, der eben am Arm getroffen worden ist.

Tatsächlich haben die sechstausend Türken, unter ihnen zweitausend Reiter, mit Leichtigkeit den Graben überquert. Über Nacht haben die Männer Achmed Samars ihn an verschiedenen Stellen aufgeschüttet. Die fränkischen Vorposten sind hingemordet worden, ohne daß ein einziger hätte Alarm schlagen können.

Guigo versucht, den Hagel brennender Pfeile, die ihm über den Kopf hinwegzischen, zu ignorieren. Sie gelten nicht ihm. Die Bogenschützen zielen aufs Lager, um dort Panik auszulösen. Hinter ihm züngeln bereits die Flammen an den Zelten, der Himmel ist von dicken, düsteren Spiralen beschmiert. Die Türken genießen den Anblick der hochschießenden schwarzen Gischt, das läßt sich an ihren Gesichtern ablesen. Lange Speichelfäden leuchten in ihren Bärten – vor Freude oder vor Haß? Guigo kommen die Tränen vor Wut. Das Echo ihrer gottlosen Sprache schlägt ihm an die Ohren. Die Emire fahren ihre Soldaten an und drängen die fanatischsten unter ihnen zu den Leitern heran, die man eben an den Palisadenstämmen aufgerichtet hat. Die Gräben um die Holztürme herum sind bis obenauf von armenischen Freiwilligen angefüllt. Sie fallen wie die Fliegen, aber es drängen immer neue nach. Ein Schwarm barbareskischer Piraten, die mit Yaghi Siyan gemeinsame Sache machen, durchbricht den Schildewall. Fest auf ihre Beine aufgepflanzt, werfen sie ihre Enterhaken aus, die sie zuerst weit im Kreis herumschwingen.

»Vorsicht, Hakenschleuderer!« schreit ein Wachtmeister.

Christliche Wurfschützen stürzen hinzu und schwingen ihre »Galgen«. Die fünfpfündigen, runden Steingeschosse zerschmettern ein Dutzend Piraten. Die andern weichen zurück. Ein großer Turm mit einer Plattform, den eine Gruppe Franzosen und Lothringer verteidigt, wird heftig angegriffen. Die Franken gebrauchen ihre eisenbeschlagenen Gabelspieße, um die Leitern zurückzustoßen. Aus vollen Kräften stoßen sie zu, alle aufeinandergestemmt, und starren den Angreifern zitternd wie Stiere mit irren Blicken entgegen. Ein gellender Schrei! Die eine Leiter kippt nach hinten, die ganze Traube der Angreifer stürzt damit ab. Guigo jubelt. Einer der Männer wird von einem Pfahl aufgespießt, ein anderer schlägt auf einen Felsen auf, ein kurios gesatteltes Pferd wirft seinen Reiter ab, nachdem ihm ein Soldat auf die Kruppe gefallen ist, dann geht es durch und bringt die größte Unordnung in die feindlichen Ränge. Die Türken stieben nach allen Seiten auseinander. Wer seinen Schild fahren läßt, wird mit einem Hagel von Steinen und Pfeilen beworfen.

Aber für eine zurückgestoßene Leiter stemmt der Feind ingrimmig zehn andere hoch. Und allem Mut der Verteidiger zum Trotz rücken die Türken weiterhin vor.

Mit vorgereckten Krallen, von Emiren und Wahrsagern umgeben, feuert Yaghi Siyan seine Truppen an, Sturm zu laufen, die Leitern zu erklettern, die Gottlosen zurückzuschlagen. Unter einer Sintflut von Schlägen weichen die Kreuzfahrer weiter zurück, einer nach dem andern sackt zwischen den Beinen der Türken zusammen, worauf er eilfertig abgestochen wird. Zu Tode betrübt beobachtet Guigo die Schlacht. Er ist jetzt zu weit entfernt, um noch eingreifen zu können, so bleibt er auf seinem Posten. Er beruhigt sich ein bißchen, als er sieht, daß der Graf von Blois mit seinen Getreuen herannaht, um seinen bedrängten Brüdern zu Hilfe zu eilen.

Das gehört allerdings nicht zu Stephan von Blois' Gewohnheiten. Im allgemeinen weiß er es feige immer so einzurichten, daß er während der Schlacht in den hinteren Reihen bleibt. Aber für einmal führt er seine Ritter tapfer an. Über hundert Franzosen beteiligen sich an dem Angriff, stoßen Verwünschungen aus, zielen mit ihren Waffen auf die kupfergepanzerten Röcke, sind zu Mord und Totschlag bereit, während sie unablässig Stoßgebete um Rettung zum Himmel hinaufschicken. Und diese hundert Franzosen schlagen eine große Bresche in die bewegte Seldschukenmasse, die der Emir von Sarut anführt. Blois und seine Untergebenen werfen die Flanken des heidnischen Gewimmels über den Haufen. Eine Gruppe von Bogenschützen aus Auxerre benützt den Vorstoß, um an einer Wurfmaschine Rückendeckung zu suchen, und beginnt jetzt ihre Flacheisen abzuschießen. Die Franzosen hacken und schneiden und spielen das Spiel der gewaltigen Schinderei, machen fünf Schritte vorwärts und vier zurück. Sie wachsen mit ihren Feinden zu einer Linie aus Blut und Metall zusammen. Der Halbmond verletzt das Kreuz, Kettenpanzer schmiegen sich eng an Seide an, Kettenhemden werden mit Baumwolle vermählt, und Lederharnische umarmen Wollenes. Atem an Atem, Geruch auf Geruch reißen die Raubtiere sich in Fetzen. Der Druck steigert sich derart, daß sie ihre Lanzen und Wurfspieße nicht mehr gebrauchen können. Die Schwerter werden ebenfalls überflüssig, unentbehrlich ist einzig das Messer. Von beiden Seiten sticht man damit auf die Augen, die Kehle oder die Leisten los.

Plötzlich erhebt sich im Westen ein gewaltiges Geschrei. Guigo jauchzt: Eine große fränkische Reitertruppe läuft gegen die Muselmanen Sturm.

Raimund von Saint-Gilles und Boemund von Tarent haben die Türken zurückgeschlagen, die sie angegriffen hatten. Mit verhängten Zügeln kehren sie zurück und umgehen die Seldschuken, die immer noch zum Brükkentor hinausströmen. Und dann greifen die fünfhundert Reiter mit dem Schrei »Für Christus, unsern König!« an. Yaghi Siyan muß ihnen die Stirn bieten, aber er kann die rasenden Kreuzfahrer nicht aufhalten. Einmal mehr muß er begreifen, daß er unterliegen wird. Innert vier Stunden verliert er dreißig Emire und fünfzehnhundert Mann. Es ist ein Wunder, daß er selbst mit dem Leben davonkommt.

An den folgenden Tagen zählt man die abgehauenen Köpfe der Feinde. Man gräbt sogar die Leichen wieder aus, welche die Türken nachts begraben. Diejenigen indessen, die zwischen dem Brücken- und dem Herzogstor gefallen sind, ist niemand holen gegangen, ihre Kadaver beginnen zu verwesen. Die Kreuzfahrer achten nicht mehr auf den Geruch des Todes. Singend erbauen sie die Burg Mahomerie.

Guigo singt nicht. Guigo behaut keine Steine. Er treibt sich in der Nähe des normannischen Lagers herum. Es bringt ihn um, daß er mit Roxane nicht in Berührung kommen kann. Seine Gefühle sind so unbändig, daß er sogar daran gedacht hat, sie zu entführen und mit ihr in die Grafschaft Edessa zu fliehen, die von Balduin von Boulogne gehalten wird. Bonifaz hat seine ganze Geduld aufwenden müssen, um ihn von dem Vorhaben abzubringen. Aber der Brand lodert weiter in seinen Adern. Er lauert Roxane auf, dann wieder bereut er sein Benehmen; aber kaum hat er ihm den Rücken gekehrt, zuckt sein kapriziöser Trieb ihm wieder durch alle Fasern.

Am 4. April, als sämtliche Kreuzfahrer ausgezogen sind, um als Zuschauer der Heldentat Tankreds beizuwohnen, der eine feindliche Stellung auf der Straße zum Dschebel Ansariye angreifen soll, kehrt er lieber – das hat er sich bereits zur Gewohnheit gemacht – zur Oriflamme von La Ferté-Fresnel zurück. Das Lager der Sizilianer ist beinahe ausgestorben. Guigo stiehlt sich zwischen den Wachtposten durch . . . Da ist sie! Sie trägt ein mit Nägeln verziertes Ledergewand und kämmt sich mit einem beinernen Kamm das lange, blonde Haar. Auf ihren Wangen leuchten zwei Tupfer Zinnoberrot, um ihre Arme ringeln sich zwei Kupferschlangen und eine silberne Kette mit Bärenzähnen daran. Er räuspert sich, um sich bemerkbar zu machen. Sie schaut auf, lächelt und winkt ihm zu. Aber kaum haben ihre Blicke sich getroffen, zeichnet sich ein Schatten auf dem Boden ab. Das junge Mädchen erstarrt, und Guigo verschwindet hinter zwei Füchsen, die beide am gleichen Pflock angebunden sind. Der Schatten bewegt sich auf das junge Mädchen zu. Roxane schaut auf.

»Vater!« ruft sie verwirrt. »Ich glaubte, du seist mit Tankred in den Hängen des Cassiusberges unterwegs, um das Kloster Sankt Georg anzugreifen.«

»Tankred hat jede Hilfe abgelehnt. Er müsse sich mit

seinen Männern opfern, sagte er. Aber wenn sein Unternehmen gelingt, verlangt er, daß ihm die Fürsten vierhundert Mark (etwa 100 kg) Silber herschaffen sollen. Aber sag, wem hast du vorhin so diskret zugewinkt?«

»Niemandem, Vater . . . niemandem!« antwortet sie wenig überzeugend. Ihr Gesicht wird rot vor Verlegenheit.

»Ich kann Lügen nicht ausstehen«, droht er. »Wenn einer meiner Ritter um dich herumscharwenzelt, mußt du es mir sagen. Ich bin dein Vater! Und wenn der Mann Mut hat, wenn es einer jener reinrassigen Normannen ist, welche die Gefahr nicht scheuen, dann bei Gott! soll er sich von mir umarmen lassen, ich werde ihn als meinesgleichen anerkennen; wenn er ein würdiger Gefährte meiner Tochter ist, wird er mein Waffenbruder sein!«

Richard schaut seine Tochter prüfend an. Das Luder erträgt seinen Blick, ohne mit der Wimper zu zucken; sie ist von seinem Fleisch und Blut, es stimmt, halsstarrig und unverschämt. Er streicht sich den Bart, als überlegte er, dann dreht er sich unversehens um und sucht den Verführer zu überraschen. Aber da sind bloß die beiden Füchse Humfrieds von Monte Scabioso, die Zelte, die im Wind flattern, und dazwischen ein paar frisch gestrichene Schilde, die an aufgespannten Schnüren hängen. Nichts! Enttäuscht starrt er von neuem seine Tochter an.

»Gut«, sagt er. »Gut. Von nun an werde ich dich scharf überwachen lassen. Ich muß schließlich wissen, wer dein Anbeter ist. Einstweilen begibst du dich in dein Zelt und kommst erst wieder heraus, wenn ich es dir erlaube! Wachen! Achtet darauf, daß meine Tochter niemanden empfängt. Ich gehe zur Ratsversammlung.«

Der Freiherr macht sich mit schweren Schritten auf den Weg nach der Festung Malregard. Die Ratsversammlung! Stundenlang wird man erneut für nichts und wieder nichts diskutieren, sich einmal mit den Lothringern, einmal mit den Provenzalen verkrachen, die nichts anderes im Sinn haben, als sich selbst zu bereichern. Aber Richard ahnt nicht, daß die Anführer der Kreuzfahrer endlich einen Entschluß fassen werden, um das Verhängnis abzuwenden, das mit großen Schritten naht.

Tatsächlich marschiert seit einiger Zeit ein furchteinflößendes Heer auf Antiochia zu. Es wird von einem Feldherrn namens Kerboga angeführt, der als ein unbesiegbarer Krieger gilt. Dieser Prinz, Atabeg von Mossul, ist dem Befehl seines Sultans Barkyaruk und dem Wunsch von Yaghi Siyans Sohn nachgekommen, der im Namen seines Vaters bei ihm um Hilfe nachgesucht hat. Kerboga dürstet nach Siegen und Eroberungen und hat sich, ehrgeizig, eiligst mit seiner Truppe aufgemacht.

So sind fünfzigtausend Mann den Tigris entlang marschiert und dann nach Edessa abgebogen, das immer noch von Balduin von Boulogne gehalten wird. Drei Wochen lang haben die Seldschuken vergeblich die Stadt zu stürmen versucht. Dann hat Kerboga, den Antiochia allzu heftig lockte, sein Lager aufgehoben . . . und die fünfzigtausend Mann mit ihm! Kein einziger ist dageblieben, um die Stadt des Riesen zu belagern. Und darum halten die Fürsten eine Ratsversammlung um die andere ab. Sie fürchten, sie könnten ebenfalls belagert werden und dergestalt zwischen zwei Fronten geraten. Wie Richard es sich denken konnte, sind sie bereit, sich gegenseitig den Hals umzudrehen, heute abend mehr noch als gestern.

Einzig Boemund schweigt; vor ein paar Tagen haben die Fürsten seinen Vorschlag abgelehnt. Der Blick des Normannen, bläulicher Diamant, schweift über die Gewänder mit dem aufgenähten Kreuz. Ein kalter Blick, in dem noch nie eine Träne schimmerte. Augen, die gewaltsame Tode ahnen lassen. Augen aus einer Welt, die kein Erbarmen kennt. Seine Gefährten, obwohl daran gewöhnt, betrachten ihn besorgt. Er geizt in letzter Zeit so sehr mit Worten und mit Gesten, daß sie sich fragen, ob er wohl krank ist oder von einer dieser Syrerinnen besessen, die mit ihm das Lager teilen. Boemund ist undurchschaubarer, unergründlicher denn je. Er allein weiß, daß die dicken Fürstenfische schon bald auf den Köder seiner Pläne anbeißen werden.

Dudo von Konz-Saarbrücken stampft auf, daß der schlechte Kiefernholzboden widerhallt. Seine volle Stimme mit der deutschen Intonation donnert durch den langen Saal:

»Diese heidnischen Hunde machen uns noch kaputt wie Ratten! Wie Ratten, sage ich euch!«

Die Zeit erstarrt in bitterem Schweigen. Groll und griesgrämige Gedanken regen sich in den langen, leer verrinnenden Minuten, in die kaum hörbar das Getuschel der Provenzalen fällt, die, von einem Wandteppich verborgen, um Adhémar von Monteil herum die Köpfe zusammenstecken.

Plötzlich klatscht Boemund in die Hände.

»Nun, edle Herren, habt ihr über meinen Vorschlag nachgedacht?«

Er bricht die Stille mit einer Stimme, die sanft sein möchte, aber sie bleibt kalt.

Sofort treten Raimund von Saint-Gilles und seine Männer aus ihrem Versteck hinter dem Wandteppich hervor und werfen Boemund finstere Blicke entgegen.

»Wer sagt uns, daß das, was du vorschlägst, nicht eine von den Türken ausgeheckte Falle ist?« wirft ihm Isoard von Gap entgegen. Lächelnd tritt Boemund vor den provenzalischen Adel hin.

»Ich habe Vertrauen in meinen Mann«, sagt er. »Ihr möchtet nähere Aufschlüsse, und ihr habt recht.«

Sein Lächeln erlischt. Er schlägt die Augen nieder, denn er weiß, daß ihr kalter Glanz immer ein Unbehagen auslöst. Er muß die andern überzeugen, jetzt oder nie.

»Es war nicht richtig von mir, diese Sache allein in die Hand zu nehmen, und ich bereue es. Heute aber hört mich an und laßt euer Altweibergekeif! Firus ist ein armenischer Offizier, ursprünglich Christ, dann zum Islam übergetreten . . .«

Ein mißbilligendes Gemurmel erhebt sich im Saal.

»Der Mann ist bereit, mir den Zwei-Schwestern-Turm auszuliefern«, sagt Boemund und hebt absichtlich die Stimme.

»Das ist eine Falle!« brüllt Isoard.

»Damit war zu rechnen, daß du solche Worte fahren läßt. Du hältst dein Maul für jeden Durchzug offen. Aber für einmal bitte ich dich: Schweig und hör mir zu bis zum Ende. Vor zwei Monaten hat Yaghi den Weizen und die Lebensmittel beschlagnahmen lassen, die Firus bei sich versteckte. Seitdem ist er schlecht auf den Sultan zu sprechen. Aber da ist noch etwas Wichtigeres. Vor drei Wochen nämlich hat Firus erfahren, daß seine Frau ihn mit einem türkischen Hauptmann betrügt. Das hat ihn vollends auf unsere Seite getrieben. Nun, edle Herren, was meint ihr dazu?«

»Was mich betrifft, so werde ich dich bei diesem Unternehmen unterstützen«, sagt Gottfried.

»Er hat mich überzeugt«, gesteht Heinrich von Esch.

»Mich auch«, sagt Robert Courteheuse.

»Mich auch! Mich auch!« hauchen anonyme Stimmen.

Boemund jubelt. Böse blickt er auf Raimund, der Isoard und Wilhelm-Hugo an den Armen zurückhält. Raimund sähe dieses ganze normannische Ungeziefer, dasjenige aus dem Bereich des Siebengestirns genauso wie dasjenige aus Sizilien, am liebsten in den Schattenfluten der Hölle versinken. Wäre er an Gottes Stelle, würde er diesem verfluchten Boemund mit dem Fingernagel tödlich eins auswischen. Aber leider Gottes ist der Normanne durchaus noch lebendig, sowie er lauthals beteuert:

»Das ist die einzige Möglichkeit für uns, die Stadt zu besetzen.« Und niemand widerspricht ihm. Wer möchte sich der Wahrheit entgegenstellen, wenn sie so unverhüllt hervortritt?

»Seit Monaten treten wir vor diesen Befestigungsmauern an Ort. Alle Versuche, die Stadt einzunehmen, sind bis jetzt gescheitert«, Boemund streckt seinen Arm nach Nordosten aus, »und bald einmal werden Zehntausende von Soldaten auf uns losmarschieren, die der wilde Kerboga befehligt. Überlegt, meine Herren! Auf der einen Seite ein Mann, der mir einen Turm ausliefern soll und ihn mir auch ausliefern wird, auf der andern Seite der sichere Tod. Da gibt es nichts mehr zu zaudern. Ihr wißt, was ich als Gegenleistung verlange: ihr tretet mir eure Anteile ab und setzt mich als Herrn dieses Lehens ein. Ich selbst bin bereit«, und er zeigt mit beiden Händen auf seine Brust, »meinen Anteil an jeden von euch abzutreten, der einen rascheren und an Verlusten ärmeren Weg findet, um die Stadt in Beschlag zu nehmen; aber er soll mit seinem Vorschlag herausrücken, es eilt.«

Tod oder Leben? Die Fürsten, mit Ausnahme Raimunds von Saint-Gilles, halten die Gelegenheit für günstig und versprechen dem Normannen, ihm Antiochia zu überlassen.

Boemund, der auf einem mit weißen Pelzen bedeckten

Faltstuhl sitzt, hat bereits das Gebaren eines Grandseigneurs. Eine syrische Sklavin liegt zu seinen Füßen, eine andere kniet daneben und streichelt ihm den Arm. Aber der Normanne scheint völlig unberührt, das eisige Wasser seiner Augen rinnt nicht auf die niederen Geschöpfe hinunter, die ihn umgeben. Das eisige Wasser seiner Augen verbirgt das Ewigkeitsweh, das alle großen Männer quält. Ihm gegenüber steht ein hochaufgeschossener Kerl in einer dunkelblauen Tunika und starrt ihn unverwandt an. Es ist kein Mann aus dem Volk, zumindest sieht er nicht mehr so aus, ein Krieger vielmehr, in schmucklos strenger Aufmachung. Eine Aufmachung in türkischem Stil, einzig der rubinverzierte Dolch läßt darauf schließen, daß der Träger einem Offizierskorps angehören muß. Seine Sattelnase bewegt sich unaufhörlich schnuppernd durch die Luft, und dic Augen sind so klein, daß man sie gar nicht beachtet. Zu seinem Vorteil ist zu sagen, daß er eine prächtige schwarze Haarfülle besitzt, schön geölte Locken. Eine dunkle Mähne, die ihm bis auf die Schultern hinunterfällt. Dieser ehemalige Harnischfabrikant ist Leutnant Firus aus der Garnison von Antiochia. Er zittert, Firus, aber wie sollte man vor diesem furchterregenden Normannen nicht zittern!

Jetzt hat ihn dieser offenbar lange genug ausgeforscht, er jagt seine Konkubinen weg und fordert ihn zum Reden auf:

»Na, Firus?«

»Ja, Herr?«

»Wann soll es denn sein?«

Der Armenier, immer noch zitternd, setzt abgehackt zu sprechen an:

»Herr ... Hm! ... Wenn du, wenn du es wünschst ...«

»Na komm schon! Klar und deutlich, ich fresse dich nicht auf!«

»Wenn du es wünschst, liefere ich dir morgen abend den Zwei-Schwestern-Turm aus.«

Nach diesen Worten macht Firus eine Pause, um ihre Wirkung abzuschätzen.

Der Mann aus Tarent bleibt eiskalt. Bloß ein Befehl kommt ihm über die Lippen:

»Weiter!«

Firus will diesen metallischen Blick nicht mehr sehen, der ihm solche Angst einjagt. Er läßt seine Augen wandern und hält etwas weiter oben inne, da wo sich das zinnoberrote Banner befindet, das in den Schlachten wie ein frischer Blutfleck aussieht. Wer das Zinnoberbanner der Normannen gesehen hat, hat dem Tod ins Antlitz geschaut, sagen die alten Ritter, die diesen Feind schon kennengelernt haben. Der Armenier kann nicht mehr, er beschließt zu reden:

»Nach Einbruch der Nacht beziehst du mit deinen Männern Stellung unten am Turm. Nachdem wir eine Fackel dreimal von unten nach oben geschwungen haben zum Zeichen, daß alles in Ordnung ist, werfen wir euch Stricke hinunter. Dann braucht ihr euch bloß noch vor die Öffnung gleiten zu lassen, wo ich die Stäbe herausgebrochen habe. Nachher gehen wir und schließen dem Gros eurer Truppen die Tore auf.«

In einem Zug! Er hat es fertiggebracht, es in einem Zug zu sagen. Seine Beine werden weich, eine süße Wärme durchflutet seine Brust: Boemund hat genickt.

»Das ist ganz gut, aber nicht perfekt!«

Firus bekommt ein langes Gesicht und schlitzschmale Augen.

»Aber . . .«

»Schweig! Und sperr deine Lumpenohren auf. Erstens werden wir den Turm zwei Stunden vor Morgengrauen erklettern, und zweitens werden wir dafür unsere eigenen Leitern benutzen. Verstanden? Das Signal, zwei Stunden vor Tagesanbruch. Ach ja! Vor allem vergiß nicht: Beim geringsten Verrat wirst du den Turm fortan mit ausgestochenen Augen und abgehauenen Händen bewachen. Wenn hingegen alles gutgeht, auf mein Wort, so bekommst du drei Teile meiner Beute, eine Stellung erster Güte an meiner Seite und den Kopf des Liebhabers deiner Frau. Und jetzt geh!«

Der Armenier weicht halb gebückt zurück und dankt seinem Meister mit auf der Brust gekreuzten Händen. Er hat es eilig, von der Dunkelheit verschluckt zu werden, um diese bestrickend kalten Augensterne nicht mehr sehen zu müssen.

Der Schatten Robert Guiscards schwebt um ihn herum, Boemund hängt seinen Gedanken nach. »Vater, Vater«, sagt er ganz leise, »ich werde deines Blutes würdig sein. Antiochia ist eine Kostbarkeit mehr, die unsere Nachkommen werden bewundern können.« Ja, Antiochia ist für ihn in Reichweite gerückt. Auf einen Schlag wird er sich für die Arroganz der Griechen und jene der Fürsten rächen können, die ihn wie einen armen Zurückgebliebenen behandeln. Er seufzt, als entfahre ihm der Traum.

2. Juni 1098.

In fieberhafter Eile macht Guigo sich bereit. Bonifaz, der sein Knappe geworden ist – ein rascher Aufstieg, aber das ist nicht selten in diesen Tagen –, schnürt ihm den Harnisch, den er über dem Kettenhemd trägt. Um sie herum springen Wachtmeister grob mit widerspenstigen Soldaten um, tränenüberströmte Frauen zerkratzen sich das Gesicht, Hunde heulen sich halb zu Tode, Ziegen und Schafe fliehen vor donnernden Pferdehufen, und die schluchzenden Hörner sagen immer wieder dasselbe:

Soldaten! Es eilt! Es eilt!

»Schnell! Zu den Pferden!« schreit Guigo.

Rostang und seine Männer sind bereits verschwunden, die Getreuen Gilberts schon über alle Berge. Hispanicus ist bei der Eisernen Brücke, Aimin unauffindbar.

»Bei Christus! Beeil dich!« brüllt der Mann aus Signes wieder.

Aber kaum sind sie bei ihren Streitrossen angelangt, werden sie aufgehalten. Gréon, Aimins Sekretär, der da auf und ab geht, bedeutet ihnen mit einem Kopfschütteln: nein.

»Ihr geht nicht mit«, seufzt er. »Die Umstände weisen euch eine andere Aufgabe zu.«

»Hör auf, uns zu belästigen, mach mit deinen Gebeten weiter. Wir sind bereits verspätet.«

Kaum hat Guigo das letzte Wort gesagt, fällt eine Staubwolke auf ihn nieder. Richard aus der Nacht, der Mann mit dem Schwarzen Linkarm, und sein verdammter Primost sind wie der Wind an ihm vorbeigebraust.

»Schau an, dieser Dämon!« sagt Guigo. »Immer der letzte, der sich aufmacht. Na komm schon, Mönch, laß uns gehen!«

»Ihr reitet zur Burg Malregard«, erwidert mit gleichförmiger Stimme der Mönch. »Hermann von Cannae erwartet euch dort. Das ist der Befehl, der an der letzten Ratsversammlung erteilt worden ist: Jeder Fürst stellt für die Nacht zwei Männer in den Sold der Normannen. Mehr kann ich dir nicht sagen.«

»Sind wir denn von der Pest befallen!« antwortet Guigo heftig, »daß die Wahl auf uns fällt. Uns mit den Normannen zusammenwerfen! Was zum Teufel ist bloß in

Raimund von Saint-Gilles gefahren? In diese Welt von falschem Schein, von Verrat und Gewalttätigkeit will man uns schicken, und dazu sind wir einer dieser verdammten Seelen Tankreds unterstellt. Segne uns, Mönch, wir haben es nötig!«

»Ich segne euch, meinetwegen! Aber vor allem denk daran, daß du eine Normannin hast verführen wollen. Zur Stunde, da bin ich sicher, weiß La Ferté-Fresnel ganz genau, von welcher Farbe deine Augen und von welcher deine Beinkleider sind. Gott schütze euch!«

Boemunds Anordnungen entsprechend hat das Heer sich aufgemacht, um den Truppen Kerbogas entgegenzuziehen. Sie sind schon eine ganze Weile durch die Nacht marschiert, da erreicht sie der Befehl zur Umkehr. Die allgemeine Verwunderung ist groß. Denn niemand, ob Ritter oder Soldat aus dem Fußvolk, weiß, was sich tut. »Bloß kein Geräusch!« haben die Fürsten gesagt, und jedermann hat geschwiegen, hat seine Waffen an sich gepreßt, alle haben begriffen: Es steht Großes auf dem Spiel. Die Stunden vergehen. Nach und nach formieren sich die Kontingente zwischen dem Zwei-Schwestern-Turm und dem Wildbach Wadi Zogheibo Akakir, während die Reiter sich im Schutze der Raimundsburg verbergen.

Laudes (drei Uhr früh) sind eben vorbei. Kurz darauf erscheint eine Flamme im schwarzen Auge des Turms. Dreimal. Das ist das Zeichen! In der Deckung der Büsche huschen rasche Schatten voran. Eine Eule beginnt zu schreien. Verdammnis! Und all diese Gespenster werfen sich flach auf den Boden, um sich den Felsen anzugleichen. Endlich verstummt der Nachtvogel wieder, die Wachen haben nichts gemerkt. Von den Schatten haben einige ihn auffliegen sehen, haarscharf streifte er über den eppichbewachsenen Hang hinweg. Ist das ein gutes Omen? Je zwei und zwei schleichen sich an den hohen, fünfeckigen Turm heran.

Boemund hat bereits drei lange Leitern mit filzbedeckten Enden herschaffen lassen. Er weiß, daß Firus ihn nicht verraten wird, er hat ihm seinen Sohn als Geisel geschickt. Die längste der Leitern ist an der Mauer festgemacht, die beiden andern stehen links und rechts in der Reserve. Langsam klettern sie hoch. Boemund folgt Hermann von Cannae, beide starren auf die Öffnung, wo der Armenier auf sie warten muß. Der Offizier ist da. Hermann steigt ein, und nach ihm setzt Boemund seinen Fuß in den dunklen Raum. Zehn Minuten später drängen sich sechzig Franken in dem fünfeckigen Saal.

Guigo und Bonifaz haben sich keinen Zollbreit voneinander entfernt. Mit überwachen Sinnen beobachten sie die Gefährten in ihrer Nähe; beruhigt stellen sie fest, daß es alles Franzosen sind.

Boemund will kein Risiko eingehen und schickt Ekkehard zu Robert von Ansa:

»Es sollen weitere zweihundert Mann heraufkommen. Falls jemand Alarm schlägt, dürfen die Türken sich nicht wieder auffangen können. Der heilige Michael sei mit uns! Heute abend will ich all meine Männer blutüberströmt, aber lebendig vor mir haben!«

Nach und nach treffen weitere Soldaten ein. Robert von Ansa schickt bloß die Hitzköpfe her, bereits in zahlreichen Feldzügen erprobte Getreue, Gesellen in Schuppenharnischen, Einäugige oder solche mit perlmutterglänzenden Narben im Gesicht; und alle halten sie, schrecklich, in ihren bloßen, knorrigen Händen die scharfgeschliffenen Schwerter mit den märchenhaften Namen, die man jeweils in den Schlachten blitzen sieht. Sie bringen einen kleinen Teil der südlichen Befestigungsmauer und einen zweiten, von Firus' Bruder gehaltenen Turm unter ihre Kontrolle. Boemund ist zufrieden, die Krieger haben sich niedergekauert. Zu ihren Füßen schläft die Stadt, tausend Träume bevölkern sie, aber keiner hat die Farbe des Todes. Der Tod! Das sind diese dreihundert Mann mit ihren marmorharten Gesichtern, dreihundert, die auf die Befehle des Normannen mit den vereisten Augen lauern.

Boemund hört schon das Waffengerassel; es bringt ihn zum Geifern, aber das Schwierigste steht noch bevor: das Brückentor öffnen. Er beschließt, zwanzig Ritter auszuschicken.

Der Herr faßt seine Untergebenen ins Auge. Er kennt diese Männer wie seine eigenen Familienangehörigen, weiß eines jeden Grenzen, Mut und Tollheit abzuschätzen. Führer und Untergebene haben ganz natürlich eine Art Vertrag abgeschlossen; die Bande zwischen ihnen sind eng, sie beginnen mit der Geburt und enden mit dem Tod. In Sachen Ehre läßt das Feudalsystem es schwerlich zu, daß man schummelt.

»Hermann! Rico Le Bozon! Ekkehard! Der Rote Stephen! Die beiden Provenzalen!«

»Schon wieder wir«, murmelt Bonifaz.

Alle anderen Bezeichneten sind Normannen. Zwei Provenzalen inmitten einer Meute von Wölfen, nur sie zwei! Aber komme, was wolle, sie werden sich nach Möglichkeit nicht auffressen lassen. Der Schimmer von zwanzig Schwertern läßt sie nicht zu Feiglingen werden. Was sie fürchten, ist das, was aus dem Hinterhalt kommt, der tödliche Dolch, die erdrosselnde Kordel. Was sie fürchten, sind diese Männer mit dem finsteren Blick, die bis in ihre Worte hinein verdorben sind, diese Großmäuler mit der vergifteten Seele, die jetzt losziehen, Firus hintennach.

Einer nach dem andern lassen die Männer sich durch die Klappe gleiten, die der jüngste Sohn des Armeniers bewacht. Dann huschen sie auf leisen Sohlen durch eine der engen Gassen der Innenstadt. Firus und sein Sohn sind totenblaß. Sie werfen einen letzten Blick zu den fernen Kurtinen im Norden hinauf, zur Zitadelle, aber nichts regt sich, man könnte meinen, ein Zauber habe die Wachen versteinert. Firus geht voran, er hat das Gefühl, allein zu sein, so lautlos folgen die andern. In seinem Rücken wogt die Schlangenlinie der Soldaten, taucht ab und zu im Dunkel unter: Die zwanzig leicht geduckten Schatten streifen kaum den Boden mit den Füßen. Einzig Hunde könnten sie aufspüren, streckten sie ihre Schnauze in die vom muffigen Schmutzgeruch schwer geschwängerte Luft. Aber die Hunde sind auf der Jagd, und niemand achtet auf ihr Gebell. Schlaf, Antiochia, schlaf! Der Tod geht in deinen Straßen um.

Guigos Nerven sind gespannt. Er bohrt seinen Blick zwei Armeniern und Bozon in den Rücken, die sich dreißig Schritte vor ihm befinden. Er wäre gern diese Eule, die sie vor einer Stunde gehört haben, möchte davonfliegen, den sternbeladenen Wolken entgegen, und nichts mehr denken, nicht mehr an diese Mörderklinge denken, die ihm in die Lenden dringen wird. Plötzlich fährt er zusammen: Firus ist unvermittelt zurückgesprungen und gibt ihnen zu verstehen, daß Gefahr naht.

Den Kreuzfahrern gelingt es gerade noch, sich im Schatten von Portalen und in einer von Abfallhaufen gesäumten Sackgasse zu verstreuen. Guigo und Bonifaz sind hinter einer steinernen Bank untergetaucht und halten den Atem an. Aschfahl wartet die Meute. Messer werden aus der Scheide gezogen. Langsam, sicheren Schrittes kommen zwei Türken daher, nachlässig haben sie sich die Lanze über die Schulter gelegt. Vier Silhouetten tauchen in ihrem Rücken auf, umfangen sie und lassen sie dann mit durchgeschnittener Kehle fallen. Das ist so lautlos geschehen, daß Guigo keinen Augenblick lang das Wassergeriesel der Abflußrinne aus dem Ohr verloren hat. Nachdem die Leichen unter den Abfallhaufen der Sackgasse verscharrt sind, bewegt sich die Truppe, von diesem ersten Blutgeruch berauscht, um so rascher voran. Endlich erreichen sie den freien Platz vor dem Eingangstor, dessen eindrückliche Masse vor ihnen aufragt.

Das Tor ist von zwei kleinen, spitzen, weiß verputzten Türmchen flankiert, die sich wie Raubtierzähne vom schwarzen Himmel abheben. Die Stadt schläft noch immer, friedlich, ahnungslos.

Hermann hat die Entfernung sowie die Erfolgschancen und die Moral seiner Männer abgeschätzt und gibt jetzt Guigo und Rico Le Bozon ein Zeichen.

»Wir gehen öffnen, mir nach.«

Die drei Ritter stürzen aus ihrem Hinterhalt hervor auf die Vorrichtung zu, mit der sich zwei große Metallkeile bewegen lassen. Guigo und Bozon fassen nach den Haken und lösen sie. Hermann stößt die Sperrklötze zurück. Die von ihren Gewichten befreite Kette rollt ab, der schwere Balken knarrt leise und beginnt sich zu heben. Unterdessen haben die andern sich in zwei Gruppen aufgeteilt und warten darauf, daß die Türken sich bemerkbar machen. Die einen riegeln die beiden Treppen ab, die auf die Kurtinen hinaufführen, die andern versperren den Zugang zum Wachtlokal.

»Achtung! Achtung!« brüllen die Wachen auf dem Türmchen, vom Knarren des Tores aufgeschreckt.

Hals über Kopf stürzen die Türken die Treppen hinunter. Axthiebe empfangen sie, in hohem Bogen prallen sie auf große Steinquader und bleiben zerschmettert liegen. Andere werfen sich, von einer Lanze durchbohrt, mit unnütz gestikulierenden Armen hinunter in den Graben. Ekkehard erreicht als erster die Zinnen, seine Normannen metzeln alles nieder, was sich darauf bewegt. Diejenigen vom Wachtlokal ergeben sich, aber Hermann läßt sie auf der Stelle hinrichten.

Guigo und Bozon ist es gelungen, die beiden eisenbeschlagenen Torflügel mit den dafür vorgesehenen schweren Bronzeringen aufzuziehen. Firus und sein Sohn haben die Fackeln der Wachtposten an sich gerissen. Jetzt laufen sie diesem großen Nachtviereck entgegen, wo Tausende von Männern auf der Lauer liegen. Sie winken. Antiochia schläft noch immer, und der ruhmreichste seiner Bewohner, Yaghi, glaubt mehr denn je an seine unerschütterliche Herrschaft.

Das Tor steht weit offen. Ein gigantisches Gebrüll hebt an. Viertausend Stimmen schreien: »Gott will es!« Der Graf von Toulouse, Adhémar von Monteil und Robert Courteheuse setzen zum Sturmangriff an. Im Südosten ist Gottfried zum Turm von Firus vorgestoßen und schleust durch diese Bresche zweihundert Ritter und tausend Soldaten ein.

Den Blick starr auf die beiden tanzenden Flammen gerichtet, haben die Reiter die schützenden Mauern der Raimundsburg verlassen. Einen Augenblick später erzittert die Brücke unter den Pferdehufen. Die Luft vibriert vom Waffengeklirr. Guigo kann die ersten Reiter erkennen, unter ihnen den Grafen von Toulouse gleich hinter Wilhelm von Montpellier. Als die französischen und provenzalischen Schlachtrosse das Stadttor passieren, kann er sich nicht mehr zurückhalten und applaudiert. Die hereinbrechende Flut zwingt ihn, zur Seite zu springen. Die Reiter haben freudestrahlende Gesichter. Endlich werden sie diese verfluchten Türken zwingen, ihr

»Allah! Allah!« hinunterzuschlucken, und zwar mit Schwerthieben und mit Wurfspießen, die mit scharfen Widerhaken versehen sind. Guigo ist glücklich. Er will dem Einmarsch von oben zusehen und steigt ein paar Treppenstufen hoch. In diesem Augenblick warnt ihn sein Instinkt vor der Gefahr, ein Schauer läuft ihm den Nacken hinauf. Er wirft einen raschen Blick nach links: Bozon hat eben sein Messer gezückt, um ihn abzustechen. Eine spitz zulaufende Waffe mit schwarzen Stichblattzapfen, eine Mordwaffe, speziell für diesen Zweck geschmiedet, eine, wie sie venezianische Händler gedungenen Mördern verkaufen.

»Bei Beelzebubs Hörnern! Was . . .«

»Du mußt sterben, Mann aus Signes«, spuckt Bozon ihn an.

Ein haßerfülltes Grinsen verzerrt das aschfahle Gesicht des Normannen. Guigo versucht Zeit zu gewinnen und streckt beruhigend die Hände aus.

»Rico . . . warum denn?« stößt er hervor.

Der andere zögert ein bißchen, was der Provenzale benützt, um seine Kräfte zu sammeln, indem er einen Schritt zurücktritt.

»Du hast die Tochter eines unserer Herren beleidigt. Und jetzt befiehl deine Seele Gott.«

Er stürzt auf Guigo zu und schleudert seinen Arm nach vorn. Der Angegriffene taucht weg, täuscht den Gegner mit einem Hüftstoß und lenkt damit die Waffe ab. Bozon fuchtelt durch die Luft. Guigo stürzt die Treppe hoch. Der Normanne ihm nach, brüllend wie ein Raubtier. Er ist ihm dicht auf den Fersen, da dreht Guigo sich um, versetzt ihm einen gewaltigen Fußtritt ans Kinn und setzt dann seine Flucht treppaufwärts und schließlich über die Kurtine fort. Er möchte nach jemandem rufen, aber die Reiter machen zu viel Lärm.

Er verflucht sich und wettert:

»Mein Schwert? Mein Dolch?« und merkt plötzlich, daß er sie unten beim Tor hat liegenlassen.

Auf dem Wehrgang findet er eine verlassene Lanze, packt sie und macht kehrt. Bozon ist verschwunden. Er kann die Augen verdrehen, wie er will, sich auf die Fußspitzen stellen, der Mörder ist ihm nicht gefolgt. Vielleicht hat er ihn erschlagen? Argwöhnisch, wie ein Schakal, der seine Beute wittert, dreht er sich um sich selbst. Rico Le Bozon ist unauffindbar.

Da hört er Bonifaz rufen:

»Gnädiger Herr! Hoho! Gnädiger Herr!«

»Da bin ich, Bonifaz, da oben! Sag, hast du Rico Le Bozon gesehen?«

»Ja, eben jetzt ist er mit Hermann davongegangen.«

»Er hat mich umbringen wollen.«

»Umbringen?«

»Ja.«

»Wegen der Geschichte mit dieser Kleinen?« fragt Bonifaz, als der Ritter zu ihm herunterkommt.

»Ja«, seufzt Guigo zu Tode betrübt. »Komm, denken wir nicht mehr an diese Altweibergeschichten, uns wartet die Beute.«

Den beiden Gefährten gelingt es, sich Rostang und Marcus Hispanicus anzuschließen.

Sich ein paar Schreie aus dem Bauch herausbrüllen, um sich recht zu schlagen, daran findet Gott Gefallen, und jedermann macht seinem Temperament entsprechend davon Gebrauch. Im aufgeschreckten Antiochia schlagen sie ungestüm mit ihren Schwertern auf Türen ein, blasen in Hörner und Trompeten und bringen Mauern und Bewohner zum Erzittern. Und immer dieses »Gott will es!« in aller Munde – die Einheimischen haben es sich bald gleichfalls zu eigen gemacht. Sie erschauern nicht mehr, sobald sie einmal gemerkt haben, daß ihr Heil davon abhängt, wie geschwind sie sich auf die Seite der Franken zu schlagen wissen. »Gott will es! Gott will es! Weichen wir sie ein, die Stadt, säubern wir sie vom Türkendreck!«

Eine ganze rasende Menge drängt plötzlich aus den Häusern heraus. Selbst gehbehinderte Krüppel jubeln diesen aus Europa gekommenen Christen zu. Man läßt sich vom Schlachtlärm mitreißen, von den Gerüchen, vom Geschrei der Soldaten berauschen, und der anfänglich beinah ausgelassene Taumel verwandelt sich in einen mörderischen Hurrikan. Ein völlig entfesseltes Toben bricht los, und die Abendländer fragen sich, ob sie sich zu diesem Zuwachs an Zivilpersonen, die mit behelfsmäßig ergatterten Waffen herumwüten, beglückwünschen sollen oder nicht.

Yaghi Siyan hat sich in seinem Palast ans Fenster gestürzt. Er ist von einer Maueröffnung zur andern gerannt. Seine Augen müssen ihn täuschen, das kann nicht wahr sein! Ganz deutlich sieht er im Morgengrauen die rote Standarte der Normannen über den Zinnen der Stadtmauer flattern. Bald besteht kein Zweifel mehr: beim Platz der Drei Gärten drüben sieht er christliche Reiter über eine arabische Miliz herfallen. Die Schreie dringen bis zu ihm herauf: »Gott will es! Gott will es!« Yaghi verliert den Kopf.

»Jakagan! Swirka! Fon! Schnell! Macht die Pferde bereit, wir sind verloren! Retten wir, was noch zu retten ist!«

Die Pagen laufen zu den Ställen. Yaghi brüllt wieder:

»Famari! Sosom! Kommt. Wir holen die kostbarsten Stücke des Schatzes und nehmen sie mit.«

In fieberhafter Eile, halb tot vor Angst, schleppt der Emir von Antiochia mit, was er mitschleppen kann, und belädt seine dreißig Diener. Wer nicht rasch genug vorwärtsmacht, wird geohrfeigt, Yaghi droht ihnen mit dem Kanglar, seinem krummen Dolch, wirft ihnen tödliche Blicke zu und explodiert in grausamen Worten. Er ist wütend auf Allah, auf seine Astrologen, auf seine Frau, seine Söhne, seine Höflinge, auf Kerboga, auf das Oberhaupt der Gläubigen, aufs Universum insgesamt. Endlich gelingt es ihm wie durch ein Wunder, die Seinen im Hof zu versammeln. Im letzten Augenblick kommt ihm seine Frau in den Sinn, er zuckt die Achseln, gibt seinem Pferd die Sporen. Und mit Windeseile macht sich die kleine Truppe auf und davon, überquert das bereits ausgetrocknete Bachbett des Onopnikles und entwischt durch das von den Bogenschützen wunderbarerweise gehaltene Hundstor. Yaghi flieht den sicheren Grenzen des Königreichs von Aleppo entgegen. Er flieht wie ein Dieb. Flieht hinter die bläulichen Berge, an deren Flanken arme Dörfchen hängen. Er flieht aus diesem öden Land, diesem Land, das er liebt. Und so packt ihn, als sie schon beinahe in Armenas sind, die Reue:

»Haltet an! Wir hätten die Stadt nicht so überstürzt verlassen sollen. Die Unseren haben die Zitadelle ganz sicher noch halten können. Und Kerboga rückt uns zu Hilfe, noch ist nichts verloren.«

Aber die Pagen setzen ihren Weg fort, ohne auf Yaghi zu hören.

»Aber ... Anhalten, sage ich! Anhalten!« zetert er. »Was tut ihr? Anhalten! Das ist ein Befehl. Anhalten, oder ich schlag euch die Köpfe ab!«

Er gibt seinem Pferd die Sporen und überholt die Kolonne.

»Verfluchte Hunde! Wollt ihr mir gehorchen!« zischt

er. »Ihr seid nichts, ich bin euer Herr und Meister.« Er hat sein Pferd quer vor sie hingestellt und brüllt wie ein Wilder.

Angeberisch stellt er sich ihnen entgegen, gibt noch einige unverständliche Befehle von sich. Die adligen Winzlinge gehen böse lächelnd an ihm vorbei. Wutentbrannt will er sein Schwert ziehen.

»Da!« spuckt ihm Sosom entgegen und versetzt ihm mit der Faust einen heftigen Schlag an die Schläfe.

Alles dreht sich um ihn, alles wirbelt herum, seine Träume werden in eine Ecke gefegt, seine Scham verfliegt, seine Reue schwindet, sein Herz explodiert, blutende Fäserchen nässen seine Wangen. »Zu mir!« schreit er schwach, als sein in Panik geratenes Pferd ihn abwirft. Yaghi Siyan, Herr von Antiochia, rollt in den Staub. Hinter ihm, weit, weit hinten erglänzt Antiochia mit seinen vierhundert Türmen in der Sonne. Das war seine Stadt.

Die Garnison hat nicht reagiert. Der überraschend schnelle Angriff hat unter den Seldschuken ein Durcheinander ausgelöst; völlig verloren fliehen sie der Zitadelle entgegen, zu der die Normannen sich bereits hochgehievt haben, andere, die zu weit von der Stadtfestung entfernt oder sonst davon abgeschnitten sind, wissen nicht mehr, wo sie ihr Heil suchen sollen. In welches Loch sollen sie sich verkriechen? Die Versiertesten unter ihnen entledigen sich ihrer Kriegerkleidung und schlüpfen in ein anonymes Untergewand oder einen abgewetzten Lederharnisch. Sie lassen sich nicht mehr blicken und fangen ihre Angst auf, indem sie Verse aus dem Koran rezitieren. Die Kühnsten unter ihnen stürzen sich ellbögelnd mitten in den Pöbel und stimmen ins allgemeine Geschrei mit ein. Aber ein Großteil dieser Flüchtlinge wird aufgespürt.

»Gott will es! Gott will es!« Die Menschen werden wahnsinnig, Gedanken an ein Blutbad brausen durch die Köpfe, und das Grauenhafte wird zu diesem Bedürfnis, das um jeden Preis gestillt werden muß. Der Tod geht um. Überall: nicht das kleinste Gäßchen wird verschont, auch die Kirchen nicht.

»Gott will es! Gott will es!« Sie sind vom Allmächtigen gedeckt, damit die Mission sich erfüllen kann. Bandenweise schwärmen mordtrunkene Hornissen durch die Stadt. Guigo ist starr vor Entsetzen. Mit der größten Verbissenheit gehen die Frauen zu Werke. Erbarmungslos fallen sie über die Flüchtlinge her, auf die sie besonders erpicht sind, sie erkennen sie instinktiv. Dutzendweise haben sie sich in ihren zerschlissenen Kleidern – dem ganzen Putz, den ihnen die Belagerung übriggelassen hat – zu Gruppen zusammengeschlossen, sie palavern mit geifernden Mündern, gestikulieren mit knochigen Händen wild durch die Luft. Weh dem, der ihnen in die Klauen gerät, sie kratzen ihm gleich die Augen aus, dann wühlen sie mit ihren Fingernägeln in den leeren Augenhöhlen herum, damit sich die Qual noch erhöht. Manche zeigen triumphierend abgeschnittene Geschlechtsteile herum, das sind ihre Kriegstrophäen. Zerzaustes Haargestrüpp über nackten Brüsten, eine Visage stemmt sich auf ihrem Opfer hoch, während die glühenden Krallen sich in warme Eingeweide bohren. Aber sie sind nicht die einzigen, die an diesem Alptraum beteiligt sind. Kinder bewerfen die Leichen mit Steinen und suchen mit Strohfackeln Verwundete in Brand zu setzen. Männer spielen mit abgeschnittenen Köpfen Ball. Es braucht keine Richtblöcke, keine scharfen Äxte, die Hinrichtung findet auf dem erstbesten Steinblock statt. Alles ist diesen Eintagshenkern recht: ein alltäglicher Gegenstand wird zum Folterwerkzeug. »Gott will es!

Gott will es!« Am 3. Juni 1098 geht Antiochia wieder in die Hände der Christen über.

6. Kapitel

Aufbruch

Bérengère und Aimerude sind nicht mehr nach Méounes zurückgekehrt, das übersteigt ihre Kräfte, sie verlassen sich lieber auf Pons, der ihnen den Anblick beschreibt, wenn er von einer seiner Patrouillen zurückkommt: nichts als Ruinen, vom Geäder wilden Efeus durchrankt und vom raunenden Wind, schwarze Trümmer und ein paar Gebeine da und dort, die im Laufe der Wochen verbleichen. Die vereinzelten Familienmitglieder, die das Massaker überlebten, haben in Revest oder Evenos Zuflucht gesucht, einige sind sogar mit tausend Segnungen beladen nach dem Morgenland aufgebrochen, ausgehungerte, fiebernde Kreuzfahrer. Das Ende der Zeiten! Dem himmlischen Thron entgegenlaufen. Bei den Ersten sein am Tag des Jüngsten Gerichts, verstört, zerschlagen, unter immensen Qualen über Tod und Unheil triumphieren ...

Bérengère hätte mit diesen zerschlissenen Banden losziehen wollen, aber diesem Vorhaben hat Bernhard sich aufs heftigste entgegengestellt. Unbewaffnet und arm wie sie seien, kämen solche Grüppchen nicht einmal lebend bis Mailand, hat er erklärt. Seitdem ist Bérengère völlig lustlos. Kaum beginnt sie nachzudenken, überkommt sie eine unsägliche Traurigkeit. Sie, die Leidenschaft und Begeisterung so gut miteinander zu verbinden verstand, ist nur noch der Schatten ihrer selbst. Johanna kann ihr zureden, wie sie will, ihr sagen, sie sei doch erst neunzehn, die Zukunft halte noch manchen glücklichen Tag für sie bereit, sie müsse bloß geduldig Guigos Rückkehr erwarten und sich schön und begehrenswert erhalten, es hilft alles nichts. Im Gegenteil, Bérengère arbeitet sich halb zu Tode. Sie hilft spinnen, geht Früchte einsammeln, näht Lederzeug und Wollkleider, bereitet Arzneitränke, Salben zu und scheut selbst vor niederen Arbeiten nicht zurück, die gewöhnlich Handlangern und Knechten vorbehalten sind. Eines ist sicher, sie wird die Provence verlassen müssen, bevor der Frühling zweimal ins Land gezogen ist. Dieses bohrende Verlangen aufzubrechen, das sie ebenso quält wie der Tod ihrer Tochter, wird früher oder später den Sieg davontragen, das weiß sie. Und als Aimerude die Rede einmal auf den Kreuzzug brachte, platzte sie heraus:

»Auch ich werde das Kreuz nehmen, und Seine Schreckliche Majestät, der König, wird meine Schritte zu jenen hinlenken, die ich liebe. Ich weiß, dieser Augenblick naht, aber wann genau er dasein wird, weiß ich nicht. Böse Zungen mögen mich meinetwegen als Törin verschreien, was kümmert mich das! Wenn es sein muß, wird die Törin bis nach Äthiopien laufen, um Guigo und ihren Vater wiederzufinden.«

»Aber der Mann verabscheut es, wenn man ihm nachläuft. Wenn du die Meere und Gebirge überquerst und es ablehnst, gottergeben zu warten, verletzt du deinen Liebesschwur. Guigo wird dich verachten, und dein Vater hat dich schon gar nie gesehen. Eine Frau soll nicht in der Welt herumziehen.«

»Aimerude! Ich verbiete dir, so mit mir zu reden! Mach mich nicht zweifeln. Guigo trägt mich in seinem Herzen so gut wie Jerusalem, und mein Vater muß furchtbar allein sein, so entwurzelt wie er ist, genau wie der Arm auf seinem Schild. Ich will sie Christus nicht streitig machen, auch ich bin nur Liebe. Warum sollte ich mich zum Warten zwingen? Warten, eine Aussaat nach der andern, eine Ernte nach der andern warten, Jahr für Jahr, bis meine Haut runzelig, mein Körper schlaff und meine Augen trüb geworden sind? Und dann wäre ich eine alte Frau, und vor mir nichts mehr als die Weidegründe des Todes! NIE! Ich muß aufbrechen.«

»Dann gehen wir zusammen, ich möchte so gern das Heilige Land kennenlernen.«

»Aimerude, bist du dir bewußt, welche Opfer und Gefahren das mit sich bringt?«

»Opfer! Gefahren! Was kann uns denn Schlimmeres passieren, als das, was wir hier schon durchgemacht haben! Ich bin deine Kusine, deine einzige Verwandte. Bei der Heiligen Jungfrau! Ich komme mit, das schwöre ich. Und Ritter Pons wird uns begleiten.«

Ein schwarzer, bleierner Himmel hängt über Marseille. Die Stadt mit ihrem Gassengewirr ist seit drei Tagen wie erdrückt, in düsteren Wolkenbänken gefangen. Die Klatschweiber im alten Hafen schweigen und strecken in ihren von Olivenöl glänzenden, nach Knoblauch und Basilikum riechenden Fingern das Sankt-Antonius-Brot vor sich hin, das den Himmel besänftigt: »Guter heiliger Antonius, beschütze uns! Lenke Gottes Zorn von uns ab!« Die »Spätzchen« und »Mäuschen« schlüpfen mit angstvoll aufgerissenen Augen den Schwestern oder Müttern in die Röcke, während diese Polenta zubereiten und einen Rapunzelsalat dazu, oder Salat aus gekochter Pastinake, oder Salzkrautsalat. Die Frauen singen, und wenn sie trinken, tun sie es oft *à la gargouleto,* mit hocherhobenem Glas und offenem Mund unter herabstürzendem Wasserstrahl, dann schielen sie schelmisch zu den Männern hinüber und sagen: »*L'aigo fai véni poulido*« – Wasser macht schön. Die Männer trinken Honigwein und erzählen sich die Geschichten vom Keulenreinhart oder von Loquifer, dem Riesen mit dem Eisenhammer. Aber die Lieder und Geschichten sollen nur diesen Himmel des Grauens vergessen machen, der ihnen auf die Schultern drückt.

Die junge Frau hingegen hat keinen Blick für das dunkle Gewölbe. Undeutlich nimmt sie gerade noch wahr, wo es mit dem Meer verwächst. Das Meer! Ach, könnte sie doch auf diesen schweren, scharfen Wogen reiten, weg von dem windgepeitschten Strand. Ach, wäre sie doch diese leichte, mühelose Möwe, die dem Morgenland entgegenschwebt!

Die junge Frau vergißt das Meer. Unerschrocken, mit hochgerecktem Hals setzt sie sich dem lauen Regen aus, der zu fallen beginnt. Ihre langgliedrigen Hände werden lebendig, sie fährt sich damit über die Wangen, Arme, Brüste. Ihre Hände erinnern sich an die Liebkosungen von einst, die Liebkosungen dieses Mannes. Ein zweiter Phosphorspritzer hat das vollkommene Oval ihres Gesichtes erhellt, und die Perlen ihrer Zähne blitzen zwischen den sinnlichen, roten Lippen auf, diesen Lippen, die für die Magie der Küsse gemacht zu sein scheinen. Die junge Frau spürt, wie ihre Kräfte sich lösen, sie beginnt zu tanzen und zu singen. Eine dunkle, eine orkangetragene Stimme. Sie dreht sich im Kreis, breitet ihre Arme aus, gibt sich den Elementen preis. Von den kurz aufscheinenden, grellen Lichtern hingerissen, gibt sie sich allen magischen Wesen ihrer uralten Erinnerung hin. Alles birst. Alles vibriert. Der Blitz spaltet den Raum, der Blitz fährt durch ihr Herz. Der Regen fällt dichter, die Stadt versinkt in unzähligen Wasserfällen, der Schrecken der Menschen wächst.

Der Bann ist so stark, daß die junge Frau nichts mehr spürt, nichts mehr hört, nicht einmal diese Stimme, die schreit:

»Bérengère! Bist du verrückt geworden! Es reicht! Ich flehe dich an, du holst dir noch den Tod!«

Aber Bérengère wirbelt ungerührt weiter in den Böen herum, triefend im Wassergestöber, wild sind ihre Gesten, wild ihr Gesang, wild bis ins Innerste ist sie selbst: »O Götter!« denkt sie. »Eure Blitze sollen mich zu ihm bringen!«

Eine Hand klammert sich an ihr Handgelenk, und endlich spürt sie diese Gegenwart, diese Worte, die jemand schreit: Es ist ihre Kusine Aimerude, das grazile, sittsame Kind.

»Bérengère! Was machst du? Seit Stunden bin ich nach dir auf der Suche.«

Bérengère schüttelt sich.

»Ich rufe die Mächte an«, sagt sie stockend, verwirrt durch die brüske Unterbrechung, »sie müssen mir helfen, ihn aufzufinden.«

»Gott allein kann dich erhören!« antwortet Aimerude heftig. Sie mag die Praktiken ihrer Kusine nicht. Und dann, als wäre sie auf die Wirkung ihrer Worte bedacht, sagt sie nach einer kleinen Pause und faßt dabei Bérengère am Kinn: »Und er hat dich erhört!«

»Was sagst du?«

»Er hat dich erhört. Pons hat einen Kapitän gefunden, einen Pisaner, der einverstanden ist, uns nach Byzanz zu bringen.«

Bérengère fällt auf die Knie und küßt den Betyl ihres Rings, dann das Kreuz, das sie umgehängt trägt.

»Erhört! Man hat mich erhört!«

Sie weint. Sie lacht. Das Glück ist zu groß. Sie küßt Aimerude, drückt ihr vier, fünf, sechs schmatzende Küsse auf die Wangen, hebt sie hoch, stellt sie ab, küßt sie von neuem. Zitternd wirbelt sie wieder wie ein Kreisel herum, dann läßt sie ihre Kusine stehen und läuft zu den Gassen hinauf, dem Haus Maître Jacopins entgegen. So viele Fragen brennen ihr auf der Zunge.

Pons, der dicke Dummerjan, ist wieder einmal am Essen, man könnte meinen, er tue nur das. Er versagt sich nichts, allerdings: Die Bourioun-Omelette – eine in der Pfanne gebratene Masse aus Nüssen und Zitteraalbrut – verbreitet ihren Wohlgeruch im ganzen Haus.

»Aha! Da kommen die Kleinen«, sagt er zur Familie Jacopin, »sieht aus, als hätten sie mit den Sardinen oder den Seeskorpionen gespielt, die Ärmsten! Schaut doch, wie pudelnaß sie sind!«

»Mein Gott!« ruft Etiennette, die Frau des Notars. »Ihr seid ja in einem schönen Zustand! Kommt, zieht euch rasch trockene Kleider an!«

»Nachher!« fällt Bérengère ihr ins Wort. »Ich habe diesem wohlgenährten Ritter, den Sie da vor sich sehen, zuerst ein paar Fragen zu stellen!«

Pons schaut die junge Frau mit seinen Kulleraugen an und seufzt: Der Herr von Brignoles hätte sich besser ein Bein gebrochen an dem Tag, als er beschloß, ihm diese Rolle des Zerberus zu übertragen. Nun ja, was soll's! Wenn's sein muß, daß man ans Ende der Welt geht, so geht man halt ans Ende der Welt!

Wenn etwas ein gutes Schiff ist, so dieses hier. Pons hat eine gute Nase gehabt, Bérengère muß es zugeben: Nicht nur ist es ein schönes, großes Schiff mit einem Kapitän, sie befinden sich zudem mit einem Trupp von etwa zwanzig provenzalischen Rittern und ihren Soldaten an Bord, einer Hundertschaft insgesamt. Im Falle eines barbareskischen Angriffs ist also für ihre Verteidigung gesorgt.

Die Küste ist verschwunden. Die Vögel folgen ihrem Kielwasser nicht mehr. Es ist ein schöner Tag, der Horizont bloß von einem hauchfeinen Dunst beschlagen. Sie stechen straff in See, kein Wunder: Ein günstiger, leichter Westwind bläst in ihrem Rücken. Bérengère steht hochaufgerichtet am Bug und blickt dem Morgenland entgegen. Sie sucht die wogende Wasserfläche nach Zeichen ab, erforscht die schäumende Gischt, die rechts und links an der Galionsfigur vorbeischießt. Vor zwei Tagen sind sie aus dem Marseiller Hafen ausgelaufen; zwei Tage Schwanken zwischen Hoffnung und Verzweiflung, Verzweiflung und Hoffnung. Die widersprüchlichen Worte der Seeleute klingen ihr weiterhin in den Ohren, überlagern sich mit denen der Mönche: »Das Heer ist vernichtet ... sie sind in Antiochia niedergemetzelt worden ... sie haben Damaskus eingenommen ... fast alle als Sklaven nach Kairo ... ein großer Sieg ... eine entsetzliche Niederlage ... sie sind in Civetot blockiert ... bei Drakon dem Erdboden gleichgemacht ... Sie marschieren gen Jerusalem ...« Wie soll man da wissen, wo die Wahrheit ist? Bérengère hört nicht mehr auf das Gerede. Aimerude und Pons – die einzigen, denen sie vertraut – haben geschworen, ihr bei ihren Nachforschungen beizustehen. Er lebt! Sie ist überzeugt davon, sie spürt es.

Nachdem der Dunst sich aufgelöst hat, taucht am Horizont eine graue Linie auf: Korsika. Danach kommt Italien, dann Griechenland und dann Byzanz.

7. Kapitel

Gefangen

So hat Guigo sich den Krieg nicht vorgestellt: all diese Leichen, dieser Gestank verwesenden Fleisches! Diese zu Spitzengewebe zerfallenden, von Ratten und kreischenden Raben überfallenen Leiber ... Karrenweise werden die toten Feinde auf den Platz der Gärten geschafft und dort ausgeleert, es ist Befehl ergangen, die Köpfe der Türken zu zählen; mit rund dreißig Mann hat man Guigo hier zum Dienst beordert. Während die andern mit Haken und Äxten die Köpfe von den Rümpfen trennen, führt der Ritter Buch, indem er Striche auf Schreibtäfelchen ritzt. Große, gelbe Hunde bahnen sich schnuppernd einen Weg durch die schlaffen Fleischteile und schnappen sich da und dort ein Stück. Manchmal droht Guigo einem davon mit dem Schwert, aber die ausgehungerten Tiere achten nicht auf die Gefahr, sie knurren bloß und füllen sich mit geifernden Lefzen weiter den Bauch. Guigo wird es übel. Er möchte sich in einen dunklen Winkel verkriechen, Schutz finden vor den Gerüchen, den Hunden, den Ratten, den Raben! Er blinzelt ins grelle Licht: Der gefallene Engel und sein unseliges Streitroß traben auf ihn zu. Richard aus der Nacht hat einen dunklen, weiten Mantel übergeworfen, seine Zöpfe und der Bart sind noch vom Blut seiner Opfer verfärbt, sein Blick mit schändlichen Plänen befrachtet, und mit einer tiefen, sonderbaren Stimme singt Richard.

Noch nie hat Guigo eine solche Melodie gehört, die Worte bleiben fast unverständlich.

Die Männer bekreuzigen sich, die gelben Hunde fliehen, bald steht der Mann mit dem Schwarzen Linkarm wie ein Geächteter allein vor Guigo.

»Ruh dich aus«, sagt er zu dem jungen Ritter. »Ich löse dich ab. Kippt das Aas hier in den Graben, Männer. Die Köpfe werden wir mit den Wurfmaschinen auf dem Luftweg zu Kerboga zurückbefördern.«

Die Ratsversammlung vom 9. Juni ist vorbei. Der mächtige Seldschuke fühlt sich müde. Es hat ihn viel Kraft gekostet in letzter Zeit, die ehrgeizigen Fürsten, die sich ihm angeschlossen haben, zu bändigen. Er hat sich in Worten und Kompromissen erschöpft. Er hat ihnen drohen müssen, eine andere Sprache verstehen sie nicht. Tag und Nacht, Sekunde für Sekunde seinen Willen durchsetzen, bei Allah, das will etwas heißen. Er preßt sich drei Finger an die Stirn und sucht nach Worten, und seine Finger irren zu dieser Lues hinüber, die sich ihm bis zu den Schläfen hinunterzieht, diesen Papeln, an denen er wütend herumkratzt, wenn es niemand sieht. Das verfluchte Jucken befällt ihn jedes Frühjahr wieder, allen Salben und Arzneien von Bagdads Doktoren zum Trotz. Er, der bis jetzt jedes feindliche Heer besiegt hat, er, der Unbesiegbare, ist vor dieser Krankheit ebensowenig gefeit wie der letzte seiner Fellachen, und das kann er nicht akzeptieren. Ein Sklave macht sich an den Räuchergefäßen zu schaffen, sogleich verbreitet sich ein angenehmer Rosenduft im Zelt und verjagt die giftigen Gerüche, die sich darin angesammelt haben. Es sind immer zu viele Leute da. Die drei Finger des Seldschukenfürsten sind jetzt zum schwarzen Bart hinuntergeglitten und haben dabei die kleine Hakennase gestreift, die seine Konkubinen so entzückt. Gewissenhaft, mechanisch streicht er sich den Bart, etwas Vages ist in dieser unwillkürlichen Gebärde, was dem Bedürfnis eines Kopfes entspricht, der zugleich allzu voll und allzu leer ist. Er streichelt und zwirbelt dieses geölte Haar, dieses Pechkohlebüschel, das ihm pfeilgerade auf die Brust hinunterfällt.

»Man darf seinen Feind nie unterschätzen«, sagt er in gemessenem, ernstem Ton, »besonders dann nicht, wenn er durchtrieben und grausam ist. Sei vorsichtig, Achmed, diese Barbaren sind überaus gefährlich. Überrasche sie stets im Augenblick, da sie es am wenigsten erwarten, nütze die Gelegenheit, wenn sie schlafen, wenn sie ihre religiösen Zeremonien abhalten, und möge der Himmel dich vor ihren Pfeilen schützen. Denk an den Marsch nach Mossul, an unsere Siege und wie klug wir die Pläne der verfluchten Sultane zu vereiteln wußten! Ich, der Schrecken des Universums! Das Schwert des Islam! Ich habe auf das Große Buch geschworen, mit diesen Christen aufzuräumen. Allah möge einen jeden meiner muselmanischen Brüder mit den Tugenden ausstatten, mit denen ich gesegnet bin, dann wartet uns großer Ruhm! Aller Augen richten sich auf uns; von Samarkand bis Basrah, von Schiras bis Tiflis schätzen die Sultane unsere Erfolgschancen ab. Welche Freude ihnen unsere Niederlage bereiten würde, brauche ich mir nicht auszumalen. Und vergeßt vor allem eines nicht: In Ägypten warten die perfiden Fatimiden nur darauf, daß wir unsere Streitkräfte zurückziehen, um wie Aasgeier über Palästina herzufallen. Meine Spione haben mir gemeldet, daß dieser habgierige Schahinschah el-Afdal bereit ist, jenseits von el-Arisch in unsere Gebiete einzufallen. Verflucht sei der Gläubige, der den Gläubigen überfällt! Ich bin die Hoffnung aller Stämme des Orients, ihr müßt mir helfen, sie nicht zu enttäuschen! Der wahre Glaube muß triumphieren!«

In einem düsteren Winkel, hautnah an die Seide des gewaltigen Zeltes geschmiegt, unterhält sich der Herr von Damaskus leise mit seinem Statthalter Toghtekin.

»So ein Angeber, hörst du? Was meint der eigentlich, wer er sei? Soviel ich weiß, ist er nicht der Prophet, was?«

»Psst! Nicht so laut, mein Fürst«, flüstert Toghtekin und hält sich die Hand vor den Mund, um den König von Damaskus zur Mäßigung zu bewegen.

Dukak beißt sich auf die Lippen, Toghtekin hat recht; und er läßt von seiner Stimme nicht mehr als ein feines Rinnsal heraus: »Dieser Posten in der Zitadelle hätte übrigens dir zugestanden, schließlich hat Siyan auch mich zu Hilfe gerufen! Es stimmt, ich bin weniger mächtig als Barkyaruk, aber mein Reich liegt näher bei Antiochia, und die Invasion dieser Franken betrifft uns fast unmittelbar.«

»Ja, mein Fürst«, antwortet Toghtekin sanft, »aber Kerboga ist und bleibt der erste Krieger des Islam, es ist nicht ratsam, sich seinem Willen entgegenzustellen. Du weißt, wie er die Okailiden niedergeschlagen hat, er ist unbesiegt! Keiner von uns kann sich ihm widersetzen. Nein, nein, mein Fürst, fügen wir uns. Wir kommen schon noch an die Reihe.«

»Du hast recht. Den Franken müßte es bloß gelingen, uns zurückzuschlagen – es wäre ein Wunder, Allah ließe das niemals zu –, und schon wäre ich an allem schuld. Schweigen wir! Da kommt Dschanah.«

Der düstere Ortokide tritt einen Schritt von seinem Meister weg. Beide streifen den arabischen Emir von Homs, Dschanah ad-Daula mit einem harten Blick.

Kerboga hat diesen arabischen Führer aus dem

Stamm der Banu-Mulaib und seine fünftausend Krieger mit Freuden ins türkische Heer aufgenommen. Der König von Damaskus und sein Statthalter ziehen schiefe Gesichter, sie würden ausspucken, befänden sie sich nicht in diesem Zelt. Fast alle Türken aus dem südwestlichen Reichsgebiet können die Araber nicht ausstehen. In ihren Augen sind sie eine böse Brut, hinterhältige Hunde, die ihnen jederzeit in den Rücken fallen können. Das arabische Oberhaupt geht an den beiden Komparsen, die es verabscheut, vorbei, ohne sie eines Blickes zu würdigen. Es ist nicht der Moment, weiter seinen Hirngespinsten nachzuhängen. Kerbogas Stimme donnert durchs Zelt und bringt das Gezischel zum Verstummen, das bis jetzt aus allen Winkeln herausgesikkert ist:

»Muselmanische Brüder, wenn es uns nicht gelingt, die Stadt innert fünf Tagen über die Zitadelle in unsere Gewalt zu bringen, ziehen wir unsere Kräfte beim Seetor zusammen. Von da aus werden wir die Stadt abriegeln. Wenn nötig, zwingen wir diese Verteidiger des Kreuzes durch den Hunger nieder.«

Mehrere Tage darauf, nachdem Achmed ibn Merwans Versuche, die Stadt innerhalb der Befestigungsmauern zu stürmen, fehlgeschlagen sind – zahlreiche Soldaten haben sie jedesmal mit dem Leben bezahlt –, bewegen sich die Seldschuken, den Anweisungen Kerbogas entsprechend, dem Seetor entgegen. Und damit beginnt eine harte Zeit der Belagerung. Es dauert nicht lange, bis sich in Antiochia der Hunger bemerkbar macht, der die Bäuche aufbläht und die Haut pergamenten macht, und mit dem Hunger ziehen die Krankheiten einher und mit den Krankheiten die Angst.

Das Gerücht geht wie ein Lauffeuer von Mund zu

Mund durch die Gassen: Peter der Eremit ist mit ein paar seiner Getreuen geflohen.

»Fangt sie ein!« befiehlt Gottfried.

»Aber laßt Peter am Leben!« fügt Adhémar hinzu.

Tankred, hitzig wie immer, nimmt als erster die Verfolgung auf; ihm auf den Fersen Arnulf der Lothringer und fünf Söldner.

»Ich schleppe ihn an den Ohren wieder her, diesen Schwärmer!« schreit er durch die Gänge.

Es dauert nicht lange, bis der Normanne die Flüchtlinge eingeholt hat. Schwer bewacht wird der Mönch der Versammlung der Fürsten vorgeführt. Gerade stolze Figur macht er nicht, Gottes Hirte, er wagt keinen Blick in die Runde. Er fürchtet sich. Besonders seitdem dieser Draufgänger von Tankred zwei Männer umgebracht hat, die nicht zurückkommen wollten. Die verdrossenen Mienen der Fürsten verheißen nichts Gutes, ihm wartet gewiß die Wippe, der Strick, die Axt oder das Gottesurteil! Es läuft ihm kalt den Hals hinauf, ihm ist, als spüre er bereits die Flammen an seinen Fußsohlen lecken. Soll man ihn doch zur Strafe in einen Stall verbannen, dann schwört er alles, was man will! Mit kleinen Schritten geht er auf den Herzog von Niederlothringen zu, der ihn anklägerisch anblickt. Wie ein Kind vor dem Vater zittert er in seiner Kutte. Und läßt sich auf den Knien von Gottfried befragen.

»Warum bist du geflohen?«

Der Herzog brüllt wie ein Löwe.

»Weil mir die Massaker von Civetot wieder in den Sinn gekommen sind. Nacht für Nacht verfolgen mich diese Schreckensgesichte, vor allem in letzter Zeit. Überall ist Blut! Überall! Es sickert euch auf den Gesichtern zu allen Poren hinaus. Es geschieht hier wieder dasselbe wie in Civetot.«

Sorgenvolle Stirnen wenden sich ihm zu; wenn er so weiterschwätzt, wird er mit seiner Angst noch alle anstecken. Adhémar wittert die Gefahr und greift ein:

»Aber während dieser Massaker warst du doch in Byzanz?«

Der Mönch verhärtet sich. Das mag er gar nicht, daß man ihn darauf anspricht. Adhémar hat ins Schwarze getroffen, Peter muß sich verteidigen, die Funken, die eben noch aus seinen Augen sprühten, sind erloschen. Er stammelt:

»Ja ... ja ... Ich war beim Basileus ... Die Überlebenden haben mir alles erzählt. Meine Freunde waren dort, meine Schüler, meine Stellvertreter, Tausende von Soldaten und ein ganzes Volk von Unschuldigen. Sie sind alle umgekommen! Gott erbarme sich ihrer Seelen. Ich konnte nichts dagegen tun. Das wißt ihr, alle wißt ihr es hier ... Es ist nicht meine Schuld. Ihr habt ja die Berge von Schädeln gesehen, welche die Ungläubigen zurückgelassen haben.«

Die Ritter haben sich wieder gefaßt und starren ihn jetzt eher spöttisch an. Lebhaft hält ihm der schöne Hugo von Vermandois entgegen:

»Meinst du, dieses Sammelsurium von Bauernflegeln und Dieben, die in den Löchern um Drakon oder in den Ebenen von Helenopolis umgekommen sind, läßt sich mit den tapferen Soldaten des christlichen Heeres vergleichen? Mit jenen, die bei Doryläum siegten? Meinst du, diese blassen Figuren, mit denen du uns in den Ohren liegst, so mittelmäßige Gesellen wie dieser Walter von Teck, dieser Ohne Habe und der von Tübingen, deine Stellvertreter, wie du sagst, meinst du wirklich, die seien mit uns, den erlauchten Fürsten der fränkischen Länder, zu vergleichen? Schau dich um, da hast du echte Befehlshaber vor dir.«

Peter blickt die Umstehenden mit großen Augen an; es ist, als sähe er sie zum ersten Mal. Wie ein geschlagener Hund dreht er den Kopf von einem zum andern.

Etwas milder sagt Gottfried zu ihm:

»Stellst du dir vor, diese Stadtmauern seien leer? Wir haben noch Tausende von Männern, glaube mir, und Gott mit uns!«

»Gott mit uns, ohne Zweifel. Was hingegen die Männer betrifft, so sind es seit kurzem etliche weniger.«

Der Spielverderber, der da spricht, ist Boemund. Breitbeinig, mit in die Hüften gestemmten Händen, steht er scheinbar ruhig da; aber aus seinem gewöhnlich eisig graublauen Blick schlagen Flammen, und in seinem starren Gesicht zuckt ein nervöser Tick um die Lippen.

»Was soll das heißen, Boemund?« brüllt Gottfried und verliert seine übliche Gelassenheit.

Der Normanne läuft rot an. Die Wut schießt in ihm hoch. Mit einer schroffen Handbewegung stürzt er einen Becher Wein hinunter, saugt einen tiefen Zug Luft ein, um die angeschwollenen Adern zu entlasten, dann zeigt er mit seinem Zeigefinger nach Westen und erklärt:

»Der Graf von Blois und Wilhelm von Grandmesnil sind genau jetzt bereits auf dem Weg nach Konstantinopel.«

Gottfried erblaßt. Wie? Weshalb hat man ihm nichts gemeldet? Aber er scheint nicht der einzige zu sein, der aus allen Wolken fällt.

»Was?« stößt Robert von Flandern hervor.

»Beim Arsch des Teufels!« flucht Geldemar Carpenel fast gleichzeitig mit Raimund von Forez.

»Wie?« mischt Rambald von Orange sich ein. »Wie haben diese Feiglinge es wagen können? Uns zu verlassen, während uns eine gewaltige Armee in der Zange hält! Man müßte sie exkommunizieren.«

Die Angst hat die Franken in die Flucht geschlagen. Die Angst! Sie haben sich nachts durch das Hundstor davongemacht.

Und während Tagen bildet der Verrat der Franken das einzige Gesprächsthema. Tausendmal wird die Frage gestellt: Warum bloß haben sie die Sache Christi verraten? Die Mönche lassen es sich angelegen sein, aus den Verrätern die schwärzesten Dämonen zu machen, alle Übel werden ihnen in die Schuhe geschoben, und die durch die Kirchen geschleuderten Bannflüche bringen selbst den Himmel zum Erzittern. Noch wissen die Kreuzfahrer in ihrem Unglück aber nicht alles ...

Nachdem sie auf dem schnellsten Weg Alexandretta angesteuert haben, sind Stephan von Blois, Wilhelm von Grandmesnil und ihre Truppen, ohne eine Rast einzuschalten, nach Kleinasien weitergezogen, um sich dort mit Alexios Komnenos zu treffen, der seine Streitkräfte in Philomelion zusammenzieht. Und da setzen sie alles daran, den Kaiser davon abzubringen, gen Antiochia zu marschieren. Alexios ist niedergeschmettert. So ist es also zu spät. Hat doch die türkische Flutwelle diese wildwütigen Franken überrollt; schade, er begann schon zu glauben, sie stünden wirklich unter einem guten Stern; mit ihnen, mit Gott und ein bißchen Glück wäre er bis ans Ende der Welt gezogen; aber vielleicht ist es besser so. Sie waren so kriegslustig, so arrogant, so unerträglich letztlich. Und Alexios erläßt den Rückzugsbefehl. Vergeblich erhebt Boemunds Bruder, Guido, Einspruch. Alexios hat taube Ohren und kommt nicht auf seinen Entschluß zurück. Dafür brauchte es mehr als Guidos dürftige Argumente. Dem Normannen kommen die Tränen vor Wut, als er zusehen muß, wie all die Reiter und das ganze Fußvolk rechtsumkehrt machen und sich nach Polybotos zurückziehen. Zitternd und ächzend steht er da wie eine Eiche im Sturm. Stundenlang ziehen die Kolonnen an ihm vorbei, dann ist nichts mehr da als der goldbestäubte Horizont. Guido ist allein mit seinem Pferd, zwei winzige, dunkle Flecke, die nicht verschwinden wollen, zwei Flecke zwischen Antiochia und Byzanz, das letzte Band zwischen Orient und Okzident. Die Kreuzfahrer sind sich selbst überlassen.

Guigo verdreht und verkrampft sich die Finger. Dieser Brand in seinem Bauch, das ist Roxane. Er begehrt sie wie wild, er ist zu jeder Tollheit bereit, um sich Befriedigung zu verschaffen. Mit großen Schritten geht er vor Rate von Senergue auf und ab. Stutzig geworden, blickt dieser ihn an und fragt:

»Was hast du bloß?«

»Ich werde sie kriegen!«

»Wen?«

»Die Frau mit den grünen Augen. Roxane von La Ferté-Fresnel!«

»Ha! Ha! Ha! Da halt ich mir ja den Bauch vor Lachen. Die müssen aus dem Stein geschliffen sein, der Luzifer von der Stirn gefallen ist, diese grünen Augen, das wohl! Ha! Ha! Ha! Armer Narr! Ihr Vater bringt dich um, nein, dingt seine Mörder, um dich beseitigen zu lassen, und alles, was dir dazu einfällt, ist: Hast du ihr Haar gesehen? Pures Gold, und ihre Haut? Ihre Nase? Ihren Nacken? Und jetzt ihre Augen? Na, du träumst wohl, Ritter!«

»Nein! Gestern hat sie mir einen Blick zugeworfen, zwei Feuerpfeile, sage ich dir, der sprach Bände.«

»Das glaubst du. Du hast gar nicht gemerkt, daß ihre Erregung ganz andere Gründe hatte. Als die armenischen Holzfäller uns Yaghi Siyans Kopf präsentierten, hat sie sich mit der Zunge die Lippen geschleckt, das schwöre ich dir.«

»Rate! Du bist verrückt.«

»Du kannst Bonifaz fragen.«

»Ja schon . . .«, stammelt der Knappe, »aber ich hab nichts bemerkt, ich hab auf den Kopf des Sultans gestarrt.«

»Du würdest deinem Ritter ja wirklich nie ein Härchen krümmen«, spottet Rate, dann sagt er beschwörend:

»Laß es dir nochmals gesagt sein: Diese Kleine ist nichts für dich! Da, iß ein Stück Kringel, anstatt ins normannische Fleisch zu beißen, es ist der letzte.«

Er bricht in ein lautes Gelächter aus und streckt Guigo das ringförmige Gebäck entgegen. Guigo hat es satt, sich von diesem Vielfraß die Leviten lesen zu lassen. In ein Büßerhemd gehörte er gesteckt, dieser Pfiffikus, der in sein Fett furzt, blitzschnelle Kühnheit beweist er nur, wo's um Fressalien geht, da kann er mit den größten Mäulern der Armee rivalisieren; von verblüffender Verwegenheit, wenn es etwas Eßbares zu ergattern gilt, ungleich zaghafter, wenn es darum geht, die Leitern zu erklettern.

»Dein Kringel kann mir gestohlen bleiben«, kläfft Guigo ihn an.

»Beim Himmel! Anstatt dir selbst den Bauch vollzuschlagen, gäbst du sie besser Dame Elvira; erschöpft wie sie ist, würde sie das zu schätzen wissen. Nütze die Gelegenheit, so halten wir nicht umsonst Wache vor dem gräflichen Turm.«

»Toulouses Frau! Du spinnst wohl?«

»Nein«, antwortet Guigo. »Es gibt nichts mehr zu essen in dieser Stadt. Die Rationen werden immer knapper, schon jetzt liefern uns Hunde und Katzen das meiste Fleisch.«

»Pfui!« spuckt Rate aus, »ich bin aber noch nicht soweit!«

»Der Gerste wird Sägemehl beigemischt. Dieser gute, süße Weizen kann das Herz unserer edlen Elvira nur erfreuen. Wagst du es nicht?«

»Ach nein . . .«

»Selbst wenn er von Toulouses Frau ist – Elvira von Aragon lehnt diesen Kringel bestimmt nicht ab.«

»Ach was, das sind bloß Scherereien für nichts und wieder nichts, ich esse sie lieber selbst.«

»Du gemeines dickwanstiges Schwein! Erstickst du nicht vor Scham? Nun gut, dann sieh bloß mal zu!«

Der Mann aus Signes reißt dem Dicken den Kringel aus der Hand und wirft ihn zum Fenster hinaus. Rate stürzt hintennach. Zu spät. Das kleine Gebäckstück ist auf die Kurtine mitten in eine Bande liederlicher Gesellen hineingefallen. Sogleich ist es verschluckt. Das ist so schnell geschehen, als wäre das Ganze ein Gauklertrick. Ein Mann hebt kauend seinen Eidechsenkopf und bedankt sich bei Rate:

»Danke, danke, Ritter, vielen Dank.«

»Pah!« schimpft der.

»Gott wird es dir lohnen, gnädiger Herr.«

»Ich pfeife auf Gott! Meinetwegen kannst du krepieren, verfluchter Hund!«

»Na komm schon, halt dich still«, sagt Guigo spöttisch.

»Du«, brüllt der andere und macht die Fäuste, »für diese Gemeinheit wirst du mir auf dem Kampfplatz Genugtuung verschaffen.«

Bonifaz stellt sich vor Rate hin und flötet mit sanfter Stimme:

»Oh, Ritter von der Fidelen Tunke, ich bitt euch, mein Kämpe zu sein.« Und er streckt ihm ein Büschel Werg entgegen und macht eine Reverenz.

»Geh zum Teufel! Dreckiger Ollioulaner«, brüllt der

andere, außer sich vor Wut. Dann rudert er mit seinem Arm wild zu Guigo hinüber:

»Und du, scher dich bloß wieder zu deiner Normannin!«

»Gut, gut, ich geh schon«, antwortet Guigo und gibt Fersengeld, gefolgt von seinem Schatten, Bonifaz.

Sie haben den ockergelben Flügel der westlichen Stadtmauer, wo sich ihr Quartier befindet, verlassen und schlagen sorglosen Schrittes den Weg nach dem Sankt-Georgs-Tor ein. Sie folgen der Hadriansstraße. Beim Stadttor angelangt, das von einer Kompanie von Flamen bewacht wird, biegen sie südwärts ab und gehen der Stadtmauer entlang. Zuerst hat Bonifaz nicht glauben wollen, daß Guigo Rate von Senergues Worte buchstäblich in die Tat umsetzen würde. Aber sein Ritter aus Signes ist verrückter, als er dachte: er ist tatsächlich auf dem Weg zur Normannin, lächelnd obendrein. Und das ist bloß eine Spur riskanter als ein Besuch bei Kerboga.

»Sobald wir im normannischen Bereich angelangt sind, bewegen wir uns in Deckung vorwärts. Verstanden?«

»Gut, gut«, brummt der Knappe. »Aber warum mußt du gerade ihr den Hof machen? Wäre es nicht einfacher, dein Glück bei einer einheimischen Christin zu versuchen? Es wimmelt davon in dieser Stadt, und manche sind sehr hübsch, das kann nicht schaden. Man setzt doch nicht für eine Frau sein Leben aufs Spiel.«

»Ach! Halt den Mund, du, was weißt denn du! Das kannst du nicht begreifen.«

»Nun ja, was ich begreife, ist dies: Du zappelst wie eine Fliege im Spinnennetz, du bist wie ein Fisch ins Netz ge . . .«

Bonifaz unterbricht sich und packt Guigo am Arm.

»Vorsicht! Wir sind in der Nähe von Boemunds Quartier«, er zeigt auf einen Punkt über den Dächern.

Der Ritter blinzelt im prallen Sonnenlicht, dann erkennt er das lange, rote Stoffband: das Banner des Herrn von Tarent.

»Ich glaube, wir nehmen besser ein kleineres Gäßchen«, meint der Mann aus Ollioules.

»Du hast recht. Diese Räuberhöhle da zum Beispiel.«

Sie können nur knapp beide nebeneinander gehen. Zu beiden Seiten liegen Pyramiden von Töpferwaren und haufenweise verstaubte Ziegelsteine aufgeschichtet, alles ist menschenleer, aus den Verkaufsgegenständen ist ein Unterschlupf für Eidechsen geworden, offensichtlich haben die Handwerker ihre Arbeit schon lange eingestellt. In allen Winkeln hört man diebisches Vogelgepiepse, wie immer an den Orten des Elends, hie wird eine Krume, da ein verdorbener Überrest von dem aufgepickt, was die Menschen zurückgelassen haben. Die Hitze, selbst im Schatten der hohen, fleckigen Gebäude, ist erdrückend. Ein Schmelzofen, in dem einem der Atem wegbleibt, eine Welt aus Staub und Lava. Die beiden Männer schleichen zwischen den Mauern durch, von denen der Verputz abblättert. Feine, saure Rinnsale laufen ihnen über die Wangen, unter ihren Roßhaarhemden rieselt es, aber trotz des ranzigen Geruchs, den sie verströmen – sie haben sich seit vierzig Tagen nicht gewaschen und nicht gelaust –, ist hier weit Schlimmeres zu riechen: der Tod! Ein undeutliches Geräusch läßt sie aufhorchen. Zwei Gespenster, nein, zwei lebende Wesen oder was davon übriggeblieben ist, genauer zwei alte, gekrümmte, in Lumpen gehüllte Weiber mit ein paar dünngesäten Haaren auf dem Kopf, durchsuchen da die Abfälle. Sie beachten die beiden Männer nicht einmal. Was soll's! Ihre einzigen Feinde sind die Ratten, denen sie die wurmstichigen Reste streitig machen. Auf einmal wimmelt es von Leuten in der Gasse, als bildeten die beiden Alten die Grenzsteine eines neuen Bezirks. Ein schweigsames, schmutziges Volk sitzt da im staubigen Schatten oder steht in der uringeschwängerten Luft. Einen Augenblick stocken die beiden Provenzalen. Bei Christus! Wo sind sie bloß? Eine Welt von glotzenden Augen, geblähten Bäuchen, Schmutzrändern, verhärteten Geschwüren, zahnlosen Mündern, hohlen Wangen und hervortretenden Rippen bietet sich ihren Blicken dar. Es stimmt also, was die Mönche erzählten: Es gibt mittellose Armenier, die am Rand des Heiligen Kriegs zu überleben suchen. Guigo möchte laut aufbegehren, aber kein Ton kommt ihm über die Lippen. Was haben diese Leute denn für ein Verbrechen begangen? Dasjenige, die Steuer von einer Kupfermünze für hundert Herdfeuer nicht aufbringen zu können, würde ihm ein lombardischer Bankier wohl zur Antwort geben. Bonifaz ist derart vor den Kopf geschlagen – die Leute, die sie da entdecken, sind ja viel elender dran als die Leibeigenen-Pilger, welche dem Heer der Kreuzfahrer folgen –, daß er beinahe über eine Frau stolpert, die da, leicht an einen gespaltenen Tonkrug angelehnt, am Boden liegt. Bonifaz weicht zurück. Diese dicke Frau mit ihren lauchartigen Augen rindet sich die Oberschenkel ab; von Zeit zu Zeit zucken ihre groben Fingernägel auf dem schlaffen Fleisch nach oben und suchen schleimige Geschwüre auszudrücken, von denen ihr Körper unterhalb des Geschlechts übersät ist. Ein entsetzlicher Gestank geht von diesen prallen Abszessen aus, die sie auf Lappen ausfließen läßt. Das ist wohl eine ehemalige Schlampe aus einem Bordell, eines dieser Weiber, die am Entzug des »sarazenischen Übels« leiden und die ewig ihre

Hafenkneipengeschichten wiederkäuen und ihren verseuchten Körper bejammern.

Die beiden Kreuzfahrer beschleunigen ihre Schritte. Hinter ihnen hat die Frau Blut zu spucken begonnen, die Fliegen haben ihre wahnwitzigen Arabesken gestoppt und sich in Schwärmen wieder auf diesem erbarmenswürdigen Körper niedergelassen. Obwohl es immer steiler bergan geht, laufen die beiden Männer schneller und schneller. Ein paar schwankende Bettler, die nicht mehr die Kraft haben, die Hand auszustrecken, schauen ihnen mit glasigen Augen nach; noch weiter oben steht ein Kind unter einem Torbogen und hält sich den Bauch. Schleim läuft ihm die mageren Beinchen hinunter. Guigo denkt an Gott, an diesen Gott, von dem es heißt, er sei gerecht. Zum ersten Mal kommt sein Glaube angesichts dieses menschlichen Elends ins Wanken. »Die Letzten werden die Ersten sein ... Gesegnet sei der Arme, denn seiner ist das Himmelreich ...« Worte, Worte, Guigo bekommt feuchte Augen. Aber bereits beginnt er dieses apathische Volk zu vergessen, denn die Gefahr ist nahe. Letzten Endes ist das alles nur ein böser Traum, den er verjagt, weit weg, in den hintersten Winkel seines Gedächtnisses hinein. Es tut gut, die Wirklichkeit wiederzufinden, den Ruf der Wachen, den Lärm der Männer, die sich mit Holzschwertern üben, das Wiehern der Pferde, das tut gut, selbst wenn das alles zur normannischen Brut gehört.

»Wir nähern uns dem Haus von La Ferté-Fresnel«, flüstert Bonifaz, »eine wahre Festung, es muß etwa hundert Schritte weiter rechts sein, zuhinterst in einer Sackgasse, wo eine grobe Steinmauer beginnt.«

»Achtung!« haucht Guigo.

Da, gerade vor einem Markstein, steht ein Ritter in einem gelben Gewand, auf dem drei Wolfsköpfe blecken.

Sie können ihn unschwer erkennen: es ist Frangon der Wolf, der zum Hause Humfrieds von Monte Scabioso gehört. Eine normannische Bestie der schlimmsten Gattung! Wie kein zweiter weiß er mit dem Widerhakenspeer umzugehen, der Kerl ist fast so verrückt wie Richard aus der Nacht!

Der Rotschopf mit den glattgeschorenen, von Narben durchzogenen Wangen beäugt sie von oben bis unten. Er scheint nicht überrascht zu sein und fährt fort, ein Stück Horn zuzuschneiden, eines von denen, mit denen man die Bogenenden verstärkt. Sie streifen ihn im Vorbeigehen, dann spüren sie seinen Blick auf ihren Schultern. Die Lust, sich umzudrehen, unterdrücken sie. Nichts geschieht. Es ist bloß eine Zufallsbegegnung, die ohne Folgen bleibt, der Mann glaubt wohl, sie hätten sich verirrt oder ... Jedenfalls müssen sie sich davon zu überzeugen suchen, daß alles gutgeht. Und es geht alles gut. Vor ihnen gabelt sich die menschenleere Gasse, sie halten sich nach rechts, es ist die Sackgasse. Sie gehen durch ausgebreitete Wäsche hindurch, schmutzige, da es an Wasser und Asche fehlt, und stehen bald vor der Mauer. Bonifaz starrt Guigo unverwandt an und stößt hervor:

»Und, was tun wir jetzt?«

»So eine Frage! Wir klettern hoch, natürlich!«

»Nun gut, klettern wir hoch. Früher oder später muß ja doch gestorben sein.«

»Wenn du Angst hast, kannst du hier auf mich warten.«

»Nie!«

»Dann hilf mir.«

Der Knappe läßt Guigo auf seine Schulter steigen. Auf der grob gefügten steinernen Mauerkappe angelangt, reicht Guigo seinem Gefährten die Hand und zieht ihn hinauf. Bonifaz brummt, schüttelt den Kopf, aber er folgt seinem Ritter nach; um nichts in der Welt ließe er ihn im Stich. Von ihrem Ausguck aus fällt ihr Blick in einen unglaublichen Garten hinein. Draußen ist alles dürr, und hier leuchtet das Grün in allen Nuancen mit Farbtupfern von Blumen und Früchten darin, eine blühende Üppigkeit, die nur das Werk eines außerordentlichen Gärtners sein kann, eines jener in Pflanzen und Blumen vernarrten Orientalen, wie sich die Sultane und die reichen Griechen welche halten, um an ihren Gärten eine Augenweide zu haben. Wahrscheinlich hat La Ferté-Fresnel einen solchen Gärtner zusammen mit dem Haus übernommen.

»Das ist etwas anderes als die ausgetrocknete Garrigue ringsum, was, Bonifaz? Sie müssen Wasser aus einem Ziehbrunnen haben.«

Ohne länger abzuwarten, lassen sie sich in dieses Paradies hineingleiten und durchqueren ein Beet mit unbekannten roten Blumen. Ihre Herzen klopfen heftig, sie bekommen weiche Beine und müssen sich unter dem Geäst einiger Aprikosenbäume (damals im Abendland noch unbekannt) zunächst etwas fassen. Die Versuchung ist groß, die jungen, noch kaum gelb angehauchten Früchte zu pflücken, die Äste biegen sich unter ihrer Last. Guigo würde fliegen, wenn er könnte. Der Gegenstand seiner Träume ist sicher nur noch ein paar Schritte von ihnen entfernt. Die Liebe steigt glühend in ihm hoch.

Seine Leidenschaft rührt vielleicht von einer allzu langen Trennung her. Vielleicht ist sie auch nur eine Folge seiner Ängste: Angst, auf dem Weg nach Jerusalem zu sterben, Angst vor den Normannen, Angst schlechthin. Er liebt sie. Aber er ist MANN und RITTER, ein Barbar, unfähig, einer Frau ein zartes Wort zu sagen ... Und doch, früher wußte er die richtigen Worte zu finden, mit

Bérengère! So lange scheint das schon her zu sein, früher konnte er schweigen, und das wenige, was er an Sanftheit bewies, war ihm am Gesicht abzulesen. Heute, nach so vielen Massakern und Schlachten, ist er nicht einmal mehr imstande, zur Heiligen Jungfrau zu beten. Er liebt sie wie verrückt. Ihm schwirrt der Kopf von einem Durcheinander zärtlicher Worte, aber kein einziges will ihm passen. Er wird nie ausdrücken können, was ihn so heftig bewegt; und er weiß, vor ihr wird er kein Wort über die Lippen bringen. Warum bloß hat er ihr in Antiochia begegnen müssen? Wo sein Weg doch so klar vorgezeichnet und ganz einfach schien. Wo er doch an nichts anderes hätte denken sollen als an die Befreiung des Heiligen Grabes und an Bérengère in der Provence, die auf ihn wartete. Warum? Jetzt geht er mit seiner Männerbegierde, mit seinen Männerqualen, seinen Kräften und Schwächen durch diesen Garten. Sein Herz brennt. Seine Brust hebt sich. Bei jedem Schritt lodert seine Leidenschaft stärker hoch. Er bereut nur eines: daß er Bonifaz in diese Sache mit hineingezogen hat. Der hält ihn am Arm zurück. Ein knorriger Busch mit ovalen, weißlichen Blättern markiert das Ende der Aprikosenbaumpflanzung.

»Was ist das?« fragt Guigo seinen Gefährten, als wollte er die Bilder abschütteln, die ihn verfolgen, als wollte er diesen Liebesnebel verscheuchen, der ihm die Gefahr verbirgt.

Bonifaz schaut ihn aus kugelrunden Augen an. Dann runzelt er die Brauen, und wütend, daß man ihm da, so nah bei den normannischen Wölfen, eine solche Frage stellt, antwortet er mit zusammengebissenen Zähnen:

»Ein Quittenbaum. Die Türken machen Gelee aus den Früchten und brauchen seinen Gerbstoff.«

Aber seine Gedanken lenken ihn von den Worten des

Knappen ab, Guigo ist bereits bei Roxane. Er küßt sie auf die Lippen, streichelt sie. Bonifaz schlüpft unter die dunkelgrüne Mähne einer Wildrebe und zerrt ihn mit hinein. Vor unerwünschten Blicken geschützt, horchen sie auf die Geräusche ringsum. Außer dem Vogelgezwitscher ist nur ihr eigener, schwerer Atem zu hören. Keine lebende Seele. Bonifaz reckt sich und forscht mit seinen unruhigen Augen die Umgebung aus. Sein Schwert blitzt in der Sonne. Er behält einen kühlen Kopf, bereit, auf einen etwaigen Feind loszuschlagen. Aber als kampferprobter, abgehärteter Soldat hat er Erfahrung genug, um sicher zu sein: Dieser Garten ist menschenleer.

Sie verlassen die Wildreben und gehen ungedeckt auf eine dunkle Öffnung in der Fassade des imposanten Gebäudes zu.

Es verschlägt ihnen den Atem vor Beklemmung. Der eine erschauert vor der normannischen Gefahr, der andere bebt vor Liebe für eine Normannin – so betreten sie einen langen, durch das Tageslicht nur schwach erhellten Gang. An den Wänden halten Bronzehände erloschene Öllampen hoch. Es ist, als beträten sie eine Gruft. Überall sickert Tod heraus. Ob man sie wohl gesehen hat, fragt sich Bonifaz. Werden sie das Klirren der Waffen wahrnehmen können, bevor der brennende Schmerz sie überfällt? Vier Schritte hinter Guigo spitzt Bonifaz die Ohren und dreht sich häufig um. Sie bewegen sich in einer tiefen Stille vorwärts, der Stille feuchten Gesteins.

Die allgegenwärtige Gefahr ist dem Knappen unheimlich, er möchte auf der Stelle fliehen, aber dieser Narr von Guigo marschiert munter drauflos, ohne Angst, ohne Schweiß, mit Augen, die hingerissen nur das Gesicht der Geliebten suchen. Bonifaz hält den Atem an, der Gang verzweigt sich. Guigo verschwindet vor seinen Augen, aber kein Schrei durchbricht die Stille. Als er ihn eingeholt hat, befinden sie sich in einem halbrunden Saal, der durch fünf matte, dunkle Metalltüren abgeschlossen ist. Eine einzige Fackel erhellt diesen grauenerregenden Ort.

Bonifaz ärgert sich über Guigos Leichtsinn. In seinem fiebrigen Rausch steuert dieser stracks auf die erste Tür zu und versucht, sie aufzustoßen. Es gelingt ihm nicht. Die zweite widersetzt sich ebenfalls. Die dritte hingegen dreht sich, ohne zu quietschen in den Angeln. Und Guigo wendet sich um und blickt seinen Knappen fragend an. Er erwartet Einspruch: »Nein, diese Schwelle darfst du nicht überschreiten.« Aber Bonifaz vermag nichts mehr gegen diesen liebestollen Narr, sein flehender Blick möchte ihn zwar aufhalten, seine Zunge ihn vor der Falle warnen, seine Hände möchten ihn zurückhalten, aber ach! Er kann nur nicken. Kein Einwand, sieht Guigo, und er dreht sich um und tritt durch die Tür. Eine steile Treppe führt geradewegs ins Tageslicht hinauf. Auf den Stufen sind die zwölf Stunden des Nuktemeron eingraviert. Das Griechische kann er nicht entziffern, bloß die dritte Stunde ist lateinisch geschrieben: »Die Schlangen schlingen sich dreimal um Hermes' Stab, Zerberus öffnet sein dreifaches Maul, und das Feuer singt Gottes Lob mit des Blitzes dreifacher Zunge.« Eine Vorahnung streift ihn, er erinnert sich an Moses' Unterweisungen und greift zur Sicherheit nach dem Ring mit dem Katzenkopf, den ihm der kleine Jude überreicht hat. Bonifaz folgt Guigo auf den Fersen. Ihm stehen die Haare zu Berge. Das Haus muß früher einem Hexer gehört haben, sagt er sich. Auf den Wänden können sie abblätternde Gemälde erkennen, die Jagdszenen darstellen. Sie steigen in La Ferté-Fresnels Gemächer hinauf, in den Schlupfwinkel eines der blutrünstigsten Normannen aus

Boemunds Lager. Bis jetzt haben sie Glück gehabt, unglaubliches Glück, aber es gibt kein Glück, das dem Unmöglichen trotzt. Das weiß Bonifaz, und er empfiehlt seine Seele Gott. Oben an der Treppe angelangt, läßt ihre Spannung nach, sie lächeln. Sie befinden sich in einem reich mit blaugoldenen Mustern geschmückten, mit vielen Seidenkissen ausgestatteten Raum.

Bonifaz macht wieder sein wildes, lauerndes Gesicht und schweigt. Er hat den Blick auf Guigos Nacken geheftet, während dieser den Raum bis in alle Einzelheiten einer genauen Besichtigung unterzieht. Der Ritter legt seine Handflächen auf die roten, gelben und grünen Scheiben. Die drei Farben werfen ein grelles Muster auf die Fliesen. Guigo seufzt. In diesen Regenbogenbruchstücken möchte er sie lieben können, mit diesem Zauberschein um ihren nackten Körper herum ... Er schwankt und hält seine Hände in die farbigen Strahlen. Er spürt nicht die geringste Furcht. Er hört nur auf sein pochendes Blut an den Schläfen und das Herz, das in seiner Brust zum Zerspringen klopft.

»Es geschieht noch ein Unglück, wenn wir hier weiter herumtrödeln«, murmelt Bonifaz.

Guigo scheint ihn nicht zu hören. Er ist glücklich: Hier muß sie leben. Gedankenverloren läßt er seinen Blick über elfenbeingefaßte Bürsten, über Kämme mit Goldintarsien schweifen. Er kann sich nicht zurückhalten, er muß diese kostbaren Gegenstände berühren, muß sie umdrehen, an ihnen riechen, die Zähne, die Borsten genauer betrachten, in denen noch ein paar blonde Haare hängen. Nie hat er sie in Frauenkleidern gesehen, aber da, neben einer Truhe, breitet ein griechisches Kleid seine Goldfäden unter der Sonne aus. Er schließt die Augen, öffnet sie wieder, schließt sie von neuem und versucht sie sich vorzustellen. In diesem Kleid. So schön, so begehrenswert sieht er sie vor sich, daß er sich unwillkürlich auf die Lippen beißt.

Auf einmal dringt eine Stimme an sein Ohr. Er schlägt die Augen auf. Bonifaz hinter ihm macht kehrt und zieht sich in den unteren Saal zurück. Eine lange Weile bleibt Guigo so stehen, dann atmet er tief ein. Die Sekunden vergehen. Große Schweißtropfen rinnen ihm aus allen Poren. Der Gesang geht weiter. Eine reine, junge Stimme, die ganz für sich fröhlich trillernde Melodien improvisiert. Sie singt in einer ihm unbekannten Sprache, einer Sprache aus nordischen Nebeln, es muß von tiefen Wäldern, von fernen Fjorden, von Gebirgen und weißen Gipfeln die Rede sein. Guigo erkennt Roxane. Er läßt sich ganz erfüllen von dieser Stimme, ganz verzaubern und vorwärtszwingen. Er läßt sich von dieser Schwingung leiten. Seine glühende Begeisterung und Qual sind nicht vorgetäuscht: Er liebt sie.

Er geht durch einen Korridor, passiert zwei hauchdünne Vorhänge und betritt einen mit rotem Mosaik ausgelegten Raum. Mittendrin, nackt bis zur Taille, steht Roxane. Sie dreht ihm den Rücken zu und taucht ihre weißen Beine in eine riesige schwarze Muschel hinein. Guigo möchte Reißaus nehmen, aber er ist wie versteinert. Bleischwere Glieder, steifer Nacken. Kaum daß ihn die Freude, sie da nackt vor sich zu sehen, erschauern läßt. Völlig gebannt starrt er auf diesen knabenhaften Körper. Er bebt. Das zarte Geschöpf dreht sich um und will eben die Schale der beiden feinen Hände ins klare Wasser tauchen.

Guigo steht da wie vor den Kopf geschlagen. Die Versuchung wütet wie ein Brand in seinem Innern, es trifft ihn bis ins Mark. Eine Art Rausch erfaßt seine Sinne, ihm schwindelt, doch bleibt er reglos mit hängenden Armen stehen, beschämt, betreten, lächerlich, grotesk beinahe.

Diese Frau, die er sich bis jetzt immer nur vorgestellt hat, übertrifft an Schönheit seine kühnsten Träume. Er meint eine dieser Statuen vor sich zu haben, die Konstantinopel bevölkern, eine dieser nackten Göttinnen, die er damals so sehr verfluchte. Zum Teufel mit der Vergangenheit, mit Bérengère, der Provence, dem Kreuzzug, ja selbst mit Gott. Es gibt nichts anderes mehr, nichts mehr als sie. Aber er bleibt stumm, und sie schaut ihn an, schwankt zwischen Lachen und Wut. Dann, wider alles Erwarten, braust sie plötzlich auf:

»Verfluchter Wicht! Du wagst es, hierherzukommen? Scher dich weg! Geh zu deinen verlausten Provenzalen zurück. Ténèbre! Zu mir!«

Sie unterbricht ihr Geschrei mit Pfiffen.

»Schau dich doch an, blödes Tier, was du bist! Nicht einmal reden kannst du!«

Guigo fühlt sich verloren. Sie wird all ihre Normannen herpfeifen. Fliehen! Fliehen! denkt er, aber kein einziger seiner Muskeln gehorcht.

Eine riesige Bestie von einer Hündin stürmt in den Raum hinein. So etwas hat der Ritter noch nie zu Gesicht bekommen: ein Tier mit dunklem Fell, kraftstrotzend, auf hohen Beinen. Er kommt nicht dazu, seinen Dolch zu zücken, schon ist sie ihm an die Brust gesprungen. Er schreit auf und sucht bloß noch, seine Kehle zu schützen.

»Genug, Ténèbre!« befiehlt Roxane.

Sie spricht mit einer schrecklichen, feierlichen Stimme. Die Hündin kehrt unverzüglich zu ihrer Herrin zurück. Guigo richtet sich auf und starrt auf diesen schwarzen Dämon, der jetzt der jungen Frau zu Füßen liegt. Roxane mustert ihn von oben bis unten. Ein kaum verhohlenes Lächeln spielt triumphierend um ihre Lippen.

»Bei Gott dem Allmächtigen!« sagt Guigo schließlich.

»Eine schöne Überraschung, Ritter, was?« spottet sie. »Eine sizilianische Hexe hat mir geholfen, das Tier zu zähmen, und mein Bruder hat es dressiert. Eine bessere Hüterin gibt es nicht, das kannst du mir glauben, und ihre Kinnbacken sind so gut wie die schärfsten Klingen. Na schön, Barbar, man will die Jungfrau also zu Hause überfallen? Sie vergewaltigen vielleicht?«

Guigo läßt Roxanes schreckliche Bestie nicht aus den Augen und antwortet schüchtern, mühsam, er bringt die Worte kaum heraus:

»Stell dir nicht so etwas vor, ich würde es nicht wagen, dir ein Härchen zu krümmen.«

Roxane versteift sich, kneift den schönen Mund zusammen und rümpft die Nase zum Zeichen der Verachtung, daß dem Mann da offenbar nichts an ihr liegt.

»Warum nicht?« fragt sie scharf.

»Weil ich dich liebe.«

Er hat seine Gefühle nicht verheimlichen können. Ganz unerwartet sind ihm die Worte entfahren. Diese Ranke, die in seinem Herzen insgeheim ihre Wurzeln trieb – jetzt hat er sie mit einer kindlichen Naivität herausgerissen. Und sein ganzes Wesen ist plötzlich wie von einem zarten Summen erfüllt.

Es hat sie getroffen wie ein Schlag, eine jähe Röte schießt ihr ins Gesicht. Dieses plötzliche Geständnis ist nicht etwas, was er ihr so aufs Geratewohl hingeworfen hat, das weiß sie. Ihr ist, als rollte eine gewaltige Woge auf sie zu. Sich eine Liebesgeschichte aufhalsen! Daran hat sie nie gedacht. Wann immer ihr etwas einen kleinen Stich ins Herz versetzte, ist das ohne Folgen geblieben;

Eintagsliebeleien, nicht mehr, wenn überhaupt. Und da kommt doch dieser halbbatzige Ritter daher und stellt das alles in Frage. Was brauchte er bloß diese schwere Wolke zu schütteln, die in ihr schlief? Zum ersten Mal zwingt eine unnachgiebige Schamhaftigkeit sie dazu, überraschend ihre Arme über dem weißen Leib zu kreuzen. Diese schützende Gebärde ist ein Zeichen ihrer Schwäche.

Guigo, der etwas von der tiefen Verwirrung ahnt, welche die junge Frau bewegt, verbirgt seine Freude, indem er die Augen niederschlägt. Er hört die nackten Füße über die Marmorfliesen klatschen, und als er wieder aufschaut, steht sie vor ihm. Sie hat bloß ein weites, weißes Tuch um sich geschlagen. Da bricht er die quälende Stille, zitternd beinahe, und murmelt leise:

»Verzeih, Roxane. Ich habe es dir nicht so sagen wollen. Ich wollte es dir überhaupt nicht sagen. Ich hätte die Zeit wirken lassen sollen. Aber die Zeit vergeht, wir sind im Krieg und weit weg von zu Hause, und der Tod kreist uns ein. Und du bist viel wunderbarer, als ich mir das zu träumen wagte . . .«

Ihre Augen leuchten, sie bebt förmlich vor Lust. Sie hört ihm zu. Sie strahlt. Es tut so gut, sich geliebt zu fühlen. Er schweigt. Er will kein Wort mehr riskieren. Mit gesenkten Lidern wartet er darauf, daß sie ihn wegschickt.

»Glaubst du, eine Normannin könne die Liebe eines Feiglings annehmen, der ihr nicht einmal offen in die Augen zu blicken wagt?«

Guigo ist in seiner Eigenliebe getroffen. Jäh schaut er auf. Ein Blick wie eine Flamme in seinem Gesicht, er steht da wie ein sprungbereites Raubtier. Und die Versuchung packt ihn, sie in seine Arme zu reißen, sie zu entkleiden, sie an sich zu zwingen in diesem roten Raum, der für gewalttätige Leidenschaften so sehr wie gemacht zu sein scheint.

Ziemlich befriedigt tritt Roxane drei Schritte zurück und beruhigt mit der einen Hand Ténèbre, die zu knurren begonnen hat. Sie schaut den Ritter an und wirft ihm entgegen:

»Mit der Kühnheit ist es nicht getan, es braucht auch Köpfchen. Mit Herz und Kraft allein bin ich nicht zu erobern, es braucht auch Verstand.«

Guigo macht die Fäuste, es fehlte nicht viel, und er schlüge auf sie ein. Sein ganzes Barbarengemüt erwacht wieder, mit geschwellter Brust schickt er sich an, auf sie loszugehen. Roxane, die das ganz nach ihrem Geschmack zu finden scheint, gibt sich reichlich unverschämt und sagt:

»Das ist schon besser, Ritter. Ich schämte mich für dich . . . und mich. Du bist der Liebe würdig. Nehmt ihn fest.«

Im selben Augenblick befiehlt eine Stimme hinter Guigos Rücken:

»Halt! Keine Bewegung mehr.«

Guigo ist völlig verblüfft. Er schaut auf Roxane, die in ein helles Lachen ausbricht. Er reagiert erst, als zwei Männer über ihn herfallen, zwei stämmige Kerle mit blonden Bärten, die ihn zu umklammern suchen. Da gibt er sich einen Ruck, versetzt dem einen mit dem Handrücken einen Schlag auf die Nase und dem andern einen Ellbogenstoß in den Magen. Vergeblich. Andere Arme zwingen ihn nieder, jemand schlägt ihm ins Gesicht, er beruhigt sich, als er den Herrn von La Ferté-Fresnel erkennt. Bösen Blickes hebt der bereits wieder die Hand.

»Nein!« schreit Roxane und stellt sich zwischen die beiden Männer.

»Führt ihn ab!« befiehlt Richard und stößt seine Tochter weg.

Man schleppt Guigo auf dem gleichen Weg zurück, auf dem er vor einer Viertelstunde hergekommen ist. Aber er ist beinahe glücklich. Sie hat ihn schützen wollen, was konnte er mehr zu hoffen wagen?

Im Saal mit den fünf Türen blicken ihnen mehrere Männer entgegen, unter ihnen Rico Le Bozon und Frangon der Wolf. Rico zischt:

»Na macht schon! Werft ihn zum andern.«

Und zu Guigo gewandt:

»Diesmal, du armer provenzalischer Hund, geb ich nicht viel um deine Haut.«

Und er spuckt ihm ins Gesicht, bevor er ihn in einen dunklen Keller werfen läßt. Nachdem die metallene Tür ins Schloß gefallen ist, hört Guigo noch eine Stimme, die befiehlt:

»Stöwe, du haftest mit deinem Kopf für die beiden Gefangenen. Nimm dir die Männer, die du brauchst, damit sie nicht entwischen können. Vergiß nicht: Es sind Spione.«

»Jawohl, gnädiger Herr.«

Schritte entfernen sich. Waffengeklirr verklingt, undeutlich sprechende Stimmen verlieren sich in der Tiefe des Gebäudes. Vergeblich horcht Guigo noch hinaus, drückt das Ohr ans kalte Metall der Tür: er hört nichts mehr. Die Stille bricht auf wie eine brennende Wunde. Plötzlich begreift er, daß er der Gefangene der Normannen ist.

»NEIN!« brüllt er.

Und sein Schrei zersplittert auf den Steinen. Und seine Stimme wird rauh . . .

Lange ist Guigo niedergeschmettert liegengeblieben.

Nach und nach hat er sich an die Dunkelheit dieses Kerkers gewöhnt; es gibt nur einen einzigen Orientierungspunkt hier, einen überaus schwachen Lichtfleck; so blaß ist der Schimmer, daß er verschwindet, wenn er ihn zu lange anstarrt. Endlich entschließt er sich, ein paar Schritte zu machen, zögernd auf diesen schmalen Lichtstrahl zuzugehen, der in seiner Dünne unwirklich erscheint. Ihn schwindelt beim Gedanken an Roxane, er sieht ihren weißen Körper wieder vor sich, ihre kleinen Brüste, ihr schöngeschwungenes Kreuz, ihre Augen, in deren grüner Tiefe das Leben schlechthin funkelt und sprüht. Langsam bewegt er sich durch das Dunkel. Der Keller ist weitläufig, er schnalzt mit den Fingern, horcht auf das Echo, und das Echo entfaltet seinen Schwingungsfächer unheimlich weit. Da stößt er mit dem Fuß an etwas Weiches. Er unterdrückt einen Fluch, kniet nieder und tastet diese längliche Masse ab, die er alsbald erkennt: Bonifaz! Er schüttelt ihn. Der Knappe beginnt zu brummen. Guigo hebt ihn an der Hose hoch, kneift ihm in die Wange, zieht ihn am Ohr.

»Heda, Faulpelz! Du hast genug geschlafen!«

Bonifaz schlägt die Augen auf, er spürt Guigos Atem auf seinem Gesicht und wundert sich, im Finstern zu sein.

»Wo bin ich?«

»Wir sind in einem weitläufigen Gefängnis auf Gedeih und Verderb unsern normannischen Freunden ausgeliefert. Wir müssen sehen, daß wir da rauskommen.«

Sie haben ihn zusammengeschlagen. Bonifaz ist matt, bittere Gedanken lauern in seinem Kopf.

»Wir sind verloren«, sagt er.

Nachdem sie die eiserne Tür von allen Seiten abgetastet, die Finsternis bis in die hintersten Winkel ausgeschnüffelt, die groben Steine, die perfekten Fugen abgeklopft, ihr Gefängnis von zuoberst bis zuunterst ausgelotet haben, müssen die beiden Gefangenen sich wohl oder übel den Tatsachen fügen: Der Käfig ist zu solide gebaut, als daß sie mit ihren Händen oder den bronzenen Gürtelschnallen dagegen ankommen könnten. Während sie ihre Untersuchungen anstellen, schweigt Guigo, er nimmt die Schmähungen, mit denen Bonifaz ihn überhäuft, als eine gerechte Strafe hin. Die Stunden vergehen, und am Ende ihres Harrens wartet ihnen eine neue Enttäuschung: Sie werden ihre Kerkermeister nicht angreifen können.

Durch eine Klappe, die zu ebener Erde aufgeht, schiebt ihnen eine unbekannte Hand einen Laib Sägemehlbrot, einen Krug Wasser und eine Scheibe ranzigen Speck herein.

Bonifaz stürzt sich auf dieses Manna und beginnt es heißhungrig zu verschlingen. Soll sich der tapfere Recke mit Liebe mästen. Tatsächlich gäbe der Recke für den grünen Schimmer dieser Normanninnenaugen gern sein Leben hin: Bérengère ist nur mehr eine Schwester für ihn, ein hübsches, verlorenes Bild irgendwo in seinem Gedächtnis.

8. Kapitel

Die Überfahrt

Ein verlorener Punkt in der blauen Unendlichkeit, schutzlos der stechenden Hitze ausgesetzt, steht Bérengère am Bug. Die »Karthago« schlingert und stampft in den Wogen, ihre Spanten knarren. Sie flieht dem Morgenland entgegen.

Links das Land, rechts das Meer, Bérengère hat Italien gesehen, ein Schauspiel von unglaublicher Schönheit. Sie erinnert sich noch an jeden Zwischenhalt, an den armseligen Anblick baufälliger Häuser, an abstoßende Bettler, die ihnen gierige Hände entgegenstreckten, an finster blickende Fischer mit kupfrig gegerbter Haut und zerfurchten Gesichtern und an schwarzgekleidete alte Frauen, die ihnen nachschauten und in wortlosem Ernst den Kopf schüttelten. In Begleitung von Pons und Aimerude hatte sie Nachrichten vom Kreuzzug einzuholen versucht. Niemand wußte etwas, und bald verzichtete sie darauf, weiterhin unnütze Fragen zu stellen. Fortan hielt sie sich immer in der Nähe des Schiffes auf, schaute den Matrosen zu, die Süßwasservorräte einluden, Früchte, Fleisch, sah die Soldaten zwischen Fässern und Tauwerk mit fetten Dirnen herumhuren und so die Frauen vergessen, die sich mit ihnen zur großen Überfahrt eingeschifft hatten.

Bérengère löst ihren Blick vom Horizont und wendet sich ihren Gefährtinnen zu. Da sind etwa zwanzig Frauen, ängstlich auf dem Vorderdeck des Schiffes zusammengedrängt: Der hintere Teil ist für die Schlachtrosse reserviert, die einiges mehr wert sind als diese armen, sanftäugigen Geschöpfe, die zur Heiligen Jungfrau beten. Unter ihnen sind Frauen, die ihre Ritter begleiten, daneben eine Gruppe von Bäuerinnen aus dem Languedoc unter der Obhut eines Diakons, Händlerinnen aus Marseille und Avignon mit ihren Ehemännern, reuige Dirnen – und Aimerude. Aimerude, die jetzt zu singen beginnt, da der Kapitän ihnen eben mitgeteilt hat, es bestehe keine Gefahr mehr. Die Meerenge von Messina liegt hinter ihnen. Die Barbaresken und Normannen haben sie nicht anzugreifen gewagt: Zu viele Soldaten standen mit gezückten Waffen an der Reling. Aimerude singt, und der Westwind bläht das große rechteckige Segel, fährt ins Goldgewirr ihres Haars und trägt ihre kristalline Stimme mit sich weg, die erzählt, wie die Schafe von den Bergen herunterkommen, die sagt, die wogende Welle sei wie das wogende Meer, der Oberhirte sei der Kapitän und geleite Hirten und Hirtenknaben dem Heiligen Land entgegen. Und alle lauschen dieser reinen Stimme.

Die Frauen bilden einen Kreis und beginnen, in ihren feinen Händen die »menoun« und »platelo« zu bewegen, kleine Schellen und Glöckchen, deren Gebimmel nun im roten Abendlicht erklingt. Und die pisanischen Matrosen stampfen mit den Füßen im Takt, die Wachtmeister schlagen ihre Schilde gegeneinander, die Ritter lassen leise ihre Hörner und Olifante erschallen; es ist ein seliger Augenblick. Hinter ihnen verschwindet Sizilien im Hitzedunst. Um das blonde Mädchen herum versammelt, der gewaltigen Weite des Meeres ausgeliefert, erinnern sie sich an ihre Provence.

Bérengère achtet nicht mehr auf sie. Tränenfeucht

hängt ihr Blick wieder an diesem magischen östlichen Horizont, der sich zusehends dunkler färbt. Ihre Provence, das ist ein Lachen, das sind zwei braune Augen, langgliedrige Hände, ein warmer Atem, eine Stimme, das ist Guigo, irgendwo im Morgenland, ihr Leben.

Tag für Tag, Nacht für Nacht trägt die »Karthago« sie ihrem Schicksal entgegen. Dann, eines Morgens, taucht in einem leichten, bläulichen Dunst Land auf. Der Kapitän eilt zum Bug, wo bereits Bérengère steht, und hält aufmerksam nach dieser weißen Küste Ausschau, die nach und nach zum Vorschein kommt. Sein Gesicht heitert sich auf. Lächelnd stößt er einen tiefen Seufzer aus und ruft: »Der Peloponnes!« Die Matrosen verbergen ihre Freude nicht; sie haben den besten Kapitän von Pisa: er kennt nicht nur die Sterne und den Lauf der Sonne, sondern auch die Strömungen, die Felsenriffe, Buchten und sämtliche Inseln.

»Siehst du«, sagt er zu Bérengère, »diese weißen Felsen dort drüben, unter den Föhren, das ist Kythera, die Geheimnisvolle.«

»Kythera?!«

»Die Insel Kythera, ja, da werden wir vor Anker gehen, um uns mit frischen Lebensmitteln einzudecken. Und dort, unter dem Siebengestirn, ist der Golf von Lakonien. Wir sind in Griechenland, bei günstigem Wind erreichen wir in sieben Tagen Athen.«

Aber Bérengère bleibt kalt, die sagenhaften Namen wecken keinerlei Echo in ihr. Sie ist eine Tochter der Erde. Méounes und Signes waren ihr Lebensraum, Marseille, Toulon und Aix der ferne Horizont; Le Puy, Rom und Jerusalem legendäre Städte. Mit ungetrübten Augen blickt sie in die Welt, ein ungestümer Wind der Freiheit weht in ihr, weht durch jede Faser ihres Frauenkörpers.

Der Kapitän betrachtet diese Schönheit mit ihren großen, lang zu den Schläfen hingezogenen Augen. Deren tiefes Blau erinnert ihn an eine See vor dem Sturm. Er findet Bérengère so anders als diese Weibchen, die nichts Besseres zu tun wissen, als unablässig ihre Seele Gott zu befehlen. Diese Frau hier hat nicht die Schwächen der anderen, hat nicht ihre Schamhaftigkeit und verlegene Zurückhaltung, nicht ihr weinerliches Gehabe bei jeder Zote, die ein Matrose fallen läßt. Sie jagt ihm Angst ein. Etwas Zeitloses geht von ihr aus, eine Falte zieht sich über ihre hohe, gewölbte Stirn, und sie preßt ihre Lippen aufeinander, als hielte sie damit kolossale Kräfte zurück. Unter dem prachtvollen schwarzen Haar, das sich im Winde bauscht, in diesen Gesichtszügen und ihrer steinernen Unbeweglichkeit zeigt sich ihm einen Augenblick die größte Willenskraft, die er je zu Gesicht bekam. Zum erstenmal in seinem Leben begegnet er einer Frau, die ihr Schicksal selbst in die Hand genommen hat. Das ist es, was ihm Angst einjagt. »Wenn es sein muß, geht sie bis in die Hölle, um denjenigen wiederzufinden, den sie liebt«, sagt er sich und erschauert. Und merkwürdigerweise beginnt er, diesen Unbekannten zu beneiden.

Bérengère schweigt. Sie horcht auf das Wasser hinunter, das der Bug durchpflügt. Das wühlt ihr Gemüt auf: dieses Rauschen; dieses Rauschen, mit dem sich unaufhaltsam die Entfernung verringert, die sie voneinander trennt. Die wirbelnde Gischt unter ihren Füßen wäscht nach und nach alte Freuden frei. Je näher sie Guigo kommt, desto heftiger verlangt sie nach ihm; und dieses Verlangen, das sich in ihrem Schoße ringelt, wächst mit jedem Sonnenaufgang. Sie möchte die nackten Hände des Geliebten auf den Schultern spüren, auf dem Rükken, den Schenkeln . . . Mit ihm allein kann sie Huldera vergessen, ihr Kind.

Kythera glüht auf. Singend machen die Matrosen sich auf dem Schiff zu schaffen, werfen das von Würmern befallene Fleisch über Bord, schütten brackig gewordenes Süßwasser ins Meer; um sich gegen den schlechten Geruch und die üblen Ausdünstungen zu schützen, tragen sie essiggetränkte Wergbinden auf den Gesichtern. Der in die Felsen gehauene kleine Hafen der Insel mit einer kleinen Flotte von Fischerbooten, die da in einer Reihe vor Anker liegen, kommt zum Vorschein. Die Pferde spüren die Nähe des Festlands und beginnen an ihren Riemen zu zerren, die Männer laufen auf dem Vordersteven zusammen und drängen die Frauen weg, die hier an der Reling kleben. Pons kann gerade rechtzeitig einschreiten, um die beiden Kusinen vor den Soldaten zu schützen. Nachdem wieder Ruhe eingekehrt ist, lauschen Bérengère und Aimerude den Wellen, die sich an der Küste brechen, dem Geschrei der Meeresvögel, die über dem Schiff dahinschweben und ihre Kreise drehen. Bérengère ist glücklich. In einer Woche sind sie in Athen, in einer Woche weiß sie vielleicht endlich, wo die Kreuzfahrer sind.

Seit zwei Tagen befinden sie sich in Athen. Wenn sie dieser Stadt mit ihren fünftausend Seelen einen Namen geben müßte, wäre es »die Reine«. Bérengère liebt diese Ansammlung von alten, weißen Häusern, die sich stufenförmig vom Parthenon zur Hadriansbibliothek hinaufziehen. Die schmalen, duftenden Gassen widerhallen vom Gekreisch dunkellockiger Kinder, die den Sänften nachrennen, aus denen eine weiße Hand dann und wann ein Geldstück fallen läßt. Die vornehmen Griechinnen schützen sich vor der Sonne und mischen sich nie unters Volk. Bérengère bekommt ihre glatten Gesichter nur zu sehen, wenn sie in einer Kirche beten geht. Sie haben einen eleganten, stolzen Gang, kostbaren Schmuck und Sklaven für ihre Launen. Bérengère kommt sich häßlich, arm und jämmerlich vor bei ihrem Anblick, sie beneidet Pons und Aimerude, die sich von diesen raffinierten Sitten nicht beeindrucken lassen: der Ritter sieht bloß Entartung darin, und das Mädchen steht ihnen verständnislos gegenüber.

In Piräus, wo ihr Schiff vor Anker liegt, damit ein paar kleinere Schäden behoben werden können, haben sie erfahren, daß die Kreuzfahrer vermutlich in der Nähe von Antiochia angelangt sind. Ein gewisser Balduin von Boulogne sei dabei, sich in Armenien ein Königreich herauszuschlagen, und Kaiser Alexios habe seinen Stiefbruder Johannes Dukas und den Admiral Kaspax ausgeschickt, um die ägäischen Küstengebiete zurückzuerobern, die Emire von Ephesus und von Smyrna hätten sich bereits widerstandslos ergeben.

Mit so dürftigen Nachrichten kann Bérengère sich nicht zufriedengeben, und sie ist froh zu hören, die »Karthago« sei wieder seetüchtig und aufbruchbereit. Unter einem Porzellanhimmel steht sie eines Morgens wieder an ihrem Platz beim Bug: Der nächste Halt wird Konstantinopel sein.

Es ist zunächst nur ein verschwommenes Rauschen, eine undeutliche Schattierung in der überhitzten Luft. Bérengère verschlägt es den Atem. Mit halbgeöffneten Lippen, beklommener Brust sieht sie zu, wie diese Stadt vor ihr anwächst, die ihr der Kapitän schon so oft beschrieben hat. Sie glaubt zu träumen. Diese Größe übersteigt ihre kühnsten Vorstellungen. Da gibt es von der Zeit abgeschliffene Paläste, goldbedeckte Kirchen, ein Gewirr von Gassen und Gäßchen, Abertausende von Häusern bis in die Hügel hinauf verstreut, und auf den Kreten ziehen sich imposante, turmbewehrte Mauern dahin. Im Augenblick, als sie ins Goldene Horn einbiegen, kann sie schon deutlich die bunte Menschenmenge erkennen, die den Kais entlangspaziert, sie sieht die Gassen, aus denen sich eine wildbachähnliche Flut von Frauen, Männern, Kindern, Tieren, Tragsesseln, Reitern, Mönchen zum Hafen herunter ergießt. Bérengère spürt, wie Aimerude ihre kleine Hand in die ihre schiebt.

»Mein Gott, wo sind wir?« fragt das Mädchen.

»Ich weiß nicht«, flüstert Bérengère.

Neben ihnen beißt Pons sich verdutzt auf die Lippen. Frauen weinen. Ritter bekreuzigen sich. Ein Schwindel erfaßt die beiden Kusinen, eng aneinandergeschmiegt geben sie sich dem unwiderstehlichen Zauber hin.

Bereits sind sie gefangen.

9. Kapitel

Die Heilige Lanze

Ruhelos geht Rate von Senergue im Kreis herum. Zwei schöne Schmisse, ein Geschenk von Toghtekins Türken, zieren ihm die Stirn und die rechte Wange. Er ist stolz darauf.

»Ich mache mir Sorgen. Nun sind die beiden Prahlhanse schon vier Tage wie vom Erdboden verschluckt.«

»Ich habe sie in der ganzen Stadt gesucht«, antwortet Gottfried. »Niemand hat sie gesehen! Ich ließ sogar die Leichen überprüfen, welche die Wachtmeister in die Gruben werfen. Bei der Heiligen Jungfrau! Sie haben sich doch nicht einfach aus dem Staub gemacht!«

»Oder in Luft aufgelöst!« pflichtet Rate bei.

Brutal wird die Tür aufgestoßen. Alle fahren zusammen. Herbert der Totschläger, in Begleitung der beiden Mönche Gréon und Trisson, pflanzt sich schwitzend und knurrend in der Mitte des Raumes auf.

»Immer dasselbe!« sagt er. »Er wiederholt immer dasselbe.«

»Wer?«

»Bartholomäus, dieser Schwärmer!«

»Immer noch diese Geschichte mit der Heiligen Lanze?«

»Ja! Immer wieder kommt er mit seinem berühmten Traum: der heilige Andreas habe ihm die Lanze gezeigt, welche die Seite unseres Herrn Jesus am Kreuz auf Golgotha durchstochen hat; sie sei hier in Antiochia unter einer Bodenplatte in der Petruskirche versteckt.«

»Man sollte ihn das Geschwätz abschwören lassen. Dieser räudige Pilgerhund, dieser gemeine Mistkerl wagt es, einen Heiligen zu beleidigen! Soll man ihn doch in Stücke schneiden! Oder pfählen!« schreit Rostang von Ollioules und zerrt heftig an seinem grünen Perkalrock. »Dieses unzüchtige Arschloch will sich bloß aufspielen!«

»Reg dich nicht auf, gnädiger Herr«, erwidert Gréon, »Bartholomäus ist jetzt bei unserem Grafen, da wird er seine Behauptungen wohl oder übel beweisen oder widerrufen müssen. Und dann bleibt ja immer noch das Gottesurteil.«

Beim Wort »Gottesurteil« sind alle blaß geworden, ihnen war, als hörten sie schon das Brutzeln von Menschenfleisch. Alle kennen diese entsetzliche Prüfung. Man muß vom Kaliber eines Apostels sein, wenn man sie überstehen will!

Seit mehr als zwei Stunden legt Bartholomäus dem Bischof von Le Puy seine Visionen dar. Raimund von Saint-Gilles hat es aufgegeben: Dieser Dummkopf erzählt immer dasselbe.

Adhémar hat mehr Geduld, er will Bartholomäus' Aussagen mit den Heiligen Schriften vergleichen und sich mit den Kollegen beraten, die er hergebeten hat: es sind die Bischöfe Peter von Narbonne, Bernhard von Valence, Gerhard der Lothringer und Aimin von Toulon. Nachdem sie ihre Meinung kundgetan haben, wendet er sich scheinheilig wieder dem Pilger zu:

»Wie hat der Heilige ausgesehen?«

»Äh ... äh ...«

»Antwortet er, wenn du ihn etwas fragst?«

»Ich ... ich habe ... er ...«

»Hörst du die Engel singen?«

»Na komm schon, rück mit der Sprache heraus!« drängt der Graf von Toulouse, der vom Entlausen zurückkommt.

Der Pilger blickt sie stumpfsinnig an. Die Großen dieser Welt machen ihn dusselig. Man braucht ihn bloß anzuschauen, mit seinen abstehenden Ohren, seinem ewig offenstehenden Mund, den paar kümmerlichen Barthaaren und einer ansehnlichen Schicht Dreck darum herum, mit dieser Rübennase und seinen kleinen, trüben Augen: Besonders viel kann hinter dieser fliehenden Stirn nicht stecken.

»Na! Willst du reden, oder soll ich dir bei lebendigem Leibe die Haut abziehen?«

Bartholomäus stammelt, von Angst gepackt:

»Er trägt ein weißes Kleid . . . Der Himmel, nein! . . . die Luft funkelt, unzählige silberne Blasen wirbeln in allen Richtungen herum, man hört keine Gesänge. Ich sage nie etwas zu ihm, aber er spricht mit einer sanften Stimme zu mir . . .«

»Er, wer?«

»Na der heilige Andreas doch! Er spricht mit einer sanften Stimme zu mir und zeigt mir die Kirche des Apostels Petrus, dann erhebt er sich vom Boden und zieht mich mit in die Luft. Wir schweben durch das Kirchenschiff, und er zeigt in der Nähe des Altars auf eine der Fliesen und sagt, da sei es.«

»Was sei da?«

»Da sei die Heilige Lanze verborgen, fürwahr!«

»Gut, gut«, schließt Adhémar mit samtig perlender Stimme. »Du widersprichst dir nie, vielleicht verbirgt sich dahinter doch der Geruch der Heiligkeit? Na schön! Wir haben den 14. Juni. Wenn du uns einen Bären aufgebunden hast, wirst du am 20. vor aller Augen verbrennen. Kommt, meine Söhne, Brüder, laßt uns zur Petruskirche gehen.«

Und sie singen. Sechstausend Provenzalen krähen sich für ein triumphales *Veni creator* die Stimmbänder heiser, sechstausend Seelen bewegen sich in einer langsamen Prozession durch Antiochia. Eine Prozession, die im Zeichen Gottes und Raimunds von Saint-Gilles steht, ein religiöser und zugleich politischer Akt.

Bartholomäus zittert an allen Gliedern und näßt seine Hose beim Gedanken, daß diese Menschenmenge binnen kurzem sehr wohl das *Tedeum* anstimmen könnte, *Tedeum* mit schauerlichem Unterton, mit dem sie ihn zu den Knüppelholzbündeln geleiten würden. Der ehrenwerte Raimund von Aguilers, Chronist und Kaplan des Grafen von Toulouse, steht ihm bei, so gut er kann:

»Nur ruhig, ruhig, fasse Mut!« flüstert er ihm zu, »sonst werden die abertausend Augen, die dich anschauen, schwerlich glauben können, daß du der Bote Gottes bist.«

»Ich hab Angst!«

»Daran hättest du vorher denken sollen.«

»Ich hab Angst«, schluchzt Bartholomäus nochmals, blasser denn je.

»Dann hättest du den Mund halten sollen! Und überhaupt: Mach dir keine Sorgen, im schlimmsten Fall wartet dir der Scheiterhaufen, und da wirst du wirklich nicht länger leiden, als es für ein *Confiteor* braucht. Und wir werden währenddessen um die Vergebung deiner Sünden besorgt sein und für dich beten und psalmodieren, daß es den Engeln süß in die Ohren klingt.«

»Und wenn mir der Böse einen Streich gespielt hat? Indem er mir die Sinne verwirrt und die Gestalt des heiligen Andreas angenommen hat?«

»Pah! Was hätte er davon? Das hieße ja wirklich sich viel Mühe machen um einen so kleinen Wicht . . .«

Der Kaplan verscheucht mit der Hand ein bedeutungsloses Gespenst und versucht zu lächeln. »Nein, letzten Endes will ich deinen Visionen durchaus glauben. Du bist nicht intelligent genug, aber wer weiß?«

Drei Stunden reichen aus, um dem Schicksal eines Menschen eine andere Wendung zu geben. Am Morgen ist er noch weiter nichts als ein Bettler, ein verachteter Nichtsnutz, nicht mehr wert als das Ungeziefer, von dem er wimmelt. Dann, gegen Mittag, wenn es gilt, sich eine Nattern- oder Rattenbrühe zu erbetteln, wenn die Lust auf einen Brotkanten alles andere in den Schatten stellt, ist der Nichtsnutz auf einmal der Mittelpunkt der Welt, man wirft sich vor ihm auf die Knie, küßt den Dreck seiner Füße, und Bischöfe, Mönche und Kirchendiener weiden sich inbrünstig an ihm; die Ritter senken ehrerbietig ihre Lanzen, es fehlte nicht viel, und die Großen setzten ihm ihre Kronen auf! Einen solchen Meinungsumschwung hätte Bartholomäus nie für möglich gehalten. Stolz, hochaufgerichtet, trägt er ein Stück rostiges Eisen zur Schau. Er ist nicht mehr eine dieser lächerlichen Gestalten, die dem Heer der Kreuzfahrer folgen, er ist der Auserwählte Gottes!

»Ehre sei Jesus Christus!«

»Ehre sei Bartholomäus!«

»Die Heilige Lanze ist unser Schutz und Schirm!«

Man hat den heiligen Gegenstand und den Auserwählten Gottes in der ganzen Stadt herumgeführt und vorgezeigt, auf der Befestigungsmauer, auf den Plätzen, in den Kirchen, bei den Juden, bei den Syrern. Alle, Soldaten, Pilger und Einheimische, sind auf die Knie gefallen, haben die Köpfe geneigt und ängstlich, ehrerbietig den Blick abgewandt. Bloß die Kinder, weniger eingeschüchtert, sind fröhlich im Kreis herumgetanzt und haben den Umzug ein bißchen durcheinandergebracht. Da sind die Wachtmeister wütend geworden und haben sie verjagt. Das Volk ist glücklich. Ein Wunder. Verflogen ist die Müdigkeit, verschwunden sind die Schatten um die Augen, die Gesichter strahlen, eine frische Kraft strömt durch die Adern, ein Kristall hat alle Seelen durchdrungen, wie gut lebt sich's in Gottes Hand, in dieser schützenden Hand. Gott ist gütig, der ihnen den heiligen Andreas geschickt hat, und sie singen Hymnen zu seinem Lob. Bald schließen sich die Lothringer, die Deutschen, die Flamen, Franzosen und Normannen ebenfalls dem Umzug an. Ein gewaltiger Gesang der Hoffnung dringt weit zu den Zelten Kerbogas hinüber.

Guigo und Bonifaz, in ihrem Verließ, horchen auf diesen wirren Lärm, der ganz schwach zu ihnen hereindringt.

»Bonifaz! Was ist los? Man könnte meinen, Schreie ...«

»Wahrhaftig! Freudenschreie, dünkt mich.«

»Vielleicht sind die Türken abgezogen?«

»Möglich, ja.«

»Ich begreife nicht! Hör mal, das ist doch das *Veni creator*, wir müssen uns Gewißheit verschaffen! Wir werden diese Hunde, die da hinter der Tür schlafen, doch wohl zum Reden bringen können.«

»Ja, poltern wir an diese verfluchte Tür!«

Die beiden Männer trommeln mit den Fäusten auf das Eisen los, toben, brüllen. Nichts regt sich, niemand kommt, es sind vielleicht gar keine Wachen da. Das aufgeregte Geschrei in der Ferne, die Freudengesänge brechen ab, lösen sich auf, lassen nach und verlieren sich ganz, dann branden sie wieder hoch; mehr denn je fühlen sie sich von jedermann verlassen.

»Hah!« schreit Guigo und schlägt seine Fingernägel in den harten Stein, »diese Satane lassen uns noch krepieren!«

Die Tage vergehen. Der Speck wird ranziger. Das Sägemehlbrot ist ungenießbar. Die beiden Provenzalen sind es müde, Krach zu schlagen, die stummen Unbekannten, die manchmal langsamen Schrittes in den Gängen draußen zirkulieren, stellen sich jedenfalls taub. Siebzehn Tage sitzen sie nun schon in diesem Rattenloch, siebzehn Tage im eigenen Dreck. Siebzehn schlaflose Nächte, ein breiiger Rücken, zerschlagene Rippen, sie haben keinen Strohsack, keinen Schemel, nicht einmal eine Decke haben diese Schufte ihnen gegeben. Sie sind so matt, daß sie reglos liegenbleiben, als die Tür sich in ihren Angeln dreht.

»Raus mit euch, ihr Mistviecher!« brüllt Stöwe ihnen entgegen. Der dicke Stöwe hat keine Lust, sie holen zu gehen, und zwar aus zwei guten Gründen: er ist nicht mutig, Stöwe, und der Gestank ist grauenhaft.

»Rauskommen, sag ich, Dreckschweine!«

Blinzelnd überschreiten die beiden Gefangenen die Schwelle, die Helligkeit macht sie taumeln. Ein brutaler Stoß in den Rücken wirft sie nach vorn, eiserne Fäuste fassen sie an. Man stößt sie. Nach und nach werden die Bilder deutlicher, schlecht sieht es aus: La Ferté-Fresnel, Rico und Frangon blicken ihnen entgegen, ein spöttisches Lächeln spielt auf ihren schweißglänzenden Fratzen, hinter ihnen stehen andere Ritter herum, alle mit haßerfüllten Mienen.

»Sieh an! Da sind ja unsere Turteltäubchen«, grinst Frangon.

Rico, strahlend vor Boshaftigkeit, stichelt seinerseits:

»Welches ist die Turteltaube, und wer der Täuberich?«

Ringsum bricht man in lautes Gelächter aus. La Ferté lacht Tränen, seine Vogelscheuchengestalt ist gefältelter denn je. Der Graf schlägt sich den Bauch und beglückwünscht Rico für den guten Witz.

»Die Turteltaube! Ha! Ha! Ha! Die Turteltaube«, wiederholt er immer wieder.

Gekränkt versuchen sich Guigo und Bonifaz trotz ihrer Schwäche zu befreien, sie winden sich wie Würmer und versetzen Kopfstöße nach links und rechts, es gelingt ihnen sogar, einem der Wachtmeister die Augenbraue blutig zu schlagen. Ein paar Hiebe mit den Stichblattzapfen weisen sie in die Schranken. La Ferté-Fresnel ist zwar noch rot wie eine Kornelkirsche, aber er lacht nicht mehr.

»Halt mir diese Bestie einmal fest«, schreit Rico und zeigt auf den Mann aus Signes.

Guigo wird an Armen und Schultern in die Zange genommen, und Rico versetzt ihm zwei gewaltige Ohrfeigen. Der Ritter nimmt seine letzte Kraft zusammen und stößt dem Normannen das Knie in den Unterleib. Der krümmt sich zusammen und weicht lästerlich fluchend drei Schritte zurück. La Ferté staunt. Wahrhaftig, der kleine Ritter weiß sich zu helfen, schade, daß seine Zukunft so überaus gefährdet ist. Jetzt stürzt Frangon seinerseits nach vorn und beginnt mit seinem Lanzenschaft auf Guigo einzuschlagen, mehrmals trifft er ihn ins Gesicht und in die Rippen. Aber Rico, der sich wieder erholt hat, setzt zu einem neuen Angriff an; er will nur eines: die Waffe ergattern, die Frangon in den Fäusten hält.

»Überlaß ihn mir! Laß es, Frangon! Laß es, du

schlägst nicht heftig genug«, stößt er hervor. Er geifert vor Wut.

»Genug der Scherze!« fährt Boemunds harte Stimme dazwischen. Eben hat er mit Tankred und Stephen den Saal betreten. Die beiden letzteren stehen still und werfen sich gegenseitig einen Blick zu, als gälte es einen möglichen Schuldigen zu bezeichnen.

»Führt sie ab«, befiehlt die eisige Stimme.

Die kleine, vom Fürsten von Tarent gebändigte Truppe passiert den Türsturz der fünften Tür, auf dem das magische Zeichen Saturns und das Wort BAPHOMET eingraviert sind. Guigo läßt sich von den Wachen mitschleppen. Er sieht nichts, hört nichts. Sein Magen krampft sich zu einem bitteren Klumpen zusammen, jede Faser seines wunden Körpers schreit nach Rache. Wenn er davonkommt, werden sie ihm diese Kränkung teuer bezahlen. Rico, diesem Aas, wird er die Schnauze einschlagen, dieser elenden Kröte! Und Frangon, dem Schwein, wird er den Wanst aufstechen! Einstweilen dringen sie in den Schoß der Erde ein, eine endlose Wendeltreppe führt in die Tiefe, Bonifaz behält klaren Kopf und zählt vierundsechzig Stufen, bis sie auf eine leicht abfallende Fläche gelangen. Gestampfter Lehmboden. Dieser Abstieg verheißt nichts Gutes, ihm scheint das ganz nach Grab auszusehen hier unten, mit dieser Feuchtigkeit ringsum, deren feine Tröpfchen tausendfach im Schein der Fackeln funkeln; ein Grab, in dem ihre Schritte metallisch widerhallen, wenn sie auf die großen Fliesen treten, auf denen unverständliche Zeichen eingeritzt sind. Sie erreichen eine große, schwach erleuchtete Grotte. Der Knappe stellt sich keine Fragen mehr, starr bleibt sein Blick an diesen beiden Säulen hängen, die das Gewölbe tragen: auf der einen beißt sich eine rote, aufgemalte Schlange in den Schwanz, auf der andern ist ein fünfzackiger Stern eingraviert, der auf dem Kopf steht, und dazwischen macht sich ein grobschlächtiger, über und über behaarter Mensch an Öfen zu schaffen, in denen er das Feuer schürt. Eine Folterkammer! Das also ist der kurzen Reise Ziel. Bonifaz beginnt zu zittern. Da kommen sie nicht mehr lebend hinaus, die grausamen Normannen verschonen ihre Opfer nie.

Mit verstörtem Blick schreit er:

»Ihr habt nicht das Recht!«

»Ich habe jedes Recht!« gibt Boemund zurück.

Ein Mönch, der sich bis dahin abseits gehalten hat, nähert sich den Gefangenen und sagt:

»Habt ihr irgendwelche Sünden zu beichten, meine Söhne?«

»Kümmere dich um deinen eigenen Ranzen, Satansmönch! Und laß uns in Frieden verrecken!« schreit Guigo, der noch immer seine Rachepläne schmiedet.

Erzürnt über diese gottlosen Worte bekreuzigt sich der Geistliche und verschwindet wieder im Dunkel.

»Zani, an die Arbeit«, befiehlt Boemund. »Ich will diesen Spionen die Zunge lösen.«

»Einen Augenblick noch, Herr«, antwortet der Angesprochene, »die Glut ist noch nicht ganz rot.«

Der Folterknecht – ein narbenzerfurchtes Ledergesicht, eine dichte, gelockte Mähne, eine Adlernase, die den Geruch des Feuers einsaugt – widmet sich mit andächtigem Eifer seiner Aufgabe, seine knorrigen Finger betätigen die Blasebälge genau mit der nötigen Geschmeidigkeit, damit der Luftstrahl lang und wirksam wird. Dieser Fachmann in Sachen Grauen muß seine Arbeit lieben, das sieht man ihm an, so delikat wie er mit seinen Werkzeugen umgeht, wie er sie streichelt, während sie sich im Höllenrachen seiner Öfen erhitzen. Alle sechs oder sieben Sekunden dreht er die rotglühenden Stücke mit einer präzisen Bewegung um. Endlich triumphiert er; immer wieder fährt er sich mit der Zunge über die trockenen Lippen, seine Augen beginnen zu funkeln, sein Brusthaar glüht rötlich auf, händereibend nähert er sich dem Feuer. Die beiden Provenzalen, die das Gesicht des Italieners nicht aus den Augen gelassen haben, während man sie fesselte, suchen ihre Überlebenschancen nicht mehr abzuschätzen: sie sind gleich Null. Zani hat sich umgedreht. Er wartet.

»Du beginnst damit«, befiehlt der Fürst von Tarent, »daß du unserem tapferen Knappen ein paar Glütchen zwischen Haut und Hose schiebst, um ihn warmzumachen. Was den Ritter betrifft, und in Anbetracht seines Rangs, wählst du eine schöne, zur Weißglut gebrachte Zange, um ihm ein paar Muskelpakete von den Oberschenkeln zu reißen. Einer der beiden wird sich wohl zum Reden bewegen lassen.«

Zani legt die Folterwerkzeuge bereit. Seine Augen glänzen. Mit dem Handrücken wischt er sich den Rotz von seinem Adlerschnabel von Nase, dann schickt er sich an, ans Werk zu gehen.

»Der Ritter zuerst«, verlangt La Ferté.

»Wie du willst«, antwortet Boemund.

»Verfluchtes Pack! Verflucht seid ihr!« brüllt Guigo. Und verstummt schlagartig. Mitten in diesen Teufelsfratzen ist ein Engelsgesicht erschienen, ein Gesicht, in dem zwei Smaragde funkeln. Eine Welle des Glücks schlägt über ihm zusammen, sie ist da, sie schreit:

»Nein! Nein, Vater, nein, meine Herren! Es ist alles meine Schuld!«

Guigo wird ganz schwach vor Freude. Er reißt an seinen Ketten. Roxane stürzt herbei und stellt sich zwischen ihn und den Folterknecht.

»*Ich* habe ihm gesagt, er solle hierherkommen«, fährt sie mit lauter Stimme fort, sie weiß, daß man mit diesen Haudegen immer schreien muß, wenn man gehört werden will. »Ich wollte ihn auf die Probe stellen. Ich glaubte nicht, daß er kommen würde, zugegeben … Er hat sehr viel Mut, und wenn ihr nicht eingeschritten wärt, hätte er mich entführt.«

Mit halbgeschlossenen Augen läßt Guigo sich von diesen Worten wiegen. Sie lügt, um ihm das Leben zu retten. Er läßt sie also nicht kalt!

»Eine Normannin, die sich für einen Provenzalen interessiert!!?« ruft La Ferté. »Eine Löwin für ein Schaf? Und es ist meine Tochter, obendrein! Dafür würde deine Mutter dich verfluchen. Ein Provenzale! Einer dieser Hunde, die ihren Bruder umgebracht haben, diesen Onkel, der dich so sehr geliebt hat! Guéli, begleite sie in ihr Zimmer zurück und stell dich vor die Tür. Wo kommen wir hin, wenn die Weiber sich in unsere Geschäfte einmischen?«

»Und?« stößt Rico hervor, als er sieht, daß Roxane sich nicht rührt. »Was tun wir? Sie sind immerhin in dein Haus eingedrungen! Sie müssen bezahlen. Schneiden wir ihnen die Zunge ab.«

»Da müßtest du mir zuerst die meine abschneiden«, wirft Roxane ihm entgegen und blickt ihn abschätzig an. »Es stimmt, ich bin bloß ein Weib, es wird euch nichts kosten.«

La Ferté sagt nichts mehr. Er liebt seine Tochter zu sehr, dieses eigensinnige Geschöpf, das seinem Blut alle Ehre macht, dieses ehrgeizige Wesen, das nie nachgibt. Eine kleine Zeitspanne vergeht, während der Boemund begreift, daß man ihn hereingelegt hat. Eine banale Herzensangelegenheit rechtfertigt es nicht, jemanden umzubringen, noch nicht jedenfalls, die Jungfer ist ja noch da. Und er fällt den Entscheid:

»Da es sich so mit der Sache verhält, soll Raimund von Saint-Gilles uns die beiden ein Jahr überlassen. Während Während dieser Zeit werden wir sie mit allen gefährlichen Aufträgen betrauen. Und ihr überwacht sie scharf. Beim kleinsten Seitensprung: der Tod. Beim leisesten Anzeichen von Feigheit: der Tod. Wenn sie das Wort an La Fertés Tochter richten: der Tod! Ich halte mein Wort. Laßt sie frei. In zwei Tagen will ich sie frisch und munter haben, sie werden Peter den Eremiten in Kerbogas Lager begleiten. Rico, Frangon und Sankt-Libörg werden sie gebührend im Auge behalten.«

»Wir folgen ihnen wie ihre eigenen Schatten«, brummt Rico Le Bozon böse.

»Einstweilen sollen sie sich bei dir einquartieren«, Boemund zeigt auf seinen Neffen Tankred.

Tankred! Den beiden Männern aus dem Var weicht alles Blut aus dem Gesicht. Sie begreifen, daß ihr Leben wirklich nur an einem Faden hängt. Der impulsive Normanne wird keine Sekunde zögern, sie zwischen vier Pferde zu binden und in Stücke reißen zu lassen, wenn ihn der geringste Zweifel streift. Tankred, dem sie nun blindlings folgen, wirft ihnen abwägend einen wilden Blick zu. Guigo schaut noch einmal zu Roxane hinüber, jammervoll, er möchte ihr zurufen, wie sehr er sie liebt. Wie ein unwirkliches Wesen steht sie vor ihm. Unverwandt blickt sie auf den fünfzackigen Stern und gibt ihm zu verstehen, daß er schweigen muß, sonst kann sie nichts mehr für ihn tun. Sie hat sich nicht bewegt, er hat geschwiegen, aber im Herzen waren sie eins.

10. Kapitel

Traurigkeit

Der Winter, der Frühling, Trauerhimmel, Festhimmel, Regen, Sonne – die Monate gehen vorbei, und Bérengère vergeht in Byzanz vor Ungeduld. Sie kann nicht begreifen, weshalb die Kapitäne sich weigern, Frauen für die Überfahrt in den Orient einzuschiffen, dabei steuern sie doch diesen Hafen von Sankt Simeon an, der nur einen Tagesritt von Antiochia entfernt ist. Natürlich weiß sie, daß ein großes türkisches Heer die Stadt der vierhundert Türme belagert, aber sie will sich nicht damit abfinden, sie will nicht das Los dieser Tausende von zivilen Pilgern teilen, die hier am Goldenen Horn auf eine Abreise warten und verzweifeln. Sie hat sogar daran gedacht, sich als Soldat zu verkleiden, aber ihre allzu große Schönheit hat den Plan vereitelt. So schickt sie ratlos inbrünstige Gebete zu Panagio Gorgoépiko hinauf, der »großen Heiligen, die rasch erhört«: Sie soll ihr Guigo wiederbringen.

Wie jeden Morgen sitzt sie auf der weißen Terrasse hoch über Byzanz und hat Augen nur für das Meer, auf dem die Kriegsflotten kommen und gehen: die Hoffnung. Sie fühlt einen Blick auf ihrem Nacken. Rasch dreht sie sich um und begegnet Aimerudes blassen Augen.

»Was ist?«

»Ich habe den Armenier bezahlt. Es bleiben uns noch zwei Goldschilling.«

Zwei Goldschilling! Damit können sie sich gerade noch zweieinhalb Monate ernähren, sie beide, das Pferd und Pons. Bei ihrer Ankunft haben sie ohne Mühe dieses kleine Zimmer gefunden, das ihnen ein Armenier in einem der hohen Häuser in der Nähe des Romanostors vermietet. In ein paar Monaten ist ihr Geldvorrat nun dahingeschmolzen. Bérengère versteht Aimerudes Bestürzung. Sie beugt sich vor und blickt auf die Straße hinunter. Da gehen unzählige Leute ihrer Arbeit nach. Eine ganze Kollektion von nackten oder bedeckten Köpfen, Mützen und bunten Hauben, blauen und weißen Tschalmas, seidenen Schleiern, Helmen, Käppchen bietet sich dem Auge dar: Lachen und Stimmengewirr übertönen das Vogelgezwitscher aus den Käfigen, welche die Matronen an ihre Fenster und Marktstände hängen. Sie genießen ihr Dasein voll und ganz, diese Leute. Sie lieben, arbeiten, leben. Und sie arme Entwurzelte beneidet sie darum.

Sie wendet ihre großen Augen traurig wieder Aimerude zu und sagt müde:

»Vielleicht sollten wir arbeiten . . .«

»Aber was tun?«

»Soll ich dich flechten lehren, oder färben?«

»Nein . . .«

Aimerude erinnert sich an die jahrhundertealten Gebärden der provenzalischen Frauen. Sie selbst hat ihre Fingerfertigkeit an Weidenruten, Binsen, Schilf geübt, um daraus diese großen Henkelkörbe zu flechten, in denen man auf den Märkten von Marseille oder Aix das Gemüse herumträgt, oder dann machte man Packsättel für die Maultiere oder Reusen für den Fischfang. Sie erinnert sich auch an die Färberpflanzen, es gibt welche in den Hügeln in Konstantinopels Umgebung. Auf ihren langen Spaziergängen haben sie kleine Ginsterbüsche, Goldregen und Besenginster entdeckt, aus denen man Gelb gewinnt. Bérengère hat recht: So könnten sie sich ein paar Kupfermünzen verdienen. Sie könnten sich sogar die Fingernägel wachsen lassen und auf den Kermeseichen die Schildläuse abkratzen gehen, um daraus Zinnoberrot zu machen, auf das die Griechen ja ganz versessen sind. Im Süden der Stadt wachsen Sonnenblumen, aus denen sich die Stoffe blau färben lassen, oder violett, wenn man sie in Pferdeurin tunkt. Aber es bleiben ihnen noch zwei Goldschilling.

»Wir könnten unsere Rückfahrt in die Provence bezahlen«, sagt sie. An Bérengères unterdrückter Wut merkt sie, daß sie auf diese Möglichkeit besser nicht angespielt hätte.

»Verzeih«, stammelt sie, »ich wollte nicht . . .«

»Wir kehren niemals nach Hause zurück!« antwortet Bérengère heftig, »es sei denn, man bringe mir den Beweis, daß Guigo tot ist.«

Dann läßt sie kraftlos ihre Arme fallen. Auf ihrem Gesicht spiegelt sich eine unendliche Traurigkeit. Aimerude wirft sich auf die Knie.

»Ich habe dir weh getan. Verzeih! Verzeih! Sei nicht mehr traurig. Laß uns singen wie früher. Denk an die kleinen Dinge, die uns glücklich machten: der Duft des Thymians, die Zikaden, die Wiesenblumen. Denk an unser Leben vorher!«

Aimerude schweigt. Tränen schießen ihr in die Augen; sie sieht die kleine Huldera wieder vor sich, die auf den Felsen prallt. Sie schüttelt den Kopf, um diese Bilder zu verjagen, und eine Woge fährt durch ihr goldenes Haar. Da bückt sich Bérengère, nimmt sie in ihre Arme und drückt sie an sich.

»Laß uns singen«, sagt sie sanft.

Aimerude blickt mit feuchten Augen zu ihr auf und wird von einer großen Freude überwältigt: Bérengère ist wie früher, zwischen ihnen hat sich nichts verändert, da ist immer noch dieselbe Gewißheit, dieselbe Vertrautheit, dieselbe innige Zuneigung.

Und ihre Stimmen steigen in den byzantinischen Himmel hinauf. Rein und betörend übertönen sie den Straßenlärm, und unten recken sich nach und nach die Köpfe.

»Wer singt da oben?« fragt ein Mann. »Was ist das für eine Sprache?«

»Provenzalisch«, antwortet der Mönch.

»Mein Gott, ist das schön«, sagt eine Frauenstimme, ganz bewegt. Dann beginnt sie zu weinen, es ist so viel Leid und Liebe in diesen geheimnisvollen Stimmen. Soldaten kauern nieder und werfen die Köpfe in den Nakken, um so den Augenblick auszukosten. Es stiebt nicht mehr von Worten und Flüchen, es ist fast alles verstummt auf der Gasse. Selbst Katamin fühlt sich von allen Makeln reingewaschen, von all seinen Verbrechen, deren so viele sind, daß kein Abgrund tief genug wäre, sie aufzunehmen. Der Zufall hat ihn hierhergeführt; er war hinter einem Archonten mit prall gefülltem Geldsäckel her, da hörte er plötzlich diesen Gesang. Er ist unter dem alten Feigenbaum stehengeblieben, der aus der Theodosiusmauer herauswächst, und hat den steinreichen Griechen, der in der Menge verschwand, vergessen. Reglos horcht der große Krieger auf den Gesang; das wühlt ihn auf, das weckt eine unfaßliche Furcht in ihm, davon hüpft ihm das Herz. Katamin kann seinen Blick nicht von der hohen Terrasse lösen, von der aus die beiden verschlungenen Silhouetten die warmen Wogen ihrer Worte aussenden. Provenzalinnen! Alte Erinnerungen regen sich in ihm, an die Zeit, als er mit der Bande Lohengrins, des Bauchaufschlitzers, die südliche Provence unsicher machte. Die Bande ist in der Nähe von Marseille niedergemetzelt worden, er hat Glück gehabt, er bewachte an jenem Tag gerade das Lager. Daraufhin ist er mit zwei andern Überlebenden durch Italien gezogen, hat getötet, geplündert, vergewaltigt, bis ein kleiner Adliger aus Bologna ihn in seinen Dienst nahm, um sich nach Konstantinopel aufzumachen.

»Verflucht nochmal!« brüllt er. »Ich muß die beiden, die da singen, sehen.«

Und er beginnt den gewaltigen Feigenbaum zu erklettern.

Bérengère und Aimerude, ganz von der Lauterkeit ihrer Gefühle hingerissen, sind von der Welt ringsum völlig abgeschnitten.

Unterdessen bedient sich Katamin der kräftigen Muskeln sciner Arme und Beine und erreicht – ein kleines Biegen hier, ein kleines Strecken da – den Gipfel des gewaltigen Baumes; er befindet sich noch nicht auf der Höhe der beiden jungen Frauen, aber er kann sie jetzt deutlich erkennen. Merkwürdig, er hat das Gefühl, sie schon einmal gesehen zu haben. In diesem Augenblick dreht Bérengère sich um, ihr versagt die Stimme. Mein Gott! Dieser Mann da im Baum ... Aimerude blickt ebenfalls auf und folgt Bérengères Blick. Aus ihrem Gesicht weicht alle Farbe. Sie hat ihn sofort erkannt: Das ist der germanische Krieger, der ihr mit seiner Lanze einst die Röcke hochgeschlagen hat. Er hat sich nicht verändert. Er trägt immer noch den Helm mit dem Naseneisen und den beiden kleinen Hörnern, und noch immer glänzen darunter die beiden blauen, rotgeränderten Augen, und das weitmaschige Panzerhemd fällt noch immer auf dieselben Otterfellhosen herunter. Bérengère ist wie gelähmt. Dieser Mann hatte ihnen zugeschrien: »Ich komme wieder«; und seine Kumpane haben Huldera umgebracht. Welche Hexerei hat ihn hierhergeführt? Bérengère erschaudert und sagt mit eisiger Stimme:

»Komm, wir gehen hinein. Ich glaube, er hat uns nicht erkannt. Aber man soll den Teufel nicht in Versuchung führen.«

Der Teufel da im Geäst hat sie nicht wiedererkannt; seine Hände sind feucht, sein Bauch voller Begehren. Langsam verläßt er seinen Hochsitz. Wieder am Boden angelangt, läßt er sich nieder und bleibt an den Baumstamm gelehnt liegen, wie berauscht von seinem Traum. Er träumt davon, sie zwischen seine Schenkel zu pressen und auszuziehen. Es wird Nacht, er regt sich nicht. Von Zeit zu Zeit nickt er ein, dann schreckt er wieder auf, wimmert, brummt. Er schaut zu der mondbeschienenen Terrasse hinauf, aber die beiden Frauen bleiben unsichtbar. Der Tag zieht herauf, und Katamin hat sich noch immer nicht von der Stelle bewegt. Erst als die Menschen wieder durch die Gasse strömen, springt er plötzlich auf: Da sind sie, in Begleitung eines Ritters, und schlagen den Weg zum Stadtzentrum ein. Er folgt ihnen in einiger Entfernung.

Schön, lächelnd, liebenswürdig nach allen Seiten, gehen Bérengère und Aimerude leichten Schrittes zum Hafen hinunter. Sie denken nicht mehr an diesen Germanen – purer Zufall, diese Begegnung, haben sie sich gestern abend vor dem Einschlafen gesagt, das kann nicht der gleiche Mann sein.

Hundert Schritte hinter ihnen läßt der Mann sie nicht aus den Augen. Mit zusammengekrümmten Schultern hält er seinen Helm unter den Arm geklemmt, um nicht aufzufallen. Sein Herz klopft heftig, an seinem Hals sind die Adern angeschwollen, wütend schiebt er jedermann zur Seite, der ihm in die Quere kommt. Er will dieses Weib. Er brächte den Basileus Alexios höchstpersönlich um, wenn sie der Lohn für dieses Verbrechen wäre. Er wird wohl Mittel und Wege finden, sie zu entführen; immer wird sie nicht in Begleitung sein. Ja, ja, er wird schon eine Gelegenheit finden.

11. Kapitel

Das Omega des »Quiwam ad-Daula«

In der Stadt herrscht ein solcher Aufruhr, daß Guigo und Bonifaz, dank der Beihilfe Wachtmeisters Malienis, mit ihren Freunden haben Verbindung aufnehmen können. Mit ihren Freunden, die zur Ehre Christi fasten und beten und sich auf den großen Tag vorbereiten, da man die Türken in die Flucht schlagen wird. Pausenlos folgen sich die Messen, Danksagungen, Prozessionen. Tag und Nacht erfüllt ein *agnus dei* die Herzen. Man hat die Huren beim Hundstor zusammengepfercht und den Soldaten bei Todesstrafe verboten, sich mit ihnen einzulassen; Soldatenmönche wachen darüber, daß die Vorschriften eingehalten werden, und wiegeln die Pilger gegen Ritter auf, die mit ihren Konkubinen oder beim Spiel herumtrödeln. Diese Soldatenmönche sind überall anzutreffen, Fanatiker mit fiebrigen Blicken, die mit Bannflüchen um sich schlagen wie andere mit dem Schwert; es gibt welche, die sich auspeitschen, um den eigenen Glauben und den ihrer Zuschauer zu erhöhen; einer wollte gar ins feindliche Lager hinüberlaufen, um sich als Märtyrer anzubieten, er glaubte, es sei seine Mission, den Qiwam zu bekehren! Ein anatolischer Hirte bereitete seinen Träumen ein Ende, indem er ihn wie ein ganz gewöhnliches Schaf am Orontesufer abstach. Und Guigo und Bonifaz müssen sich wohl oder übel in diesen Wirbel von Gebeten, von Frömmigkeitsbezeugungen, Enthaltsamkeit und

Gewaltsamkeit hineinziehen lassen. Am 27. Juni werden sie zusammen mit einer Gruppe von Normannen die von Peter dem Eremiten angeführte Delegation ins Lager Kerbogas begleiten.

Den Glaubensdienern ist die Herde vielfältiger Geschöpfe gefolgt. Ströme von Gläubigen haben sich aus den Kirchen ergossen, die ganze Nacht hat man für das Gelingen der Unterredung gebetet. Jetzt drängt sich eine gewaltige Menge fröhlichen Volkes in bunten Wellen beim Sankt-Georgs-Tor zusammen, eine Menge, vor der es Peter dem Eremiten unbehaglich wird. All diese Blikke, die sich auf ihn richten, diese lästigen Blicke, die ihm sagen zu wollen scheinen: Jetzt stell dein Ansehen wieder her! Du bist unsere Hoffnung! Trag die Angst zu den Ungläubigen hinüber! Geh, Bote Gottes, geh, Beschützer der Armen, beweise, daß der wahre Glaube Berge versetzen kann! Dieses Volk setzt sein ganzes Vertrauen in ihn. Wie wird er seine Mission erfüllen können? »Mein Gott! Mein Gott«, flüstert er fast unhörbar, »ich habe schon zwei Mal gefehlt, das soll nicht das dritte sein – oder dann laß mich von dieser Erde verschwinden, so sei es.«

Neben ihm hält der große Herluin, ein Genie, das die orientalischen Sprachen kennt, ein bartloser, froschäugiger Gelehrter mit einem in zwei wattig weißliche Wellen geteilten Schädel, Reden zu jedem Thema. Die beiden Männer sind von einer Gruppe von Provenzalen begleitet: drei Lanzenformationen von acht Reitern mit frisch gefettetem Lederzeug, blitzenden Waffen; frisch gelauste Krieger, schön wie barbarische Götter, man hat alles drangesetzt, den Türken Eindruck zu machen. Guigo, der den Männern des Grafen von Toulouse auf den Fersen folgt, erblickt die kräftige Gestalt von Eiche-Millaud. Furchterregend sieht er aus mit seinem Harnisch, der etwas von einer Dornenhecke hat, und dem großen Schwert mit den zurückgebogenen Stichblattzapfen, das an den Flanken seines gigantischen Schlachtrosses hängt. Aus einer Nebenstraße traben ein Dutzend Lothringer herbei, gefolgt von einer Gruppe Flamen, und hinter ihnen, wie ein Traum, ein finsteres, von den Wolken ausgespienes Tier, Adhémars verfluchte Seele, der Mann mit dem Schwarzen Linkarm, dessen Schlachtroß wie ein Schiffsbug die wogende Menge zerteilt. Sein Feuerblick fällt auf die Nacken ringsum, er würde keinen Augenblick zögern, dieses Ungeziefer niederzumachen, bekäme er den Befehl dazu, dieses Lumpenvolk, das weder Gottes noch des Teufels ist; es gehört bloß ein bißchen Christus an, weil er Mensch geworden ist, und morgen dem Antichrist, sollte er erscheinen. Vor dem Mann mit dem Schwarzen Linkarm weichen alle zurück und bekreuzigen sich: Dieser Dämon ist nicht nach ihrem Geschmack, er trägt das Böse wie sie das Kreuz. Im letzten Augenblick wird beschlossen, die Ankunft der Delegation durch Boten ankündigen zu lassen. Herluin, der unerschöpfliche Schönredner, ist von Amtes wegen dazu bestimmt, die beiden Männer hingegen, die ihn begleiten ...

Die drei Reiter traben in die wattige Morgenluft hinein, man ginge gern Forellen fischen an einem solchen Morgen, oder Farnkronen flechten, und es wären junge Mädchen dabei, mit hellem Lachen und einladendem Schoß, die man wohlig ins Gras legen könnte zwischen zwei genüßlichen Schlucken Wein. Aber sie haben keine Zeit, diese große Sonnenhälfte zu bewundern, deren Purpur die Umrisse der Festung Malregard erglühen läßt; die Aufmerksamkeit der drei Boten ist angespannt nach Westen gerichtet, dorthin, wo die farbenprächtigen Spitzen des heidnischen Lagers aufragen wie ein Wald.

Als sie das trockene Bett des Wadi Zogheido Akakir durchqueren, vergessen sie die Türken einen Augenblick, das Meer von Tüchern und Fahnen ist ihren Blikken entzogen, das ist eine Erleichterung. Die weißen Steine, die den rissigen Grund des ausgetrockneten Bachbetts bedecken, gleichen Knochen. Böses Omen! Sogar ein echter Schädel befindet sich darunter, der ihnen hohnlachend seine mit Kalkreif beschlagenen Zähne zeigt. Weiter weg hängen zwei kranke, fast tote Feigenbäume am Orontesufer, wie Schlangenleiber glänzen ihre Äste. Da verstellen die feindlichen Zelte ihnen von neuem den Horizont, und ihre Herzen beginnen heftig zu schlagen, noch heftiger als vorhin, als sie das Brükkentor passierten. Der Orontes. Die schlammigen, hoch angeschwollenen Wasser der letzten Frühjahrsregengüsse wälzen sich schwer und verschwiegen dahin, schmutzige Striemen von Ästen besudeln die Wellen, die an den ruhigen, fauligen Ufern lecken, wo Raubvögel und Aasgeier schlafen, die von Kadavern fett geworden sind. Ohne Hast folgen die drei Reiter dem alten Fluß und schielen mit einem Auge zum andern Ufer hinüber, zur Brücke, zu diesen düsteren Silhouetten, die da stehen, eine Gruppe von etwa fünfzehn Mann.

»Sie erwarten uns. Mein Gott«, stammelt Guigo, »beschütze uns arme Geschöpfe. Herluin! Ich hoffe, du beherrschst diese verfluchte Sprache? Sonst heißt es für unsere Köpfe ade!«

»Nur keine Sorge, Ritter; ich beherrsche die Worte dieser Exkommunizierten so gut wie die Sprache Ciceros.«

»Na ja!« läßt Bonifaz fahren und faßt seinen Dreizack fest in die Faust, »wir werden ja sehen.«

Der Knappe sieht sich bereits auf einen Pfahl gespießt oder in die Haut eines verendeten Pferdes eingenäht, der schwatzt ja schön daher, dieser Herluin mit seinem großartigen Gehabe, als stünde dort drüben ein Grüppchen Geistliche, begierig, ihm zuzuhören. Aber er kann nicht länger seinen Gedanken nachhängen, die Hufe schlagen auf die Querbalken. Bei Jesus! Sie sind bereits auf der Brücke und reiten den Männern mit den runden, kupfernen Schilden entgegen, fünfzehn Gerfalken, bereit, sich sofort auf sie zu stürzen. Der leichte Etesienwind bläht ihre weiten Mäntel und streicht die Mähnen der Pferde flach; unbewegt, verächtlich blicken sie den drei räudigen Hunden entgegen, die da auf sie zukommen. Guigo hat als erster das andere Ufer erreicht. Auf dieser Seite ist der Boden verbrannt, so verbrannt wie die Haut dieser Krieger mit den leicht geschlitzten Augen, die sich jetzt anschicken, sie einzukreisen. Herluin beeilt sich, ihr Kommen zu erklären, er hebt zum Zeichen des Friedens die Hand.

»Uns schickt der päpstliche Gesandte, Adhémar von Monteil, um die Ankunft Peters des Eremiten anzukündigen, der durch unsere Vermittlung mit eurem Befehlshaber Kerboga verhandeln soll.«

»Folgt mir«, antwortet ein Türke mit rotem Schal kurz angebunden.

Die Wurfspieße sind auf den Rücken der Kreuzfahrer gerichtet, der Zug bewegt sich auf die Tuchstadt zu. Den drei Boten ist es, als lösten ihre Körper sich auf, sie kommen in eine andere Welt. Dumpfe und piepsige Töne von Trommeln und Pfeifen dringen an ihr Ohr, geheimnisvolle, fieberhaft erregte Weisen, die der Wind herweht, sie erzählen vom Orient, von Palästen, Sklavenmärkten, von Wüsten und ewigem Schnee. Und da ist auch der durchdringende Geruch nach Schafen, Ziegen und Böcken, dieser üble Beigeschmack von Hexensabbat und schwarzen Messen, der den Christen den Magen umdreht. Eine lockere Palisade zieht sich um das Lager herum, es sind nicht einmal Wachtposten da, um das Kommen und Gehen der Karawanenhändler zu kontrollieren, die ihre Tiere zum Verkauf anbieten, ein Beweis dafür, wie sicher sich diese Türken und Araber fühlen. Gleich neben der Pferdekoppel kommen sie an etwa zehn Gepfählten vorbei, an denen Schwärme von Fliegen und Wespen saugen, man hat sie auf einer kleinen Erdaufschüttung als Abschreckung für Diebe und Spione zur Schau gestellt, aber das macht den drei Abgesandten keinen Eindruck, auf christlicher Seite verfährt man ebenso. Was sie hingegen zum Erzittern bringt, und zwar dermaßen, daß sie Stoßgebete zum Himmel schikken, das ist dieses Gewimmel, dieses Läusegekrabbel auf der Ebene und den Hügeln ringsum. Bonifaz schluckt mehrmals leer, Herluin erschaudert und schüttelt sich, Guigo reibt den Handteller am rauhen Holz seines Lanzenschafts, er ist naß von kaltem Schweiß. Die Pferde kommen in dem Gedränge der Ungläubigen kaum voran. Am Rand des Lagers sind die undiszipliniertesten Truppen einquartiert, die wilden Meuten, welche die Sultane in den Gefechten als erste zur Schlachtbank schicken. Die ersten, denen sie begegnen, sehen aus wie Tiere; es sind mit Ziegenfellen bekleidete, transoxanische Freiwillige, die ihnen zwischen den Fransen ihrer krausen Haare hindurch wilde, haßtriefende Blicke zuwerfen. Die drei Christen pressen die Schenkel an die Flanken ihrer Reittiere: Von diesen Feueraugen, diesen Giftschnauzen, diesem Haufen Grimassen, der vor Verachtung strotzt, von diesen Todesfratzen kriegen sie den Drehwurm. Guigo weiß, daß von diesen rasenden Teufeln, die immer in vorderster Reihe kämpfen und sich mit dem Schrei »Allah ist groß!« auf die Lanzen stürzen, nichts zu erhoffen ist. Und sie bahnen sich weiter einen Weg durch diese Flut von Kriegern hindurch, immer wieder andere, immer besser bewaffnet, je näher sie dem Zentrum kommen. Am beeindruckendsten sind die berittenen arabischen Bogenschützen, alle in Schwarz und Weiß gekleidet, mit Köchern aus geprägtem Leder, die mit Pfeilen wohlversehen sind, und elegant getragenem Damaszenerschwert. Fast alle gehören zur Truppe des Emirs von Homs, Dschanah ad-Daula, des besten Befehlshabers der feindlichen Armeekoalition. Daneben gibt es auch Reiter in weißgrünen Gewändern, auf deren Rundschilden das Zeichen des Halbmonds glänzt, sie sind unter der Fahne Watthab ibn Mahmuds angeheuert worden; in hieratisch erstarrter Pose sehen sie ihrem Vorbeimarsch zu.

»Hübsche Gecken«, denkt Guigo, »beim ersten ernsthaften Angriff machen sie rechtsumkehrt.« Die letzten, an denen sie vorbeikommen, sind Sokman ibn Ortoks Leute: graue Krieger, die ihre Zeit damit zubringen, ihre Pfeilspitzen scharf zu schleifen, Steine für die Kriegsmaschinen zu sortieren, an deren Drahtseilen tagelang herumgeflickt wird. Unter ihnen befinden sich sogar Gruppen verschleierter Frauen, die aus Hanfgarn alle Arten von Seilen und Stricken flechten. Da, in nächster Nähe des Wadi el-Quwaisiya, der noch Wasser führt, befindet sich auch die Waffenschmiede. Etwas weiter vorn, nach einem Streifen nackter Erde, beginnt ein von einer doppelten Reihe von Wachtposten scharf bewachter Bereich. Der Reiter mit dem roten Schal reitet allein darauf zu und wechselt ein paar Worte mit einer Art Offizier, der von Aquamarinen und Lapislazuli nur so strotzt. Und die Reihe der Wachen gibt den Weg in die märchenhafte Zeltstadt der adligen Türken frei.

Es ist ein unbeschreiblicher Anblick, der sich ihnen bietet, ein Reichtum sondergleichen, der mit dem Atem des Windes lebt, Stoffe von paradiesischer Schönheit. »Wieviel Gold sich daraus wohl schlagen ließe?« denkt Guigo, dessen feudalherrliche Bestechlichkeit schlagartig wieder zum Vorschein kommt. Aber er beeilt sich, diese verrückten Gedanken zu verscheuchen, das Ziel ihres »Spazierritts« ist in Sicht.

Auf einer künstlichen Erdscholle ragt ein gewaltiges Zelt mit seinen Goldornamenten zum Himmel auf. Vor dem Eingang sitzen zwei ungeheure Eunuchen auf geschnitzten Holzschemeln und blicken ihnen mit unmenschlichen Augen entgegen. Noch nie hat Guigo solche Wächter gesehen. Sie sind nackt bis zum Becken hinunter, und die Fettringe ihrer Leiber quellen ihnen beidseitig überbordend über die Hüften; mit kleinen Roßhaarbesen peitschen sie sich immer wieder über den Rücken und den Bauch, um die Fliegen zu verjagen. Ein Schauer überläuft ihre verfettete Haut, als sie ihre breiten Hintern heben. Hoch aufgerichtet wischen sich die fettgepanzerten Menschenfestungen jetzt den Sand aus den Augenwinkeln und bewegen sich langsam auf die Ankömmlinge zu. Die Pferde stehen vor den beiden wackelnden, schnaufenden Kolossen, die den Kreis des Schattens nicht verlassen haben, still. Bonifaz stieße liebend gern seinen Dreizack in einen dieser satanischen Schmerbäuche hinein, diese unechten Männer ekeln ihn an, es werden so viele Greuel über sie erzählt. Sie sollen in unmenschlicher Weise Frauen bezähmen, um sie dann ganz und gar den Lüsten und Launen ihrer Meister auszuliefern, heißt es, und in diesen Vogelkäfigen, die man Harem nennt, schürten sie Verrat und Denunziation. Sie verstünden sich darauf, den Favoritinnen den Kopf zurechtzusetzen, indem sie erbarmungslos Exempel statuierten: Da werde eine erwürgt, dort eine andere bei lebendigem Leibe eingemauert, und andere Raffinessen dieser Art.

Der Reiter mit dem roten Schal verhandelt und zeigt auf die drei Christen. Einer der beiden Fettklöße nickt und verschwindet zum großen Erstaunen der Franken äußerst behende. Ein paar Minuten später – die Sonne erhitzt ihnen nun schon ernsthaft die Helme – kommt er in Begleitung einer hochaufgeschossenen Gestalt wieder aus dem Zelt heraus. Letztere richtet sich in lateinischer Sprache an sie:

»Christen, ihr könnt euren Anführern sagen, daß der Quiwam ad-Daula, unser verehrter Befehlshaber Kerboga, eure Abgesandten zu empfangen geruht.«

»Der ›Säule des Reiches‹ sei gedankt«, antwortet Herluin.

»Begleitet sie wieder zurück«, schneidet ihm der spindeldürre Berater das Wort ab. Seine Nase ist scharf wie eine Messerklinge, sein geölter Bart verbirgt hohle, narbige Wangen. Das muß einer dieser ehrgeizigen Morgenländer sein, die es verstehen, sich in den Dienst des Meistbietenden zu stellen. Ums ganze Mittelmeer herum sind solche Überläufer anzutreffen, die ihren Namen, ihre Nation, ja selbst ihren Gott zu vergessen bereit sind, wenn sich bloß ihre Geldbeutel mit Gold anfüllen. Dem müßte man seinen Kandschar in die Kehle stoßen, den er am Gürtel trägt, denkt Guigo. Diese Art von Verrätern flößt ihm Abscheu ein. Der Mann mit dem roten Schal besteigt wieder sein Vollblutpferd, gibt seinen Leuten ein Zeichen, und die Truppe macht sich auf den Rückweg nach Antiochia

Ein bißchen später, zwischen Sixt und Non, nachdem Herluin ihnen die Bereitschaft der Muselmanen, sie zu einer Unterredung zu empfangen, bestätigt hat, ist die christliche Delegation vollzählig bis zum Prachtbereich vorgedrungen. Diesmal werden sie von mindestens hundert prunkvoll ausgestatteten Bogenschützen und zehn bändergeschmückten Eunuchen empfangen.

Nach einem kurzen Getuschel mit dem morgenländischen Verräter erhalten bloß zehn Ritter die Erlaubnis, Peter den Eremiten zu begleiten. Guigo und Rico gehören dazu. Sie bewegen sich in diese seidenen, wollenen, tuchenen, leinenen Tiefen hinein, in diese Stoffülle, dieses blasse, blinkende Licht, dieses zitternde Schillern. Ein Traum. Eine angenehme Kühle streicht ihnen über die Gesichter, auf Manneshöhe zirkuliert dank sachkundig angebrachter Öffnungen, die mit nassen Tierhäuten eingefaßt sind, ein Luftzug im Zelt. Außerdem fächelt ihnen noch rund ein Dutzend schwarzer Sklaven mit kleinen federnbesetzten Ruten Kühlung zu. Nie hätte Guigo geglaubt, daß diese kriegerischen Türken so sehr auf ihren Komfort bedacht sein könnten. Es herrscht eine gedämpfte, fast lautlose Behaglichkeit mit einigen kaum hörbaren Gesprächsfetzen und verschwommenen Geräuschen darin.

Den Kreuzfahrern gegenüber sitzt Kerboga auf einer mit Gold- und Elfenbeinintarsien verzierten kleinen Bank und starrt den Mihrab seines Gebetsteppichs an. Nur seine kleinen gelben Hände mit den langen Fingernägeln bewegen sich von Zeit zu Zeit. Er scheint sein Schicksal abschätzen, scheint eine endlose Zeit ausloten zu wollen. Er verliert sich. Um ihn herum, stehend oder auf Kissen ausgestreckt, sind die Genossen seiner Armee mit ihren Emiren versammelt: Dukak, Toghtekin, Schams el-Saula, Dschanah ad-Daula, Watthab ibn

Mahmud, Sokman ibn Ortok ... Das Geflüster weicht einer kristallenen Stille: Der muselmanische Anführer hebt langsam das Haupt.

Kerboga schaut die Neuankömmlinge ein bißchen unbeholfen an. Er weiß noch nicht, welche Haltung er einnehmen wird. Diese Abgesandten sind wie eine Fliege in seinen Kefir gefallen. Was wollen sie? Sich ergeben? Nie wird er ihre kampflose Übergabe akzeptieren. Er braucht einen vollständigen Sieg, einen durchschlagenden, im ganzen Islam aufsehenerregenden Erfolg. Nach und nach wird er wieder er selber, wird wieder der erlauchte, großmächtige Kerboga, die »Säule des Reiches«, und sein Gesicht nimmt wieder diesen Ausdruck an, der keinen Widerspruch duldet und von dem zugleich eine magische, Respekt erzwingende Kraft ausgeht. Und Guigo begreift, daß man willenlos werden kann, wenn man Tag für Tag diesem derben, von Hochmut geprägten Gesicht gegenübersteht, der fast lippenlosen Verachtung dieses Mundes, den glänzenden, düsteren Augen, in denen eine solche Tiefe zu liegen scheint, daß sie bis in die Hölle hinunterreichen müssen. Immer noch stumm greift Kerboga nach einem kleinen Dolch mit aquamarinbesetztem Griff und verläßt seinen Sitz. Kleingewachsen, stellt Guigo fest, während er den Mann genauer ins Auge faßt, der jetzt langsam, wie ein Raubtier, das seine Beute anschleicht, auf sie zukommt. Kerboga, seines Zeichens auch Gouverneur von Mossul, pflanzt sich vor Peter dem Eremiten auf. Ein Fürst steht einem Bettler gegenüber. Das Altgold der Schmuckspangen dem eisernen Kreuz. Grüne Seide einem dunklen, groben Wollstoff. Zwei Welten, die aufeinanderprallen. Die beiden Männer messen sich mit den Blicken. Die schwarzen Abgründe betasten das Gesicht des Mönchs. Das ist Satan! Satan! denkt dieser, aber er zuckt nicht mit der Wimper. Diese Prüfung versöhnt ihn mit Gott.

Nun ist er nichts anderes mehr als ein göttliches Werkzeug im Kampf gegen die Kräfte des Bösen. Er wird wieder zu jenem Mann des Jahres 1095, zum Mann mit dem glühenden Blick, der das Volk um sich versammelte. Kerboga, der sich über den Eremiten seine Meinung gebildet hat, bewegt sich weiter nach links, dann nach rechts und läßt seinen unergründlichen Blick auf einem nach dem andern der Franken ruhen. Guigo hätte am liebsten die Augen geschlossen, als er vor ihm stand. Ihm war, als würde er aufgesogen von diesem Blick, und sein Kopf wurde ihm schwer, es war, als zerrisse sein Körper wie ein Sandgebilde in einem wahnwitzigen Wind, dann ist er wieder erwacht. Der Quiwam steht wieder mitten unter den Seinen und befiehlt mit näselnder Stimme, Peter zugewandt:

»Rede, ich höre dir zu.«

Peter beginnt seinen kleinen Monolog, tatsächlich haben Boemund und der päpstliche Legat ihn vorbereitet, und Herluin übersetzt mit kräftiger Stimme:

»Ich, Peter der Eremit, Botschafter der Franken von Gottes Gnaden und kraft der mir vom päpstlichen Legaten Adhémar von Monteil und vom Befehlshaber des Heeres Christi, Boemund, Fürst von Tarent und Graf von Bari, erteilten Befugnis, fordere den Kommandeur der ›Perser‹ auf, seine Truppen von der christlichen Erde Antiochias abzuziehen. Diese Evakuierung muß abgeschlossen sein, bevor der nächste Morgen graut. Ist das nicht der Fall, sehen sich die Soldaten Christi gezwungen, die Ungläubigen durch die Kraft der Waffen zum Abzug zu zwingen . . .«

Es fehlte nicht viel, und Kerboga bliebe der Mund offen vor Staunen: In puncto kampflose Übergabe wird ihm ganz einfach ein Ultimatum gestellt. Die »Sarazenen« ringsum machen empörte Gesichter. Sie wollen diese unannehmbare Zurechtweisung nicht einmal bis zum Schluß anhören und beginnen die Worte des christlichen Abgesandten spöttisch zu kommentieren. Wagt doch dieses stinkende Ungeziefer den Kommandeur der Gläubigen herauszufordern, und das mit der Unverschämtheit eines Siegers obendrein! Damit hätten sie nun wahrhaftig zuallerletzt gerechnet. Dukak und Toghtekin lächeln als einzige in ihren Bart: bei Allah! Die schöne Watsche, das wird den Quiwam ein bißchen auf den Boden zurückbringen. Der Quiwam macht wieder ein düsteres Gesicht. Er hat seine legendäre Unwandelbarkeit verloren, ein nervöser Tick zuckt ihm um die Mundwinkel, und er fährt mit den Händen durch die Luft, als wollte er irgendwelche Gespenster verscheuchen. Er spricht abgehackt, als er antwortet:

»Du wirst deinen Führern ausrichten: Der Islam wird den Barbaren niemals den Rücken kehren, die Türken sind die stärksten Krieger der Welt, und sie selbst werden morgen abend auf den höchsten Türmen der Zitadelle aufgespießt sein, ihre Söhne verkaufen wir als Sklaven, und wer um Gnade fleht und das Kreuz anspeit, bleibt am Leben. Allah schützt die Gerechten! Allah schützt die Reinen! Allah wird uns erlauben, die Dämonen zu vernichten!«

Die Antwort ist klipp und klar: Morgen ziehen sie gegeneinander ins Feld. Die Christen verstehen, daß die Unterredung beendet ist, und ziehen sich unter den blitzenden Blicken Schritt für Schritt zurück. Noch lange spüren sie einen stechenden Schmerz im Nacken, so lange, bis sie wieder bei der Brücke angelangt sind, zu der sie an der Spitze einer großen Eskorte wiederum der Mann mit dem roten Schal geleitet. Dort hinten, im Zelt aus der andern Welt, starrt Kerboga wieder auf seine Teppiche und versinkt erneut in seine Gedanken, seine Eroberungsträume, und wieder horcht er auf diese redselige Stimme in sich drin: ... und Allahs Liebling zog in Antiochia ein ... und sein Name wurde in goldenen Lettern geschrieben ... Morgen, morgen.

Sie stützen die Ellbogen auf die Zinnen eines von der Zeit ausgebleichten Turms und warten auf das Morgengrauen. Guigo und Gottfried haben hier mit den Normannen ihrer Truppe geschlafen, über ihnen blinkte ein Sternenmeer, und jetzt versehen sie den letzten Wachdienst zwischen Mette und Laudes. Schlafen ist viel gesagt. Wie soll man einschlummern können, mit diesem Vorgeschmack der Schlacht, mit diesem Gluthaufen in der Brust?

»Haben wir uns so abgemüht, um schließlich eine Niederlage einzustecken?« sagt Guigo ruhig. »Wieviel Mühe und Not haben wir erduldet, manchmal habe ich Lust, alles aufzugeben und mit Roxane durchzubrennen. Manchmal glaube ich an gar nichts mehr. Es ist, als wäre ich bereits nicht mehr von dieser Welt. Diese Stadt, die ich nicht kenne, diese Straßen, deren Luft mich verwirrt und die mich an nichts Bekanntes erinnern; ich stelle mir vor, ich habe eine Tür durchschritten und kann auf keine Rückkehr hoffen. Gott! Wie weit weg ist unser Dorf. Jerusalem! Jerusalem! Je mehr ich an es denke, desto mehr entschwindet es mir. Die himmlische Stadt flieht uns, wir haben sie nicht verdient.«

»Aber wir haben die Heilige Lanze!« gibt Gottfried lebhaft zurück.

»Ja ... ich weiß, ich verstehe ... vielleicht hast du recht.«

»Ein Werkzeug Gottes!« Gottfried schreit beinahe und reckt die Hände zum Himmel.

Bald wird alles entschieden sein, Gott ist mit ihnen, genügt das nicht, um zu siegen? Er kann sich Guigos Haltung nicht erklären, diese Ebbe und Flut, dieses Infragestellen. Sein Bruder bringt ihn aus der Fassung: Nicht nur, daß er sich in Unlösbares verstrickt und vor Liebe für eine Normannin fast umkommt, er vergißt darüber hinaus die Liebe, die er für Christus haben sollte. Gottfried möchte ihm sagen, die Frau sei nichts anderes als eine Dämonenbrut, und er renne in sein Verderben, aber man könnte genausogut gegen eine Wand anreden.

Bald wird der Morgen grauen. Vereinzelte Feuer, die großen, roten Augen gleichen, schieben da und dort eine Nebelsträhne weg. Ein leichter Südwind kommt auf. Er trägt Meergerüche zu ihnen herüber, es riecht nach Jod und fauligen Algen. Das ist der Wind vor der Morgendämmerung, der Morgendämmerung vor der Schlacht.

Drüben im türkischen Lager sind die Männer bereits am Werk. In allen Richtungen sind die Muselmanen unterwegs, vor den Eingängen, um die Wurfmaschinen in den Pferdekoppeln herrscht ein Hin und Her, ein Aufruhr von Bewegungen und unverständlichen Rufen.

»Entweder wollen sie sich aus dem Staub machen, aber das glaube ich nicht, oder sie bereiten sich darauf vor, uns festen Fußes zu erwarten«, stellt Gottfried fest.

»So wie die Dinge laufen«, sagt Guigo, »sind wird zur Terz schon mitten in der Schlacht. Auf unserer Seite herrscht auch schon Betrieb. Schau mal hinter dich.«

Gottfried dreht sich um und blickt auf die stufenförmig angelegten Häuser hinunter. Tatsächlich: Da reiben ein paar Wachtmeister die Pferde ab, die von einer Patrouille zurückkommen, während andere schon überall die Schlachtrosse bereitmachen, ihnen die Gurten, die Sättel anlegen. Wurfschützen kommen ruhigen Schrittes mit geschulterten »Galgen« die Gasse hinunter, gefolgt von den Knechten, die mit großen Kieselsteinen angefüllte Hotten auf dem Rücken tragen. In der Ferne, beim Tor der Gärten oder beim Hundstor drüben, beginnt düster ein Olifant zu klagen. Mehr braucht es nicht, um Antiochia aus dem Schlaf zu rütteln, ein paar Minuten, und die Stadt läßt ihren Geräuschen und Gerüchen freien Lauf. Zunächst beginnen die Glocken der Petruskirche zu läuten, dann die von Sankt Simeon, und dann die andern. Und in den Klang der Glocken stimmen die Laute der Menschen mit ein; das Lachen der Zivilen, die Steine und Bohlen herbeitragen; die Lieder der Erd- und Abbrucharbeiter, die sich in Schwärmen an alten Häusern zu schaffen machen, die baufällig an den Befestigungsmauern lehnen. Gleich unter dem Turm, wo Guigo und Gottfried stehen, schreien vier Triumvirn von Geschützmeistern den Kindern Befehle zu, die damit beauftragt sind, die Steine zu sortieren. Ordentlich in einer Reihe aufgestellt, warten Frauen mit ihren Weidenkörben unter dem Arm darauf, diese mit Wurfgeschossen füllen zu können. Im Falle eines Angriffs werden sie auf den Befestigungsmauern den Platz der Männer einnehmen. Sie sind zu allem bereit. Ledergepanzert, mit hochgeschlagenen Röcken, werden sie diesen türkischen Bürschchen im gegebenen Augenblick mit ihrem Steinhagel die Köpfe einschlagen. So will es Boemund. Er weiß, daß diese Frauen ihren Teil der Befestigungsmauer erbittert verteidigen werden. Er weiß, sic können im Kampf zu einer einzigen lohenden Flamme verschmelzen, sie geben ihr Leben hin.

Eine Bande von Strolchen schlendert dem Brückentor entgegen, sorgsam pressen sie ihre Knüppel, Gabeln und

Sensen an sich, sie singen das *Veni creator*, ein Lied der Hoffnung. Jede Minute treffen neue Pilger und Einheimische ein, die draußen und an den Flügeln die Verteidigung verstärken sollen.

Vor der Kirche versammeln sich Mönche, fliegenklein anzusehen von weitem, und marschieren in Zweierkolonnen nach Sankt Simeon, wo sie für den Sieg beten werden. Für den Sieg beten! Oh! Wenn der Papst sie sehen könnte. Sie werden all die Sünden dieses Heeres auf sich nehmen. Mit Vaterunsern werden sie den Kräften des Bösen die Flügel stutzen. Werden Heilige und Apostel um Hilfe anrufen. Sie werden mit dieser majestätischen Sonne, die jetzt im Osten aufgeht, verschmelzen und sich in ihr läutern.

Gierig nehmen Guigo und Gottfried all ihre Sinneseindrücke auf. Die Zeit sollte stillstehen, jetzt. Sie würden dem lieben Gott gern eine Anzahlung machen, damit er diesen Augenblick im Fluß erstarren ließe. Sie sind leichenblaß. Dabei wissen sie, daß der erste Kriegsruf schon sie in Todesmaschinen verwandeln wird. Mit Todesverachtung werden sie kämpfen bis zum letzten Atemzug. Die blutige Leidenschaft wird über alles siegen.

Ein Wachtmeister, der ein grobgewirktes Gewand in rot-schwarzem Würfelmuster trägt, kommt die Treppe heraufgerannt.

»Alle zu ihren Herren!« schreit er.

Eine Stunde vergeht, die Männer sind hundert Jahre gealtert. Seit zwei Vaterunsern brüllt das Festtagshorn, ein großes, lothringisches Horn, das auf einem Dreifuß steht, mit seiner Grabesstimme den Appell in alle Richtungen, und aus jedem Quartier ziehen Hunderte von Soldaten der Schlacht entgegen. Die Stimmen, die Lieder sind verstummt. Lautlos betend ziehen sie an den Greisen und den Hunden vorüber, manche pressen sich unter dem Harnisch einen Talisman auf die nackte Haut. So wie sie jetzt anzusehen sind, ohne ein Zeichen von Schwäche, könnte man meinen, sie seien mit irgendeinem genuesischen Geschwader eben erst eingetroffen. Die Gesichter zeigen keine Spur von Mattigkeit mehr. Die Heilige Lanze hat sie völlig verwandelt. Aus dem Tor der Festung Mahomerie strömen massenhaft Reiter den Oriflammen entgegen, die jenseits des zerstörten Damms in regelmäßigen Abständen aufgepflanzt sind. Ohne Hast verteilen sich die christlichen Ritter, halb fröhlich, halb ernst, wie Bauern, die sich anschicken, an einem schönen Frühlingstag die Erde zu roden. Aber hier wird das Unkraut sich zu verteidigen wissen.

Kerboga blickt verächtlich auf diese Barbarenherde hinunter, die vor der Stadt zusammenläuft. Wenn er wollte, könnte er sie niedermetzeln. Ein paar christliche Reiter, denen eine Hundertschaft von Bogenschützen vorangegangen ist, haben bereits die jetzt unbewachte Brücke überquert und auf dem rechten Orontesufer Stellung bezogen.

»Sie sind mir sicher«, denkt Kerboga laut. »Endlich werden wir diese Schweine abstechen können.«

»Quiwam ad-Daula Kerboga«, wagt Watthab ibn Mahmud zu flüstern, »greifen wir an, bevor sie sich versammelt haben.«

Der »Quiwam ad-Daula« kneift die Augen zusammen und blickt sein Gegenüber forschend an. Er wird nicht gern gestört. Was klingt ihm da für ein Schluchzer in die Ohren? Hält dieser unverschämte Watthab sich neuerdings für einen großen Strategen? Und laut antwortet er ihm:

»Meinst du, der erste Krieger des Islam soll ein paar

isolierte Grüppchen niederschlagen, um einen ruhmlosen Sieg zu erringen? Hast du vielleicht Angst, Watthab?«

»Nein, gnädiger Herr, aber ... ich ...«

»Wir werden sie alle auf einen Schlag vernichten. Und ich kehre mit Tausenden von Sklaven nach Mossul zurück. Die Dichter werden meine Heldentaten besingen, und die künftigen Jahrhunderte werden den Verteidiger der Gläubigen zu ehren wissen. Was du sagst, ist eines Soldaten Allahs nicht würdig. Beim Propheten! Fasse dich!«

Kerboga gibt sich den Anschein, als denke er nach, dann wispert er:

»Oder willst du etwa vor den Augen der Welt den Glanz meines wachsenden Ansehens schmälern, um an Barkyaruks Seite meinen Platz einzunehmen?«

»Nie! Ich ...«

»Schweig, Watthab! Schweig! So feige Reden bin ich von dir nicht gewöhnt.«

Watthab der Turkmene beißt sich auf die Lippen. Er hätte sich hüten sollen, den Zorn des Atabeg heraufzubeschwören. Das sieht er ein. Sind sie den Christen letztlich nicht zahlenmäßig dreifach überlegen und viermal besser ernährt als sie?

Unterdessen hat sich die erste Schlachtformation zusammengeschlossen. Es sind die Franzosen und die Flamen. Ihre Schlachtrosse decken eine Fläche von zehn auf hundert Klaftern ab. Die Oriflammen Hugos von Vermandois und Roberts II. von Flandern flattern Seite an Seite im Wind. Stahl und Leder, ein regloses Meer, so stehen sie da. Die nächste Formation hat eben die Brükke überschritten: Es sind die Lothringer unter Gottfried von Bouillon. Die dritte ist ebenfalls im Aufmarsch begriffen: die Normannen aus der Normandie. Sie jubeln ihrem Anführer, dem Grafen Robert von Courteheuse, zu – eine der großen Figuren unter den Rittern, ein tapferer Krieger, er hätte den Kameraden Karls des Großen alle Ehre gemacht. Die vierte, provenzalische Formation, zahlenmäßig die größte, zieht sich um die Festung Mahomerie zusammen. Eine spezielle Wachmannschaft umringt Raimund von Aguilers, der die Heilige Lanze trägt. Guigo und Bonifaz sind bei der fünften, von Tankred befehligten Truppe eingeteilt. Sie sind noch im Stadtinnern und warten auf die sechste, diejenige Boemunds.

Terz.

Die rote Oriflamme der italienischen Normannen, die endlich einsatzbereit sind, knattert zehn Schritte vor dem Heer im Wind. Da steht Boemund und versucht die feindlichen Kräfte abzuschätzen: dreißigtausend, vierzigtausend Reiter? Und das Fußvolk: vierzig-, fünfzigtausend Mann? Eine Kleinigkeit! Er reckt seinen blonden Nacken und bricht in ein lautes Gelächter aus:

»Ha! Ha! Ha! Jetzt werde ich sie schlagen, das ist sicher!«

Hermann von Cannae und Albered von Cagnano starren ihren Vorgesetzten mit offenen Mündern an: Wirklich, er kommt ihnen je länger, je unheimlicher vor.

Es ist zum Schreien schön, all diese zuckenden Wimpel, wie Tausende flatternder Schmetterlinge, und die großen Oriflamme darüber, die im Winde fliegen, und die Standarten mit den Kreuzen, den Kelchen und den strahlenden Herzen darauf, und dann die Schildereihen: Christi Heer ist vollzählig versammelt, die Helme und die Waffen blitzen. Alle haben die Zusicherung erhalten, im Falle des Todes kämen sie geradewegs ins Paradies. Alle haben sie vor der Heiligen Lanze Buße getan.

Alle haben sie sich vor dem Abmarsch schluchzend umarmt. Es gab sogar Normannen, die Provenzalen in die Arme schlossen.

Wer hat geschrien? Boemund? Tankred? Gottfried? Adhémar? Ein Ruck. Die erste Reihe setzt sich in Bewegung. Ritter und Knappen senken die Lanzen und richten die Wimpel bodenwärts. Die Türken auf den Anhöhen regen sich nicht. Einzig ein großes Kavalleriekorps, das in einem Kreisbogen angeordnet vor dem Wadi el-Quwaisiya steht, verliert ein paar Eskadronen. Ein paar Unteroffiziere haben die Geduld verloren und preschen den Christen entgegen.

Kerboga ist außer sich vor Wut. Die Männer beim Wadi unten haben nicht auf sein Signal gewartet, die linke Flanke ist auseinandergebrochen. Diese Hunde! Daran wird er sich nach der Schlacht zu erinnern wissen, man wird ihm die Köpfe der Schuldigen herbringen müssen, wenn der Feind sich nicht vorher schon um sie gekümmert hat. Aus Wut befiehlt er dem Emir Dursuk, dem linken Flügel der Kreuzfahrer in die Flanke zu fallen. Dieser taktische Wechsel ist Boemund nicht entgangen. Er beschließt sofort den Gegenangriff:

»Schnell! Benachrichtigt Bouillon und Robert von der Normandie, sie sollen Lanzen zur Verteidigung unseres linken Flügels abkommandieren. Reinhold! Du übernimmst das Kommando von dreißig Lanzenformationen. Ihr folgt dem Orontes und versperrt ihnen dort unten den Weg.«

Reinhold von Toul gehorcht dem Befehl des Normannen auf der Stelle und jagt Richtung Tschakmaja davon. Das reicht, um die Türken zu zerstreuen, sie nehmen nach Menguliya Reißaus.

Da und dort schreit man »Heil«. »Die Dunkelhäuter laufen davon! Uns nach«, stößt Boemund hervor und gibt seinem Reittier gewalttätig die Sporen. Alle folgen dem Fürsten von Tarent wie ein Mann, die schwere Kavallerie, die bis jetzt bloß trabte, galoppiert den Hügel hinan. Da oben stehen die Männer des Atabeg. Reihe an Reihe, so dicht zusammengedrängt, daß ihnen jede Manövrierfähigkeit fehlt. Soweit das Auge reicht, sind die Hügel in breiten Streifen wie mit Schiefer von Soldaten bedeckt. Ein Teil der aufgebrachten Woge hat den Rest des Heeres überholt. Sie rollt heran und bricht über den muselmanischen Friedhof herein. Ein vierfacher Pfeilhagel hat sie nicht aufhalten können. Die Ritter sehen ihre Feinde schon gar nicht mehr, die Dünste des Blutbads sind ihnen schon in den Kopf gestiegen. Wo sind sie, diese Schweine? fragen sie sich und blinzeln in die Staubwolken hinein.

Ein entsetzlicher Zusammenstoß.

Die Franzosen sind auf die ersten Reihen von Turkmenen aufgeprallt. Gottfried von Vendôme dringt mit fünf Lanzenformationen in die feindlichen Reihen ein und metzelt die Bogenschützen Sokman ibn Ortoks nieder. Ein Mus. Die Pferde sind bereits bis zum Widerrist mit Blut und Hirn beschmiert. Zur Rechten verkeilt Dudo von Konz-Saarbrücken seine hundert Pferde mit zwei Wurfspießkarrees. Männer und Pferde spucken Blut aus gräßlichen Wunden.

»Die Heilige Lanze ist unser Schutz!«

Die Christen schlagen mit Tartschen und Säbelknäufen zu, hacken Glieder und Ohren ab, sie säen den Tod. Eisenzacken, Fangzähne von Hämmern schlagen sich in die Stoffe und dringen schließlich ins Fleisch, um es in Stücke zu reißen. Die zerfetzten Muselmanen pissen Blut und versuchen die Franken aus den Sätteln zu werfen, aber sie fallen kreischend unter die Hufe und werden in den Boden gestampft.

»Die Heilige Lanze ist unser Schutz!«

Die Türken weichen zurück und hinterlassen Girlanden verstreuter Glieder. Ein unbeschreibliches Durcheinander, Kerboga reißt sich vor Wut die Barthaare ab. Vor ihm dringen die Normannen in den Hauptharst seiner Truppen ein. Zwischen den Gräbern drängen sich seine Männer. Sie werden nie durchkommen, denkt er. Aber Boemund hat sich in den Kopf gesetzt, durchzukommen. Er weiß nichts vom französischen Durchbruch; er prellt geradeaus vor und verläßt sich auf seinen guten Stern – und ein bißchen auf Gottes Hilfe, damit das Maß auch wirklich voll ist. Boemund schätzt seine Chancen ab. Er will bis zu diesem Punkt vordringen, der da vorne blinkt: Kerboga. Es muß ihm gelingen. Schlachtrosse gegen Vollblutpferde. Lanzen durchbohren Araberhemden. Wurfspieße durchlöchern Lederbrünnen. Man zieht sich gegenseitig das Fell über die Ohren. Kommt er durch oder nicht? Boemunds eisiger Blick löst den glänzenden Punkt dort drüben aus dem Gewimmel heraus und behält ihn raubgierig im Auge. Was scheren ihn die Stiche, die Türken, er kommt durch, wie Robert Guiscard durchgekommen wäre. Boemund ist es, als sei sein Vater da, neben ihm auf diesem Haufen Glut und Asche, aus dem tausend Todesschreie zum Himmel schießen. Der Tod jagt neben ihm vorbei, er sieht ihn, es ist der Mann mit dem Schwarzen Linkarm, der jetzt mitten im Gewühl auftaucht, er hat eine frisch abgehauene Hand zwischen den Zähnen, eine schöne, elfenbeinfarbene, mit kostbaren Ringen, blitzenden Edelsteinen besetzte Hand. Wie ein Zyklon rast der Ritter durch die feindlichen Reihen, mit wirbelnder, treffsicherer Axt. Seine Opfer wehren sich nicht, vor diesen Augen lähmt sie die Angst. Diese Hand, die in seinem Mund verblutet, dieses Blut, das ihm in den Bart rinnt, das ist ein Dämon, wahrhaftig, den sein höllisches Schlachtroß davonträgt wie der Wind.

»Ans Schwert! Ans Schwert!« brüllt Hermann von Cannae.

Guigo und Rico Le Bozon schlagen Seite an Seite auf die braunen Stoffe ein. Der Bär von Korsika, Ricos Knappe, und Bonifaz halten sich knapp hinter ihnen und schützen den beiden Rittern die Flanken. Seit wann befinden sie sich schon in diesem Sturm? Unerschrocken fahren sie fort, das auszuführen, was ihr Soldatenbewußtsein ihnen befiehlt: Schlag zu! Töte! Weiche nicht zurück! Nicht zu weit vorprellen! Achtung, paß auf den großen, halbnackten Kerl auf, rechts, der sein schweres, ellenlanges Schwert herumschwingt! Ziele gut! Bravo, genau zwischen die Augen hast du ihn getroffen! Wohlan, fahr fort, schlag zu! Töte! Achtung, links ... Die beiden Heere sind weniger ineinander verkeilt als am Anfang. Ein gewisses Schwanken macht sich auf türkischer Seite bemerkbar. Fünf Stunden ist es her, daß der erste Schrei ertönte. Die Ritter machen sich die Schneisen und Scharten an dem großen, von spitzen Stacheln starrenden Türkenkörper zunutze, um weiter vorzudringen. Die Wachtmeister und das Fußvolk sollen das zu Ende führen, was sie begonnen haben. Aber noch ist nichts gewonnen, von einem Augenblick zum andern kann sich noch alles wenden. Boemund will nichts als durchkommen. Und es geht weiter. Die rote Oriflamme zeigt ihnen den Weg.

Das ist schon der vierte, der seine Waffen wegwirft und ihn anfleht, ihn am Leben zu lassen. »Für Christus, unsern König!« schreit Guigo und haut ihm die Kehle durch.

»Tötet, damit eure Sünden euch vergeben werden«, haben die Prälaten gesagt, und die Franken töten für ihre

Frauen, für ihre Kinder, für die ganze Christenheit: Das bahnt ihnen den Weg ins Paradies.

Und dieser Tote da, der am Steigbügel unter Pharamond hängenbleibt – Guigo muß diese verkrampfte Hand abzwacken, sie mit dem Messer zerschneiden und, warum nicht?, er nimmt diesen schönen Rubin an sich, der am Ringfinger glänzt. Nachdem er von diesem toten Gewicht befreit ist, bekommt Pharamond einen kräftigen Fersenhieb in die Flanke, Guigo stürzt sich wieder ins Gewühl. Bonifaz' Dreizack zischt einem bösartig dreinschlagenden Krummschwert entgegen und verhindert, daß der Hieb dem Ritter Wange und Nase wegschlägt.

Wenn man sie wenigstens auf die Befestigungsmauer hätte gehen lassen. Immer noch in ihrem Zimmer gefangen, von drei alten Soldaten bewacht, horcht Roxane hinaus. Sie macht sich Sorgen, dieser Lärm, dieses Grollen vor Antiochias Toren. Wo ist er, dieser junge Narr? Dame des Himmels, beschütze ihn! Wo ist er? Sie unterdrückt Tränen der Wut und Verzweiflung: »Ich müßte mit ihm in der Schlacht sein. Vielleicht ist er schon tödlich verletzt? Vater, ich hasse dich! Guigo, komm mir zurück!«

Fünf blutrünstige Attacken haben die Türken schließlich nach Norden zurückgedrängt. Im muselmanischen Friedhof und darum herum sind nur noch Verletzte und Tote zu finden, wenig Verletzte, viele Tote. Hampelmänner mit verrenkten Gliedern, ein dumpfes Gewimmer menschlicher Trümmerhaufen, Leiber mit gähnenden Wunden. Da und dort blecken nur noch schauernde Fleischstücke, bloßgelegte Muskel- und Nervenstränge. Guigo und Bonifaz geben einigen sterbenden Türken den Rest. Sie haben es satt, die verzweifelten Schreie, dieses unmenschliche Röcheln mit anzuhören, das abscheuliche Knurren der Leiber, sie können das nicht mehr mit ansehen, diesen rosigen Schaum auf verzerrten Gesichtern . . .

Die Flüchtenden laufen in zwei Richtungen davon: Ein paar Häufchen schlagen sich zum Quwaisiya hinüber, und drüben beim Gusel Burdsch machen sich reihenweise Reiter aus dem Staub.

Es ist eine Katastrophe!

Kerboga befiehlt, das Gras in Brand zu setzen, um die Franken aufzuhalten, und die Eunuchen, von den Leibwächtern unterstützt, schütten brennendes Naphta über Gestrüpp und Buschwerk. Aber die überanstrengten Schlachtrosse können nicht zurück, sie müssen dem Willen der Reiter gehorchen. Schäumend tragen sie die kriegstollen Söhne Europas zu diesen bizarren Gestalten hinüber, von denen die Hänge wimmeln, in diesem Ameisenhaufen von Rette-sich-wer-kann hinein, bis die Türken in alle Richtungen auseinanderstieben.

Die Franken haben Antiochias Anhöhen erobert. Diesen Westen, der eben noch von Abertausenden von Feinden strotzte. Vor ihnen liegt das Zeltlager mit den schillernden Seidenstoffen. Verrenkt daliegende Kadaver, reglose Grenzsteine ihres neuen Territoriums, empfangen sie mit entsetzlichen Grimassen. Alle zehn Schritte ein aufgespießter, zerstückelter, gehäuteter Leib, alle zehn Schritte schicken glasige Augen einen Fluch zum Himmel, so sieht es aus. Etwas Gräßlicheres als diese Aufgespießten, denen die Pfähle zwischen den Beinen eingedrungen sind und zu den fliegenumschwirrten, aufgerissenen Kiefern herausragen, gibt es nicht.

Schlemmen! Schlemmen!

In der ganzen Stadt spricht man von nichts anderem als von der ungeheuren Beute. Man hat sich die Zungen dürrgeredet ob der Beschreibung der unwahrscheinlichen Schätze. Von Schlafen kann nicht die Rede sein, keine Rede von Lieben, von Essen, Männer und Frauen warten darauf, ihren Anteil einzuheimsen, sie zittern und stöhnen beim bloßen Gedanken, man könnte sie vielleicht vergessen.

Arnulf der Lothringer ist mit der buchmäßigen Erfassung der Lebensmittel beauftragt. Rambald von Orange läßt die Waffen und Pferde einsammeln. Und Robert von Sourdeval und Gottfried von Vendôme fiel die delikate Aufgabe zu, gemeinsam mit Rittern aus jedem Lager, die als Besitzer amtieren, die Kostbarkeiten zusammenzutragen. Gerhard von Roussillon, der diese Sammlung, eine wahre Goldgrube, überwacht, kann es sich nicht verkneifen, wie ein Herold herauszubrüllen:

»Hört! Hört! Gute Leute, hört! Hört, Soldaten Christi! Das gibt Futter für die Tiere, da sind Waffen für die Kämpen, Teppiche für eure künftigen Paläste, und Balsam und Parfums aller Art, sowie Gold und Edelsteine. Genießen Sie es, gnädige Herren, lacht, meine Schönen, schlagt euch die Bäuche, Rüpel, Mönche, trinkt! Menschheit, Gottes Volk, schlemme dich an dem türkischen Manna satt. Fertig mit den Abfallbrühen, jetzt gibt es Nektar, kommt, schaut her!«

Er ist unerschöpflich. Er weckt so viele Gelüste, daß niemand ihm Einhalt zu bieten wagt. Sie teilen alle dasselbe Glück, dieses Glück, das ihnen aus allen Poren dringt, aus den Augen, aus dem Bauch. Dieses Glück, von dem die Ohren sausen. Die himmlischen Trompeten erschallen für sie. Es ist der Tag des Ruhms, soll er nur kommen, dieser Belial, mit dem die Mönche ihnen schon tagelang in den Ohren liegen, sie werden ihn zu empfangen wissen. Die Mönche, im übrigen, verlieren keine Zeit. Sie spritzen Weihwasser über das Gold, die Vasen, die Seidenstoffe, das soll die verderblichen Miasmen vertreiben, während die Bischöfe, von Buchhaltern und Sekretären assistiert, die Haufen schätzen und Listen erstellen lassen.

»Sieben Gewürztruhen, zweitausend Dolche; fünftausend Schwerter; zehntausend Lanzen; noch fünftausend Schwerter; zwanzigtausend Schilde; dreihundert Kühe; vierundfünfzig Ochsen; dreitausendachthundert Schafe; zweihundertfünfzig Ziegen; viertausend Pferde; zwölf Truhen Gold; fünf Silber; eine Truhe mit Armreifen und Ringen; tausendundzweiunddreißig Schüsseln . . .«

»Weibsbild! Das ist eine schöne Ernte, was?« lacht Wilhelm-Hugo von Beaux und legt seiner Frau, der Dame Vierne, ein prächtiges Perlenkollier um den Hals.

Der Glücklichste von allen ist der lothringische Bischof Gerhard. Nach links und rechts sieht man ihn seinen enormen Bauch voranstoßen, wer ihn belästigt, wird abgezwickt wie ein überflüssiger Trieb an einem Weinstock, von Zeit zu Zeit haucht der Bischof einen Kuß auf eine ziselierte Schüssel oder ein Goldarmband, selbst wenn sie nicht geweiht sind, was soll's? Wie? Die Meute der Bauernlümmel naht? Schnell, man muß sie schmähen. Und schon speit Gerhard Bannflüche, Verwünschungen, Exkommunikationen aus. Seine pockennarbigen Wangen schwellen bei jedem Wort an und ab! Diese Hunde wollen fürwahr die Kirche und ihre Herren bestehlen. Und diese Frauen dort unten, worauf warten sie? Ihn schaudert vor ihnen. Er sieht sie nicht gern in Gruppen. Er hat sie lieber in Bedrängnis, wenn er sie auspeitschen läßt, zu seinem Gefallen. Verdamme ihn Gott, wenn eines dieser Luder ein Stück Stoff entwendet, bevor geteilt wird. Gott wird ihn nicht verdammen. Es dauert, bis der Morgen graut, bis die Anführer der Kreuzfahrer mit der Verteilung der Beute beginnen.

Man schreibt den 29. Juni 1098. Kerbogas Untergang ist besiegelt, sein Omega vollendet.

12. Kapitel

Verfolgung

Bérengère singt von ihrer fernen Heimat, ihrer verlorenen Provence, der Sainte-Baume, singt vom Gapeautal, vom Mistral und auch von ihrem Geliebten, aber wo ist er? Ihre Augen werden feucht, ihre warme, tiefe Stimme steigt auf und verliert sich jenseits der Theodosiusmauer. Ihre Hand krampft sich auf Aimerudes Schulter zusammen. Das Mädchen sitzt zu ihren Füßen und begleitet sie auf einer kleinen, keltischen Harfe. Aimerude horcht, und ihre hübschen Finger gleiten leidenschaftlich bewegt über die Saiten. Die beiden Kusinen lassen die griechischen Frauen, die sich aus den Fensternischen beugen und unter die Türen treten, erbeben. Einige weinen vor Rührung. Jeden Abend vor Sonnenuntergang wiederholt sich das. Und jeden Abend tritt derselbe dunkelgekleidete Mann durch das Sankt-Romanos-Tor, um sich an dieser Stimme zu laben. Er ist blaß, eine große, violette Narbe teilt sein Gesicht in zwei ungleiche Hälften, und seine geschlitzten, rotumrandeten Augen scheiden tröpfelndes Gift aus. Katamin, der Rotäugige, wie ihn seine deutschen Gefährten nennen, die dem Massaker im Tal von Méounes entkommen sind, streicht seit einer Woche, seit er diese schöne Hexe, diese Provenzalin, die ihn verrückt macht, zum ersten Mal gesehen hat, in diesem Quartier des Deuteron herum. Sie allein beherrscht seine Träume, jede Nacht besitzt er sie, aber er hält bloß ein Gespenst in den Armen, und sein Fleisch wird nicht satt, sein Fleisch brennt. Und um die Bitterkeit zu vertreiben, die ihm das Herz beschwert, spricht er jeden Morgen mehrmals diesen zufällig erfahrenen Namen vor sich hin: Bérengère. Bérengère hat zu singen aufgehört, Katamin stellt sie sich vor, wie sie sich von ihrem Schemel erhebt, ihre dunkle Mähne schüttelt. Reglos, mit angehaltenem Atem lauert er auf jedes Geräusch und ärgert sich über das Hin und Her der Leute auf der Gasse. Sein Blick bohrt sich fiebernd in die Umfassung dieser Terrasse hinein, die über sämtliche Häuser der Nachbarschaft, ja sogar über die Befestigungsmauer hinausragt. Aber Bérengère hat ihren Sitz nicht verlassen, sie hat die Ellenbogen auf die Knie und das Kinn auf die Hände gestützt und denkt an Guigo: er wäre glücklich, sie in Byzanz zu wissen. Er würde ihr keine Vorwürfe machen, das weiß sie, sie würden einander in die Arme fallen wie einst auf der Roten Weide. Und das Glück würde über sie hereinbranden, und ... Wie der Teufel taucht Pons auf, sichtlich außer Atem:

»Bérengère! Willst du mit zum Goldenen Horn hinunterkommen?« fragt er. »Es läuft eine griechische Flotte ein, an Bord sei der Kommandeur der kaiserlichen Armee, Peter von Aups, heißt es, er hat in zahlreichen Schlachten im Gebiet von Thrakien triumphiert. Da kann man sicher einiges erfahren. Was meinst du?«

»Ja! Ja!« Bérengère klatscht in die Hände. »Aimerude, machen wir uns bereit. Ich kann die Neuigkeit nicht erwarten!«

Sein Herz hat einen Sprung getan. Eine weißglühende Klinge ist ihm in die Brust gedrungen, Katamin muß sich zurückhalten, um nicht loszurennen: Sie ist in Begleitung eines dicken Ritters, der ihr als Leibwache dient, und dieser Gans mit den großen, erschreckten Augen aus dem Haus getreten. Er winkt die zwei Kerle, die hinter ihm stehen, heran und flüstert ihnen zu: »Verliert sie nicht aus den Augen. Wir gehen getrennt, um nicht aufzufallen.«

Von den Soldaten Peters von Aups hat sie nichts Neues erfahren. Der provenzalische Adlige war übrigens nicht dabei. Er ist bei Johannes Dukas geblieben, um die griechische Position im Orient zu konsolidieren, und die Schiffe haben bloß ein paar Hinkefüße, viele Sklaven und eine gewaltige Beute zurückgebracht. Bérengère ist traurig und enttäuscht, sie weiß noch immer kaum mehr als am Tag ihrer Ankunft in der Kaiserstadt, das heißt, daß die Kreuzfahrer in Antiochia sind und die Türken daraus vertrieben haben.

Die Hafenstraßen sind lärmig, von Gerüchen gebläht. Tüchtige Puffmütter und perverse Kuppler machen sich das Geschäft des Fleisches streitig. Vom kleinen Mädchen bis zum schönen Jüngling, von der fetten Ägypterin bis zur harten Mongolin, von der weißen Sächsin bis zur schwarzen Afrikanerin wird hier alles gekauft und verkauft. Und an Kunden fehlt es nicht! Tausende von Seeleuten, Soldaten, Söldnern und Abenteurern lungern vor den Absteigen herum oder betreten die Spelunken und steigen nachher mit dem Geschöpf ihrer Wahl in die armselig verlausten Behausungen hinauf. Der Abschaum und die Elite der Welt vermischen sich hier, zwischen Blachernenpalast und Hagia Sophia. Ihr Gott ist der Wein, das Spiel ihre Leidenschaft, das Fleisch ihre Lust. Durch den Dunstvorhang von Gebratenem und Gebakkenem klingelt das Gold ihrer Laster, und für ein zartes Geschlechtsteil oder einen schlecht geworfenen Würfel wird nicht selten das Messer gezogen. Und mitten durch diesen Schweiß, diese erzwungen lächelnden Gesichter, diese gespreizten Oberschenkel, diese Schminke und diese bedrohlichen Fratzen, mitten durch diese schlüpfrigen Lieder kommt eine junge Frau gegangen, die so schön ist in ihrem roten Kleid, daß sie in allen Blicken Begehrlichkeit entzündet. Bérengère denkt zu sehr an Guigo. Sie spürt nicht, wie man sie streift, spürt nicht den warmen Atem, die begehrlichen Blicke, nicht einmal die kühnen Hände, die ungestraft nach ihren Hüften tasten. Sie hört die bösartigen Stimmen nicht, die ihr schmutzige Angebote machen. Ein kristallines Lachen reißt sie aus ihren Träumen heraus, und plötzlich merkt sie: Pons und Aimerude sind nicht mehr da. Sie ist allein ... Vielleicht hat sie sie im Durcheinander der landenden Schiffspassagiere verloren? Mein Gott! Mein Gott! Wo bin ich? Sie stolpert an eine Frau mit nackten Brüsten und blau bemalten Lippen heran, die merkwürdig lächelt. Die Frau nimmt sie am Kinn und fragt: »Kommst du, Fürstentochter, für einen Schilling betöre ich dir all deine Sinne!« Bérengère reißt sich von dieser Verführerin los und bewegt sich mit zugeschnürter Kehle weiter. Es kommt ihr vor wie ein Alptraum, aber der Alptraum ist leider Wirklichkeit: Eine Hand hat sie an der Brust gefaßt. Erschreckt beginnt sie zu laufen und überrennt Passanten, man ruft ihr Schimpfwörter nach. Der Mann, der sie angegriffen hat, verfolgt sie gewiß. Ein Blick zurück bestätigt ihre Befürchtung: Er ist zwanzig Schritte hinter ihr, eine große, violette Narbe zieht sich quer über sein Gesicht ... Da packt sie die Angst, der gellende Angstschrei schießt in ihr hoch und entfährt ihrer Kehle, widerhallt in der engen Gasse. Ein schweres Blut klopft ihr durch die Schläfen, sie bekommt keine Luft mehr, und Katamin rückt näher. Ein lettischer Barbar will nach ihr fassen, aber sie gleitet seitwärts weg und kann ihm entwischen. Enttäuscht geht der andere auf Katamin los, packt ihn mit knorrigen Armen an den Schultern.

»Da hast du was!« brüllt Katamin und sticht dem Mann seinen Krummdolch zweimal in den Bauch.

Die junge Frau ist verschwunden. Katamin blickt um sich, forscht alle Öffnungen, alle Gesichter ringsum aus. Zu seinen Füßen verliert der Lette sein Blut. Katamin tritt ihm den Absatz ins Gesicht und schreit:

»Selber schuld, du Hund!«

Wieder streift er die Huren und dann die herumstehenden Nichtstuer, die auf das dargebotene Fleisch schielen, mit einem tödlichen Blick. Niemand will etwas gesehen haben. Da holt Katamin einen Geldbeutel hervor und schlenkert ihn rasend vor diesen Mittfastengesichtern hin und her.

»Fünf Solidus für den, der mir sagt, wo sie sich versteckt!« stößt er rot vor Wut hervor, aber das bleibt ohne Wirkung, der Krämergeist hat bei diesem Gesindel da über die Angst gesiegt. Katamin begreift, daß er mehr bieten muß: »Zehn! ... Fünfzehn! ... Zwanzig!« brüllt er. Ein verlumpter Italiener zeigt mit zitterndem Zeigefinger auf die dunkle Türöffnung eines alten, baufälligen Hauses.

»Da!« spuckt Katamin ihm entgegen und zählt die Goldstücke heraus. »Zum Teufel mit dir!«

Im Schatten der abgewetzten Steine kauert Bérengère und wartet. Unerbittlich gleiten die Sekunden über ihren zur Statue erstarrten Körper dahin. Sie ist wie versteinert. Die dicken Ratten, die in den Trümmern herumhuschen, schnuppern an ihren Beinen herum. Bérengère versucht, ihre Nerven im Zaum zu halten, und ihre großen, nachtschwarzen Augen starren auf die Rundbogentür, durch die sie hereingekommen ist. Wächsern, mit verkniffener Miene, ein Grauen im Schoß, lauert sie auf jedes Geräusch. Wo ist er? Weiß er, daß ich da bin? fragt sie sich. Katamin ist nicht weit. Lautlos huscht er voran, spritzendes Blut macht ihn geil, ein tierisches Begehren steigt in ihm hoch. Er kommt seiner Beute näher, da muß sie sich verkrochen haben, oder da, oder hier, bei jedem Schritt lenkt er seinen Blick auf einen Balken, eine halb eingestürzte Mauer, eine dunkle Vertiefung, auf den kalten Stufen einer Treppe und darunter wägt sein allgegenwärtiges Auge die Dinge ab. Sein Vorgefühl ist so stark, daß alles durchlässig wird. »Da ist es«, sagt er sich und steuert der schwarzen Rundung einer Tür entgegen. Der Schatten sticht vom Dunkel ab, Bérengère sieht ihn kommen. Der Schatten frißt die Leere zwischen ihnen auf. Jetzt hört sie den kurzen, hechelnden Atem des Mannes. Katamin, aufgewiegelt von Gelüsten und warmen Gefühlen, spürt ihre Gegenwart. Da kauert sie, neben einem großen Haufen von Bruchsteinen. Ihre Blicke treffen sich. Bérengère ist vor Schrecken erstarrt. Katamin im siebten Himmel.

Bérengère schluckt leer, streckt ihre bleiernen Glieder, hebt langsam die Hand zum Hals, wo dreizehn Nadeln hängen (wie man sie in der Provence zum Kampf gegen Hexer gebraucht), eine weiße und zwölf schwarze, und bindet sie los. Katamin plustert sich auf: Das Weibchen ist besiegt, gleich gehört sie ihm. Mit gesenktem Kopf kommt sie auf ihn zu, fast schmächtig wirkt sie in dieser Haltung und für die Wollust bestimmt. Katamin leckt sich den Mund bei dem Anblick, er streckt seine feuchten Finger dem roten Kleid entgegen, in seinem Kopf ist sie nackt. Ihre unerwartete Gefügigkeit weckt keinen Argwohn in ihm, nicht einmal die fahlen Blitze, die der Schönen durch die Augen zucken. Sie gehört mir! sagt er sich, während die dreizehn Nadeln auf sein Gesicht zusteuern. Die dreizehn Nadeln durchstechen ihm die linke

Wange und bleiben in der Zunge stecken. Er kann nicht einmal brüllen! Seine Hände vermögen die junge Frau, die sich ihm entwindet, nicht zurückzuhalten, zitternd tastet er nach den dünnen Stiften. Bérengère ist auf die Gasse hinausgelaufen, in die buntscheckige Menge hinein, ins Geschrei, in die Düfte und muffigen Gerüche. Mit ihrer ganzen Energie, mit der ganzen Kraft ihrer Sprunggelenke wirft sie sich voran, bahnt sich einen Weg durch dieses liebeshungrige Volk. Wieder flieht sie verzweifelt durch das Gassengewirr. Katamin hat sich behende seiner Nadeln entledigt und mit blutendem Mund die Verfolgung wiederaufgenommen. Er fragt alle Leute aus, denen er begegnet, und kommt seinem Opfer mit Hilfe klingelnden Goldes erneut auf die Spur. Der Rachedurst und sein wilder Trieb verleihen ihm Flügel. In kurzer Zeit hat er seine Beute wiedergefunden, genau als sie die Mauer des Septimius Severus passiert, das Tor ist glücklicherweise unbewacht. Ein grausames Lächeln verzerrt Katamins bleiches Gesicht, er spürt keinen Schmerz mehr, auch nicht das Blut, das ihm die Kehle hinunterrinnt, er sieht nur noch diese rote Gestalt, die durch die Nacht läuft. Der Mann ist noch immer hinter ihr her, Bérengère ist verzweifelt. Sie möchte sich fallen lassen, schluchzen und die Vergewaltigung und den Tod erwarten, aber ihr Wille ist stärker, und sie läuft weiter. In der Ferne zeichnet sich die wuchtige Silhouette des Manganespalastes ab. Keuchend rennt Bérengère über das steil ansteigende Pflaster. Mit wirrem Haar, schweißüberströmt, matt und am Ende ihrer Kräfte, kniet sie vor einer Tür mit zwei Sternen nieder: »Zu mir!« schreit sie. »Zu mir!« Niemand antwortet, und in der heimtückischen Stille widerhallen die Schritte des Rohlings auf dem Stein. Bérengère wagt nicht, ihm entgegenzublikken. Die Schritte nähern sich. Alles sträubt sich an ihr.

Der Mann ist genau hinter ihr, er streift sie, das Herz steht ihr still.

»Die besiegte Frau muß sich unterziehen oder sterben, so ist das Gesetz!«

Die Stimme des Mannes klingt wie ein Echo in ihren Ohren, ein dichter Schleier fällt ihr vor die Augen, mit einer gewaltigen Anstrengung verweigert Bérengère das Opfer und schreit:

»Nein! Nein! Nein!«

»Ha! Ha! Was ist schon dabei«, grinst Katamin.

Mit dem Handrücken versetzt er ihr eine brutale Ohrfeige und brüllt:

»Na, los, Metze! Küß mich, und schmeck das Blut, das du vergossen hast.«

»Nimm mich und töte mich dann!« antwortet sie mit kalter Stimme und blickt ihm geradewegs in die Augen, »aber du mußt wissen: du lebst nicht mehr lange, wenn du es tust.«

Bérengères Augen funkeln vor Haß, in ihnen steht die Prophezeiung geschrieben: Er soll nur Hand an sie legen, und er ist des Todes! Unwillkürlich weicht Katamin zurück. Dieses Weib macht ihm Eindruck, er möchte ihr zuschreien: »Avalisco Satanas!« und sie auf der Stelle töten. Aber da ist seine Begierde, allzu gegenwärtig in seinen Adern, allzu ganz in seinem Kopf, eine rote Flut schwemmt alles Zögern hinweg, er will bloß noch eins: diesen weißen, verschwiegenen Leib . . . Und er beginnt auf sie einzuschlagen, damit er den harten, erbarmungslosen Blick nicht mehr sieht, er schlägt zu, schlägt zu, bis sie ohnmächtig zusammenbricht. Da, mit rosig schäumenden Lippen, hält Katamin ein und faßt sie am Kopf: »So, bist du weniger hochnäsig jetzt?«, während er mit der andern Hand unter die Röcke schlüpft, ihr die Schenkel bloßlegt, dem Geschlecht entgegenkriecht.

»Ach! Du bist schön, du gehörst mir!« Er seufzt, schluckt, stöhnt, geifert und keucht, seine Finger dringen in die verborgenen Bereiche Bérengères ein; und jetzt kann er nicht mehr, er löst seine Hose und fällt über sie her. Zwischen ihren weißen gespreizten Beinen, unmittelbar vor dem Akt, sackt er plötzlich zusammen. Bérengère macht die Augen auf, ein schweres Gewicht liegt auf ihr, ein regloses Gewicht, und es rinnt ihr etwas über die Brust. Da erinnert sie sich: der Mann! Der Mann liegt auf ihr, aber er bewegt sich nicht, worauf wartet er? Was täuscht er vor? Sie wagt sich nicht zu regen. Und immer noch dieses warme Naß, es rieselt auf ihrer Brust!

Zögernd tastet sie sich mit der Hand den Hals ab und hält sie sich vor die Augen: Sie ist blutrot. Wild vor Entsetzen stößt sie den Mann von sich und reißt das Oberteil ihres Kleides auf, um nach der Wunde zu suchen: nichts! Sie hat nichts! Sie lebt! Aber wo kommt dieses Blut her? Langsam wendet sie sich wieder dem Mann zu, der auf die Seite gerollt ist und weiterhin reglos daliegt. Und jetzt entdeckt sie den Grund für diese Reglosigkeit: Ein Armbrustbolzen hat sich dem Mann in die Kehle gebohrt. Sie richtet sich auf und sucht nach dem rettenden Schützen. Die Tür mit den beiden Sternen steht weit offen, und ein kleiner, lächelnder Mensch blickt ihr daraus entgegen.

»Warst du das?« fragt sie. »Hast du . . .?«

»Ich war es«, antwortet der merkwürdige Armbrustschütze und zeigt auf seine Waffe.

»Wer bist du?«

»Ein unbedeutender Jude. Moses Ben Choolam ist mein Name.«

13. Kapitel

Entführung

Eines Nachts fliehen sie. Hinter ihnen ist ein Überfall auf die Zitadelle im Gang, man hört Schreie, Lärm und einen finster klingenden Olifanten. Sie laufen den eingefallenen Häusern, den Trümmern und Schattenwinkeln entgegen; der eine mit dem Trident, der andere mit dem Schwert in der Faust. Guigo dreht sich um und saugt die Luft ein. Sie werden nicht verfolgt. Die Normannen haben allesamt anderes zu tun: Sie sind dabei, die Provenzalen und Lothringer aus ihren Positionen in der Zitadelle zu verjagen. Guigos Herz steht in Flammen, sein Blut steht in Flammen, er haßt Tankred und Boemund. Er haßt Rico Le Bozon und La Ferté-Fresnel. Er haßt alle Normannen – und doch liebt er eine der Ihren. Roxane! Der Gedanke an sie reißt ihn aus seiner Betrachtung heraus, er stürzt davon, in die Nacht hinein, auf Bonifaz zu, der ungeduldig an Ort und Stelle trampelt.

»Schnell! Schnell! Es ist Wahnsinn, jetzt stehenzubleiben.«

»Und die Pferde?«

»Sie sind bereits in der Mahomerie. Ich habe alles vorbereitet, sobald ich von den Plänen der Normannen erfuhr. Boemund will in Antiochia alleiniger Herr und Meister werden. Heute nacht jagt er sämtliche Kreuzfahrer, die nicht zu seinem Heer gehören, davon. Hörst du?«

Guigo hört Waffengeklirr und Gebrüll. Bonifaz ist Gold wert. Für sie ist das ein Glücksfall. So brauchen sie ihre Wachhunde nicht umzubringen. Schon bald werden sie in Aimins Lager, in seiner Obhut sein. Nach dem, was die Normannen jetzt zu tun im Begriffe sind, wird Raimund von Saint-Gilles sie nie wieder Tankred ausliefern. Sie sind gerettet. Guigo steht still. Bonifaz will schon losbrüllen, aber was er da hört, verschlägt ihm die Sprache:

»Wir gehen nicht in die Mahomerie. Ich werde Roxane entführen.«

Bonifaz zittert und schreit auf:

»Beim Himmel! Soll ich dich zusammenschlagen?«

Diese Worte sind ihm überaus heftig entfahren, sie verraten einen allzu lange unterdrückten Zorn, und er beeilt sich, seinen Tonfall zu mäßigen, denn er ist nur Guigos Vasall.

»Das Furchtbare mit dir ist, daß du nicht an die Folgen deiner Taten denkst: die Blutrache, die mörderische Wut eines La Ferté-Fresnel. Und zudem ist sie Tag und Nacht von dem dicken Stöwe bewacht.«

Guigo betrachtet ihn ruhig und völlig ungerührt, dann antwortet er lächelnd:

»Ich wußte nicht, daß du dich vor dem dicken Wachtmeister fürchtest; ich habe dich falsch eingeschätzt. Es bot sich uns da eine günstige Gelegenheit, das bösartige Tier unschädlich zu machen. Roxane haßt ihn ebenso wie wir. Ich hielt dich für tapfer. Das war offenbar ein frommer Wunsch. Du wirst nie ein Ritter sein.«

Bonifaz hört ihm aufmerksam zu. Wenn der Ritter noch von seiner Leidenschaft für Roxane spräche, das könnte er begreifen; aber daß er seine Spucke für derartiges Geschwätz vergeudet, das erträgt er nicht.

»Hör auf mit deinem Geplapper. Du palaverst unnütz

ins Leere hinein. Ich begleite dich. Wir gehen deine Normannin erlösen.«

In der heraufziehenden Morgendämmerung kommen sie wieder an den Töpferwaren vorbei, an den beiden alten Weibern, den Ratten, den Bettlern, die Hure ist nur mehr ein aufgedunsener, fliegenschwarzer Kadaver, weiter, da ist die schmutzige Wäsche, die Gartenmauer, da sind die Aprikosenbäume, der Quittenbaum, die Blumen und . . . Stöwe.

Stöwe starrt ihnen mit offenem Mund entgegen. Guigos Schwert beschreibt einen weiten Bogen und trifft des Wachtmeisters Hals. Der enthauptete Rumpf bleibt einen Augenblick in der Schwebe, bevor er zusammenbricht.

»Laß Satan, deinen Herrn, von mir grüßen«, sagt Bonifaz und beugt sich über das immer noch blöde gaffende Gesicht.

»Er war überhaupt nicht gefährlich, siehst du«, macht Guigo und sticht einen Wächter nieder, der vor ihm aufgetaucht ist.

Und da Bonifaz mit Stöwes Ohren Zeit verliert – er will sie abschneiden, um die goldenen Ohrringe an sich zu nehmen –, schreit Guigo ihm zu:

»Na vorwärts, genug getrödelt, komm!«

Bonifaz reißt die Ohren weg und steckt sie in sein Wehrgehenk. Sie dringen in den dunklen Gang ein, passieren die Eisentür, streichen an den verblaßten Fresken vorbei und betreten das Zimmer der jungen Frau.

»Achtung!« ruft Guigo.

Roxanes riesige Hündin stürzt auf Bonifaz los, der vor Entsetzen aufbrüllt.

»Du Dämon!« stößt der Ritter hervor und zieht seinen Dolch. Er wirft sich auf das Tier und sticht auf es ein. Es gelingt ihm, den unheimlichen Kinnbacken auszuweichen, die ins Leere schnappen. Die Hündin verdreht die Augen und fällt auf die Seite. Bonifaz läuft es noch kalt den Rücken hinauf, rasch schickt er seinem Schutzheiligen ein Gebet.

»Was ist los?« zwitschert eine Stimme.

Guigo wirbelt herum und zückt das Schwert. Es ist Marie-Céphise, die Magd. Beim Anblick der blutüberströmten Waffe beginnt sie laut zu schreien.

»Bring sie zum Schweigen!« befiehlt Guigo.

Bonifaz faßt sie um die Taille und versetzt ihr einen Faustschlag in den Nacken. Dann schleppt er sie über die Fliesen weg. Ohne Zeit zu verlieren, macht Guigo sich auf die Suche nach der jungen Frau. Er läuft durch den Korridor, zerfetzt die hauchzarten Vorhänge und betritt den Raum, in dem man ihn vor einem Monat festgenommen hat. Er dreht sich um sich selbst. Es ist niemand da. Mit großen Schritten eilt er dem silbernen Gitter entgegen. Wenn nötig, wird er das Haus von unten bis oben durchsuchen. Da ertönt eine Stimme hinter ihm:

»Keinen Schritt weiter, Ritter. Halt!«

Er dreht sich um und kann nicht anders:

»Roxane!« schreit er. »Endlich!«

»Beweg dich nicht!«

Hochmütig, mit verächtlichem Blick, steht sie da und zielt mit ihrem Bogen auf ihn.

»Ich bin dich holen gekommen.«

Unglücklicherweise macht er einen Schritt auf sie zu. Ein schwarz befiederter Pfeil zischt an seinem Ohr vorbei. Schnell aufbrausend hat sie geschossen und schickt sich bereits an, einen zweiten Pfeil losschnellen zu lassen.

»Nein! Schieße nicht!«

»Gut! Aber halt dich still.«

Er schaut sie fast flehend an. Sie atmet schwer, ihre

Brust hebt und senkt sich, eine merkwürdige Verwirrung hat sich ihrer bemächtigt: Er ist ihr nicht gleichgültig; er ist mutig und schön, das genügt, um ihre Neugier zu wecken. Sie erinnert sich an den Blick, den sie sich in der Folterkammer zugeworfen haben. Sie wartet ab. Er bricht das Schweigen und sagt mit bewegter Stimme:

»Ich will dir nichts zuleide tun, Roxane. Ich liebe dich.«

Sie ist argwöhnisch: Die Männer sind alle gleich, sie erzählen weiß nicht was, nur um ihre kostbare Haut zu retten.

»Und das sagst du mir mit einem bluttriefenden Schwert?«

»Das war Stöwe, ich war gezwungen, ihn . . .«

»Um so besser«, unterbricht sie ihn. »Dieses niederträchtige Schwein ekelte mich an.«

Plötzlich schreit sie auf und läßt ihren Bogen fallen. Bonifaz hat sie von hinten gepackt und umklammert. Sie wirft sich nach vorn, aber sie bemüht sich vergeblich, freizukommen.

»Laßt mich! Laßt mich!«

Guigo stürzt hinzu und hält ihr die Hand auf den Mund. Unerbittlich beißt sie zu bis aufs Blut, aber er beißt die Zähne zusammen und begnügt sich damit, ihr eindringlich in die Augen zu schauen. Nie kam sie ihm schöner, begehrenswerter vor. Er fühlt sich wie verhext.

»Du wirst mir folgen«, sagt er schließlich.

Sie schüttelt den Kopf. Ihre Augen sprühen Blitze. Er begreift, daß er sie nicht zur Vernunft bringen wird. Da zerreißt er ihr mit der freien Hand das Kleid, die opalisierend schillernden Quarze, die es schmücken, springen aus den Fassungen, die Stoffetzen geben einen Knebel und Fesseln ab. Nachdem sie zum Schweigen gebracht ist, stößt er sie schonungslos vor sich her. Bonifaz folgt ihnen mit der Magd, die er sich auf die Schultern geladen hat. Es ist Tag geworden, aber sie können unentdeckt fliehen. Das Glück ist ihnen hold: La Ferté-Fresnel und sein Clan beteiligen sich an dem von Boemund angeführten Unternehmen. Sie bewegen sich durch Antiochias Gassen; daß die lebenden Toten da in den Elendsquartieren sie denunzieren, ist nicht zu befürchten. Noch vor Terz haben sie die provenzalischen Linien erreicht.

Dort drüben, unter den Bergen, haben die Normannen die Zitadelle in ihre Gewalt gebracht. Der abgründige Haß zwischen Provenzalen und sizilianischen Normannen ist noch ein bißchen abgründiger geworden.

In einem der Türme dem muselmanischen Friedhof gegenüber grämt Roxane sich zu Tode, läßt sich von der Verzweiflung übermannen und verflucht Guigo. Und wenn die Flüche versiegen, ist es, als würde sie nüchtern. Dann hört sie wieder Marie-Céphises Gejammer. Zuerst, in den ersten zwei Tagen, hat sie versucht, sie zum Schweigen zu bringen. Vergeblich. Wie alle Frauen aus dem Süden ist Marie-Céphise ein geborenes Klageweib. Mit ihrem schniefenden Schluchzen, ihrem ewig tränenüberströmten Gesicht gleicht sie diesen Sizilianerinnen, die tagelang am Lager ihrer Toten wehklagen.

Roxane schleift sich die Ellenbogen, den Bauch, das Gesicht an den Sandsteinblöcken, um die Verzweiflung zu überwinden, die sie befällt. Die Zeit vergeht, und sie braucht diese harte Matrix, diese rauhe Spur auf ihrer Haut, sie braucht diesen Mutterfelsen, der ihre Knochen martert, braucht ihn, um sich zu läutern, um ihre innere Klarheit wiederzufinden, um wählen zu können zwischen LIEBE und HASS. Sie schleift ihren Leib, bis es sie schmerzt, bis ihr eisige Tränen in die Augen schießen, bis dieser schlammige Orontes vor ihr verschwimmt und sie nichts mehr sieht von den leuchtenden Anhöhen des muselmanischen Friedhofs. Zwanzigmal hat sie ihn schon umgebracht; zwanzigmal schon hat sie ihn geliebt. Dieser Guigo peinigt sie. Sie stützt das Gesicht in die Hände, so kalte Hände auf ihren heißen Wangen. Dann richtet sie sich auf, versteift sich, eine wilde Kampfeslust hat sie gepackt. Nie wird sie sich diesem Guigo unterwerfen. Sie haßt ihn, diesen Provenzalen, der ein so lauteres Herz zu haben schien und in Wirklichkeit durch und durch schwarz ist wie die Hölle. Sie kratzt ihm noch die Augen aus, sie wird ihn unter ihrem Zelter herschleifen; sie läßt ihn in Streifen schneiden und den Raben zum Fraß hinwerfen! Sie erstickt vor Wut. Flammen zukken ihr durch die Augen, Falten furchen ihre helle Stirn, ein wildes Lächeln verzerrt ihren Mund. Sie kniet nieder, richtet sich auf und schleudert ihren Haß in alle Himmelsrichtungen.

»Verfluchter Provenzale! Feigling, Frauenräuber, du! Räudiger Hund! Guigo! Du wagst dich nicht zu zeigen, was?«

»Doch, doch, ich bin da.«

Er steht unter der Tür, die Hände am Ledergürtel, und sucht sichtlich seine Verlegenheit zu verbergen.

Roxane traut ihren Augen nicht. Wie eine Furie geht sie auf ihn los.

»Ich hasse dich!« schreit sie und trommelt ihm mit den Fäusten auf die Brust.

»Roxane! Ich flehe dich an, hör mir zu.«

»Geh und flehe die Heilige Jungfrau an!« brüllt sie und schlägt noch heftiger zu.

Guigo verteidigt sich lahm. Er will ihr nicht weh tun. Einen Gegner zu bekämpfen ist eine leichte Sache, aber die Frau, die man liebt . . . Jetzt zielt sie auf seine Augen.

Da tut er sich Gewalt an, packt sie an den Handgelenken und verdreht sie. Sie widersteht und blickt ihn mit dem ganzen Hochmut, zu dem sie imstande ist, trotzig an. Er läßt sie los. Sie weicht zurück, schlägt die Fingernägel an die Zähne und blickt ihn abwägend, haßerfüllt an. Sie ist schön. Er betrachtet sie. Keines von beiden beachtet Marie-Céphise, die in einer Ecke schluchzt. Stolz wirft Roxane den Kopf in den Nacken und stellt sich breitbeinig, mit gereckter Brust vor ihn hin. Es geht ein Glanz von nordischen Göttinnen, die auf Einhörnern reiten, von ihr aus, von Feen, die sich in der Tiefe feuchter Gehölze verbergen, von barbarischen Priesterinnen, die das warme Blut ihrer Opfer trinken. Und er hat eine ungestüme Lust, sie zu unterwerfen, einen Besitzerwunsch tief innen. Eine rote Welle brandet über ihn herein, der Feudalmensch erwacht in ihm: Er ist nicht mehr der verliebte Jüngling. Roxane bemerkt diese Veränderung wohl, aber sie fürchtet sich nicht. Sie mustert ihn, ohne mit der Wimper zu zucken, und ihr Mund wölbt sich zu einem unverschämten Bogen. Sie hat immer nur für Abenteuer und für das Unvorhergesehene gelebt. Ihr Vater hat sie wie einen Jungen erzogen, mit der einzigen Regel, irgendwas irgendwann irgendwie zu essen. »Nimm dich in acht vor dem Schwachen, nimm dich in acht vor dem Armen, hüte dich vor dem, der auf die Knie fällt, früher oder später kratzen sie dir die Augen aus und schneiden dir die Brüste ab, nachdem sie dich vergewaltigt haben: Du bist die Fremde mit der Peitsche und dem Schwert in der Hand, das werden sie nie vergessen.« So hat sie sich daran gewöhnt, erbarmungslos auf jedes Volk hinunterzublicken, das ihre Landsleute sich untertan machten. Sie hat sich daran gewöhnt. Hart und kalt. Die Klagen der Dorfbewohner, die ihr Vater quälte, sind ihr nie ans Herz gegangen. Hart und kalt. Solange sie sich erinnern kann, bis ins »zarte« Kindesalter zurück, ist da nichts anderes als Schlachtenlärm, Kadaver, Verwundete. Ihre Mutter!! Ein verschwommenes Bild. Sie ist im Wochenbett gestorben, als sie sechsjährig war. Die Bastarde von Brüdern? Einer ist bei den Barbaresken im Sold und entfaltet da seine Talente als Pirat. Der andere treibt sich irgendwo in Italien oder Makedonien herum und verkauft sich an den Meistbietenden, um seine Kriegslust und seinen Ehrgeiz zu befriedigen; und vom letzten erzählte man ihr, er sei einer der Paladine des heiligen Kaisers Heinrich IV. Nun ja, wenn sie es genau bedenkt, sind das alles nur ferne Gesichter, aber sie strahlen, strahlen, strahlen. Und dieser Ritter, dieser freigelassene Hörige, verlauste Gehilfe, dieser Lümmel, der eben erst aus seinem verlassenen Nest von Dorf herausgefallen ist, will ihr Meister sein? Nein!

»Nein!« schreit sie.

»Das wird man ja sehen«, knirscht Guigo.

In diesem Augenblick beneidet Roxane den Mann, vor dem sich alle fürchten, um seine Kraft: den Mann mit dem Schwarzen Linkarm. Unter ihrer eisigen Maske jagt die teuflische Geißel vorbei, die den Ritter aus Signes erschlüge; hinter ihren grünen Augensternen schreien die eitlen Gespenster ihrer Jugend ihr zu: Gib nicht nach. Sie preßt sich heftig mit dem Rücken an die Wand. So leicht wird er sie nicht unterkriegen, soll er doch kommen! Guigos kräftige Silhouette steht dunkel im Gegenlicht. Er kommt näher. Ein Schritt. Zwei Schritte. Drei ... Langsame Schritte, über die sie nur lachen kann, während sie sich sammelt, um besser angreifen zu können. Vier, fünf, sechs, er steht vor ihr. Er weicht aus, ihre schimmernden Krallen schlagen nur der Leere die Augen aus. Er sucht nach der geschmeidigen Taille zu fassen, aber sie entwischt ihm.

»Gemeines Schwein! Laß deine Dreckpfoten weg von mir.«

Der Mann voltiert und stampft wie ein Pferd, verkrampft seine Kinnbacken und lockert sie wieder, schlägt mit einer schroffen Bewegung seine Haarsträhne zurück und geht wieder auf seine Beute los, die sich in eine Ecke geflüchtet hat.

»Rühr mich nicht an!« fordert sie mit einer Stimme, in der kein Gefühl durchschlägt. Steif wartet sie auf Guigos Angriff. Sie starrt in das wilde Gefunkel seiner Augen. Es besteht kein Zweifel, dieses Tier da begehrt sie.

»Ich bin keine Hündin«, stößt sie hervor und schießt mit ihrem Knie nach vorn.

Das hat Guigo erwartet, er packt sie am Oberschenkel und kippt sie um. Roxane windet sich und wirft unbändig ihre Hüften herum, schwer liegt der warme Atem des Mannes auf ihrem Hals, ein Moschusgeruch breitet sich aus, verstärkt sich, und manchmal läßt sie beinahe besiegt den Kopf zurücksinken. Zoll für Zoll gleitet sie über den von ihrem Schweiß befeuchteten Stein und sagt sich, solange sie sich bewege, werde er nicht an sein Ziel gelangen.

Keuchend, am Rand der Ohnmacht, wimmernd wie ein geschlagenes Kind, fleht sie ihn mit den Blicken an: Laß mich frei! Ein letzter Ruck, eine letzte aufbrandende Welle, dann ist es zu Ende, sie bleibt kraftlos liegen. Guigo drückt sie hart auf den Boden und hält ihr die Handgelenke fest.

»Und jetzt?« sagt sie und keucht, »was willst du tun?«

»Was du dir vorstellst, schöne Normannin.«

»Ich stelle mir gar nichts vor, ich bin Jungfrau.«

»Das will ich hoffen!« sagt Guigo abschließend und sucht mit seinen Lippen ihren vollen Mund, der sogleich nachgibt. Vergessen die Ehre. Vergessen die Tugend.

Vergessen der Haß. Sie hat so lange gewartet. Warum sich der Liebe verweigern? Sie läßt es mit sich geschehen. Und sie finden die verlorenen Freuden ihrer Träume wieder, denen sie nachhingen, während sie sich allein liebkosten. Sie haben so lange gewartet ... Aus den unterirdischen Gefängnissen ihrer versiegelten Körper bricht Tod und Leben hervor und etwas anderes noch, von den Sturmwinden des Rausches hergeweht, etwas Namenloses, was stärker ist als die Liebe.

Frangon der Wolf rennt zur Tür herein, sein erbärmlich schweißnasser, gelber Rock, das triumphierende Lächeln, das seine Schnellzähne entblößt, zeigt den Wachen schon an, daß er eine gute Nachricht bringt. La Ferté-Fresnel, der mit Carnon, dem Verwalter, die Buchhaltung erledigt, hebt mit einer schroffen Bewegung den Kopf. Eine Sorgenfalte verdüstert seine Stirn.

»Und? Hast du sie gefunden?«

»Ja«, antwortet der Wolf und wiegt den Oberkörper hin und her.

»Wo ist sie?«

Der Ritter schaut verlegen drein. Sein Lächeln ist verschwunden, die triumphierende Miene hat einem mitfühlenden Ausdruck Platz gemacht, mit hängenden Schultern läßt er seinen Blick unter die Knie von La Ferté fallen, und der fährt fort:

»Rück mit der Sprache heraus, tu nicht so hinterlistig!«

Frangon wischt sich mit der Hand übers Gesicht, knirscht mit den Zähnen, schnalzt mit der Zunge und gibt stockend Auskunft:

»Gnädiger Herr, nun ja ... wie soll ich sagen ..., sie ist bei diesem verfluchten Hund, diesem Guigo von Signes.«

La Ferté rudert mit den Armen durch die Luft und schlägt ins Leere. Carnon wird zum Opfer, auf das er es abgesehen hat, er schützt sich mit dem Kugelschieber gegen die Hiebe und zittert um sein rosiges Fleisch, seinen runden Wanst: Man weiß nie, ein unglücklich geführter Schlag, und schon ist man im Paradies oder ... in der Hölle. Ein kräftiger Rippenstoß, und er landet schließlich im Korridor, ein Glück, das er unverzüglich ausnützt, indem er sich aus dem Staube macht. Frangon, dem alle Farbe aus dem Gesicht gewichen ist, bleibt allein mit dem Freiherrn zurück, der brüllt:

»Na und, du Lump, wird's bald?«

»Ich habe sie auf dem Wehrgang gesehen, sie gingen Hand in Hand ...«

»Diese Hündin, Saumetze, was sie ist! Ich bin entehrt«, schreit La Ferté und zertrümmert eine kleine Bank.

Der habgierige Rüpel fühlt sich um sein kostbarstes Gut gebracht. »Diese Provenzalen«, denkt er, »Dreck! Kot! Arme Schlucker! Bordellsprößlinge, die nicht einmal ein Schwert zu halten wissen. Diese Schafe, die vor Robert Guiscard zitterten. Diese Feiglinge, die dem Kalifen von Cordoba Botschafter schicken. Schon unter Abd ar-Rahman – sollen die Würmer ihn fressen – haben sie die Sache der Christen verraten, und jetzt noch lassen sie sich von seinen Nachfolgern bestechen. Und diese Bruchstücke von Männern wagen es, mir meine Tochter zu rauben!«

»Ungeziefer! Gottloses Gesindel! Ablaßverkäufer!« schreit er wieder.

Seine Tochter in den Händen dieser Provenzalen! Bilder tanzen vor seinen Augen: lange Schlangen von Soldaten, deren jeder darauf wartet, an die Reihe zu kommen. Und es braucht weiß Gott weniger als das, damit er wieder losbrüllt. Nach der kleinen Bank muß ein Tonkrug herhalten; ein Faustschlag, und das Gefäß zerspringt in tausend Stücke. Dann wird der Rasende plötzlich ruhig.

»Ho!« wundert er sich. »Was stierst du mich so an? Ich bin nicht Satan, meines Wissens!«

»Nein, nein, nicht Satan ...«

»Ich bin dein Herr, nun ja, nach Humfried von Monte-Scabioso.«

»Ja ja, mein Herr ...«, quiekt Frangon.

»Wo ist Rico?«

»Seinerseits auf der Suche, so wie Guéli und Sankt Liborg.«

»Geh sie holen, dann halten wir Rat.«

Frangon flieht der Tür entgegen. La Fertés Simme verfolgt ihn: »Die Knappen auch!«

Draußen auf der Gasse atmet Frangon auf, froh, Richards Gebrüll und Geschrei entronnen, froh, so billig davongekommen zu sein.

Frangon findet sie eine Stunde später. Sie bummeln vor der Petruskirche herum. Die Aufmerksamkeit der drei Männer scheint ganz von dem in Anspruch genommen zu sein, was sich auf den Gerüsten abspielt, die man an der Kirchenfassade errichtet hat. Frangon tritt näher, um zu sehen, was die Neugierde seiner Gefährten derart erweckt.

Da sind abendländische Handwerker andächtig dabei, den Griechen den Verputz von der Mauer lösen zu helfen, mit dem man biblische Wandmalereien übertüncht hat. Zahlreiche Arbeiter sind da unter staubigen Kapuzen am Werk und schleifen inbrünstig an der Mauer. Sie wollen dem Gotteshaus wieder zu einem unversehrten Äußern verhelfen. Natürlich kann Rico es nicht lassen, die Arbeit dieser Leute, die sich in der Hitze abplagen, spöttisch zu kommentieren:

»Schaut mal das Fingerspitzengefühl, das sie haben, die Rüpel! Wie eifrig sie schaben und kratzen. Zum Beispiel der dort am zarten Profil der Jungfrau Maria, oder der andere da, putzt doch mit seiner Bürste Sankt Petrus den Bart, ha, und erst der da drüben, der auf den Kelch Christi hinuntergeifert . . .«

»Diese verfluchten Sarazenen sind zu allem imstande«, wirft Guéli ein. »Dreck, nichts als Dreck, haben die doch gewagt, unsere Heiligen mit Farbe zu übertünchen, unsere Statuen mit Schmutz zu bewerfen und das Kreuz mit Kot! Die sollen auf ewig in der Hölle schmachten!«

Ein Mann, der an einer Rüstleiter unter der Archivolte hängt, ruft ihnen etwas zu.

»Wir sind Soldaten, keine Schmutzärsche, die Ablaß brauchen«, antwortet ihm hochmütig Rico.

»Ich bin selbst einer von Gottfrieds Rittern«, gibt der Mann beharrlich zurück. »Es ist nichts Beschämendes dabei: Wir reinigen Gottes Haus. Kommt, helft mit.«

Rico dreht ihm den Rücken und brummt:

»Armer Narr!« Dann lauter: »Gehen wir.«

Da bemerken sie Frangon. Der ruft:

»Kommt, schnell, ich habe das Mädchen gefunden.«

Ist es ein Zufall? Es sind keine Wachen da. Verstohlen gleiten lautlose Schatten vorbei und schleichen dem Turm entgegen. Jeder trügerische Laut von den Mauern her läßt sie im warmen Wind erstarren und warten, bis der kalte Schweißausbruch vorbei ist, dann heben sie wieder die Lider, lauernd, und huschen ein Stück weiter. Der erste, der Anführer offenbar, trägt einen gelben Rock mit drei Wolfsköpfen darauf; der zweite, kleiner, nervös, ganz in Schwarz gekleidet, bewegt sich nur in

Sprüngen vorwärts; weit hinter ihnen sind die andern in Halbmondformation noch unsichtbar zwischen den Felsen unterwegs. Da hängt das Seil, ihr Freund hat Wort gehalten. Die Gestalt im gelben Rock hat schon danach gefaßt und klettert rasch bis auf die halbe Höhe der Steinmauer hoch. »Dieser Dummkopf hätte sich auch schwarz anziehen können«, denkt der zweite Schatten. Ein letzter Ruck, ein akrobatischer Aufschwung, und der bleiche Farbfleck verschwindet hinter den Zinnen. Der zweite Schatten kauert nieder, beugt die Sprunggelenke und nimmt einen Satz, um das Seil möglichst weit oben anpacken zu können. Seine Füße rutschen auf den glatten Steinblöcken ab, dann, nach einiger Mühe, beginnt er zu klettern. Die Sterne blinken schwach, Tausende, die atmen, tausend verwirrende Augen im Himmel, jedes ein stummer Zeuge hoch in den Abgründen oben, zu weit, viel zu weit entfernt von den Menschen. Die andern Schatten haben ihre Schlupfwinkel ebenfalls verlassen. Ganz oben auf dem Turm flüstert der gelbe Rock mit einer vermummten Gestalt.

». . . und danke für das Seil.«

»Nichts zu danken. Sagt eurem Herrn, er könne mehr denn je auf mich zählen.«

Der zweite Schatten taucht auf. Mit einem Satz landet er zwischen den beiden andern, herausfordernder, angriffiger denn je.

»Endlich! Du hast dir aber Zeit gelassen«, sagt der gelbe Rock.

»Halt's Maul, Frangon. Du hättest mir besser geholfen, anstatt dich im versteckten auszuruhen.«

»Laß das Geschwätz, Rico, hör, was unser Freund zu sagen hat.«

Der Vermummte streckt den Kopf vor, ein krankhaftes Lächeln liegt auf seinem eingefallenen Gesicht, er murmelt:

»Das Mädchen und die Magd sind zwei Stöcke weiter unten. Die Wachen schlafen tief – ich habe vorgesorgt und ihnen das Nötige in den Wein gemischt –, sie werden nicht aufzuwecken sein. Der Ritter und sein Knappe haben Wachdienst in der Mahomerie. Es besteht nur eine Gefahr: Rostang macht nachts oft auf dem Wehrgang und in den Wachlokalen die Runde, um die Wächter im Schlaf zu überraschen.«

»Pah! Den werden wir schon zum Schweigen bringen. Vergiß nicht, wir sind acht Mann.«

Tatsächlich. Einer nach dem andern kommen Ricos und Frangons Gehilfen an. Sobald sie alle da sind, gibt ihnen der Vermummte das Zeichen, ihm zu folgen. Eine Falltür verschluckt sie. Ein Geruch nach Zedern umfängt die Nichtsnutze, die sich auf den Fußspitzen folgen; alle Balken hier sind aus diesem kostbaren Holz gehauen. Sie kommen an vier tief schlafenden Wächtern vorbei, gleiten noch ein paar Stufen tiefer und stehen vor einer massiven Türe still.

Rico hält sein Ohr ans glatte Holz. Nichts. Alles ist ruhig. Mit leichter Hand dreht er den Schlüssel und stößt die Tür einen Spalt weit auf, gerade genug, um sein Fuchsgesicht hindurchstecken zu können. Tatsächlich: Die beiden Frauen sind da. Er atmet tief ein und tritt über die Schwelle. Frangon, Bär und Sankt Libörg folgen ihm auf den Fersen, schon haben die vier kräftigen Silhouetten die Lagerstätte umstellt. Rico schlägt Roxane die Hand aufs Gesicht, Frangon verfährt ebenso mit Marie-Céphise. Die beiden aus dem Schlaf gerissenen Frauen wehren sich nur schwach, zu viele Fäuste lähmen ihre Kraft. Rasch sind sie gefesselt und zwei starken Wachtmeistern auf die Schultern geladen. Dann steigt der Trupp in die Tiefe des Turmes hinunter, ihr Freund hat bereits alle Türen aufgeriegelt, vor einer von ihnen liegt ein unbedachtsamer Soldat auf der Treppe, rechtwinklig zusammengekrümmt, blutige Hände auf den Bauch gekrampft: Der Freund weiß mit dem Dolch umzugehen. Da unten steht er mit seiner hinterhältigen Miene, da ist eine Ausfalltür, durch die man in die Stadt gelangt.

»Schnell«, flüstert der giftzüngige Verräter, »der Weg ist frei.«

Rico drückt ihm einen Geldbeutel in die Hand.

»Da, wie abgemacht. Und vergiß nicht: Wir sehen uns beim Firusturm wieder.«

»Ich vergesse es nicht. Und ich bleibe der normannischen Sache treu. Ich halte euch über die provenzalischen Pläne auf dem laufenden. Gott schütze euch. Bis bald.«

Und der Freund verschwindet in einer Öffnung gleich neben der Ausfalltür.

Wie ein kleiner Wasserfall sprudeln die Soldaten auf die kleine, abschüssige Erdaufschüttung hinaus.

»Wer da?«

Diesmal laufen sie ungezügelt den Gäßchen entgegen. Rostang, der geschrien hat, nimmt ihre Verfolgung auf.

»Anhalten! Zu den Waffen! Zu den Waffen!«

Er holt den langsamsten der Flüchtlinge ein und durchbohrt ihm das Kreuz. Ein paar gähnende Provenzalen treten mit schlafverquollenen Gesichtern aus den Häusern, aber sie schreiten nicht ein; sie haben noch nicht begriffen, was der Heidenlärm soll. Ein anderer Krieger stellt sich Rostang entgegen. Der Mann aus Ollioules erkennt ihn:

»Sankt Libörg!

»Wehr dich, Rostang!

Die beiden Männer kreuzen die Klingen. Fast augenblicklich macht Sankt Libörg einen Ausfall und trifft Rostang an der Schulter. Eine kleine Kerbe, die den Ollioulaner nicht aus der Fassung bringt. Er geifert und schnellt mit einem solchen Satz auf den Normannen los, daß Libörg eiligst zurückweichen muß. Rostang nimmt einen zweiten Satz und schlägt im Sprung auf den rechten Arm seines Gegners ein.

»Bei Belial«, stößt der hervor.

Aber bereits ist der andere auf ihm. Rostangs Klinge trifft hart auf die feindliche Schwertspitze, gleitet zwei-, dreimal auf der Rinne ab, Rostang drückt immer stärker zu. Der Arm des Normannen wird schwächer: Er verliert viel Blut. Rostang drückt aus voller Kraft; Sankt Libörg gibt nach, sein Schwert kippt seitwärts weg. Mit einer raschen Bewegung hat der Provenzale den Normannen durchbohrt. Die eisige Schwertklinge steckt fest im Fleisch, gräßlich schwer und teilnahmslos, tief zwischen die Adern eingepflanzt. Dann zieht Rostang sie mit unmenschlicher Eleganz langsam heraus, um seinen Sieg auszukosten. Der Verwundete hat eine Hand auf die klaffende Wunde gedrückt, aus der das Leben entweicht, die andere liegt im Staub dieser ungeliebten Erde; von einer sonderbaren Benommenheit erfaßt, entflieht Sankt Libörg der Menschenwelt. Rostang schlägt ein Kreuzeszeichen und hält nach den anderen Flüchtigen Ausschau. Kein Laut mehr! Er hat zuviel Zeit verloren. Er zuckt die Schultern, seufzt und macht rechtsumkehrt.

Die Straßen sind wieder der nächtlichen Stille und den Ratten ausgeliefert, die bis zum Morgengrauen hartnäckig und gierig an den beiden verlassenen Toten knabbern.

Guigo stützt den Kopf in die Hände. Seit Sonnenaufgang sitzt er reglos so da. Kaum daß man ihn atmen hört. Als Rostang ihm die Schreckensnachricht brachte, haben sich alle anwesenden Männer zusammengetan, um ihn daran zu hindern, geradewegs zur Zitadelle hinaufzurennen. »Keine Kompromisse! Keine Kompromisse! Rache!« schreit es in ihm. Um seine Leidenschaft zu verteidigen, will er in Gottes Augen gerne treulos sein.

14. Kapitel

Die Einweihung

Bérengère hat endlich eine Insel des Friedens gefunden. Dank Moses hat sie wieder Vertrauen gefaßt, nicht nur, daß er ihr das Leben gerettet, er hat sie überdies in sein Haus aufgenommen. Das schwierigste war es, Pons zu überzeugen. Nach ein paar Tagen hat der Ritter, der die Juden nicht mochte, jedoch zugeben müssen, daß Moses Qualitäten besitzt, um die ihn die besten Christen beneiden könnten.

Bérengère blickt ihn liebevoll an. Er ist dabei, eine dieser zahlreichen Schriftrollen zu lesen, von denen die Nischen seiner Bibliothek überquellen. Es ist ein riesiger, merkwürdiger Raum; Aimerude macht er angst, sie will keinen Fuß da hineinsetzen. Worüber Bérengère sich am meisten wundert, das ist dieses große Silberrad in der Mitte, auf dem kuriose Zeichen eingraviert sind. Sie kann ihre Zunge nicht im Zaum halten und fragt:

»Moses, was bedeutet dieses seltsame Rad?«

Der kleine Jude überlegt einen Augenblick, als zögerte er, ihr Auskunft zu geben, dann antwortet er ruhig:

»Die eingravierten Zeichen sind die zweiundzwanzig Buchstaben unseres Alphabets. Sie sind die Grundlage der zweihunderteinunddreißig Tore. Und das Rad dreht sich vorwärts und rückwärts. Das ist das Zeichen der Sprache.«

Bérengères Neugier ist erwacht, aber Moses sucht ihr

ganz offensichtlich die Wahrheit zu verheimlichen. Sie blickt ihn verwundert an und sagt:

»Zweihunderteinunddreißig Tore?«

Moses seufzt. Er begreift, daß er nicht das letzte Wort haben wird.

»Jeder Buchstabe ist eine Schwingung, und die Verbindung verschiedener Schwingungen öffnet Tore im ... Tore ins Jenseits. Jeder Buchstabe hat seine eigene Kraft. Jeder Buchstabe ist geometrisch. Jeder Buchstabe ist ein Konzentrat von Göttlichem ...«

Moses sucht nach Worten, Bildern, sucht der jungen Frau die Wissenschaft der »Buchstaben«, der »Schriftzeichen« zu erklären.

»Durch die beiden Buchstaben da zum Beispiel, Jod und He, entstehen die beiden Welten ... Aber ich will dir nicht mehr erzählen, hier beginnt das Gebiet der Kabbala.«

»Du mußt mich lehren!«

Es ist soviel Entschiedenheit in ihrem Ton, daß Moses stammelt:

»Aber ... du bist eine Frau ...«

»Du hast mir gesagt, daß aus den beiden Buchstaben Jod und He die beiden Welten entstehen. Dann muß der eine Buchstäbe männlich, der andere weiblich sein. Ich bin weiblich. Ich bin auch ein Teil der Schöpfung. Ich habe das Recht zu wissen.«

»Das hast du verstanden?«

»Ich könnte noch viel mehr verstehen, wenn du mich einweihen würdest.«

Es ist das erste Mal, daß Moses bei einer Frau mehr als Verstand entdeckt. Sein Entscheid ist gefaßt: Sie wird seine Schülerin sein. Aber er weiß, daß er auf diese Weise mit Jahrhunderten der Überlieferung bricht.

»Ich riskiere es. Komm, setz dich neben mich. Ich lehre dich zuerst Hebräisch und die lateinischen und griechischen Entsprechungen. Leg deinen Finger auf den ersten Buchstaben. Das ist ALEPH. Seine Zahl ist EINS.«

Die Wochen verstreichen. Sie erhalten Nachricht von Kerbogas Niederlage. Aber die Frauen können sich immer noch nicht nach Sankt Simeon einschiffen. Und Bérengère dringt weiter in die Geheimnisse der Kabbala ein.

»Haïn, Lamed, He, Caph, Samech, Aleph haben die Zahl 186 und bedeuten ›auf dem Thron‹.«

Nach und nach beginnt sie, dank großer Anstrengung und Zeiten des Fastens, in die großen Rätsel einzudringen.

»Wayapel Adonaï Elohim THARDEMAH alhâ'âdâm, wayichân Adonaï – Elohim ließ eine große BENOMMENHEIT über Adam kommen, und dieser fiel in Schlaf.«

Schließlich hat sie Malkuth erreicht, den »Grad des Heiligen Geistes«, und Moses verhilft ihr zur Einsicht in die höchste Erkenntnis: Daath.

Die Zeremonie geht mit der ersten Morgenstunde zu Ende, lange hat sie gedauert: zwölf Stunden. Zwölf Stunden, zwölf Jahrhunderte, zwölf Tore, die vor Bérengère aufgegangen sind. Zwölfmal ertönte eine unwirkliche Stimme – war das Moses? War es ein Engel? Sie weiß nicht, weiß nicht mehr! Und die Stimme sagte:

»Ein Feuer, das allen beseelten Wesen Leben verleiht, wird vom Willen der lauteren Menschen gelenkt. Der Eingeweihte streckt die Hand aus, und die Leiden werden gelindert. Hier vollenden sich durch das Feuer die Werke des ewigen Lichts.«

Bérengère ist jenseits des Bekannten, jenseits der Erde. Mit halbgeschlossenen Augen ist sie immer noch in den Zauber der letzten Stunden versunken. Sie regt sich nicht, als eine Hand ihre Schulter berührt. Sich bewegen, das heißt wieder in einer brutalen Welt erwachen, einer eisernen, kriegserfüllten Welt ... Die Hand gleitet weiter, faßt sie am Arm, und eine sanfte Stimme sagt:

»Es ist zu Ende, Bérengère, es ist Zeit, komm.«

Kommen, gehen, laufen, essen, leiden ...! Sie hat nicht die geringste Lust dazu.

»Gott hat den Himmel wie ein Tabernakel aufgespannt«, sagt die Stimme, »er hat die Welt erstellt wie einen reich gedeckten Tisch, und er hat den Menschen erschaffen, als lüde er ihn zu Gast. Sei du dieser Gast, das Leben ist da, das Leben ruft dich, selbst die Steine in der Wüste verdienen Liebe.«

Beim Wort Liebe entspannt sie sich, und der magische Schleier reißt. Moses lächelt ihr zu. Sie lächelt ihm ebenfalls entgegen und streicht ihm übers Gesicht. Warum erzählt man all diese schmutzigen Geschichten über die Juden? Nicht nur hat Moses ihr das Leben gerettet, er hat sie außerdem seine ganze Wissenschaft gelehrt.

»Verzeih, Moses!« sagt sie und scheint tief betrübt. »Aber seit die Zeremonie begonnen hat, bin ich von den Düften, von deiner Stimme und deinen Bewegungen wie behext, ich konnte der blassen Scheibe, die in der Luft schwebte, nicht widerstehen. Ein Teil von mir ist in andere Welten entflohen.«

Moses nimmt ihr väterlich die Hand und erklärt:

»Das ist, weil du noch nicht bereit bist. Du mußt lernen, dich zu beherrschen, dem Schlaf zu widerstehen und der Versuchung, du mußt nur noch reiner Wille sein, um die Kräfte, die dich umgeben, zu zähmen.«

»Aber ich bin bloß eine Frau!« gibt sie zurück.

»Eine Frau ist ein vollwertiges menschliches Wesen, ein Teil der Gottheit, vergiß das nie! Wir sind ein und dasselbe.«

»Aber ich habe nicht deine gedankliche Kraft, nicht dein Gedächtnis.«

»Die Kraft hast du schon, das Gedächtnis kann man sich aneignen. Laß uns mal sehen, zum Beispiel, ob du dich noch an unsere letzte Lektion erinnerst.«

»Die Genien?«

»Ja, die Genien«, antwortet Moses ruhig und breitet die Hände aus.

»Ich bin müde«, seufzt Bérengère und legt sich die Hand an die Stirn.

»Die Müdigkeit gibt es nur in deinem Kopf«, sagt Moses lachend. »Na komm schon! Gib dir einen Ruck.«

»Ich kann nicht.«

»Versuch es.«

Bérengère konzentriert sich, ruft sich die Liste der zweiundsiebzig Genien in Erinnerung und sucht sich drei von ihnen zuzuteilen.

»Unmöglich!« stößt sie hervor. »Es ist alles ein Wirbel, die Namen entfallen mir wieder, und die Zahlen haben keine genaue Bedeutung mehr.«

»Fang nochmals von vorn an!« befiehlt der kleine Jude.

»Aber es ist alles so durcheinander«, klagt sie.

»Es wird dir gelingen!« sagt Moses bestimmt. »Erinnere dich, ich habe dich gelehrt, wie man die Genien, die aufs Universum einwirken, auf unfehlbare Weise erkennen kann, und zwar ausgehend von den vier Elementen. Ich habe dir auch gesagt, daß jeder Genius über zehn Tage eines Jahres herrscht . . .«

Bérengère beißt sich auf die Lippen und denkt nach. Plötzlich wird alles licht, und mit heller Stimme sagt sie:

»Meine physische Natur ist von Eiaiel beherrscht, dessen Genie Isra heißt. Er ist Weisheit und Philosophie.«

»Gut! Weiter!«

»Meine zweite Natur wird von Lauviah beherrscht, und sein Genie ist Rombomarai unter Saturns Einfluß, er bringt Ansehen und Sieg . . .«

»Und jetzt noch eine kleine Anstrengung.«

»In meiner Seele und meinem Geist lebt Rehael, dessen Genie den Namen Pteschut trägt. Er wirkt auf die väterliche und kindliche Liebe ein und auf den Gehorsam der Kinder gegenüber den Eltern.«

Moses' Gesicht hat sich verdüstert. Mit gefalteten Händen sagt er ganz leise:

»Aber der Gegengenius von Pteschut hat den Namen Tote-Erde, und man weiß von keinem, der grausamer, verräterischer ist. Vorsicht! Bérengère! Vorsicht, er lauert dir auf! Zur zehnten Stunde, der Stunde der leeren Erscheinungen, wird dir der dunkle Mann mit dem Onyx erscheinen. Und dann ist nichts als Mord und Totschlag.«

Bérengère sagt nichts, dumpf schlägt ihr Herz, ihre Hände zittern. Tote-Erde reitet ein schwarzes Pferd, sein Lederzeug ist schwarz und schwarz der Linkarm auf seinem Wappen und schwarz die geschulterte Axt. Er wartet, sie weiß nicht worauf, nicht auf wen, in einer Weltuntergangsdämmerung. Er wartet an der Kreuzung der Zeiten, und ein kalter Glorienschein umstrahlt seine Stirn, der Glorienschein seiner Verbrechen. Wird sie diesem von den Menschen verfluchten Vater einen Kuß geben können, ohne zu beben? Bérengère beginnt zu weinen.

»Warum hast du mich gerettet, Moses? Du hättest mich in den Armen dieses Ungeheuers sterben lassen sollen!«

»Der Nächste soll seinen Nächsten lieben, das müßtest du wissen, kleine Christin. Du mußt leben!«

»Wozu? Ich bin auf der Suche nach einem Vater, der deinem Tote-Erde gleicht, und einem Geliebten, der vielleicht schon gar nicht mehr an mich denkt. Richard! Guigo! Wo seid ihr?«

»Was sagst du?« ruft Moses.

»Aber . . .«

»Wiederhole diesen Vornamen, den letzten . . .«

»Guigo!«

»Guigo von Signes?«

»Ja. Aber wie kannst du ihn kennen?«

Moses bleibt gedankenverloren stumm, dann antwortet er mit bewegter Stimme:

»Er ist mein geistiger Sohn. Er saß da, wo du jetzt sitzest. In ihn habe ich meine Hoffnung gesetzt, wie in dich meine Liebe. Ihr werdet euch wiederfinden, aber der Weg zum Glück ist lang, und die Prüfungen, die euch warten, werden hart sein.«

Moses hat ihr alles gesagt, alles erzählt. Bérengère ist außer sich vor Glück. Guigo wird nach Konstantinopel zurückkommen, um Moses das Tongefäß mit der heiligen Schriftrolle vom Toten Meer zu bringen. Sie wird auf ihn warten. Sie braucht nicht mehr zum Hafen hinunterzulaufen, nicht mehr zu betteln und zu flehen, man solle sie doch auf ein Schiff steigen lassen. Er wird wiederkommen!

15. Kapitel

Weiterziehen

5. August 1098.

Die Prozession zieht sich vom früheren Palast Yaghi Siyans bis zur Basilika des Heiligen Petrus hinüber. Es ist ein schöner Spätnachmittag, in den flach einfallenden Sonnenstrahlen wird aus dem von Tausenden von Füßen aufgewirbelten Staub ein kupferrotes Glühen.

Traurigen Gemütes ziehen die Menschen durch das ockerfarbene, gelbe Gassengewirr der Stadt. Tränen glitzern ihnen zwischen den Wimpern. Trauergesänge begleiten den Heiligen auf dem letzten Gang.

Das Oberhaupt der Metropoliten von Tarsus, Anazarbos, Hierapolis, Edessa und Tyros, der Patriarch Johannes IV., schreitet gemessen hinter der sterblichen Hülle Adhémars von Monteil her. Der alte Johannes, den die Franken den »Verus Christi Confessor« nennen, ist von Bischöfen beider Konfessionen umgeben. Den acht kräftigen Mönchen, die den Toten tragen, gehen Raimund von Aguilers und der Domherr Frumold voran, der erste streckt die Heilige Lanze dem Himmel entgegen, dem zweiten hat man den Krummstab und das Schwert des Verstorbenen anvertraut. Zehn Schritte hinter dem Patriarchen folgt zu Pferd, allein, Richard aus der Nacht. Der Mann mit dem Schwarzen Linkarm wacht darüber, daß niemand seinem Meister nahe kommt, vor allem nicht die kopflosen Irren da, die sich am Boden wälzen und ihren Schmerz herausbrüllen, sie wären imstande, die Leiche in Stücke zu reißen, um daraus Reliquien zu machen. Nehmt euch in acht, Kreaturen! Das Böse folgt dem Guten, das Böse schützt das Gute, das Böse wird euch ins Jenseits befördern, wenn ihr Hand an Adhémar legt. Vor ihm gehen die Münder zu, und Schauer überlaufen die Wirbelsäulen. Wie konnte Adhémar bloß einen solchen Mann in seinen Diensten dulden? Was mochte die beiden verbinden? Mit seiner Axt, in der ein gehörntes Alpha und das Wort ALCIBENE eingraviert sind, mit seinen Glutaugen, die so rot sind wie der Talisman auf seiner Brust, und auf seinem Pferd, an dessen Gebiß Smaragde und Lapislazuli schimmern, auf diesem schwarzen Untier, das geradewegs der Hölle entsprungen scheint, gleicht er einem Krieger aus einer andern Welt. Er ist Gottes Feind.

Adhémar ist am 1. August sanft entschlafen. Er hat fast nichts gesagt, hat seinen Blick von Saint-Gilles zu Gottfried wandern lassen, aber vielleicht sah er sie gar nicht hinter dem roten Schleier, den das Fieber ihm vor die Augen wob.

Adhémar war nicht mehr der Mann des Frühjahrs 1097. Sein Gesicht war schlaff geworden, eine häßlich orangefarbene Zunge fuhr manchmal spitz daraus hervor, so weit, daß sie die sich auflösende Nase berührte. Von seinem gilben, haltlos gewordenen Leib ging ein entsetzlicher Geruch aus, der bei denen, die an seinem Lager wachten, Ekel erregte.

Von Zeit zu Zeit hob er eine mit Pusteln bedeckte Hand, an deren Fingern zu groß gewordene Ringe taumelten. Das war seine einzige Bewegung. Wenn er etwas zu sagen versuchte, kam nichts aus dem zahnlosen Mund; und Raimund von Saint-Gilles bekam davon feuchte Augen.

»Mein lieber Freund, mein Bischof«, wiederholte er immer wieder. Etwas hinter dem Grafen von Toulouse war Gottfried inbrünstig ins Gebet versunken, er erinnerte sich an Urbans Worte: »Wenn diejenigen, die ausgezogen sind, auf der Reise, zu Land oder zu Wasser, oder im Kampf gegen die Heiden ihr Leben verlieren, so werden ihnen ihre Sünden zu dieser Stunde vergeben sein.« Aber es dauerte nicht lange, so wurde er auch von andern Gedanken bedrängt, und die waren so schlimm, daß es ihn zutiefst verwirrte; eine Stimme sagte in ihm: »Wer soll jetzt das Oberhaupt der Kreuzfahrer werden?« Im Traum waren ihm Eustachius von Boulogne und Ida, sein Vater und seine Mutter, erschienen, und dann auch Papst Stephan IX. und Herzog Gottfried der Bucklige, seine Onkel; und diese Geister erinnerten ihn daran, daß er ein Nachkomme Karls des Großen war. Das Volk der Pilger wird sich nicht täuschen, es braucht ihn bloß anzusehen: Seine demütig majestätische Haltung, sein natürlicher Stolz und ein unbestrittener Charme machen aus ihm den besten Kandidaten für die Nachfolge des päpstlichen Legaten. Hinter ihm stiegen lateinische, griechische, deutsche, flämische, französische, provenzalische und sächsische Gebete zum Himmel auf. Die Spannung wuchs von Minute zu Minute. Mönche warfen sich auf den Boden, schlugen sich an die Brust und baten Gott, Adhémar zu verschonen und statt dessen ihr Leben anzunehmen.

Da verscheuchte Gottfried die quälende Stimme, vergaß seinen Ehrgeiz und gab sich mit seiner ganzen Kraft dem heiligen Sterbenden hin.

Draußen waren die psalmodierenden Gesänge der Frauen lauter geworden; instinktiv hatten sie den nahenden Tod gespürt. Der Patriarch Johannes zog ein kleines Quarzkreuz hervor, küßte es dreimal und rief dazu Gott an. Dann trat er ans Lager des Todkranken, beugte sich nieder und legte, ohne Furcht vor den schädlichen Ausdünstungen der eiternden Haut, seinen weißen Kopf auf die abgezehrte Hand. Der Körper des Sterbenden erzitterte, als hätte ihn eine Kraft durchdrungen; bis in die Seele hinein belebt, kam Adhémar wieder zu sich. Schauer durchzuckten den Leib, den ein unsichtbarer Faden noch mit der Welt verband. Er streckte einen Arm nach Süden aus und stammelte unverständliche Worte. Die beiden Fürsten traten näher und versuchten die Bruchstücke von Sätzen, die dieser schwachen, zittrigen Stimme entfielen, zu verstehen.

»Weiterziehen ... salem ... Heiliges ... Grab ... Seele ... Zwist ... Wache ... wenn ... Esse ... da ... ohne ... am Bach der Far ... ben Schwanz der Schlange ... ich ...«

Mit weit aufgerissenen Augen verschied er. Er hatte ihnen eine Botschaft oder ein Geheimnis anvertraut, das niemand verstand. Robert Courteheuse schien es, der Mann mit dem Schwarzen Linkarm habe erleichtert aufgeseufzt, das hatte ihn empört und nachdenklich gestimmt, die Hölle schien ihm nicht weit. Man hörte Gelenke krachen, Heinrich von Esch stand auf, ging zum Fenster und ergriff eine Fackel, um sie vor Tausenden von Gläubigen, die seine Absicht ahnten, in einen Bottich zu tauchen, wo sie erlosch. Alle verstanden. Sie hatten das Oberhaupt des Kreuzzugs, den Gottesmann, den Gerechten verloren – den Mörtel, der sie bis jetzt noch zusammenhielt.

Adhémars Tod läßt Christi Heer endgültig auseinanderbrechen. Die Fürsten und Freiherren denken an nichts anderes mehr als an den Wettlauf nach Gütern. Sie haben nichts: Boemund hat alles an sich gerissen. Diese

Männer, die nur für die Erde leben, besitzen nicht eine Handvoll davon. Sie treten im syrischen Sommer an Ort, und die Epidemie, die sich die Stadt offenbar zum Wohnsitz auserkoren hat, rafft nach und nach ihre Soldaten dahin. So beschließen die meisten, mit dem, was ihnen an Kräften verbleibt, aus Antiochia zu fliehen, um anderweitig Ländereien zu erobern.

Bereits hat Raimund Pilet, ein Ritter aus dem Limousin, der zu den Streitkräften Raimunds von Saint-Gilles gehört, die befestigte Stadt Tel-Mannas besetzt. Das war am 17. Juli. Am 25. brachte er auch das benachbarte Schloß in seine Gewalt. Nach diesem provenzalischen Sieg ist Gottfried, um ihm nicht nachzustehen, nach Edessa zu seinem Bruder Balduin gezogen, von dem er die Städte Turbessel und Ravendel erhielt. Boemund, von der Besitzwut ebenfalls angesteckt, zieht seinerseits aus und erwirkt bei den Garnisonen von Tarsus, Adana, Mamistra und Mersin, die seine Gefolgsleute Balduin, Tankred und Guyenemer von Boulogne im Herbst 1097 zurückgelassen haben, daß sie ihn als einzigen weltlichen Herrscher des Fürstentums anerkennen.

Man kann den Blick wieder nach Westen wenden, ohne daß man geblendet wird: Die große rote Sonne ist hinter der Kuppe des muselmanischen Friedhofs verschwunden. Mit ihr legt sich auch der Wind; und die Fahnen, die Oriflamme, Standarten und Banner hängen schlaff herab. Gefahr ist so überhaupt keine vorhanden, daß die trödelnden Wachen sich ihr »Alles in Ordnung, nichts zu melden . . .« fast gedankenlos zurufen. Da sind bloß ein paar Mädels unter den Befestigungsmauern, die sie zu bezirzen suchen, indem sie ihre Schenkel entblößen bis zum Schambein hinauf.

Mehr braucht es nicht, um sie zum Schwitzen zu bringen. Und mit ihren Blicken umfangen sie Brüste, bohren sich in runde Hintern hinein. Und zwischen ihren Beinen pulsiert und wächst das Begehren. Sie können sich räuspern, wie sie wollen, und – selten einmal – die Heiligen anrufen, es nützt alles nichts, sie fangen Feuer so schnell wie ein dürrer Weinstock.

Bald werden sie den Schlaf der Hauptleute dazu benützen, sich hinauszuschleichen, um in der ruhigen Nacht den Durst ihrer Sinne zu stillen.

Das abendliche Graublau beschattet sich mit Schwarz, ein großes dunkles Tuch legt sich über die unteren Quartiere, bevor es sich zur Anhöhe des Silpius hinaufzieht. Stumme Vögel folgen den letzten Herden in gemessenem Flug bis vor die Tore der Stadt, dann entfliehen sie gen Westen. Am Hundstor beginnt eine Glocke zu baumeln, mit dreißig hellen Glockenschlägen sucht sie die letzte Tageshelle auf ewig hinzuhalten. Ein Reiter mit einem schwarzen, von zwei goldglänzenden Schlangen verzierten Schild erreicht den Firusturm und zügelt sein Pferd.

»Hoho!« ruft er.

»Was willst du?« antwortet eine Stimme.

»Ich bin es, ist alles in Ordnung?«

»Ja, Bozon, gnädiger Herr; das Täubchen ist mit seiner Magd hinter Schloß und Riegel. Sie werden von zwei Frauen bewacht, in die ich volles Vertrauen habe«, antwortet Firus und beugt seinen langen Oberkörper über die Zinnen hinaus.

Der armenische Offizier ist jetzt im Sold der Normannen, seine Söhne hat man zu Rittern geschlagen; was seine Frau betrifft, diese Hündin, die sich mit den Türken einließ, ihr hat er die Augen ausreißen und die Brustspitzen abschneiden lassen; wer rennt ihr jetzt noch nach, in den Bergen, wo man sie hingejagt hat?

Der Normanne ist betrunken. Er stinkt nach Wein. Der Armenier runzelt die Brauen: Das läßt nichts Gutes ahnen. Ihre Blicke treffen sich.

»Willkommen, Bozon, gnädiger Herr«, sagt der Armenier und tritt zur Seite.

»Zeig mir die Tür zu ihrem Zimmer«, befiehlt der andere.

»Aber – das darf ich nicht! La Ferté-Fresnel hat . . .«

»Schweig, du Hund! Geh voran.«

»Aber . . .!«

»Schweig, oder ich schlitz dir den Bauch auf«, knurrt Bozon und zieht seinen Dolch.

Die beiden Männer steigen schweigend die Treppe hoch. Rico stützt sich mit den flachen Händen gegen die Mauer, um nicht umzufallen; bei jeder dritten Stufe stößt er an, er flucht und schimpft auf diesen korinthischen Wein, von dem er solche Mengen getrunken hat. Auf dem ersten Treppenabsatz steht Firus still und zieht einen blauen, mit Gold- und Silberfäden gewirkten Wandbehang weg. Der Stoff knistert leise, und dahinter kommt ein kleiner, rechteckiger Raum zum Vorschein, in dem zwei Armenierinnen liegen. Beim Anblick ihres Meisters springen sie von ihrem ärmlichen Lager auf, ein penetranter Geruch von zeitlosem Schmutz geht von ihnen aus. Trotz seines Rausches verzieht Rico angewidert das Gesicht: Man müßte ihm den Heiligen Gral überreichen, damit er einen Kuß auf diese Häute drückte.

»Aufmachen!« brüllt er. »Und laßt mich allein.«

Die beiden Alten mit ihren durchtriebenen Gesichtern, denen beidseitig große, abstehende Ohren aus den Haarsträhnen ragen, stürzen sich auf den Schlüssel. Die Tür geht auf, mit katzbuckelnden Verbeugungen weichen die beiden zur Seite.

»Ruhe, Waschweiber! Verschwindet!«

Rico stürzt sich ins Zimmer, packt Marie-Céphise am Zopf und wirft sie hinaus, dann gibt er der Tür einen Fußtritt und zischt befriedigt:

»Endlich allein!«

Roxane starrt ihn wildwütend an. Sie hat einen kleinen Bronzekrug ergriffen und hält die Finger um dessen Henkel gekrampft. Wie ein erratischer Steinblock steht sie da, feindselig, und wartet. Der häßliche Bozon kommt langsamen Schrittes auf sie zu, sein Blick trieft vor Begehren, bis in die Fingerspitzen ist er nichts als Begierde. Sie stößt einen gellenden Schrei aus:

»Steh still!«

»Schrei nicht, Gänschen, ich freß dich nicht auf.«

»Keinen Schritt weiter«, beharrt sie.

Bozon läßt sich nicht beirren, er schielt auf das schöne Gesicht, in dem Haß und Schamhaftigkeit erscheinen, er fährt sich mit der Zunge über seine roten, angeschwollenen Lippen und berührt sein Glied, das an der Hose rüttelt. In seinem rauchenden Schädel schwirrt es von trägen Liebkosungen und brutalen Umarmungen, und seine Halsschlagader pocht zum Platzen. Er schnürt sich das Oberteil seines Rockes auf, bis das krause Brusthaar zum Vorschein kommt.

»Eher sterben, als diesem Giftwurm angehören«, sagt sich Roxane.

Sie schleudert ihm die Bronzevase entgegen; er bückt sich und packt sie an den Handgelenken.

»Nur ruhig, Gänschen, es ist niemand da, dich zu verteidigen«, sagt er und verzerrt den Mund zu einem wilden Grinsen. »Im übrigen bist du mir in gewissem Sinne versprochen. Sobald mir dein Vater ein Lehen gewährt, wird Tankred für mich um deine Hand anhalten.«

»Gemeines Dreckschwein! Lieber verrecken als deine Sklavin sein.«

»Pah! Mit der Zeit renkt sich alles ein. Du wirst sehen, ich bin der ideale Herr für dich und unsere Kinder . . .«

»Verfluchter Hund!« schreit sie und kratzt ihm die Wange blutig.

»Luder! Miststück! Da du es suchst, nehme ich mir schon mal eine Anzahlung.«

Bozon drückt Roxane nieder und sucht sie zu küssen. Sie widersteht. Die grünen Augen werden zu zwei langen Schlitzen, Rico kann Entsetzen aus ihnen ablesen, aber auch etwas Furchterregendes, tief am Grund der Pupille erstarrt, was schrecklicher ist als der Tod: eine Rache, die ihn bis in die künftigen Jahrhunderte hinein verfolgen wird. Er entdeckt nicht gerne böse Vorzeichen und versetzt ihr einen Fausthieb auf den Rücken, macht sich grinsend Mut:

»Du gefällst mir, Roxane. Wehr dich nur, du gefällst mir. Was werden wir für Nächte miteinander verbringen!«

Er holt sein stinkendes Glied aus der Hose, es ist schon ganz klebrig von dem zarten Pelzchen, das er durchs Kleid hindurch spürt. Er will diesen Perlmutterkörper besudeln, er ist wie verrückt und beißt ihr auf einmal scharf ins Kinn.

»Dein armseliger kleiner Ritter ist nicht da, um dich zu verteidigen, was?«

Sie beißt die Zähne zusammen, die er mit Gewalt auseinanderzubringen sucht.

»Na komm schon, mach den Schnabel auf, schöner Vogel, siehst du, wie gewählt ich rede, um dich zu bezaubern.«

Roxane wird es übel, aus dem Mund des Rohlings schlägt ihr ein ekelerregender Geruch nach Wein und Zwiebeln entgegen. Und dieses zum Platzen pralle Geschlecht da auf ihrem Kleid, dieses warme Stück Fleisch, das sich in ihre Scham drückt, sie möchte es am liebsten abschneiden! Rico verdreht die Augen, seine schändliche Zunge flatscht über Roxanes Wangen, mit einer Hand greift er ihr unters Kleid.

»Dämon! Satansbrut! Laß mich los! Versuche nicht, mich zu mißbrauchen; ich erzähl alles meinem Vater, und anstatt ein Lehen kriegst du die Peitsche!«

Plötzlich läßt Rico Roxane los, ein Röcheln, und sein Samen läuft ihm über die Finger, wie ein Echo hallen die letzten Worte Roxanes in seinem Gedächtnis nach, jetzt wird er endgültig nüchtern. Er versteht, daß er ohne die väterliche Zustimmung nicht weitergehen darf.

»Gut, wie du willst«, sagt er und tritt einen Schritt von seinem Opfer weg, um seine Hose hinaufzuziehen. »Ich werde dir gegenüber nicht Gewalt anwenden. Und da du so sehr an deinem Mann aus Signes hängst, bringe ich dir nächstens seinen Kopf. So kannst du ihn küssen, soviel du willst.«

»Geh, Rico! Ich hasse dich! Geh!« schreit Roxane und entreißt ihm den Dolch, der in seinem Ledergürtel steckt. Der Normanne schert sich spöttisch weg, weit entfernt davon, in sich zu gehen, im Gegenteil, er geht mit geschwellter Brust und wirft ihr mit knallenden Absätzen noch ein »Auf bald« zu. Dann stößt er die beiden Alten weg, die vor der Türe lauschen, drückt Firus fünf Goldstücke in die Hand und verläßt fröhlich pfeifend den Turm.

Tausend fremdartige Geräusche erfüllen die Nacht. Von der Glut der Sonne befreit, findet die ganze Fauna rasch zu ihrer Lebendigkeit zurück, und da ist alles nur noch ein Knistern, Fauchen und Rascheln, ein Gewimmer und Gejammer. Die große Glocke von Sankt Simeon läßt ihren zwölften Schlag ins Dunkel fallen. Das ist der Augenblick der Wachablösung. Irgendwo in der Unterstadt hört man Gelächter, fröhliches Geschrei und Gegluckse. Roxane und Marie-Céphise lauern auf jedes Geräusch. Sie haben beschlossen zu fliehen. Weg aus diesem Turm, in dem sie eingesperrt sind, weg von diesen ruchlosen Armeniern mit den Rabenaugen. Sie haben lange warten müssen, aber jetzt ist es soweit. Roxane flüstert:

»Hast du alles verstanden?«

»Ja, Herrin.«

»Dann geh jetzt.«

Marie geht zur Tür und klopft heftig daran, so heftig, daß die Gewölbe von den Schlägen widerhallen.

»Was ist los?« fragt eine schlaftrunkene Stimme.

»Macht auf, schnell, schnell, die Herrin ist krank.«

»Was sagst du?« fragt dieselbe Stimme.

»Ihr sollt kommen! Schnell! Die Dame ist todkrank!«

Klirren. Eine Armenierin mit verquollenen Augen erscheint im Türrahmen.

»Hier durch! Schnell!« schreit Marie.

Roxane windet sich vor Schmerz und klammert sich an ihre Pelzdecken, stöhnt. Die Alte nähert sich mit aufgerissenem Mund, gefolgt von ihrer vor Müdigkeit stumpfsinnigen Kollegin, die sich geräuschvoll in den Haaren kratzt. Es juckt sie von einer bösartigen Krätze, das ist schlimmer als die Läuse, die sie schon gar nicht mehr spürt. Die wachere der beiden beugt sich über Roxane und fährt ihr mit ihrer rauhen, schmutzig gesprenkelten Hand über die Stirn. Ein Blitz! Roxane ist aufgesprungen. Die Alte starrt verblüfft auf den Dolchgriff, der ihr aus der Brust ragt. Ihr Hemd ist bereits über eine Elle hinweg von feinen, schwarzen Blutrinnsalen befleckt. Wie gelähmt stürzt sie nach hinten und bricht schlagartig, mit weit aufklaffendem Kiefer, zusammen.

Die zweite will aufheulen, aber Marie schlägt ihr die Bronzevase auf den Nacken. Die kleine Magd ist vor Entsetzen gelähmt: Alles ist so schnell gegangen. Diese beiden leblosen Frauen da auf den Fliesen!

»Mach schon, gib dir einen Ruck. Du wirst beichten gehen. Das ist nicht schlimm. Für eine umgebrachte Armenierin bekommst du nur eine kleine Strafe.«

»Du hast leicht reden, du bist die Tochter eines Kriegsherrn, und diese Art Sünde ist dir erlaubt«, schluchzt Marie.

»Ach!« schimpft Roxane. »Ich hab dein Geweine satt!«

Sie nimmt Ricos Dolch wieder an sich und stürzt in den Vorraum. Nachdem sie einen Blick hinter den Wandbehang geworfen hat, ruft sie Marie: »Komm, der Weg ist frei.«

Die Spirale der Wendeltreppe ist düster und still.

»Wir müssen über die Wehrmauer fliehen. Das ist unsere einzige Chance«, sagt Roxane. »In den unteren Räumen befindet sich Firus mit seinen Männern.«

Sie klettern die nachtverklebten Stufen hoch, tasten blind den Wänden nach, um der Rundung zu folgen. Ihre behenden Finger gleiten über grob gefügte Steine, gespannt sind all ihre Sinne auf die heimtückische Stille gerichtet, alles ist ruhig, alles Geheimnis, der Turm scheint bleiern zu sein. Roxane spürt den Dolch, den sie fest im Griff hat, und fühlt sich beinahe erleichtert, darob vergißt sie das Gruseln unter der Haut. Auf dem zweiten Treppenabsatz angelangt, werfen sie sich zu Boden und versuchen mit halbgeöffnetem Mund diese Furcht in ihre Gewalt zu bekommen, die ihnen weiche Knie macht. Roxane bewegt sich wieder vorwärts, es sind nur noch zwölf Stufen bis zu diesem sternbestückten Rechteck da oben, das leise blinkt.

»Achtung, da sind wir, das ist der ...« Roxane kann ihren Satz nicht beenden, sie fährt zusammen, der Mann ist beinahe mit ihr zusammengestoßen. Und jetzt geht alles sehr schnell. Der Wächter begreift nicht, wie ihm geschieht: Mit einer raschen Bewegung hat Roxane ihm die Kehle durchgeschnitten. Sie hat nicht überlegt, sie hat bloß die kompetenten Lektionen ihres Vaters in die Tat umgesetzt. Roxane schöpft Atem, wischt sich über das blutverspritzte Gesicht und zerrt Marie weiter. Ein paar Schritte, dann schleichen sie lautlos um zwei Wurfmaschinen herum, neben denen drei Männer schlafen. Mit angespannten Zügen folgen sie gebückt der gezahnten Zinnenlinie und erstarren vor Schreck, als hinter ihnen eine Katze miaut. Endlich führt eine Treppe in die Stadt hinunter. Sie haben nur einen Gedanken, indem sie die Stufen hinunterlaufen: sich in eines der dunklen, schützenden Gäßchen hinein verkriechen. Sie laufen und stolpern über die Ziegelscherben, von denen der Boden vor den baufälligen Häusern übersät ist. Ein atemberaubender Lauf. Bei einer eingebrochenen Mauer zerreißt Roxane ihr Kleid aus kostbarer Tussahseide an den Dornenranken, die die Trümmer überwuchern, unerträglich, dieses Prachtgewand! Heftig reißt sie sich den Gürtel weg, der ihr die Taille einschnürt, läuft weiter und überholt Marie. Sie faßt sie am Arm und zieht sie in den Schatten der Gasse hinein, der sie beide verschluckt.

»Schnell! Schnell!« sagt sie und stampft auf. »Das Brückentor ist unsere einzige Rettung.«

Es hat Laudes geschlagen. Bonifaz taucht auf wie vom Teufel geritten, stürzt sich auf den schlafenden Guigo und schüttelt ihn heftig und rücksichtslos an den Schultern.

»Guigo! Guigo! Guigo! Bei der Hure Babylon! Wach auf!«

Die Antwort ist bloß ein Knurren.

»Beim Arsch des Teufels! Guigo, mach die Augen auf! Die Kleine ist wiedergekommen. Sie ist aus dem Firusturm entwischt.«

Der Ritter blinzelt, dann packt er den vor Erregung überbordenden Knappen am Kragen.

»Ja! Ja! Du träumst nicht. Sie ist da. Beim Bischof.«

»Allmächtiger Gott!« schreit Guigo.

Die Nachricht trifft ihn wie ein Schock, er wankt, als er aufsteht und aus der Tür tritt. Dann wächst langsam eine mächtige, fast schmerzhafte Freude in seiner Brust.

Leo, der Pustelnbedeckte, schlummert mit seiner Axt auf den Knien vor dem Gemach des Prälaten. Er kommt nicht dazu, aufzustehen. Guigo und Bonifaz springen über ihn hinweg und dringen in die bischöfliche Wohnung ein.

Guigo will es noch nicht glauben. Plötzlich sieht er sie.

»Roxane!«

Der goldschimmernde Nacken wirbelt herum, zwei flammende Augen richten sich auf ihn.

Die ungestüme Welle, die sie einander entgegenträgt, fegt alle Ängste der vergangenen Tage hinweg; sie fliegen dahin auf der Flut, sie wirbeln herum, ihre Hände weben tausend leidenschaftliche Bande, ihre Münder vereinigen sich, ihre Herzen gehen auf. Sie sind allein auf einem Stück Glück; allein, einen Atemzug lang, ein paar Worte lang. Und sie sind entschlossen, diese Zeit lange auszuleben, lange.

Die fränkischen Anführer haben die Weiterführung des Feldzugs auf Anfang November festgelegt. Aber der Monat verstreicht ohne die geringste Truppenbewegung.

Da versucht der Graf von Toulouse die anderen Fürsten zu kaufen, aber seine Angebote finden kein Echo. Für einmal ist das Gold machtlos!

Den Mann mit den Schneeaugen und dem Herzen aus Opal, Boemund, der seine Herrschaft über Antiochia behauptet, reizt das Abenteuer Jerusalem je länger je weniger. Er weiß, daß der Basileus auf der Lauer liegt. Seine Eroberungen der Habgier der Griechen überlassen? Nie!

Endlich können die Pilger an einen nahen Aufbruch nach Judäa glauben: Man hat neue Abkommen geschlossen. Tatsächlich begnügen die Fürsten sich damit, zum Zeitvertreib die Umgebung abzuklopfen. Gottfried gelingt es, sich in einem gegen König Ridwan von Aleppo gerichteten Unternehmen die Unterstützung des Grafen von Toulouse zu sichern. Es geht darum, einem türkischen Gouverneur namens Omar zu Hilfe zu eilen. Das ist für den Herzog von Niederlothringen ein gutes Geschäft: Er bringt die Stadt Azaz in seinen Besitz. Saint-Gilles seinerseits nimmt am 25. September 1098 die Stadt Albara ein.

»Niemals werden wir zur Heiligen Stadt aufbrechen!« schreit das Volk.

Neue Vorstöße. Neue Streitigkeiten. Neue Geschäfte. Neue Vergleiche. Neue Sackgassen. Man bricht auf. Bricht nicht auf. Man zieht weiter, aber nicht nach Jerusalem: Raimund von Saint-Gilles und Graf Robert von Flandern marschieren mit dreitausendfünfhundert Mann der Stadt Tel-Mannas entgegen. Sie fällt am 12. Dezember 1098.

Die unaufhörlichen Ausflüchte und Verzögerungen haben die Pilger schließlich aufgebracht, nach dem Unwillen droht jetzt der Aufstand. Der Ruf des Volkes ist »Jerusalem«, es will weiterziehen nach Jerusalem! Und die hohen Herren, die nur daran denken, ihren persönlichen Ehrgeiz zu befriedigen, verausgaben ihre Kräfte mit Zank und Zwist. Boemund will in Antiochia bleiben, so wendet sich die Menge Raimund von Saint-Gilles zu und trotzt ihm das Versprechen ab, man werde Anfang Januar 1099 aufbrechen. Am 4. Januar präsidiert Raimund die Verhandlungen von Rugia. Alle Anführer des Kreuzzuges nehmen daran teil. Raimund geht aufs Ganze: »Übergebt mir den Oberbefehl, und ich nehme euch in meinen Sold.« Gottfried und Robert von der Normandie erhalten ein Angebot von zehntausend Goldsolidus, Robert von Flandern sechstausend und Tankred fünftausend. Es nützt alles nichts. Neuer Bruch. Daran ist hauptsächlich Boemund schuld: Er verlangt den Teil Antiochias, der sich immer noch in den Händen der Provenzalen befindet.

Die gescheiterten Verhandlungen von Rugia machen das Maß mehr als voll. Die Pilger lassen ihrer Wut freien Lauf und beginnen Maarrat zu zerstören. Dieser Sturm zwingt Raimund von Saint-Gilles in die Knie. Am 13. Januar passiert der Graf barfüßig das Tor von Maarrat an-Numan und zieht gen Jerusalem. Die Würfel sind gefallen: Der Kreuzzug geht weiter. Am 16. verläßt Toulouses Armee, der sich die Truppen Roberts von der Normandie und Tankreds angeschlossen haben, Kafartab. Die alte Schlange der wandernden Menschenkolonnen hat sich neu gebildet, erneut singen armselige Münder das *Veni creator›* unter dem aussätzigen Himmel.

Guigo stimmt nicht in den Gesang seiner staubigen Brüder mit ein, vielleicht weil er auf einer Bahre liegt. Diese Wunde in seinem Schenkel, die er sich bei der Belagerung von Marra geholt hat, streckt ihn derart nieder, daß er nicht mitträumen kann. Roxane wacht an seiner

Seite. Ein Wunder, daß sich kein Wundbrand bemerkbar machte, sonst hätte man ihm das Bein amputieren müssen.

Vor Ablauf eines Monats wird er nicht zu Pferd steigen können, und was die Liebe betrifft . . . Eine blasse Sonne wagt es, erschöpft und schamhaft durch die Wolken zu brechen, und liebkost die durchnäßte Erde.

Roxane ergreift Guigos Hand, tausend Goldpailletten haben zu funkeln begonnen. Ja, Gott ist mit ihnen. Eine Welle von Liebe und Leidenschaft läßt ihnen das Blut ins Gesicht schießen: eines Tages, auf dem Ölberg . . . vielleicht.

Dritter Teil
(17. Januar 1099 – Ende 1099)

Das Blut der Ungläubigen

1. Kapitel

Der Weg nach Judäa

Am 17. Januar 1099 haben sie Schaizar reich beschenkt verlassen. Der munkiditische Emir Izz ad-Din Abul Asakir Sultan hat es sich einen großen Teil seines Vermögens kosten lassen, die Kreuzfahrer von seiner Stadt abzulenken. Er hat ihnen sogar zwei Führer zur Verfügung gestellt, um ihnen den Weg zur Furt des Orontes zu zeigen. Zwei Tage später brachten die Männer von Saint-Gilles, Tankred und Robert von der Normandie, immer noch unter der Führung der beiden Schaizarianer, mehr als fünftausend Stück Vieh in ihre Gewalt, das von den Bewohnern der Gegend in einem Nebental des Nahr Sarut versteckt worden war. Sie rafften auch ungeheure Mengen Weizen, Gerste, Gemüse und Früchte zusammen, so viel, daß Hunderte von Pferden gekauft werden mußten, damit man alles transportieren konnte. Aimin und Raimund von Aguilers sind in Begleitung Herluins persönlich nach Homs geritten, um den Pferdekauf auszuhandeln.

Aimin ist reich. Auf den Rücken der Maultiere, die seiner Truppe folgen, häufen sich die Säcke mit Feingold. Aber wer ist nicht reich? Alle Provenzalen sind es – die Ritter und ihre Knappen zumindest. Als Asakir Sultan seine Schätze verteilte, haben Roxane und Guigo wie alle andern ihren Anteil erhalten, auch wenn Guigo noch immer auf seiner Bahre liegt.

Auf der Bahre hat man Zeit, die Dinge zu betrachten, zu verstehen, zu spüren und zu lieben, und das Schönste, was es für Guigo zu betrachten und zu lieben gibt, ist Roxane. Roxane, die sich auf einem dieser kleinen türkischen Steppenpferde tummelt, Roxane, deren langer, blonder Zopf im Rhythmus des Trabes hüpft. Die lange, anstrengende Reise hat auf ihrem stolzen, von Ehrgeiz gezeichneten Gesicht kaum Spuren hinterlassen. Sie trägt ihren Bogen aus Eibenholz quer über die Brust gehängt, die von zwei entzückenden kleinen Muschelschalen aus Bronze gehalten und hervorgehoben ist, in deren Mitte ein Vermeilkreuz glänzt. Am Sattel baumelt auf der einen Seite die Doppelaxt und auf der andern ein mit rot- und schwarzgefiederten Pfeilen reich bestückter Köcher. So fliegt Guigos Muse strahlend durch die Staubfahnen des Heers. Guigo labt sich an ihr. Sie kommt. Sie geht. Sie ist die Fee, die ihm eine neue Seele einhaucht, die Seele, die Moses, sein geistiger Vater, vor einem Jahr in die Freiheit entlassen hat. Sie kommt, sie geht, sie bringt ihm Wasser, drückt ihm einen Kuß auf die Stirn, auf den Mund und ins Grübchen am Hals. Sie kommt und geht, pfeift leise Lieder vor sich hin, Lieder, die ihre skandinavischen Vorfahren sangen. Sie lacht aus vollem Hals mit Bonifaz, weist Rate zurecht, schimpft Herbert aus, der sich mit Rostang zankt. Sie lacht, dann gibt sie ihrem »Basileus«, wie sie ihn nennt, plötzlich die Sporen und jagt wie der Wüstenwind durch die Felsen und Hügel des Dschebel Helu davon. Der prickelnde Lufthauch vom Gebirge herab berauscht sie. Die Soldaten applaudieren, wenn sie vorbeireitet, grinsen oder verfluchen sie. Aber was scheren sie die Soldaten, sie lacht, flüstert ihrem Steppenpferd zärtliche Worte zu und verwächst, tief auf seinen Hals hinuntergeduckt, ganz und gar mit ihm, während ihr Freudentränen aus den grünen Edelsteinen kollern. Sie galoppiert auf die Zedern mit ihren ausladenden Wipfeln zu, und diese Grandseigneurs schicken süße Wohlgerüche zu ihr hinüber. Sie reitet weiter, und bevor sie nur noch ein Punkt ist, ruft Guigo besorgt: »Roxane! Roxane! Komm zurück, der Wald ist gefährlich.« Düstere Gedanken bedrängen ihn: So schnell ist ein Unglück geschehen. Aber die Amazone ist bereits wieder da, bereit, über die Bahre hinwegzusetzen. Guigo schließt die Augen. Basileus bäumt sich auf und steht still. Endlich beugt sie sich über Guigo und küßt ihn liebevoll.

So vergehen die Tage. Sie werden in keine Kämpfe mehr verwickelt. Seit sie die türkischen Königreiche verlassen haben und, nach Kafartab, durch die kleinen Länder arabischer Prinzen marschieren, ziehen diese letzteren es vor, mit ihnen zu verhandeln und sich nicht auf einen Krieg einzulassen. Jetzt bewegen sie sich auf die Bukaia-Ebene zu. Am 25. Januar erreichen sie die reiche Stadt Rafaniya. Hier werden sie wie persische Könige empfangen. Drei Tage Ruhe und Festlichkeiten warten den sechstausend Soldaten und den zwanzigtausend Pilgern. Man richtet die Zelte auf, unter den größten wird natürlich nach Herzenslust geschlemmt. Aimins Zelt steht demjenigen Raimunds von Saint-Gilles an Schönheit nicht nach: Es ist das ehemalige Wappenzelt Ridwans, des Königs von Aleppo, das sie bei der Schlacht von Antiochia erbeutet haben.

Früher, in Toulon, als er noch allein mit seinen Mönchen hauste, aß Aimin bescheiden: Seine größten Mahlzeiten setzten sich aus einer Kleesuppe mit etwas Olivenöl, ein paar Tranchen Schaffleisch, drei Scheiben Schwarzbrot und einem Humpen Wasser zusammen. Aimin hatte eine Menge kleiner Schrullen. In jungen Jahren war er in den Krieg gezogen, und es waren ihm nichts als Narben davon zurückgeblieben. Indem er seinen Körper karg ernähre, dachte er, nähre er seine Seele. Aber seit er das Kreuz genommen hat, fühlt er sich als ein anderer Mensch, der Hauch Gottes vielleicht? Er kämpft und verschlingt. Inmitten seiner Männer thronend, Roxane, seine Schutzbefohlene, zu seiner Rechten, Marcus Hispanicus zu seiner Linken, hinter sich Gréon le Verrat, sein düsterer Sekretär, so läßt sich Aimin sämtliche Gerichte und jeden Wein genüßlich schmecken. Es defilieren die mit Drosseln gefüllten Ferkel vorbei, die großen Wildbretviertel, die fettglänzenden Kapaune, die in Zypernwein marinierten Wachteln und dann die Fische, Muscheln und Gebäck . . . Und um richtig rülpsen zu können, nagt der Bischof an ein paar Stückchen Quittenpaste herum und trinkt zwei große Becher kretischen Honigweins.

Endlich beschließt er, sich den Mund abzuwischen, kämmt mit den Fingern den fettverschmierten Bart und wendet sich spuckend zu Roxane und Guigo hinüber:

»Ein Unglück ist das, so gut zu essen! Das muß eine Prüfung sein, die der Herr mir schickt. Es wird mich auch was kosten: zwanzig Vaterunser mehr heute abend, zur Vergebung der Sünde der Schlemmerei, nun ja, sei's drum! Ich bin ja weit weg von meinen Schäfchen in Toulon, weit weg vom Gerede. Kommen wir zur Sache. Ihr wißt, daß Rico, Guéli, Doppelaxt, Arnulf Großnase, Marcel aus dem Var, Konrad der Alte, Moula el-Danuz und ein paar andere in Tankreds Truppe eingeteilt sind.« Aimin sticht mit seinem Messer auf eine Geflügelkarkasse los. »Das heißt: Jeder von uns hat einen Dolch im Rücken, Kinder, nicht wahr!«

»Das wissen wir«, antwortet Roxane.

Väterlich beugt sich Aimin zu ihnen hinüber:

»Paßt auf, vor allem du, Guigo. La Ferté hat Tankreds

Männer sicher beauftragt, in seinem Namen Blutrache zu üben. Er will seine Ehre rächen und wird dich verfolgen bis ans Ende der Welt.«

»Ich werde mich zu verteidigen wissen!« beteuert Guigo.

»Und vergeßt nicht, es gibt auch Verräter unter uns!« wirft Rostang ein und blickt finster auf Gréon, den Mönch. »Aber da halt ich ein Auge drauf: Weh dem Ungeziefer!« brüllt er und macht die Faust.

»Schön, schön!« freut sich der Bischof. »Dann laßt uns jetzt sehen, welchen Platz morgen jeder einnehmen soll. Deine Wunde ist ausgeheilt, Guigo, nicht wahr, so bist du wieder zu Pferd. Bonifaz, du hältst dich stets in seinem Rücken. Daneben sollen Marcus Hispanicus, Rate von Senergue und ihre Knappen ebenfalls um seinen Schutz besorgt sein. Was dich betrifft, Roxane, du reitest mit mir. Mit uns kommen Rostang von Ollioules, Gilbert aus dem Castelet, Herbert der Totschläger und der Rest der Männer. Gottfried und sein Knappe schließen sich Hugo von Beaux an, der die Vorhut befiehlt. Soviel ich weiß, werden wir ins Tal der Kamele abzweigen, wo sich ein kurdisches Schloß namens Hosn el-Akrad befindet. Die Gefahr, daß wir in eine Schlacht verwickelt werden, ist groß. Ich will nicht, daß die Normannen die Gelegenheit nützen, um Guigo zu töten und Roxane zu entführen.«

Am 2. Februar 1099 fällt Hosn el-Akrad den Kreuzfahrern kampflos in die Hände. Mit den Abgesandten des Emirs Dschanah ad-Daula aus Homs feiern sie hier Mariä Lichtmeß. Guigo und Roxane werden zwar von Ricos Soldaten überwacht, aber sie können ruhig an den Prozessionen teilnehmen und sich sogar zurückziehen, um ihre Liebe auszukosten. Dann ziehen sie wieder weiter und erreichen am 14. Februar Arka, eine starke Stadtfestung, deren Gouverneur nicht zur Übergabe entschlossen ist. »Daran soll's nicht liegen«, grinst Saint-Gilles, »uns fehlt es an nichts.« Tatsächlich hat das englische Geschwader des Ex-Königs Edgar Ætheling, der im Dienste Kaiser Alexios' steht, den Boulogneser Piraten Guyenemer aus dem Hafen von Laodicea vertrieben und ist bereit, die Provenzalen in Hülle und Fülle mit Weizen, Fleisch, Fisch, Käse, Gerste, Wein und Öl zu versorgen. Die Belagerung kann sich in die Länge ziehen. Außerdem ist es Raimund von Turenne, Raimund Pilet und Guigo mit zweihundert Männern gelungen, die Verteidiger von Tortosa zu täuschen und diese Stadt einzunehmen. Der Graf von Toulouse will sich hier ein großes Besitztum herausschlagen, und dieser angenehme Landstreifen des Libanon ist genau das, wovon er seit seiner Jugend schon träumte. Jerusalem! Jerusalem! Dich vergißt man wieder. Dir fehlen die Weiden und Obstgärten der Beka, dir fehlen die zedernbewachsenen Hügelzüge, dir fehlt der Puls der Meeresbrandung an deinen Befestigungsmauern, du bist die Stadt Christi, sonst nichts!

2. Kapitel

Das Gottesurteil

Arka leistet Widerstand. Saint-Gilles hat an Gottfried von Bouillon und Robert von Flandern appelliert, indem er vorgab, ein großes Türkenheer marschiere ihnen entgegen: eine schlaue List der Provenzalen, um die Lothringer und Flamen herzulocken. Trotz des Zuwachses an Kampftruppen will die Stadt jedoch nicht kapitulieren.

Bartholomäus, der Held von Antiochia, kann seinen Blick nicht von den beiden Ungeheuern lösen: Richard aus der Nacht, die frühere Leibwache des verstorbenen Adhémar, und Arnulf Malecorne, Kaplan des Grafen von der Normandie. Mit einer fürchterlichen Anstrengung gelingt es ihm, sich abzuwenden. Wortlos, prüfend faßt er seine »Freunde« ins Auge: Raimund von Saint-Gilles, Raimund von Aguilers, Isoard von Gap und Wilhelm-Hugo von Beaux. Die Ritter, etwas im Hintergrund, murmeln und streiten sich mit geteilten Gefühlen. Auch Roxane und Guigo sind unter ihnen. Hand in Hand, aber ohne daß sie etwas zu sagen wagen, warten sie gespannt darauf, daß Bartholomäus das Wort ergreift. Der Ritter ist auf seiner Seite; die Normannin kann ihn nicht ausstehen und findet, man sollte ihn auspeitschen. Ein humpelnder Bettler, schmächtig in seinen farblosen Klamotten, drängt sich unversehens durch den Kreis der Pilger hindurch. Er schüttelt seinen schweren, von großen Pickeln gesprenkelten Kopf, daß seine langen schwarzen Haare in alle Windrichtungen fliegen, und beginnt zu schreien: »Lügner!« und zeigt dabei auf Bartholomäus.

Dann wendet er sich an die Edelfrau Elvira von Aragon, die Frau von Saint-Gilles, und sagt:

»Edle Frau, dieser Mann ist ein Lügner, er besudelt das Gedächtnis unserer Toten: der heiligen Bischöfe von Puy und Orange.«

Elvira schweigt. Mit ihren sanften Augen blickt sie den Armen prüfend an. Vielleicht hat er recht? Aber sie kommt nicht dazu, sich weitere Fragen zu stellen, denn Arnulf Malecorne macht sich den Auftritt des Bettlers zunutze, plustert sich mit honigsüßem Lächeln auf und sagt:

»Edle Herren, noble Damen, da hört ihr die Stimme des Volkes!«

Saint-Gilles beißt sich auf die Lippen. Guigo hält den Atem an. Roxane jubelt. Bartholomäus gibt mit kräftiger Stimme zurück:

»Meine Gesichte sind wahr. Die schlechten Bischöfe und die schlechten Gläubigen brennen in den Flammen der Hölle.«

»Lügner!« schreit der Bettler wieder und stampft wild mit den Füßen auf.

Bartholomäus hält inne. Ein tödlicher Glutblick Richards hat ihn getroffen. Arnulf von Rohes, genannt Malecorne, steht gleich neben dem Mann mit dem Schwarzen Linkarm, nicht weit weg davon Tankred mit Stephen, dem Barbar, und hinter ihnen Rico Le Bozon mit seiner Mörderbande. Richard streicht mit seiner langgliedrigen Hand über die scharfe, bläuliche Schneide seiner Axt. Bartholomäus ist niedergeschmettert, wie hypnotisiert von diesem Ritter der Finsternis. Die Menge ringsum beginnt zu spotten, Schimpfwörter fliegen Bartholomäus entgegen. Da Roxane ebenfalls zu schreien beginnt, hält Guigo ihr den Mund zu. Sie sträubt und wehrt sich: Warum will er sie daran hindern, diesen Lügner zu beschimpfen?

Der Bettler tritt näher und spuckt Bartholomäus vor die Füße. Auf Befehl Raimunds von Saint-Gilles ergreifen Raimund Pilet und Raimund von Turenne den Störenfried und führen ihn in die aufgewühlten Ränge der Pilger zurück. Ein paar Leute haben begonnen, Steine zu werfen. Bartholomäus schielt mit einem Auge auf die Geschosse und weicht ihnen im letzten Augenblick aus, indem er nach links, nach rechts, rückwärts oder vorwärts springt und sich, wenn ihm nichts anderes mehr übrigbleibt, die Arme schützend über den Kopf hält.

»Es reicht!« brüllt Saint-Gilles. »So geht man als Christen nicht miteinander um. Die Araber aus Arka schauen uns von ihren Festungswällen herab zu. Ein schönes Spektakel, wahrhaftig! Die Kreuzesträger bewerfen einen der Ihren mit Steinen und schimpfen ihn aus. Sie werden frohlocken, da oben, unter ihren Turbanen. Und du, Arnulf! Was hast du uns an Stelle der Heiligen Lanze anzubieten?«

Arnulf Malecorne schnaubt vor Ärger. Guigo macht die Fäuste, er mag dem andern die Schwierigkeiten gönnen. Aber die Blicke wenden sich von dem arglistigen Kaplan ab und Bartholomäus zu, der mit verzerrtem Gesicht und bewegter Stimme zu sprechen beginnt:

»Ich verlange, ich flehe euch an, man soll ein großes Feuer machen, und ich gehe mit der Lanze da hindurch. Wenn es wirklich die Lanze unseres Herrn ist, kann ich die Flammen unversehrt durchschreiten, und sonst werde ich verbrannt. Denn wie ich sehe, glaubt man weder den Wundern noch den Zeugen.«

Es gibt Augenblicke, in denen durch eine Bresche in Zeit und Raum die unerbittliche Gerechtigkeit Gottes sichtbar wird. Bartholomäus' unerhörte Worte haben den rachsüchtigsten Kerlen das Maul gestopft. Eine bleierne Stille liegt jetzt über dem Lager. Roxane, Guigo, Bonifaz und sämtliche Provenzalen – Saint-Gilles inbegriffen – sind wie erstarrt, ein Schauer überläuft sie alle. Richard da drüben ist nicht einmal zusammengezuckt, seine Krallen schweifen von einem Amulett zum andern, gleiten hinunter zum Wehrgehenk, dann wieder zum Herzen hinauf, an den fünfzackigen Stern mit dem leuchtenden Smaragd in der Mitte, der da baumelt. Bartholomäus, von Richards dunklen Kräften getroffen, die ihm an die Stirne branden, sinkt zusammen.

Da ruft Bischof Peter von Narbonne, der sich bis jetzt nicht bemerkbar gemacht hat, laut:

»Da dies Bartholomäus' Wille ist, soll das Gottesurteil durch das Feuer stattfinden, und zwar in zwei Tagen zur Terz.«

Guigo und Roxane warten seit der Prim, und sie sind nicht allein: Alle wollen dem Gottesurteil beiwohnen. Seit dem Morgengrauen schon schichten die Handlanger trockene Olivenbaumzweige auf. Seit dem Morgengrauen ist Bartholomäus am Beten und versucht mit geräderter Brust die Angst zu zügeln, die einen wilden Galopp durch seine Adern klopft. »Allmächtiger Vater, gib mir die Kraft!« Die Stunden verrinnen, allzu fließend für diesen Mann, der die Zeit anhalten möchte. Hinter dem Tuch des Zeltes ist die rote Sonnenknolle aufgestiegen. Die Stunde des Opfers naht. »Gib mir die Kraft«, murmelt Bartholomäus noch einmal, bevor er ein letztes Vaterunser beginnt. Ein Schatten zeichnet sich vor seinen Knien ab. Er schaut auf: Da steht der wackere Gouffier von Lastours, der ihn holen kommt. Der Ritter achtet die Andacht des Pilgers und läßt ihn sein Gebet beenden. Bartholomäus bekreuzigt sich und sagt zu ihm: »Ich bin bereit!« Bevor er aus dem Zelt tritt, schlüpft er in einen einfachen, braunen Rock, küßt das Holzkreuz, das er umgehängt trägt, dann folgt er Gouffier. Eine strahlende Sonne verleiht der Ebene ein bißchen Wärme. Bartholomäus blinzelt. Wo ist er? Er weiß es nicht mehr. Wie klein ihm diese Welt vorkommt, wie winzig diese Leute, sie sehen wie Figürchen aus, diese Herzöge, Grafen, Bischöfe, Freiherren, Ritter, Soldaten und Pilger. Fiebernd drängen sie sich um den rechteckigen Scheiterhaufen herum, in dessen Mitte ein zwei Fuß breiter Streifen freigelassen ist, damit derjenige, der sich dem Urteil unterzieht, sich zwischen den Flammen ausruhen kann. Zwei Fuß, gerade so breit wie ein etwas beleibter Mann. Eine Lava von Gedanken brodelt in diesen Tausenden von Köpfen, alle sehen sie sich selbst in der feurigen Umarmung der Olivenzweige. Zwei Reihen von Priestern kommen in ihren Amtsgewändern barfuß auf Bartholomäus zu und singen gedämpft das Tedeum. Der erste dieser würdigen Prälaten fordert ihn auf, der glänzenden Linie der Großen entlangzugehen. Als sie an ihnen vorbeikommen, bekreuzigen sich Männer und Frauen. Drei große Trommeln haben zu vibrieren begonnen, der dumpfe, schwere Ton scheint geradewegs aus der Erde herauszudringen. Roxane sucht nach Guigos Hand. Der entsetzlich dumpfe Trommelton hält an. Kinder weichen zurück und schlüpfen Erwachsenen in Rökke und Hosen. Und der beängstigende Trommelton schwillt an. Beim Scheiterhaufen wartet Richard aus der Nacht, wie in Schlacken ganz in Schwarz gehüllt, in der einen Hand die Axt, in der andern eine Fackel. In den Tiefen seines Körpers schlummern Flöze von Haß. In den Stollen seines Gedächtnisses schreit Adhémar nach Rache. Er wird das Feuer anzünden! Bartholomäus tritt auf Saint-Gilles zu. Richard schleudert seine Fackel. Arnulf Malecorne nickt. Sogleich lodert das Olivenholz auf, und Raimund von Saint-Gilles ruft:

»Wenn Gott der Allmächtige von Angesicht zu Angesicht zu diesem Mann gesprochen hat, wenn der heilige Andreas ihm die Lanze unseres Herrn Jesu gezeigt hat, während dieser Pilger wachte, so soll er dieses Feuer unversehrt durchschreiten, oder dann soll er mitsamt der Lanze, die er in den Händen trägt, verbrennen.«

Die ganze Versammlung fällt auf die Knie und antwortet »Amen«. Da verneigt sich Bartholomäus vor dem Bischof Peter von Narbonne, der ihm die Heilige Lanze übergibt. Bartholomäus bereut seine Sünden und fleht Gott um Erbarmen an. Es ist Zeit für das Gottesurteil, die Trommeln sind verstummt. Guigo betet inbrünstig: »Es muß ihm gelingen, es muß. O mein Gott! Verlaß dieses Geschöpf nicht«, betet er ganz leise.

Mit einem verzerrten Lächeln hat Roxane alle Sinne angespannt auf diesen Mann gerichtet, der jetzt auf die Flammen zugeht. Er trägt die in einen Schleier eingehüllte Lanze vor sich her. Dreißigtausend starre Blicke verschmelzen bereits in der Glut. Wird er überleben oder nicht? Langsam schreitet Bartholomäus voran, ohne Angst. Der brennende Atem des Scheiterhaufens streift ihn schon, auch Richards Atem, er spürt sie nicht. Er geht an dem Mann mit dem Schwarzen Linkarm vorbei und steigt ohne zu zögern in das Durcheinander der krachenden, wimmernden Äste hinein. Das Feuer umfängt ihn. Purpurn tanzen die Bilder vor seinen tränenden Augen, aber er sieht sie nicht. Die Flammen wiegen sich in den Hüften, pfeifen, beißen ihm ins Fleisch, er spürt nichts. Vom Glauben getragen, erreicht er den kleinen, zwei Fuß breiten Freiraum: Die Hälfte der Probe ist überstanden. Neuen Mut fassen. Und weiter durch die Glut. Die Sekunden vergehen. Die Menge schreit: »Er lebt noch! Da! Da! Schaut!« Bartholomäus' wunderbar unversehrtes Gesicht scheint ihnen zuzulächeln. »Heil! Heil!« skandieren die Kinder und klatschen in die Hände. Aber Bartholomäus hört sie nicht, er lächelt Gott an, läßt die Heilige Lanze nicht aus den Augen und geht weiter: ein paar Schritte noch, und seine Hölle ist zu Ende.

Roxane und Guigo haben trockene Kehlen, beißen sich auf die Lippen, runzeln die Brauen. Bereit, in Jubel auszubrechen, warten sie. Mit allen Fasern ihres Körpers wünschen sie beide, ihn lebend wiederzusehen. Roxane verabscheut ihn nicht mehr, sie beneidet ihn um seinen Mut. Plötzlich erscheint eine Gestalt. Roxane schreit:

»Da ist er!«

Gerührt lacht sie auf, dann ruft sie fröhlich:

»Er hat nichts!«

Sein Rock ist nicht einmal verbrannt, und der Schleier, in den man die Heilige Lanze eingewickelt hat, ist noch unbeschädigt. Ein gewaltiges Brüllen entfährt allen Kehlen, der Damm der Wächter, die das Volk zurückhielten, bricht an mehreren Stellen. Bartholomäus erstarrt, die Menge wogt auf ihn zu, er macht mit seiner Lanze ein großes Kreuzeszeichen und ruft:

»Gott helfe mir!«

Die Menge wächst. Die Fleischfresser wollen sich an der Heiligkeit weiden. Guigo hat Roxane zurückgehalten: er weiß, daß der sich selbst überlassene Pöbel gefährlich ist. Bartholomäus blickt der ihm entgegenbrandenden Flut entgegen, jetzt betet er, die Menschen möchten ihn verschonen. Was könnte er tun, im übrigen? Wieder ins Feuer zurücklaufen, um ihnen zu entrinnen! Es sind Hunderte, Tausende von Schwärmern mit Augen, die glänzen vor Gier, sie verfangen sich in ihren abgewetzten Kleidern, fahren mit spitzen Fingernägeln dem wunderbar Geretteten entgegen, fallen wie Wahnsinnige über ihn her. Unwiderruflich haben sie sich in Gang gesetzt, gewaltig dringt der Lärm ihrer Kinnbakken zu den Mauern von Arka hinauf. Den Muselmanen da oben auf den Zinnen bleibt der Atem weg.

»Laß mich!« schreit Roxane.

»Nein! Nein!« antwortet Guigo, »da wirst du zu Tode getrampelt. Schau doch, sie wissen nicht mehr, was sie tun.«

Eben ist Bartholomäus überrannt worden, die Masse der Pilger, die ihn berühren und ein Stück seines Rockes ergattern wollen, hat ihn unter sich begraben.

»Aber – sie bringen ihn mir noch um!« sorgt sich Saint-Gilles und verrenkt Elvira fast den Arm.

Raimund Pilet nimmt einen Satz. Guigo, Rate und etwa dreißig Wachtmeister folgen ihm. Sie laufen Bartholomäus zu Hilfe. Raimund Pilets Beispiel folgend, bahnen sie sich mit der flachen Schwertklinge und den Fäusten einen Weg durch das Gewühl der überreizten Schwärmer. Sie treten auf am Boden liegende Gestalten, schlagen auf Köpfe ein und erreichen endlich Bartholomäus. Von den Wachtmeistern geschützt, packen Raimund und Guigo ihn an den Schultern und schleppen ihn zu Saint-Gilles' Zelt hinüber. Der Graf und der Bischof von Albara sind bereits da. Sie fragen ihn, weshalb er so lange im Scheiterhaufen geblieben sei. Bartholomäus antwortet mit heiserer Stimme:

»Der Herr Jesus ist mir in den Flammen erschienen und hat mich bei der Hand genommen und gesagt: ›Da du an der Heiligen Lanze gezweifelt hast, nachdem der selige Andreas dich darüber unterwiesen hat, wirst du das Feuer nicht ganz unversehrt durchschreiten, aber du wirst die Hölle nicht sehen.‹ Und danach hat er mich weitergeschickt. Schaut jetzt, was das Feuer auf mir für Spuren hinterlassen hat.«

Mit Hilfe von Elvira schiebt Saint-Gilles behutsam Bartholomäus' Rock hinauf. Seine Oberschenkel und seine Knie sind von unzähligen kleinen Wunden bedeckt. Weiter unten, an den Waden und auf den Füßen, ist das Fleisch tief zerfressen, unter großen, rotschwarzen Brandblasen ahnt man die Knochen. Unverzüglich beginnen Raimund von Aguilers und Elvira von Aragán die Wunden zu verbinden, während Saint-Gilles alle Priester und Ritter wegschickt.

Bartholomäus' Enthüllungen haben Guigo ganz durcheinandergebracht. Kaum ist er draußen, gilt sein erster Gedanke Roxane: Wo ist sie? Gewiß nicht unter diesen Tausenden von Pilgern, die jetzt vor dem Zelt des Grafen von Toulouse knien. Mit raschen Schritten durchquert er diese Menschenfelder, aus denen Gebete an die Jungfrau Maria, an die Heiligen, an Jesus zum Himmel aufsteigen. Er läßt sie hinter sich und geht auf das verästelte Skelett des Scheiterhaufens zu. Vor der noch rotglimmenden Glut steht noch ein einziger Mensch. Guigo schaudert. Richard, breitbeinig aufgepflanzt, blickt ihm entgegen. Guigo atmet tief ein und wirft sich in die Brust, man wird nicht sagen können, der Ritter des Teufels habe ihn zum Zittern gebracht. Er hält mit der einen Hand den Schwertgriff gefaßt, streift Richard im Vorbeigehen und marschiert weiter. Da erschallt eine unmenschliche Stimme hinter ihm: »Du!« Er geht weiter und dreht sich nicht um.

»Du!« donnert die Grabesstimme noch einmal.

Guigo erstarrt. Ein eisiger Schweiß rinnt ihm den Rücken hinunter.

»Ja, du!«

Guigo dreht sich um und prallt brutal mit Richards rotem Blick zusammen. Es ist, als hätte man ihm mit einem Streithammer auf die Stirn geschlagen. Unwillkürlich weicht er zurück. Der Mann mit dem Schwarzen Linkarm setzt sich in Bewegung. Seine langen Hände liegen auf dem Stiel der geschulterten Axt, langsam kommt er auf Guigo zu. Dem ist, als müsse er in der unheilbringenden Quelle dieser Augen ertrinken. Eine Wurfspießlänge von ihm entfernt, steht Richard still und wartet. Guigos Unbehagen wächst: Was will er, was sucht er?

»Auf dich habe ich gewartet«, sagt Richard.

»Auf mich! Mich! Aber ...«

»Unsere Leben sind miteinander verknüpft.«

Guigo schluckt leer und blickt dem andern ins Gesicht. Er möchte wissen, was sich hinter dieser Satansfratze verbirgt.

»Erklär dich!« bringt er endlich heraus.

Richard scheint es nicht eilig zu haben, er zählt die Olivenblätter, die auf Guigos Rock aufgestickt sind.

»Zwölf«, sagt er schließlich. »Ich wußte es, ich hatte sie schon auf deinem Schild gezählt. Du bist also durchaus der Mann, den ich suche. Zwölf, das Erwartete wird kommen. Eine Frau hat die Meere überquert, und diese Frau, die noch weit weg ist, liebt und sucht dich, sucht uns«, korrigiert er sich, »und diese Frau ist mir teuer. Durch sie sind wir beide aneinander gebunden, mehr kann ich dir nicht sagen. Ich muß dich also beschützen. Nimm diese Rinde einer heiligen Birke da und das Sardonyxpulver – das eine hält die feindlichen Kräfte fern, das andere bringt dir Glück.«

Richard streckt Guigo zwei graue, zusammengebundene Säckchen entgegen.

»Du brauchst sie bloß auf der Brust zu tragen.«

Guigo nimmt diese seltsamen Talismane entgegen und steckt sie in sein Wehrgehenk. »Damit und mit Moses' Katzenkopfring bin ich ja nun wirklich unbesiegbar«, sagt er sich, ist aber dennoch nicht beruhigt, das Entsetzen ist immer noch da. Er fühlt sich vom Willen dieses schrecklichen Mannes gefangen. Aber Richard dreht ihm den Rücken und geht schweren Schrittes, als läge das Gewicht aller vergangenen Jahrhunderte auf seinen Schultern, davon. Nichts kann diesem Mann in seiner Nacht, in der Verzweiflung seiner Seele, in den Abgründen seines Geistes Linderung bringen, in ihm wütet ein erbarmungsloser Krieg.

Roxane ist wütend. Guigo kann es bereits an der Röte ihrer Wangen ablesen.

»Was hast du?« fragt er, nicht eben freundlich, von Richards Worten noch verwirrt.

»Was ich habe! Das sag ich dir gleich«, grollt sie. »Rico Le Bozon, Guéli und Doppelaxt haben die allgemeine Verwirrung dazu benutzt, mich anzurempeln, und Du, Du, der wackere Ritter!, bist unterdessen diesem Narren von Bartholomäus zu Hilfe geeilt.«

»Rico! Dieser Lump!« Guigo vergißt den Mann mit dem Schwarzen Linkarm.

»Wir haben bloß ein paar Monate lang Ruhe gehabt, damit ist es vorbei«, fährt Roxane fort. »Rico hat geschworen, er werde dich töten und mich wieder zu meinem Vater zurückbringen.«

»Soll er doch kommen!«

»Er wird kommen, er begehrt mich, er ist verrückt nach mir. Man braucht ihn bloß anzusehen: Sobald er mich erblickt, bekommt er ganz fahrige Bewegungen, funkelnde Augen.«

»Ich schneide ihm die Hoden ab!«

»Das wäre mir auch recht. Mein Gott, wäre ich doch ein Mann«, sagt Roxane.

»Ich frage mich, was dir das gebracht hätte, du bist schon beinahe ebenso kräftig, ebenso willensstark und überdies gewandter.«

»Meinst du, diese drei Qualitäten gingen den andern Frauen ab?«

»Natürlich! Du bist eine Ausnahme; dagegen sind die anderen Frauen nichts!«

Roxane lacht laut auf und zuckt die Schultern.

»Ihr Männer kennt halt die Frauen nicht. Ich möchte auch mal ein Kind zur Welt bringen sehen.«

»Weil du weißt, wie man das macht?« antwortet er spöttisch.

»Natürlich nicht!«

»Wenn man nicht weiß, schweigt man«, sagt Guigo ironisch.

Roxane schweigt. Guigo betrachtet sie. Er spürt dieses unbestimmte Sehnen, das einen Mann angesichts der begehrten Frau befällt.

Besänftigt schaut Roxane wieder auf. Im grünen Wasser ihrer Augen hat der Sturm sich gelegt. Sie fühlt sich gut. Eine Lerche, die in der Ferne zwitschert, weckt ihre Empfindsamkeit für die Schönheit dieses unbekannten Libanon. Begierig, wohlig labt sie sich an dieser üppigen, wilden Natur: Sonnenschauer, Flaumfedern im leichten Wind, Raubvögel, die über runden Hügelrücken schweben, weiße Pfade, die sich verlorenen Dörfchen entgegenwinden, Buschwerk und Gemurmel, Felsen, Insekten und dazu aller Zauber, der mit dem Frühling erwacht.

Guigo sucht die Schönheit nicht so weit weg, sein Blick verweilt lieber auf diesem leicht gebräunten Nakken, an dem feine Schweißperlen glitzern, und er läßt seine Finger lieber über die harten, geschmeidigen Hüften gleiten, über ihre Taille, die Lenden. Und mit seinen Lippen kostet er am liebsten das Salz dieser Haut. Er legt sie in das von Düften bewimpelte Gras.

»Bartholomäus ist tot!« Wie ein Lauffeuer haben die drei Worte das Lager von einem Ende zum andern durchquert. Der unglückliche, mutige Peter Bartholomäus hat seine furchtbaren Wunden nur zehn Tage überlebt.

»Bartholomäus ist tot! Wir müssen die Heilige Lanze durch das Kreuz Christi ersetzen. So will es die Heilige Jungfrau, die mir zum dritten Mal erschienen ist«, beteuert ein provenzalischer Geistlicher namens Stephan.

Der Mythos der Heiligen Lanze ist zerstört. Von nun an wird ihm allein noch der Graf von Toulouse die Treue halten. Die Pilger sind unzufrieden und wollen sich wieder auf den Weg nach Judäa machen.

Am 13. Mai 1099 hebt Saint-Gilles, unter dem Druck Gottfrieds, Tankreds und Roberts von Flandern, entmutigt und mit Tränen in den Augen die Belagerung von Arka auf, um nach Tripolis weiterzumarschieren. Da werden sie vom Ibn Ammar, dem Emir der dreifachen Stadt, der sie mit sich versöhnen will, vollständig neu ausgerüstet. Er gibt ihnen dreihundert gefangene Pilger zurück und schenkt ihnen fünfzehntausend Bisant und fünfzehn überaus wertvolle Schlachtrosse.

Am 16. Mai verlassen die Kreuzfahrer Tripolis, ehrenamtliche libanesische Führer zeigen ihnen den Weg nach Enfe, von da nach Batrun und schließlich von Dschebail nach Beirut, wo sie ihr Lager aufschlagen.

3. Kapitel

Der glückliche Sklave

El-Jehan Adid – alias Jehan von Königstein – macht sich Sorgen. Die Zukunft, so scheint es dem großen Vermögensverwalter el-Af-Farums – seines Zeichens Kairos erster Handelsmann –, die Zukunft sieht nicht rosig aus: Die Franken marschieren Samaria entgegen. Die Franken! Seine Landsleute vormals. Ihn fröstelt trotz der Sonne, die hart auf den Storchenturm herunterbrennt, auf dem er steht. Die Franken! Nie werden sie ihm verzeihen! Dabei hat er seine Wahl getroffen und wird sich nicht durch diese Schmutzfinken davon abbringen lassen, unter dem Halbmond zu leben! Mit gierigen Blicken sucht Jehan den glühenden Horizont ab, ihn fröstelt wieder. Eines Tages werden sie mit wehenden Bannern da zwischen den Olivenbäumen auftauchen. Lustlos stellt er sie sich vor: auf ihren Schlachtrossen, in ihren Lederbrünnen, Harnischen, Kettenpanzern, Kettenhemden, mit ihren Eisenhüten, Helmen und Waffen, eine glänzende Eisenfront, aus der ein Hagel von tausend Freudenschreien aufschießt. Dann werden sie ihre Wandeltürme, ihre Wurfmaschinen, Steinschleudern, Windarmbrüste, Ballisten und anderes Kriegsgerät bauen, und dann beginnt die Hölle. Warum wollen sie die Heilige Stadt einnehmen, wo doch unsere fatimidischen Herren alles daran setzen, sich mit ihnen zu verbünden! Jehan ist ganz verzweifelt, wirklich, er begreift es nicht, er begreift nichts mehr. Er hat vergessen, daß er früher Christ war, kein guter Christ, es stimmt. Ach ja, er erinnert sich, so lange ist das her.

Sie waren wirklich glücklich, diese Pilger; endlich Judäa, etwas Warmes zwischen Himmel und Erde, etwas Heißes gar; aber war das nicht Gottes Licht, das da so auf sie herunterbrannte?

Die Fahrt über das Mittelmeer! Wunderbar, keine Barbaresken, keine normannischen Piraten, nichts, nur ein angenehm leichter Westwind, der sie unaufhaltsam vor sich hergeschoben hatte, nun ja, in Etappen, von Venedig nach Brindisi, von Brindisi nach Rhodos, von Rhodos nach Askalon. Askalon, ein Hafen der ägyptischen Fatimiden – dieses Ägypten, das von dem jungen Kalifen el-Mustali, in Tat und Wahrheit aber von dem mächtigen Großwesir el-Afdal regiert wurde. Da hatten sie an Land gehen können, und der Kapitän, der sich um alles kümmerte, hatte sogar einen Führer für sie gefunden.

Der Unglücklichste von allen war er: Jehan von Königstein. Jehan, der Schneider – ein Beruf, den er in Frankfurt seit seinem sechzehnten Altersjahr ausgeübt hatte. Eine Familientradition, gewiß, hatte doch einer seiner Vorfahren bereits unter Heinrich dem Vogler in ihrem Heimatort Königstein die Nadel geführt.

Ach! Ins Heilige Land zu pilgern war durchaus nicht sein innigster Wunsch, er war vielmehr dazu gezwungen: er mußte Buße tun.

Eines Abends nämlich, als er früher als erwartet von seinen Einkäufen in Mainz nach Hause gekommen war, hatte er auf seinem Strohsack, bei seiner Frau und seinen beiden Töchtern, den dicken Chorherrn Gerbert vorgefunden. Ein Dämon hatte ihm daraufhin böse Gedanken eingeflüstert und ihn zu einer Wahnsinnstat getrieben:

Er hatte den Prälaten niedergemacht, ihm die Hoden abgeschnitten und ihm dann den Sprengel, die Hinterbakken und den Mund zugenäht.

Daraufhin hatten ihn die von der Stiftskirche zu seinen Richtern erkorenen Priester zu einer Geldstrafe von hundert Silbermark verurteilt – ein Vermögen – und außerdem dazu, auf dem Grab Christi beten zu gehen. Eine Reise, die ein Jahr, eineinhalb Jahre dauern würde, wenn alles gutging . . . und es ging alles gut!

Nur noch etwa zehn Meilen bis Bethlehem. Die zweihundertfünfzig Christenpilger waren dem trockenen Flußbett des Lakisch gefolgt, hatten Hebron umgangen und steuerten geradewegs auf Salomos Brunnen zu. Ein Spaziergang! Jubelnd, leichten Schrittes liefen sie dieser judäischen Wüste entlang und stichelten sie mit Lächeln und Kreuzeszeichen.

Ein anderes Lächeln, voll giftiger Befriedigung, lag auf Wali-ahs sonnenverbranntem Gesicht, während er auf diese Pilgerschlange hinunterblickte, die sich durch die ausgedörrte Landschaft zog. Die Karren mit ihren holpernden Rädern waren bereits ins Hintertreffen geraten, und die christlichen Späher schienen in den warmen Lohen des Windes zu versanden, zusammengesunken hingen sie über den staubigen Pferdehälsen und rissen beim Gähnen Mäuler auf, die eine Melone hätten verschlingen können. Wali wandte sich zu seinen Reitern um, einer Hundertschaft, die geduldig auf der versteckten Seite des Hügels wartete, und forderte sie mit einem kleinen Wink auf, sich bereit zu halten. Dann verließ der Mann aus der Wüste den Felsvorsprung, auf dem er gelegen hatte, und ging zu seinem Pferd. Während er das nervöse Tier bestieg, grinste er vor Zufriedenheit und dankte Allah dafür, daß er ihn diesen venezianischen Kapitän und diesen Führer aus Nablus hatte treffen lassen: sobald er diese Ungläubigen einmal auf dem Kairoer Sklavenmarkt verkauft hatte, war er ein bißchen reicher als bisher.

Jehan wollte schon auf dieses schattenlose Land zu fluchen beginnen, auf diesen Glutofen, der ihn zu erstikken drohte, auf dieses laue Wasser mit seinem böckelnden Nachgeschmack. Er war nicht wie diese Narren ringsum, die fanden, Schmerz sei Wonne, und die nur an Christus, an die Apostel, an Kirchenlieder singende Chöre von Gläubigen dachten und an all das, was sich auf diesem versengten Weg je zugetragen hatte. Und dieser Führer! Sah er nicht merkwürdig aus? Mit seinem drohenden Blick, diesem langen, spitz zulaufenden Bart und diesem roten, wulstigen Mund, über den sich eine lange Hakennase herunterbog. Ein echter Jude! Ein Jude, der Christen anführte! Schlimmstenfalls würde er sie verkaufen, wie Judas einst Christus verkaufte! Besser hätte es Jehan mit seinen Vermutungen nicht treffen können: Dunkle Punkte flogen in Staubfahnen auf sie zu. Nein, das war keine Luftspiegelung, die Punkte wurden größer, und Jehan konnte blaugekleidete arabische Reiter erkennen, ihre Krummschwerter spielten mit den Sonnenstrahlen, und ihre Schreie kündeten den Überfall an. Jehan spürte seine Knie weich werden, ein saurer Geruch stieg ihm in den Mund, seine Schläfen dröhnten, und die Angst, diese Hexe, nagelte ihn an Ort und Stelle fest.

Er schaute diesem unerwartet hereingebrochenen Unwetter zu, das da an ihm vorbeibrauste, ohne ihn zu berühren: Der Blitz schien nur diejenigen zu treffen, die sich zu verteidigen suchten. Vor ihm fiel ein bretonischer Soldat, ein Blutstrom ergoß sich aus seiner durchschnittenen Halsschlagader. Eine Frau zappelte in den Koppeln eines umgestürzten Wagens, ein Mann machte sich über ihren nackten Körper her. Ein verkrüppeltes Kind wurde unverzüglich hingerichtet, desgleichen etwa dreißig Greise, die umsonst ihr Leben in klingende Münze umzusetzen suchten. Jehan wollte nichts mehr sehen, nichts mehr hören. Das Entsetzen raubte ihm die Sinne.

Die düstere Krone eines Aasgeierschwarms, Bruchstükke von Gesprächen, Stöhnen, ein arabischer Gesang, das war alles, was Jehan bei seinem Erwachen entdeckte. Er richtete sich auf und begriff, daß er Deutschlands Nebelstreifen nie mehr wiedersehen würde. All seine Leidensgenossen waren je zwei und zwei zusammengefesselt. Er selbst entging diesem Schicksal nicht: Mit der Peitsche in der Hand kamen zwei Krieger auf ihn zu und schleppten ihn unsanft weg.

Sie marschierten geradeaus südwärts und ließen eine große, rote Sonnenscheibe über der Ebene zurück, die weit hinten, hinter dem Kreis des Meeres, versank. Sehr weit weg, irgendwo, da wo Gott sie vergessen hatte, sie, seine Geschöpfe und nun bereits Sklaven. Die Wüste von Judäa lag hinter ihnen, sie zogen nördlich von En Kadeis vorbei, durchquerten den zu dieser Jahreszeit wie immer ausgetrockneten Wadi el-Arisch und drangen dann in die richtige Wüste ein. Ein glühender Wind strich über die Dünen, er kam vom Hochplateau von Tih herunter, wo sie zwei Frauen und fünf Männer verloren. Ein Sonnenstich wahrscheinlich. Danach sahen sie von weitem den Bittersee und links den Dschebel Ataka. Vier weitere Tote hier, die letzten, denn Kairo erschien am Horizont. Diese zweihundert Meilen Marsch hatte Jehan gut ertragen. Zu sagen ist, daß sie seit ihrer Gefangennahme nicht an Wassermangel litten. Jehans einziger Feind war die Sonne, dieses weiße Auge, das sich Tag für Tag am nackten Himmel umtrieb. Er hätte diesem erbarmungslosen Licht entfliehen wollen, sich vergraben, um die elenden Gestalten nicht mehr sehen zu müssen, die sich neben ihm herschleppten.

Nie wird Jehan seinen ersten Blick auf die große ägyptische Metropole vergessen, er erinnert sich, als wäre es gestern gewesen.

Kairo: Al-Kahira, der Triumphator, Hauptstadt der Fatimiden, die im Jahr 969 aus Ifrikiya gekommen sind, Kairo, dieser nördlich der alten koptischen Stadt Fustat gegründete neue Stadtkern, ist das Kleinod der Nachkommen Fatimas, jener Araber, die sich zu den Alleinerben des Kalifats erklärten, den Gegnern der Sunniten, welch letztere sich der strengsten Orthodoxie verschrieben haben. Das wußte Jehan zur Zeit seiner Gefangennahme nicht, er hat es erst später erfahren. Sein erster Blick auf Kairo – da geschah es wahrscheinlich: Da ist er zum Überläufer geworden.

Er war völlig überwältigt von der Vielfalt der Minarette, die wie Wachskerzen pfeilgerade aus der prachtvollen Stadt hochschossen, deren Ziegelsteinbauten in der untergehenden Sonne feuerrot glühten. Weiter unten floß ein großer Fluß vorbei, ein schlammig träges Band, über das ein paar weiße Dreiecke glitten. Jehan ließ sich von der geheimnisvollen, sinnlichen Landschaft betören. Keine Droge, keine Lust reichte an die Schönheit dieser Landschaft heran. Wenn man dachte, daß er Deutschland mit seinen dunklen Wäldern verlassen hatte, um auf diesem weißglühenden Stück Erde seinem Schicksal zu begegnen! Er hatte leidenschaftlich mit seiner Vergangenheit gebrochen und wünschte bereits, sein Lebensschiff an den Stämmen dieser Palmenhaine zu vertäuen. Die liebliche Hoffnung, einmal einen jener Pflanzenhäfen erreichen zu können, ließ ihn seine christliche Herkunft vergessen, er fühlte sich in der Seele jenen Fellachen verwandt, die beim Anblick des Nils vor Freude überborden.

Er träumte noch vor sich hin, da brüllte einer der Reiter einen Befehl, die Zweierkolonne setzte sich, mit allen Ketten klirrend, in Bewegung. Trotz seiner wenig beneidenswerten Lage packte Jehan beim Gedanken an die neue Welt, die er entdecken würde, eine erwartungsvolle Erregung. Er wurde enttäuscht. Als sie die Stadt betraten, bildete sich sogleich ein Menschenauflauf um sie herum. Durch die ganze Stadt hindurch mußte er sich vor heranfliegenden Steinen und Unrat schützen. Rotznasige, von Fliegenschwärmen umringte Männer und Frauen spuckten ihnen gar ins Gesicht. Gedemütigt und beschämt, wurden sie schließlich im Schatten der Al-Azhar-Moschee zwischen einer dreifachen Reihe von Pfosten zusammengepfercht, hinter denen grüngekleidete Wächter zirkulierten. Jehan, immer noch gefesselt, befand sich unter der Kuppel, über der das Minarett aufragte, und wartete angstvoll mit den andern.

Fünf Tage lang wurden sie reichlich ernährt, gemästet beinahe. Man legte Wert darauf, daß sie sich sehen lassen konnten. Jehan ließ sich nicht zweimal bitten, er sog die Schaffleischscheiben, die man ihm alle vier Stunden reichte, bis auf die Knochen aus. Vom ersten Tag an mochte er die Ziegenmilch, die harten Pfannkuchen und dieses merkwürdige Wasser, das schlecht durch die Kehle gurgelte und einen schlammigen Nachgeschmack hinterließ. Von Zeit zu Zeit kamen Männer in makellos weißen Kleidern daher oder andere, die in schimmernde Stoffe eingehüllt waren, und unterhielten sich leise miteinander, zeigten mit den Fingern auf sie und begannen dann plötzlich zu schreien, streckten die Arme aus, legten schließlich die Hände aneinander, schlugen sich an die Stirn und riefen Allah an, schimpften sich aus, kehrten sich den Rücken zu und spuckten auf den Boden. Jehan verstand nichts von all dem, aber nicht lange, so sollte er verstehen. Am Abend des fünften Tages brachten Walis Krieger sie anderswo hin, wieder in eine Moschee, deren Minarett aus perfekt zugehauenen Steinen gefügt war. Es war Ibn Tulun, das Prunkstück der fatimidischen Moscheen, ein Gebäude in reiner Hypostylosbauweise. Da trafen sie mit anderen Christen und mit zahlreichen Schwarzen zusammen. Am nächsten Morgen in der Frühe, immer mit knallenden Peitschen, brachte man sie in die Mitte einer riesigen Karawanserei aus vielfarbigen Zelten. Nach und nach kamen zu den Ziegen, den Böcken, den Mutterschafen, Schafen, Widdern, Eseln, Maultieren, Wildeseln und Pferden auch Männer daher, die auf Kamelen ritten. Bei ihrem Anblick lächelte Jehan und dachte an die Worte des Apostels Matthäus: »Es ist leichter, daß ein Kamel durch ein Nadelöhr gehe, denn daß ein Reicher ins Reich Gottes komme.« Die Neuankömmlinge kamen vom Wadi Natrun, aus der Oase Fayum, der Oase Chargeh und sogar aus den östlichen Wüstengebieten. Sie sahen schrecklich wild aus. Sie kamen, um sich Sklaven zu kaufen, die ihnen dann Brunnenschächte graben, in den Minen arbeiten oder unermüdlich Schöpfräder drehen sollten. Nach diesen Oasenbewohnern trafen die Beamten des Großwesirs mit ihren Schrifttäfelchen und dem Schreibwerkzeug ein. Sie setzten auf dem Markt die Preise fest, und jedermann haßte sie, insbesondere diejenigen, die jetzt die Zeltstadt betraten: die Händler mit den blütenweißen Gewändern und die in schimmernde Stoffe eingehüllten Edlen, dieselben, die sich tags zuvor gestritten hatten. Hinter diesen Hitzköpfen erschienen jetzt wunderbare Sänften, Baldachinsänften, ganz mit Schleiern verhängt, von prächtigen, muskulösen Schwarzen getragen, scharf von Eunuchen bewacht, auf deren Schultern breite Krummsäbel glänzten. Manchmal schlüpften weiße oder braune Hände aus der Stofffülle der Tragsessel heraus, reich mit Ringen geschmückte Prinzessinnenhände, so schön, so fein, daß Jehan sich nicht vorzustellen wagte, wem sie gehören mochten. Aber wenn die Schleier verstohlen einmal gelüftet wurden, war er wie geblendet von diesen Traumgeschöpfen, die da auf weichen, satinglänzenden Kissen ruhten. Göttinnen, von denen er nichts als funkelnde, mit Khol umrandete Augen zu sehen bekam, da der Litham das Geheimnis ihrer Lippen verbarg. Endlich, als der Ort von Menschen wimmelte, als nach den Großen das kleine Volk, die Diebe und Bettler eingetroffen waren, begann der Verkauf. Es dauerte lange. Zwischen zwei Angeboten entkleidete man keusche, junge Mädchen, schob Kinnbacken voneinander, tastete Glieder ab, hob Lider hoch, zog an Haut und Muskeln, knetete Hände. Dann kam die Reihe an Jehan. An ihn! Auf zitternden Beinen stieg er die Stufen hoch, die auf das Podest hinaufführten. Tausend Augen richteten sich auf ihn. Kleine Schweißtropfen perlten an seinen Schläfen: Wer würde ihn kaufen? Ein großer, wortgewaltiger Bartträger schrie:

»Da habt ihr ein schönes Tier aus den nördlichen Breiten des Siebengestirns, reinrassig, goldenes Haar, Augen wie Lapislazuli aus alten Wüstengräbern, unfehlbare Falkenaugen, harte Fingernägel und gesunde Zähne, ein kräftiger Ochsenhals, ein wohlproportionierter Körper, der für die Erdarbeit geeignet ist, oder für die Arbeit am Stein, oder das Ziegelbrennen, schaut bloß diese Oberschenkel!« Und Jehan ließ seine Hose hinunter. »Prächtiger Barbarenmuskel, Muskel wie gemacht zum Sänftentragen, und erst seine Hände, langgliedrig, fein, Gärtnerhände sind das, aber nicht irgendeinen Gärtner, einen Künstler habt ihr da! Er wird euren Rosen zu solcher Blüte verhelfen, wird eure Sträucher so kunstvoll beschneiden, daß unser Großwesir ihn euch bald zum hundertfachen Preis abkauft. Und das alles ist nichts im Vergleich zu seiner Intelligenz, seiner Schlauheit, seinen Kenntnissen in Mathematik, seinem Geschick, dahinserbelnde Geldangelegenheiten wieder flottzubringen. Das alles tat er, jenseits des Meers. Wenn unter euch jemand Lateinisch spricht, kann er es sich aus seinem eigenen Mund bestätigen lassen. Aber ihr könnt mir glauben, auf mein Wort, eine solche Gelegenheit bietet sich euch nicht ein zweites Mal. Von Bagdad bis Damaskus, von Aleppo bis Mossul, von Samarkand bis Basrah werdet ihr auf keinem Markt Ägyptens oder Persiens seinesgleichen finden.«

Nach einer solchen Ansprache konnte es an Käufern nicht mangeln, und schließlich blieben noch zwei, die sich um das »Geschäft des Jahrhunderts« bewarben, ein Stammeshäuptling und ein reicher Händler aus Kairo, der gewann. Er hieß el-Af-Farum. Als Jehan diesen ehrwürdigen Alten mit dem langen, weißen Bart vor sich hatte, dieses braune, harte Gesicht mit dem offenen Blick, diesen Mann mit seinen raschen, aber präzisen Bewegungen und einer festen, hohen Stimme, begriff er, daß im Morgenland ein intelligenter, arbeitsamer Sklave glücklicher sein konnte als im Abendland ein freier Mann. Als praktisch denkender Germane faßte er den klugen Entschluß, Karriere zu machen. Es ging alles sehr schnell. Innert kurzer Zeit hatte sich Jehan mit der arabischen Sprache vertraut gemacht und – in Erinnerung an seinen früheren Beruf – mit der Kunst, Wolle zu behandeln und einzufärben, bevor man sie wob. Dann arbeitete er in der Werkstatt seines Meisters. Jehan liebte und achtete Farum. Dieser gelehrte Schiit mit seinen raffinierten, feinen Sitten war ein Vorbild in Sachen Erfolg und Gerechtigkeit. Er besaß ausgedehnte Ländereien im Nildelta und Minen in der östlichen Wüste, Besitzungen in jeder fatimidischen Stadt, Tausende von Schafen sowie Geschäftsstellen in Griechenland und Spanien. Auch Karawanen gehörten ihm. Seine Kommis und Helfershelfer zogen in allen Windrichtungen in der Welt herum, sie reisten sogar bis ins ferne Samarkand. Farum merkte bald, daß sein neuer Sklave die Arbeit nicht scheute und daß er aufgeweckter als seine Landsleute war. So übertrug er ihm nach und nach Verantwortung. Jehan stieg vom Kardierer zum Färber auf, vom Färber zum Werkmeister, vom Werkmeister zum Händler und vom Händler zum Verwalter. An diesem erlesenen Posten angelangt, an dem er einen alten, halbgelähmten Griechen ersetzte, erhielt Jehan Zugang zu des Meisters Tisch und zu seinen Geheimnissen: seiner Neigung für Frauen mit Haut wie Ebenholz, er hatte ihrer sechzehn. Sechzehn Frauen! Neunundvierzig Kinder! Jehan schwindelte es, er erinnerte sich an seinen Verdruß in Königstein. Aber in der muselmanischen Welt war die Frau so unterwürfig, so gut überwacht, so aufmerksam auf den Gefallen des Ehemanns bedacht, daß ein Verrat ihrerseits undenkbar war. Und Jehan entschloß sich, auf Anraten des Meisters, zwei Frauen zu nehmen: eine Griechin und eine Sudanesin. Als er sich zur wahren Religion bekehrte, zögerte Farum nicht länger, ihm den Zugang zu Kultur und Macht zu verschaffen. Er nahm ihn überallhin mit, erklärte ihm eifrig die muselmanische Geschichte, Dichtung, Architektur und Bildhauerei. Letzteren beiden Künsten galt seine zweite Leidenschaft. Dank ihm lernte Jehan die Stein-, Stuck- und Holzverzierungen der Moscheen und Paläste kennen, in denen sich der Geschmack der Tuluniden für die schräge Behauung von Samarra entwickelte. Jehan lernte die Arabesken und Inschriften der Kalligraphen verstehen, die sich in den elegant verschlungenen Schnörkeln verloren. Sein Schneiderauge wußte die Technik der Vielecke zu würdigen, die an den Minaretten, den Mihrabs und Minrabs zur Anwendung kam: Diese vieleckigen eingelassenen Platten griffen so ineinander über, daß die Zwischenräume die durch die Temperaturunterschiede bewirkte Ausdehnung gestatteten. Selbst jetzt noch ist er voller Bewunderung angesichts dieses hohen Könnens, selbst wenn seine Vorliebe dekorativen Skulpturen gilt, die Jagdszenen, Blumen- und musikalische Motive darstellen. In zwei Jahren hatte Jehan mehr gelernt als in den fünfundzwanzig Jahren seines Lebens zuvor. Jehan war der glücklichste Mensch der Welt. Er hatte sogar die Ehre, den Palast el-Mustalis zu betreten und von den Wachen am Bab an-Nasrat-Tor gegrüßt zu werden. Er hatte sogar die Ehre, el-Afdals Armee zu folgen, und zog als einer der ersten in Jerusalem ein. Da nahm er die Güter seines Meisters wieder in Besitz und darüber hinaus diejenigen einiger Juden, die man bei dieser großen Gelegenheit vertrieben oder umgebracht hatte. Farum bewies Jehan absolutes Vertrauen und ließ ihm bei der Verwaltung seiner Geschäfte in Judäa völlig freie Hand. Aber allzuviel Ehre kann zuweilen zum Hinschied führen. Das denkt Jehan hoch oben auf seinem Storchenturm. Er brennt sich die Netzhaut aus, so angestrengt späht er in die weißen Hügel hinaus.

»Ich hätte fliehen sollen«, murmelt er, »und mich in meine Niederlassung in Askalon absetzen. Niemand wird die Kreuzfahrer aufhalten können, die Narren Gottes hält man nicht auf!«

4. Kapitel

Jerusalem! Jerusalem!

Beirut, Sidon, Sur, Akkon, Cäsarea, Ramleh, Emmaus: Lang ist der Weg ins Paradies. Die Kreuzfahrer sind am Ende ihrer Kräfte. Wie lange ist es her, daß sie ausgezogen sind, aus der Provence, aus Frankreich, Flandern, Lothringen, Deutschland oder Italien? Wie lange schon sind sie unterwegs? Sie mögen gar nicht daran denken. Zwei Jahre! Ihre Füße stampfen den Takt der fliehenden Zeit. Schritt für Schritt ziehen sie, durstig, von glühenden Winden abgetrieben, durch das judäische Hochland ihrem letzten Ziel entgegen: Jerusalem. Im flimmernden Staub der weißen Wege, in den ausgetrockneten Bachbetten müht sich das spindeldürre Heer ächzend und stöhnend voran, nur die unersättlichen Fliegen, die um seine Flanken schwirren, geben ihm das Geleit.

So also ist das Land des Herrn! Ein Land der Steine und der toten Strünke! Auf diesem dürren Boden also haben die Apostel gelebt! Pilger und Soldaten staunen über die Unfruchtbarkeit dieses Landstrichs, in ihren naiven Köpfen sah Christi Königreich anders aus, anders, ja. Aber hier erinnert sie bloß diese entsetzliche Sonne an Gott. Die Sonne, die schonungslos ihr Elend ausleuchtet. Die Sonne, die ihren Lumpen Gewalt antut. Sie sind noch zwanzigtausend. Zwanzigtausend Menschen aufs Geratewohl auf diesen endlosen Routen unterwegs; ein Durcheinander von Männern, Frauen, Tieren, langgestreckt in rötlichen Nebeln, vor Erschöpfung, vor Entbehrung betäubt, bereit, für ein Tröpfchen Wasser jede Untat, jeden Verrat zu begehen.

Richard, herablassend hoch aufgerichtet auf seinem unseligen Schlachtroß, völlig ungerührt den Frauen gegenüber, die ihre toten Kinder beweinen, taub gegen jede Klage, Richard folgt Guigo. Der mag sich wehren, wie er will, insgeheim treibt die Angst ihn um. Als sie von Beirut aufbrachen, sahen sie plötzlich, mysteriös, von Süden her den schwarzen Ritter nahen, und er schloß sich Aimins Truppe an. Ein Provenzale, der sich Provenzalen anschließt, das wäre eigentlich ganz normal, aber sie haben alle gezittert. Einen Augenblick glaubte der Bischof von Toulon, einen von den Normannen gedungenen Mörder vor sich zu haben, der es auf Guigo abgesehen hätte. Dann schlug er sich den Gedanken aus dem Kopf: Der unheimliche Provenzale, so erinnerte er sich, hatte einen tödlichen Haß auf Tankred und Boemund. Roxane, die sich über den absonderlichen, unheilvollen Ritter hinter ihnen wundert, läßt sich zunächst nichts anmerken. Eine fragende Kopfbewegung zu ihrem Narren von Guigo hinüber, aber der zuckt bloß die Schultern und breitet die Hände aus: eine stumme Antwort, die sie wütend macht. Bonifaz, ein wahrer Wachhund, läßt den schwarzen Wolf nicht aus den Augen, sein Dreizack ist einsatzbereit. Aber der Wolf kümmert sich nicht um ihn, der Wolf hat einen Blick, der gedankenverloren in der blauen Ferne hängt, da wo die großen Raubvögel schwebend Prophezeiungen heraufbeschwören. Roxane macht sich im stillen Mut, legt sich die fünf oder sechs nicht eben freundlichen Worte zurecht, die sie an den Mann mit dem Linkarm richten könnte, und läßt Basileus mit einem kräftigen Schlag voltieren. Sie steuert auf Richard zu. Der scheint sie nicht zu bemerken. Hartnäckig dirigiert sie sich an seine Seite und versetzt ihm einen Fersenhieb in die Wade. Der Mann bleibt kalt, unerschütterlich, ungerührt. Eine aufflammende Angst schnürt der jungen Frau die Kehle zu, sie weiß nicht mehr, was sagen. Um sie herum herrscht eine lastende Stille, die Reiter ringsum sind verstummt und beobachten die befremdliche Szene.

Endlich schreit sie ihn an:

»Warum folgst du uns?«

Langsam dreht Richard den Kopf und schaut sie an. Da lähmt sie das Entsetzen. Erstarrt, unfähig, sich zu wehren, fühlt sie sich wie von einer Horde wilder Pferde überrannt. Dieser bohrende Schmerz in ihrem Kopf. Das Gewitter zieht immer gewaltiger über sie her, sie ist allen Stürmen ausgesetzt. Was ist das für ein Mann, der ihren freien Willen derart zu behindern weiß? Sie krallt ihre Hände in Basileus' Fell, zum Glück, das verhilft ihr zur Flucht: Das Pferd jagt davon. Guigo seufzt auf, sie kommt zurück. Mit gesenktem Kopf wartet Roxane, die sich der Lächerlichkeit ihres Auftritts bewußt ist, auf den unvermeidlichen Spott:

»Na, bist du mit dir zufrieden?« zieht Guigo sie auf.

»Das ist der Antichrist!« stammelt sie.

»Antichrist oder nicht! Man wird sich damit abfinden müssen.«

»Aber warum denn? Warum?«

»Was weiß ich«, brummt er unwillig. Die Frage ist ihm lästig. »Wie soll man erraten, was die Nacht verbirgt?« Er hat keine Lust, ihr zu enthüllen, was Richard letzthin so merkwürdig zu ihm sagte: »Uns verbindet die gleiche Frau.«

Ein rasender Galopp reißt ihn aus seinen Gedanken heraus. An der Spitze einer großen Truppe von mindestens hundert Reitern kommen Balduin von Bourg und

Tankred daher. Gottfried hat sie nach Bethlehem abbeordert: Die einheimischen Christen dieser Stadt fürchten ägyptische Repressalien und haben um Verstärkung nachgesucht. Tankred fliegt dahin wie der Wind, seine lange Eschenlanze zielt auf einen unsichtbaren Feind, sein großer, grüner Schild mit den zwei silbernen Delphinen schlägt rhythmisch auf die Kruppe seines Fuchses. Bereits ist er weit weg. Die andern in seinem Gefolge sind nichts als flüchtige Bilder, alle außer ihrer vier, die ihre Pferde zügeln und vor den Männern aus dem Var wie angewurzelt stehenbleiben, immer die gleichen vier: Guéli, Doppelaxt, Arnulf Großnase und . . . Rico. Die Haudegen, La Ferté-Fresnels Söldner, blicken Roxane und Guigo böse an. Endlich wendet sich Rico mit rasselnder Stimme an die Normannin: »Kümmere dich gut um ihn, es ist bald aus mit ihm!«

Bevor Guigo zurückgeben kann, donnert Richard herüber:

»Es soll bloß einer von euch versuchen, Hand an ihn zu legen, dann fliegt sein Kopf durch diese Axt davon.«

Richards Axt beschreibt einen sausenden Bogen, ihr unwiderrufliches Zischen dringt jedermann durch Mark und Bein. Rico ist alle Farbe aus dem Gesicht gewichen. Sein Blick flieht nach rechts und links, da stößt er auf Arnulfs stumpfes Kindsgesicht, Guélis hagere Fratze und Doppelaxts vernarbte Birne. Die drei Komparsen bibbern genauso wie er, sie zucken auf ihren Sätteln und versuchen dem Blick des Linkarms auszuweichen. Rico läßt seine Gelenke auf dem Schwertknauf krachen, und dann, kraftlos vor der Bedrohung, der er sich gegenübersieht, gibt er es auf, wendet und gibt seinem Streitroß brutal die Sporen. Erleichtert machen die drei andern es ihm nach, sie haben Besseres zu tun: die Krippe des Heilands besuchen und da zur Heiligen Jungfrau beten. Aimin schaut ihnen nach. Richards Eingreifen hat ihn verblüfft. Wenn er es wagte, würde er von ihm eine Erklärung verlangen . . . wenn!

Glücklicherweise gibt es für sie in Bethlehem eine Entschädigung: Rico und seine Männer, und mit ihnen die ganze Truppe der Franken, werden von den griechischen und syrischen Christen gefeiert. Als jubelnd empfangene Befreier lassen die Ritter sich von der Menge die Hände küssen. Rico wirft sich in die Brust, grüßt würdige Greise, die Olivenbaumzweige schwenken, beinahe wie ein römischer Feldherr nach einem Sieg über die Hunnen. Wie Fürsten werden sie von den Einheimischen empfangen, Rico gehen die drei Könige aus dem Morgenland durch den Kopf, als ihm eine Frau einen prachtvollen silbernen Halsschmuck umlegt, der das Wappen Konstantins VIII. trägt. Nach der Prozession, nachdem das Banner auf der Marienkirche gehißt ist – Bethlehem ist gerettet –, gibt Tankred den Befehl zum Aufbruch. Der Normanne führt seine Männer an den Rand der Heiligen Stadt. Auf dem Weg begegnet er Gaston von Béarn und vierunddreißig Rittern, die auf Erkundung hergekommen sind, und die beiden Männer beschließen, zusammen weiterzuziehen.

Rings um die Heilige Stadt herrscht eine große Ruhe. Sie wird nur durch das Blöken einiger hundert Schafe gestört, welche die Kreuzfahrer eiligst entführen. Keine feindliche Patrouille ist in Sicht, nicht die Spur eines Kundschafters, die Fatimiden haben sich alle hinter die mächtigen Stadtmauern zurückgezogen. Aus Prahlerei, und vielleicht, um seine Feigheit Richard gegenüber wiedergutzumachen, treibt Rico sein Pferd ruhelos an, bis er das Stephanustor vor sich auftauchen sieht. Jerusalem!

Trotz seines ungläubigen Herzens, seiner Religionsverachtung, trotz seiner Ablaßverkäufermentalität, trotz allen Verrats, zu dem er fähig ist, bekommt er feuchte Augen: Zwei Tränen kollern ihm die Wangen hinunter.

Dienstag, 7. Juni 1099, zu Terz. Knappen, Wachtmeister, Soldaten, alle halten den Atem an, als sie den letzten Hügel südöstlich von Lifta ersteigen. Die letzten Schritte. Sie haben weder zweifelhafte Hoffnungen, noch absurde Befürchtungen, noch einen unvernünftigen Glauben – sie sind auf dem Weg zu Gott. Wortlos, mit gefalteten Händen schreiten die zwanzigtausend Kreuzfahrer voran. Mit allen Sinnen streben sie diesem Horizont entgegen, der näher rückt, die heiligen Stätten sind ganz nah. Sie beten voll Inbrunst, denn »wer sich mit Fleiß dem Gebet hingibt, wer den Heiligen Geist als Stütze nimmt und sich von ihm leiten läßt, entbrennt in Liebe zum Herrn und wird, brodelnd vor Verlangen, seiner Suche nicht satt, sondern entflammt sich in immer glühenderem Verlangen nach Gott«. Nur noch ein paar Schritte, die Bettler können nicht mehr und stürzen sich in die durchsichtige Luft. Der Ansturm. Eine nach der andern kippen die Pilgerkolonnen auf die andere Seite hinüber, in einem ungeheuren Durcheinander schubst und stößt jedermann gegeneinander, man gleitet aus, fällt, weint, rappelt sich hoch. Dieser sagenhafte Wirrwarr von gierigen Köpfen, begnadeten Furien, verzückten Dieben, reuigen Mördern, dieser ganze nach Seligkeit lechzende Abschaum, flutet jetzt dem Glück entgegen. Der reinen Quelle entgegenfliegen. Dieser körperlichen Hülle entrinnen und sich mit den himmlischen Heerscharen vereinen.

Auf den Befestigungsmauern blicken die Muselmanen wortlos auf diese irre Masse hinunter, die ihnen da entgegenströmt. Der Hügel wird lebendig, eine große, lärmende Woge wälzt sich über ihn herein. Sie schreien, blasen die Olifante, lassen die Trommeln erdröhnen, ihre Ochsen brüllen, die Pferde wiehern und bäumen sich auf. Diese Christen sind also völlig verrückt! Die Armbrust-, die Bogenschützen schießen Pfeile in die Wolken. Die Wurfschützen werfen den Ballast ihrer Kiesel ab, um schneller vorwärtszukommen. Die Bischöfe vergießen heiße Tränen. Die Ritter knien nieder und küssen die Erde. Ja, ja, diese Christen sind verrückt. Gottfried, Saint-Gilles und Robert von Flandern galoppieren Seite an Seite zum Berg Zion hinauf und starren zum Palast des Herodes hinüber. Dieser König, all die verfluchten Könige, die diesen Namen trugen, sie haben Unschuldige massakriert, sie haben Christus ans Kreuz gebracht, sie sind am Tod Johannes des Täufers und an dem des Apostels Jakobus schuld und haben den heiligen Petrus ins Gefängnis geworfen. Verfluchte Könige! Alte Gespenster! Wehe euch! Die abendländischen Fürsten kommen mit den Soldaten Christi daher! Tankred, von der fieberhaften Erregung hingerissen, hat sein Schwert dem Lazarustor gegenüber in den Boden gepflanzt und betet auf dem Kreuz des Schwertknaufs, der ein Stück der Arche Noah enthält.

Ein ganzer Haufen Mönche schickt sich an, um die Heilige Stadt herumzumarschieren, sie schlagen den Weg durch das Josaphat-Tal ein. Sie prügeln sich die Rippen wund, zerfetzen sich die Gesichter und peitschen sich aus, ihnen folgen Bettelweiber, Huren und andere Soldatenmädchen und singen Hymnen an die Heiligen. Aber die zerlumpten Kleider, die sie tragen, das sind vielleicht Engelsflügel? Zwischen ihren dunklen Augenschatten blitzen vielleicht Diamanten? Durch ihre Stimmen tönt vielleicht das WORT?

»Gott ist hier! Gott blickt auf uns! Gott hört uns zu!« sagen sie sich, dann johlen sie es wahnwitzig in alle Himmelsrichtungen hinaus: »Jerusalem! Jerusalem!« Bis nach Bethanien hinüber hallt der Ruf. Und bohrt sich in Jehans Kopf hinein, in Jehan, der auf dem Zionstor steht und sich die Ohren zuhält.

»Jerusalem! Jerusalem!«

»Ich wußte es!« jault er. »Ich wußte es!«

»Jerusalem! Jerusalem!«

»Die Narren Gottes hält man nicht auf!«

»Jerusalem! Jerusalem!«

»Sie werden niemanden verschonen!«

»Jerusalem! Jerusalem!«

»Sie werden mir bei lebendigem Leibe die Haut abziehen!«

»Jerusalem! Jerusalem!«

»Und mein Fleisch wird in der Wüste vermodern.« Er jammert mit lauter Stimme, er will nichts mehr wissen von diesem Schrei, der ihm blutig das arme Hirn zerreißt.

»Jerusalem! Jerusalem!«

»Ich war so glücklich, weit weg vom Kreuz.« Er meint es ehrlich, ein warmer Tränenschauer rinnt ihm über das mit Rosenöl gesalbte Gesicht und tropft schwer auf die Seide seiner Gewänder hinunter. Er ist verzweifelt.

»Was hast du denn, el-Jehan Adid?« fragt mit honigsüßer Stimme der Schatten, der sich hinter ihn geschlichen hat.

Jehan, der diese Stimme kennt, wirbelt herum und fällt vor dem Neuankömmling flehend auf die Knie:

»Oh, großer Iftikhar! Verhandle mit den ungläubigen Christen, bevor es zu spät ist! Laß die Stadttore öffnen, bevor sie die Mauern niederschlagen. Du kennst sie nicht, es sind Raubtiere, nichts wird sie aufhalten können! Hör doch!«

»JERSUSALEM! JERUSALEM!«

Iftikhar ad-Daula, Gouverneur der Heiligen Stadt, trägt ein spöttisches Lächeln zur Schau. Wie? Er, einer der besten Statthalter el-Afdals – Allah beschütze ihn –, soll sich diesen elenden Zwergen ergeben, die da unten im Staub gestikulieren!

»JERSUALEM! JERUSALEM!«

Iftikhars Lächeln wird breiter: er hat alle Brunnen verstopfen und alle Quellen von Emmaus bis zum Toten Meer vergiften lassen, und eben beginnt die heißeste Jahreszeit. Jetzt ist sein Mund weit offen, er lacht: außerdem hat er alle Christen aus der Stadt vertrieben, das sind immer soviel unnütze Mäuler weniger, die fallen jetzt den Kreuzfahrern zur Last.

»Ha! Ha! Ha! Und ich habe alle Herden verstecken lassen«, sagt er laut.

Jehan schaut ihn verwundert an. Kann es sein, daß er das Geschrei dieser Fanatiker nicht hört?

»JERUSALEM! JERUSALEM!«

Iftikhar hört sie, aber die Schreie machen ihm keinen Eindruck. Sein Blick, zwei glühende Kohlen, wandert von einem Turm zum andern. Dort, hinter den Zinnen ist seine vorzügliche, aus Arabern, Sudanesen, Lybiern und Beduinen zusammengesetzte Garnison. Kriegstüchtige, Gott ergebene Männer – Allah beschütze sie. Sollen sie doch kommen, diese Christen, es wird hier immer genug kräftige Arme geben, um Felsbrocken und kochendes Öl auf sie hinunterzuwerfen.

»Du bist ein Feigling, weiter nichts!« wirft er Jehan entgegen und stößt ihn mit dem Fuß zurück. »Ich hätte dich mit den andern Christen abschieben sollen. Ich mißtraue Überläufern wie dir, solche Verräter sind immer bereit, ihre Herren zu verkaufen ... Osman!« schreit er.

Auf diesen Ruf hin löst sich ein strahlend lächelnder Ebenholzriese aus dem Grüppchen Soldaten, das den Gouverneur begleitet, und verbeugt sich vor ihm.

»Osman«, fährt Iftikhar fort, »du wirst diesen Mann Tag und Nacht überwachen. Und wenn du den leisesten Verdacht schöpfst, bringst du mir seinen Kopf.«

»Gut, Meister«, haucht der Riese und verbeugt sich wieder, bevor er sich zu Jehan gesellt.

Der schaut den gigantischen, lachenden Senegalesen und vor allem das riesige Krummschwert, das dieser an einem Lederriemen um den Hals gehängt trägt, stumpfsinnig an. Das ist ein Wachhund, auf den er hätte verzichten können, denkt er. Und daran sind nur diese rasenden Horden da draußen schuld, die ihre Freude herausbrüllen.

»JERUSALEM! JERUSALEM!«

Es ist an der Zeit, daß er wieder seinen früheren Namen annimmt: Jehan von Königstein.

5. Kapitel

Der abgehauene Kopf

Wie soll man nicht umkommen vor Angst, wenn man diese Zunge aus Leder und Eisen auf sich zukriechen sieht! »Beten wir zu Allah«, sagen sich die muselmanischen Soldaten hinter der Vormauer, die sich dem nördlichen Festungswall entlangzieht und das Lazarus-, das Stephanus- und das Herodestor schützt. Sie versuchen zu beten. Ach, die gärende Angst läßt sie die Unterweisung der Imams und der Ulemas vergessen. Die Angst, das ist die sich vermindernde Entfernung zwischen ihnen und dieser lebenden Zunge, die nach und nach die Straße von Damaskus unter sich begräbt. An der Spitze dieses gewaltigen Getrampels befindet sich Robert von der Normandie. Die Sudanesen, die vor dem Stephanustor stehen, vernehmen bereits seinen Schlachtruf:

»Für Christus, unsern König! Auf die Heiden, los!«

Und den Heiden zittern die Hände. Und die Lust, sich hinter die Stadtmauern zu verkriechen, schraubt sich ihnen bohrend in die Nerven. Sie sind nur tausend Mann, um eine tausend Meter lange, drei Meter hohe Mauer zu verteidigen.

»Entlaust mir diese Mauer!« schreit Robert und läßt seinem Pferd die Zügel schießen, um den Strauß von Lanzen und Wurfspießen abzuschütteln, der um seine kräftige Gestalt aufragt.

Dann schwingt er sein großes Schwert, die blitzende

Klinge zischt in einem schneidenden Kreis durch die Luft, das Geräusch beruhigt ihn, er weiß, damit schlitzt er die zähesten Harnische auf. Das Schwert begeistert die Sinne. Das Schwert ist Kreuz. Es ist der Hiatus zwischen Gott und Ritter. Die Sudanesen warten mit feuchten Händen auf den Aufprall der heranrollenden Brandung, sie haben nicht einmal mehr Zeit, sich zu fürchten: Gleich geben die Offiziere den Schießbefehl. Mit Todesverachtung, Schild an Schild, Schulter an Schulter, staubbeladen und vom Gebrüll angestachelt, folgen fünftausend Kreuzfahrer dem normannischen Befehlshaber auf den Fersen. Sie dürsten so sehr nach Ungläubigen, daß sie nichts mehr von der Bürde der Waffen und der Müdigkeit der letzten Tage spüren. Die Sudanesen spannen ihre Bogen, wählen ihre Zielscheiben, kneifen ein Auge zu und zielen lautlos; manchmal schwanken ihre Arme im letzten Augenblick, und ein anderes Opfer ist in ihre schmale Schußlinie geraten: Lese des Schicksals; sie lassen die gespannten Sehnen schnellen, und den Himmel riffeln zahllose vibrierende Linien. Dieses Zischen kennt Robert von der Normandie nur zu gut; sogleich geht er hinter seinem großen, weiß-blauen Schild in Deckung. Der Tod fliegt über ihn hinweg und schlägt zehn Schritte weiter hinten zu. Der in die christlichen Reihen eindringende, scharfe Stahl löst bloß einige Schreie aus; fast unbeachtet beugen sich da und dort ein paar Männer vornüber und rollen dann in den Staub. Nachdem der mörderische Schauer vorbei ist, richtet Guigo sich auf und prescht wieder vor. Richard und Bonifaz folgen ihm wie sein Schatten. Die Spannung wächst von Minute zu Minute, aus Tausenden von Kehlen steigt ein langes, verheerendes Geheul herauf, die Sudanesen erbeben, schießen jedoch ununterbrochen ihre Pfeilschauer in das Christengebrodel hinein, das bereits an den Fuß der

Mauer klatscht. Eine Steinlawine donnert auf die Angreifer hinunter, die erste Reihe wird glatt darunter begraben. Robert von der Normandie kommt mit knapper Not davon, Marcus Hispanicus hat weniger Glück: Ein ausscherender Felsblock schlägt ihm den Schild weg, ein zweiter zerschmettert ihm das Gesicht. Guigo kann seinem Freund nicht einmal zu Hilfe eilen, er wird von allen Seiten bedrängt, und die Flut reißt ihn nach vorne weg. Da ist der finstere Wall, zum Schmachten bleibt keine Zeit. Er muß sich erst schlagen und auf eine dieser kleinen Leitern klettern, die man über die Helme schiebt und an die Mauer drückt. Richard stößt ihn zurück und springt in einem Satz auf die Sprossen: Guigo soll sich nicht der Gefahr aussetzen, er geht voran! Außerhalb der ohrenbetäubenden Schlacht, je auf der gegenüberliegenden Seite, verzehren sich Jehan und Roxane vor Sorge, ersterer betet zu Fatima, letztere zur Jungfrau Maria, er fürchtet um seine Haut, sie um ihre Liebe. Unverfroren klettert Richard hinauf, ein rätselhaftes Lächeln unter dem Naseneisen, ein Lächeln, das die beiden Sudanesen, die ihm entgegenblicken und die Leiter umzukippen suchen, erstarren läßt: Sie haben mit beiden Händen die eichenen Holme gepackt und stoßen, stoßen aus voller Kraft. Der Ritter ist unmittelbar vor ihnen, in seinen Augen steht ihr Tod geschrieben, sie greifen nach ihren Krummsäbeln, aber der Schatten hat sich aufgerichtet im Licht: Richard steht mit beiden Füßen auf den Zinnen. Zweimal spricht seine Axt, und die beiden Schädel platzen in einer Fontäne von Blut und Hirn. Diese Glanzleistung entlockt ihm ein dumpfes Lachen. Kraftvoll pflanzt er sich auf dem Wehrgang auf und deckt Guigo, der, gefolgt von Bonifaz, seinerseits Fuß faßt. Hinter ihnen kommt Aimins Streitkolben zum Vorschein. Die Vormauer ist in ihrer Gewalt, überall haben die Kreuzfahrer Fuß gefaßt und vertreiben die Muselmanen, die zu den Toren der Heiligen Stadt zurückweichen. Die hartnäckigen Soldaten Gottes bleiben ihnen auf den Fersen und verhöhnen sie. Eine unerbittliche Verfolgungsjagd – langsam gehen die schweren alten Torflügel zu, an die hundert Sudanesen werden draußen vergessen und unverzüglich von der entfesselten Horde zerfetzt. Einige stellen sich tot und lassen sich ohne zu zittern zertrampeln. Jetzt ist die Meute vor dem Hauptwall angelangt, von dem Tausende von Wurfgeschossen auf sie herunterhageln.

»Wir werden es niemals schaffen«, schreit Aimin, »wir haben nicht genug große Leitern!«

»Wir müssen es versuchen«, erwidert Guigo. »Wir müssen uns die Überraschung der Belagerten zunutze machen, das ist unsere einzige Chance.«

»Ach! Jugend, du bist blind«, gibt der Bischof von Toulon zurück. »Mit dem Siegeswillen allein ist es nicht getan, man muß auch die nötigen Mittel haben.«

Tatsächlich, der Bischof hat recht. In weniger als einer Stunde ist der Angriff abgeschlagen, und die Kreuzfahrer ziehen sich mangels Leitern zurück. Sie lassen über zweihundert Tote zurück. Der Angriff vom 13. Juni endet in einer schmählichen Niederlage, die jedoch ihre Früchte tragen wird: Fortan warten sie auf Verstärkung und bauen ihre Kriegsmaschinen.

Traurig sind sie, die Blicke Roxanes, Guigos, Aimins und seiner Provenzalen, die an den ausgehobenen Gruben Totengebete psalmodieren, zwei Reihen von knienden Gestalten unter einer dahinsterbenden Sonne. Aimins Stimme ist rauh, in seinem Fieber rezitiert er nur Schriftfetzen und denkt dabei an seine lieben »Kleinen« zurück. Man hat Marcus Hispanicus und Gilbert aus dem Castelet zur letzten Ruhe gebettet, er segnet sie. Die Sonne ist todkrank, blutüberströmt. »Amen!« Vier Wachtmeister werden in die Grube gelegt: einer aus Toulouse, zwei aus Ollioules, einer aus Aix, er segnet sie, seine Gebärden sind müde, müde. Ein letzter Glutstreifen rötet den Horizont, es ist, als wüchse die Stille. Aimin neigt wieder seinen weißen Kopf, der letzte Schicksalsschlag scheint ihn vernichtend getroffen zu haben, mit feuchten Augen befragt er den dunkelnden Horizont: Was hat das Leben in Wahrheit für einen Sinn? Die Schilde ihrer Gefährten verschwinden nach und nach unter der Erde, die darüber geschaufelt wird, die Provenzalen beginnen das *Tedeum* zu singen. Der Westen hat sich violett gefärbt. Nur ihre weißen Augen leuchten noch im Schwarz der Gräber, ihre großen, starren Totenaugen, die sagen: »Rächt uns! Rächt uns! Nehmt Jerusalem ein! Vergießt das Blut der Ungläubigen!« Eine letzte Geste Aimins, und die Erde verbirgt die blutleeren Gesichter. Ein Olifant klagt durch die Nacht, vielleicht bläst jemand am Ölberg drüben, die Melodie steigt auf, aufwühlend, sinnlich trägt sie die Seelen der Toten und das Weinen der Lebenden endlos mit sich fort.

Roxane und Guigo umarmen sich, gierig suchen sich ihre Hände, sie brodeln vor Verlangen, die Wollust macht sie schwer, und ihre Lippen berühren sich leicht, unersättlich, sie sind am Leben . . . am Leben!

Alle provenzalischen Truppen haben sich dem Zions- und dem Davidstor gegenüber niedergelassen. Der Berg Zion ist von den Leuten aus Toulouse besetzt, die Männer aus Castelnaudary, Carcassonne und Biarritz haben sich zwischen der Stätte des Heiligen Abendmahls und dem früheren Kalifenpalast verteilt; diejenigen aus Nîmes, Arles und Saint-Gilles haben ihr Quartier in der

Unterstadt aufgeschlagen; die aus Avignon und Beaucaire haben die schwere Aufgabe, den Siloachbrunnen zu schützen – den einzigen, der nicht verschmutzt ist; die Truppen aus Marseille, Aix und Toulouse, die beim Jungfrauenbrunnen lagern, müssen das Kedrontal überwachen, das heißt die Straße nach Jericho.

Robert von der Normandie hält sich weiterhin dem Stephanustor gegenüber auf, zusammen mit denjenigen Roberts von Flandern decken seine Truppen den ganzen nördlichen Sektor ab, vom Lazarustor oder Bab el-Dschadid bis zum Storchenturm, der bei den Arabern Burdsch Laklak heißt.

Gottfried von Bouillon und Tankred haben die Straße von Gaza blockiert und sich vor dem Hebrontor verschanzt, das auch Tor von Jaffa oder Davidstor genannt wird. Bloß im östlichen Sektor sind keine Truppen aufgezogen, das Gelände ist allzu abschüssig, und sie sind nicht zahlreich genug.

Er wiegt sich nach vorn und zurück und läßt seinen Schatten auf den Steinen spielen. Er trommelt wie rasend auf den Köpfen der goldschimmernden Chrysochalkschlangen seines Schildes herum. Verbissen horcht er auf sein klopfendes Herz, eine Mischung aus lüsterner Angst und Eifersucht wirft ihren Schatten auf seine fliehende Stirn und verdrängt jeden guten Gedanken, der in ihm nur mutlose Bitterkeit weckt. Nur Roxanes grüne Augen durchlöchern die stockdikke Finsternis seines Schädels und rufen ihm kaum merklich etwas Nächstenliebe in Erinnerung. Rico gäbe zehn Jahre seines Lebens dafür, La Fertés Tochter zu besitzen. Er ist so gedankenabwesend, daß er zum dritten Mal fragt:

»Hast du alles verstanden?«

Und zum dritten Mal bejaht Moula mit auf der Brust gekreuzten Armen.

»Du kannst auf mich zählen, es entkommt keiner von ihnen.«

Die letzten Worte hat er scharf und unmißverständlich ausgesprochen und mit einer vielsagenden Geste unterstrichen: Sein Fingernagel zog einen scharfen Strich von einem Ohr zum andern. Aber Rico hat nichts gesehen, bloß die Grobiane Doppelaxt und Arnulf Großnase grinsen zufrieden und machen ihm die Bewegung nach; die andern, Guéli, Marcel aus dem Var und Konrad der Alte, kennen Moulas Entschlossenheit zu gut und schütteln sich unwillkürlich, um den Schauder zu verjagen, der ihnen über die Schultern läuft.

Rico blickt Moula forschend an, dann fällt sein Blick auf den langen Dolch, den er im Gürtel trägt. Er vertraut ihm, dieser Mann ist ein Künstler: seine Opfer hören ihn nie kommen und können nicht einmal schreien. Moula el-Dawuz ist eine jener Kreaturen, wie Tankred sie in seinen Diensten hat, ein Turkmene, der Morde ausführt, sobald man sie ihm befiehlt. Er stellt keine Frage, handelt als reines Werkzeug nach dem Willen seines Herrn. Seine kohlschwarz glänzenden Augen, durchbohrend wie Katzenaugen, erlauben es ihm, mit Leichtigkeit nächtliche Aufträge zu erfüllen. Aber nicht nur darin hat Moula etwas Raubtierhaftes an sich, er ist auch von unglaublicher Geschmeidigkeit und bewegt sich so lautlos vorwärts, daß im Sommer selbst die furchtsamen Grillen weiterzirpen. Oft schon hat er seinen normannischen Freunden höllische Angst eingejagt, indem er unversehens hinter ihnen auftauchte, wenn sie Wache standen oder unter dem Sternenhimmel spazierten. Rico erlaubt sich nicht einmal eine Anspielung, Moula ist so unfehlbar, daß er seine Rache schon jetzt in Frieden auskosten kann. »Armer Guigo!« denkt er spöttisch, »so jung und so überaus geliebt zu sterben! Pah! Ich halte mir seine Witwe frisch.« Er schaut Moula an, dieses kupferhäutige Gesicht mit den gelblichen Augenschatten, schwere Lider, eine schmale Adlernase, die bis auf die dünnen, platten Lippen hinunterfällt, und dieser dichte, dunkle Bartkranz, dessen Spitze auf die Brust hinunterzeigt. Mit gespielter Unverfrorenheit legt Rico dem gedungenen Mörder die Hand auf die Schultern und sagt:

»Geh!«

Moula greift sich mit hageren Händen an die Stirn, lächelt merkwürdig und schleicht verstohlen davon, gefolgt von Arnulf Großnase. Die beiden ziehen zusammen los, und als Täuschungsmanöver machen sie einen Umweg über die Straße nach Jaffa. So kommen sie unauffällig weg, denn seit zwei Tagen ist zwischen dem Hafen von Jaffa und Jerusalem ein großes Hin und Her im Gang. Rico hat keine Sekunde gezögert. Als er erfuhr, daß Guglielmo und Primo Embriacos mit einem genuesischen Geschwader von sechs Schiffen im Hafen von Jaffa eingelaufen waren und daß der Graf von Toulouse zu ihrem Schutz eine Truppe aufbot, hat er sich sogleich bereit gehalten. Und das Glück war ihm hold. Raimund Pilet, Achard von Montmerle, Wilhelm von Sabran und eine Hundertschaft von Rittern, darunter fast die ganze Truppe aus dem Var – mit Ausnahme von Guigo und Gottfried –, sind nach Jaffa aufgebrochen. Rico hat Tankred seinen Plan unterbreitet, und der ließ ihm freie Hand: er solle diesen Moula nehmen und endlich Schluß machen mit dem Mann aus Signes.

Sie kauern im trügerischen Schatten eines überhitzten Felshaufens. Moula und Arnulf warten darauf, daß ihr Leidensweg ein Ende nimmt. In einer Stunde können sie die nächtliche Frische genießen. Eine Stunde lang müssen sie noch an der ewig prallen Sonne vergehen und auf das staubige Kedrontal hinunterblicken, in das sich Schattenlöcher graben, auf den Ölberg hinüber, der seine Feuerfarben verliert. Alles verblaßt langsam. Judäa wird Geheimnis. Der Himmel ist plötzlich von einem schwarzen Gewimmel verspritzt, das sind die Raben. Sie fliegen immer größere Kreise, sie suchen nach Kadavern.

»Dreckviecher!« brummt Arnulf, als die Vögel über sie hinwegfliegen, und er macht ihnen die Faust, bevor sie in einem großen trunkenen Gekrächze gen Jerusalem verschwinden.

»Zum Teufel mit euch! Dreckviecher das«, sagt er nochmals, »zusammen mit den Ratten sind das die wahren Herren der Welt. Dir ist das egal, was?« wirft er seinem Gefährten entgegen. Und da dieser nicht antwortet, fährt er fort: »Na schön, mir nicht! Ich stelle mir immer vor, wie mein Körper tot auf einem Schlachtfeld liegt, und ihre großen, gelben Schnäbel fummeln in meinen Augenhöhlen herum. Diese Plünderer von Fleisch und Blut hätte Gott nicht erschaffen sollen.«

Dann bekreuzigt er sich und wirft einen argwöhnischen Blick zu Moula hinüber. Der Turkmene bleibt stumm. Er kauert auf einem flachen Stein, hält die Hände unter dem Kinn verschränkt; mit glasigen Augen sucht er sich zu konzentrieren, sich zu beruhigen, er bringt sich in Übereinstimmung mit seinem Dolch: aus Stahl sein, kalt wie der Stahl sein und sich nichts mehr aus seinen menschlichen Schwächen machen. Mit dem Verbrechen verschmelzen und sich von seinem Gewissen lösen. Er fühlt sich gut, die Nacht, diese Freundin, webt Schleier für Schleier das Nichts, Blau, Ultramarin, Schwarz . . . Sobald die schicksalshafte Stunde schlägt, wird er von Felsbrocken zu Felsbrocken huschen, von einem Gebüsch zum andern und sich dem Jungfrauenbrunnen nähern. Er wird den Sternen des Himmels entgegenlaufen mit dem süßen Gefühl, sich in Gefahr zu wissen, mit der kostbaren Wollust, sein Leben aufs Spiel zu setzen, um das eines andern zu rauben. Er wird auf die winzigsten Laute, die unscheinbarsten Gerüche lauern, bevor er sein Opfer anschleicht.

»Er besitzt einen Schild mit Olivenbaumblättern, der Mann aus Signes, nicht wahr?« fragt er Arnulf.

»Ja, und dieselbe Zeichnung trägt er auch auf seinem Rock.«

»Wie konnte Rico wissen, daß er heute abend Wache steht?«

»Wir haben einen der Unsern in Aimins Gefolge, und zwar an guter Stelle.«

»Gréon?«

»Ja, Gréon. Er dient La Ferté-Fresnel und deinem Herrn Tankred.«

Moula macht ein zweifelndes Gesicht, zupft an seinem Bart und meint:

»So verkauft sich also der Sekretär des Bischofs von Toulouse an die Normannen und verkauft seine provenzalischen Brüder dazu . . .«

». . . für ein bißchen Gold . . . ach ja! Der Ölberg dort drüben bringt mich drauf: Er würde auch den Heiland verkaufen, sollte er erscheinen.«

Moula hört ihm bereits nicht mehr zu. Er richtet seinen langen, schwarzgekleideten Körper auf und horcht in die Nacht hinein, dann sagt er ernst:

»Es ist an der Zeit, daß ich meine Pflicht erfülle. Bewache die Pferde, ich bin gleich wieder da.«

Er sieht nichts mehr, die Nacht ist überall, das Kedrontal ist nur mehr ein den Fledermäusen und dem Gezirp der

Grillen ausgelieferter Abgrund. Guigo dreht sich um und blickt zu dem kleinen Feuer hinüber, das seine Gefährten angefacht haben: Bonifaz und die beiden Soldaten; es beruhigt ihn, sich nicht allein zu fühlen. Er mag diese fingierten Wachen nicht. Auf so große Distanzen, ohne Palisaden, nachts und in Feindesland haben die Wörter Überwachung und Wachtposten ihren Sinn verloren: Hundert Mann könnten sich zwischen sie und das Lager einschleichen, ohne daß sie es merkten. Aber Befehl ist Befehl, und wenn sie auch nutzlos sind, so erhalten diese Wachtrunden doch die Disziplin. Es bleibt ihm nur eines zu tun: sich mit dem Gedanken an Roxane zu trösten, die im Zelt des Bischofs in Sicherheit ist. Er atmet in vollen Zügen die Luft ein, glücklich beim Gedanken, daß er sie morgen wiederfinden, daß die Morgendämmerung sie von neuem miteinander vereinen wird. Dann können sie Hand in Hand, nachdem sie sich geliebt haben vielleicht, zum Siloachbrunnen gehen, um ihren Durst zu stillen. Der Durst! Darunter leiden sie am meisten; dieses Jordanwasser, das man in frisch genähten Ochsenhäuten herschafft, verlockt sie nicht zum Trinken, es ist so abscheulich, daß man damit nur das Vieh und die Pferde tränken kann. Guigo erinnert sich an den Figaret mit seinem klaren Wasser, an den Gapeau, in dem die silbernen Forellen schwammen, an die Quellen in den Korkeichenwäldern; und flüssige Träume gluckern durch seinen Kopf, sein Adamsapfel hüpft auf und nieder, während er das bißchen Speichel hinunterschluckt, das unter seiner Zunge perlt.

Moula hält den Atem an und greift nach seinem langen, gekrümmten Dolch, der so scharf wie ein Rasiermesser ist. Sein Blick liegt auf Guigos Silhouette. Er verweilt kurz auf dieser Beute, die ganz in irgendwelche Gedanken versunken scheint. Dann sucht Moula mit den Augen den Boden ab, huscht zwischen den Steinen durch, bevor er zu dem weißen Hals aufschaut, an dem die Schlagader klopft. Daß der Mann aus Signes zufällig so reglos dasteht, veranlaßt Moula zum Handeln. Mit verkrampften Gesichtszügen, ganz und gar auf sein Ziel ausgerichtet, richtet er sich auf und nähert sich rasch.

Guigo ist immer noch in seine flüssigen Träume versunken: »Selbst ein kleiner Humpen kretischen Weins oder Zypern- oder Smyrnawein . . .«

Die schwarze Gestalt ist gleich hinter ihm.

Moula nimmt sich Zeit, ein schmutziges Grinsen verzerrt sein Gesicht, sehr langsam beschreibt er mit dem rechten Arm einen Bogen, während seine Linke sich anschickt, dem Opfer den Mund zu knebeln. Moula beißt auf die Zähne: jetzt!

Die Klinge zuckt dem Hals entgegen. Plötzlich schlägt Moula ein schräger Wind ins Gesicht, und der Dolch fällt neben Guigo zu Boden. Moula begreift nicht. Wie kommt das? Verblüfft schaut er auf seine Waffe, die da liegt, seine Hand hält immer noch den Griff umklammert, sein Vorderarm ist glatt auf der Höhe des Ellbogens abgetrennt. Sein Arm! Dieses rasende Brennen! Der Schmerz! Und er beginnt zu brüllen. Guigo, der herumgewirbelt ist, schaut sie verdattert an: Moula, der an Ort und Stelle trampelt und tobt, und Richard, der sorgfältig seine Axt abwischt.

»Zum Glück wache ich«, sagt letzterer ruhig.

»Aber . . .«, stammelt der Ritter, »ich . . . ich habe euch beide nicht kommen gehört . . .!«

Richard scheint mit der Sauberkeit des Stahls zufrieden, blickt auf Guigo und sagt spöttisch:

»Du bist nicht für die Nacht gemacht. Wenn der Tag zu Ende ist, muß man Katze, Eule oder Dämon sein.«

Beim letzten Wort überläuft Guigo ein Schauder, aber

um sich nichts anmerken zu lassen, nimmt er sich den Turkmenen vor:

»Moula!« schimpft er. »Elender Hund! Dich hat Rico hergeschickt, was?«

Moula kann nicht antworten. Er zittert auf seinen Beinen. Sein von Krämpfen durchzucktes, tränenüberströmtes Gesicht ist dem Armstumpf zugewandt, aus dem das Blut herausspritzt.

»Er darf nicht sterben, noch nicht«, sagt Guigo besorgt. »Er muß mir sagen, daß Rico sein Auftraggeber ist.«

»Warte!« antwortet Richard, und er nimmt den Verwundeten am Kragen und zerrt ihn zum Wachtfeuer hinüber. Unterwegs begegnen sie Bonifaz und den Soldaten, die der Stimmenlärm angelockt hat.

»Was ist los?« fragt der Mann aus Ollioules.

»Dieses Schwein hat mich abstechen wollen«, antwortet Guigo böse.

»Warum? Für wen?« brüllt Bonifaz und schüttelt den Turkmenen gewalttätig an seinem Bart. Moula wimmert noch lauter.

»Macht euch nichts draus«, wirft mit eisiger Stimme Richard ein. »Er wird reden. Das besorge ich.«

Die Angst wird größer als der Schmerz, und Moula preßt mühsam hervor:

»Er ist es. Es ist . . . Rico.«

Richard scheint nichts gehört zu haben. Keine einzige der Narben auf seinem blassen Gesicht hat sich bewegt, aus seinen fahlen Glutaugen blickt er auf Moulas Nakken und sagt:

»Wir werden ihn befragen.«

»Es ist RICO! RICO! RICO!« schreit Moula.

Richard schüttelt den Kopf, seine fünf langen Zöpfe, an denen Amulette und zwei große Onyxe hängen, klatschen ihm um die Schultern. »Er wird uns wohl die Wahrheit sagen müssen«, fährt er mit dumpfer Stimme fort.

Und Moula gibt schrill zurück:

»Aber ich sage euch die Wahrheit. Beim Propheten! Es ist Rico Le Bozon!«

Richard steht still. Das Wachtfeuer knistert noch immer. Und er zerrt den Turkmenen zu den Flammen heran. Moula reißt die Augen auf, sein gesunder Arm setzt zu einer kläglichen Geste der Verteidigung an, aber Richards eiserne Fingerglieder blockieren ihn augenblicklich. Guigo und die andern schauen sprachlos zu.

»Zuerst werden wir diese bösartige Wunde da ausbrennen«, läßt der Mann mit dem Schwarzen Linkarm fallen. Und mit einer brüsken Bewegung dreht er Moula um und stößt ihm den Stumpf in die Glut.

Drüben auf den Befestigungsmauern haben sich die Ägypter aus den Zinnen gebeugt und dem langgezogenen Geheul nachgehorcht, das in die Nacht hinaufstieg. Saint-Gilles ist aus seinem Zelt getreten. Gottfried hat sich bekreuzigt. Allen ist das Blut in den Adern erstarrt: Einzig ein Dämon kann derart heulen! Dann ist wieder Ruhe eingekehrt, eine große Friedhofsruhe, die schwer auf den Lebenden lastet.

Richards dreistes Auftreten bringt Guigo aus der Fassung. Er fragt sich, welches der Grund für diese Grausamkeit sei. Aber der Mann mit dem Schwarzen Linkarm hat Dringenderes zu tun, er stößt den Turkmenen mit dem Fuß zurück und setzt sich, um sein Messer zu schleifen.

»Was tust du?« fragt Guigo und breitet die Hände aus.

Richard antwortet nicht. Er streicht mit dem Daumen über die glühende Schneide, scheint die Schärfe der

Klinge abzuwägen, verzieht das Gesicht und steckt sie wieder in den Gürtel zurück. Wieder wendet er seinen unheilvollen Blick dem Turkmenen zu, einen Barbarenblick, den der ganze Wahnwitz der Welt durchzuckt, einen von Haß verwüsteten Blick. Moula wimmert vor Entsetzen und schüttelt den Kopf, als Richard aufsteht und auf ihn zugeht. Kleine Tropfen glitzern an seinen Schläfen. Er wendet seinen Blick ab, der schwere Schritt des Linkarms nähert sich ihm, eine harte Hand packt ihn am Schopf. Moula will schreien, aber kein Ton kommt aus seiner zugeschnürten Kehle.

Der Zeigefinger mit dem starken Fingernagel hat in einen Augenwinkel hineingegriffen. Der Zeigefinger hat sich hineingebohrt und die elastische, warme Höhlung abgetastet. Moula wird von grauenhaften Zuckungen geschüttelt. Auf einen Wink Richards hin eilt Bonifaz zu Hilfe und klemmt den Kopf des Turkmenen zwischen seine Oberschenkel, während er ihm mit eiserner Faust die Schultern niederdrückt. Der Mittelfinger hat sich zum Zeigefinger gesellt, zwei fürchterliche Haken, die ziehen, ziehen, ziehen.

Arnulf Großnase macht sich Sorgen: Nun ist Moula schon drei Stunden weg. »Ich bin gleich wieder zurück . . .« Arnulf schnaubt laut durch die Nase. »Er hätte besser nichts gesagt!« denkt er. Und vorhin dieses langgezogene Geheul dort oben. Das ist ihm ganz kurios vorgekommen, im ersten Augenblick, mit cin bißchen Einbildungskraft hätte er fast glauben können, es sei der Turkmene . . . Und wenn er es war!?

Ein ungutes Gefühl beschleicht ihn und verwandelt seine Wache nach und nach in ein schreckerfülltes Warten. Mechanisch ruft er eine ganze Reihe von Schutzheiligen an. Er wittert die Gefahr. Seine Entscheidung ist gefaßt: Er wird noch eine Stunde auf ihn warten, länger nicht! Er rückt näher zu den Pferden heran, packt seinen Schild und setzt sich wieder mit dem Rücken gegen einen Felsen, das Schwert in der Hand. Damit ist er nicht beruhigt, durch seine Nerven zucken noch immer diese panischen Wellen, daß ihm die Zähne klappern. Dieses Geräusch zu seiner Linken, rollende Steine, da ist jemand! Er zückt das Schwert, forscht mit irren Augen die Finsternis aus. »Rette sich, wer kann!« ruft ihm sein Bewußtsein zu.

»Wer da? Wer da?« röhrt er und dreht sich um sich selbst.

Die Angst verzehrt ihm die Glieder. Alles Blut weicht ihm aus dem Gesicht, in dem die große Nase erbleichend zittert. Schnelle Atemzüge kommen aus seinem halbgeöffneten Mund. Er will nicht länger warten. Jämmerlich duckt er sich hinter seinen Schild und flieht zu den Pferden zurück. Bei ihnen angelangt, springt er dem erstbesten in den Sattel, schlägt ihm mit der flachen Schwertklinge auf die Kruppe. Die beiden aneinandergebundenen Schlachtrosse stürzen los und verschwinden im Kedrontal.

Ein Höllengalopp! Arnulf liegt tief auf den Hals seines Reittiers hinuntergekauert, seine langen, blonden Haare, die unter dem spitzen Helm hervorlugen, sind schweißdurchtränkt. Er wagt nicht einmal zurückzuschauen, die Angst, man könnte ihn verfolgen, frißt wie Säure an ihm. Und er schlägt weiter mit seinem Schwert auf die Flanken und die Kruppe seines Pferdes ein. Er läßt die Stätte des Heiligen Abendmahls rechts liegen und reitet um den Berg Zion herum. Dann prescht er in wahnwitzigem Tempo zur Straße von Gaza hinunter. Und ein flüchtiges Lächeln huscht ihm übers Gesicht: beinahe gerettet!

Da unten blinken die fatimidischen Feuer des Davidsturms. Und unter dem Turm ist das Lager der Normannen. Aber erst beim brabantischen Vorposten faßt er wieder richtig Zuversicht. Ein paar Augenblicke später springt er vor Ricos Zelt aus dem Sattel und läuft hinein. Rico und Bär, sein Knappe, schlafen selig mit geballten Fäusten; er schüttelt sie.

»Aufwachen!« trompetet er.

Mühsam tauchen der Normanne und der Korse auf, knurren und zerknittern sich mit den Fingern die Augenlider. Aber nachdem sie zwei- oder dreimal geblinzelt haben, erkennen sie Arnulf und sind in einem Sprung auf den Beinen.

»Und?« faucht Rico und packt ihn mit einer Hand an der Hose, während er sich mit der andern wütend in dem von Läusen wimmelnden Bart herumkratzt. Arnulf zuckt verlegen die Schultern und versucht eine Erklärung abzugeben:

»Ich habe so lange wie möglich gewartet, und . . .«

»Wo ist Moula?« brüllt Rico außer sich. Und ohne eine Antwort abzuwarten, läuft er aus dem Zelt und findet draußen das leere Reittier des Turkmenen.

»Du wirst . . .« Sein Blick ist auf den Sattel gefallen, an dem ein Tuchsack hängt.

»Wo ist Moula?« brüllt er nochmals und beginnt das merkwürdige Paket loszuschnüren.

»Ich weiß nicht . . .«, stammelt Großnase.

Rico unterdrückt einen kleinen Schrei. Die Sekunden vergehen. Als er wieder ins Zelt zurückkommt, können Arnulf und Bär an seiner leicht verzogenen Miene, an den herabgezogenen Mundwinkeln und einer ungewöhnlichen Blässe erraten, daß etwas geschehen ist. Zwei Fragen kommen ihnen in den Sinn: »Weshalb diese entstellten Züge? Was hat er hinter seinem Rücken versteckt?«

»Und das!« zischt Rico und zieht seine versteckte Hand hinter dem Rücken hervor, eine Hand, die sich in eine dunkle, krause Mähne krallt. Arnulf und Bär weichen einen Schritt zurück; und einen Atemzug lang sieht Rico in ihren Augensternen das Entsetzen blitzen. Aber die beiden Haudegen, die schon ganz anderes gesehen haben, fassen sich recht rasch. Arnulfs Gesicht nimmt langsam wieder den unwissenden Ausdruck an, den jedermann an ihm kennt, und dasjenige von Bär widerspiegelt erneut den undurchdringlichen Rohling. Sie schlucken ein letztes Mal und treten näher, um die blutige Trophäe genauer zu betrachten. Ricos Bewegung vorhin ist so heftig gewesen, daß der abgehauene Kopf sich noch jetzt um seine Achse dreht.

»Kennst du ihn?« tobt Rico zu Arnulf gewandt.

»Um die Wahrheit zu sagen . . .«, antwortet der und beugt sich nieder.

»Schau genauer hin!«

Der dicke Normanne reißt maßlos die Augen auf und läuft rot an. Dieses gequälte Gesicht, diese augen- und nasenlose Fratze, die grinsend all ihre Zähne und das Zahnfleisch sehen läßt, denn man hat auch die Lippen und ein großes Stück der Wangen weggeschnitten, dieses Gesicht . . .

»Moula!« keucht Arnulf.

»Ja . . .«

»Das war also dieses Geräusch in der Nacht, als ich auf ihn wartete; sie sind gekommen und haben seinen Kopf gebracht. Und ich glaubte, man wolle mich töten«, sagt sich Arnulf.

»Guigo, dieser Hund! Er ist doch noch stärker, als ich glaubte«, flucht Rico. »Bei Gott dem Allmächtigen! Den bringe ich noch um, ich schwöre es!«

6. Kapitel

Die besudelten Kreuze

Um Belagerungsmaschinen bauen zu können, braucht man Holz, und genau an diesem Rohstoff fehlt es in Judäa. An der Ratsversammlung vom 20. Juni wird deshalb beschlossen, Expeditionen in bewaldete Regionen zu unternehmen, und zwar insbesondere nach Samaria, in die Gegend zwischen Nablus und dem Jordan. Syrische Christen leisten Führerdienste, und in weniger als zehn Tagen werden mehrere Dutzend Baumstämme ins Lager Roberts von Flandern und Peters von Narbonne, seines Zeichens Bischof von Albara, herbeigeschafft. Tankred seinerseits hat dank seiner teuflischen Spürnase in den unterirdischen Gewölben der Jerusalemer Vororte lange Holzbalken und anderes, vor zehn Monaten von el-Afdals Kriegern zurückgelassenes Material entdeckt.

Die Kreuzfahrer beschließen, zwei Wandeltürme zu bauen. Den ersten konstruiert Gaston von Béarn auf Rechnung Gottfrieds von Bouillon, den zweiten der Geschützbauer und Ritter Wilhelm Ricou für Raimund von Saint-Gilles.

Etwas Schwierigeres gibt es nicht. Und Ricou, eine Hand in die Hüfte gestützt, die andere kratzend am Kopf, gesteht es ein: Die beiden Wurfmaschinen bieten einen stolzen Anblick, aber sie schießen nicht weit genug.

»Wir werden bewegliche Gegengewichte anbringen

müssen«, sagt er zu den genuesischen Zimmerleuten, die zu seiner Mannschaft gehören, »sonst können wir die beiden Türme, die das Zionstor schützen, niemals bombardieren.«

»Und ich hoffe, die Schleudern werden hundertpfündige Steine vertragen«, wirft Saint-Gilles ein. »Was die Wurfmaschinen betrifft, die werden dem Davidstor gegenüber aufgestellt. Und wir schießen Tag und Nacht!«

»Sehr wohl, gnädiger Herr!« antwortet Ricou.

»Was ist das für ein Geschrei?« wundert sich Saint-Gilles.

Tatsächlich ist vom ehemaligen Kalifenpalast her lauter Jubel zu vernehmen.

»Komm! Laß uns nachsehen, was los ist«, sagt Saint-Gilles zum Grafen von Orange, Rambald, der ihn seit Beginn der Belagerung auf Schritt und Tritt begleitet.

»Was ist los?« fragt der Graf einen Bettler.

»Dem Priester Peter Desiderius«, antwortet der Bettler mit zittriger Stimme, »ist wieder Adhémar von Monteil erschienen; und er hat ihm gesagt, wir sollen in einer Prozession um die Heilige Stadt herumziehen. Sie werde uns in die Hände fallen, bevor zehn Tage vergangen sind.«

»Adhémar«, flüstert Saint-Gilles. »Adhémar, mein alter Freund, es soll alles nach deinem Willen geschehen, denn du bist bei Jesus.«

Tausende von Stimmen rufen jetzt den Vornamen des Bischofs, die Kreuzfahrer strömen alle einem kleinen dunklen Punkt entgegen, das muß Peter Desiderius, der Seher, sein.

»Adhémar! Adhémar! Adhémar!«

Ein Schrei der Hoffnung, ein schwindelerregender Schrei, der an die Befestigungsmauern scheppert, bevor er umkehrt und sich in der Wüste verliert. Endlich legen sich die bewegten Zungen, Arnulf Malecorne ist zu Peter Desiderius hingetreten und hat mit einer weitausholenden Gebärde Ruhe verlangt. Er spricht auf die Gläubigen ein, aber er ist so weit weg, daß Saint-Gilles und Rambald seine Worte nicht verstehen. Es muß etwas Wichtiges sein, denn nach jedem Satz brüllt die Menge: »Halleluja!« Arnulf verausgabt sich, glühend fließen ihm die Worte über die Lippen, Offenbarungen, und Saint-Gilles kann sie sinnbildlich aus den gestikulierenden Armbewegungen ablesen. Arnulf zeigt zum Himmel und nach Jerusalem hinüber, schlägt sich an die Brust, faltet die Hände, zieht Kreise und zeichnet Vierecke in die Luft. Arnulf fällt auf die Knie, küßt die Erde, steht auf, bekreuzigt sich, dreht sich um sich selbst, geht ostwärts davon und zieht Peter Desiderius hinter sich nach.

Die Menschenmenge setzt sich in Bewegung. Saint-Gilles und Rambald versuchen, sich durch die letzten Ausläufer, die sich mühsam vorwärtsbewegen, einen Weg zu bahnen: Es sind alte, halbgelähmte Menschen, die ihre letzte Kraft darauf verwenden, dem Seher und Robert von der Normandies Kaplan zu folgen. Die beiden Adligen überholen weiterhin Grüppchen von Männern und Frauen, die behelfsmäßig zusammengebastelte Kreuze schwingen, taumelnde, gold- und staubbeklekkerte Kinderhorden, Mönche mit blassen oder rosigen Gesichtern, mit bleiernen Lidern oder kugelrund harmlosem Blick.

Aber allzu viele kräftige Schultern hindern sie, weiter vorzudringen, und sie müssen sich damit begnügen, in der steigenden Flut mitzuschwimmen, die sie zum Kedrontal hinüberträgt. Ganz zuvorderst, in der ersten Reihe, gebrauchen Guigo und Roxane ebenfalls die Ellenbogen, um nicht von der Masse verschlungen zu werden, sie lassen Arnulf nicht aus den Augen. Von schwärmerischer Begeisterung hingerissen, sperren sie die Münder auf und beten laut, die beiden jungen Menschen verlangen aus einem natürlichen Trieb nach Gott. Vielleicht ist es der Durst? Vielleicht die Hitze? Aber auch sie sehen Adhémar. Der Bischof – oder sein Gespenst – scheint ihnen voranzugehen.

Gleich hinter der Erscheinung, auf dem Kamm des lärmenden Flusses, haben Arnulf und Peter Desiderius das *Tedeum* zu singen begonnen. Sie schicken ihre Stimmen in die himmlischen Regionen hinauf. Arnulf übertreibt es; er spielt ein gefährliches Spiel. Er will Patriarch von Jerusalem werden und nützt einmal mehr die Gelegenheit, um sich zur Geltung zu bringen. Aber wer ihn gut kennt, braucht nicht näher zu kommen, um seine kleinen, berechnenden Augen zu sehen. Er glaubt wohl, er sei ein Heiliger! Aber seine Hände bleiben immer gleich schmierig, seine ungesunden Finger sind immer dieselben Tentakel, und seine schlaffe, gilbe Haut riecht immer noch leicht säuerlich nach geschändetem Sarkophag.

Die Prozession steigt den Berg Zion hinan, bewegt sich dann zur Straße nach Jericho hinunter und beginnt den Marsch um die Stadt. Oben, von den Festungswällen herab, grinsen und verhöhnen die braunhäutigen Gottlosen die Christen. Ab und zu schießt ein sudanesischer Bogenschütze einen Pfeil ab, jedoch vergeblich, denn Arnulf führt sein Völkchen außerhalb der Reichweite der Schußwaffen vorbei. Arnulf ist bereits in den Hängen des Ölbergs, er dreht sich um und faßt mit majestätischem Blick das von nackten oder behelmten Köpfen gepflasterte Tal ins Auge. Vor Ehrgeiz schwillt ihm gewaltig die Brust: Er wird Patriarch! Er verkrampft sich, etwas stimmt nicht. Die Gläubigen stehen still! Was ist los? Die Köpfe haben sich den Befestigungsmauern zugewandt, Finger zeigen zu den Zinnen hinauf. Arnulf ist so weit weg, daß er nicht erkennen kann, worüber die Menge sich erregt.

»Ich muß Klarheit haben!« brüllt er.

Und mit geschürzten Lefzen, bereit, Gift und Galle zu spucken, macht er rechtsumkehrt und bahnt sich einen Weg durch die ersten Reihen der Christenschar.

»Komm!« ruft er Peter Desiderius zu. »Und du, Ritter, hilf uns, hier durchzukommen!« wendet er sich an Guigo, der eben auf seiner Höhe ist.

»Ich komme auch«, sagt Roxane und mißt den Kaplan mit ihrem Blick. Der nickt nur kurz und befiehlt dann:

»Gehen wir!«

Die drei Männer und die junge Frau, Guigo mit den Fäusten voran, dringen in das Gedränge von zerlumpten Kleidern und Lederzeug ein. Mehrere Priester, die Almosen verteilten, schließen sich ihnen an. Bald sind sie ihrer zwanzig. Man beachtet sie kaum. Arnulf empört es, nicht mehr der Mittelpunkt der Aufmerksamkeit zu sein. Um besser sehen zu können, hält er sich eine Hand über die Augen, aber es verbreitet sich ein derartiger Staub, daß er es aufgeben muß.

Jetzt schließen sich auch Richard aus der Nacht und Bonifaz ihrem Gefolge an. Der eine zur Rechten Guigos, der andere zur Linken Roxanes. Die Axt und der Dreizack flößen Respekt ein, sofort kommen sie rascher voran. Das menschliche Magma teilt sich, widerwillig, aber es teilt sich; bloß ein Raunen der Unzufriedenheit begleitet diese doppelte Rückwärtsbewegung. Die Waffen könnten sie sich sparen, im übrigen, der Blick des Linkarms würde genügen. Sie steigen wieder die Hänge des Berges Zion hinan, die sie vor dreiviertel Stunden verlassen haben, und gehen trotz des Gefälles immer schneller.

Arnulf hat sich Guigo an die Schulter gehängt, er schwitzt aus allen Poren seiner Wabbelhäute, sein halb eingefallener Bauch schwappt nach links und rechts, er zwingt seinen kurzen Beinen eine ungewohnte Anstrengung auf.

»Seht, Malecorne, wir sind gerettet!«

Dieser stärkende Zuruf verleiht ihm Flügel, fast fröhlich antwortet er:

»Ich komme, Kinder!«

Vier, fünf, sechs Arme strecken sich ihm hilfreich entgegen. Er ist oben angelangt. Ein gewaltiges, von Schluchzen unterbrochenes Wimmern und Stöhnen empfängt den würdigen Kaplan. Er reißt die Augen auf und sucht nach dem Grund für dieses Klagen.

»Warum Tränen vergießen?«

»Schau! Schau! Schau!« stoßen die Pilger hervor und zeigen auf die Festungswälle.

Arnulf und sein Gefolge recken die Hälse. Zuerst zeichnet sich Verblüffung auf ihren Gesichtern ab, dann erbleichen sie vor der unvorstellbaren Schändung. Das ist nicht möglich! Ihre Augen müssen sie zum Narren halten! Arnulf schaut zu Boden und knetet sich die Schläfen, um die abscheuliche Halluzination zum Verschwinden zu bringen, dann schaut er wieder hin. Sie sind immer noch da; und der herzzerreißende Schrei eines Priesters drei Schritte von ihm weg beweist, daß er nicht träumt.

Alle Kreuze aus Jerusalems Kirchen sind auf den Zinnen. Arnulf bekreuzigt sich zweimal, die andern machen es ihm nach. Die Muselmanen haben sie herausgerissen und zerfetzen das Holz mit ihren Dolchen, hacken mit Äxten darauf ein oder werfen sie ins Feuer. Aber das ist noch nichts. Auf die schönsten Kruzifixe, jene mit der Statue Christi, urinieren diese verkörperten Dämonen und beschmieren das sanfte Gesicht Jesu mit ihrem Kot.

»Es wird nie genug Blut fließen können, um die Schmach des Herrn wieder reinzuwaschen«, sagt Roxane und drückt sich die Faust an den Mund.

»Nie!« wiederholt Arnulf mit trostloser Stimme.

Ein gewaltiges Gebrüll erschüttert die versammelten Christen. Die sudanesischen Bogenschützen haben einen schönen, vielfarbigen Christus als Zielscheibe genommen und durchlöchern ihn mit einem Hagel von brennenden Pfeilen. Roxane, Guigo und Bonifaz weinen vor Wut. »Du sollst deinen Nächsten nicht schlagen.« Sie erinnern sich an diese fruchtlosen Worte. »Das wären doch ihre Nächsten, diese Verfluchten dort drüben, welche die Kreuze foltern!« Nein, sie werden sie nicht schlagen, sie werden sie lebendigen Leibes zerfetzen!

Man reckt die Fäuste, greift zu den Waffen. »Rache! Tod den Heiden! In die Hölle mit den Schweinen!« tönt es aus Hunderten von Mäulern, die der Haß entsetzlich verzerrt, dieser Haß, der alles überdunkelt: Verstand, Gewissen, Güte, Mitleid, Liebe ...

»Diese Narren!« jammert Jehan von Königstein – alias el-Jehan Adid. »Diese Narren! Damit unterschreiben sie ihr Todesurteil! Muselmanische Brüder! Besudelt diese Kreuze nicht!« schreit er vergeblich. Dann ganz leise, als spräche er zu sich selbst: »Ihr vergreift euch an etwas Heiligem; die Christen werden sich an unseren Kindern, unseren Frauen und Eltern rächen; sie werden unsere Moscheen zusammenschlagen, unsere Häuser, Paläste. Ich muß aus dieser Stadt hinaus. Als erstes, weg mit dieser Tschalma.«

Gesagt, getan. Er löst das um seinen Kopf gewundene Tuch.

»Ich gehe heute nacht durchs Josaphat-Tor«, sagt er laut; »mit Gold gehen alle Tore auf, selbst diejenigen der Hölle. Ha! Ha! Leb wohl, Jerusalem!«

Aber auf einmal wird er sich bewußt, daß Osman, der Senegalese, hinter ihm steht. »Osman, du wirst diesen Mann Tag und Nacht bewachen; und wenn du den leisesten Verdacht hast, bringst du mir seinen Kopf«, hatte der Gouverneur Iftikhar gesagt. Und dieser Kopf, das ist der seine, der Kopf des Verwalters Jehan! »Bei Allah!« denkt er, »wenn er bloß nichts gehört hat.« Er dreht sich um und schaut den Ebenholzriesen an. Osman lächelt immer noch mit all seinen blitzenden Zähnen. Jehan starrt nachdenklich auf seines Wächters kräftige Muskeln.

Er streckt freundschaftlich den Arm aus, tritt zu dem Schwarzen heran und sagt:

»Armer Osman! Unsere Zeit ist kurz bemessen, und niemand weiß, was morgen sein wird; darum habe ich die Absicht, deine treuen Dienste zu belohnen. Du bist so liebevoll bemüht, meine armselige Wenigkeit zu beschützen, daß du . . . da! . . . diese Goldkette verdienst, die ich umgehängt trage.«

»Ich Geschenke nur von Meister annehmen!«

Jehan ist verärgert: »Quadratkamel, idiotisches!« flucht er im stillen. »Wenn deine Muskeln einmal weich sind, wenn du einmal keine Zähne mehr hast, will dich nicht einmal mehr ein Fellache, um sein Schöpfrad zu drehen.« Aber er gibt nicht auf.

»Vielleicht möchtest du lieber eine meiner jungen äthiopischen Sklavinnen haben, eine Jungfrau mit zugenähtem Geschlecht? Oder eine Christin mit Haut so weiß wie Kamelstutenmilch, mit feisten Hüften und Schenkeln?«

»Ich von Meister auch fleischlich versorgt!«

Diese Antwort verblüfft den Deutschen: »Blödsinniges Tier! Du wirst dein Leben lang nur alte Negerinnen mit Hängebrüsten zu kosten bekommen. Schneckenfleisch!«

»Ich glaube, du liebst wertvolle Pferde und . . .«

»Genug! Oder ich dir Zunge abschneiden!«

Jehan ist außer sich vor Wut, aber er zeigt es nicht: »Tölpel! Pavian! Das ist schwarz wie ein Dämon, häßlich wie ein Krokodil, das hat große Kohlepranken, um auf die Gläubigen einzuschlagen, das pißt wie die Wasserfälle des Nil. Aber das macht mir keinen Eindruck.« Mit einem breiten Lächeln ruft er:

»Du hast recht, ein so schöner Mann wie du hat gar nichts nötig. Du könntest natürlich meinen, ich wolle dich kaufen. Aber dem ist nicht so! Es ist aus reiner Güte, ich habe ein großzügiges Naturell und bin gern von glücklichen Leuten umgeben.«

»Meister macht mich glücklich!«

»Das ist es! Meister hier, Meister da. Du von Iftikhar genährter, schwarzer Schlauch, ich dich verlassen, um nach Hause gehn!«

»Ich dir folgen!«

7. Kapitel

Das grosse Massaker

Der Generalangriff beginnt am 13. Juli.

»Ein Denier für jeden, der drei Steine in den Graben trägt.«

Die Ausrufer des Bischofs Peter von Narbonne tragen dieses Angebot von einem Ende der ganzen provenzalischen Armee zum andern; so hat es Raimund von Saint-Gilles beschlossen, der im Süden, zwischen dem Davidsturm und dem Zionstor, zum Angriff übergeht. Sobald der Graben zugeschüttet ist, will man den Wandelturm von Wilhelm Ricou zum Davidsturm heranführen.

Gottfried, Robert von Flandern und Tankred haben ihre Kriegsmaschinen und einen andern Wandelturm zum Lazarustor und dem Storchenturm transportieren lassen.

Roxane genießt ihre Großtat ungestraft; sie hat sechs Steine in den Graben geworfen. Was Guigo sternswütend macht: Zwei Pfeile haben die Normannin gestreift. Sie hat es nicht für die Deniers getan, bloß um den Ungläubigen die Stirn zu bieten, zumindest gibt ihr das das Gefühl, ihren Körper von der Angst zu läutern und ihre Seele von den Sünden. Züchtig und innerlich gesammelt, begnügt sie sich jetzt damit, den Verlauf der Schlacht von weitem zu verfolgen, ihr Bogen liegt griffbereit. Die Männer werfen sich mit glasigen Blicken blindlings gegen die Mauern, nehmen frech das Maul voll und reizen die Muselmanen auf, die mit all ihren Schußwaffen auf sie schießen.

Die Nacht bringt keine Ruhe, der schreckliche Ansturm geht weiter. Aimin schlägt sich wutentbrannt, ruft seinen Leuten aus Toulouse und Marseille »Los! Los! Vorwärts!« zu, wenn sie zurückweichen wollen. Da und dort werden Fackeln angezündet und erhellen rotglühende Gesichter, matte Blicke und Münder, die auf die erstickende Hitze fluchen, auf die Dunkelheit, auf alles. Manchmal zuckt der rote Pech- und Schwefelstrahl eines griechischen Feuers durch den Dunststaub und umhüllt die Soldaten, die sogleich zu schrumpeln beginnen und sich strampelnd auf dem lodernden Boden wälzen.

Wilhelm von Montpellier verteilt immer noch Deniers, er kann nach Belieben aus dem Schatz des Grafen von Toulouse zehren. Schattenhafte Männer gehen tödliche Risiken ein, um die letzten paar Meter aufzufüllen. Der Graben wird ihnen zum Grab, zu Dutzenden brechen sie darin zusammen, bevor sie von Steinen zugedeckt werden.

Mitten in der Nacht ertönt vom Davidsturm her plötzlich ein Freudengeschrei.

»Wir haben ihn aufgefüllt!«

»Bringt den Wandelturm!«

»Gott ist mit uns!«

Aimin blinzelt und verjagt die schläfrigen Nebel. Dort drüben hängen Trauben von Kriegern am Wandelturm und drängen sich blindlings ins Innere. Mit energischer Stimme befiehlt er:

»Freiwillige her, zum Wandelturm. Der Totentanz beginnt. Kommt, Kinder, laßt euch bitten!«

Die derben Soldaten des Bischofs verlassen ihre Positionen und stürzen der Belagerungsmaschine entgegen. Guigo, Richard, Bonifaz und ihre Gefährten sind unter den ersten, die das gewaltige Gefährt erreichen, sie klettern hinein. Dumpfe Schläge lassen die Holzbalken erzittern. Guigo beißt auf die Zähne: Wenn der Turm den schweren feindlichen Wurfgeschossen bloß widersteht! Im Innern wimmelt es bereits von Bogen- und Wurfschützen, die zu Dutzenden rittlings auf den Rundbalken sitzen oder irgendwo auf dem hölzernen Gerippe des Gebäudes stehen. Mehrere Leitern lehnen an jeder Wand, auf jeder von ihnen klettern Männer hoch. Richard, der mächtige Linkarm, bahnt sich einen Weg auf die obere Plattform, auf der sich schon zahlreiche Soldaten aus Toulouse und Carcassonne drängen. Sobald sie den Mann mit dem Schwarzen Linkarm erblicken, weichen sie vorsichtig zurück. Die Männer aus dem Var, die Richard folgen, nützen die Gelegenheit, um sich einen kleinen Platz neben der Brücke zu erobern. Kaum haben sie sich hinter ihren Schilden eingerichtet, erbebt der Boden unter ihren Füßen: Der Turm, von hundert Ochsen und dreihundert Hilfssoldaten gezogen, setzt sich in Bewegung. Zoll für Zoll erobert er das Gelände, aus der Tiefe seines gigantischen Körpers dringt ein entsetzliches Ächzen herauf.

Guigo schließt die Augen, die Angst umschließt ihn wie eine lähmende Schlacke, ein kaltes Rinnsal fließt durch seine Glieder. »Ich will nicht sterben, o Jerusalem, o Heiliges Grab, da bin ich. O Jesus, schütze mich. Erbarmen! Erbarmen!« Der Turm stöhnt und kracht, auf ihn konzentriert sich die gesamte feindliche Verteidigung. Hinter den Zinnen der Befestigungsmauern fluchen haßtrunkene ägyptische Gestalten gotteslästerlich auf dieses hölzerne Ungeheuer, das unverzeihlich die schützende Entfernung vertilgt. Iftikhar befiehlt seinen Offizieren, Baumwollballen und Matratzen über die Festungsmauern zu hängen, damit sie den von den christlichen Wurfmaschinen herangeschleuderten Felsbrocken widerstehen.

Über dem Tempel Salomos ritzen Sternschnuppen den Himmel, Richard liest die Prophezeiung großen Unheils daraus ab. Er schüttelt seine schwarze Mähne, daß die fünf amulettbehängten Zöpfe fliegen, und gibt seine Zunge als Tummelfeld für wütende Flüche frei. In ihm erwacht das flammende Tier. Bonifaz, der hautnah neben dem Mann mit dem Schwarzen Linkarm steht, stehen die Haare zu Berge; erstarrt auf diesen von Narben zerfurchten Mund, dem grausame Verwünschungen entfahren, und eine berechtigte Furcht spornt ihn zu höchster Wachsamkeit an, um sein und Guigos Leben zu schützen.

Der Turm rollt noch immer vorwärts. Manchmal steht er still, ist auf einen der Steinblöcke aufgefahren, von denen das Gelände gespickt ist, aber es finden sich immer mutige Soldaten, um die Räder wieder flottzubringen. Jetzt bahnt sich die wandelnde Festung in Reichweite der Pfeile ihren Weg durch die Nacht. An ihrer Stirnseite ist sie von Fackeln erhellt, ringsum von den Pech- und schwefellohen der griechischen Feuer, die an ihren Flanken zerschmettern. Raimund von Saint-Gilles bricht der kalte Schweiß aus: Wird sie halten? Werden die Ochsenhäute ausreichen, um das Feuer aufzuhalten? Er krallt sich die Fingernägel in den Handteller und beißt sich auf die Unterlippe; Raimund von Forez, Graf Rambald von Orange und Wilhelm-Hugo von Beaux neben ihm sind ebenso angespannt wie er.

Irgendwo im Hinterland zwischen knienden Bettlern und Mönchen betet Roxane aus allen Kräften und webt ein Netz aus unsichtbaren Fäden um Guigo.

Einmal mehr ist der Turm festgefahren, eines der Vorderräder ist im Boden eingesunken. Die Bogenschützen ergreifen die Gelegenheit, ihrerseits brennende Pfeile auf die ägyptischen Baumwollballen abzuschießen. Ein unauslöschliches Lächeln liegt auf Iftikhars braunem Gesicht: »Sie werden den Turm nicht mehr flottbringen«, sagt er sich. Er befiehlt den Armbrustschützen, das eingefahrene Rad ununterbrochen mit Pfeilschauern zu belegen, um die Christen zu hindern, daran heranzukommen.

Die Stunden vergehen, weiß zeigt sich der Tag am Horizont, und die Schlacht entbrennt mit doppelter Heftigkeit. Ein Purpurvorhang hebt sich mit der großen Sonne, die hinter dem Ölberg aufgeht, und der erste Sonnenstrahl trifft Guigo mitten ins Gesicht. Jetzt kann er endlich auf die Heilige Stadt hinausblicken, Asche- und Rauchwolken ziehen darüber hin, und dazwischen ist alles ein buntes Schillern von Ungläubigen in ihren Tschalmas. Neben Guigo steht Wilhelm von Montpellier, der Befehlshaber des Wandelturms, und verzweifelt fast, denn sie sind noch immer blockiert. Vor dem Morgengrauen bereits hat er ein kleines Sturmdach zu dem eingefahrenen Rad heranschaffen lassen, um den Männern, welche sich um die Freilegung bemühen, Deckung zu bieten. Unter dem Schutz dieses Kriegsgeräts heben sie nun einen leicht ansteigenden Graben aus.

Zum ersten Mal wagt Guigo, sich hinauszubeugen. Da entdeckt er unzählige von Pfeilen durchbohrte Leichen – der Boden zwischen ihnen und dem Davidsturm ist übersät davon. Sogleich kocht die Wut in ihm über, er beginnt die Ägypter auszuschimpfen und verlangt zwischen zwei Flüchen nach einem Bogen, um seine Brüder zu rächen. Aber die schwere Hand des Linkarms fällt ihm auf die Schulter und zwingt ihn, in Deckung zu bleiben.

»Willst du dich umlegen lassen? Willst du dich unter das niedrige Fußvolk mischen? Ich hoffe, du hast immer noch die heilige Birkenrinde und das Sardonyxpulver, die ich dir gab?«

»Ja«, antwortet Guigo und zeigt auf seine Brust.

Richard lockert seinen Griff, sein Lächeln bringt die zwei Reihen von Fangzähnen zum Vorschein, die seine Kinnbacken zieren. Guigo regt sich nicht mehr: Der Linkarm hat recht, sich der Gefahr auszusetzen ist sinnlos, sie müssen warten, bis der Turm an der Stadtmauer ist.

An der Stadtmauer beim Herodestor ist der andere Turm beinahe soweit; es ist derjenige Gottfrieds von Bouillon und seines Bruders Eustach von Boulogne. Berauschend wie eine Blüte, schön wie eine Miniatur auf Pergament liegt die Stadt vor ihnen. Die Christen können von ihrem hohen Ausguck aus die Stützbalken erkennen, mit denen die Mauern verstärkt sind, und oben Iftikhars gestikulierende Offiziere, die ihre Soldaten umzugruppieren suchen. Um seinen Männern Mut zu machen, befiehlt Gottfried, sämtliche Olifante zu blasen. Jetzt sind die Christen so nah, daß die Sudanesen sich mit all ihren Waffen dem Turm entgegenwerfen. Und die zischenden Geschosse fallen blindlings mitten in die Lothringer hinein, die ihre Schilde schützend hoch über sich halten. Aber der Turm bewegt sich unbekümmert um den auf ihn niederprasselnden Geschützhagel weiter voran, dem Tor dieses verfluchten Königs entgegen, und die Zeitspanne, die sie vom Grauen trennt, schrumpft. Die Ritter strecken die Hälse, machen eifrig ihre Wurfspieße, Keulen, Speere, Äxte, Schwerter, Dolche und Schleudern bereit.

Gottfried bekreuzigt sich und ruft den heiligen Martin und Sankt Michael an, dann schlägt er seinem Bruder und seinen nächsten Gefährten zum Zeichen des Vertrauens wortlos auf die Schultern. Nur noch ein paar Klafter, große Steingeschosse streifen im Flug ihre Schilde und zerschmettern weiter hinten Fleisch und Knochen. Bald werden die Kreuzfahrer die Brücke in Stellung bringen können, aus ihren aufgerissenen Mündern ertönt schon ein umwerfendes Geschrei. Die Sudanesen ihnen gegenüber haben sich zusammengeschlossen, um den Ansturm aufzufangen, sie strecken ihnen alles entgegen, was sticht, schneidet, einschlägt, durchbohrt.

Trostlose Sekunden vergehen. Aller Augen sind auf die Brücke gerichtet. Mit einer beinahe übernatürlichen Beharrlichkeit schießen die muselmanischen Bogenschützen ununterbrochen ihre brennenden Pfeile ab. Zu spät.

»Tod den Heiden!«

»Rache für die Schmach des Heilands!«

»Kein Erbarmen! Tötet sie alle!«

Die Brücke prallt mit ohrenbetäubendem Krachen auf die Mauer auf. Zwei flämische Ritter, die Brüder Litold und Gilbert von Tournaï, haben die Waffen bereits auf ihre auserkorenen Opfer gerichtet und stürzen sich aus dem Holzturm auf die Brücke hinaus. Ein Axthieb, und Litold hat einen Kopf weggeschlagen. Gilbert läßt fauchend vor Haß seine Keule fliegen, ein blutiges Fest wirbelt durch seine Augen. Furchtlos, großzügig schlagen die beiden Flamen für ihre Kameraden eine Bresche. Gekrümmte Gestalten, ineinander verknäuelte Glieder und Krummsäbel fallen. Junge Sudanesen mit Kitzaugen sterben als erste, ein letzter Gedanke an die schwarze Erde am Nil, an ihre Frauen. Litold hat einen Fuß auf dem Herodesturm, von da aus sieht er die glühende Kuppel der Al-Aksa-Moschee, darunter liegen Schätze, Schätze. Sogleich fühlt er sich von neuer Kraft beseelt und schwingt seine Axt mit doppeltem Eifer.

Gottfried und Eustach sowie ein paar Straßburger Ritter stechen den beiden Flamen mit schwärmerisch verzückten Gesichtern nach. Alle brüllen laut, um sich rückhaltlos der Kampfeslust hinzugeben. »Gott! ... Gott! ... Gott! ...« stammelt Gottfried.

Und sein Schwert zieht, auf und ab, rote Furchen ins Milchweiß der Araberhemden.

Weiter weg, zu ihrer Rechten, fast beim Stephanustor drüben, gelingt es Tankred, seinem getreuen Totschläger Stephen sowie Gaston von Béarn und Rambald von Orange dank ihrer Leitern, auf den Befestigungsmauern Fuß zu fassen. Tankred, ein Donnergrollen anstelle des Herzens, schlägt alles zusammen, was ihm in die Quere kommt, sein nach Gemetzel dürstendes Schwert tanzt in einem blutigen Funkenregen als alleinigem Kleid.

»Jerusalem gehört uns!« schreit er. »Wir erobern es, um die Dämonen und unreinen Geister zu verjagen, die hier Herr und Meister sind. Los, Soldaten Gottes! Kein Erbarmen! Wascht eure Schwerter im Blut der Ungläubigen, wascht sie rein!«

Stephen an seiner Seite lacht und vergnügt sich; sein rotes Gesicht mit den kleinen Hennenaugen, sein lippenloser Mund, der lautlos aufgerissen ist, alles an ihm atmet die rasende Lust am Kampf. Er blickt auf seinen Meister, setzt mit gesenktem Kopf und fast waagrecht vorgehaltenem Schild zum Angriff an, brummt wie ein Bär, um seine Siegeslust aufzufrischen. Beim Anblick dieses rostroten Dämons mit seinem gehörnten Nasenhelm suchen die Sudanesen ihr Heil in der Flucht; aber ihre allzu zahlreichen Brüder versperren ihnen den Weg, und sie können sich nur noch umdrehen, um den blauen Stahl auf sich zufliegen zu sehen, der ihnen den Schädel spaltet.

Es ist Mittag. Folgsam, schön in der Himmelsmitte sitzend, lernt die Sonne – einmal mehr – die Menschen kennen. Zwischen ihr und der auf die rosafarbenen Hügel gebauten Stadt kreisen die Raubvögel und schätzen mit ihrem durchschlagenden Blick die voraussichtliche Zahl der Kadaver ab, die sie mit krummen Schnäbeln bald gierig verschlingen werden.

Im Süden mühen die Provenzalen sich immer noch vergeblich damit ab, die feindliche Verteidigung zu durchbrechen. Saint-Gilles' Wandelturm ist endlich wieder klargekommen und steht jetzt beim Davidsturm, aber niemand hat noch die Brücke zu überschreiten vermocht, selbst der Mann mit dem Schwarzen Linkarm hat vor dem wilden Ingrimm der von Iftikhar persönlich befehligten Ägypter zurückweichen müssen. Etwa zwanzig Soldaten sind bereits in den Stahlwirbeln der fatimidischen Verteidiger verschwunden und nur in Fetzen wieder aufgetaucht: Auge, Kopf, Geschlechtsteil, Hoden wurden durch die Luft zu ihren Kameraden zurückbefördert.

Guigo wartet mit Schaum auf den Lippen, er ist in den schwarzen Wassern einer bösartigen Angst verfangen. Er träumt. Das Kriegsgeschrei zerstiebt irgendwo in seinem Schädel. Moses erscheint vor seinen Augen und erinnert ihn an seinen Auftrag: die Schriftrollen vom Toten Meer. Er schüttelt sich und träumt weiter. Ihm ist, er sehe auf der Brücke eine große weiße, dunkel gekleidete Gestalt, die in ein grauenhaftes Gelächter ausbricht, wenn die Männer in den Graben hinunterstürzen und ihre Eingeweide verlieren. Der Tod begnügt sich damit, ihn zu höhnen, indem er die Schellen klingeln läßt, die an seinen zarten Perlmutthandgelenken baumeln.

Bonifaz klopft ihm auf die Schulter.

»He! Gehen wir!?«

»Warte, ich will Gott bitten, daß er mir Klarheit bringt«, antwortet Guigo und faßt sich.

»Dann beten wir zusammen. *Dominus Deus Jesus Christus apud me sit, ut me reficiat: circa me sit, ut me conservat: ante me sit, ut me ducat: post me sit, ut me custodiat. Amen!«* (Der Herr Jesus Christus sei immer in mir und richte mich auf; er sei um mich und bewahre mich; er sei vor mir und leite mich; er sei hinter mir und behüte mich. Amen!)

»Das Zionstor ist gefallen!« schreit eine unbekannte Stimme.

»Was!« brüllt Wilhelm von Montpellier.

Aber bevor er noch Befehle erteilen kann, schreit man unter den Rittern: »Alle zum Zionstor! Die Stadt gehört uns!«

Sogleich klettern die Kreuzfahrer Hals über Kopf die Leitern hinunter und stürzen dem Tor entgegen. Saint-Gilles, den ein unbändiger Eroberungsdrang beseelt, feuert seine Männer an und schlägt mit der flachen Schwertklinge auf die Nachzügler ein.

»Schnell!« brüllt er, »wie ich höre, sind die Lothringer, die Normannen und Franzosen bereits in die Stadt!«

Guigo, Gottfried, Bonifaz und Richard werfen sich in die brodelnde Flut, die Jerusalem entgegenbrandet. Richard überholt sie. Er gleicht einem Raubtier, das seiner Beute nachjagt. Seine blitzende Axt ist nichts als die Verlängerung des Fiebers, das ihn verzehrt. Er streckt den Schild mit dem Linkarm hoch in die Luft und läuft durch das Tor, rote Blitze zucken tief in seinen Augen, schwitzend und finster, ist er bereits von den Mörderdämonen besessen. Guigo dringt ebenfalls ins Stadtinnere ein, Schauer der Lust durchrieseln ihn.

»JERUSALEM! Da bin ich!« brüllt er.

Er fühlt sich fast allein und stellt sich, auf dem Gipfel

einer egoistischen Besessenheit, vor, der Auserwählte Gottes zu sein, der die Heilige Stadt erlöste.

Welch ein Höllenkrach um ihn her, von Sekunde zu Sekunde schreien die Männer ihre Freude heraus und trommeln mit den Waffen auf die Schilde. Plötzlich kommt ihm wieder Moses' Auftrag in den Sinn: »Sobald du in Jerusalem bist, gehst du in die Sterngasse und klopfst neun Mal an das eiserne Guckfenster einer Tür, auf der ein Rad und das Wort ›Hahiuhia‹ eingraviert sind. Wenn man dir aufmacht, zeigst du diesen Ring.«

Guigo blickt auf seine linke Hand, und es ist, als sehe er das Schmuckstück mit dem Katzenkopf und seinen Smaragdaugen zum ersten Mal.

»Wie soll ich das anstellen?« fragt er sich. »Wer zeigt mir den Weg?«

Er sucht nach Bonifaz und Gottfried, aber die beiden sind verschwunden. Ströme und Ströme von Kreuzfahrern überschwemmen Straßen und Gärten. Er stürzt sich seinerseits ins Gewühl, der Oberstadt entgegen.

Mit scheinbarer Unverfrorenheit massakrieren die Soldaten die fliehenden Ägypter. Guigo nimmt sich nicht die Mühe, sich ihnen anzuschließen. Er muß sie überholen und einen Einheimischen finden, der ihm als Führer dienen kann. Er biegt in eine Gasse ein und sucht möglichst viel Distanz zwischen sich und seine provenzalischen Brüder zu bringen. Er braucht nicht weit zu gehen: Da sitzt ein zerlumpter Knabe auf einem Eckstein und blickt ihm ruhig entgegen.

»Willst du mir helfen?« fragt er ihn zuerst auf provenzalisch, dann auf lateinisch und auf französisch.

Der andere versteht offensichtlich nichts und lächelt diesen Krieger, der nicht allzu bös aussieht, einfältig an. Guigo gibt ihm das Zeichen, er solle abhauen, aber der Junge regt sich nicht. Zu seinem Unglück, denn die blutrünstige Meute dringt in die Gasse ein. Guigo weicht zwei Schritte zurück, er verschwindet lieber.

»Tod den Ungläubigen!« kreischen Hunderte von Stimmen.

Und die Soldaten schlagen die Türen der anliegenden Häuser ein. Entsetzliche Schreie sind zu hören. Dann kommen sie, mit Unmengen von Gegenständen aller Art auf den Armen, wieder heraus, manchmal mit Frauen und Kindern, die sie gefräßig auf dem nackten Boden besitzen, bevor sie ihnen die Kehle durchschneiden. Ihr Anführer, ein großer Toulouser mit lüsternen Augen, stürzt sich auf den Jungen und zwingt ihn, sich auszuziehen. Sobald der Knabe auf allen vieren vor ihm kniet, dringt er wie ein Tier von hinten in ihn ein und durchbohrt ihn mit Dolchstichen, als er den Höhepunkt seiner Lust erreicht.

Guigo hat genug gesehen. Er bäumt sich auf und beginnt zu laufen, während hinter ihm das Gemetzel weitergeht.

»Reinigt die Stadt mit dem Blut der Ungläubigen!«

Die Ungläubigen! Der Befehl ist unwiderruflich. Er muß sich heiligen. Das ist ein unmittelbares Bedürfnis. Gott bezahlen, was man ihm schuldig ist. Er sucht und findet sein Opfer mitten auf einem von drei Zypressen bewachsenen Plätzchen. Es ist ein alter Mann. Erbarmungslos und ohne Skrupel spießt er ihn mit seiner Klinge an einem der Baumstämme auf und raubt ihm seinen Schmuck. Kaum hat er ihm den Gnadenstoß gegeben, läuft ihm ein französischer Ritter entgegen, mit blutig behandschuhten Händen, irrem Blick und abgehacktem Gelächter. Der Mann dreht sich um sich selbst, pfeift zum Himmel hinauf und gestikuliert mit seinem Schwert. Guigo mustert ihn argwöhnisch und winkt ihm beruhigend zu, um ihn nicht zu provozieren. Aber der Irre achtet nicht auf ihn, im Gegenteil, schneller als der Blitz wendet er sich von dem Ritter ab und streckt seine geifernde Schnauze den Zypressen entgegen, da sieht er einen Schatten im Schatten eines Baums.

»Komm da raus!« brüllt er mit einer Donnerstimme.

Und der Schatten löst sich: eine Frau.

Der Franzose erbleicht und blickt abschätzend auf die runden Formen, die unter den Seidenkleidern zu erahnen sind. Eine warme Welle schwappt durch seinen Unterleib, in flüchtigen Bildern explodiert die Vergewaltigung in seinem Hirn. Er streckt seine rote Hand aus, um die Frau herbeizuheißen. Sie erschrickt, stößt einen kleinen Schrei aus, läuft zwischen den beiden Männern durch wie der Wind auf ein flaches, fensterloses Häuschen zu.

»Sie gehört mir!« stößt der Franzose hervor und kneift seine von seltsamen, düsteren Wolken umschatteten Augen zusammen. Und er nähert sich mit großen Schritten seiner Beute, die aus allen Kräften an das grünliche, schrecklich verschlossene Tor ihrer letzten Zuflucht hämmert. Der Franzose streckt die Hand aus. Die hinterhältigen Fingernägel krallen sich klebrig ins dichte, schwarze Haar, das nach allen Richtungen herumwirbelt, und reißen daran, um das Gesicht freizulegen. Der Franzose stöhnt bereits vor Lust, ein weißer Schaum tritt ihm über die Lippen und verkleckert seinen langen Bart; die maßlose Schamhaftigkeit der Frau, die ihr die verstörten Augen näßt, steigert nur noch sein Verlangen nach Schändlichkeit. Seine unflätigen Finger berühren diesen Leib, bohren sich unsanft in die Haut, entblößen sie, reißen rasend Seide und Leinen, Halsketten und Amulette weg.

Guigo ist wie erstarrt, er kann den Blick nicht von der unter dem grellen Sonnenlicht fast unwirklich anmutenden Szene wenden. Die Frau hat das Gesicht eines Engels. Der Mann gleicht einem schwarzen Bock. Die beiden Körper scheinen sich aneinander zu messen. Guigo schließt und öffnet immer wieder die Augen. Ein hartes, brutales Eindringen. Ein langgezogener Schrei. Das Geklirr des Kettenhemds. Das Aufeinanderklatschen nasser Haut. Weinen. Keuchend vermischter Atem. Ein tierisches Grunzen. Alles geht sehr schnell. Der Franzose scheint wie in der Luft zu schweben, hochgewölbt über der weißen, zuckenden Haut. Plötzlich wirft er sich zurück, zieht einen groben, kurzen Säbel und stößt ihn der vor Schrecken gelähmten Frau in den Bauch. Unaufhörlich zuckt sein Arm auf und ab, es spritzt von Blut und Eingeweiden. Endlich stoppt der Arm. Und der Mann schaut ihn an, schaut sich an und schaut sein Opfer an, bestürzt, wie am Ende eines langen Erwachens. Dann beginnt er zu grinsen und macht sich wankend davon, vor Ekel betrunken vielleicht?

Guigo trocknet sich das Gesicht. Er kann nicht mehr. »Zur Sterngasse, schnell!« sagt er sich. Und flieht wieder durch die glühendheißen Straßen. Er wird vom Gebrüll der Olifante und Hörner verfolgt, die aufgeschreckte Stadt beginnt nach und nach von Hilferufen und verzweifelten Schreien zu knistern. Guigo geht seines Wegs durch gewundene Gäßchen, und die Leute stieben bei seinem Anblick nach allen Richtungen auseinander. Sie fürchten sich vor dem Christenbarbar, sie laufen der weißen Moschee entgegen, der Stadtfestung, der Synagoge und fluten bald wieder zum Herzen der Stadt zurück, denn es sind neue verheerende Christenhorden aufgetaucht.

»Nieder mit ihnen! Nieder mit ihnen!«

»Tötet sie alle!«

Alles, was nicht christlich ist, wird vom Leben in den

Tod befördert, alles, was nicht das Kreuz trägt, beugt den Kopf vor den roten, von rauhen Rächerhänden geführten Waffen, alles stirbt, vor Verblüffung unfähig, um Gnade zu flehen.

Guigo ist es, als sei er nicht mehr von dieser Welt. Die Ereignisse übersteigen sein Fassungsvermögen, er fühlt sich durch eine irrationale Furcht zur Tat getrieben, tötet, wie der Zufall der Begegnungen es fügt, haut ins lebendige Fleisch dieses wehrlosen, rasenden Pöbels hinein. Rings um ihn gespenstische Gestalten mit roten Kreuzen, irre Blicke vor einem weißen Himmel, Holzfällergebrüll: Zur größten Freude Jesu Christi rottet man das dreckige, ungläubige Ungeziefer aus. Guigo schlägt immer noch zu. Den maßlosen Schrekken in den Blicken seiner Opfer sieht er kaum. Hört kaum das Quäken der Neugeborenen, bevor seine Klinge es auf immer zum Verstummen bringt. Ist es möglich, daß dieser Preis zu bezahlen ist, damit die Pforten des Paradieses sich öffnen? Du sollst nicht töten. Jesus ist nichts als Liebe. Liebe deinen Nächsten. Er schlägt ingrimmig zu, ahnt jedoch bereits die Gewissensbisse.

»Erbarmen, gnädiger Herr!«

Die Stimme knallt wie eine Peitsche. Das Schwert stockt, erschüttert fragt er:

»Sprichst du Lateinisch?«

»Ja, gnädiger Herr, ich diene christlichen Karawanen als Führer«, antwortet der Mann. Er liegt auf den Knien und schaut ihn mit gefalteten Händen verzweifelt an.

Einmal mehr denkt Guigo an seinen Auftrag.

»Kennst du die Stadt?«

»Wie meinen eigenen Leib.«

»Dann verschone ich dich und behalte dich in meiner Obhut, wenn du mich zur Sterngasse führst.«

»Nichts leichter als das. Du brauchst mir bloß zu folgen.«

Der Araber steht auf und bahnt sich einen Weg durch die verängstigte Menge, die dem Tod entgegensieht. Ohne einen Blick für diese Besiegten folgt Guigo seinem Führer. Aber kaum haben sie ein paar Klafter hinter sich gebracht, zögert der Araber und steht schließlich still. Die Gasse, die sie einschlagen müssen, ist schwarz von Normannen, und Guigo sieht sich gezwungen, einzuschreiten, damit man ihm seinen Führer nicht umbringt.

»Verzeiht, edle Herren, aber dieser Mann gehört zu meiner Beute, und ich will nicht, daß man ihm das Leben nimmt.«

Die Normannen senken ihre befleckten Waffen und halten sich nicht länger mit ihnen auf. Sie gehen auf die Türen los, hinter denen die Bewohner sich verschanzen. Plünderung ist Trumpf. Man hat sich vor dem Angriff darauf geeinigt, daß jedermann, der ein Haus in seine Gewalt bringt, es mit allem, was darin ist, in Besitz nehmen und behalten kann.

Guigo und sein Schützling verlassen diese gefährliche Gegend und schlüpfen zwischen eng aneinandergedrängten Gebäuden durch. Keine lebende Seele regt sich in den engen Schläuchen, durch die sie gehen. Endlich erreichen sie ein stilles, düsteres Plätzchen, einen trostlos staubigen Ort, der aussieht, als wäre er seit Jahren unbewohnt. Die Sonne dringt kaum zwischen den Mauern durch. Alles scheint dazu gemacht, dem Tageslicht den Zugang zu versperren.

»Das Judenquartier«, flüstert der Araber.

Guigo runzelt die Brauen und späht in die dunklen Winkel hinein, wo sich Töpferwaren, Ziegel, Tonkrüge und Körbe stapeln. Seine Hand verkrampft sich auf dem

Schwert, und er wirbelt unversehens herum, um einen eventuellen Feind zu überraschen.

»Du brauchst dich nicht zu fürchten, gnädiger Herr. Diese Leute können nicht kämpfen, sie sind in Feigheit erzogen.«

»Schweig!«

»Ein einziger von euch hielte ihrer tausend in Schach.«

Der tödliche Blick des Ritters gibt ihm zu verstehen, daß er zu weit gegangen ist. Er stammelt:

»Die zweite Gasse links . . . ist die Sterngasse.«

»Gut! Geh du voran.«

Der Araber läßt sich das nicht zweimal sagen und steuert auf die angegebene Gasse zu, ein düsteres Loch, beidseitig alte Mauern, verlassene Verkaufsbuden. Vor jeder hält Guigo an und sucht nach der Inschrift. Die siebente ist die richtige: Über einem eisernen Guckfenster ist ein Rad und das hebräische Wort »Hahiuhia« eingraviert. Nach dem vereinbarten Zeichen klopft er neun Mal auf das eiserne Guckloch. Keine Antwort! Er klopft stärker.

»Holla! Ist jemand da?«

Alles bleibt ruhig. Er klopft mit dem Schwertknauf, ihn packt die Wut, er hat zu viele grauenvolle Stunden hinter sich, er kann nicht mehr. Im Augenblick, da er Anlauf nimmt, um die Tür einzurennen, hört man Schritte, eine christliche Stimme ertönt:

»Ich komme, ich komme. Gott sei gelobt!«

»Ehrenwort!« sagt sich Guigo, »entweder träume ich, oder ich werde verrückt, aber da spricht einer, der sicher nicht Abraham, Joseph oder Hiob heißt.«

Nachdem der Riegel zurückgeschoben, die Tür aufgestoßen ist, steht Guigo zu seiner Überraschung einem kleinen, blonden Mann in orientalischer Kleidung gegenüber, einem runden, feisten Ferkel.

»Jehan von Königstein, euch zu Diensten, edler Ritter.«

Baß erstaunt betrachtet Guigo die sonderbare Gestalt. »Das ist kein Jude«, sagt er sich.

Jehan indessen wirft einen Blick über seine Schulter und stürzt sich mit zitternder Stimme in einen Wortschwall:

»Oh, erlauchter Soldat Christi – ich werde überwacht – der Himmel Judäas möge dir seine Gunst gewähren – die Gefahr ist nah – und dein Aufenthalt in diesen Landen möge dir Reichtum bringen – es ist ein Schwarzer der übelsten Sorte ...«

Kaum hat er die letzten Worte gesprochen, taucht im Korridor eine dunkle Masse auf. Jehan, der diesen Augenblick erwartete, wirft sich zu Boden und schlägt sich die Arme über den Nacken. Guigo springt zur Seite, und Osmans großes Krummschwert spaltet die Luft und dann den Kopf seines arabischen Führers bis zur Nasenwurzel.

»Weg mit dir«, befiehlt Guigo Jehan, der sich, grün vor Angst, an seine Beine klammert.

Jehan flieht auf allen vieren, ein ganzer Umzug von Schauern rast durch seine steifen Glieder, quiekend verkriecht er sich in eine Ecke oder fällt vielmehr wie ein wabbliges, unförmiges Ding hinter einem Ölkrug zu Boden. Kaum daß er einen Blick auf die beiden Männer zu werfen wagt, die sich da vor ihm messen.

Osman neigt sein Teergesicht nach vorn und wieder zurück und macht der Beobachtungsphase ein Ende. Sein Angriff ist ohne Tücke, er vertraut allein auf seine außergewöhnliche Kraft. Das gewaltige Krummschwert umfängt den Raum, er stößt ein schallendes Gelächter aus und reißt einen breiten Mund auf, in dem zwei schöne Reihen langer Zähne zum Vorschein kommen, die geeignet wären, Knochen und Borken zu knacken.

Unter dem steigenden Druck der Angst beginnt Jehan zu greinen:

»Hoffentlich sind diese Kreuzfahrer nicht schlechter als ihr Ruf, sonst ade mein armer Kopf, du wirst Osmans Klinge nicht mehr Widerstand leisten als eine reife Wassermelone. Allah und Gott, steht mir bei!«

»Lach nur, Dämon! Das ändert nichts an deinem Schicksal«, wirft Guigo seinem Gegner zu, während er zurückweicht, um dem bestialischen Angriff zu entgehen. Und sein von Blut geronnenes Schwert bohrt sich dem Neger in die Eingeweide. Ein kaltblütig geführter, meisterhafter Stoß. Osman bricht ohne einen Schrei zusammen. Ganz anders Jehan, der, in einem Sprung wiederauferstanden, fröhlich zu plärren beginnt:

»Bei allen Heiligen im Paradies! Das muß ein von Erzengeln geschmiedetes Zauberschwert sein. Ich will dir die Füße küssen, o göttlicher Retter. Deine Nachkommen mögen gesegnet sein und dein Name in goldenen Lettern auf den Archivolten der Kirchen eingraviert, und . . .«

Er erstickt beinahe, das Schwert des göttlichen Retters hat sich ihm auf die Kehle gelegt.

»Du bist nicht der wahre Besitzer dieses Hauses«, schimpft Guigo. »Wo sind die Juden, die hier wohnten? Antworte wahrheitsgemäß, schmutziger Überläufer, sonst befördere ich dich ohne Erbarmen zur Hölle.«

Jehan schluckt leer. Die fahle Flamme, die in den Augen des Ritters zuckt, ist schon das Fegefeuer. Der dicke Deutsche versucht, das Eisen, das auf seinen Hals drückt, wegzuschieben, und antwortet stockend:

»Es ist ein jämmerlicher Irrtum, erlauchter Herr, zu glauben, ich sei ein Überläufer, einer dieser Verräter, die Christus verleugnet haben. Fürwahr, du hast nichts als einen armen Schneider vor dir, der zunächst Sklave gewesen und dann freigelassen worden ist. Ich diene einem reichen Handelsmann aus Kairo.«

Die Schwertspitze drückt ein bißchen stärker auf seinen Adamsapfel. Jehan versucht ein erbärmliches Lächeln.

»Was die Leute betrifft, die in diesem Hause wohnten, das Iftikhar für meinen Meister beschlagnahmt hat, so sind sie in Ain Dschidi, einem großen Dorf am Ufer des Toten Meers im Exil.«

»Am Toten Meer! Das trifft sich gut. Du wirst mich dorthin begleiten. Und jetzt komm mit. Nimm eine Waffe, es sind noch viele Ungläubige in der Stadt. Es ist an der Zeit, daß du dich rächst.«

»Ja, Herr! Ja, töten wir sie alle.«

»Und vergiß nicht: Von nun an bist du mein Diener.«

»Du wirst der umsorgteste, bestbediente Meister des Abendlands sein, o erlauchter Verteidiger des wahren Glaubens, edler Recke, heldenhafter Schützling der Engel.«

Zum ersten Mal, seit er in Judäa ist, hat Guigo Lust zu lachen. Dieser Jehan ist so grotesk mit seiner Sprache und seiner Mimik, daß er darob beinahe vergißt, warum er hier ist. Aber das Geschrei der Kreuzfahrer dringt wieder an sein Ohr und erinnert ihn daran, daß das Heilige Grab noch auf seine Befreiung wartet.

Inzwischen hat sich der Sturm des Hasses erst recht erhoben. Die Christen opfern Hunderte, Tausende von Menschen hin, ohne den geringsten Zweifel, ohne das leiseste Schuldgefühl, mit der Beharrlichkeit von Plagen, die ganze Völker vom Erdboden tilgen. Ein Alptraum braust vorbei, eine Bresche der Maßlosigkeit wird in die Geschichte der Menschheit geschlagen.

Um den großen, heiligen Platz Asch Scharif, wo unzählige Zivile und muselmanische Soldaten mit allem, was sie im letzten Augenblick mitschleppen konnten – Waffen, Gold, Schmuckstücken, heilige Bücher, Talismane, Angst, Irrsinn – Zuflucht gesucht haben, sind heftige Kämpfe im Gang.

Im Westen, in der Zitadelle auf der entgegengesetzten Seite der Stadt, hat Iftikhar ad-Daula begriffen, daß jeder Widerstand aussichtslos ist. Unter der Bedingung, für sich und seine Männer freies Geleit zu bekommen, hat er sich dem Grafen von Toulouse ergeben. Raimund von Saint-Gilles hat sich beeilt, sein Versprechen zu halten, und seinen Soldaten verboten, Hand an die Gefangenen zu legen. Die Provenzalen, um das Blut der Ungläubigen und somit um die Erlösung von ihren Sünden betrogen, haben sich daraufhin an der Stadt schadlos gehalten und sich den Flamen, Normannen, Lothringern und Franzosen angeschlossen, um »unter den Gottlosen, Gotteslästerern und Frevlern ein großes Massaker anzurichten«.

Sie sind von einer derartigen Blutrünstigkeit, daß sie auch auf jede Leiche noch einstechen, die an ihrem Wege liegt, um sicher zu sein, daß sie tot ist.

»Alle zum Heiligen Grab!«

»Alle zum Tempel Salomos!«

Und der Strom teilt sich in zwei johlende Arme.

Seine Axt fliegt und zerschlägt zuckende Leiber. Richard schnauft und brüllt. Zwischen zwei kurzen, präzisen Bewegungen, zwischen zwei Gehirnspritzern wischt er sich das Gesicht ab und flucht auf die unzähligen dunklen Bastarde, die sich ihm flehend zu Füßen werfen und ihm Gold anbieten. Oder Schmuck. Oder ihre Person. Dann verknüpft er seinen Feuerblick mit demjenigen seiner Opfer und beginnt mit Leichtigkeit wieder sein Henkergeschäft. Er ist entsetzlich anzusehen mit seinen zusammengebissenen Kinnbacken, seinen Narben, seinen blutverschmierten Zöpfen und seinen Augen, die beidseits des Naseneisens furchterregend glühen. Seine Waffe schwebt im Himmel, nackt und schauerlich, reglos so lange wie ein Atemzug, und stürzt dann herab, besudelt sich noch ein wenig mehr an der Zusammenhanglosigkeit zerfetzten Fleisches und gebrochener Knochen. Und er, der Schwarze Linkarm, schließt die Augen, um den vergifteten Likör zu genießen, der in seine Seele tröpfelt. Bei jeder begangenen Greueltat hat er das Bewußtsein, die Existenz des Bösen zu verlängern, und er ist stolz darauf. Links und rechts von ihm bewegen sich fanatisch aufgehetzte Ritter in einer Reihe voran und hacken in die verborgenen Winkel der knienden Menschenmasse hinein. Hinter ihnen kommen die Vagabunden und Bettler mit wäßrigem Blick, sie sorgen mit ihren Hippen, Stöcken und Holzhämmern dafür, daß das Sühneopfer vollkommen wird.

Der Brand der Dämmerung taucht Jerusalem in eine rote Glut. Es wird noch immer gekämpft. Mit aufgesperrten Mündern, mit vor Erschöpfung schweren Gliedern, mit einem von grauenvollen Bildern verstopften Gemüt und großer Scham auf sorgenvollen Stirnen stehen Gottfried von Bouillon, Eustach von Boulogne und Tankred vor dem Eingang zu Asch Scharif, wo sich die Gliederstummel von Toten häufen.

»Wir müssen dem Massaker Einhalt gebieten!« schreit Gottfried.

»Unmöglich«, antwortet Eustach. »Siehst du nicht, daß wir nicht mehr Herren der Lage sind? Schau, deine Männer, deine Lehensherren. Dudo von Konz-Saarbrücken, Conon von Montaigu, Radulf von Mouzon. Schau sie an! Sie sind besessen.«

Tatsächlich. Die drei Vasallen Gottfrieds haben, an

der Spitze von zweihundert Mann, die Imams, die Ulemas und die hohen Beamten der Moschee in ihre Gewalt gebracht und sind dabei, sie planmäßig zu zerstückeln. Sie streiten sich sogar um die Ehre, als erste die zartesten Körperteile abhauen zu dürfen. Und vor den Schreien der Gemarterten brechen ihre Folterer nur in entfesseltes Gelächter aus.

»Aber wir müssen etwas tun«, klagt Gottfried und bekreuzigt sich.

»Ich sage dir, es ist unmöglich. Du willst die Intelligenz einer Ordnung dem wilden Instinkt entgegenhalten. Red keinen Unsinn. Bloß ein Wunder kann unsere Männer zur Ruhe bringen.«

»Versuchen wir, wenigstens jene zu retten, die auf dem Dach der Al-Aksa-Moschee Zuflucht suchten.«

»Ich werde es versuchen«, sagt Tankred entschlossen. »Man bringe mir mein Banner.«

Guigo und Jehan sind mit den Normannen bis nach Asch Scharif vorgedrungen. Trotz der Pfeile, die ihnen um die Ohren zischen, haben sie sich einen Weg bis zur großen Moschee gebahnt. Hier hat sich der größte Teil der sudanesischen und ägyptischen Truppen verschanzt.

Mit entstellten Zügen, entstellter Seele, bis ins Mark erstarrt vor Angst, setzt Jehan einen Fuß vor den andern und duckt sich hinter Guigo. Ungläubige zu töten! So etwas ist ihm noch nie in den Sinn gekommen. Er beginnt mit den Zähnen zu klappern: Wenn der Ritter erfährt, daß er Jehan el-Adid heißt, daß er mit mehreren arabischen Frauen verheiratet ist und sich obendrein mit Blick nach Mekka auf die Knie wirft, dann . . . Jehan wischt sich die Stirn. Nur keine bösen Gedanken, das bringt Unglück, ich muß eine gute Figur machen, jetzt bin ich wieder christlich . . . mich dem Lauf der Zeit anpassen, später wird man ja sehen ... Erste Anpassung, erstes Problem: Wie verhält man sich in einer Schlacht? Osmans gewaltiges Krummschwert, das er an sich genommen hat, ist ihm mehr hinderlich als etwas anderes; er bekommt einen ganz tauben Arm davon. »Mein Gott, mach, daß ich es nicht gebrauche«, wiederholt er unaufhörlich und zittert.

»Was brummst du vor dich hin?« fragt ihn Guigo. »Ich kann es nicht ausstehen, wenn jemand hinter meinem Rücken flüstert.«

»Ich sagte, ich brenne darauf, diese Heiden zu verhauen. Es ist an der Zeit, daß ich meine Seele läutere und einen dieser Gottlosen ins Jenseits befördere. Mich juckt der Arm vor Untätigkeit.«

»Wirklich?«

»Für wen hältst du mich?«

»Na schön! Dann los! Da ist die erträumte Gelegenheit«, sagt Guigo lachend und läßt dem andern freie Bahn.

Entgeistert steht Jehan an vorderster Front, etwas Feuchtes rinnt ihm die Beine hinunter: Seine Blase hat versagt. Ein Glück, daß es nicht das Herz war. Zwanzig Schritte vor ihm starrt der Eingang der Moschee von Lanzenspitzen, Helmen und Geschrei. Von Zeit zu Zeit stürmt ein Kreuzfahrertrupp auf dieses von Sudanesen bewachte Refugium los, und es gibt ein ohrenbetäubendes, von Gebrüll und Geschrei durchschossenes, metallisches Geklirr.

Jehan fühlt sich vorwärtsgestoßen. Jemand hat ihm einen Schild in die linke Hand gedrückt, ein anderer schreit: »Schlag zu!« Und er bewegt sich vorwärts, auch wenn er es seinen Beinen nicht befohlen hat, er wird von den ihn umringenden Normannen fast auf die Schultern gehoben. Das gähnende Loch kommt ihm entgegen, es strotzt von Waffen und blitzenden Augen. Er schielt. Dann versteckter sich hinter seinem Schild, um nichts mehr sehen zu müssen. Sein Herz klopft, durch seinen Kopf defilieren die Schutzheiligen, sämtliche Heiligen, selbst die des Islam. Sein Arm vibriert, man schlägt heftiger und heftiger auf seinen Schild. Nein, er will nicht sehen, wer da über ihn herfällt, im Gegenteil, er zieht seinen Kopf noch etwas tiefer zwischen die Schultern und steckt sich das Krummschwert zwischen die Beine, um gegen bösartige Schläge gewappnet zu sein. Nach einer kurzen Atempause rennt man wieder gegen seinen Schild an, so gewalttätig diesmal, daß dieser in der oberen Hälfte, genau in der Mitte, ein Loch bekommt. Durch diese unzweckmäßige Öffnung sieht Jehan den Feind, das heißt, er könnte ihn sehen, wäre sein Blick nicht auf den weichen Boden gerichtet, dorthin, wo seine Füße über einen Sudanesen hinwegtrampeln, einen frischen Kadaver mit weitaufgerissenen Augen, Mund und Kehle. Mit einem Loch im Schild und einer Leiche unter den Füßen will Jehan nicht mehr weiter, es reicht, Schluß, man soll ihn in Ruhe lassen. Dicke Tränen rollen ihm über die rosigen Wangen, da wirft ein neuer Stoß ihn wieder vorwärts, hinein in die Moschee. Er streckt sich immer noch den Schild vor den Kopf und wagt einen verstörten Blick durchs Loch.

Gefolgt von den Lothringern und einigen Franzosen, gehen die Normannen triumphierend auf die Zivilen los und stechen sie kurzerhand ab. Sie verstümmeln, amputieren, metzeln aus Leibeskräften, und dem sagenhaften Durcheinander entquillt ein dickflüssiges Blut; richtige Bäche verästeln sich in einem zinnoberroten Geäder auf dem Mosaik, bereits kriecht einer auf Jehans Füße zu, entsetzt weicht er zurück. Da schlägt ihm eine schwere Hand auf die Schulter, das jagt ihm einen solchen

Schreck ein, daß er ohnmächtig wird. Unterdessen ist es Tankred gelungen, auf dem Dach der Moschee, wo zahlreiche Muselmanen Zuflucht gefunden haben, sein Banner zu hissen. Damit stehen sie unter dem Schutz des Normannen. Aber kaum hat dieser den Ruhm der Tat eingeheimst, stürmen Volk und Soldaten das Dach und köpfen sie alle. Tankred weiß nichts davon, er ist mit den Fürsten und ihren Offizieren in einer feierlichen Prozession auf dem Weg zum Heiligen Grab. Gottfried, Saint-Gilles, die beiden Robert, Tankred, Peter von Narbonne, Aimin – sie alle hören die herzzerreißenden Schreie der Menschen nicht mehr, die man ringsum massakriert. Sie sind taub geworden für das menschliche Leiden, blind für die wundgeschlagenen Körper; barfuß, mit gefalteten Händen marschieren sie geradeaus und fallen von Zeit zu Zeit auf die Knie, um den Boden zu küssen, diese Erde, auf welcher einst der Heiland ging. Gottfried weint vor Glück. Saint-Gilles, tief bewegt, glaubt zu sehen, wie sich ein gewaltiges Licht auf die Stadt herabsenkt. Endlich erreichen sie das Heilige Grab und fallen mit ausgebreiteten Armen in den Staub. »Jeder vermeint noch den Leib Jesu Christi zu sehen, wie er da lag, ganz tot. Sie sind an der Pforte zum Paradies« (Wilhelm von Tyros). Die einheimischen Christen haben sich hier eingefunden, um sie zu empfangen, und beginnen jetzt zu singen. Sogar ein großes Feuer hat man angezündet, um das wunderbare Fest der Freude und der Frömmigkeit zu feiern. Ein Johannisfeuer, wie es seinesgleichen sucht. Ein Gluthaufen, dessen Flammen hoch in den Himmel lohen. Die Kreuzfahrer haben die große Synagoge angezündet und sind darum besorgt gewesen, daß vorher die ganze jüdische Gemeinschaft Jerusalems darin eingeschlossen war. So kommen alle Juden der Heiligen Stadt in den Flammen um. Rings um das Heilige Grab setzt sich das Massaker fort. Die mörderische Raserei wird bis zum 16. Juli andauern, bis den Kreuzfahrern das Blut an die Knöchel reicht: das Blut der Ungläubigen.

»Aber – was ist das für ein riesiges Feuer? Hat der Ewige Salamander oder Drachen geschickt?«

»Nein, das ist die Synagoge, die brennt.«

»Aber – wer bist du?«

»Guigo von Signes, der Ritter, der dich von diesem schwarzen Riesen erlöst hat. Osman nanntest du ihn.«

Guigo ... Osman ... der Kreuzzug ... Jerusalem ... die Al-Aksa-Moschee ...

Jehan sperrt die Augen auf. Alles kommt ihm wieder in den Sinn. Das Grauen der letzten Stunden wälzt sich durch seinen Kopf. Und als wäre es mit den Erinnerungen nicht genug, bringt ihn eine ganze Reihe Mamelukken endgültig in die harte Wirklichkeit zurück: rötlich schimmernd, mit Eisenhaken in den Kehlen, hängen sie da, gleich vor ihm. Trotz der fürchterlichen Hitze beginnt Jehan zu schlottern, weit unten, in der Tiefe seines Leibs, erhebt sich ein langgezogenes Brüllen, das höher und höher steigt. DIE ANGST. Maßlos reißt er den Mund auf, aber losbrüllen kann er nicht. Guigo wacht und versetzt ihm zwei gewaltige Watschen. Und Jehan findet endlich zu seiner Selbstbeherrschung zurück. Es ist sein trockener Rachen, der ihn schließlich die ersten vernünftigen Worte aussprechen läßt:

»Könntest du mir ein bißchen Wasser bringen? Ich hab einen solchen Durst, ich könnte den Nil austrinken.«

»Na schön! Nimmst du endlich Vernunft an. Stütze dich auf mich. Wir verlassen die Stadt und stellen dich deiner neuen Herrin vor: Roxane von La Ferté-Fresnel.«

Guigo spottet und spielt sich vor dem armen Jehan auf, aber die Wahrheit sieht ganz anders aus: Er schämt sich. Er gehört zu denen, die unter den Einwohnern Jerusalems das entsetzliche Blutbad angerichtet haben, zu denen, welche die Zehntausende von unschuldigen Toten auf dem Gewissen haben, die haufenweise in den Straßen, auf den Plätzen, in den öffentlichen Gebäuden der Stadt herumliegen. Ein schweres Vergehen, das die ganze islamische Welt in Angst und Schrecken versetzt. Einen Monat später wird sich der Kadi von Damaskus, Zain ad-Din Abu Saad el-Herawi nach Bagdad begeben und vor dem versammelten Hofstaat Barkyaruks erklären: »Euren syrischen Brüdern bleibt keine andere Wohnstatt mehr als der Sattel ihrer Kamele oder die Eingeweide der Aasgeier. Die Soldaten von Rum tränken sie mit Schmach, währenddem ihr hier einem verweichlichten Leben frönt.« Er wird mit seinem verzweifelten Appell überhaupt kein Echo finden. Weder die Kalifen, noch der Sultan, noch die Emire wagen aufzumucken: Die Franken sind um vieles gefährlicher als die reißenden Tiere der Wüste. So entsteht das fränkische Königreich von Jerusalem. Man schreibt den 15. Juli 1099.

8. Kapitel

Vergessen

Matutin ist vorbei, aber im Lager der Kreuzfahrer wird noch allerorten getanzt und gebetet. Man sieht kaum etwas, trotz der Flammen, die aus der Stadt hochschlagen. Roxane sucht angestrengt die Silhouetten zu erkennen, die sich im Licht abzeichnen, das rostig den Himmel anfrißt. Viele Verwundete kommen und lassen sich von Frauen und Mönchen verbinden. Sie kann nichts von ihnen erfahren, keiner hat die Truppe aus Toulon gesehen. Roxane gibt die Hoffnung nicht auf, sie geht von einem zum andern und stellt immer dieselbe Frage: »Hast du Aimin und seine Männer gesehen? Guigo und Gottfried von Signes, Rostang von Ollioules, Herbert den Totschläger, Rate von Senergue?« »Nein . . . Nein . . .« antworten die meisten. »Laß mich, scher dich weg, dreckige Normannin!« brüllen die Jähzornigsten unter ihnen, die um den Genuß des Plünderns gekommen sind. Und sie geht und spuckt vorher noch aus vor diesen vom Tod gezeichneten Gestalten mit ihren von Blut und Haß rot unterlaufenen Augen. Sie setzt ihre Suche fort, etwas gequälter, mit welkem Herzen und einer Unzahl bedrängender Vorstellungen mehr. Sie spricht mit sich selbst, versucht, die aufkommende Angst zu überlisten. Eine ganze Welt voll schwarzer Gedanken mündet in diesen Optimismus, der sie nie verläßt. Eine, zwei, drei Stunden vergehen. Die Müdigkeit zeichnet nach und nach blaue Ringe unter ihre Augensterne, die Beklemmung lähmt ihr die Zunge, sie wagt nicht mehr nach dem Schicksal der Männer aus dem Var zu fragen. Sie ist drauf und dran, ziellos irgendwohin zu irren, als ihre Augen plötzlich aufleuchten und sich laben an dem Bild, das vor ihnen erscheint: Guigo kommt ihr entgegengelaufen. Er lebt! Dieses Glück, das sie so unvermutet überflutet – sie versucht es nicht einzudämmen, ihr Smaragdblick verschwimmt in den Tränen, sie greift ins Leere, ihre Hände flattern durch die Luft, in verlorenen Liebkosungen über die Brust, das Gesicht. Sie hat sich so um ihn geängstigt. Diese Schlacht, die kein Ende nehmen wollte, und all die Brände. Die Stadt gleicht einem Kupferkessel auf einem lodernden Scheiterhaufen. Zu verschiedenen Malen hat sie hineinlaufen und ihn suchen gehen wollen, aber vor dem Zionstor, wo Hunderte von zerschmetterten Leichen ihr den Weg versperrten, hat sie jedesmal aufgegeben. Jetzt ist er da. Er soll sie gleich nehmen, lieben, hier an diesem Ort der Qual. Sie ist von einem unbändigen Verlangen erfüllt. Aber was ist das für ein komischer blonder Krieger, den er da mitbringt? Sie kommt nicht dazu, es zu erfahren. Ihre Umarmung ist brutal. Ihre Münder suchen sich gierig, ihre Zähne prallen aufeinander. Ihre Hände suchen die Stoffe wegzuzerren, die ihre Lust bemänteln. Jehan steht mit hängenden Armen daneben und sperrt Mund und Augen auf. Aber – wollen sie sich gleich lieben, da vor ihm!? Wie sie keuchen unter ihren Zärtlichkeiten, der Anblick macht ihn ganz zapplig. Roxane erkundigt sich.

»Wer ist das?«

»Jehan von Königstein, ich erklär es dir nachher. Komm. Und du«, sagt Guigo und wendet sich zu Jehan, »warte hier auf mich.«

Roxanes Augen sprühen Phosphorblitze. Guigo spürt

schon die Leidenschaft. In seinem aus der Bahn geworfenen Körper fließt neues, hitziges Blut durch die Adern. Sie nimmt ihn an der Hand und zieht ihn mit zum Jungfrauenbrunnen. Sie hören das zügellos ausschweifende Schreien und Röcheln nicht mehr, das von der zermalmten Stadt herüberkommt. Sie wollen vergessen und sich eines im andern betäuben. Das Lager der Toulouser ist leer, auch ihr Zelt, in dem sich um den mit Aimins Wappen geschmückten Mast herum ein Haufen von Decken und Stoffen türmt.

Kaum haben sie diese Insel der Stille betreten, streut sie ihm flüchtige Küsse übers Gesicht und die breite Brust und zieht ihn aus. Er riecht noch nach Krieg, trägt noch die Spuren davon. Sie beugt sich zum warmen Bauch hinunter und tupft ihre Zunge leicht in das Geflecht der schweißverklebten Haare hinein. Sie entblößt sein sprunghaftes, lustgeschwelltes Glied, an dem ein Tropfen Wollust perlt, Ankündigung eines unkontrollierbaren Sturms. Er entkleidet sie seinerseits, langsam, und weicht ein bißchen zurück, um das Feuer einzudämmen, das durch seine Adern pocht. Seine Hände streifen ihre kleine, ganz zitternd harte Brust, die sich seinem Gesicht entgegenreckt. Brennend stürzen sich seine Lippen auf die Johannisbeerspitzen, die eine um die andere wachsen. Roxane wirft den Kopf in den Nacken, und ihr langer, blonder Zopf fällt wie die Sehne eines Bogens auf die Wölbung des Kreuzes hinunter. Sie schließt die Augen, um dieses fahlrote Gefunkel auszukosten, das ihrem Bauch entgegenrieselt. Und dann faßt sie nach dem hochaufgerichteten Glied und umklammert es, als wolle sie nicht allein Schiffbruch erleiden, ihre Schenkel bewegen sich auf und zu, unerhörte, wunderbare Wellen pulsieren durch all ihre Glieder. Sie führt den Penis ihrer verborgenen Nässe entgegen und öffnet sich leicht, bebend, ohne sich jedoch ganz hinzugeben, noch nicht. Er dringt behutsam in sie ein, läßt sich durch den nassen, geschmeidigen Leib gefangennehmen, der sich ihm so frühreif hingibt. Haut an Haut, Atem an Atem, Auge in Auge bewegen sie sich, bringen ihre Adern, ihre Nerven, ihre Gemüter in Einklang mit den Ozeanen, mit dem Unendlichen weit jenseits des Todes, der nicht weit von ihnen umgeht. Sie spannt ihre Hüften, um dieses Geschlecht besser in sich zu spüren, das von einer Minute zur andern die Flut heraufbeschwört, die sie überwältigen wird. Stöhnen verliert sich auf ihren Lippen, ein schwindelerregendes Wohlbefinden erobert ihre Sinne. Sie klammert sich an ihn, zuckt leicht über den Horizont seiner kräftigen Schultern, wo die schweißglänzenden Muskeln hervortreten. Zutiefst in ihr verankert, trunken vor Glück, setzt Guigo seinen wilden Tanz fort. Ein gewaltiger Wirbel verheert seinen Bauch, er beginnt zu schreien. Roxane vereinigt sich mit ihm mitten in den unbändigen Strömungen, in den Riffen, in dieser sturmgepeitschten, flammenden Landschaft, in der das Gewitter grollt. Sie steigen und fallen miteinander, ohne zu zerschellen, eine doppelte, flüchtige, totale Lust, die in einem Glimmer von Schauern zerstäubt.

Sie bleiben nebeneinander liegen, noch kaum in ihrem Verlangen gestillt, noch und noch möchten sie sich in der sinnlichen Liebe verlieren: den Krieg vergessen, auf ewig. Aber der Krieg ist zählebig, ein Dauergewächs; kaum kommen sie wieder zu sich, dringt sein Brodem geräuschvoll an ihr Ohr. Mit weit aufgerissenen Augen horchen sie, hören den Tumult von zwanzigtausend haß- und wuterfüllten Stimmen, von zwanzigtausend Schweinen, die ihre ganze Kraft in gotteslästerliches Toben legen. Kaum daß zwischendurch das Bruchstück eines *Tedeum* oder eines *Veni creator* zu vernehmen ist, das sich zwischen den Schmährufen und Verwünschungen einen Weg zu bahnen vermag.

»Ich liebe dich, Guigo, verlaß mich nie! Drück mich fest an dich, ganz fest!«

Er umschlingt sie, preßt sie an seine Brust, dann beugt er sich über sie und küßt sie lange. Er gleitet zu diesem seidig blonden Bauch hinunter und hinterläßt eine feuchte Spur auf der weißen Haut. Sein Mund huscht über ihre Scham. Roxane wölbt sich ein bißchen, um die erwachende Lust auszukosten, die ganze Sinnlichkeit ist im Grün ihrer Augen zusammengeströmt, ihre Nasenflügel zittern, ihre rötliche Zungenspitze erscheint zwischen den Zähnen. Guigos Mund fährt durch die warme, feuchte Furche hin und zurück, und die prallen, zuckenden Lippen, an denen die Tropfen ihres ersten Rausches perlen, öffnen sich ein bißchen mehr. Roxane stöhnt. Diese Zunge macht sie verrückt. Sie krampft dem Geliebten die Hände um den Nacken und preßt seinen Kopf zwischen ihre Schenkel. Und jetzt biegt auch sie sich seinem Glied entgegen und nimmt es begierig zwischen die Lippen, läßt die seidige Haut sich an ihrem Gaumen reiben. Ihre Hände pressen sich auf die Schenkel, ihre Finger suchen die weichen, bauchigen Falten und bohren sich hinein. Roxane öffnet sich ein wenig mehr, ihre feuchte Muschel ist ganz und gar dem verschlingenden Mund preisgegeben, und in ihrem Mund schwillt das Glied von Kraft. Sie umarmen sich ungestüm, wölben sich straff, vibrieren, ihre Zungen und Lippen entfachen verheerende Brände in ihnen, sie schreien. Plötzlich versteifen sie sich und halten inne; Guigo stöhnt, eine gewaltige Welle zerreißt ihm schäumend den Bauch; Roxane zuckt zusammen und schreit auf, als der Sturm in ihrem Innersten losbricht. Sie erreichen den Höhepunkt. Die ganze ursprüngliche Kraft drückt sich in ihnen aus, eins ums andere herumgerollt, krampfhaft erstarrt, trinken sie wimmernd ihren Samen.

Mit dem Morgengrauen ist Stille eingekehrt. Schweißgebadet genießen sie ihre vollkommene Erlösung, ihre satten Gesichtszüge, ihre schlaffen Körper, ihre Formen, Wölbungen, den Glanz ihrer Haut. Guigo hat eine Hand auf Roxanes Brust gelegt und spürt das geliebte Herz darunter schlagen, ein Puls der Freude, der ihn mit Vertrauen erfüllt. Nie wird er sie verlassen. Nie! »Sei beruhigt, meine Walküre, meine Wölfin mit den grünen Augen, ich brauche dich, deine Stimme, deine Gedanken, dein Leben. Wir werden uns Seite an Seite schlagen in diesem Königreich. Es wird immer irgendein Stückchen Erde zu erobern sein, auf dem es Bäume hat, die uns Schatten spenden, Bäche, um unsern Durst zu löschen. Vögel, den Himmel, ein Gewitter, um unseren Kindern Angst einzujagen.« Es tut wohl zu träumen, er lächelt vor Zufriedenheit. Ihm ist, als brauche er nur die Hand auszustrecken, um diese Zukunft zu ergreifen: Kinder, ein Lehen, Ländereien und Roxane, die in diesem friedlich festlichen Universum thront. Alles ist möglich, Jerusalem ist befreit, Judäa, Galiläa und Palästina werden jetzt unter diejenigen aufgeteilt, die hierbleiben wollen, um das Heilige Land zu verteidigen. Alles ist möglich.

»Warum lächelst du?«

»Ich denke an unsere Zukunft, unsere glückliche Zukunft.«

»Schweig! Schweig«, antwortet sie bebend. »Die Worte öffnen Türen, gute und schlechte. Sei vorsichtig. Tausend und tausend Worte des Glücks sind in der Kehle meiner Mutter zerbrochen; sie, die nichts anderes wünschte, als in der Ruhe eines Hauses am Spinnrocken zu sitzen, hat immer nur unter freiem Himmel geschlafen, während Brandwolken die Nächte verdarben. Sie ist an einer Ansteckung irgendwo in Makedonien gestorben, vielleicht haben ihre eigenen Worte sie aufgezehrt, diese bösartigen Girlanden, die sie einst flocht. Warum sich glückliche Zukunftsträume vorgaukeln? Die Zukunft ist nur mit Kriegen, Plagen und Qualen befiedert. Nie haben wir im Frieden gelebt! Nie sind die Angehörigen unserer Familie auf ihrem Strohsack gestorben! Robert Guiscard befahl seinen Untergebenen stets, ihr Gepäck reisefertig zu halten, und mein Vater, der Augen nur für diesen Aasgeier hatte, schleppte uns immer mit. Es gab nie Rast, keine ruhigen Tage. Wir verbrachten unsere Zeit damit, die Rückkehr der Soldaten abzuwarten, geduldig die Lebenden zu zählen und zu fragen, wie diejenigen, die ausblieben, umgekommen waren. Wie ich mich an diese tapferen Kämpfer erinnere. Alle schmiedeten Pläne. Alle redeten laut, lachten, sangen und kämpften wie Löwen. An den Abenden nach der Schlacht saßen sie auf ihrer Beute und sprachen davon, sich niederlassen zu wollen, Schwert und Schild an eine Wand zu hängen. Heute sind sie nur noch Gespenster, ihre Leichen sind am Fuße zerfallener Mauern oder in italienischen oder griechischen Gefängnissen vermodert.«

Dieser Wortschwall hat ihre Vorahnungen und Ängste hinweggeschwemmt, sie findet zu einem trügerischen Lächeln zurück.

»Sprich nicht mehr von dieser Zukunft, die nur Gott gehört«, fährt sie fort. »Es lauern zu viele Feinde auf uns: der Teufel, die Ungläubigen, und Rico . . . Küß mich! Nützen wir die Zeit, die flieht.«

9. Kapitel

Die grosse Nachricht

Zwischen den von Dornbüschen und Olivenbäumen bewachsenen Ockerhügeln und dem glatten Meer, auf dem sich dreieckige Segel verlaufen, zwischen dem allzu strahlenden Himmel und der ausgedörrten Erde erwacht Konstantinopel. Ein hartes Erwachen.

»Jerusalem ist gefallen!«

Wer hat als erster geschrien? Dieser petschenegische Reiter da, in seinem Staubmantel, oder der Bote aus Smyrna? Der zypriotische Kapitän oder der kleine kaiserliche Beamte? Wer hört es? Der Wasserträger im Forum oder der Magistrat, der eben aus dem Freudenhaus tritt? Die Nachricht verbreitet sich wie ein Lauffeuer, selbst die greisen Armen, die ihr halbes Leben damit zubringen, unter den Ringmauern zu schlafen, spitzen die Ohren. In den Säulenvorhallen der Mese sprechen Bankiers und Pfandleiher einander an, und bald wechselt das Gold den Besitzer, der Solidus überflügelt die anderen Währungen. Im Norden der Stadt, im Blachernenpalast sind zwischen den Ministern und den ägyptischen Botschaftern geheime Verhandlungen im Gang. Bereits spricht man davon, mit den Fatimiden engere Verbindungen anzuknüpfen. Die Kreuzfahrer geben zu Befürchtungen Anlaß: Gegen wen werden sie sich jetzt wenden, nachdem die Heilige Stadt gefallen ist?

Aber am meisten wird auf der Straße spekuliert, hier

wird versüßt und verwandelt. Der August allein vermag die Kehlen nicht auszutrocknen. Das Ereignis schwillt an, indem es von den klebrigen Mündern der Seeleute auf die bemalten Lippen der Huren übergeht, von den vergoldeten Zähnen der Puffmütter zu den wulstigen Lefzen des Händlers, von der scharfen Zunge der Matrone zum Bettlermaul. Von allen Gesellschaftsklassen prächtig ausgeschmückt, dringt der Widerhall des Geschehens bis in die hintersten Winkel der Klöster, ein unreines, orakelschweres Echo, das die orientalische Geistlichkeit erzittern läßt: Das ist ein Tiefschlag von seiten der päpstlichen Obrigkeit! Die Bischöfe appellieren an die patrizischen Familien. Und diese schmieden neue Komplotte, kaufen Beamte, Soldaten, Sklaven, Söldner, Kammerdiener, Generale. Byzanz kocht. Byzanz macht sich angst. Byzanz läßt sich von seinem eigenen Gerede fesseln. Die Worte hallen wie ein Appell ans Leben, die Worte werden aufgeschnappt von der Stadt, die der Hunger sticht, die Worte werden endlose, glühende Tage lang wiedergekäut, bevor man sie der Dämmerung zum Fraß hinwirft.

»JERUSALEM IST GEFALLEN!«

»Gott sei gelobt! Endlich!« seufzt Bérengère.

»Ist das alles, was du dazu zu sagen hast?« ruft Pons und wischt sich die Stirn. Er ist im ganzen Xelorophos-Quartier herumgaloppiert, um sich die unglaubliche Nachricht bestätigen zu lassen. Und die Waschweiber, glücklich, einmal mehr einem Fremden etwas vorplappern zu können, haben sich beeilt, ihm lebhaft keifend und grimassierend Auskunft zu geben. Pons ist tropfnaß. Zwei gute Pfund verlorenes, verdampftes Fett, von dem nur einige glänzende Spuren auf seinem angeschwollenen Gesicht und ein stark ranziger Geruch zurückgeblieben sind. Er trocknet sich die Wangen und erholt sich, breitbeinig auf seine stämmigen Beine aufgepflanzt, er lauert auf ein begeistertes Zeichen von seiten der jungen Frau.

»Vielleicht waren sie dabei?« haucht sie.

»Wer?«

»Guigo und mein Vater.«

»Bérengère! Hör auf, an deine irdischen Geliebten zu denken. Wie kannst du allein mit dieser menschlichen Gegenwart in deinem Herzen Erfüllung finden? So wirst du in den Augen des Heilands verachtenswert. Singe sein Lob bis zur Erschöpfung. Unglückliche, ich beklage dich, du lebst nur für dich und diese beiden Geschöpfe, drei Sandkörner, verloren in der Unermeßlichkeit der Welt. Sing! Jerusalem ist christlich! Die Menschheit ist gerettet. Ach, wäre ich dabeigewesen, anstatt mich in dieser Stadt zu Tode zu grämen!«

Pons' aufrüttelnde, laute Stimme dringt durch die Wände hindurch, ein Lautschwall, der Moses draußen im Garten aus einer meditativen Versunkenheit holt. Der kleine Jude schaut auf und hört dem Ritter aufmerksamer zu. In einer merkwürdigen Gemütsaufwallung sagt er sich, dieser Mann habe vielleicht recht, es sei nicht gut, tatenlos zu bleiben und zurückgezogen an der Geschichte, am Leben vorbeizugehen. Und Pons stottert weiter seine Wut heraus.

»Ich will nicht länger euer Tugendwächter sein. Mich ruft Palästina. Sieh zu, wie du mit deiner Jungfer Kusine zurechtkommst. Leih dir von deinem jüdischen Beschützer Geld und stell eine Leibwache ein; es gibt genug fränkische und friesische Söldner in Griechenland, die euch Schutz gewähren können. Pah! Zum Teufel mit den Weibern!«

Bérengère schaut Pons aus feuchten Augen geradeaus ins Gesicht und antwortet mit dumpfer, verhaltener Stimme:

»Ich habe nie etwas von dir verlangt. Mein Onkel hat dir aufgetragen, uns zu begleiten, und du hättest erst noch erst ablehnen können, da du nicht zu seinem Lehen gehörst. Geh! Ich entbinde dich von deinem Schwur. Deine Ehre ist unangetastet. Geh, wohin du es für richtig hältst, und Gott schütze dich.«

Er schaut sie an, als sähe er sie zum ersten Mal, mit einem Halbrund von Mund unter einer zitternden Nase, und sehr rasch leert sich sein Kopf, seine Nerven, versagen, und sein Wille, wegzulaufen, hat sich in Nichts aufgelöst. Er bleibt mit hängenden Armen kleinlaut vor ihr stehen.

»Geh!« sagt sie nochmals, heftig. »Geh, such dir ein paar Brosamen des Kreuzzugs zusammen.«

»Verzeih, Bérengère, ich habe mich ein bißchen ereifert . . .«

Von der schonungslosen Hitze der Sonne umhüllt, gerade aufgerichtet wie eine Weihekerze, steht Moses im hellen Lichtviereck der offenen Tür und betrachtet die beiden mit einem melancholischen Lächeln. Er scheint das Schicksal des einen wie des anderen abzuwägen, sie wiegen so leicht, gemessen am Maß der Zeit.

»Friede mit euch, Kinder«, sagt er traurig. »Hört zu, was die Heiligen Schriften sagen: ›Ihre Pferde sind schneller als Leoparden und reißender als die Wölfe am Abend. Ihre Reiter stürmen stolz voran, sie entfalten sich; von weitem fliegen sie her wie der Geier, begierig, zu verschlingen. Alle kommen sie für die Gewalt; wie ein Ostwind sind ihre Gesichter!‹ Damit könnten die Franken gemeint sein, aber vielleicht zweifelt ihr daran? Dann hört weiter, ich habe euch etwas mitzuteilen, grausame, entsetzliche Dinge, die ich von meinen Abgesandten aus Cäsarea und Arsuf erfuhr. Jerusalem ist christlich, ja, aber um welchen Preis! Die Garnison und die ganze Zivilbevölkerung sind hingeschlachtet worden: sechzigtausend Opfer. Meine jüdischen Brüder sind alle lebendigen Leibes in der Synagoge verbrannt, Frauen, Kinder, Greise, Neugeborene; ein großes, läuterndes Feuer, um Christi Schmach zu rächen, haben eure Priester zwischen zwei Lobgesängen verkündet. O Zion, wann endet dein Martyrium? Amon Ra! Baal! Allah Akbar! Für Christus, unsern König! Wann kommt der nächste Gott? Wann die nächsten blutigen Tränen? In jeder Generation wird das Sühneopfer größer. O mein Volk, schüttle es ab, das Joch.

Lege die Hand auf den Nacken deiner Feinde
Und deinen Fuß setze auf die Berge von Toten;
Schlag die Nationen, deine Widersacher
Und dein Schwert verzehre das schuldige Fleisch!
Erfülle dein Land mit Ruhm
Und dein Erbe mit Segen!
Deine Güter seien überreich an Vieh,
Und die Paläste an Silber, Gold und Edelsteinen.
Freue dich, Zion, freue dich sehr;
Erscheine inmitten des Jubelgeschreis, Jerusalem;
Frohlockt, alle Städte Judas'!
Halte deine Tore allzeit offen
Auf daß man die Schätze der Nationen herbeibringen kann;
Auf daß ihre Könige dir dienen
Auf daß alle, die dich beleidigt haben, sich niederwerfen können
Vor dir, und den Staub ablecken an deinen Füßen.«*

Der Ton ist rauh geworden und hat sich schließlich in

* Zitat aus *Les Fils de la lumière et des ténèbres* (XII, 10-15)

Hebräisch verwandelt. Moses stößt Bannflüche aus, zeichnet mit seinen zehn Fingern geometrische Figuren in die Luft. Die beiden jungen Leute starren ihn an, und in ihren aufgerissenen Augen mischen sich Schrecken und Schmerz.

Pons kreuzt die Finger, um all diese Mysterien zu beschwören, und beißt ingrimmig die Zähne zusammen, um nicht zu zittern. »Vor lauter Uns-Eindruck-machen-Wollen mit seiner gottlosen Sprache bringt dieser bärtige Balg es noch soweit, daß sich die Kälte und Hitze der Hölle und die vier verfluchten Prinzen auf der Erde entfesseln«, sagt er zu sich selbst. Und er schaut auf die weiche Rundung seines Bauches hinunter, um den zornig blitzenden Blick des kleinen Juden nicht mehr sehen zu müssen.

»Ararita Elvedaat Elim Gibor Elim Sabaot!« schreit dieser mit schäumendem Mund, dann verstummt er plötzlich, als wäre er aller Substanz entleert.

Draußen beginnt ein kräftiger Wind zu blasen, ein heißer Wind, der den dunstigen Pesthauch zerreißt, der reglos über dem Goldenen Horn liegt. Der Wind steigt zwischen den schläfrigen Häusern empor, ohrfeigt die Statuen der alten Götter und rüttelt am Trödelkram der Märkte, die zu dieser Stunde verlassen sind. Er ist schwer, stark, feurig, allzu gegenwärtig, allzu übernatürlich. Man könnte meinen, er suche eine Beute.

Moses ist noch immer steif, wie von Starrsucht befallen, kreideweiß in einen Traum gefaßt, von dem nur er etwas weiß. Nie hat Bérengère ihn in einem so versunkenen, so ausweglosen Zustand gesehen.

Nachdem er suchend in den Labyrinthen des Neorion, des Zeugma, des Xelorophos und des Deuteron herumgeirrt ist, trifft der Wind mit seinem Gefolge von Gerüchen bei ihnen ein. Brausend, in Krämpfen bricht er über das Haus herein, schüttelt die roten Rosen, die Minzebüschel, den Mohn und die Orangenbäume, verscheucht die Katze mit gesträubtem Haar. Ein letztes Zusammenzucken! Da ist er, bei der Tür, mit einem Bauch voller Gespenster.

Bérengère spürt ein Stechen im Nacken.

»Moses!« schreit sie gellend.

Pons krümmt sich zusammen, ihm stehen die Haare zu Berge. Bizarre Stimmen ertönen, ein stinkender Atem erfüllt den Raum.

Bérengère streckt die Hand nach Moses' Gesicht aus und zögert ein wenig, bevor sie seine hervortretenden Wangenknochen berührt. Er fühlt sich eiskalt an. Sie bewahrt kühlen Kopf. Vor allem nicht Angst haben! Sonst wird sie ihre magische Kraft niemals einsetzen können. Man muß den Willen stets aus jeder Knechtschaft lösen und ihn zur Herrschaft ausbilden, hat Moses sie gelehrt. Sie konzentriert sich und ruft:

»Beim gesegneten Lamm Ormuz' und des heiligen Johannes, komm wieder zu mir zurück, Moses!«

Der Jude erbebt. Eine große Hitzekugel bringt ihn wieder ins Leben zurück. Kaum taucht er aus den ihn umgebenden Nebeln auf, hört er den Wind und begreift. Er muß sofort handeln, sonst sind sie verloren. Er greift nach der Mandelbaumrute, die er immer im Gürtel stecken hat, und schlägt nacheinander auf den Boden und die Wände, zeichnet einen Stern in dic Luft und sagt mit gewaltiger Stimme:

»Im Namen Michaels, Jehova gebiete dir und entferne dich von hier, Chavajoth! Im Namen Gabriels, Adonaï gebiete dir und entferne dich von hier, Belial! Im Namen Raphaels, verschwinde vor Elchim, Sachabiel! Im Namen Samuel Zebaoths und im Namen Eloïm Gibors, entferne dich, Adrameleck! Durch Zachariel und Sachiel-Meleck, gehorche Elvah, SAMGABIEL!«

Er braucht seine Beschwörung der Sieben nicht einmal zu beenden. Der Wind verstummt, dann fegt er jaulend lend vor Schmerz in einer Bö davon. Bérengère sieht Schatten am glitzernden Himmel aufscheinen, dann werden sie rissig und verschwinden. Ein letzter Knall, als fiele eine Metalltür ins Schloß, dann nichts mehr.

»Mein Gott, ich habe mich benommen wie ein Blinder. Ich habe Kräfte heraufbeschworen, die uns beinahe ins Jenseits hinübergerissen hätten. Elender, der ich bin, die Schmach spritze mir ins Gesicht. Die Kleine ist lauter Liebe, sie hat uns gerettet, wenn sie mir bloß verzeihen kann.«

Moses ist noch immer aschfahl, dabei hat sein Blut mit einem ganzen Tumult von widersprüchlichen Gefühlen wieder zu zirkulieren begonnen. Er fröstelt. Seine Nerven vibrieren wie allzu straff gespannte Saiten, mit unverschämter Eigenwilligkeit schüttelt seine Hand weiterhin die Mandelbaumrute vor Pons' bläulichem Gesicht, wo dieser doch soviel gar nicht verlangt.

»Wenn sie mir bloß verzeihen kann«, denkt Moses wieder.

Bérengère spürt die Verwirrung des kleinen Mannes.

»Ich verstehe dich, dein Zorn ist berechtigt. Quäle dich nicht mehr«, sagt sie mit Tränen in den Augen. »Vergiß deinen Ausbruch. Verwandle deinen Schmerz in Freude. Du bist mein Wohltäter und mein Freund, und ich liebe dich wie diesen Vater, den ich nicht kenne; genügt dir das nicht?«

Moses schließt sie in die Arme und vergießt heiße Tränen.

»Wenn man denkt, daß ich beinah meine Tochter verloren hätte, die doch lauter Liebe ist!« stammelt er.

»So ist es!« brüllt Pons. »Tröstet ihr euch! Ich gehe, ich habe eure Teufeleien satt. Ich ziehe gegen Feinde aus Fleisch und Blut ins Feld. Bleibt ihr meinetwegen bei euren Gespenstern und Dämonen! Lebt wohl!«

Er geht, ohne sie noch eines Blickes zu würdigen, mit großen Schritten und gebeugten Schultern, ein geschlagener Mann. Unter der hoch am Himmel stehenden Sonne geht er durch dieses grelle Licht, das seine Haut ausplündert. Das erste Schiff, das nach dem Heiligen Land in See sticht, wird ihm recht sein.

10. Kapitel

Der Beschützer des Heiligen Grabes

Keine himmlischen Heerscharen. Keine Erzengel. Keine Engel. Die Kreuzfahrer starren vergeblich in den Himmel hinauf und brennen sich die Netzhäute aus an der seßhaften Sonne, die an allen vier Horizonten ihre weißen Brände entfacht. Und doch warten diese begeisterten Schwärmer noch immer auf das grandiose Ereignis: das Ende der Zeiten. Die Mönche beten voll Inbrunst, die Geistlichen belfern Lobgesänge, und Arnulf Malecorne, von Arnulf von Marturano unterstützt, feuert sie nach Kräften an; auf sie zählt er, um die Heilige Stadt zu regieren, jetzt, nachdem der griechische Patriarch von Jerusalem, Simeon, auf Zypern gestorben ist. Einstweilen rührt Malecorne dem schönen Schein zuliebe seine Mätressen nicht an und betet Tag und Nacht mit seinen Getreuen am Heiligen Grab.

Sie beten und singen. Und die Zeit vergeht. Keine flammenden Kometen. Keine große Vergebung. Keine himmlischen Schatzmeister mit dem Auftrag, die Seelen zum Jüngsten Gericht abzuholen. Immer die Sonne. Als einsame Siegerin auf dieser dürren Erde brennt sie auf die Stadt herunter und umfängt die Abertausende von Kadavern, die in den Straßen verwesen, wo die Mückenschwärme beinah das einzige schwache Lebenszeichen sind.

Roxane, Guigo, Richard, Bonifaz, Gottfried und Jehan suchen den gelben und grünen Lachen auszuweichen, die sich um die Leichenhaufen herum ausbreiten, an denen sie überall vorbeikommen. Das Grauen ist allgegenwärtig. Roxane schließt die Augen und läßt sich von Guigo führen. Auf Pfähle gespießte Kinder, von denen abscheuliche dunkle Rinnsale heruntertropfen, sind den wütenden Attacken der Raben ausgesetzt. Ganz versessen picken die Schnäbel am zarten Fleisch der kleinen Gesichter herum und zerfetzen sie. Um größere Fleischstücke an sich zu reißen, nehmen die Vögel Krallen und Flügel zu Hilfe.

Grauen und Abscheu. Und über allem der Geruch. Der entsetzliche Geruch, der selbst die Hartgesottensten ins Wanken bringt. Der erstickende Geruch, der einem die Kehle zuschnürt und sich in die Eingeweide verknäuelt, bevor es einem das Innerste nach außen kehrt.

Außer Richard haben alle erbrechen müssen. Der Mann mit dem Schwarzen Linkarm bleibt eiskalt. Bloß in seinen Glutaugen glimmt eine heimliche Glückseligkeit: Diese Welt hier gefällt ihm. Das ist ein ihm angemessenes Dekor. Von Zeit zu Zeit zischt seine Axt, und ein gelber Hund verendet zu seinen Füßen. Er mag die Hunde nicht, die so dumm wie die Menschen sind. Schweiß rinnt ihm über die kräftigen, mit Kupferreifen beringten Arme. Er trägt nur einen ärmellosen Lederpanzer auf der nackten Haut, und der rote Talisman des Mars baumelt auf seiner behaarten Brust.

Jehan, dem der schwarze Ritter eine Heidenangst einjagt, folgt vorsichtshalber am Schwanz des Zuges und hält Osmans großes Krummschwert mit beiden Händen fest. Unter dem Stahlhelm, an dem ein essiggetränktes Halstuch hängt, schmilzt er dahin, trauert Kairo und seinem kleinen Harem nach, seinen Rosenstöcken, dem fruchtbaren Nil und dem Ruf des Muezzins, wenn die

Palmenhaine in der Abendbrise rauschen. Ach, und nochmals ach! Er ist nicht mehr Muselmane, nicht mehr Verwalter, sondern christlicher Gottessoldat. Bei diesem Gedanken rollt ein dicker Tropfen über seine feisten Wangen.

Sie ersticken vor Hitze. Sie gehen der großen, aufgerissenen Zisterne entlang, die nur noch Ratten Unterschlupf bietet. In der Ferne erhebt sich ein Geschrei und das Gebrüll von Olifanten. Sie sind verspätet, die Zeremonie hat bereits begonnen. An diesem heutigen 22. Juli werden die Großen das Oberhaupt Jerusalems bestimmen: Gottfried von Bouillon – da Raimund von Saint-Gilles das nicht sehr aufrichtige Angebot abgelehnt hat.

Ihre Blicke verirren sich nicht mehr auf die aufgedunsenen Körper, die ihnen ein Ehrenspalier bereiten. Mit all ihren Sinnen sind sie jetzt diesem Stimmenlärm zugewandt, dem Klang der Hörner und der Trommeln und den Stimmen der Chorknaben, die hoch in den Himmel wirbeln.

Roxane und Guigo erschauern, ihre Finger klammern sich ineinander: das Heilige Grab! Eine gewaltige Menge von Pilgern und einheimischen Christen drängen sich kreischend und schreiend unter den Mauern des Gebäudes, unter den von der Zeit zerfurchten Portalvorbauten, unter den dahinsiechenden Säulen, die im Laufe der Jahrhunderte immer dünner geworden sind. Das leuchtende Mahnmal des Christentums ist nichts mehr als ein großes Skelett von ausgebleichten, abgewetzten Steinen.

Im Handumdrehen hat Richard einen Korridor in diesen brodelnden Pöbel gebahnt, in dieses Bettler- und Hurenfleisch, diese Bürger und Dreckärsche, die nur daran denken, ihre schmutzigen Mäuler mit Vaterunsern rundzubeten und sich aus Leibeskräften zu bekreuzigen, um sich die Hölle zu ersparen. Endlich betreten sie das

Innere der verfallenen Basilika, durchqueren Innenhöfe und düstere Oratorien, die den verschiedenen Stationen des Leidenswegs geweiht sind. Da sind nur noch Soldaten, Mönche und Priester versammelt. Richard schafft wieder den nötigen Freiraum, damit sie bis zu dem großen konstantinischen Rundbau des Martyriums vordringen können, der Heiligen Grabeskirche, deren Kuppel im 9. Jahrhundert bei einem Erdbeben zerstört und im Jahre 1009 durch die Soldaten des Kalifen Hakim endgültig abgetragen worden ist.

»Es ist ein großer Jammer, die heiligen Stätten so verwahrlost anzutreffen«, sagt sich Guigo. Glücklicherweise hat man alle Oriflamme gehißt und Teppiche über die fleckigen Steine gebreitet, und die Damen sind in prächtigster Aufmachung erschienen, mit Schmuck und Geschmeide, auch die Bischöfe blitzen von Gold und Silber, und die Fürsten stehen in makellosen Röcken da, ihre Schwerter und Lanzen glänzen, jedermann stellt die Prunkstücke der bei den Plünderungen erbeuteten Schätze zur Schau.

Würdig stehen die Großen beim Martyrium, ringsum teilen Bischöfe und Priester – allen voran Arnulf Malecorne – Hostien und Segen aus.

Guigo und Roxane haben sich mit den Ellenbogen bis zu den Provenzalen vorgearbeitet, die hinter dem Grafen von Toulouse versammelt sind. Mit verdrossener Miene gibt dieser Elvira von Aragon den Arm. Ihnen gegenüber steht eine gewaltige Masse von Kriegern, ein Vorgebirge aus Lederzeug, Eisen und Narben: Tankred, Robert Courteheuse, Robert von Flandern und ihre Männer, scheinen für alle Ewigkeit da erstarrt zu sein. Alle tragen ein seliges Lächeln zur Schau, ihre Münder und Augen trinken das Manna der Geistlichkeit. Sie, die Hinterlistigen, Gewalttätigen, die Mörder und Henker, sind wie Kinder vor dem Wunderbaren. Sie haben nur noch edle Ambitionen: Gott schaut auf sie herab. Roxane zuckt zusammen. Dicht neben dem massigen, merkwürdigen Hermann von Cannae steht Rico und starrt sie hingerissen mit irren, glänzenden Augen an. Er weidet sich an ihr. Bär und Arnulf Großnase sind sicher ganz nah. Wenn man den Leitwolf erblickt, ist die Meute nicht mehr weit.

Sie preßt Guigo die Fingernägel in die Schultern, daß er zusammenzuckt.

»Was ist?«

»Dort, bei Hermann . . . Rico starrt mich an.«

»Das Schwein!«

Es ist, als wühlten ihm Stacheln durch den Bauch. Guigo muß sich zurückhalten, um nicht auf den Normannen loszugehen. Aber sein Zorn dauert nicht lange. Eine doppelte Girlande weißer Chorknaben, die Räuchergefäße schwingen, aus denen Weihrauch- und Zimtbaumduftwolken steigen, verdecken ihnen den Blick auf die Normannen und Flamen. Und blau, grün, rot und violett, mit Gold- und Silberstickereien geschmückt, kommen jetzt gemessenen Schrittes etwa fünfzig reliquienbeladene Bischöfe daher, die in ihrer Mitte das Wahre Kreuz mitführen, das den Kreuzfahrern von den einheimischen Christen übergeben worden ist.

Als das Kreuz an ihnen vorbeigetragen wird, knien alle nieder, neigen die Köpfe und bekreuzigen sich. Die Gläubigen ergießen sich in Weinen und Schluchzen und ringen die Hände. Alle sehen Christus wieder vor sich, drüben auf Golgotha. Das Kreuz ist der Mittelpunkt der Welt, das Werkzeug, mit dem der Heiland das Universum ausmaß.

Roxane schaut auf: Ricos Krötengesicht ist verschwunden.

Peter von Narbonne, Gerhard von Ramleh, Aimin von Toulon, Arnulf von Marturano und Arnulf Malecorne gehen wie gestrenge Richter auf Gottfried zu. Der Herzog von Lothringen, ganz in ultramarinblauen Gewändern mit einem weißen Schwan auf der Brust, trägt einen Palmenzweig in den gefalteten Händen und versinkt in den Spiralen des Räucherwerks. Feierlich steigt Peter von Narbonne die beiden Stufen hinauf, die ihn vom Herzog trennen. Dann erschallt seine Stimme, er spricht laut, damit jedermann ihn hören kann.

»Wir haben uns herinnen versammelt, um einen König zu erküren, der über dieses Land regieren wird. Unter uns allen, Gottfried, bist du auserwählt für deine Kühnheit im Kampf, um deines Glaubens und deines mustergültigen Lebens willen. Im Namen des Herrn, nimm diese Krone an und leite in Zukunft die Geschicke des Königreichs Jerusalem.«

Und er streckt ihm eine goldene, sechszackige Krone entgegen. Alle halten den Atem an, das Geflüster hat sich in die Kehlen verkrochen. Die behelmten Schnauzen recken sich. Hinter dem schweren Vorhang des Räucherwerks hat Gottfried einen Schritt getan. Und jetzt ertönt seine donnernde Stimme mit dem deutschen Tonfall:

»Väter, edle Herren, alle, die ihr hier anwesend seid, wisset, daß ich keine goldene Krone tragen will hier, wo Jesus die Dornenkrone trug.«

Diese Antwort wird mit Seufzern und bewundernden »Oh!« und »Ah!« empfangen. Geistliche und Ritter bezeugen der herzoglichen Bescheidenheit geräuschvollen Beifall. Die Prälaten ihrerseits sind erleichtert: Ein König hätte ihre Macht geschmälert.

Mit inbrünstig an die Heilige Jungfrau Maria und alle Heiligen gerichtetem Flehen hat Gottfried es fertiggebracht, der Versuchung der Königskrone zu widerstehen.

Aber er ist ein ehrgeiziger Mann. Damit er sich nicht allein mit einer fingierten Macht zufriedengeben muß, nimmt er zwei Tage darauf den Titel *Advocatus Sancti Sepulchri* an, womit er sich zum Beschützer des Heiligen Grabes macht.

Am 1. August 1099 wird Arnulf Malecorne zum Patriarchen von Jerusalem gewählt. Der bestechlichste, lasterhafteste aller Bischöfe besteigt den zweiten Thron der Christenheit. Ein Skandal, der Raimund von Aguilers, den Kaplan des Grafen von Toulouse, zum Kommentar veranlaßt: »Das ist gegen Gott und gegen alle Rechtschaffenheit.«

Ein Wechsel von Blau und Weiß, keine Blumen, keine Bäume, man könnte meinen, das Leben fliehe dieses Land. Sie galoppieren seit der Morgenfrühe: dreihundert provenzalische Reiter und einige wenige Frauen. Sie haben Jericho und seine Gärten hinter sich gelassen. Seitdem reiten sie auf einem verschlungenen Pfad einem trockenen Flußbett entlang und wirbeln eine gewaltige Staubsäule auf, die sich über die ganze Umgebung ausbreitet: diesen Wüstenboden, der seine Knochen zeigt. Sie treiben ihre Pferde an und wahren ein andächtiges Schweigen, mit Träumen von frischem Wasser und grünen Wiesen im Kopf. Roxane stellt sich Wasserstellen vor, ihren weißen Körper in den Wellen, ihr Gesicht von kristallinen Tropfen überrieselt ... Sie krallt Basileus die Finger in die Ohren, daß er aufwiehert vor Schmerz. Unvermittelt verlangsamt die Truppe den Schritt und hält an. Endlich entschließt sich der Graf von Toulouse zu einer Rast.

»Vergeßt es nie«, schreit er heftig. »Vergeßt es nie, dieses Land, diese Steine, diesen Himmel! Hier haben der Erlöser und die Apostel gelebt ... und die Heilige

Jungfrau. Vergeßt es nie, dieses Land, das wir verlassen müssen.«

Und wütend gibt er seinem Pferd die Sporen. Schon wieder weiter, die Männer murren, Roxane erkundigt sich besorgt:

»Was hat der Graf bloß?«

»Seit er aus Jerusalem auszog, ist er außer sich«, antwortet Aimin. »Seit er Gottfried den Davidsturm hat zurückgeben müssen, weil Peter von Narbonne ihn verraten hat, beklagt er sich, er habe alles verloren. Boemund hat Antiochia, Balduin Edessa und Gottfried Jerusalem . . . Und er: nichts.«

»Armer Graf«, murmelt Roxane.

»Du brauchst ihn nicht zu bedauern«, wirft Guigo ihr zu. »Es bleibt ihm noch Toulouse und die ganze Provence. Außerdem ist er immer noch einer der reichsten Fürsten des Abendlands.«

»DER JORDAN!«

Mindestens zehn Münder haben gleichzeitig geschrien.

Jetzt geht es darum, wer ihn als erster erreicht. Die schäumenden Pferde stürzen sich ungestüm die Böschung hinunter, man braucht sie nicht mehr anzutreiben, ihre bebenden Nüstern haben den Fluß gerochen. Auf ihren Sätteln, in den Steigbügeln aufgerichtet, lachen und schreien Männer und Frauen aus vollem Hals:

»Ha! Ha! Ha! Das heilige Wasser. Das heilige Wasser. Das Leben!«

Dort unten glitzert der Jordan und steigert noch ihr Verlangen nach Frische. Sie stürzen geradewegs dem Wasser entgegen, verlassen den Pfad, stieben auseinander wie eine Herde verrückter Tiere, denen die Flammen auf den Fersen sind. Eine heimtückische Lust läßt ihnen das Wasser im Mund zusammenlaufen. Sie ist größer als die Lust am Essen, am Spiel oder an der Liebe, sie hat etwas, was an den Kampf erinnert.

Roxane hat bereits den Grafen von Toulouse erreicht, Basileus ist das schnellste Streitroß der Armee, aber aus Anstand wagt sie ihn nicht zu überholen.

Staubbedeckt bis ins Haar, mit geröteten Augen und einem von verdächtigen Rissen durchzogenen Bart – vergißt Saint-Gilles das Heilige Grab. Die Hufe seines Fuchses schmatzen in feuchtem Lehm. Dann spritzt die Fontäne hoch, bevor ein Regen über seinen müden Körper niederfällt. Er lächelt. Ein unsägliches Wohlbefinden überflutet ihn, das Wasser rinnt ihm unter das glühende Kettenhemd, in die klebrigen Hosen, die mageren Beine hinunter. Rings um ihn ergehen sich seine Leute in ungestümen Sprüngen und saufen mit gierigen Mündern das gischtige Naß, in dem die Pferde sich wälzen. Guigo und Roxane spritzen sich an und lachen hellauf, dann kämpfen sie ein bißchen miteinander und küssen sich unter dem heiligen Wasser, ihr Leben hat eine neue Seite bekommen. Sie sind so weit von ihren Feinden entfernt.

Bloß Richard ist am Ufer geblieben. Der Mann mit dem Schwarzen Linkarm bezwingt seinen Durst, er will seine Dimension, die unmenschliche, wahren; durch seine Augen zucken Verachtung und dunkler Zauber, selbst Primost, sein Streitroß, steht reglos da. Jehan, der in der Strömung prustet, läßt die beiden Schatten nicht aus den Augen. »Mein Gott«, sagt er sich. »Dieser Mann und sein Ungeheuer von Pferd müssen abscheuliche Herzen haben.«

Endlich steigen sie unter der herrlichen Sonne, die sie an die Nähe des Schöpfers erinnert, wieder ans Trockene, während der Fluß langsam zu seiner ursprünglichen Klarheit zurückfindet. Sie denken an die Taufe Christi, und mehrere von ihnen, allen voran der Graf von Toulouse, lassen sich von Raimund von Aguilers und Aimin taufen. Die andern beten inbrünstig, dann legen sie sich mit ausgebreiteten Armen auf die Kiesel, als hätte eine reine Substanz sie berührt, ein Engel, der aus der Höhe von ihrem Körper Besitz ergreift. Roxane weint und schüttelt ihr langes, wirres Blondhaar. Es sind Freuden- und Liebestränen, Tränen der Seele. Guigo ist von demselben Fieber erfaßt, ein Lächeln spielt um seine bleichen Lippen, während er sagt:

»O Herr, führe uns durch Einsicht und Liebe zum wahren Leben! Führe uns durch das Opfer in die Unsterblichkeit, damit wir würdig sind, dir eines Tages Wasser, Blut und Tränen darzubringen zur Vergebung unserer Sünden. Beschütze meine Gefährtin Roxane und ihre Freunde . . .«

Er betet lange. Die Gemütsbewegung überwältigt ihn. Da ist er, am Ende der Welt, mit ihr, die er liebt, und zutiefst vom Glauben durchdrungen. Nichts kann ihnen mehr zustoßen. Sie haben alles gesehen, alles ertragen, Getöse, Raserei und Krankheit; zahllose Tote bevölkern ihr Gedächtnis. Sie leben, und das Jordanwasser hat Müdigkeit und Sünden von ihnen abgewaschen.

Tatsächlich wartet ihnen neue Mühsal. Nun droht Gefahr aus dem Süden: Die Ägypter, über das Massaker von Jerusalem aufs äußerste entsetzt, rüsten zum Krieg.

Unter dem Oberbefehl el-Afdals haben die Fatimiden sich in Askalon zusammengezogen. Eine so gewaltige Streitkraft, daß Gottfried von Bouillon an all seine Fürsten appelliert.

Einmal mehr ziehen die Provenzalen in den Krieg.

»Nein!« sagt Guigo.

»Ich gehöre auch dazu«, antwortet Roxane unverfroren. »Ich werde nicht mehr einfach dasitzen und händeringend auf dich warten. Ich ziehe mit dir in den Kampf. Bonifaz!«

»Gnädiges Fräulein?«

»Für einmal wirst du deinen Ritter im Stich lassen. Du wirst meine rechte Flanke schützen. Und Jehan hält sich zur Linken.«

»Ich! Ich! Ich!« stottert der dicke Deutsche, nicht ohne ein paar Krokodilstränen zu vergießen. »Aber ich verstehe nichts vom Umgang mit Waffen, ich bin bloß ein armer Schneider, der sich ins Morgenland verirrt hat.«

»Wie! Gestern noch hast du mit deinen Großtaten von Asch Scharif geprahlt. Wie du den Eingang der Moschee stürmtest und wie unter deinem blitzenden Krummschwert die Köpfe der Gottlosen flogen. War das also bloß Angeberei? Schande über dich und deinen Namen.«

»Nein! Alles, was ich erzählt habe, stimmt. Aber da war ich zu Fuß. Hier geht es um einen Kampf zu Pferd. Und ich habe ein schwieriges Biest zwischen den Beinen, einen zähen, ungefügigen Klepper, eine hinkende Mähre, die gerade noch dazu taugt, ein Schöpfrad zu drehen. Schaut doch ihre trüben Augen, das stumpfe Fell, den Schwanz, der von Ungeziefer wimmelt, die von Krusten bedeckte Kruppe. Wahrhaftig, dieses rachitische Tier ist nichts für die Schlacht. Es ist besser, ich halte mich mit ihm im Hintergrund und bewache die Wasservorräte.«

»Ha! Das gute Mundwerk!« pfeift Roxane. »Du brauchst ihm nur die Ohren vollzuschwatzen, deinem Gaul, dann galoppiert er bis nach Kairo. Du wirst mir folgen und dich schlagen. Gebt ihm einen normannischen Wurfspieß aus Esche!«

Guigo beißt die Zähne zusammen: »Sie ist verrückt.

Das normannische Blut pulsiert wieder in ihren Adern. Man wird sehen, was Aimin davon hält. Ich habe mein letztes Wort noch nicht gesprochen.« Er ist etwas eifersüchtig und beunruhigt.

Sie wirft sich in die Brust, mustert ihn abschätzend und lächelt verächtlich. So war sie am Tag ihrer ersten Begegnung, als sie vor den Mauern Antiochias ihre Pfeile abschoß. Stolz. Herausfordernd. Sinnlich. Ein ungewöhnliches Geschöpf von einer fremdartigen Schönheit, vom kräftigen Fleisch und Blut der Menschen des Nordens, aus dunklen Wäldern und eisigen Meeren geboren, ein Geschöpf, das überaus gut zu erreichen weiß, was es will.

Sie reiten durch die beklemmende Leere des Wüstensands. Kein Muselmane. Kein Räuchlein. Nichts. Sie haben das herrliche Tal vergessen, das sie in der Morgenfrühe durchzogen. Al-Dschura, mit seinen großen, graustämmigen Sykomoren, in denen die Vogelkolonien erwachten, mit seinen schwer behangenen Olivenbaumhainen, mit diesen wundersamen Aprikosenbäumen, die es im Abendland nicht gibt, und den lang hingezogenen Reihen der Weinstöcke mit den vielversprechenden Ranken.

Jetzt liegt das Meer vor ihnen. Ein blaues Sehnen, das die Küste umspült, keine Wellen, alles eine Trägheit.

Der Graf von Toulouse hat sich damit einverstanden erklärt, den ans Meer angrenzenden rechten Flügel zu übernehmen. Die Flamen und die Normannen bestreiten die Mitte, und Gottfried, der Beschützer des Heiligen Grabs, führt seine Lothringer, Elsässer und Deutschen auf dem linken Flügel Askalon entgegen.

Aimin und seine Soldaten sichern unter dem Banner Wilhelm-Hugos von Beaux den Küstenstreifen. Mit dunklen Stimmen singen sie den Jubelchor: *»Sanctus, sanctus, sanctus Dominus . . .«* Sie starren mit zusammengekniffenen Augen auf den leeren Horizont und verleugnen die Angst, um nur noch an Christus und ans Plündern zu denken.

Jehan für sein Teil würde gerne fliehen, aber zu seinem Unglück befindet sich der Linkarm gleich hinter ihm. Er spürt den Blick des Ungeheuers auf seinem Nakken und wagt sich nicht umzudrehen. Wenn man bedenkt, daß er in diesem Augenblick in Hinebas Armen liegen könnte, an ihrem üppigen nubischen Busen, oder bei der aufreizenden Aischa, die ihn so gut mit der Ferse zu liebkosen weiß, oder . . . Ein Schnauben seines jämmerlichen Schlachtpferds reißt ihn aus seinem Harem heraus.

»Blödes, stumpfsinniges Tier!« geifert er. »Du begreifst nichts. Das alles wäre so einfach zu verhindern gewesen. Hättest du dir bloß ein Bein gebrochen. Man sieht, daß du nie die Tänzerinnen bewundert hast, diese Schönen in ihren durchsichtigen Seidenschleiern, mit ihren nackten Bäuchen, die an ihren Armen die goldenen Armreifen schütteln, daß sie klirren, und die sich dem Mann ihrer Wahl hingeben für die Dauer eines Blicks. Ach! Ihre Haut ist wie Wüstensand in der untergehenden Sonne; und der Obsidian ihrer Augen birgt ganz Afrika und den ganzen Orient und die Winde, die durch verfallene Tempel brausen, und die Raubtiere, die fliehen, wenn der Jäger auftaucht. Das verschlägt dir die Sprache, dummes Tier, was? Deine Nüstern haben nie das Gewürz ihres Geschlechts oder den duftenden Moschus ihrer Achselhöhlen gewittert. Nie hast du ihre scharfen Nägel in deinen Muskeln gespürt. Pah! Red mir nicht von den Frauen in meinem Land. Ich hatte eine, früher, bei Köln, eine dicke, sanftmütige, kuhäugige, die im entscheidenden Augenblick ›Herr Jesus!‹ brüllte. Nein, etwas Besseres als die morgenländischen Frauen findest du nicht.«

»Schwatz ihm nur weiter die Ohren voll, dann rennt er geradewegs nach Kairo«, sagt Roxane lachend.

Dabei ist der jungen Frau nicht ums Lachen. In der einen Hand die Axt, in der andern den runden Schild, starrt sie ins Blau hinaus und bleibt taub derjenigen gegenüber, die in ihrem Innern zittert. Guigo folgt ihr mit grimmig auf den blonden Zopf geheftetem Blick. Er ist wütend, aber es gibt Dinge, die sich nicht erklären lassen; merkwürdigerweise wagt er sie nicht in einem Zelt unter Arrest zu setzen. Vielleicht fürchtet er, sie zu verlieren? Vielleicht ist er stolz auf sie? Vielleicht ist es Gottes Wille? Er weiß es nicht. Er wird sie schützen, komme, was wolle.

Da ist endlich die Stadt. Askalon. Eine Anhäufung weißer Steine, fast unwirklich, die sich zum offenen Meer hinunterzieht, auf dem unzählige Schiffe tanzen, alle mit gerafften Segeln: die fatimidische Flotte.

Roxane wischt sich die Stirn, folgt mit den Augen einer Möwe, die im Sturzflug auf die Wellen hinuntersticht, und wendet ihre Aufmerksamkeit wieder der Stadt zu. Gleich davor bedeckt ein buntes Gekräusel die Ebene und einen Teil des Uferstreifens. Das sind die Zelte der Ägypter, mehrere tausend, die sich um el-Afdals Zelt herum scharen. Was Roxane erstaunt, ist das Fehlen von Palisaden. »Der Feind muß seiner Stärke sicher sein, um sich so zu exponieren«, sagt sie sich. Aber sie hat keine Zeit mehr, sich Fragen zu stellen. Auf Befehl Raimunds von Saint-Gilles bläst Rambald von Orange in seinen großen Olifanten. Ein dunkler, tiefer Ton schwingt über die Köpfe hinweg. Die Pferde setzen sich in Trab. Jedermann faßt seine Waffen fester, unterbricht seine Gedanken, beginnt mit seinen Bewegungen zu geizen. Wassergeknister, fliegender Sand, Schlachtrosse, die die Ohren spitzen und auf die Befehle ihrer Reiter achten, das Blut, das an den Schläfen pulst, Schweiß auf den Nacken, blitzende Helme, Jehans rotes Gesicht, Bonifaz' undurchdringliche Miene: Roxane nimmt all diese Einzelheiten wahr. Ein unsägliches Glück überkommt sie. Ach! Wenn ihr Vater und ihre Brüder sie sehen könnten, wie stolz wären sie da.

Wilhelm-Hugo von Beaux gibt seinem Streitroß die Sporen und durchbricht den beruhigenden Rhythmus des Trabs. Pfeilschnell jagt er davon und schreit: »Mir nach, Provence!«

Sogleich folgen ihm alle im Galopp. Die Lanzen gehen in die Horizontale, die Blicke richten sich in die Ferne, unerbittlich hart.

Tausenddreihundertfünfzig Kreuzfahrer stürmen in einem Stahlgefunkel wutentbrannt und schäumend auf Askalon zu.

Im muselmanischen Lager bricht Panik aus. Sie sind zwar zahlenmäßig zehnmal überlegen, aber el-Afdals Reiter kommen nicht dazu, ihre Harnische überzustülpen und nach den Waffen zu greifen. Nie hätten sie erwartet, daß die Franken im Morgengrauen angreifen würden. Die ägyptischen Offiziere treiben das Fußvolk zusammen und schicken es dem Feind entgegen, aber die Soldaten, die vor allem ihre Haut retten wollen, stieben auseinander und schreien: »Allah verläßt uns! Allah verläßt uns!«

Sie vergessen die Verse des Korans: »*Wa schamsi wa duhaha!* Durch die Sonne und ihre Strahlen ist Gott mit euch, wo immer ihr seid.« Die Offiziere sehen den Zusammenbruch kommen. Sie stürzen zu den Koppeln, wo die erschreckten Hengste an ihren Riemen zerren. Ein Satz, und sie sitzen den Tieren auf dem Rücken und galoppieren, tief auf die Pferdehälse hinuntergebeugt, dem Zelt des Großwesirs entgegen.

El-Afdal ist nicht mehr sehr gesprächig; das Oval seines »göttlichen Antlitzes« hat sich von Dunkelbraun zu Gelb und von Gelb zu Weiß verfärbt. Er kann seinen Blick nicht vom nördlichen Himmelsstrich lösen. Dort drüben ragt das »Schwanenbanner« des Beschützers des Heiligen Grabes in die Höhe, daneben Arnulf Malecornes Wahres Kreuz, das zinnoberrote Wahrzeichen Tankreds und Robert Courteheuses, die Oriflamme der Provenzalen mit dem silbernen Kreuz und die goldenen Flaggen der Flamen und Franzosen: fünf Fangzähne eines stachelbewehrten Fächers, aus dem ein Zeter und Mordio zu ihnen herüberdringt. Sie nähern sich wie der Wüstenwind, wenn er sich unversehens zum Sturm erhebt.

El-Afdal spricht unverständliche Worte; die Panik lähmt ihm Zunge und Beine. Ohne seinen Befehl abzuwarten, haben zwei Pagen seine Lieblingsstute »Scheherazade« herbeigebracht und helfen ihm in den mit Gold- und Elfenbeinintarsien reich geschmückten Sattel. Der Großwesir, der wie ein Kind alles mit sich geschehen läßt, murmelt immer noch, von seinen Ängsten und Illusionen gefangen: »Ich werde Jerusalem nicht von seiner Schmach reinwaschen können. Man soll mich hierlassen, auf daß mich der Wind der Geschichte auf immer verweht. Warum helfen sie mir? Wie soll ich die Schande überleben, nach diesem Desaster?«

Die Offiziere umringen seine kostbare Person und führen ihn ab nach Askalon. Bald wird der große Oberbefehlshaber Ägyptens nicht mehr sein als ein

Punkt, verschluckt vom Tor von Jaffa, das sich hinter ihm schließt.

»El-Afdal hat in der Stadt Zuflucht gesucht. Alle Stadttore sind geschlossen! Wir sind verloren!«

Vierzigtausend führerlose, hilflose Muselmanen laufen in alle Himmelsrichtungen auseinander, um der Falle zu entgehen, in der sie gefangen sind. Die einen stürzen sich ins Meer, um in den Hafen hinüberzuschwimmen, oder zu den Schiffen, die weiter draußen ankern. Sie werden von den Provenzalen zu Hunderten ertränkt. Die andern flüchten in einen großen Sykomorenwald; Gottfried läßt ihn umzingeln und setzt ihn in Brand; wer nicht in den Flammen umkommen will, wird mit Pfeilen und anderen Wurfgeschossen niedergemacht. Flamen und Normannen, in wenigen Augenblicken zu den Herren des heidnischen Lagers geworden, richten ihrerseits ein großes Blutbad an.

Roxane läßt ihre Axt auf den Schädel eines Sudanesen niedersausen, eine präzise Bewegung, ohne das geringste Zögern ausgeführt. Sie staunt bloß ein bißchen, daß das hervorschießende Blut nicht dunkler ist. Der Mann versinkt im Wasser. Ein Funken Wahnwitz zuckt ihr durch den Blick, sie sucht ein neues Opfer. Sie ist nicht mehr Frau, sie ist nicht Mann, sie ist ein Werkzeug Gottes!

Jehan, der sie decken sollte, kümmert sich gar nicht um sie. Mit feuchten Augen und zitternden Beinen, mit hängender Lanze und dem über seinen unschätzbaren Bauch gebreiteten Schild sieht er zu, daß er sich nicht exponiert, und hält sich aus dem Getümmel heraus. Er weicht allen Leichen aus, die auf dem Wasser treiben: Man weiß nie, es gibt so viele Scheintote in den Schlachten. »Was das Morgen bringt, weiß niemand«, sagt er sich immer wieder. »Reiß Augen und Ohren auf und schau zu deiner Haut, mein armer Jehan.« Er ist denn auch der einzige, der sich nicht am Gemetzel berauscht. Selbst Guigo, den Roxanes Gegenwart zu Recht mit Sorge erfüllt, gibt sich nach Herzenslust dem Schlachten hin, er schlägt auf alle Krausköpfe ein, die aus dem Wasser auftauchen, um nach Luft zu schnappen. In Wirklichkeit besteht überhaupt keine Gefahr: Die Muselmanen denken nicht daran, sich zu verteidigen.

Primost hat den Eunuchen mit den Zähnen gepackt und wartet darauf, daß sein Herr ihm den Garaus macht. Aber Richard, zu weit gegangen im Wahnwitz, zu weit im Bösen, immer grausamer in seiner Unerbittlichkeit, hat es nicht eilig. Er streichelt sein Schlachtroß und dankt ihm für den guten Fang. Dann läßt er unter seiner hartnäckigen Klinge zunächst ein Auge herausspringen, dann das andere, bevor er den Dolch herumwirbelt und dem Haremswächter damit an die fette Kehle fährt. Eine flüchtige Freude erhellt die Fratze des schwarzen Ritters im Augenblick, da er sein Opfer Astarot weiht. Jeder hat seinen Vorwand, die dreißigtausend Toten dieses 12. August 1099 müssen schließlich irgendwie gerechtfertigt sein.

Der Sieg von Askalon sichert den Franken die Vormachtstellung im Mittleren Orient. Jetzt wird der Beschützer des Heiligen Grabes, Gottfried von Bouillon, das Heilige Land befrieden können.

11. Kapitel

Das Tote Meer

»Ain Dschidi!« schreit der arabische Führer.

Ain Dschidi, ein Haufen alter Steine, ein verlorenes Nest zwischen drei kahlen Hügeln in der Einsamkeit der judäischen Wüste. Ohne Shamirs Hilfe hätten Guigo und seine Gefährten diesen Ort nie gefunden.

»Da also ist die Familie Ben Choolam im Exil?«

»Ich glaube ja«, stammelt Jehan.

Aber Guigos wenig befriedigte Miene veranlaßt ihn, schleunigst hinzuzufügen:

»Ich bin sicher. Als ich auf Befehl meines Meisters ihr Haus beschlagnahmte, sagten sie mir, sie würden sich an diesen abgelegenen, weit von den Karawanenstraßen und daher weit von allen Kriegswirren entfernten Ort zurückziehen. Sie können mir ewig dankbar sein. Ich habe ihnen gewissermaßen das Leben gerettet. Dieser Gedanke macht mich geradezu munter. Du kannst dich rühmen, Ritter, einen ehrlichen Diener zu haben, einen Liebling der Engel, den außerdem ein großer Mut beseelt und Tapferkeit im Kampf.«

»Ruhe, die Elster!« brüllt Guigo, dem der geschwätzige Deutsche auf die Nerven geht.

Sie treiben ihre Pferde durch die von den Jahren ausgewaschenen Steine, durch unvordenklichen Staub und nähern sich der ärmlichen Siedlung. Mit dem Führer sind sie zu sechst. Roxane, Richard, der Mann mit dem

Schwarzen Linkarm, und Bonifaz sind die restlichen Mitglieder der Gruppe. Roxane hält sich am Schluß der kleinen Kolonne; als sie von Guigo eine Erklärung verlangte, hat dieser sie nur unwirsch angefahren, seitdem bleibt sie stumm. Was sucht er an diesem verlorenen Ort?

Auf einer kleinen, von Kristallpailletten bedeckten Anhöhe drängen sich etwa fünfzig weiße Häuser zusammen. Flache Dächer. Nichts regt sich.

Ihre vor Müdigkeit geröteten Augen können nichts erkennen. Weder in den schwarzen Öffnungen noch um diese Häuserwürfel herum, wo eine verschwommene, verfallende, von Südwinden gepeinigte Landschaft schattenlos unter dem Sonnenfeuer dahinsiecht.

»Eine Gegend für Ausgestoßene«, sagt sich Guigo.

Die ersten Lebewesen treffen sie auf dem Weg zum Dorf hinauf nach einer Wegbiegung an: eine ordentliche Reihe von zwanzig alten Männern, Menschen der Wüste, deren Haut so pergamenten, so reich gefältelt ist, daß die Kreuzfahrer ihnen kein Alter geben können.

»Die Delegation«, murmelt Bonifaz.

»Laßt mich machen!« befiehlt Jehan, der die Sitten der Wüste kennt. Und er reitet auf den würdigsten der Greise zu. Es ist ein hagerer, knochiger Araber, mit einer Stirn, die von vier tiefen Furchen durchzogen ist, mit einem schneeweißen Bart, der das Kinn umrahmt, und zwei tiefliegenden, kleinen, schwarzen Kugeln in dem bläulichen Gesicht, aus dem eine Adlernase hervorsticht.

Jehan betrachtet aufmerksam diese lebendige Mumie, an der sich ein paar Fliegen weiden. Ein sonnenverbranntes, aber würdiges Gerippe, das für Traditionen empfänglich sein muß, sagt er sich. Dann laut auf arabisch:

»Yahya al-Islam! Es gibt nur einen Gott, und Mohammed ist sein Prophet. Ehrenwerter Weiser, ich begrüße dich im Namen meines Herrn und Meisters, Guigo von Signes. Friede mit euch, ehrwürdige Greise! Wir bringen euch keinen Krieg.«

Auf diese Worte hin steigt Jehan ruhig vom Pferd, bindet eine Ledertasche los, die am Sattel hängt, und leert den Inhalt dem Alten vor die Füße.

»Das sind Geschenke, um unsere Freundschaft zu besiegeln.«

Die beiden schwarzen Kugeln richten sich auf das Gold und den Schmuck.

Ein kleines Vermögen für diese armen Bauern, die gewöhnlich nur Kupfer- oder Eisenstücke zur Verfügung haben. Jehan führt immer Geschenke mit sich, die er verteilen kann, das hat er sich während seiner zahlreichen Handelsreisen in Nordafrika angewöhnt.

»Ich danke dir, mein Bruder«, antwortet das Oberhaupt der Alten, »der Einzige möge dich in sein Paradies aufnehmen.«

Dann hebt er seine mageren Hände und klatscht zweimal. Wie durch einen Zauber erscheinen daraufhin zu beiden Seiten des Wegs etwa dreißig mit Wurfspeeren und Schleudern bewaffnete Männer.

»Das ist eine Falle!« schreit Bonifaz.

»Haltet euch still, vor allem!« zischt Jehan.

Der Greis geht auf Guigo zu, verbeugt sich und sagt:

»Sei mein Gast, o mächtiger Christ, und fürchte dich nicht vor diesen Kriegern. Sie waren nur da, um unser Dorf zu beschützen. Ihr kommt mit friedlichen Absichten, und die Gesetze der Gastfreundschaft sind heilig. Solange ihr in Ain Dschidi bleibt, werdet ihr unsere Brüder sein. Man bereite die Schafe zu! Frauen, rüstet euch zum Tanz! Man hole die Kefirschläuche aus den

Brunnen herauf! Rührt euch, Söhne der Wüste! Holt eure Trommeln und verbreitet die gute Nachricht.«

Sie haben das Schaf gegessen, die Fladen, die Kichererbsen, den scharfen Sumakk, Oliven, getrocknete Feigen, Datteln, Käse und Backwerk, das Ganze mit Ziegenmilch begossen, während sie auf Matten und Teppichen saßen und jungen, rehäugigen Mädchen zuschauten, die für sie tanzten.

»Ein schönes Fest!« meint Bonifaz. »Es wäre perfekt, wenn eines dieser hübschen Fohlen sich knutschen ließe.«

»Unglücklicher!« ruft Jehan. »Untersteh dich nicht, eine ihrer Frauen anzurühren. Sonst liegst du am andern Tag mit aufgeschlitzter Kehle und abgeschnittenen Hoden da.«

Unweit von ihnen hat Richard sich mit dem Hexer und Wahrsager der Gemeinde zurückgezogen, niemand wagt, sich den beiden zu nähern. Guigo fragt sich, durch welches Wunder die zwei merkwürdigen Männer sich miteinander unterhalten können, wo der eine doch nur Arabisch und Hebräisch spricht und der andere nur Provenzalisch und Latein. Aber nicht weit von den beiden entfernt, und Guigo läßt sie nicht aus den Augen, befindet sich ein Grüppchen von Männern und Frauen, die ihm Jehan als die Familie Ben Choolam bezeichnet hat.

Gebeugt von der Bitterkeit des Daseins, niedergeschlagen, mit gesenkten Lidern, scheinen die fünf Erwachsenen und acht Kinder auf ein neues Unheil zu warten. Die Rufe der farbenprächtigen Tänzerinnen, die immer wilderen Schläge auf die Ziegenhäute, das helle Gepieps der Flöten lassen sie kalt. Unberührt von der allgemeinen Fröhlichkeit, blicken sie mißtrauisch zu diesen Christen mit ihren roten Kreuzen hinüber. Dieses

Blutrot, das auf ihren Schultern leuchtet! Es wird soviel Grauenhaftes über sie erzählt.

Einzig eine schöne Frau mit schwarzem, gelocktem Haar schaut manchmal aus ihren sanften, goldumrandeten Augensternen zu Roxane hinüber.

Guigo hält es nicht mehr an seinem Platz, er springt auf und zieht Roxane mit sich zu den Juden hinüber. Sogleich erschüttert Bestürzung die matten Körper, sie wagen es gerade noch, die Kleinen zu sich zu holen, die mit Knöchelchen spielen. Warum werden sie schon wieder verfolgt? Was haben sie denn für ein Verbrechen begangen, daß YAHWE ihnen unaufhörlich einen Henker auf die Fersen hetzt? Keine Antwort auf diese ewigen Fragen. Warten und dulden bis ans Ende der Zeiten.

»Erschreckt nicht«, sagt Guigo leise zu ihnen und streckt ihnen die offenen Hände entgegen. »Wir kommen als Freunde.«

»Freunde bringen keine Schlange mit«, antwortet der älteste der Männer schroff und zeigt auf Jehan.

»Das ist mein Diener.«

»Er hat uns aus Jerusalem vertrieben!«

»Das gehört der Vergangenheit an! Er selbst hat alles verloren und büßt jetzt für seine Vergehen. Ich sage euch: Wir kommen als Freunde. Erkennst du diesen Ring?«

Und Guigo streckt ihm seine linke Hand entgegen, auf deren Mittelfinger die Smaragdaugen des merkwürdigen schwarzen Katzenkopfes glimmen.

Roxane wundert sich über Guigos Verhalten, aber sie schweigt, sie will sich nicht eine zweite Abfuhr erteilen lassen.

Gierig faßt der Jude nach Guigos Hand und prüft den Glanz der Smaragde.

»Kein Zweifel!« ruft er. »Woher hast du diesen Talisman?«

»Moses Ben Choolam hat ihn mir als Erkennungszeichen für eure Sippe anvertraut.«

»Moses! Mein Bruder!?«

»Wenn ich es doch sage.«

»Gott sei gelobt!« seufzt die schöne Frau.

»Wie geht es ihm?« fährt der Mann fort. »Was macht er? Hat er sich entschlossen, eine Frau zu nehmen? Florieren seine Geschäfte?«

»Alles zu seiner Zeit«, antwortet Guigo. »Hört mich erst einmal an. Bist du bereit, mich ans Tote Meer, nach Chirbet Qumran, zu begleiten?«

»Chirbet Qumran!!! Bist du verrückt? Das ist ein verfluchter Ort.«

»Verflucht oder nicht, ich muß dorthin. Na und?«

»Ich führe dich hin, mein Gefühl sagt mir, daß du damit den geheimen Absichten meines Bruders dienst.«

Mit zugeschnürten Kehlen reiten sie dem Toten Meer entlang, lauschen gespannt auf die Stille, haben ein wachsames Auge auf die erstarrte Unermeßlichkeit, dieses unheilschwangere Tabernakel. Tot! Nie hat das Wort in ihren Barbarenköpfen so voll geklungen, ein Wort, das sich mit einem Bild hinterlegt. Da, einen Pfeilschuß weit von ihnen entfernt, liegt das Meer, reglos offenkundiger Beweis der Nichtexistenz. Samuel, Moses' Bruder, führt sie nordwärts, sie durchqueren nacheinander den Wadi Murrabbaat und den Wadi en-Nar, ausgetrocknete Flüsse, zwei glänzende Gräben, die in Salzplatten ausmünden.

Richard horcht imaginären Stimmen nach. Bonifaz beobachtet die Felsen und hält seinen Trident bereit, um einen etwaigen Feind zu durchbohren. Jehan ist in seinem Schweiß zusammengesunken und will mit hängender Zunge in dem Glutofen krepieren. Die andern, Roxane, Guigo und der Jude, reiten voran und wechseln ab und zu ein paar Worte, wenn sie die stechende Sonne einen Augenblick vergessen.

»Ist es noch weit?«

»Nein, bald werden wir das Dorf Ain Feschka erreichen, von dort aus sieht man Qumran.«

»Wer hat in diesen Höhlen gelebt?«

»Ich kann dir nur sagen – mein Vater hat es mir erzählt –, daß an diesem Ort eine abtrünnige jüdische Gemeinschaft lebte, deren Priester, Söhne Sadoks, die Hüter des Bundes waren. Das ist alles, was ich weiß. Mein Vater brachte uns, Moses und mich, hierher, um uns einweihen zu lassen, aber im Gegensatz zu meinem Bruder hat mich nie eine Leidenschaft für die Kabbala gepackt.«

»Die Kabbala?« wundert sich Roxane. »Ist das ein jüdischer Tanz?«

»Eher ein Höllenspektakel, würde ich sagen«, flüstert Guigo ihr ins Ohr, so daß Samuel es nicht hört.

Roxane bekreuzigt sich.

»Gehen wir nicht hin, Guigo, ich bitte dich.«

»Ich habe Moses auf meine Ehre versprochen, eine in diesen Höhlen versteckte Schriftrolle holen zu gehen. Soll ich zum Meineidigen werden?«

»Einem Juden ein Ehrenwort geben! Du widerst mich an.«

Und rot vor Zorn gibt sie Basileus die Sporen und schließt sich Bonifaz an. Guigo zuckt die Achseln: eine Frauenlaune. In zwei Stunden denkt sie nicht mehr daran, und sie reiten lachend Jerusalem entgegen; und das Tote Meer und Qumran werden nur mehr ein böses Andenken sein.

»Da sind wir. Hier ist der Durchgang, der zu den Felsklippen führt.«

Tatsächlich, ein recht breiter, von großen unregelmäßigen Steinen gepflasterter Pfad verliert sich in nördlicher Richtung. Richard reitet den andern ein bißchen voraus, dann hält er am Rand des alten Weges an. Er schnuppert und konzentriert sich, Primosts kapriziöses Gebaren überrascht ihn ein wenig. Dabei sind keine Menschen hier, das weiß er bestimmt! Die berauschenden Dünste, die er wahrnimmt, sind subtiler. Es ist die Ausstrahlung eines Zaubers, eines Verbots. Ein mächtiger Schutz. Etwas stärker gespannt, überschreitet Richard dieses zählebige, greuliche Etwas, dieses gefährliche Fluidum, das die Felsen umströmt, er sucht Zeichen ihrer Zukunft daraus herauszulesen. Plötzlich beginnt er zu zittern. Eine tödliche Kälte streift sein Gesicht. Das Etwas ist da. Er »sieht« es. Braun auf der weißen Erde, riesenhaft, hinterhältig, giftig, ein Wächter ihm unbekannter Art: ein Geschöpf Gottes!

Primost bäumt sich auf, wiehert aus vollen Nüstern der Wesenheit entgegen, sie kommt auf sie zu. Der Mann mit dem Schwarzen Linkarm begreift, daß es weder der Augenblick noch der Ort ist, den Kräften entgegenzutreten. Er wendet und kehrt im Galopp zu seinen Gefährten zurück.

»Richard! Was ist los?« fragt Guigo besorgt.

»Nichts. Bloß, ich kann nicht weiter, ihr hingegen schon.«

»Ich bleibe bei ihm.«

»Bleibt alle hier!« befiehlt Guigo. »Ich gehe allein mit Samuel.«

Bei der Stelle angelangt, wo Richards Pferd sich aufgebäumt hat, halten die beiden Männer an und versuchen herauszufinden, wovor das Tier wohl scheute. Ein beinah unmerklicher Lufthauch streicht vor ihnen über den Weg und wirbelt leisen Staub hoch. Die Landschaft ist noch immer tot, aller Substanz entleert, von grandioser Trostlosigkeit unter diesem auf ewig blankgefegten Himmel.

»Dein Freund, der schwarze Ritter, macht mir angst.«

»Kümmere dich nicht um ihn«, antwortet Guigo brüsk. »Er sucht seinen eigenen Weg. Du bist Jude, ich bin Christ, er ist, was er ist. Los! Bring mich zur zweiten Höhle.«

»Ich wußte, daß Moses dich hierherschicken würde. Der Allmächtige beschütze uns!«

Guigo hört nicht mehr auf seinen Führer. Er erinnert sich an das, was sein Freund vor einem Jahr zu ihm gesagt hat: »In der zweiten Höhle, unter einem großen, okkerfarbenen Felsen, zehn Schritte rechter Hand, vom Eingang her gezählt, befindet sich eine Spalte im Gestein. Da schlüpfst du durch. So gelangst du in eine zweite Höhle, zu einem Felsen, auf dem fünf Dreiecke eingeritzt sind. Den drehst du um seine Achse. Und da liegt ein kleines, versiegeltes Tongefäß, das bringst du mir mit.« Er ahnt undeutlich etwas Heiliges in seinem Auftrag. Selbst wenn er aufgeben möchte, er könnte es nicht; dabei weiß er, daß sein Leben auf dem Spiel steht, seine Adern, Muskeln, Sehnen werden über unsichtbare Fäden gesteuert. Sein Körper gehorcht höheren Mächten. Er läßt sich dem Unerklärlichen entgegenführen, als einzige Waffen hat er sein Schwert und ein gutes Maß an Naivität.

»Da ist die zweite Höhle. Die ›Verfluchte‹, wie mein Vater sagte, diejenige, die vor den Augen der Menschen verschwinden muß.«

Guigo hört Samuels Stimme wie in einem Traum. Sein

Blick heftet sich auf den ockerfarbenen Felsen, unmerklich nähert er sich dem geheimnisvoll gähnenden Loch und vergißt die Gefahr. Seine Beine tragen ihn unabhängig fort.

Schweißtriefend klettert er die letzten Klafter der steilen Böschung hoch, unstete Gedanken jagen ihm durch den Kopf. Das Blut klopft warnend an seinen Schläfen, als er den Höhleneingang erreicht. Die Nacht verschluckt ihn.

Mit geräderter Brust, einem quälenden Klumpen im Bauch, bleich, mit einem Blut, das in seine Mitte zurückfließt, hält er inne, um die trügerischen Schatten, die ihn umgeben, auszuforschen. Nach einer Weile merkt er, daß das Licht nicht von außen kommt, sondern aus den Wänden. Eine kalte, grüne Phosphoreszenz. Ein langgezogener Schauer verliert sich zwischen seinen Schultern. In einem anderen Augenblick hätte er dieses märchenhafte Schauspiel staunend betrachtet, aber jetzt vermag er gerade knapp den Schrei zu unterdrücken, der ihm entfahren will. Er macht einen Schritt, dann zwei und schaut verständnislos auf die Hieroglyphen, Zeichen und Zeichnungen, die auf den unheilvoll leuchtenden Felsen eingeritzt sind. Eine einzige Inschrift zieht seine Aufmerksamkeit auf sich. Unter der Zeichnung eines Mannes, der eine Schlange erstickt, und einer Frau, die den Inhalt eines Krugs ausschüttet, heißt es: LENE BUXEUM EOUS SCAPHEE; ein lateinischer Satz, dessen Sinn ihm völlig schleierhaft bleibt, mitten in diesen Dreiecken, Sternen und hebräischen Texten, in diesen esoterischen Formeln und Figuren. Er beruhigt sich ein wenig und sucht nach dem Felsen mit den fünf Dreiecken. Er ist der größte, der düsterste auch, er strahlt nicht wie der Rest der Grotte. Im Gegenteil, das Licht scheint auf seiner bleiernen Oberfläche zu erlöschen, als söge er es auf.

Guigo kann die fünf Dreiecke kaum erkennen. Sie berühren sich mit den Spitzen und bilden eine Sonne mit kurzen, unregelmäßigen Strahlen.

Allzu rasch verflogen, packt die Angst ihn wieder, und er zückt in einer lächerlichen Anwandlung das Schwert: Ein dumpfes Tosen steigt aus dem Schoß der Erde herauf. Ohne zu zögern, stürzt er sich auf den Felsen und stößt aus voller Kraft. Der ganze Block dreht sich lautlos. Das Tosen wächst, beklemmend. Alles vibriert. Seine Füße hüpfen auf dem Boden des engen Schlauchs. Er denkt nichts mehr. Plötzlich schlägt ihm eine heftige Kälte entgegen, eisige, blaue Hände legen sich ihm aufs Gesicht, die Tiefe widerhallt von grausigem Gelächter, während die Materie ringsum zu bersten beginnt. Da ist das Tongefäß, auf einem sechseckigen Sokkel. Fiebrig reißt er es an sich, dem Irrsinn und der Erschöpfung nahe. Tausend Stimmen verfolgen ihn, er wird mit Hohn und Verwünschungen überschüttet. Etwas Gräßliches, Klebriges klammert sich an seine Schultern, er läuft, läuft, flieht hinaus aus der zuschnappenden Falle. Es ist, als würden die Felsen von Riesenhänden geschüttelt und auseinandergerissen. Abgründe öffnen sich, und sein fassungsloser Blick fällt auf feurige Zungen, die zu leben scheinen.

»Zu mir!« brüllt er, während er aus dem Eingang stürzt, dessen Gewölbe mit Höllenkrach hinter ihm einstürzt. Und besinnungslos rollt er Samuel, der aus vollen Kräften betet, vor die Füße. Ein letztes Donnern rollt über das Tal, während eine Geröllawine den Höhleneingang auf immer verschließt.

»Ritter! Ritter!«

Samuel beugt sich über ihn und schüttelt den Kopf, sachkundig tastet er mit den Fingern Guigos Nacken und Brust ab: Das Herz schlägt, erlebt . . . kein Blut . . .

nichts gebrochen . . . es ist nur ein nervöser Schock. Und erwischt sich mit dem Handrücken den Schweiß von der Stirn.

Endlich beginnt Guigo zu blinzeln. Dann reißt er die Augen auf und blickt um sich. Und begreift: er ist noch von dieser Welt.

»Wo ist das Tongefäß?« fragt er.

»Ach! Du hast es leider mitgebracht. Es ist nicht einmal zerschlagen. Es enthält eine Schriftrolle, die ›Hgw‹ heißt oder ›Der Bund mit Belial am Ende der Zeiten‹. Möge dieses Buch nie in böswillige Hände fallen!«

12. Kapitel

Ein Schrei der Verzweiflung

Guigo schaut besorgt zum rötlichen Himmel hinauf, er wispert ganz vom Wüstenwind, der ihn mit Sand und Gerüchen belädt.

»Sie sind nicht weit.«

»Sogar sehr nah, dem Zustand der Unglücklichen nach zu schließen . . .«

Guigo folgt Bonifaz' Zeigefinger und stellt sich in den Steigbügeln auf, um die menschlichen Wracks, die taumelnd an Felsblöcke und knotige Olivenbäume stoßen, besser ins Auge fassen zu können. Allen seinen Gefährten, außer Richard, graut es. Eine Reihe von aneinandergebundenen Beduinen bewegt sich im Zickzack, wie betrunken, auf sie zu. Langgezogene Klagelaute entfahren ihren blutigen Mündern. Man hat ihnen die Augen ausgestochen und Nase und Hände abgeschnitten.

»Das sind Tankreds Methoden, die kenne ich«, stößt Roxane hervor, sie ist bleich, erregt, ihre Finger sind wie Fänge um den Stiel der Axt herum verkrampft.

Die Beduinen, vierzig Opfer einer von Tankreds Razzien, gehen vorbei, ohne die Gegenwart der Kreuzfahrer zu ahnen, der Schmerz, der ihr Fleisch und Blut verheert, raubt ihnen die Sinne.

»Gehen wir den normannischen Truppen aus dem Weg«, sagt Bonifaz. »Vergeßt nicht, daß Rico und seine Bande darunter sind . . .«

»Die übernehme ich«, donnert der Linkarm.

»Gehen wir geradeaus westwärts«, fährt Bonifaz fort. »Und dann Richtung Beirut. Wir müssen die Gegend von Beisan und Tiberias, meiden. Sie ist seit kurzem in ihren Händen. Und ihr wißt wie ich, daß Tankred beschlossen hat, Galiläa unhaltbar zu machen, indem er alle Ungläubigen angreift, die das Land durchqueren oder hier ansässig sind. Er überfällt ihre Karawanen, Felder, Dörfer, Festungen. Der ganze Landstrich zwischen dem See von Tiberias und dem Toten Meer wird bald einmal verwüstet sein. Sie können jeden Augenblick über uns herfallen. Gehen wir nach Westen.«

»Ja, gehen wir nach Haifa«, stimmt Jehan eifrig zu. »Ich habe . . . ich hatte dort ein Kontor. Ich bin mit allen Händlern der Gewürzstraße bekannt. Niemand weiß, daß ich wieder christlich bin. Mit andern Kleidern und ein bißchen Gold wird es mir ein leichtes sein, ein Schiff nach Laodicea zu finden.«

»Gut!« sagt Guigo. »Auf nach Haifa.«

Sich nach Laodicea einschiffen. Da müssen, nach der Schlacht von Askalon, auch der Graf von Toulouse und alle Provenzalen hingegangen sein. Mit ihnen sind ebenfalls Robert von der Normandie und Robert von Flandern und ihre Heere nordwärts gezogen. Sie wollen ins Abendland zurückkehren. Gottfried und seine Lothringer, Elsässer und Deutschen, sind allein in Jerusalem zurückgeblieben, rasend vor Wut.

All das haben sie nach ihrer Rückkehr aus Ain Dschidi, wo sie eine Woche Samuels Gäste gewesen sind, in Jerusalem erfahren. Samuel, dem Jehan als Wiedergutmachung ein bißchen Gold zugesteckt hat, ist unterdessen mit seiner ganzen Familie nach Jaffa aufgebrochen. Das heilige Tongefäß haben sie irgendwo in ihren Siebensachen versteckt. Sie werden versuchen, sich nach

Konstantinopel einzuschiffen, und hoffen, bei Moses Unterschlupf zu finden.

Roxane, Guigo und seine Gefährten haben nicht in Jerusalem bleiben können, ein tödlicher Haß auf die Provenzalen beherrschte die Stadt. Gottfried hat sogar gedroht, sie ins Gefängnis zu sperren, bis Tankred, der den Norden des Landes befriede, zurück sei. So haben sie sich eines schönen Morgens sang- und klanglos durchs Tor von Damaskus aus dem Staub gemacht. Jetzt liegt Nablus hinter ihnen, das bläuliche Karmel-Gebirge zieht ihre Blicke auf sich, sie eilen Haifa entgegen.

Drei Augenpaare, so rot wie alles, was brennt, drei Leichenbittermienen, angereichert um alle Bosheit der Welt, drei borstige, von Rotz und Pickeln und Fliegen fleckige Mäuler, drei abstoßende, ekelhafte Fratzen, die in den Falten ihrer Narben alles abgelagert haben, was verderblich ist und tötet. In ihren Gedächtnissen häufen sich nackte Frauen und Kinder mit schreckensbleich aufgerissenen Mündern. So viele schöne Erinnerungen, schöne Geschichten, die sie werden erzählen können, wenn sie einmal alt sind!

Bär von Korsika, Arnulf Großnase, Rico Le Bozon: drei Aasgeier auf dem gezahnten Hügelkamm über der Ebene von Esdrelon, funkelnde Edelsteinketten am Hals, getrocknete Ohren von Ungläubigen, Goldringe an den Fingern, die krumm auf dem nagelverzierten Wehrgehenk liegen, hoch auf ihren Schlachtrossen aufgerichtet, an deren Kruppen die verbeulten Schilde mit ihren blutverschmierten Wappenzeichen hängen: Ricos goldschimmernde Schlangen, Bärs Drachenkopf und Arnulfs zinnenbewehrter Turm.

»Halt!« befiehlt Rico. »Mir scheint, ich habe eine Staubfahne gesehen.«

Bär legt sich die Hand auf die Stirn und kneift die Augen zu.

»Es sind fünf oder sechs . . .! Sie kommen nächstens gleich da unten vorbei.«

»Geh, benachrichtige Tankred!«

»Es sind christliche Ritter.«

»Wir müssen wissen, weshalb sie nach Haifa unterwegs sind! Los, hau ab«, brüllt Rico. »Hole Tankred.«

Bär schlägt auf sein Pferd ein und verschwindet im Korkeichenwald.

»Um einen solchen Umweg zu machen«, meint Rico, »müssen das Verräter oder Spione im Sold der Provenzalen sein.«

Der große Berg erstreckt sich von Osten nach Westen, ein massiger, von Schluchten durchbrochener Hügelzug, merkwürdige, von Raubvögeln und Schatten bevölkerte Rinnen. Die Schlangen blicken den vorbeijagenden fünf Reitern nach, die wie versteinert auf ihren Pferden sitzen, steif in ihrem Lederzeug, das eng die müden Köper umschließt.

Roxane läßt sich von Basileus' klopfendem Rhythmus wiegen, von diesem Galopp, der zwischen ihren erschöpften Schenkeln erstirbt. Sie verliert das Bewußtsein ihrer eigenen Identität, gedankenverloren schaut sie über diese gebrochene Landschaft hin, unfähig zu begreifen, warum sie da in diesem Abendlicht ist, mitten unter vier stummen Männern, diesen Gespenstern, die sich auflösen in den Staubwolken des Ritts.

Der große Berg ist ganz nah, fest zwischen Himmel und Erde eingekeilt, auf sich selbst zurückgezogen, achtsam darauf bedacht, in dem schwindenden Licht das Blinken der ersten Sterne wahrzunehmen und diese fünf punktartigen Flecken am Horizont.

Der erste, der schwärzeste der fünf Punkte, hat einen großen Vorsprung gewonnen. Einsam treibt er sein Streitroß in der gewaltigen Weite voran. Aber der Berg ist da, beklemmend, bedrohlich. Ohne aufzuschauen, ohne ergründen zu wollen, was sich hinter den wuchtig aufgetürmten Felsen verbirgt, spürt Richard die Gefahr. Er zügelt Primost, daß dieser sich aufbäumt, und winkt seinen Gefährten, anzuhalten.

»Was ist los?« fragt Jehan nervös.

»Sie sind da.«

»Wer? Wo? Was erzählst du da?«

»Unsere Feinde.«

»Ich sehe nichts«, jammert Jehan. »Und selbst wenn es so wäre, es hat auf dem Berg Thabor nie kriegerische Stämme gehabt.«

»Sie sind da«, donnert der Linkarm und hebt seine große Axt. »Bereit, sich auf uns zu stürzen. Ich spüre ihre ganze verhaltene Wut an meiner Stirn. Es sind Christen, Normannen . . . TANKRED!«

»Tankred!« stammelt Roxane. »Mein Gott, beschütze uns.«

»Nehmt eure Bogen!« befiehlt Guigo. »Wenn es stimmt, was Richard sagt, müssen wir uns auf den Kampf einlassen, zum Umkehren ist es zu spät. Unsere Tiere sind erschöpft, und Tankred hat sicher dafür gesorgt, daß uns ein paar seiner Männer den Rückweg abschneiden.«

Zwischen den Felsen zerstreut, mit angehaltenem Atem statuenhaft auf ihren Pferden erstarrt, schauen die Normannen zwischen schweren Lidern auf sie hinunter. Tankred lächelt und zeigt seine kräftigen, von Speichel umspielten Kiefer. Eine wilde Freude tanzt in seinen Augen: Vier Provenzalen und die Tochter von La Ferté-

Fresnel, das ist wahrlich ein guter Fang! Glücklicherweise hat er diesen Narren von Rico daran hindern können, gleich auf sie loszustürmen, kaum hatte er sie erkannt. Er hätte ihnen alles verpatzt. Aber warum haben sie angehalten? Tankred runzelt die Stirn. Dieser furchtbare Linkarm mit seiner teuflischen Intuition muß wohl etwas gerochen haben, er steht vor den andern und läßt seine Axt im Schwung einer kapriziösen Ellipse vor ihnen blitzen. Tankred erfüllt eine eiskalte Wut, er nickt Stephen zu. Sogleich verschwindet der Barbar mit dem Geflügelkopf im Hintergrund.

Sie warten. Sie sind nur noch Instinkt. Beim ersten nahenden Galopp werden sie wie gehetzte Tiere reagieren, bereit, für ihr Leben zu töten.

Roxane versucht diesen Treibsand zu verjagen, dieses Etwas, das sich in sie hineinstiehlt, das kribbelnde Gefühl, aus dem Hinterhalt belauert zu sein, ihre großen Augen werden schattig und widerspiegeln die sinkende Dämmerung.

Der Himmel dunkelt langsam ein. Dieses *crescendo* der Nacht ist nicht dazu angetan, den Mutigsten unter ihnen zu beruhigen: Jehan vergeht vor Angst, wiegt die Hüfte im Sattel, wirft flackernde Blicke nach links und rechts und klammert sich an die Mähne seines Pferdes. Ein wahnwitziges Bild, ein böses Omen, ringt ihm ein jämmerliches Flüstern ab:

»Wir sind in die Falle gegangen. Morgen kreist nur noch ein Schwarm von Aasgeiern über unseren Leichen! Wir sind in die Falle gegangen.«

»Seit zwei Jahren haben wir die Fallen vermieden«, zischt Bonifaz, »und es werden nicht diese verlausten Normannen sein, die unsere Köpfe kriegen! Halte dich ruhig, Teufel nochmal! Und wenn du dein Mundwerk wirklich nicht halten kannst, so nütze die Gelegenheit und empfiehl deine Seele Gott.«

Seine Seele Gott empfehlen! Jehan erbleicht und sucht Guigos Blick. Er allein könnte ihn trösten. Aber der Ritter ist gegen jede Klage taub, mit zusammengekniffenen Lippen, mit tiefen Furchen im Gesicht hält er seinen Bogen auf die langgezogenen Schatten des Berges Thabor gerichtet, bereit, die Sehne zu spannen und den Pfeil abschnellen zu lassen, der darauf liegt. Dort drüben taucht vielleicht gleich diese schändliche Karikatur eines Ritters auf: Rico Le Bozon. Der bloße Gedanke daran läßt ihm das Wasser im Mund zusammenlaufen. Er stellt sich den Pfeil vor, der fliegt und die elende Kröte am Ziel, mitten im Herz, durchbohrt. Nein! Im Bauch, damit die Agonie sich lange hinzieht, lange ... Aber nichts durchbricht die unheimliche Stille, bloß Richard und Primost bewegen sich vor dem tintenblauen Hintergrund. Der Mann mit dem Schwarzen Linkarm ist gelassen, kaum daß er halbwegs vorgibt, seinen Gefährten zuzuhören. Er kommt und geht, umschmeichelt mit seinen Krallen Primosts Kruppe und schöpft seine Kraft aus der Finsternis ringsum. Endlich läßt seine Hand das Lederzeug des Pferdes und faßt nach der Axt. Er ist bereit: sollen sie kommen.

Jehan hat geschrien. Sie tauchen in ihrem Rücken auf. In einem Schwung wirbeln Roxane und Guigo herum und fassen zwei Ziele ins Auge, die unabweislich ins Verderben rennen. Die mit Widerhaken versehenen Pfeile bohren sich den Schreihälsen in die Brust.

Wieder heult Jehan auf. Eine andere Gruppe erscheint in der Abendröte, und noch eine kommt vom Berg her. Es ist ein langsamer Angriff, Bonifaz, dem dieses Detail nicht entgangen ist, schreit seinen Kameraden zu:

»Ihre Pferde sind erschöpfter als die unseren. Wir können ihnen entwischen, wenn wir sie ein bißchen überrumpeln.«

Sogleich bilden sie eine geschlossene Front und stürmen der Gruppe im Abendrot entgegen, der schwächsten der drei. Bereits hat Richard die vordersten Männer erreicht, unbedacht von Jehan gefolgt, der sich ganz auf den Hals seiner Mähre hinunterbiegt, um den Schlägen auszuweichen, Wirbelsäule und Schultern unter dem Schild. Von Haß genährt, mit einem unmenschlichen Gelächter, das dem Heulen eines Sturmes gleicht und dem entsetzlichsten aller Alpträume zu entstammen scheint, prallt Richard auf die von Stephen angeführten Normannen. Der letztere bringt seine rote Mähne geschickt in Deckung und verflucht den Stahl, der ihn streift. Richard schuppt ein paar Schilde ab, und seine herumwirbelnde Axt drängt die Kühnsten zur Seite, desgleichen sein Blick, in dem eine unmenschliche, instinktive, tödliche Grausamkeit glänzt. Ein einziges der Schweine, langsamer als die andern, bekommt diese Wildheit ganz zu spüren. Dreimal prallt das verschwenderisch gehandhabte Eisen auf den Helm. Dreimal spritzt das Blut. Dreimal drückt Jehan fest die Augen zu. Schließlich sackt der Normanne mit zertrümmertem Schädel auf seinem Schlachtroß zusammen. So zieht Richard rings um sich rastlos einen Kreis der Einsamkeit. Selbst Tankreds rechte Hand, der fürchterliche Stephen, wagt sich nicht heran. Richard schafft die Leere, und das bestimmt das Gesetz. Roxane, Bonifaz und Guigo nützen die Unschlüssigkeit, die sich der Normannen bemächtigt hat, aus und werfen sich in die Bresche. Die Rettung!

Ihre Nerven sind allzu sehr strapaziert. Roxane schreit auf, als sie voranprescht, unfähig, sich ihrer Waffe zu bedienen, so sehr zucken ihr die Glieder in unkontrollierbaren Krämpfen.

In ihrem Rücken schreit jemand:

»Laßt sie nicht entkommen! Schlachtet sie ab!«

Hoch in den Steigbügeln aufgerichtet, kläfft Rico in die Runde:

»Ich muß das Mädchen haben! Tötet den Ritter mit den Olivenbaumblättern. La Ferté-Fresnel bietet zehn Goldbisant für seinen Kopf.«

Rico! Guigo stockt das Blut in den Adern. Er hat nur noch ein Verlangen: *dieses bösartige Tier vernichten.* Er wirbelt herum, gibt Pharamond die Sporen, er ist wie von einem Licht umgeben, einem Glorienschein, wie er göttlichen Geschöpfen vorbehalten ist, er rast auf sein Hindernis los.

Rico frohlockt, jubelt, er freut sich zu sehen, wie dieser Narr in sein Verderben rennt.

»Stecht ihn nieder! Macht ihn kaputt! Haut mir diesen Mistkerl von einem Provenzalen entzwei!«

Arnulf Großnase fällt als erster, die Lanze des Ritters aus Signes hat ihm die Kehle durchbohrt. Guigo schwingt jetzt sein großes Schwert, ein eiserner Wille verhärtet seine Züge, er hat Augen nur noch für diesen Bozon, der zetert und gestikuliert, lächerliches Gehabe dessen, der Angst hat.

»Ist denn kein Mensch da, sich diesem Schwein in den Weg zu stellen! Ihr seid nichts als zitternde Weiber! Feiglinge! Bär! Los, greif ihn an, das ist ein Befehl.«

Bär gehorcht widerwillig, ein Funke des Schreckens zuckt ihm durch die Augen, er stürmt mit seinem Streitroß Guigo entgegen. Ein kurzes metallisches Klirren. Ein Schrei. Eine schwarze Blutfontäne auf einem geköpften Rumpf. Ein Kopf mit weitaufgerissenen Augen, der endlos über die dunklen Steine hüpft und weiterrollt.

Ein wild gewordenes Pferd, das diesen großen, kopflosen Leib abwerfen möchte. Die Überreste Bärs verschwinden in der schwarzen Nacht.

Ganz in der Euphorie seines Erfolgs, kämpft Guigo mit der Leichtigkeit eines Roland, eines Parzival. Die Euphorie, das sind diese Sprünge seines Herzens, das sind seine Feinde, die ein seltsam launenhafter Zauber lähmt und die er bloß berühren muß, um sie vom Leben in den Tod zu befördern, das ist sein warmes, purpurnes Schwert, das etwas so Sinnliches an sich hat und plötzlich diesen Harnischen, diesen Kettenhemden entgegenfliegt, mit denen verängstigtes Fleisch gepanzert ist, das ist dieses Eisen, das eindringt und verdammt, und das ist vor allem dieser bestürzte Rico nur noch drei Längen von Pharamond entfernt.

Der Normanne schickt sich an, den Mann aus Signes bösartig zu empfangen, er schöpft seine Kraft aus drei streitbaren Generationen dieses Blut, das in ihm kocht –, deren Sprößling er ist. Fest entschlossen hebt er den Schild mit den beiden Schlangen und gibt seinem Schlachtroß die Sporen.

Brutal prallen die beiden Männer aufeinander; die Pferde wiehern vor Schmerz und schnappen mit gefletschten Zähnen nacheinander, während ein Funkenregen die beiden erstarrten Ritter übersprüht. Allzu lange zurückgehaltener, plötzlich freigesetzter Zorn hindert sie, ihre Schläge gezielt anzubringen, sie sind wie von Sinnen, ihre unbezähmbaren Nerven schütteln Glieder und Organe, in ihren aufgerissenen Mündern schäumt die Galle.

Die Normannen verfolgen sie nicht mehr, Roxane und ihre Gefährten haben angehalten, alle ringen nach Luft beim Anblick dieses wahnwitzigen Duells.

Keuchend teilen Guigo und Rico sich ruckweise unbändige Schläge aus. Die Klingen sprühen Funken, fallen, schlagen zu, schlagen Beulen und Löcher in die Schilde. Das »Haa!« geht dem Stoß voraus, der Kopf folgt dem Schwert, Schweißtropfen zerstäuben, der Haß wächst mit der Wirkungslosigkeit der Anstrengung.

Zu beiden Seiten der Kämpfenden werden in tödlicher Stille Wetten abgeschlossen, wortlos feuert man an, betet vielleicht. Roxane macht die Fäuste und unterstützt die Schläge ihres Geliebten mit kleinen wütenden Schreien, sie ist völlig eins mit ihm und läßt ihrem Haß die Zügel schießen wie er, bis zur Besessenheit. Der Mann, den sie über alles verabscheut, der ihr einen abgründigen Ekel einflößt, dieser Verfluchte, Rico, wenn er bloß . . .

Sie unterdrückt einen Schrei: Das Schwert des Normannen hat sich in Guigos linken Arm gebohrt. Er ist verloren.

Rico ist so beglückt, daß er einen Augenblick seinen Schild zur Seite rückt, um die seinem Gegner beigebrachte Verletzung auszukosten. Doch das bekommt ihm schlecht! Ein Blitz zuckt geradewegs seinem lachenden Mund entgegen und zwischen den Zähnen durch, spaltet die Zunge, durchschlägt den Rachen und dringt irgendwo im Nacken wieder hinaus. Die ganze Not der Welt kristallisiert sich für den Bruchteil einer Sekunde im Blick des Normannen, dann verschwimmt und versinkt sie in der Trübung, die seine Augensterne erfaßt.

Der Ritter aus Signes läßt sein Schwert langsam sinken, er ist wie versteinert.

Es dauert lange, das Tilgen der Rache, dieses Zerfallen des Hasses, dieser Körper, der sich zusammenkrümmt und sein ganzes Blut ausspeit. Guigo ist erschüttert. Er ist frei, frei, nicht mehr an diese Fleischerhunde denken zu müssen, die man ihm seit einem Jahr auf die

Fersen hetzt, frei, hinzugehen, wo er will, frei, von Zukunft zu reden, ohne den drohenden Schatten der Mörder zu spüren, frei, Roxane zu lieben, die ihm jetzt zuruft, dort drüben:

»Schnell! Guigo! Sie kommen! Sie kommen! Sie sind direkt hinter dir.«

Tatsächlich stürmen im Kielwasser Tankreds etwa zwanzig Reiter mit spitz nach vorn gerichteten Lanzen und Wurfspießen auf ihn los. Sie werden keine Gnade kennen.

Guigo treibt Pharamond an, der mit der vollen Kraft seiner Muskeln über Ricos sterbliche Hülle hinweggesetzt und wie der Wind dem Abendrot entgegenjagt, das nur noch ein feiner, violett getönter Streifen ist. Wieder vereint, können die fünf Gefährten der Freiheit entgegenreiten, in einer Stunde werden sie im Hafen von Haifa sein. Sie lachen. Sie sind gerettet, die normannischen Pferde sind zu erschöpft, um sie einholen zu können.

Tankred begreift, daß er verloren hat, schluckt seine Flüche hinunter und greift nach einem großen, doppelt geschwungenen Bogen. Es bleibt ihm nur noch eines zu tun. »Niemals wird eine Normannin einem Provenzalen angehören«, denkt er ingrimmig und läßt einen langen, schwarz gefiederten Pfeil abschnellen. Er fliegt hoch den Sternen entgegen, zischend in seinem parabolischen Flug, dem letzten.

»Leb wohl!« murmelt Tankred.

Haifas hohe Mauern sind ganz nah, sie können die Feuer sehen, die auf den Türmen flackern, wo die arabischen Posten wachen. Nahezu eine Stunde ist es her, daß sie ihre Verfolger abgeschüttelt haben, die ihnen nicht übermäßig zusetzten und jetzt wohl auf dem Weg nach Tiberias sind.

»Kopf hoch! Da sind wir!« schreit Jehan.

»Zu mir!« stößt Roxane hervor und bricht auf Basileus zusammen.

Guigo stürzt seiner Gefährtin zu Hilfe und findet sofort den Grund für diesen verzweifelten Appell: Tief eingedrungen steckt mitten im Rücken der jungen Frau ein Pfeil.

»Roxane«, stammelt er und hebt sie behutsam aus dem Sattel. »Kommt, schnell! Es steht schlimm um sie. Ich fürchte um ihr Leben.«

»Es ist nichts mehr zu machen«, haucht sie. »Hier müssen wir uns trennen. Ich bin glücklich gewesen mit dir. Wir haben Jerusalem befreit, ich habe dich geliebt, mehr will ich nicht. Doch ... Küß mich! Schnell! Schnell! Meine Kräfte schwinden.«

»Aber warum! Warum hast du nichts gesagt?«

»Schnell, schnell ...«

Er drückt ihr die warmen Lippen auf den eiskalten Mund. Und für die Dauer eines Kusses ist der Tod besiegt, haben sie die Gewißheit, sich eines Tages wiederzufinden, jenseits, in der Ewigkeit. Verzweifelt, mit der ganzen Kraft ihrer brennenden Seelen, klammern sie sich aneinander, um dieses Entgleiten aufzuhalten, diese Brandung. Doch es gibt kein Wunder für die gemeinen Sterblichen. Guigo möchte die Natur der Dinge zerschlagen, sich diesem Gott entgegenwerfen und seinem harten Gesetz. Tränen der Wut und des Schmerzes strömen auf die großen, grünen Augen hinunter, in denen noch Leben flackert, diese Goldfäden, die glitzern, glimmen, erlöschen.

»Roxane! ROXANE!«

Sein Schrei widerhallt bis nach Haifa.

13. Kapitel

Letzte Glut

Auf der Schiffsbrücke trinkt er Wein und schläft, um die Zeit und die Erinnerungen totzuschlagen. Guigo ist nur noch der Schatten seiner selbst. Vier Monate sind bereits vergangen! Wie weit weg ihm das alles scheint: Roxanes Tod, diese Wunde am Arm, die nicht vernarben wollte, dieses wochenlange Fieberdelirium.

Er fürchtet nichts und niemanden mehr, er hat die Schwelle des durchdringendsten seelischen und körperlichen Schmerzes überschritten. Am Abend steigt ihm der Wein zu Kopf und verzettelt die Bilder, und er sieht nicht einmal mehr seine Gefährten, weder Jehan, der sich unaufhörlich über die Seekrankheit beklagt, noch Richard, der Tag und Nacht am Bug sitzt und in den Himmel starrt, ja selbst Bonifaz nicht, den treuen Knappen, der ihn zum Essen zwingt und am Trinken hindert. In den ersten Wochen nach dem Zusammenstoß mit den Normannen haben sie sehr gefürchtet, Guigo zu verlieren, aber Richards Beschwörungen und die Kräuter eines arabischen Arztes haben den Eiter in seinem Blut zum Verschwinden gebracht und damit auch dieses Fieber, das ihn verzehrte.

Vier Monate haben sie völlig zurückgezogen in Haifa verbracht, während ihre provenzalischen Brüder sich mit den pisanischen Geschwadern Bischof Daimberts und den normannischen Truppen Boemunds herumschlugen, die Laodicea erobern wollten. Die Schlacht konnte mit knapper Not verhindert werden, Boemund kehrte nach Antiochia zurück, und Raimund von Saint-Gilles, der als Zugabe die Stadt Tortosa erhielt, blieb da und schmiedete Pläne für die Eroberung des Libanon. All das hatten sie von Jehan erfahren, der mit den Karawanenhändlern und den jüdischen Geschäftsleuten gute Beziehungen pflegte. Aber da sich die Lage der Stadt verschlimmerte – Tankred vervielfachte seine Angriffe und verheerte das Land –, sind sie sicherheitshalber mit dem letzten Schiff abgereist, das vor Wintereinbruch nordwärts in See stach. Es ist ein zierlicher ägyptischer Kahn, mit einer ganzen Ladung von Elefantenstoßzähnen, die der Kapitän in Konstantinopel zu verkaufen gedenkt, weil er sie auf den Märkten von Askalon, Tyros und Beirut nicht hat absetzen können. Leicht hat sich das Ganze nicht angelassen, es hat der ganzen diplomatischen Kunst Jehans, der Drohungen Richards und einer ansehnlichen Summe Goldes bedurft, um wenigstens die beiden Schlachtrosse der Ritter, Pharamond und Primost, einschiffen zu können.

Jetzt gleiten sie auf dem trägen Meer dahin, die muselmanischen Seeleute beobachten sie verstohlen und halten auf Distanz: Seit dem Massaker von Jerusalem spricht man nicht mehr mit den Trägern der roten Kreuze. Der letzte Versuch Jehans, den Kapitän dazu zu bringen, Laodicea anzulaufen, ist mißlungen; ob sie es wollen oder nicht, werden sie in Byzanz ihre Rückkehr nach dem Libanon aushandeln müssen. Bei jedem Morgenrot glauben sie am Ziel ihrer Reise zu sein, aber sie müssen rasch klein beigeben: Nein, das sind bloß Inseln, in deren Gewässern friesische und englische Piraten ihr Unwesen treiben. So lassen sie diese Landstücke mit den zauberhaften Namen in ihrem Kielwasser zurück: Rhodos, Kos,

Samos, Chios, Lesbos. Endlich, am sechzehnten Tag, gegen Mittag, unter einem dichten, eisigen Regen, erscheint die Meerenge der Dardanellen. »Bei günstigem Wind sind wir morgen abend im Goldenen Horn«, sagt der Kapitän zu ihnen.

Aber keiner zeigt sich erfreut. Guigo bleibt teilnahmslos, Bonifaz kommt sich vor wie ein Fahnenflüchtiger, Jehan denkt immer an sein Kairo, und Richard hätte Haifa am liebsten nie verlassen: Morgen wird einer der schrecklichsten Tage seines Lebens sein, das ahnt er, weiß er mit Sicherheit.

Es ist wie ein Erwachen. Er erschauert beim Anblick der gewaltigen Stadt. Diese Steine, diese Häuser und Kirchen, die Hagia Sophia unter dem schwer verhangenen Himmel, wie seltsam. Die Hagia Sophia hat er mit Moses besucht, erinnert sich Guigo: griechische Hoffart, erklärte ihm sein Freund damals. Heute ist sie in Trauer gehüllt; ihre gelben Kuppeln spiegeln die düsteren Wolken wider, ihre Fassade trieft vom Regen, die Glocken schweigen, sie ist nichts weiter mehr als ein verlassener Prachtbau in einem verrottenden Abendlicht. Dahinter, in der Ferne, befindet sich der im Dunst versinkende Kaiserpalast, in dem Alexios seine Welt neu aufbauen muß, und ringsum die Handelsquartiere, wo die Byzantiner eiligst ihre Geschäfte abwickeln. Es ist so kalt. Sie trachten nur danach, sich vor den Böen in Schutz zu bringen, möglichst schnell nach Hause zu gehen. Die Straßen leeren sich, die kreischenden Vögel verschwinden, und bald wird kein Seemann, keine Hure, kein Beamter, keine Matrone, kein Sklave, kein Bettler mehr draußen sein; der Hafen wird nur noch seine Netze, Körbe, Fässer, Tonkrüge, Baumwoll- und Kaffeeballen, seine Hebevorrichtungen und seinen Schmutz übrig haben. Guigo schließt die Augen, öffnet sie wieder, sie laufen ein, die Kais rücken näher, er verfolgt aufmerksam die lispelnd hervorgestoßenen Befehle des Kapitäns. Das Holz ächzt nicht mehr, das Schiff ist neben einem gigantischen Mast, an dem der kaiserliche Adler prangt, zum Stillstand gekommen. Drüben, vor der verschimmelten Häuserfront des Zeugma, gibt ihnen der von vier apathischen Wachen flankierte Zolloffizier ein Zeichen, es verdrießt ihn sichtlich, zu so später Stunde noch eine Schiffsladung kontrollieren zu müssen. Kaum daß er ein mattes, vorquellendes Auge aufschlägt, um diese eigenartigen Passagiere eines Blickes zu würdigen: Kreuzfahrer auf einem ägyptischen Schiff. Aber seine Arbeit beschränkt sich auf eine Bestandesaufnahme, er macht nur Jagd auf Betrug; die Franken können unbehelligt an Land gehen, ein kaiserliches Edikt gibt ihnen die Erlaubnis, griechisches Hoheitsgebiet zu durchqueren, um ins Abendland zurückzukehren.

Guigo führt seine Gefährten durch die Stadt. Es gibt nur einen Ort, wo sie in dieser Vorweihnachtszeit Unterschlupf finden können: bei Moses Ben Choolam. Sie schlagen die große Prinzenstraße ein, die bis zur Mauer des Septimius Severus hinaufführt, und betreten die Altstadt.

Sie gehen mit schweren Schritten, gebeugt, mit gefurchten Stirnen, sie fühlen sich nicht wohl in ihrer Erobererhaut, als drückte ein schweres Vergehen sie nieder. Die wenigen Passanten, denen sie begegnen, wenden den Blick ab und beginnen hinter ihrem Rücken mit verhaltener Stimme zu schimpfen: »Geht zurück, wo ihr hergekommen seid! Zur Hölle mit euch! Schmutzige Papisten!« Aber sie haben keine Augen für diese Griechen, die der adriatische Wind in alle Himmelsrichtungen auseinanderbläst und die der dichter einsetzende Regen in den Schutz der Portalvorbauten mit ihren dreieckigen Frontgiebeln vertreibt. Jehan, immer der letzte, versinkt in der Betrachtung der Reichtümer, die er entdeckt. Auf seine Gefährten übt die Stadt nicht mehr diese merkwürdige Faszination aus wie vor zwei Jahren noch. Ohne ihre Flut von Menschen und Tieren, Lauten, Gerüchen und Farben, so leer, wie sie jetzt im grauen Licht der einfallenden Nacht ihren kalten Marmor vorzeigt, ist sie nichts mehr als ein seelenloses Dekor.

Plötzlich hebt Guigo den Kopf, atmet tief ein und hält sein Gesicht dem Regen hin: Er hat die Tür mit den Sternen erkannt, da wohnt Moses, sein Freund! Und er beginnt zu laufen, zieht Pharamond neben sich her, läuft im Rhythmus seines Herzens, das heftig klopft, es drängt ihn, diesen lieben Menschen wiederzusehen. Vor der Tür angelangt, trommelt er mit beiden Fäusten auf das Guckfenster. Nicht lange, so taucht der weiße Kopf der alten Dienerin auf. Kaum hat sie ihn erkannt, schreit sie auf: »Oh! Gnädiger Herr! Guigo! Schnell, kommt herein, mein Meister wird sich freuen, Euch wiederzusehen!«

Rasch durchqueren sie den wunderbaren Garten, wo die Lorbeerbüsche und die Buchsbaumhecken leise rauschen, dann kommen sie durch den langen, gekalkten Gang, in dem die Flammen der Öllampen flackern. Nichts hat sich verändert.

Guigo, ganz bewegt, findet diese Reinheit, diese Ordnung und Schlichtheit wieder, die einst sein Barbarenherz berührten. Da, hinter diesem braunen, filzhinterlegten Wandbehang, sitzt Moses gewiß über eine Schriftrolle gebeugt, mit jenem strengen, verkrampften Gesichtsausdruck, den er dabei jeweils hat, als wäre er durch die geistige Konzentration über die Maßen angespannt. Sein Freund! Sein geistiger Vater! Endlich! Mit einer raschen Handbewegung schiebt er die beiden Stoffbahnen zur Seite, mit denen die Öffnung verhängt ist, und erbleicht.

»Du!«

»Guigo!«

Sie steht vor ihm, ganz in Weiß gekleidet, und starrt ihn mit ihren dunkelblauen, von Freudentränen nassen Augen an.

Das ist nicht möglich, das muß eine dieser Luftspiegelungen sein, wie er sie in der judäischen Wüste sah: nicht sie . . . nicht Bérengère!

Sie sind wie erstarrt, atemlos.

So wie er vor ihr steht, so bleich, mit diesen zwei Falten auf der Stirn und diesem verstörten Blick, errät sie, daß er ihr etwas verbirgt, daß seine Gefühle für sie nicht mehr dieselben sind, daß ihre Jugendliebe an der Zeit oder an einer andern Frau zerbrochen ist. Das sind nur flüchtige Eindrücke, aber genug, um sie zweifeln zu lassen. Sie fährt zusammen und beißt sich in die Hand bis aufs Blut: Richard aus der Nacht starrt sie mit seinen Glutaugen an. Guigos zweideutige, verlegene Haltung, das unheilschwangere Alptraumgesicht des Schwarzen Linkarms, ihres Vaters, das ist zuviel. Bérengère sinkt zu Boden und verliert die Besinnung.

»Bérengère!« erregt sich Moses, der ihnen bis dahin nur zugeschaut hat.

»Helft mir, sie wegzubringen!«

»Das ist es. Jetzt weißt du alles, Moses.«

Er atmet schwer, feine Schweißtröpfchen glitzern auf seiner Haut, Guigo schweigt. Er hat ihm alles in einem Zug erzählt: seine Begegnung, seine Liebe, seine Abenteuer mit Roxane. Jetzt fühlt er sich gut. Erleichtert. Diese Beichte hat ihn nicht in jene schmerzliche Verlegenheit gebracht, die er fürchtete, im Gegenteil, es scheint eine neue Kraft in seinem Körper zu erwachen. Ruhig wartet er auf die Reaktion des kleinen Juden.

Moses seufzt gedankenverloren und zwirbelt sein Barthaar, er denkt an Bérengères erste Worte, nachdem sie wieder zu sich gekommen ist: »Er will nichts mehr von mir wissen . . . Er liebt eine andere . . . Es bleibt mir nur noch zu sterben . . .« Sterben. Wahrhaftig, die jungen Leute haben nur dieses Wort auf der Zunge, als würde der Tod die Probleme lösen. Er lehnt sich zurück, bevor er antwortet, und blickt Guigo zwischen den Wimpern hindurch prüfend an: seine hitzige Jugend, seine Naivität, seine Offenheit, seinen Mut . . .

»Bérengère liebt dich mit aller Kraft. Sie hat alles aufgegeben, um ins Morgenland zu kommen, sie hat ihr Leben aufs Spiel gesetzt und das ihrer Kusine obendrein. Das darf dich nicht gleichgültig lassen, und, verzeih meine Worte, man lebt nicht mit einer Toten. Hör auf dein Herz . . . sie liebt dich.«

»Aber wir waren noch so jung, als ich aus der Provence wegzog. Wir haben uns aneinander gebunden, ohne zu wissen, ohne zu begreifen.«

Moses kann sich eines Lächelns nicht enthalten.

»Heute bist du erst zweiundzwanzig, und sie ist zwanzig. Das ist die Hälfte eures Lebens. Schau nicht zurück. Lebe! Lebe! Lebe! Laß das Glück nicht entfliehen, die Freude ist tiefer als der Schmerz.«

Guigo möchte sich rechtfertigen, sich hinter Roxanes Gespenst verschanzen, seinem Freund widersprechen, ihm sagen: Ich muß Zeit haben, um meinen Schmerz zu verwinden.

Als läse er in seinen Gedanken, antwortet Moses:

»Die Ewigkeit der Qualen besteht nur durch die

menschlichen Schwächen. Jammere nicht mehr über dein Schicksal, denke an sie, die du vor drei Jahren verlassen hast.«

Es stimmt, er ist schwach gewesen, ist es noch, er hat die Provenzalin schnell für die grünen Augen der Normannin vergessen, und seinem Stolz hat diese widernatürliche Verbindung durchaus nicht mißfallen: die Tochter eines dieser Herren Siziliens zu besitzen, eine dieser kriegerischen Jungfrauen, von denen jeder Ritter träumt. Aber sie haben sich geliebt, in Antiochia, vor dem brennenden Jerusalem, in der Wüste, wie könnte er das vergessen?

»Sie liebt dich, verstehst du? Du bist alles, was sie noch an diese Erde bindet, seit Huldera tot ist.«

»Huldera?«

»Euer Kind.«

Guigo sträuben sich die Haare. Sein Gesicht läuft glutrot an. Er reißt die Augen auf und beißt sich auf die Lippen. Gequält, ins Mark getroffen, betäubt hört Guigo nur noch zwei Worte, die durch seinen Schädel wirbeln: euer Kind! . . . euer Kind . . . *unser Kind.* Plötzlich begreift er, wie sehr Bérengère gelitten haben und wie sehr sie jetzt seinetwegen leiden muß. »Du bist ein gemeiner Feigling, weiter nichts«, sagt er sich. Dann rast er los wie ein Verrückter, wirft die Bänke um, stößt Moses, der auf diesen Ausbruch wartete, zur Seite.

»Sie ist im östlichen Zimmer«, ruft ihm der Jude nach, bevor er im Gang verschwindet.

Ein paar Herzschläge, und er ist in ihrem Zimmer. Sie liegt auf dem Bett: blaß, dunkle Ringe unter den Augen, vom Weinen geschwollene Lider. Aimerude sitzt neben ihr und hält ihr die Hand. Bérengère kann einen kleinen Schrei nicht unterdrücken, als Guigo so unerwartet hereinstürmt. Schamhaft senkt sie den

Blick, während ihre Kusine durch eine versteckte Tür verschwindet.

»Verzeih, Bérengère, verzeih mir alles, was ich dir angetan habe«, sagt er mit einer rauhen, aufgewühlten Stimme.

Und er wirft sich auf die Knie und drückt seinen Kopf in die weiße Mulde ihrer Schulter.

»Warum hast du mir nichts gesagt? Erzähl mir von Huldera.«

»Nein! Nein! Nein!« stöhnt sie. »Einmal werde ich es dir erzählen. Es ist noch zu früh, es tut noch weh. Mein Geliebter, verlaß mich nie mehr, nie!«

Und plötzlich küssen sie sich, streicheln sich wie halb Verdurstete, Irre, und verlieren darüber jedes Bewußtsein von Ort und Zeit. Sie sind in der Provence, beim Gapeau, ihre Haare fliegen im Mistral, und unter ihren verschlungenen Körpern knistert der Thymian ... Es ist wie einst, wie einst.

Sein Blick hängt weit über dem gelben und weißen Häusergewirr, jenseits der unzähligen Segel, von denen das Marmarameer übersät ist, in der Ferne, am dunstigen Horizont, wo das offene Meer beginnt.

»Was sucht er?« fragt sich Bérengère, die ihren Vater verstohlen beobachtet. Seit seiner Ankunft haben sie nie ein Wort miteinander gewechselt. »Richard! Richard! Wie meine Mutter dich geliebt haben muß«, denkt sie.

Der Linkarm zuckt zusammen, er streckt seinen prachtvollen Raubtierkörper, an dem die Talismane schimmern, aber er hält sich weiterhin abseits und vermeidet es, sich umzudrehen, solange sie da ist.

Er fürchtet sich, diesem Gesicht gegenüberzutreten, diesem wunderbaren Antlitz, das ihn an die einzige Frau erinnert, die er geliebt hat, damals in Méounes, vor so langer Zeit. Er hat die Hände im Moos vergraben, das die Brüstung bedeckt, wie ein Wasserspeier ragt er darüber hinaus und horcht auf diese Vergangenheit, die gewaltsam in seine Gedanken einfällt: Lachen, zerknüllte Tierhäute, ineinander verschlungene Körper, eine schöne Frau, Lavendeldüfte, langes, schwarzes Haar, das weiße Oval eines Gesichts, stummes Einvernehmen, geraubte Küsse, Arnaud, der von der Jagd zurückkommt und sie überrascht, die heftige Auseinandersetzung, sein Weggang und später, als er im Schwarzen Périgord die Reisenden ausraubte, dieser Mönch, von dem er die Geburt seiner Tochter erfuhr ...

Eine Hoffnung wärmt ihm die Seele. Er durchbricht seine steinerne Reglosigkeit und zwanzig Jahre Haß auf die menschliche Gattung, dreht sich um und blickt sie mit weit aufgerissenen Feueraugen an.

»Ich habe dich erkannt«, sagt er zu ihr. »Ich würde dich unter allen Frauen der Welt erkennen. Bist du es wirklich?«

Ein roter Schleier fällt ihr vor die Augen, Bérengère fühlt ihre Knie weich werden.

Peinlich berührt durch dieses Gefühl der Reinheit, das sich in den dunklen Kräften seines Körpers regt, bleibt er zunächst reglos stehen, dann stürzt er plötzlich auf sie zu und drückt sie an sich. Eine Welle des Glücks schlägt in ihnen hoch, unter dem Himmel, der seine Hüllen abwirft, halten sie sich umschlungen, zu ihren Füßen bebt die Stadt, und Nonnengesänge erheben sich bittend ins Blau.

1. Dezember 1100.

Moses hat mit Ehrfurcht das Brot gebrochen und fragt jetzt mit einer Stimme, in der Trauer mitschwingt:

»Seid ihr wirklich entschlossen, Kinder?«

Bérengère und Guigo schauen sich an und antworten einmütig:

»Ja.«

Sie werden sich mit Richard, Bonifaz und Aimerude dem Grafen Raimund von Saint-Gilles anschließen, der seit dem Monat Juni am Hof des Basileus residiert. So viel ist in diesem letzten Jahr geschehen: Im Juli ist Gottfried von Bouillon gestorben, sein Bruder Balduin von Boulogne wurde zu seinem Nachfolger gewählt und nahm den Titel König von Jerusalem an; in Antiochia ist Tankred Regent, seit sein Onkel Boemund von danischmandidischen Türken in Kappadokien gefangengehalten wird; man hört auch, es sei eine neue Armee von zweihunderttausend Mann im Anmarsch, an ihrer Spitze der Erzbischof von Milano, Anselm von Buis, sowie Graf Wibert von Parma, Hugo von Montebello, Stephan von Blois, den seine Frau in den Heiligen Krieg zurückschickte, Stephan von Burgund, Balduin von Grandpré, Hugo von Broyes, Hugo von Pierrefonds und Konrad, der Konnetabel Kaiser Heinrichs IV.; dann gibt es Gerüchte, wonach zu einem französischen Feldzug gerüstet werde, fünfzehntausend Ritter, die der Graf von Nevers, Wilhelm II. anführen soll; im Norden wie im Süden bieten die schöne Markgräfin Ida von Österreich, der Herzog Welf von Bayern und der Herzog von Aquitanien, Wilhelm IX. von Poitiers, ihre Männer auf.

»Wir werden uns mit Raimund von Saint-Gilles dem lombardischen Kreuzzug anschließen«, sagt Guigo. »Bérengère drängt es, in Jerusalem zu beten, und ich freue mich auf das Wiedersehen mit Gottfried, Aimin und all den Unseren, die in Laodicea geblieben sind. Was Jehan betrifft, so wird er, wie abgemacht, als Dolmetscher mit den griechisch-provenzalischen Abgesandten nach Kairo reisen.«

»Vergeßt nie, was ich euch lehrte«, sagt der Jude bewegt. »Die Liebe und die Einsicht des Herzens müssen euch inmitten der verborgenen Kräfte leiten, deren Wirbel die Menschheit in Abgründe des Wahnsinns herunterreißt, die schrecklicher sind als jene des Todes. Richard geht mit Kräften um, denen er eines Tages nicht mehr gewachsen sein wird. Möge Gott ihm dann seine Sünden vergeben oder Bérengère ihn beschützen. Es bleibt mir noch etwas zu tun . . .« Er greift nach einer vergoldeten Schatulle, deren Deckel mit den Flügeln der Sphinx und den hebräischen Worten JAKIN und BOHAS gekennzeichnet sind.

»Vor drei Jahren hatte ich dir etwas versprochen«, wendet er sich an Guigo, »und zwar als Belohnung für ein gewisses Tongefäß, das du mir aus den Höhlen von Qumran zurückbringen solltest.«

»Ja, aber . . .«

»Beruhige dich, es ist hier. Samuel, der jetzt mit seiner Familie in Jaffa wohnt, hat es mir zukommen lassen.«

Seine langen, mit Ringen geschmückten Finger greifen behutsam in die Schatulle und kommen mit einem Silberhalsband wieder hervor, an dem ein merkwürdiger Kristallanhänger glänzt.

»Schau gut, was in dem Kristall eingeschlossen ist.«

Guigo beugt sich über das Schmuckstück und hält das klare Prisma prüfend ins Licht, da ist ein kleiner Fleck in der Mitte, aber er versucht umsonst herauszufinden, was dieses kleine, gräuliche Plättchen sein könnte, das nicht größer als der Viertel eines Fingernagels ist.

»Suche nicht, ich sehe deiner Ratlosigkeit an, daß du dieser Reliquie keinen besonderen Wert beimißt.«

»Eine Reliquie?«

»Ja. Und zwar eine der wertvollsten, die es gibt: In dem Kristall befindet sich ein Knochensplitter Johannes des Täufers, aus der Mitte seiner Stirn. Nimm ihn mit in dein Land und laß eine dem Heiligen geweihte Kapelle erbauen, so wird er dein Dorf bis ans Ende der Zeiten beschützen.«

»Danke, Moses, für dieses wunderbare Geschenk, ich werde dich nie vergessen: Der Christ wird immer ein Gebet für den Juden haben.«

Guigo umarmt seinen Freund, der weint. Und jetzt wirft sich auch Bérengère in Moses' Arme und erstickt ihr Schluchzen in dem seidigen Bart, dann streift ihr Porzellangesicht dem alten Mann über Wangen, Nase und Stirn. Sie hat ihm drei leichte, kindliche Küsse darauf gedrückt.

»Na, kommt ihr endlich?«

Bonifaz' Stimme macht den Herzensergüssen ein Ende. Bérengère und Guigo verlassen widerstrebend ihren geistigen Vater. Draußen flattern Schwärme kleiner Vögel, von der strahlenden Kuppel der Hagia Sophia bis zum Manganespalast kläffen die Hunde fröhlich für nichts, Katzen räkeln sich unter den Zypressen, das Meer hat einen Schimmer von Perlen, die Stadt glänzt in der Sonne, und die Lastträger rufen laut und klar. Bilder des Glücks. Mitten in der Menge, unter einem donnernden Jupiter, der ihnen Schatten spendet, vom leichten Geplapper der rundlichen Griechinnen umringt, sehen Richard, Bonifaz und Aimerude ihnen entgegen. Die beiden jungen Leute winken nochmals zu Moses zurück und gehen dann leichten Schrittes, strahlend auf ihre Pferde zu.

»Der Allmächtige schütze euch!« ruft der kleine Jude ein letztes Mal, bevor sie verschwinden. Er bleibt stehen und schaut versunken zu diesem Orient hinüber, diesem

Pol, an dem alle brennenden Seelen stranden. Moses, allein. Moses, der Entwurzelte. Moses, Werkzeug Gottes irgendwo in der langen Spirale der Zeit, in einem Jahrhundert, wo der Halbmond, das Kreuz und der Stern die Menschen dazu treiben, einander für ein und dasselbe Jerusalem gegenseitig hinzuschlachten.

Epilog

23. Juni 1982. Die Querpfeifenspieler und Trommler, im traditionellen Kostüm, und in ihrem Gefolge sämtliche Einwohner, ein paar verirrte Touristen und die fröhlich kläffenden Hunde haben zum vierten Mal die Runde ums Dorf gemacht. Im rhythmischen Schritt des Priesters, der sie anführt, marschieren sie jetzt unter reichlicher Zuhilfenahme von Gebeten – die alten Xanthippen haben ihre Stühle verlassen, um ihre Zungen in den Dienst Gottes zu stellen – der Kapelle des heiligen Johannes entgegen. Den Zug umrahmt eine doppelte Lichterhecke von Lampions, welche die Kleinsten mit staunenden Augen vor sich hertragen.

»Schau an! Sie sind immer noch da, die Spaßvögel.«

Spöttisch thront er auf einem schiefen Stuhl auf der Terrasse des Kaffees, die Hände in den Taschen seiner Levis vergraben, die schiefgetretenen Turnschuhe gut sichtbar über die Brüstung gestreckt, auf der ein Coca-Fläschchen liegt, das bartlose Gesicht vom blauen Räuchlein eines Joints umnebelt, den Hit einer Popgruppe im Ohr – Lionnel können die Querpfeifenspieler gestohlen bleiben.

»Sie scheißen uns an, diese Vorfahren! Au!«

Basiles Stock ist auf Lionnels Schulter geprallt. Basile, Kordsamtkittel, Kordsamthose, tief in die Stirn gezogene Mütze über buschigen Augenbrauen, ein Gilet im Stil

1900, das sich über der Wölbung des Bauches spannt, ein Ballon Rosé in der pergamentenen Hand, sagt mit seiner sonoren Bärbeißerstimme:

»Respekt vor den Alten, Vögelchen! *Soungèn èi traditièn.*«

»An die Traditionen soll ich denken! Pah . . . Wenn ihr wenigstens wüßtet, woher sie kommen, eure Traditionen.«

»Geh zu Antoine, er weiß es.«

»Ich geh, so weiß ich wenigstens mehr als ihr.«

Er wirft seinen Joint weg und ist in zwölf langen Schritten beim Portal. In der Kapelle drängt sich die Menge der Gläubigen. Eine imaginäre Welt ist da rings um ihn aufgebaut. Er hat keinen Fuß mehr in diese von Votivbildern tapezierte Kapelle gesetzt, seit er dem Lampionalter entwachsen ist. Da ist sogar ein altes, geborstenes Gewehr, und zu beiden Seiten des Altars stehen die Laternen und Fahnenschäfte einer Gemeinschaft von weißen Büßermönchen. Er erinnert sich: Seine Großmutter hat ihm von diesen merkwürdigen Prozessionen verhüllter Männer erzählt, »sie kamen nachts, man hätte meinen können, Gespenster«, sagte sie und machte ein erschrecktes Gesicht. »Pah! Das gibt's nicht mehr, das alles«, denkt er und zuckt die Schultern. Er sieht Antoine unter einem Gemälde, das einen Kreuzfahrer darstellt, der vor der Heiligen Jungfrau auf den Knien liegt. Der Journalist ist in Andacht versunken oder tut jedenfalls so. Lionnel gebraucht seine Ellenbogen und drängt sich bis zu ihm nach vorn. Er faßt ihn am Arm:

»Antoine.«

»Was willst du?«

»Woher kommt diese Tradition?«

»Psst . . . Red nicht so laut. Schau, die Statue Johannes des Täufers dort – im Glaskästchen mitten im Sockel befindet sich die Reliquie.«

»Die Reliquie?«

»Ein Knochensplitter des Heiligen, den die Kreuzfahrer Gottfried und Guigo von Signes im Jahr 1113 hierher zurückgebracht haben.«

»Erzähl mir . . .«

»Nicht jetzt, nach dem Feuer und der Farandole, das ist eine lange Geschichte.«

Zeittafel

1012-1030 Die Normannen lassen sich in Süditalien und Sizilien nieder.
1040 Die seldschukischen Türken übernehmen die Herrschaft in Khorassan.
1054 Schisma von Byzanz: Trennung der römischen von der griechischen Kirche (Ostkirche).
1055 Tughril Bey zieht in Bagdad ein. Unterwerfung der abassidischen Kalifen.
1057 die Seldschuken plündern die Stadt Melitene.
1059 Konstantin X. Dukas – Kaiser des Orients. Zeit großer Unruhen.
1066 Wilhelm der Eroberer erobert England.
1067 Romanos Diogenes Kaiser des Orients.
1068 Romanos Diogenes entreißt den Türken Hierapolis.
1069 Der normannische Söldner Crispin verheert Kleinarmenien.
1070 Türkischer Vormarsch. Manuel Komnenos' Niederlage bei Sebastea.
Der Türke Alp Arslan plündert Mantzikert.
1071 Byzantinische Niederlage in Mantzikert. Die Türken unter Alp Arslan machen Romanos Diogenes Armee dem Erdboden gleich.
Michael Dukas Kaiser des Orients. Alp Arslan unterwirft Transoxanien.
Robert Guiscard nimmt Bari ein.
Der Türke Atsiz entreißt den Fatimiden Jerusalem.
1072 Tod Alp Arslans. Beginn der Regierungszeit des Sultans Malik Schah (1072-1092).
1076 Investiturstreit.
1078 Michael VII. Dukas durch Nikephoros III. Botaniates gestürzt.

Seldschukische Herrschaft über Damaskus und das innere Palästina.

1081 Nikephoros Melissenos verbündet sich mit den Türken gegen Botaniates.

1084 Alexios Komnenos Kaiser des Orients.

Iconium fällt in die Hände der Seldschuken.

Alexios Komnenos gesteht Venedig Handelsprivilegien zu.

Antiochia geht an die Türken über.

Tod des Papstes Gregor VII. Gegenpapst Klemens III.

1086 Schlacht von Aleppo. Tod Suleimans, Sieg Tutuschs.

1089 Papst Urban II. nimmt wieder Einsitz in Rom.

1090 Kaiser Heinrich IV. verjagt Urban II. aus Rom.

1092 Malik Schah stirbt an Vergiftung. Barkyaruk Sultan.

1093 Schlacht von Burudschird. Barkyaruk besiegt die Sultanin Tarkan Khatun.

1093 Schlacht von Canossa. Heinrich IV wird geschlagen, Urban II. kehrt nach Rom zurück.

1094 Schlacht von Aleppo, Tutusch besiegt Ak Sonkor, Buzan und Kerboga.

1095 Schlacht von Reiy. Niederlage und Tod Tutuschs. Barkyaruk Herr im Iran.

Alexios Komnenos ruft den Papst um Hilfe an.

Konzil von Plaisance. Konzil von Clermont und Aufruf zum Kreuzzug.

Exkommunizierung des Königs von Frankreich Philipp I.

1096 Peter der Eremit ruft zum Kreuzzug auf.

Kreuzzüge der Armen. Judenmassaker in Deutschland durch die Banden Volkmars, Gottschalks und Emichs von Leiningen.

Tod Rabbi Samuel Ben Cohens und Rabbi Kalonimos'.

Die Truppen Peters des Eremiten werden im Engnistal bei Drakon von den Türken Kilidsch Arslans niedergemetzelt.

Die Fürsten brechen zu ihren Kreuzzügen auf.

1097 Gottfried von Bouillon, Boemund von Tarent und Raimund von Saint-Gilles in Konstantinopel.

Eroberung von Nikäa, fränkischer Sieg bei Doryläum.

Balduin von Boulogne schickt sich an, Edessa zu erobern.

1098 Die Kreuzfahrer nehmen Antiochia ein. Tod Yaghi Siyans.

Niederlage Kerbogas.
El-Afdal, der Fatimide, entreißt den Seldschuken Jerusalem.

1099 Die genuesischen Geschwader erobern Jaffa.
Tod Urbans II. Pontifikat von Paschalis II.
Tod des Cid (Rodrigo Diaz, span. Nationalheld).
15. Juli: Einnahme von Jerusalem durch die Kreuzfahrer.
Gottfried von Bouillon Beschützer des Heiligen Grabs.
Die Kreuzfahrer schlagen die Ägypter bei Askalon.
Kreuzfahrerarmeen brechen zur Rückkehr nach Europa auf.
Daimbert, Erzbischof von Pisa, wird zum Patriarchen von Jerusalem gewählt.

1100 Gottfried von Bouillon nimmt Arsuf ein.
Verstärkung der Befestigung Jaffas.
Tod des Königs von England, Wilhelms II. des Rothaarigen.
Heinrich Beauclerc König.
Tod Gottfrieds von Bouillon.
Raimund von Saint-Gilles verläßt Konstantinopel.
Tankred erobert Haifa.
Boemund und Richard von Salerno vom Danischmandiden Gümüschtekin gefangengenommen.
Ludwig VI. verbindet sich mit dem französischen Thron.
Beginn des lombardischen Kreuzzugs, des Kreuzzugs von Nevers und des bayerisch-aquitanischen Kreuzzugs. Befehlshaber: Anselm von Buis, Graf Albert von Biandrate, Graf Wibert von Parma, Hugo von Montebello, Graf Stephan von Burgund und Konrad, Konnetabel des Kaisers Heinrich IV.

1100 Yussuf der Almoravide Herr des muselmanischen Spaniens.

1101 Die Lombarden werden zwischen Mersiwan und Amasea durch den mit Kilidsch Arslan sowie Ridwan, dem König von Aleppo verbündeten Gümüschtekin geschlagen.
Sieg Balduins I. über die Fatimiden in Ramleh.
Tod des normannischen Königs von Sizilien Roger I.
Niederlage der Kreuzfahrer von Nevers in Eregli.
Vernichtung des bayerisch-aquitanischen Kreuzzugs in Eregli.

	Flucht Wilhelms IX. von Aquitanien und des Herzogs von Bayern Welf IV.
	Markgräfin Ida von Österreich verschollen.
1102	Eroberung von Tortosa durch Raimund von Saint-Gilles.
	17. Mai: Die fränkische Ritterschaft wird in Ramleh vernichtet.
	27. Mai: Sieg Balduins I. in Jaffa.
	Ermordung des Emirs von Homs Dschanah al-Daula durch die Sekte der Assassinen.
	Die Almoraviden Spaniens Herren von Valencia.
1103	Eroberung von Akkon durch Balduin I.
	Tod des Königs von Damaskus Dukak.
	Toghtekin wird König.
	Befreiung Boemunds.
1104	Schlacht von Harran. Niederlage der Franken.
	König Philipp I. von Frankreich freigesprochen.
	Eroberung Gibelets durch Raimund von Saint-Gilles.
	Boemund bricht nach Europa auf.
1105	Tod Raimunds von Saint-Gilles.
	Blockade von Tripolis durch die Provenzalen.
1106	Tod Kaiser Heinrichs IV.
1108	Arka fällt den Provenzalen Wilhelm-Jordans zu.
	Frankreich: Tod König Philipps I., Regierungszeit Ludwigs VI. des Dicken.
	Boemund belagert Durazzo.
1109	Kriege zwischen Balduin von Bourg und Tankred.
	Tripolis von den Provenzalen eingenommen.
	Konkurrenzkampf zwischen Bertrand von Toulouse und Wilhelm-Jordans. Ermordung Wilhelm-Jordans.
1110	Gegenkreuzzug von Maudud, Atabeg von Mossul.
	Massaker in Armenien.
1112	Tod Tankreds. Tod Bertrands von Toulouse.
	Arnulf Malecorne Patriarch von Jerusalem.
1113	Die Franken werden bei Sennabra geschlagen.
	Ermordung Maududs in Damaskus.
1113	Toghtekin verbündet sich mit den Franken.
	Tod Ridwans, des Königs von Aleppo.
1113-1115	Balduin von Bourg erobert das östliche Kilikien zurück.
1115	Schlacht von Tel-Danith. Roger von Salerno besiegt Bursuk.
1118	Expedition Balduins I. nach Ägypten.
	Tod Balduins I.